秋

巴金

激流
三部曲

人民文学出版社

目 录

001____序

001____秋

序

两年前在广州的轰炸中,我和几个朋友蹲在四层洋房的骑楼下,听见炸弹的爆炸,听见机关枪的扫射,听见飞机的俯冲。在等死的时候还想到几件未了的事,我感到遗憾。《秋》的写作便是这些事情中的一件。

因此,过了一年多,我又回到上海来,再拿起我的笔。我居然咬紧牙关写完了这本将近四十万字的小说。这次我终于把《家》的三部曲[1]完成了。读者可以想到我是怎样激动地对着这八百多页原稿纸微笑,又对着它们流泪。[2]

这几个月是我的心情最坏的时期,《秋》的写作也不是愉快的事(我给一个朋友写信说:"我昨晚写《秋》写哭了……这本书把我苦够了,我至少会因此少活一两岁")。我说我是在"掘发人心"(恕我狂妄地用这四个字)。我使死人活起来,又把活人送到坟墓中去。我使自己活在另一个世界里,看见那里的男男女女怎样欢笑、哭泣。我

---

[1] 作为《激流》之四的《群》不再是高家的故事了。

[2] 在这个时代,一本小说是一件渺小不足道的东西。然而我自己就是一个渺小的人,也只能做渺小的事。我曾经抱着一本杂志(《文丛》半月刊)的纸型从围城中逃出来,走过几个城市,让好些朋友看见我那个"可笑"的样子,只为了偿还数百订阅者的债务。

是在用刀子割自己的心。我的夜晚的时间就是如此可怕的。每夜我伏在书桌上常常写到三四点钟,然后带着满眼鬼魂似的影子上床。有时在床上我也不能够闭眼。那又是亨利希·海涅所说的"渴慕与热望"来折磨我了。我也有过海涅的"深夜之思",我也像他那样反复地念着:

我不能再闭上我的眼睛,
我只有让我的热泪畅流。

在睡梦中,我想,我的眼睛也是向着西南方的。

在这时候幸好有一个信念安慰我的疲劳的心,那就是诗人所说的:

Das Vaterland wird nie verderben,[1]

此外便是温暖的友情。

我说友情,这不是空泛的字眼。我想起了写《第八交响乐》的乐圣悲多汶。一百二十几年前(一八一二)他在林次的不愉快的环境中写出了那个表现快乐和精神焕发的《F小调交响乐》。据说他的"灵感"是从他去林次之前和几个好友在一起过的快乐日子里来的。我不敢比拟伟大的心灵,不过我也有过友情的鼓舞。而且在我的郁闷和痛苦中,正是友情洗去了这本小说的阴郁的颜色。是那些朋友的

---

[1] "祖国永不会灭亡,"是德国诗人亨·海涅(1797—1856)的诗句,引自他的《深夜之思》(Nachtgedanken,《德国,一个冬天的童话》的序曲)。前面的两句译诗和我提到的"渴慕与热望"都是从《深夜之思》中引来的。

面影使我隐约地听见快乐的笑声。我应该特别提出四个人：远在成都的WL，在石屏的CT，在昆明的LP，和我的哥哥。[1]没有他们，我的《秋》不会有这样的结尾，我不会让觉新活下去，也不会让觉民和琴订婚、结婚（我本来给《秋》预定了一个灰色的结局，想用觉新的自杀和觉民的被捕收场）。我现在把这本书献给他们，请他们接受我这个不像样的礼物。

这本书出版的时候，我大概不在上海了。我应该高兴，因为我可以见到那些朋友，和他们在一起过一些愉快的日子。不过我仍然说着我两年前说过的话，我是怀着离愁而去的。牵系住我的渺小的心的仍是留在这里的无数纯洁的年轻心灵。我祝福他们。我请他们记住琴的话：

"并没有一个永久的秋天。秋天过了，春天就会来的。"

现在我已经嗅到春天的最初的气息了。

巴　金
1940年5月。

---

[1] WL是1927年1月和我同去法国的朋友卫惠林；CT是散文作家缪崇群，1945年1月病死在重庆；LP即萧珊，当时是我的未婚妻，后来做了我的妻子；我的哥哥李尧林1945年11月在上海病故。

一

　　一个月以前省城附近有过几天混战。城门关了三天。我家也落过炮弹，大家惊扰了好一阵，又算平安无事了。我们现在又过着太平日子。不过近来我实在疲乏得很，遇到的全是不如意的事情。姑母因五叔在居丧期中将喜儿收房，三叔又不加阻止，心中有些不满，去年重阳在我家遇到四婶与陈姨太吵架，听了些闲言冷语，回家后很不高兴，以后便托病不再来我家。二妹走后，三叔虽不愿将此事对外发表，亦未深加追究，但是他在陈克家面前丢了脸，心中非常不痛快，他常发脾气，身体也不及从前了。我自海儿死后，心中若有所失，胃疾愈而复发，时时扰人，近来更甚，深以为苦。最近事冗心烦，人过于贪懒，因此少给你们写信。二妹给琴妹的信已经看到了。后来又接到三弟和二妹给我的信，讲到剑云病故的事，我和二弟心中都很难过。剑云是现社会中难得的好人。二妹离家的事全亏他帮忙。倘若他的处境好一点，他也许不会死得这么早。不过我觉得他比我活得有意义，他总算做了一件好事情。他不能说是白活。而我呢？……

三婶不时向我打听二妹消息。她得到二妹三次来信，知道你们在外情形，非常高兴。昨日汇上之款即三婶交来嘱我代汇与二妹者。据云三叔心中似有悔意，不过目前仍然做出严厉的样子，不肯让步，也不许人在他面前提起二妹。我想，再过些时候他也许会软下心来。去年婉儿在冯家生了一个儿子，上月带了儿子来给三婶拜生。婉儿人长胖了些，她讲了好些冯乐山一家人的丧德事情，真叫人气死。婉儿真有本事，她居然受得了。她很想念旧主人，她要三妹写信代她问候二妹……

　　深夜无聊，百感交集，我想起你们，想起先父母及死去的大嫂、海儿和梅表妹、蕙表妹等，真有生者远而死者别之感……

　　高觉新写到这里，手微微地抖起来，毛笔的笔锋触到信笺，不曾在纸上划动，却马上离开了。他也不想再写下去。他觉得眼睛花了。

　　"大哥，"一个熟习的声音在他的耳边轻轻地唤道。他好像没有听见似的，动也不动一下。

　　高觉民站在觉新的旁边，他把手放在觉新的肩头，同情地说："你还想那些事情做什么？死了的就让他们死了。你自己身体要紧。"他看见了信笺上面那几行字。

　　觉新抬起头，他的身子在活动椅上转了一下。他一把抓起觉民的左手紧紧地捏住。他痛苦地对觉民说："二弟，你叫我怎样办？"

　　觉民不了解觉新的求助的心情，他只是温和地劝道："大哥，你不该到现在还是这么激动。这样不过白白苦了你自己。你也太苦了。"

"我是受得苦的,再大的苦我也受得下去,只是他们不该叫我做这件事,"觉新皱紧眉头,用力地说。

"你说的是什么事,大哥?"觉民惊愕地问。

"他们要我续弦,"觉新短短地说。

觉民停了一下,忽然切齿地说:"又是他们。总是他们。"

"他们总不肯放松我,"觉新诉苦般地说。

"这是你自己的事,跟他们有什么相干?"觉民的愤怒略微平静下去,他把这件事情看得并不十分严重,他知道这是可以由他的哥哥自己作主的。他走到觉新对面那把靠窗的藤椅前,坐下来。

"可是他们比我更热心,连妈也这样劝我,他们说再过几个月我的丧服就满了,"觉新自语似地低声说。

"是不是因为'不孝有三,无后为大'……"觉民讥讽地说了这一句。

觉新不回答。他把手帕放进衣袋里。他颓丧地垂着头,眼光似乎停在面前的信笺上。其实他什么也没有看见。在他的眼前晃动的是一些从"过去"里闪出来的淡淡的影子。这些影子都是他十分熟习的。他想拉住她们,他想用心灵跟她们谈话。

这情形觉民不会了解。但是他也不作声了。他在想另外一些事情。他的思想渐渐地集中到一个年轻女性的丰满的脸庞上。他看见她在对他微笑。

房间不住地往静寂的深渊里落下去。连电灯光也渐渐地黯淡了。月光涂白了玻璃窗,窗帷的淡淡的影子躺在屋角。窗外相当明亮。窗内只有钟摆的单调的响声慢慢地蚕食着时光。觉新偶尔发出一两声吁叹,但是声音也很低微,刚刚送进觉民的耳里就消灭了。

于是汽笛声响起来,永远是那种拉长的尖锐的哀号。觉民吃惊地睁大眼睛看四周,并没有什么变动。觉新有气无力地叫了两声:"何嫂!"没有听见应声。他便站起来,走到方桌前点燃了清油灯,然后回到活动椅那里坐下。他的眼光又触到了桌上的信笺,他提起笔想写下去。但是电灯光开始变了颜色,纸上的字迹渐渐地模糊起来。他无可如何地叹一口气,又把笔放下,无聊地抬起头望着电灯。电灯完全收敛了它的亮光,灯泡里只剩下一圈红丝,连红丝也在逐渐褪色,终于淡到什么也没有了。清油灯在方桌上孤寂地发亮,照不明整个房间。月光趁机爬进屋里。没有灯光的内房里黑地板上全是树影和窗帏影子,外屋里到处都有月光。

觉民忍耐不住突然站起来。他带了一点悲痛对他的哥哥说:"大哥,你再结一次婚也好。这种日子你怎么能够长久过下去?你太寂寞了!你只有孤零零一个人。"

"这不行,这不行!怎么连你也这样说!我不能做这种事!"觉新好像听见了什么不入耳的话,他摇着头拒绝地说。

"但是你一个人过这种日子怎么行?"觉民怜悯地望着哥哥,同情地说。

"我能够过。什么样的日子我都过得了,"觉新忍住眼泪说。方桌上的清油灯突然发出一个低微的叫声熄了。

觉民站起来。他不去点灯。他咬着嘴唇默默地在房里踱了几步。月光把他的眼光引到窗外。那里是一个洁白、安静的境界。芍药，月季，茶花，珠兰和桂树静静地立在清辉下，把它们的影子投在画面似的银白的土地上。他的眼光再往屋内移动。挂着白纱窗帷的玻璃窗非常明亮。觉新的上半身的黑影仿佛就嵌在玻璃上面。他垂着头，神情十分颓丧，坐在那里。

觉民在屋中站住。他注意地看他的哥哥。他忽然觉得哥哥近来憔悴多了，老多了。他不禁想到觉新在这些年中的遭遇。他没有时间细想。许多事情变成一根很结实的绳子，缚住了他，把他拉向他的哥哥。他走到写字台前，把身子靠在写字台的一个角上。他充满友爱地对觉新说：

"大哥，这几年我们太自私了。我们只顾自己。什么事都苦了你。你也应该爱惜你自己才是。我以后一定要给你帮忙。"

觉新一把捏住觉民的手，感动地说："二弟，我感谢你。我明白你的好意。你自己好好地努力罢。"他灰心地摇摇头："你不要管我。我是没有望的了。我知道我的命是这样。"

"你不能相信命，你应该知道这不是命运！"觉民热烈地反驳道。

"二弟，是命不是命，我也不能说。不过我还有什么别的办法？这几年你们都看见……"觉新无力地答道。

"过去的事我是看见的，现在不要管它。以后的事不能说没有办法，你应该……"觉民又劝道，他的话还没有说完就被觉新打断了。觉新摇头苦笑道：

"以后？你看以后我又能够有什么希望？……"

觉民正要说话，却又被人打岔了。这次从门外送进来一个少女的声音，唤着："大哥。"觉民知道来的人是谁，便把脸掉向门口看。

门帘一动,随着月光闪进来一个少女的身子。她在外面就听见谈话的声音,掀开门帘却意外地看见房里的黑暗和嵌在光亮的玻璃窗上的两个半身人影。"怎么,你们连灯也不点一个!"她诧异地说。

"灯刚才熄了,"觉新顺口答了一句。他又吩咐觉民:"二弟,你去把灯点起来。"

觉民答应一声,便走到方桌前将灯点燃。

"真奇怪,你们闭着眼睛高谈阔论,"淑华笑着说,这时灯刚重燃,房里又有了一点橙黄色的光。

"你们刚才在谈什么?"淑华望着她的两个哥哥好奇地问道。

"我们随便谈谈,"觉新支吾地说。淑华也并不追问,她开始说明她的来意:

"大哥,妈要你去。周家枚表弟要'结亲'了。大舅又要请你帮忙。"

"枚表弟要结婚?"觉新惊疑地问道。

"是。日期还没有定,不过也很快。就要下定了。我觉得大舅真古怪,枚表弟年纪这样小,不好好让他读书,却叫他'结亲'。听说新娘子今年二十一岁,"淑华不以为然地说。

"枚表弟今年不过十七岁,他跟你同年,"觉民说。

"呸,跟我有什么相干?你把我扯在一起!新娘子跟你同岁,你为什么不说?"淑华对觉民笑道。

"三妹,你怕什么?我又不会把你嫁给枚表弟,"觉民反唇相讥地说。

"我谅你也不敢!我就不怕!我的事除非我自己答应,什么人都管不着我!"淑华理直气壮地说。

"三爸要管,你怎么办?"觉民冷冷地问道。

"又不是要他嫁人!他连二姐也管不着,还好意思来管我?"淑华生气地大声说。

"轻声点,"觉新在旁边警告道。

"不错,这才是我的好妹妹,"觉民忽然高兴地称赞道。

觉新站起来,悄然说:"我们走罢,妈在等着。"

"我也去听听,"觉民说。他们三个人一起走出房来。

他们走出过道,转一个弯,进了左上房。他们的继母周氏在房里等着他们。她安闲地坐在沙发上,绮霞在旁边捧着一支水烟袋给她装烟。

"老二,你还没有睡觉?"周氏看见觉民跟在觉新的后面,含笑地说了这一句。

"我也来听听。稍微睡晏点,也不要紧,"觉民带笑答道。

大家都坐下了。紫檀木方桌上一盏清油灯给这个房间留下不少的阴影。觉新坐在周氏右边一把紫檀木靠背椅上。在他对面连二柜旁边一个茶几上,"五更鸡"射出来一团红光,罩子上面正托着一把茶壶。

"绮霞,大少爷爱吃酽茶,你把'五更鸡'上煨的春茶给他倒一杯,"周氏和蔼地吩咐道。

"妈,绮霞要装烟,我自己来,"觉新客气地说,就站了起来。

"明轩,你不要动,"周氏连忙做手势阻止他。她又解释道:"我吃烟,不过混时候,我又没有什么瘾。一个人闲得无聊,吃几袋水烟也好。"

"妈说得是,"觉新陪笑道。绮霞把一杯香喷喷的热茶送到觉新面前。

"先前你三婶到我这儿来过。她谈起二姑娘的事情,心里倒有点懊悔。她说她拿了一百块钱托你兑到上海去,这件事三爸还不晓得。三婶说,三爸连二姑娘给他的信看都不看就撕了。究竟是做父亲的人不同……"周氏动着她的小嘴,像吐出珠子一般接连不断地说,她刚刚停顿一下就被淑华接了下去。

"大舅还不是这样!蕙表姐就是活活给他断送了的!现在灵柩还停在庙里头,郑家就不管了,大舅也不想个办法,却只去管枚表弟的亲事,"淑华口快,她不知道顾忌,她感到不平、不快时就坦白地说出来。

周氏不作声。觉新侧头痛苦地瞪了淑华一眼。只有觉民觉得心里畅快。他和淑华彼此会意地对望了一下。

周氏嘘了一口气,对绮霞说:"你也给我倒一杯茶来。"接着她又对觉新兄妹说:"平心而论,三女说的话多少也有点道理。蕙姑娘真可惜。这样一个好女儿倒被她父亲害了。郑家就把她丢在庙里头,存心不下葬,说起来真气人!芸姑娘的命倒好一点,她幸好没有那样顽固的父亲。"她突然换过话题说:"我们再说你们枚表弟的亲事。这回又是你们大舅作主。外婆也拗不过他。不过枚表弟这样年纪结亲,也不算早。"

"但是新娘子比枚表弟大四岁,"觉新兄妹都不赞成她的最后一句话,然而觉新只是唯唯地应着,觉民不过露出不以为然的表情,只有淑华说出这句不满意的话。

"虽说大四岁,不过两张八字倒很合式。批八字的说这门亲事大吉大利,所以外婆也赞成了。我看这回你大舅也许不会做错,"周氏说,她倒像是在替她的哥哥周伯涛辩护了。

"妈说的是,"觉新陪笑道。他心里却并不这么想。觉民在旁边轻轻地咳了一声嗽。

"外婆请你明后天去一趟,他们有很多事情要跟你商量。你最好上半天去,下午恐怕你大舅要出门。照你大舅的意思,这门亲事越早一点办成越好。"

"是,我去就是了,"觉新懒洋洋地说。

"妈晓不晓得女家情形怎么样?我总不明白为什么大舅不给枚表弟找一个年纪相当的表弟媳妇?枚表弟现在年纪也不怎么大,又何必这样着急?"淑华仍旧不服气地说。

周氏的胖脸上露出不耐烦的神气,她带点责备地对淑华说:"三女,幸亏这儿并没有别人,你小姐家说这种话,给外人听见会笑死的。"

淑华不高兴地噘起嘴,她赌气地说:"妈,我生就这种脾气。别人说我好我坏我都不管。我不明白为什么做小姐就什么话都不能说!"

觉新皱起眉毛,额上立刻现出三两条纹路。他担心淑华的话会使周氏生气,便胆怯地望着周氏。觉民安静地坐在一边,脸上微微露出笑容。

周氏仿佛听见了不入耳的话,但是她并没有改变脸色。她觉得又好气,又好笑,她把淑华看作一个无知的孩子似的,她的声音倒变得温和了:

"三女,你的嘴真不肯让人。你就跟你在上海的三哥一样。怪不得四婶、五婶她们在背地说你闲话。连我现在也没法对付你。"

"三妹这种脾气究竟不大好。凡事能让人一点总是好的。最好我们这一房的人不要给人家抓住说闲话的把柄,"觉新顺着周氏的口气说。

周氏听见觉新的话自然满意。不过她看见淑华微微地摇摇头，张开口要争辩，她刚听见淑华说出一个"我"字，连忙用别的话来打岔道：

"其实三女的话也不是完全没有道理。不过一个未出阁的小姐说出这种话总不大好，虽说现在的人比从前开通多了。我从前在家做小姐的时候，那才苦死人。枚表弟一年四季都带着病容，如果他的亲事再弄得不好，不晓得会有什么样的结果。"她那些像滚着的珠子似的话突然停住了。她端起放在旁边春凳上的茶杯，喝了两口茶，又继续说下去："你大舅这个人古板得很。简直是说不通。这一回冯家小姐又是他看上的。新娘子的父亲是你大舅的朋友。大舅最钦佩冯家的道德学问。听说新娘子的叔祖父很出名。"

"冯家？"觉民惊疑地自语道，他马上就猜到新娘子是什么人了。觉新掉头看了他一眼。觉新也猜到了新娘子是谁，便回过头去，继续听周氏讲话。绮霞坐在床前踏脚凳上，她也专心地在一边倾听。

"大舅倒是一说就答应了。他还说这是求之不得的机会。外婆起初不赞成，可是她拗不过大舅，后来看见八字不错，也就不说话了。"

"八字是靠不住的，全是鬼话，不知道害过了多少人！"觉民忍耐不住终于吐出他的不满来。

"我看枚表弟一定有病，早婚对他不见得有好处，"觉新接下去说。

"是，枚表弟一定有肺病，"淑华说。

"你快不要提起肺病的话，"周氏连忙摆着手说，"有一次大舅母说起枚表弟常常咳嗽，叫他到平安桥医院去看看有没有肺病，就被大舅骂了一顿。大舅还说，蕙姑娘明明是西医害死的。这些事情说起来叫人很难相信。我也不知道八字可靠不可靠，不过我相信命运是实在的。什么事都有一个定数。"她说出"定数"两个字就把一切不快意的事全放在一声叹息里吐出去了。她觉得心里畅快了些。

"我真不明白大舅心里是怎么想的！"淑华仍然气愤地说。

"三女，不要再提这件事情。多谈只有叫人心烦，我还有别的话跟你大哥商量，"周氏不耐烦地阻止道。"明轩，你自己的事情怎样安排？刚才三婶来还谈起过。"

"我么，"觉新不提防会说到他自己身上，仓卒间只说出两个字，过后他略带为难的样子答道："我看可以从缓，我现在不忍心想到这种事情，而且我还没有满服。"

"刚才三婶还说三爸要我来劝劝你，说你是承重孙，你们这一辈弟兄又不多，你现在丧服也快满了……"周氏并没有看见觉新的脸部表情，也不曾留心他的声调，她不知道她的话在他的心上产生了什么样的影响，她只顾说自己的话。

"妈，我都知道。不过现在我还想到瑞珏。我不忍心想续弦的事。况且我已经害了几个好好的人，我不能够再……"觉新的最后一道防线被攻破了。他完全失去了抵抗力，不等周氏说完就迸出哭声来，呜咽地说了上面的话。

觉民站起来。他同情地用温和的声音对觉新说："大哥，你还是回去睡觉罢。你今晚上太激动了。你何必伤心。"

"我不要紧，我不要紧，"觉新一面揩眼泪，一面抽泣地说。

"明轩，你早点睡觉也好。老二，你陪你大哥回去，你好好地安慰安慰他，"周氏关心地叮嘱觉民道。

觉民应了一声。他走到觉新面前，小声对觉新说："大哥，我们走罢。"觉新经他一再催促才站起来，向周氏招呼一下，便垂下头跟着觉民走出房门去了。

"绮霞，你再来给我装几袋烟，"周氏看见觉新的背影消失了，她感到一种莫名的郁闷，便顺口吩咐道。

觉新回到房里又在信上续写道：

枚表弟快要结婚了，这又是大舅一个人的意思。新娘比他大四岁，就是冯家的小姐。

近几日来，我终日如醉如痴，时时流泪。而蕙表妹之事尤令人寒心。蕙表妹死后，即寄殡在距城二十余里的莲花庵，简直无人照管。郑家至今尚无安葬的意思，大舅也置之不问。今年清明我命老赵出城与她烧了两口箱子，两扎金银锭。老赵回来述说一切，令人十分悲愤。外婆她们虽然也不满意郑家这种做法，但是大舅不肯作主出来交涉，外婆也拿他没有办法。蕙表妹真可怜，死后也无葬身之地。二妹和她素来要好，听见这个消息一定很难受……

他没有提到他自己的事。

二

  星期日早晨觉民拿着一本书到花园里去。他走进外门看见觉新和淑华两人在前面走，三房的婢女翠环跟在后面。他便唤一声："三妹。"

  淑华立刻停下来，掉转身问道："什么事？"觉新只回头一看，便继续往前面走了。翠环也跟着他走进花园内门里去。

  觉民笑着对淑华说："你今天好早。"

  淑华噗嗤笑起来。她说："二哥，你不要挖苦我。九点多了，你还说早？"

  "九点多了？大哥不是要到外婆那儿去吗？怎么现在还到花园里去？"

  "你不晓得？花园里头出了事情……"淑华刚说了两句，忽然看见一个人从里面飞奔出来。这是她的堂兄弟觉英。他跑得满头是汗，头发散乱。她大声唤道："四弟！"但是他不理她，仍旧向着外门跑去。

  觉民跨了一大步，伸过他的结实有力的手一把将觉英的膀子抓住。他板起面孔责问道："三姐喊你，你为什么不应一声？"

  觉英挣不脱觉民的手，便站住，陪笑道："我没有听见。"

"呸，"淑华啐了他一口。"你又不是聋子，为什么听不见？告诉你，你少神气点。你近来太没有规矩了。等一会儿我告诉三爸打你。"

"三姐，我实在没有听见。我下次再不敢这样。你不要告诉爹好不好？"觉英带着满面狡诈的表情对淑华道歉似地说。

"我问你，你从哪儿来？三爸在做什么？"淑华看见觉英软下来，她很得意，便问道。

"高忠偷了水阁里头的字画，"觉英卖弄似地说。他又侧头看了觉民一眼，讥讽道："二哥，你不要拉住我好不好？你老哥子也真不嫌麻烦。"他对觉民动了动眼睛。

觉民不大高兴地松开手，觉英马上将身子一转，纵身一跳，就离开了他们有三四步的光景。他们惊愕地望着他。他再一跳，便到了花园外门口。他对他们做了一个鬼脸，露出舌头又缩回去。他得意地对他们说："我不怕，你们尽管告诉爹。讲什么规矩！我们公馆里头哪个配讲规矩？怪不得姑妈看不惯不来了。没有一个人配管我。三姐，你放明白点，你将来横竖不是高家的人。"

"四弟，你说什么？看我撕掉你的嘴！"淑华生起气来大声叱道。

"三姐，我就说你！请你来撕罢。我正嫌有一张嘴多了好些麻烦，"觉英嬉皮笑脸地说。

"好，我们去见三爸去！"淑华威胁地说。

"去就去！我难道还害怕？爹不会打我的。爹晓得打骂都改不掉我的脾气，他反倒喜欢起我来了，"觉英挑战似地说。他看见淑华站住不走，反而走下石阶，用话来激她："去嘛，快去嘛！哪个不去不算人！"

淑华气红了脸，竖起眉毛骂道："真不要脸！我今天一定要拉你去。三爸不打你，我自己也会打，我请二哥帮我打。"她说着，就向觉英走去。觉英看见淑华真的走过来，快要走到他面前。他忽然噗嗤一笑，转身就跑，连头也不回，一口气跑出花园门外不见了。

"二哥，你看，有这样不要脸的人！三爸也不好好地打他一顿，他有什么值得人喜欢的？"淑华又气又笑地对觉民说。

"打也没有用。他受的教育是这样。三爸不准他进学堂读书，让他整天在家里鬼混。说是在书房里读书，你看他几时在书房里坐过！二妹走后，三爸倒真的有点喜欢他。这样一来更糟了。好好一个年轻人就这样地糟蹋了，"觉民感慨地说。

"二哥，哪个要听你的长篇大论！你刚才也不帮我骂他几句。三爸不喜欢二姐，倒喜欢他，真是瞎了眼睛！真气死人！我要把四弟打一顿才甘心，"淑华埋怨觉民说。

"走罢。多说他做什么！你打了他你自己倒痛快，不过又该大哥倒楣。你要晓得二妹是女儿，四弟是儿子！"觉民带了点不愉快的调子劝道。

"你说得不对，难道女儿就不是人？"淑华生气地驳了一句，也就跟着觉民往前面走了。她一面走，一面在想，走了几步，她忽然苦恼地说："大哥真不该。什么事都给他揽去。东也认错，西也陪礼，跟他不相干的事他也认错，弄得我们一举一动都不方便！"

"你不晓得这就叫做'作揖主义'。大哥说，靠了他这个'作揖主义'我们这一房人才过得了安静日子，"觉民冷冷地说着反话。

"什么叫'作揖主义'？我不懂。不如说是向众人磕头更对，"淑华也不管觉民说的是反话还是正面话，她不服气地说。"我就不靠他磕头过日子。他倒给我添麻烦。他在无论哪个面前都低头。无论什么事他都说好。这回枚表弟的事情又该他管。"

"每次总少不了他。不过我的事情他多半不敢帮忙，"觉民接口说道。

"你的事情？他为什么不敢帮忙？"淑华惊诧地问。

"我同琴的事，"觉民略带一点焦虑地说。但是他马上又换了语气加一句："不过他不帮忙，我也不怕。"

"这回他一定会帮忙。大哥也很喜欢琴姐，我们都喜欢琴姐，"淑华不假思索地说。她看见觉民不作声，忽然想到一件事情，便说："不过四婶、五婶她们不大高兴琴姐，三爸也不见得就高兴她。"

"那不用说。凡是我们做的事，四婶她们一定不高兴。三爸更看不惯我们这一辈不读古书的年轻人，"觉民说到这里，忽然生起气来。他的焦虑倒渐渐地消散了。他觉得他有力量跟那些人斗争，他相信他一定会得到胜利。

他们走进了梅林，正向着湖滨走去。他们的眼前突然一亮，那个躲在云堆里的太阳露出脸来，地上立刻现出不少明亮的点子。树叶给他们遮住了阳光。他们只听见小鸟在树上鸣啭。

"看不惯就让他们看不惯！"淑华气愤不平地说，"他们越是讨厌我，我越是要叫他们讨厌。我最恨那种人，整天就在背后说人家闲话，有话又不敢当面说。我是想到什么就说——"

"那不是四妹吗？她在这儿做什么？"觉民看见他的堂妹淑

贞一个人立在湖畔,便打断了淑华的话,诧异地说。

"是她,我去喊她,"淑华接口说道。她便撇下觉民,急急地走到前面去。她走到湖滨连忙叫一声:"四妹。"

淑贞回头一看,亲热地唤一声:"三姐,"马上走到淑华的身边来。她又带悲声地唤道:"三姐。"话在喉管里被堵住了。她的瘦小的身子里似乎装满千言万语,等着一个机会来倾吐。但是她说不出话,只能够紧紧地抱住淑华。

觉民赶上来了。他看见这情形,默默地皱着眉头。

"四妹,什么事?你为什么这样难过?"淑华同情地问道。

"妈前天晚上因为'礼拜一'的事情跟爹吵架,爹赌气走了,两晚上都没有回来……"淑贞抽泣地说。

"那么,五婶就拿你出气是不是?"觉民在旁边插嘴问道,他明白又是那同样的事情。

"昨晚上妈把我骂到半夜,"淑贞哭着答道。

"骂你?你又没有惹到她!"淑华不平地说。

"妈怪我不是一个男子。她说她受爹的气都是我带给她的,"淑贞老老实实地说。

"这又不是你的错!她自己为什么不像喜儿那样生个小弟弟出来?她不该总是欺负女儿!她既然望你将来替她出气,为什么又不让你多读几年书?真正岂有此理!"淑华气愤地说。

"三姐,我真不明白为什么该我一个人过这种日子?你告诉我,为什么单单该我一个人受罪?"淑贞伤心地哭诉道。

"四妹,你不要这样伤心,以后总有办法,"淑华没法回答淑贞的疑问,她只能用这样的话劝慰淑贞。

觉民默默地看了淑贞两眼。他又把眼光从淑贞的身上掉开,去看面前的湖水。水非常明亮,水里有蓝天,有白云,有红日。水里有一个广大的世界。他不禁痛苦地想:为什么仍旧有这么多的痛苦?为什么他们献出了那么多的牺牲以后,今天还得不到安宁?淑华的声音把他的思路打断了。

"我真恨,恨我不生在古时候!我可以拿支枪拿把刀开辟出一个新世界来。我一定要好好地保护你,"淑华咬牙切齿地说。

这种幼稚的思想使得觉民微微地发笑了。这是旧小说的影响——《镜花缘》,《施公案》,《三门街》,《七侠五义》;颜紫绡,张桂兰,楚云,[1]还有许多理想的人物,这都是些云端上的影子,不会活在这样的世界中。她是在做梦。这样的一个少女就把她的希望寄托在渺茫的梦上。——他这样一想便觉得没有什么可笑的理由了。他心里更加不舒服。他怜悯地说:"这是痴想,有什么用处?"

"难道你又有别的好办法?"淑华赌气地反问道。

"你还不知道路是人走出来的,"觉民暗示地说。

"这也是空话,"淑华抢白道。"对四妹你又有什么办法帮忙她?"她把眼光停留在他的脸上逼着问。

觉民一时语塞。但是他并不带一点窘相,过了片刻他便说:"我们可以慢慢地设法。"

"四妹,你不要难过,什么事都可以慢慢儿设法,"淑华勉强用这样的话安慰淑贞道。"你把眼泪揩干,我们到水阁那边去。"

"现在去,事情恐怕早完了,人也走光了,"觉民说。

"走光了,我们去坐坐也是好的,"淑华固执地说。

---

[1] 颜紫绡是《镜花缘》里面的女英雄,张桂兰是《施公案》里面的女英雄,楚云是《三门街》里面女扮男装的女英雄。

"二哥,琴姐明天来不来?"淑贞已经止了泪,正在揩眼睛,说话时还带了点悲声。

"你们请她来,她就会来,"觉民答道。

"我们没有这样大的面子!"淑华噘着嘴说。接着她自己又笑了。"自从二姐走后,琴姐也少来了。从前她每个星期六都要来住一天。这要怪二哥不好。"

"怎么又怪我?跟我又有什么相干?"觉民辩道。

"你天天到她那儿去,她自然不来了,"淑华说。

"这又冤枉了。我哪儿天天去?"觉民继续分辩道。

"你不到琴姐那儿去,怎么你每天晚上都要出去?"淑华不放松地追问他。

"哦!"觉民吐出这一个字,就不作声了。

"看你还有什么话分辩!"淑华得胜似地逼着问她的哥哥。她并不知道他的心思。

觉民还没有开口,淑华又接下去说:"今天你一定要把琴姐给我们请来。不然我们要罚你。"

"罚我?这倒奇怪。你罚我什么?"觉民道。

"罚你一个月不见琴姐的面,"淑华道。

"我不见她,但是她要见我又怎么办?"觉民带笑地说。

"二哥,你好不害羞!新娘子还没有进屋,你就说这种话!怪不得人家说你脸皮厚!"淑华笑着挖苦道。

淑贞在旁边扯淑华的袖子,低声对淑华说:"不要说新娘子,琴姐听见会不高兴的。"

淑华不以为然地大声答道:"说说有什么要紧。琴姐不会这样小器。她要做我们的二嫂,怎么不做新娘子?"

"好,你有本事,明天你当面对她说去,"觉民激她道。

"说就说,你看我敢不敢!"淑华不服气地说。

"不要说,琴姐听见以后会不来了,"淑贞又一次低声打岔道。

"四妹,你真老实!有二哥在,还怕她不来?"淑华哂笑道。

觉民还没有开口。淑贞在旁边把嘴一扁,露出不快活的样子恳求道:"三姐,你总是说这种话,请你……"淑华回头去看淑贞,她看见淑贞的孤寂无靠的表情,她的心软了。她爱怜地对淑贞说:"我不说了。四妹,我们到别处走走。"

淑贞答应一声。她刚刚动步,却又郑重地问觉民道:"二哥,琴姐明天一定来罢?"

觉民诧异地看了她一眼。他立刻明白她的心情,便爽快地答道:"她一定来,她也很想见见你们。"

"四妹也太寂寞了。琴姐来,我们热闹一下也好。明天我索性求妈把芸表姐也请来,"淑华感动地说。

"三姐,你快去,你快去,"淑贞快乐地说。

"你不必着急,我包你会请来的。我们先去水阁看看。我倒忘记了,我原本要到水阁去看热闹,"淑华说了,便牵着淑贞的手,两姊妹亲热地沿着湖滨向水阁那面走去。

觉民跟在她们的后面,他一面看四周的景物,一面在想别的事情。

他们三人转进一座假山。假山上盖满了青苔和虎耳草,远远地望过去,仿佛覆盖着一张碧毡。旁边有一带矮矮的朱红栏杆。他们走进栏杆,便听见清脆的水声。后来他们走到溪边,溪水非常清亮,水中砂石、树叶,水面纹路历历可见。一道小桥把他们引过对岸。眼前又是深绿的假山,花圃里那些含苞待放的芍药花点缀在繁茂的绿叶中间。他们再往前走,一座较大的灰白色假山拦住了他们。他们穿过这座假山,走进一片临湖的树丛。

"今天天气真好,"淑华忽然高兴地赞道。

"其实往天天气也是好的。不过你起得晏,关在屋里不觉得罢了,"觉民在后面打趣地说。

"二哥,你怎么专跟我作对?"淑华回头看了觉民一眼笑着不依道。"我不要再听你的话。"她蒙住耳朵,放大脚步往前走。

觉民微笑着不再说话,这时他们快走出树林了。克明的怒骂声从水阁里送出来。

"怎么三爸还在骂人?"觉民诧异地说。

他们走出树林,看见水阁前面阶上和树下站了好几个人。园丁老汪,克明的听差文德,带淑芳的杨奶妈,四房的婢女倩儿,三房的婢女翠环,还有淑华的堂兄弟觉英、觉群都在这里。

"二哥,三姐,"觉群向他们唤道。觉英却在旁边阻止道:"不要说话。"但是他看见他们走近,便得意地说:"你们来晏了。不过还不算顶晏,还有把戏看。"

觉民大步走上阶去。淑华和淑贞也举步要走上石阶。

"四妹,"觉英在后面唤了一声。

淑华和淑贞同时站住了。她们回转身来,淑华问道:"什么事?"

"我劝四妹顶好不要进去。不然自讨没趣,不要怪我,"觉英卖弄地说,他做了一个鬼脸。

"不要理他,四妹,我们走我们的,"淑华厌烦地说。

"好,听不听由你,等一会儿莫怪我不说,"觉英冷笑道。

淑华姊妹进了水阁,看见人都在右边房里,她们也到那里去。

克明坐在匧床上,一只手按着匧几,一只手压着自己的膝头,脸色青白,疲倦地在喘气。年轻的高忠垂着头站在屋角。头发白了大半的苏福站在克明面前。觉新坐在旁边一把紫檀木靠背椅上。觉民坐在他的旁边。克安坐在靠窗的一把椅子上。克安的第二个儿子觉世站在门边,他的一对小眼睛轮流地在看克明和高忠两个人。

房里只有克明的喘息声和克安的轻声咳嗽。

淑华姊妹走进房来,每个人都掉过头看她们,但是没有人对她们讲话。每张脸上都带着严肃的表情。

"你说的哪儿是真话?你明明在放屁!"克明忽然大声责问高忠道。

"回三老爷,小的说的全是真话。若有虚假,任凭三老爷处罚,"高忠抬起头着急地答道。

"你知道这是做不得的,你知道这是犯法吗?"克明拍着匧几追问道。

"小的不晓得。小的没有做错。五老爷吩咐小的做的,"高忠胆小地回答。

"那么早问你,你为什么又不肯说?"克安插嘴问了一句。

"五老爷不准小的说,"高忠逃避似地说。

"送到唐家去,也是你送去的?"克明问道。

"五老爷喊小的送去的,"高忠恭敬地答道。

"你知道卖了多少钱?"克明问道。

"听说三十多块钱,送了唐老爷五块,"高忠答道。

淑贞的脸色突然变了。她低声对淑华说:"三姐,我们出去。"淑华知道她的心情,也不说什么就陪着她走了。

觉英看见她们出来,便得意地问道:"如何?我该没有骗你们罢。"他笑了。

淑华气青着脸,淑贞差不多要哭出来,她们都不理他,却往草坪那面走去。

水阁里谈话仍旧继续着。

"三哥,没有疑问了。一定是五弟拿去卖的。就把高忠送到警察局去罢,"克安提议说。

克明还没有开口,觉新觉得高忠有点冤枉,便在旁边接口说:"东西又不是他拿的,也不必送他到警察局去了。"

克安不愉快地看了觉新一眼,也不说什么。克明想了想,就说:"等五弟回来问过他再说。五弟真不长进。连二三十块钱的东西也要偷去卖。"他停了一下又焦急地自语道:"怎么袁成还不回来?"

"他大概找不到五弟,"克安解释道。

"五弟大概躲起来了。做了这种事还有脸见人?真正下流!"克明气愤不堪地责骂道。

刚刚在这时候克定满面春风地走了进来。大房的听差袁成跟在他的后面。"三哥,你找我有什么事?"他坦然地问道。

克明板着面孔不睬他。他若无其事地在克安旁边一把椅子上坐下来。高忠看见克定这样镇静,脸上也露出了一丝笑意。

"五弟,金冬心写的隶书单条哪儿去了?"克安不高兴地问了一句。

"原来是问金冬心的字。我拿去卖了,一个朋友喜欢它,向我买,"克定没有一点困难地答道。

"卖了？哪个要你卖的？"克明压下愤怒,厉声问道。

"我自己卖的,"克定轻快地回答,他的流动的眼光向四周看。

"我们高家没有这种规矩！爹辛辛苦苦搜集来的字画我们已经分过一次了。就只剩下这十多幅,这是纪念品。你不能够随便拿出去卖掉！"克明拍着匠几骂道。

"现在已经卖了,还有什么办法？"克定极力掩饰自己的惶恐,勉强做出不在意的样子说。

"金冬心的字是公帐上的,你一个人不能拿出去卖,你应该赔出来,"克安也板起脸说话。

"公帐上的东西,我也有一份,"克定厚着脸皮辩道。

"你只有一份,我们连明轩一共还有四份！你要赔出来！"克安厉声说。他的脸突然变黑了。

克定做出赌气的样子,站起来要走。

"你究竟赔不赔？"克安忽然站起来拍着桌子高声说。

克定有点惊惶,但是他极力装出并不害怕的样子,回答道："那么我拿出二十块钱来就是了。每个人得到五块钱,都不吃亏。"

克安满意地点一下头,坐下去,伸手摩了摩他的八字胡,他的黑黄脸被微笑洗淡了颜色。

"那么没有事了,我要走了,"克定觉得轻松地站起来,对克安说。

"你站住！"克明忽然声色俱厉地喝道。克定果然站住了。

他惊愕地望着克明。

"哪个要你的钱？你把东西给我拿回来，"克明命令地说。

克定一声不响，克明的话是他完全没有料到的。

"有好几件事情我都没有管你，把你放纵惯了，"克明继续斥责克定道。"你不要以为我怕你。我对你说，你不把东西取回来，我要在爹的牌位面前好好地教训你一顿。这一回我不能再纵容你！"

克定仍然不响，他的脸色渐渐地在改变。他露出一点张皇失措的样子。

"五弟，听见没有？你去不去把东西拿回来？……我没有精神跟你多讲。我们到堂屋里去！"克明下了决心带着十分严肃的表情站起来。他走下踏凳，向着克定走去。

"我去取，我就去取回来，"克定有点胆怯，仓皇地说。

"我限你今天就取回来，听见没有？"克明仍然板着面孔吩咐道。

"是，我给你拿回来就是了，"克定谦恭地说，他的脸上并不露一点羞惭的表情。他看见克明、克安两人的脸上仍然没有笑容，房里又有不少轻视的眼光集中在他的身上，他不想多留在这里，打算借这个机会溜走，便说："我现在就去拿。"他早就留意到高忠垂头丧气地立在屋角，这时便唤道："高忠，你去吩咐大班预备轿子，我要出门。"

高忠连忙应声"是"，马上溜出房门转到外面去了。

"我把高忠'开消'了，"克明道。

"那又何必？我又没有别的跟班，"克定陪笑道。

"三哥，字画既然拿回来，我看也不必'开消'高忠了，五弟又没有别的底下人,"克安这时又改变态度顺着克定的意思代高忠求情道。

克明心里很不痛快,但是他看见克定今天完全屈服,觉得自己有了面子,而且他现在很疲乏,也不愿意再费精神,便叹一口气,说:"好,你们去罢。我想休息一会儿。"

克定巴不得有这一句话,立刻溜了出去。克安也站起来,安闲地走出去了。觉世跟着他的父亲跑出去。袁成和苏福也垂着手默默地走出去了。房里只剩下克明、觉新、觉民三人。克明起初喘气,以后忽然咳起嗽来。

"三爸,你太累了,回屋里去躺躺罢,"觉新同情地说。

克明咳了几声嗽,吐出两口痰,就止了咳。他望着觉新,两颗眼珠很迟缓地动着,过了半晌才喘吁吁地说:"我不病死,也会气死的!"

"三爸,你怎么说这种话?"觉新站起来痛苦地说。

"这一年我体子[1]也不行了,我自己晓得,"克明悲哀地说。"明轩,高家的希望就在你身上。……他们是完了。……我只求他们少给爷爷丢脸。……明轩,现在完全靠你。"

"我尽我的力好好地做去就是了,"觉新忽然自告奋勇地说,好像他甘愿把一切责任拉到他一个人的肩头似的。

这许久不说话的觉民正在用怜悯的眼光看克明。他听见克明和觉新两人的一问一答,心里很不舒服,但是他也没有什么不满意的表示,只是默默地走出了水阁。

---

[1]体子:即"身体"。

三

第二天下午琴果然来了。淑华便借用继母周氏的名义差人抬着空轿子到周家去"接芸小姐来耍"。

芸坐着周氏的轿子来了。轿子一到堂屋门口,琴和淑华姊妹,还有绮霞、翠环都站在那里迎接,芸走出轿子,她们马上把她拥进堂屋去。

芸和琴、淑华、淑贞见了礼。绮霞、翠环都给芸请了安,芸也一一答礼。芸的少女的圆脸上依旧带着天真的表情,脸上脂粉均匀,脑后垂着一根松松的大辫子。

"你们都好,"芸欣喜地笑道。她又对那个修眉大眼、女学生装束的琴说:"琴姐,好久没有见到你了。你怎么不到我家里来看我?"

"我家里有许多事情,妈都要我做。我又要读点书,又跟着二表哥读英文。所以连大舅母这儿也不常来,"琴抱歉似地解释道,她的鹅蛋脸上现出了愉快的微笑。

众人又把芸拥进周氏的房里。周氏正在房里等候她们。芸向周氏请了安,周氏让芸坐下。起初全是周氏跟芸谈话,她向芸问起一些周家的事情。她一面说话,一面摇摆着她的丰满的

027

大脸。

周氏谈起枚少爷的亲事,淑华忽然忍不住插嘴说:"芸表姐,听说你的弟媳妇年纪比你还要大。"

"比我大三岁,二十一岁了,不过是下半年生的,"芸埋下头低声答道。

周氏瞪了淑华一眼,有点怪淑华多嘴。淑华却一点也不在乎。她还说:"我始终不明白大舅为什么这样顽固——"

周氏把眉头一皱,责备地打断淑华的话道:"三女,你说话小心点。你怎么骂起大舅来了?幸好都是自家人,芸姑娘听见不会见怪的。"

"大姑妈,不要紧,三表妹是无意中说出来的,"芸抬起头客气地陪笑道。

淑华微微一笑,她不大在意地说:"人家是无心说出来的,妈倒认真了。不过我总有点替枚表弟不甘心。"

"枚弟自己倒好像不在乎。大伯伯说什么好,就什么好。他本来就是那种神气,"芸接下去说;"他每天愁眉苦脸的,没有看见他笑过。他不是躲在屋里看书,便是一个人在窗下走来走去,口里念着什么,好像一个人在说话。"

"枚表弟真没有出息!假若是我,我一定不答应这门亲事!"淑华气愤地说。

"三表妹,你倒比枚表弟还着急,"琴噗嗤笑道,连芸也开颜笑了。

"大伯伯说冯家世代书香,又说冯小姐的叔祖父是当代大儒……"芸的话还没有说完,忽然被琴打断了,琴插嘴问道:

"是不是冯乐山?"

芸想了想，回答道："好像是这个名字，我不大记得，听说冯小姐的名字是文英。"

"一定是他！什么事总离不了冯乐山！"淑华愤恨地说。

芸惊讶地望着淑华和琴，莫名其妙地问道："怎么你们都晓得？冯乐山是怎样的人？"

琴要开口，又止住了。淑华连忙抢着说："怎么你就忘记了？这位冯小姐本来应该做我们的二嫂的。二哥不愿意，后来亲事便没有成功。想不到还没有嫁出去，现在又送到你们府上了。"淑华的话里带着讥讽的调子，她只顾自己说得痛快，并不管会不会使听话的人难堪。

芸略略皱起眉头。周氏一个人躺在沙发上微微地摇着头，她不满意淑华对芸说这种话，但是淑华的话把她带进回忆的境域里去了，这是一个使人醒后常常会记起的不愉快的梦。于是一阵莫名的忧郁飘上了她的脑际。她不作声了，她想排除这忧郁。

琴也想起一些已经被忘记了的事情。不过她的思想敏捷，她比较容易压下不愉快的念头，她看见沉闷的空气开始在这个房间里升起来，她想打破它，正预备将话题引到另一方面去。

门外响起了脚步声，门帘一揭起，觉民进来了。

"二哥，我们正讲到你，"淑华欣喜地说。

芸看见觉民进来，连忙站起，拢手对他拜了拜，唤一声："二表哥。"觉民含笑地还了礼。两人都坐下了。觉民便问道：

"三妹，你们讲我做什么？"

"我们讲起冯小姐的事情，"淑华说，她望着觉民微笑。

觉民立刻收起脸上的笑容，声音低沉地说："我晓得了。枚表弟替我背了十字架。"

"什么十字架？哪儿来的外国名词？我不懂！"淑华故意大声笑道,把众人也引笑了。

觉民刚刚露出笑容,便又止住。他不理淑华,却轻声自语道："房里闷得很。"他看看窗外。天井里,阳光涂在石板过道上,两旁几盆应时的花在暮春的暖风里满足似地微微摆动,鲜明的红绿色映着日光更加炫目。屋脊上有不少的麻雀。它们吱吱喳喳的叫声中间夹杂着清脆悦耳的八哥的鸣声。

"我们还是出去走走,"觉民向琴提议道。

琴点个头,便站起来,客气地对周氏说："大舅母,我们想陪芸表妹出去走走。"

"琴姑娘,你不要这样客气。你们就陪芸表妹到花园里去耍罢。天气这样好,把你们年纪轻的人关在屋里头也太忍心了！"周氏面带笑容好心地说。

"我们到花园里头去,"淑华兴高采烈地说。

"到花园里头去,"从淑贞不常发言的嘴里吐出了这一句话。她这一次是没有顾虑地微笑了。不过人若仔细看她的面貌,还可以看出眼角眉尖隐藏着一个寂寞少女的哀愁。

"大姑妈也去罢,我们愿意陪大姑妈耍,"芸站起来有礼貌地邀请周氏同去。

"是的,大舅母带我们去,我们耍得更热闹些。我们今晚上'劈兰',请大舅母也加入,"琴凑趣地说。

"我赞成,我们还要吃酒行令,"淑华快乐地大声说。

"不要劈兰,我不要吃你们的'白食',今晚上我请客,"周氏感到兴趣地说。

"妈，你请客，我们今晚上就在听雨轩里吃，"淑华高兴地说。

"好，就依你们，"周氏一口答应道，"你们现在先去，我等一会儿来。"她最后开玩笑道："可是你们不要打架啊！"

琴故意噘起嘴不依道："大舅母又在笑我们。人家又不是三五岁的小孩子，怎么在一起就会打架！等一会儿一定要罚大舅母吃酒。"

"琴姑娘，你罚我吃酒，我一定吃。不过等一会儿你三表妹、四表妹还要向你敬酒，你也要吃啊！"周氏取笑道。

琴会意地微微一笑，搭讪地说了一句："我说不过大舅母，"便住了口，陪着芸走出房去。

周氏含笑望着琴的背影，等她们姊妹的影子消失了，她侧头看见绮霞站在旁边，脸上略带焦急不安的神气。她便吩咐绮霞道："绮霞，现在不要你装烟。你到花园里头服侍小姐们去。你顺便把张嫂给我喊来。"

绮霞巴不得太太有这样的吩咐。她快活地应了一声"是"，便迈着轻快的脚步走到外面去了。

淑华走在前面领头，其次是觉民；芸和琴一边谈话，一边跟随着他们。淑贞老是挨着琴走，不肯离开，有时还让琴牵着她的手。这个孤寂的女孩子永远把琴当作她的依靠，只有在琴的身边听见琴的清脆、活泼、有力的声音，她才感到快乐。翠环走在最后，她可以听见琴和芸的谈话。进入她的眼帘的全是悦目的景物：花、草、树、水、山石、小鸟、蝴蝶……。她觉得浑身非常轻快。她的脸上现出了笑容。近几个月来压在她心上的无名的忧郁似乎被一阵轻风吹散了。

这一行人走出松林，到了湖滨。淑华第一个走上圆拱桥，看见对岸天井里有几个小孩蹲在一处。她怀着好奇心,一个人急急地走下桥,经过草地逼近石阶,她才看清楚那是觉英、觉群、觉世、觉人、觉先、淑芬六个人,他们围着一个绿色瓷凳,不知在那里做什么。

"一天不读书,教书先生请来做什么?现在又不晓得在做什么好事。连我都看不惯,那真可以了。如果二姐在这儿,她一定会气坏的,"淑华一个人自言自语道。她忍不住走上石阶大声叫道:

"四弟,你不读书,带着五弟他们在这儿做什么?"

觉世、觉人、觉先和淑芬听见淑华的声音连忙吃惊地站起来。淑芬唤一声:"三姐,"接着带笑地望着淑华说:"他们在捉雀子!"觉英和觉群只抬头朝这面望了一下。觉英不客气地说:"你管不到!"

淑华走下天井,向着他们走过去。她看见觉群的一只手还伸在瓷凳的雕空的大花瓣里面。

"不要做声,"觉世、觉人两个齐声警告淑华道,他们还做了手势。

淑华走到他们的面前。觉群忽然高兴地叫起来:"捉到了!捉到了!"

"快拿出来,"觉英催促道。他的手轻轻地敲着瓷凳。

"快点,快点,捉到几只?"觉世、觉人和觉先齐声说,他们非常兴奋。淑芬也在旁边高兴地跳着,两边脸颊红红的,脑后一根小辫子甩来甩去。

"小心点,不要捏死了,"觉英嘱咐道。

觉群慢慢地把手伸出来,在他的手里动着一个黄毛阔嘴的小鸟的头。觉世马上跑到哥哥跟前去看小鸟。他不住地拉觉群的手。

"给我！给我！"觉英着急地说，他看见觉群站起来，便也站起。觉人和觉先一边嚷着，一边拍掌欢呼。

"五哥,给我看！"淑芬跑到觉群面前,伸手去接小鸟。

"雀笼子在哪儿？先放到笼子里头,"觉群不把小鸟交给觉英,也不给觉世和淑芬看,却只顾说话。

"你交给我再说！"觉英不同意,他伸出手去抢。

"我自己拿,是我捉到的！"觉群把身子闪开,不肯把他捉到的小鸟交给他的堂兄。

"你究竟给不给？"觉英生起气来大声问道。

"我不给！不给！"觉群倔强地答道。他看见觉英又动手来抢,便拔步往石阶上跑。

"看你跑得了跑不了！"觉英狞笑道。他将身一纵,放开大步跑去追赶觉群。觉世在后面大声说："五哥,快跑！"觉人和觉先两个却躲在一株玉兰树下不敢响。

觉群一面跑一面回头看。他跑到草地上就被觉英追到了。觉英用力一扑,把觉群摔倒在地上。他的身子压在觉群的身上,他用两只手去扳开觉群的手,把小鸟抢到自己的手里。觉群在草地上张开大嘴放声痛哭。觉英却拿着小鸟跑上圆拱桥扬扬得意地走了。

觉群从草地上爬起来,一面揩眼睛,一面带着哭声骂道："我×你妈！我×你先人！"

"五弟！你骂哪个？"坐在瓷凳上看完这场争夺的淑华忍不住大声喝道。

"他做什么抢我的东西？他龟儿子！"觉群大声辩道。

"他抢你的东西，你去告他就是了。他的先人也是你的先人，他的妈也是你的长辈。真没出息，给人抢去了东西，还好意思哭！"淑华教训道。

觉世和觉人便走到觉群的身边，讨好地拉着他的手，对他说："五哥，你不要哭。我们去告他。"觉先也跑过来了。

淑芬也走到觉群面前，噘起嘴说："五哥，四哥不讲理，抢东西，我们都不理他！"

"我们去告他，等一会儿我看他挨打，我才高兴！"觉群完全不哭了，他叽哩咕噜地骂着。四个男孩挤在一起走上了圆拱桥。淑芬跟在他们的后面。

琴和芸站在草地上望着湖水在讲话，淑贞自然同琴在一起。翠环也立在她们的旁边听她们谈话。她们两三次回过头看觉英和觉群争吵。

"你看，全是这样的子弟，所谓诗礼人家、书香人家还有什么希望？"琴感慨地说。

"怎么我们看见的全是这种样子？难道就没有好一点的办法？"芸疑惑地说。

"但是他们不相信，他们定要走那条死路，没有人能够阻挡他们，"琴略带气愤地说。

"死路？我倒有点不明白，"芸惊疑地说。"说不定只有我们几家是这样也未可知。"

"几家？你将来就会看见的，"琴坚持自己的意见说。"自然也有些例外，可是并不多。随便举出几个例子，冯乐山，陈克家，下而至于郑国光的父亲，这班人都是他们所说的什么'当代大儒'，

'当世奇才'。这班人什么坏事都做得出。除了害人而外这班人还能够做什么？"

"我也不明白为什么大伯伯一定要把他的亲生儿女一个一个送到死路上去。想起姐姐的事情，我心里真难受。现在又轮着枚弟，"芸苦痛地、疑惑地说。她忽然掉过脸求助似地望着琴，声音略带颤抖地问道："琴姐，你读书多，见识广，你知道多。你告诉我，旧书本、旧礼教是不是害人的东西？就像新人物那样说的。我实在不明白，为什么大伯伯一定要断送姐姐的性命才甘心。"

琴感动地轻轻捏着芸的手，她悲愤地说："我也不大明白。大概是旧礼教使人变得毫无心肝了。你没有读过一篇叫做《吃人的礼教》的文章？你高兴，我可以给你送几本书去。看看那些书，也可以知道我们生在世上是为了什么，总比糊里糊涂做人好些。那些书有时好像在替我们自己说话一样，你想多痛快。"

"从前二表姐也劝我看新书，我只怕我看不懂，没有敢看，只在她那儿借过几本外国小说，虽然不能全懂，倒觉得很有意思。外国女子比我们幸福多了。我常常听见大伯伯骂外国人不懂礼教。不过从那些小说看来，外国人过得比我们幸福，"芸老实地说。

"在外国，女子也是一个人。在我们中国，女子便只是一个玩物，"琴气愤地接口说。芸的话使她感到一点满意。她觉得芸和她渐渐地接近了。

觉民坐在淑华旁边一个瓷凳上，他安静地看着觉英和觉群争夺那只小鸟。他看见他的两个堂兄弟倒在草地上，又看见觉英站起来跑开了,还听见觉群的哭骂声,他仍旧安坐不动。他的眼光不时射到立在湖滨的琴和芸两人的身上。他看见她们亲密地在谈话,他很满意,并不想打岔她们。后来觉群弟兄走上了圆拱桥,他听见淑华在旁边抱怨他说:"二哥,你坐在这儿一声也不响,你也不来管一下,你要做佛爷了。"他把淑华看了一眼,见她满面怒容,便答道:

"三妹,你管这种闲事做什么?你以为他们在这种环境里头还有希望吗?我有工夫倒不如做点正经事情。"

"看你这个样子,倒好像很高兴他们不学好,"淑华不服地说。

觉民停顿一下,然后答道:"不错,这也可以给我们的长辈一个教训:害别人也会害到自己。我一定会看到那班人的结果。"

"你这是什么意思?"淑华诧异地说。她留心看觉民的面容,忽然惊恐地问了一句:"你这样恨他们?"

觉民站起来,走到淑华的面前,把手搭在她的肩上,痛苦地说:"你忘记了我们还在他们的掌握里面?"过了半晌他又解释地说:"我恨的还不是他们,是他们做的事情。"

"不,我不怕他们,"淑华挣扎似地说,她还只听见他的前一句话。

"我们也不应该怕他们,"觉民鼓舞地接下去说;"我们走过去罢,琴姐她们谈得久了。"

淑华顺从地站起来。他们兄妹经过石阶走下草地,听见圆拱桥那面有人在叫:"翠环!"

那是绮霞,她跑得气咻咻的,手里还提着一只篮子,她一面在桥上走,一面大声向翠环讲话:"翠环,你们都在这儿,把我找死了!"

"你自己没有弄清楚,还要大惊小怪的,"翠环走去迎她,一面含笑地抱怨道。

"你不要埋怨我,连大少爷、枚少爷也白跑了好多路,"绮霞说着走下了桥。在她后面,桥头上现出了两个人来。他们一边走一边谈话。一个穿着灰爱国布袍子,那是觉新;一个穿着蓝湖绉夹衫,再罩上青马褂,那是枚少爷。

"大少爷!枚少爷!"翠环惊喜地叫起来。她的叫声惊动了琴和芸,她们看见觉民和淑华正向着觉新走去,她们也就中止了谈话,到桥头去迎接觉新。

四

　　两只船从柳树下划出去,像一把利剪剪开了水中的天幕。桨打下去,水面立刻现出波纹,水在流动,同时发出单调的、低微的笑声。桨不住地在水面划纹路,笑声一个一个地浮起来,又接连地落下去碎了。岸边树上送出清脆的鸟声,几种不同的鸟竞赛似地唱着它们的最美丽的歌曲。两只翠鸟忽地从柳树间飞出,掠过水面往另一个树丛中去了。它们的美丽的羽毛带走了众人的眼光。

　　船篷遮住了头上的阳光,但是并没有遮住众人的视线。温暖的春风吹散了他们心上的暗影。眼前是光明,是自由的空气,是充满丰富生命的草木。还有那悦耳的鸟声,水声,风声,树声。

　　两只船先后从圆拱桥下面流出去。后面的一只(觉新划的那只)不久就追上了前面的,然后两只船并排地缓缓前进。在觉新的船上的人还有觉民和枚少爷,绮霞坐在船尾。另一只船上坐的是芸、琴、淑贞、淑华和翠环;淑华坐在船头,翠环在船尾摇桨。

　　"你们这儿真好,我真羡慕你们,"枚少爷的苍白脸上忽然露出苦笑来,他带着渴慕地叹息道。

"这有什么值得羡慕,我们也看厌了,"觉民顺口答道,他并不了解枚少爷的心情。

"枚表弟,你高兴,随时可以来耍。你天天来,我们都欢迎,"觉新同情地说,他觉得自己更了解这个不幸的年轻人。

枚少爷摇摇头,神情沮丧地说:"爹不见得会答应。今天要不是大表哥带我来,爹也不会放我出门。"

"为什么不许你出门呢?我们倒以为你自己爱关在家里,"觉民诧异地说。

"爹也是为着我好。他说我身体弱,最好在家里多多将息。去年爹本来说过要我到你们这儿搭馆读书,后来他看见我身体不好,也就不提了,"枚少爷没精打采地解释道。

觉民听见这几句,觉得这不应该是十七岁的青年说的话,因此他不大满意。但是他也并不辩驳,却再问道:

"大舅为什么不请个医生给你看看病?"

枚少爷一时答不出来,他的脸上泛起红色,过了片刻,他才嗫嚅地说:"其实我也没有什么病。爹说静养一两年便可以养好。"

"你已经静养了一年多了,现在应该好一点罢,"觉民故意讽刺地说。他暗中责备这个年轻人执迷不悟。

枚停了一下,才搭讪地说:"我觉得已经好了一点。"

觉新害怕觉民还要用话来窘枚少爷,连忙打岔道:"枚表弟,你来划,好不好?"

"我不会,大表哥,你划好了,"枚少爷摇摇头答道。

"那么,二弟,你来划罢,我不划了,"觉新对觉民说,他慢慢地站起来。

在另一只船上,那些少女看见觉民跟觉新交换座位,淑华嘴快,便笑道:"大哥,你怎么就不划了?我正要同你比赛哪个划得快啊!"

"那很容易,你同我比赛好了,"觉民刚刚坐下来,拿起桨挑战地说。

"我不同你比,你划得跟四弟一样,就好像在充军!"淑华逃避地带笑说。

众人都笑了。

"你明明比不过我,你同我比,你只有输!"觉民故意激励淑华道。

"我不信!我就同你比比看,你不要以为我是好欺负的,一吓就可以吓倒!"淑华不服气,昂着头答道。她马上用力动起桨来,把船划到前面去了。

"好,这才像我的妹妹,"觉民拍掌称赞道。他并不想追赶她的船,慢慢地动着桨。

"二少爷,你不去追赶三小姐?"绮霞在船尾问道。

"二弟,不要追,还是慢慢地划有意思,"觉新对觉民说。

淑华划了好一阵,看见觉民没有追上来,觉得有点吃力,汗珠已从额上沁出,两只手上都起了小泡,她便停下桨,大声朝后面那只船说:"二哥,你输了!你不敢追上来!"

后面船上响起了觉民的应声,但是淑华听不清楚。前面,一边是水阁,一边是峻峭的石壁,再过去便是湖心亭和曲桥的影子。"三小姐,我们把船靠在水阁那面罢,"翠环说。淑华没有答话,她在注意觉民的船。正在跟芸谈话的琴忽然顺口答应出一个"好"字。翠环把船拨到水阁跟前,靠在水阁的窗下。那一带是种荷花的地方,到夏天荷花开放的时候,从水阁里望出去,水面全是粉红色的花和绿色的荷叶。

觉民听见淑华的得意的叫唤,他忽然起了兴,向绮霞吩咐一句:"绮霞,你也用点力,我们现在追上去。"他自己也起劲地划起桨来。

两支桨配合得很好,两个人都高兴地划着。觉民也不注意觉新和枚少爷在讲些什么话(他们的声音很低),他满意地仰起头随意看眼前的景物。他的船很快地就流到了水阁旁边。

"二哥,你才来,我已经等了好久了,"淑华得意地嘲笑道。

"这不算,我们现在才开始比赛,"觉民带笑地摇头说。他还催促她:"你快划啊!停在这儿做什么?等一会儿输了不要怪我。"

"不行,你在赖,"淑华笑着不依道。"你停下来,我不同你比了。"

"你不比,我要同你比,我在钓台那边等你,"觉民忍住笑故意激她道。他立刻划起船走了。

"琴姐,你看二哥在欺负我!他说话不算数,你应该教训他一顿,"淑华看见觉民把船划走,没有办法,便向琴报复道。

琴红了脸,含笑分辩道:"三表妹,这跟我有什么相干?你怎么又扯到我身上来?"

"因为二哥只听你的话,你不教训他,哪个教训他?"淑华辩道。

"呸,"琴红着脸啐道,"你越扯越远了。等一会儿看我撕你的嘴!"

"琴姐,你真的要撕我的嘴?"淑华故意戏谑地问道。

"芸妹,你看,她年纪这样大了,还是嬉皮笑脸的。对她骂也不是,打也不是,我真不知道要怎样教训她才好,"琴故意不理淑华,却含笑对芸说。

芸忍不住抿着嘴笑起来。翠环和淑贞也都笑了。

"芸表姐,你不要听她的话,你要上当的,"淑华自己也笑了,她抢先分辩道,"你看她口气好大,二哥还不敢对我说这种话。"她看见琴装做没有听见的样子,只把眼光掉向石壁那面望去,更加得意地对着琴说:"琴姐,我真的要请你教训教训我。我知道我太不懂规矩了。"

"我不配教训你,"琴故意做出气恼的样子答道。

淑华知道琴不会对她生气,便做出乞怜的样子唤琴道:"琴姐,我的亲姐姐,好姐姐,顶好顶好的姐姐……"

琴噗嗤地笑了,回过头来说一句:"喊得好亲热。"

众人也都笑了。淑华却忍住笑继续说道:"妹子不会说话,得罪了姐姐,请姐姐不要见怪,轻轻打几下。我下回再也不敢了。"

"琴小姐,你看我们三小姐说得多可怜,你饶她这回罢,"翠环在船尾带笑地替淑华求情道。

"好,这回饶了,下回定要重重处罚,"琴故意这样吩咐道。

"是,"淑华恭恭敬敬地答应着,过后却低声自语道:"这回饶了,下回当然不会罚的。"她又把众人惹笑了。

"三丫头,亏你一天到晚这样高兴,怪不得你长得胖胖的,你看四表妹倒瘦了,"琴一面责备淑华,一面想起旁边那个说话很少的淑贞,她关心地看了淑贞一眼:脸色的苍白被脂粉掩盖了,但是眼眶、脸颊和嘴唇都显得很憔悴。

芸没有注意到淑贞,她的思想集中在淑华的身上,她附和着琴说:"是呀,三表妹一天到晚这样高兴,真难得。我们有时候想多笑几声也打不起精神。不晓得三表妹有什么好办法?我真想学学。"

"有人恭维我是个乐天派,有人批评我没有一点小姐规矩,有人骂我是个冒失鬼。我自己觉得我就是一个这样的人:气也气我不死,吓也吓我不倒!"淑华自负地答道。她接着便吩咐翠环:"翠环,你快划,我们要走了。"她把船往湖心拨去。翠环答应一声,也划起桨来。

"真能做到这样,倒值得人佩服。不要全是吹牛,那就糟了,"琴激励地说。

"琴姐,你不相信,你等着看罢,"淑华一面摇桨一面答道。

"三表妹,不是我当面恭维人,我觉得你这性情真值得人钦佩,我们都不及你,"芸羡慕地说,她忽然想起:要是她的蕙姐也有这种性情,一定不会得到那样悲惨的结局。于是惆怅浮上了她的心头。

"三表妹的性情的确不错,所以二表哥近来很喜欢她。不过三表妹,你为什么不好好地读点书?这真可惜。其实你应该学学二表妹,那才有出息,"琴正色地说道。

"琴姐,告诉你,我就有点懒脾气,而且害怕拘束。我又没有'长性'。说读书,读来读去总不见读好,又不晓得要读到何年何月才有用处,自己没有耐性才又丢掉了,"淑华坦白地解释道。

"这种脾气应该改掉。像你这样的人更应该为将来着想。没有知识,单有勇气,是不好的,"琴关心地劝告道。

"可是有了知识没有勇气更不行,"淑华反驳地说。

"三表妹，人家给你说正经话，哪个在跟你开玩笑？"琴皱起眉头抱怨道。

淑华收敛了笑容，诚恳地对琴解释道："琴姐，我知道这是你的好意，我也知道自己的坏脾气。读书是应该的，不过没有人指教我，而且我们家里又不是一个读书的地方，所以我总提不起兴致来。譬如说读英文，剑云一走，我也就忘记大半了。提起剑云，我也很难过，想不到我再也见不到他了。"她连忙埋下头去。

琴叹了一口气，心里也有点难过，她仿佛又看见了那张瘦脸。过了一会儿，她的脸上又现出了微笑，她亲切地问淑华："是不是没有人教你？"她接着说："这是不用愁的，有二表哥在，而且我也可以帮一点忙。你为什么不早对我们说起？我们还以为你自己不爱读书，错怪着你。"

淑华抬起头，红了脸，不好意思地笑道："说真话，我实在有点懒，我自己不大爱读书。能够免掉更是求之不得，哪儿还会请教人呢？"她停了一下又说："不过这样混下去，也不好。以后真要读点书才像话。琴姐，你如果肯给我帮忙，那是再好没有的了。"

"这才是我的好妹妹，这才是个明白事理的人，"琴满意地称赞道。她没有注意到偎在她身边的淑贞用了怎样的羡忌、畏怯和孤寂的眼光偷偷地望着她和淑华。

"以后你就是我的先生了。你记住：'大丈夫一言既出，驷马难追，'不要反悔啊！"淑华高兴地说，虽然她没有用力划桨，但这时船已靠近了钓台。觉民的船靠在钓台下面等候她们。觉民在船上唤着："三妹，快来！"

"你在哪儿学来的这种话？不要看旧小说入迷了。我倒不会反悔,只怕你会反悔罗!"琴笑答道。

淑华没有理睬觉民的呼唤,却对琴说:"我说不定过几天就会懒下来,不过你可以提醒我。你现在是我的先生了。"

船靠近石级。觉民听见淑华的话,好奇地问道:"三妹,哪个是你的先生?"

"二表哥,我新收了一个学生,你看好不好?"琴抢着回答道。

"那么我做太老师了,"觉民高兴地说。

"呸!哪个要你来占这个便宜!"淑华对着他啐道。她又问:"二哥,你们为什么不上去?我要上去了,"她突然站起来,要跳上石级去。船向着左右两边摇晃。

"三妹,慢点,"觉新在另一只船上阻止道。

"三小姐,当心点!"翠环叫道。

"三表妹,你坐下来罢,"芸和琴齐声说道。

"不要忙,等我们先上去,"觉民说着马上站起来,一步踏上了石级。他抓着船舷,让觉新也上去,枚少爷现出站立不稳的样子,还是觉新在岸上牵着他的手让他慢慢地上岸。绮霞上来后他们便把船拴在木桩上。然后他们过去帮忙另一只船上的人上岸。淑华已经跳上了石级。觉民仍旧抓住船边,淑华牵着芸的手,扶着芸上来。琴自己走上岸,她拉着淑贞的手把淑贞引过来,淑贞的小脚走路最不方便。翠环最后提着藤篮上岸,这时觉新和枚少爷已走了好几级石级了。

"我们也上去罢,"琴对芸说,她让芸先走,芸又在谦让。淑华忍不住在后面说道:"你们客气,让我先走罢。"她便挤到她们前面,一个人先走上去。琴和芸相对一笑,也就不再相让了,芸先走一步,琴拉着淑贞的手跟在后面。

她们走上钓台,看见觉新和枚少爷正倚着临湖的"亞"字栏杆谈话。她们也走过去,就站在栏杆前面,眺望景物。

顶上是槐树的枝叶投过来的阴影。阳光被枝柯遮去了。明镜似的湖水横在台下。水底现出一个静穆的天,天边装饰着浓密的树影。对岸仿佛全是繁茂的绿树,房屋和假山都隐藏在树叶丛中。

六代豪华春去也
更无消息……

从台下飘上来这熟习的歌声。众人的眼光连忙跟随歌声追下去。

空怅望山川形胜……

他们看见觉民一个人站在湖边石级上昂头高歌。

已非畴昔……

这是淑华的声音,她跟着觉民唱起《金陵怀古》[1]来。觉新也接着唱下去。

于是琴也和着唱起来。芸、淑贞和枚少爷三人静静地听着。翠环和绮霞立在槐树下面低声讲话。

淑华唱完歌,大声向下面

---

[1]《金陵怀古》:萨都拉(元朝的蒙古人)作的满江红词,头一句就是"六代豪华春去也"。

唤道：

"二哥，快上来，你一个人站在下面做什么？"

觉民掉转身子仰起头看上面。那些亲切的脸全露在"亞"字栏杆上，他们带着微笑在唤他，他放下他的未解决的问题（他常常沉溺在思索里，想在那里找到解决别人的问题的办法），极力保持着平静的心境，吹着口哨，沿着石级急急地走上了钓台。

"二哥，你一个人在下面做什么？为什么不跟我们一起上来？"淑华看见觉民走到她身边，便逼着问道。

"做什么？我在唱歌，你不是也跟着我在唱吗？"觉民支吾地答道。

"唱歌为什么要一个人在下面唱？"淑华不肯放松地追问着。

"三妹，你又不是法官，这样不嫌麻烦。我在下面多站一会儿看看景致，"觉民笑起来辩道。

"我看你今天好像有心事，"淑华道。

"三表妹，我们还是唱歌罢，"琴插嘴道。

淑华掉头看了琴一眼，对她笑了笑。

"有心事？"觉民诧异地说，他失声笑了。他暗示地说："我不会藏着什么心事，我的事情总是有办法的。"

"你说难道我就没有办法？我不相信！"淑华自负地答道。

这样的话倒使觉民高兴，他满意地说："就是要这样才有办法。一个人应该相信自己。不过太自负了也不行。"

"你看，二表哥跟三表妹斗嘴真有趣，"芸抿嘴笑道，她用羡慕的眼光望着他们。

槐树上起了悦耳的鸟声。一股风吹过，树枝把日影搅乱了，几只美丽的鸟飞起来，飞了两三匝，又飞入繁密的枝叶间歇了。

"三表妹,你听鸟都在唱歌了。我们也来唱罢,"琴再一次对淑华说。

"琴姐,你听二哥的大道理!我今天运气真好,又多一个先生了,"淑华起劲地笑起来,拉着琴的手说。

"蠢丫头,这有什么好笑!"觉民看见淑华弯着腰在笑,便伸手在她的头上轻轻地敲了一下,责备道。他又说:"现在我不再跟你说闲话,我要唱歌了。"

"琴姐,好,我们唱什么歌?唱岳武穆的《满江红》好不好?"淑华说。她又望着芸道:"芸表姐,你也来唱,我们还没有听过你唱歌。"

"我实在不会唱,我没有学过;你们唱罢,"芸微微红了脸谦虚地说,她在家里从来就没有机会学习唱歌,并且连别人唱歌也听不到。只有在她跟着家里的人回到省城以后,她的祖母把游行度曲的瞎子唤进公馆里来唱过几次小曲。

"那么你跟着我们唱罢,你慢慢儿就会学会的,"淑华鼓励地说。她正要开口,忽然转身对觉新说:"大哥,你不唱歌?你同枚表弟讲了这么久,有多少话还讲不完?"

觉新和枚少爷两人正靠着栏杆,低声在讲话,他们就讲了这许久。觉新听见淑华唤他,连忙回过头答道:"枚表弟难得来,我陪他多讲几句话。三妹,你们唱罢,我们听就是了。"

"三表妹,让大表哥他们讲话也好,"琴接嘴说,"等我先来唱——'怒发冲冠'……"

于是觉民和淑华齐声唱起来。后来淑贞也低声和着。充满生命的年轻的歌声在空中激荡。它不可抗拒地冲进每个人的心中,它鼓舞着他们的热诚,它煽旺了他们的渴望。它把他们(连唱歌的人都在内!)的心带着升起来,从钓台升起来,飞得高高的,飞到远的地方,梦境般的地方去。

....
三十功名尘与土
八千里路云和月
莫等闲白了少年头
空悲切……
....
....
待从头收拾旧山河
朝天阙。

《满江红》唱好以后,他们又唱起大家熟习的快乐的《乐郊》来。

觉新和枚少爷不知不觉间停止了谈话,两人痴痴地望着下面清澄的湖水,好像在那里就有一个他们所渴望了许久的渺茫的境界。他们的心正被歌声载到那里去。

但是歌声停止了。淑华第一个拍手笑起来,觉民、琴、芸都欢欣地笑着。翠环和绮霞两人早被歌声引到他们的身边,这时也带笑地说话了。

还是这一个现实的世界。觉新和枚少爷的梦破碎了。觉新望了望淑华的铺满了欢笑的圆圆脸,他又把眼光掉回来注视枚的没有血色的面容。他悲愤地低声说:"枚表弟,你看他们多快乐。我和你却落在同样的恶运里面。我还可以说值得。你太年轻了。你为什么也该这样任人播弄？"

"我看这多半是命。什么都有定数。爹未尝没有他的苦衷。爹虽然固执,他总是为我做儿子的着想。只怪我自己福薄。如果我不常生病,爹多半会叫我到你们府上来搭馆的,"从十七岁青年的口里吐出来这些软弱的话。他顺从地忍受着一个顽固的人的任性,把一切全推给命运,不负一点责任地轻轻断送了自己的前程。从这个被蹂躏了多年的年轻的心灵中生不出一点反抗的思想,这使得自称为无抵抗主义者的觉新也略微感到不满了。本来已经谈过了的冯家的亲事这时又来刺觉新的心。并不是这个没有前途的年轻人的幸福或者恶运引起他的过分的关心,是对另一个人的怀念萦绕着他的心灵。他忽然记起一个人的话:"他一个人很可怜,请你照料照料他。"这已是一年前的声音了。说话的人的灵柩还放在那个破旧的古庙里,棺盖上堆起了厚厚的尘土。但是那温柔的,比任何琴弦所能发出的还更温柔的声音至今还在他的耳边飘荡。现在事实证明他连她的这个小小的请求也无法满足了。他眼睁睁地把她送进了棺材,现在却又被逼着看见她的弟弟去走她走过的路。"蕙,你原谅我,"他在心里默祷。眼里包了一眼眶的泪水。枚少爷惊奇地望着他,不知道他为着什么事情掉泪。

"枚表弟,你是真心愿意吗？下星期就要下定了,"觉新忽然痛苦地问道。

枚少爷痴呆地望了望觉新,他的脸上并没有什么特殊的表情。他似乎没有痛苦。他埋下头轻轻地答道:"既然爹要我这样,我也不想违拗他的意思。他年纪大,学问深,也许不会错。我想我的身体以后会好一点,"这些话夹杂在淑华们的歌声中显得何等无力。

觉新的勇气立刻消失了。这答话似乎是他不愿意听的,又似乎是他愿意听的。他不希望枚说这样的话,他的心在反抗。他还觉得他对不起亡故的蕙。但是听见枚的答话,他又觉得这是枚自己情愿的,他不负任何的责任,而且现在也没有援助枚的必要了。这些时候他们两人间的商谈都成了废话。他已经知道了这个年轻人的本心。枚在畏惧中还怀着希望,甚至愿意接受那个顽固的父亲给他安排下的命运。

"那也好,只要你满意,我们也放心了,"觉新放弃了希望似地低声叹道。

"也说不上满意,这不过是听天安命罢了,"枚少爷摇摇头小声答道。这并不是谦虚的口气,他的脸上也没有笑容。他对这门亲事的确没有表示过满意。不过他还信任他的父亲。他平日偷看的闲书又给他唤起了一个神秘的渴望,这个强烈的渴望不断地引诱他。

觉新看见枚少爷的表情,他觉得他有点不了解他的这个表弟,他不知道是什么样的观念和感情支配着这个年轻人。但是看见一个年轻人孤零零地走着他过去走的那条路,似乎没有料想到将来会有比他有的更悲惨的结局,这唤起了他的同情(或者更可以说是怜悯),他鼓起勇气最后一次努力劝阻枚少爷道:

"但是你太年轻,你不应该——"

然而他的话被打断了,又是淑华在大声说:

"大哥,你们有多少话说不完?你不唱个歌?枚表弟,你也唱一个好不好?"

"我不会,三表姐,我真不会,"枚少爷红着脸,不好意思地答道。他向着她走过去。

觉新断念似地嘘了一口气。他惆怅地仰起头望天。天是那么高,那么高。他呆了一下,忽然听见觉民在他的耳边温和地唤他:"大哥。"觉民低声问道:"你在想什么?"

"没有,我没有想,"他摇摇头,掩饰地说。

"刚才我在下面想。现在你在这儿想。我们想的不知道是不是同样的事情。不过这样想下去是没有用的。现在既然是到花园里来耍,大家就应该高兴。你看她们不是都高兴吗?"觉民不相信觉新的话,他只顾自己说下去,他的声音低,除了觉新外别人都听不清楚,他的脸上现出关心的表情,这使觉新十分感动。

"但是枚表弟……"觉新痛苦地说,他的意思是:枚表弟并不高兴。

"你们一直在谈那些事情,他自然不会高兴。你等一会儿再看罢。其实他这个人有点特别,高兴不高兴都是一样,他在这儿我们就不觉得有他存在一样。譬如他的亲事,我们倒替他干着急,他自己却好像无所谓,"觉民说道。

觉新无话可说了,他皱了皱眉头,说:"我的心空虚得很。"

觉民诧异地望着他的哥哥,好像在研究觉新似的,他还未答话,淑华却过来挽住他的手含笑说:"二哥,她们喊你踢毽子去。"

"踢毽子?我不来。我口渴,我要下去吃茶,"觉民推辞道。

"又不是在这儿踢!我们也要下去,"淑华答道。她又对觉新说:"大哥,你也下去踢毽子。"

"我没有工夫踢毽子。今天请佃客,三爸、四爸两个人忙不过来,我也要出去陪一下。你们好好地陪枚表弟耍。晚上妈请消夜我一定来吃酒,"觉新匆忙地说,就先走下去了。

"二表哥,快来,"琴靠在栏杆上,左手捏住自己的辫子,扬着头微笑地在唤觉民,右手向他招着。她又侧过头去跟芸和枚讲话。

"好,我也去,"觉民对淑华说。

觉民走到琴的面前。琴正在讲话,便停止了,对他说:"二表哥,我们刚刚讲好:凡是两个人单独谈话,不管是谁,都不可以。"

天空中响起嘹亮的哨子声,几只鸽子飞过他们的头上。树叶遮住了他们的视线。但是淑华还把头抬起去望天空,她自语似地说:"飞,飞,……"这是无意间说出来的,她瞥见了鸽子的白翅膀。

"飞,三妹,你想飞到天空去吗?"觉民故意地问道。

"岂但天空,如果我有翅膀,我连天边也要飞去,"淑华冲口答道。

五

傍晚,众人聚在听雨轩里,安排饭桌和座位。周氏和觉新都还没有来,翠环划了船出去接周氏。

白日的光线刚刚淡尽,月亮已经升起。天井里还是相当亮。游廊上朱红漆的卍字栏杆前站着淑华和觉民,他们谈了一些闲话,又走进长方形的厅子里面去了。厅子里正中悬垂的煤油大挂灯燃了起来,灯光透过玻璃窗门往外四射。在屋角长条桌上还燃着两盏明角灯。

琴和芸在安放象牙筷和银制的酒杯碟子,绮霞和枚在搬椅凳,觉民连忙过去给他们帮忙。

"芸表姐,你也动手?"淑华进屋来诧异地说。她走过去抢芸手里的杯筷。

"你自己跑出去耍去了,芸表姐才动手的。我从没有见过主人袖手旁观反而让客人动手的道理!我们都是客人,"琴一面做事,一面含笑抱怨淑华道。

"二哥喊我出去的,我们就没有耍过,"淑华理直气壮地说。"况且琴姐你不算是客人,你是我们一家的。"她自己忍不住噗嗤笑了。

"呸,"琴啐了淑华一口,她又吩咐淑贞说:"四表妹,你看她总是欺负我,你还不来帮我敲她一顿。"

淑贞正帮忙琴把瓜子、杏仁放在两格的银碟子里,听见这句话便抬起头亲密地笑答道:"琴姐,让她说去,你不要理她。"

琴故意称赞淑贞道:"究竟还是四表妹乖,四表妹懂道理。三表妹,你再说,我就不理你了。"

"真滑稽,难道我这么大还要人说我乖?"淑华笑道。她说得众人都笑了。

"我不跟你一般见识,"琴故意赌气说。她们已经把杯筷摆好了,她便离开桌子,向淑华走去。

淑华看见琴走过来连忙跑开。她刚刚跑过觉民身边,觉民轻轻地捏住了她的辫子,他对琴说:"琴妹,我给你捉住了。"

"二哥,你帮琴姐,我不答应,"淑华也不挣开,却带笑对觉民抗议道。

"二表哥,你放开她罢。哪个要捉她?我不过吓吓她罢了,"琴笑道。

"三妹,这几天我太'惯使'你,你也学会斗嘴了。你看四弟嘴那样滑有什么好处?你不是也讨厌他吗?"觉民放下淑华的辫子,拉着她的一只手,半劝告、半开玩笑地说。

"啊哟,刚刚对人家好一点,就说起什么'惯使'来了。这样爱讨便宜,真不害羞!当着这许多人给琴姐帮忙,脸皮真厚!"淑华知道她的哥哥现在喜欢她,便放纵地说,而且伸起手指在他的脸颊上划了两下。

觉民把嘴放在她的耳边,说了两三句话,淑华点了点头。

女佣黄妈走进屋里来,问觉民道:"二少爷,现在端菜出来吗?"

"你先把冷盘端上来。菜等一阵下锅,太太、大少爷都还没有来,"觉民吩咐道。

黄妈答应一声"是",正要走出,觉民又说一句:"黄妈,酒烫好了,也先拿出来。"黄妈又答应一声,便走出去了。

淑华走到琴的身边,琴正在跟芸讲话,淑贞在旁边听着。琴讲完一段话,看见淑华便笑问道:"怎么你又回来了?你不是怕我敲你吗?"

"二哥已经替你陪了罪,我现在饶你了,"淑华正经地说。

琴伸起手在淑华的头上轻轻地敲了一下,又气又笑地说:"这真是:江山易改,本性难移。"

"还有嘞,我替你说出来:狗嘴里吐不出象牙,"淑华调皮地笑道。

"三表妹,你倒有自知之明,"琴也忍不住笑了。

"琴姐,你要明白,我刚才是在让你,是看了二哥的情面。你再说,我就不让了,"淑华继续向琴进攻,她对争辩的事情感到大的兴趣。

"好妹妹,不要再说了。就算我说不过你,好不好?"琴亲热地拉起淑华的手说。

"琴姐,你还跟我客气?现在大家在一起,正该说说笑笑,"淑华亲密地望着琴答道。"现在不说笑,将来不晓得哪天大家分散了,要说笑也没有人来听你。"淑华的声音里并没有一点感伤的调子。

琴微微皱一下眉头,她惆怅地说:"你为什么说这种话?现在大家都在一起高高兴兴的。"

淑贞坐在紫檀木圆桌旁边一把椅子上,插嘴道:"二姐在上海不晓得现在在做什么事情……"

"坐电车,看房子走路,"淑华冲口答道。

"这倒有趣味,二表姐的信写得真有意思,"芸称赞道,她的圆圆的粉脸上现出了两个酒窝。她想起了淑英从上海寄给她的信。

"他们现在会不会想到我们在这儿吃酒?"淑贞怀念地说。

"他们怎么会想得到?路隔了这么远!"淑华顺口答道,她的话残酷地打破了淑贞的梦景。

黄妈用一个篮子把四样冷盘提了进来:是凉拌蜇皮,椒麻鸡,火腿,皮蛋。淑华和觉民把它们摆到桌上去。

"二姐不晓得什么时候回来?"淑贞的寂寞的心被怀念折磨着,她痛苦地低声说,她仿佛怀着一个难解的问题,希望别人给她一个答案。

众人不作声,这句软弱无力的话像一阵风吹散了他们脸上的微笑。连心直口快的淑华也被这个平日寡言的女孩问呆了。琴关切地注视着淑贞的瘦脸,她安慰似地低声说:"她总有一天会回来的。"她心里知道她说的不是真话。

淑华不知道琴的心思,她以为只有她才明白这件事情,她开口了:"回来?二姐决不会回来!三爸肯让她回来?不打死她,也要赶她出去。"

"三伯伯就这样狠心?"淑贞恐惧地说,她差不多要哭了。

"你不信,你看罢,"淑华生气地说,她没有注意淑贞的声音和表情。

"三表妹,你不要吓她,你看她要哭出来了,"琴怜惜地庇护着淑贞。

"不会这样！不会这样！"淑贞摇着头赌气似地说。

"做父亲不狠心的你见过几个？你想二姐为什么要走？你想蕙表姐是怎样死的？"淑华争吵似地大声说，她仿佛要把一肚皮的闷气全吐出来。

琴瞅了淑华一眼。枚少爷埋下了头。芸也红了脸。觉民走到淑华身边，把手搭在她的肩头，温和地说：

"三妹，你不要专说这种话。将来的事情哪个晓得？二姐可以回来，三哥也可以回来。社会天天在进步。三爸——"他刚说到这两个字，忽然机警地说："妈来了，不要再讲这种事情。"他看见翠环提着一盏风雨灯，从山石和芭蕉后面转了出来。

众人的视线全往门外看去。周氏摇晃着她那个相当胖的身体有点吃力地向石阶走来，在她后面紧紧跟着瘦长身材的张氏，张氏的脚是放过的，比周氏的脚大一点，走起路来容易些。

"三婶也来了，"淑华诧异地说。

周氏和张氏进了屋里，觉新也来了。周氏含笑地说："我把三婶给你们请来了。"

"好得很，三舅母很少跟我们在一起耍过。不过我们不大懂规矩，三舅母不要见怪才好，"琴接口欢迎地说。

"琴姑娘，你怎么这样客气？我只怕我们长一辈的人搅在你们中间会打断你们姊妹的兴致，"张氏谦虚地笑道。

"明明是三舅母客气，三舅母反倒说我客气！三舅母肯来，我们是求之不得的，大舅母，三舅母，你们请坐罢，"琴陪笑道。

"三婶，今天是妈请客，你要多吃酒，"淑华插嘴说。

觉新吩咐绮霞道："绮霞，你去喊黄妈把酒烫好拿来。"绮霞答应一声连忙走出去了。

"三弟妹,不要客气了,请坐下罢。芸姑娘,琴姑娘,你们也都请坐,"周氏让道。众人还谦让一番,后来才坐定了。

周氏嗑着瓜子跟张氏讲了两句话,她看见众人都现出拘束的样子,便鼓舞地说:"今天我们只算是'扮姑姑筵',大家不要顾什么长辈幼辈,要随便一点才好。太拘束了,反而没有意思。"

"是啊,我也觉得要随便一点才好,"张氏附和地说。她又对淑华说道:"三姑娘,你平日兴致最好,爱说爱笑,今天不要因为我同你妈在这儿就显得拘束了。其实我们也喜欢热闹的。"

"我们吃菜罢,"周氏拿起筷子向众人让道。

"大家看,还是大舅母客气,"琴抿嘴笑道。

"大哥,我还怕你不来了,你吃过饭吗?"淑华带笑问道。

"饭吃完了,我才走的。我还跟那个姓李的佃客吃了两杯酒。他们还没有散。三爸还在跟他们讲今年收租的事情。我打起妈的招牌,又说要陪枚表弟,才走出来了,"觉新红着脸兴奋地说;他回过头向门外叫了一声:"酒!"

绮霞和黄妈两人拿了酒壶进来。黄妈对翠环说:"翠大姐,你们两个斟酒。我去端菜。"翠环答应一声从黄妈的手里接过了酒壶,拿着它和绮霞一同到席前去。

周氏看见酒来,便带笑对琴说:"琴姑娘,你说得有理。现在就先罚我吃杯酒。过后我还要跟你搳拳。"她把面前的酒杯端起来喝了一大口酒。众人都跟着她把酒杯放到唇边。

黄妈端了第一道菜来,就留在这里。第二道菜是张嫂端进来的。她把菜碗交给黄妈,便又出去,菜碗由黄妈端上桌子。翠环、绮霞两人拿着酒壶到各人面前去斟酒。

吃了两道菜,周氏便对琴说:"琴姑娘,现在搳拳好不好?三拳两胜,三次,每次一杯酒。"

"我不敢跟大舅母搳,"琴笑着推辞道,"我搳得不好。"

"我不见得就比你好,我也难得搳拳,"周氏说。

"琴姑娘,你不要客气了。搳拳不过助兴。今天大家高高兴兴的,你也不要推辞了,"张氏在旁劝道。

"琴姐,做事要痛快,你怕吃酒,我替你吃好不好?"淑华激励道。

"好,我陪大舅母搳。不过我实在不会吃酒,每次吃半杯罢,大舅母觉得怎样?"琴望着周氏说。

"也好,就依你,"周氏满意地答道。她一面又吩咐绮霞和翠环快把酒斟好。她看见两人面前的酒杯都斟满了,便望着琴做了手势,然后把手放出去,一面叫道:

"五经魁首。"

琴也含笑地放出手去,她叫了一个"四喜"。众人感到兴趣地旁观着。

她们两人都搳得不大好,不过琴更差些,她的声音也不响亮。搳了三下,琴便输了一拳;接着再搳四下她又输一拳,便望着酒杯说:"我原说不会搳,现在果然输了。"

"琴姐,不要多说,快吃酒,"淑华催促道。

"第一次不算什么,我也搳得不好,"周氏高兴地说。

第二次开始,周氏又胜了一拳。

"琴姐,小心点,"淑华提醒道。

"琴妹,我替你搳好不好?"觉新忽然自告奋勇地说。

"不要紧,还是我自己搳,"琴带笑说。她又把手放出去,搳了七八下她居然胜了一拳,接着她又胜一拳。她快乐地说:"大舅母输了。"

"妈吃酒,妈输了,妈可以多吃一点,"淑华得意地说。"绮霞,给太太斟酒。"

"三女,你应该帮我才是,你怎么倒帮起你琴表姐来了?"周氏喝了半杯酒,带笑地埋怨淑华道。

"大嫂,你不晓得年轻人总是帮年轻人,"张氏带了一点感慨地说,她勉强地笑了笑。众人听见这句话,都想起远在上海的淑英来了,连淑华也呆了一下。

"琴姑娘,这一次你一定赢不了!"周氏连忙用这句话来搅动刚刚静下去的空气,她又把手放出去。琴先赢了一拳。周氏也赢一拳。但是最后还是琴得胜了。

"这是大舅母让我的,"琴笑道,她看见周氏又喝了半杯酒。

"琴姑娘的拳很不错。芸姑娘,你跟她搳搳看,"周氏鼓动芸道。

芸正有这个意思,经周氏一说,便对着坐在她旁边的琴说:"琴姐,我们照样搳三次。"

琴踌躇一下,然后笑答道:"好,不过我以后再不搳了。"

"还有我呢,"觉新在一边静静地说。

"还有我,"觉民也说,他的脸上浮出得意的微笑。

琴诧异地看觉民一眼。他微微地点一下头。

"你也来?"淑华惊奇地说。

"我为什么不来?难道我就不能搳拳?"觉民含笑地反问道。

"那么还有我,我也要跟琴姐搳拳,"淑华正经地说道。

"你也要搳?你几时学会的?"琴奇怪地问淑华。

"我跟你搳鸡公拳,"淑华极力忍住笑答道。

"三表妹,亏你说得出。又不是三岁小孩,还揩鸡公拳?"琴噗嗤地笑起来,众人都笑了。

芸揩了揩嘴,便催促琴道:"琴姐,我在等你。"

"我倒忘记了,"琴侧过头答道。

"我揩不好,你不要见笑,"芸谦虚地说。

这一回她们也是揩三次。第一次芸赢了。周氏马上说:"现在芸姑娘要替我报仇了。"

以后两人各胜一次,算来还是芸得到胜利。

"现在该我来了,"觉新看见琴喝了酒,便从容地说。

"不行,我不来,"琴有点着急地说。"我不是赢家,大表哥,你不要向我挑战。你跟芸妹揩罢,她的拳比我揩得好。"

"大表哥,你不要相信她的话,"芸连忙分辩道,"琴姐比我揩得好,她刚才是让我的。"

"拳是芸姑娘揩得好一点,琴姑娘也不错,"张氏插嘴说。

觉新望着芸道:"芸表妹,那么我就跟你揩,我多半会输给你。"

"这才不错,大表哥真是个明白人,"琴故意称赞道。

"不行,我不会吃酒,"芸替自己辩护道。

"芸表姐,你还说不会吃酒?你脸上有一对酒窝。哪个说有酒窝的人不会吃酒,我不信!"淑华起劲地说。

"芸姑娘,等一下揩罢。先吃点菜,免得菜冷了,"周氏拿起筷子劝菜道。

"好,芸表妹,先吃点菜罢,等酒烫来了,我们再来揩,"觉新附和着周氏的话。

他们吃了两道菜,酒烫来了。觉新吩咐翠环、绮霞换上热酒,他便开始跟芸揩拳。

觉新的声音很响亮,他把脸都挣红了。芸始终带着微笑温和地吐出她的数目。她接连赢了两次,第三次才该她喝酒。

觉新不服输,起劲地说:"这回不算,芸表妹,我们重新来过。"

"你跟琴姐搳罢,我搳得不好,"芸推辞道。

"你是赢家,大表哥要报仇,当然找你搳。况且你酒吃得很少,输给他也不要紧,"琴在旁边怂恿道。

"大姑妈,你看他们都欺负我。你不给我帮忙?"芸撒娇地对周氏说。两个酒窝明显地在她的脸上露了出来。

"芸姑娘,你说得怪可怜的。你不要害怕。你只管多搳,你吃不了酒时我代你吃,"周氏笑道。

"好,三表妹,四表妹,听见没有?我们吃不了酒时,大舅母都会替我们吃,"琴立刻对淑华姊妹说。

"啊哟,哪个说的?"周氏笑起来说。"琴姑娘,你当面扯谎。我说的是三女她们吃不了酒时请琴表姐代吃。"

"这样说,大舅母不心疼我了。我真可怜,吃不了酒也没有人肯代我吃,"琴装起乞怜的样子说。

"不要紧,二哥会代你吃,"淑华插嘴道。

"三妹,你为什么无缘无故扯到我身上来?我又没有惹到你,"觉民在对面抗议道,他给琴解了围。

"我说的是真话。琴姐吃不了酒时,你应该代她吃,"淑华故意正色地答道。她却又侧过头去对着琴暗笑地动了动眼睛。

"芸表妹,让他们去开他们的玩笑。我们还是搳拳罢,"觉新对芸说。

"不过这回搳完了,大表哥要认输才好,"芸天真地抿嘴笑道。

"那自然,输了哪儿有不认输的道理?"觉新爽快地说。

众人都注意地看着觉新跟芸揩拳。觉新揩得最起劲。结果他赢了两次。

"如何?"觉新得意地说。

芸喝了酒,她的粉脸上略略泛起一点红晕。觉民忽然站起来说:"芸表妹,现在轮到我了。"

芸连忙站起来,带笑地摇头说:"二表哥,我够了,我再不能吃酒了。"

"不要紧,你输了,妈代你吃,"淑华插嘴说。

"三女,你怎么推到我身上来了?你倒不给我帮忙?"周氏含笑地推辞道。"我看芸姑娘再吃一两杯还可以。"

"芸姑娘,我还没有跟你揩过,等你跟你二表哥先揩了,我也要来试一试,"张氏凑趣地说。

"不行,这样我一定要醉倒了,"芸笑着坐了下来,她有点着急,一时想不出应付的办法。

"那么,芸表妹,你对我独独不肯赏脸了,"觉民故意激她道。

"二表哥,这是哪儿的话?我实在不能吃了,你饶我这回罢,"芸微笑着,略带一点为难的样子恳求道。

觉民的心有点软了。这时琴出来说情道:"二表哥,你看人家在告饶了,你还忍心逼她。放过她这回罢。"

"琴姑娘真会讲话,"周氏称赞道。"做好做歹都是她。逼芸姑娘揩拳的是她,现在讲情的也是她。"

"那么应该罚她吃酒,"淑华插嘴道。"二哥,你敬琴姐一杯。"

"为什么该我敬,你自己不可以敬?"觉民反驳道。

"好,琴姐,我敬你一杯,"淑华爽快地端起杯子站起来,逼着琴喝酒。

　　琴看见推辞不了,只得把自己的杯中酒喝去一半。淑华也喝了半杯,她为了忍住笑差一点把酒呛出来。

　　琴害怕别人轮流向她敬酒,便向众人提议道:"酒也吃得差不多了。这样吃不大好。我们还是行令罢,再不然唱歌讲故事也好。"

　　"我赞成行急口令!"淑华接下去大声说。

　　"急口令也不错。大表哥一定又要做'母夜叉孙二娘'了,"琴答道。

　　"行急口令也有意思,"周氏也表示赞同,她还取笑地说:"别人总说我讲话讲得快。行急口令,恐怕我要占便宜。"

　　周氏这样一说,便没有人表示异议了。于是各人都认定了自己的名字和绰号,开始行起急口令来。

　　话愈说愈快,笑声愈来愈多。每个人都被罚过酒,不过其中被罚次数最多的是枚少爷和淑贞,这两个寡言怕羞的孩子。两张瘦小的脸发红,两对眼睛畏怯地望着别人。他们羡慕别人,却不了解他们为什么处在跟别人不同的境地。

　　黄妈端了一大碗热气腾腾的火腿炖鸡,放在桌子上。

　　"今天的鸡很肥,佃客下午刚送来的。大家多吃一点,"周氏拿起筷子说。众人跟着把筷子或者调羹放到那个大碗里去。

　　酒喝够了,菜吃饱了,每个人的脸上都泛起了红云。黄妈把一碗冰糖莲子羹端上桌子。众人的眼光集中在那个大碗里面。酒令已经停止了。大家跟着周氏拿起调羹。甜的汤解了口渴,使人们感到一阵爽快。淑华还觉得不够,觉新喝得很少,他们叫绮霞端上来两杯茶。

　　"大表哥,你今天酒吃得不少,该没有醉罢?"琴关心地望着觉新问道。

"还好,今天不觉得怎么样,"觉新清醒地答道。

"去年有一回你吃得也不过这么多,那回你却大吐了,你还记得记不得?"淑华笑问道。

觉新好像脸上受到一股风似的,他把头动了一下,看了看淑华,又看琴,看芸。他点一个头,低声答道:"我记得,就在这儿。"

"你在后面天井里吐了一地。……我记得还是蕙表姐看见你吐的,"淑华兴奋地说,她的脸上还带着笑容。她记住的只是那件现在说起来是可笑的事,她并没有去想她所提到的那个人如今在什么地方。

琴瞅了淑华一眼,似乎怪她多嘴,不该提起那些往事,更不该提起那个已经被忘记了的人的名字。淑华却完全不觉得她说了什么不应该说的话。

"我记得很清楚,也是在这儿吃饭……"觉新低声答道。

淑贞忽然打断了觉新的话,她说了一句:"还有二姐。"她的声音里充满着怀念。

这一次仿佛真有一股忧郁的风吹到桌上来,众人都不想开口了。他们的本来不深的酒意被吹去了一大半,留下的地位让痛苦的回忆占据了。他们的心在挣扎,要摆脱掉这些回忆。

觉新却是例外,他也在挣扎,他要捉住一些面貌,把她们从空虚中拉出来。他常常以为他自己就靠着这些若隐若现的面貌在生活。他又说:

"也是有月亮,也是我们这些人。我好像是站在池子旁边,听泉水的声音。我还记得我向蕙表妹敬过酒……"

"是的,我们说是给蕙表姐饯行,"淑华插嘴说,她的声调也改变了。

芸几次想说话,却又忍住了。最后她终于带着悲声说:"姐姐后来回到家里还对我说,这是她最后一次快乐的聚会……"她骤然把以后的话咽住,她想着:现在却又轮到枚弟了。

"蕙姑娘的事情真想不到,"周氏叹息道。她看见黄妈把下饭的菜端上来,便对芸说:"现在也不必多提那些往事。芸姑娘,我们随便吃点饭罢。"

"我不想吃了,多谢大姑妈,"芸客气地答道。

"多少吃点罢,"周氏劝道,她又对琴说:"琴姑娘,你也吃一点。"

"好,我同芸妹分一碗罢,"琴客气地说。

"今晚上要是二女在这儿就好了,"张氏忽然自语地说。

"少个二表妹,大家也少了兴致,"琴接口说。

"其实要不是她父亲那样顽固,二女哪儿会走?都是他自己闹出来的。他现在连二女的名字也不准人提!"张氏气恼地抱怨道。

"平心而论,三弟的确太固执。不过这种事情也是想不到的。二姑娘既然在上海好好地求学,三弟妹,你也就可以放心了,"周氏安慰道。

"不过女儿家在外面抛头露面总不大好,"张氏沉吟地说;"现在她在上海不晓得怎么样?我总不放心。"

"二姐一定比我们过得有意思。不说别的,她连西湖也逛过了,"淑华羡慕地说。

"岂但有意思,她将来一定比我们都有用,"琴暗示地说。她有意用这句话来激励淑华姊妹。

六

席散后，大家谈了一会儿，二更锣响了。枚少爷着急起来，他仿佛看见父亲的发怒的眼睛责备地望着他。他喜欢这个地方，却又不敢多留一刻，只得沮丧地告辞回去。

芸留在高家。她是比较自由的，因为她没有一个严厉的父亲干涉她的行动。她的居孀的母亲又不愿意过分地拘束这一颗渴求发展的年轻的心。芸看见觉新陪着枚走出月洞门，她的心被同情微微地搔痛了。她想：他为什么不应该有自由和快乐？但是没有人替她回答这个问题，她也就不去深思了。

觉新和枚少爷下了船，翠环划着船送他们出去。月亮已经升在高空。水明如镜，上面映出树影，山影，月影。绮霞刚划了另一只船把周氏和张氏送走。一点昏黄的灯光还在前面摇动，但是很快地就消失在树丛中了。从月洞门内飘出一阵笑声。淑华的年轻的、永远愉快的声音抚慰着觉新的疲倦的心灵。笑声渐渐地淡下去，在他的耳边响着有规律的划桨声和私语似的水声。他们的船正往有黑影的地方流去。

"大少爷，要不要把灯'车'小？"翠环看见月光没遮拦地照下来，觉得那盏风雨灯的红黄光刺着眼睛不舒服，便问觉新道。

"好,你把亮'车'小点,"觉新点头同意地说。

翠环放下桨,把灯光转小。船中反而显得明亮了。

觉新回头去看后面,岸上像铺了一层雪,月洞门内的山石和芭蕉并不曾遮住从房里射出的灯光。但是船在转弯了。

"大表哥,我真羡慕你们,"枚少爷忽然叹息道。

觉新的脸上露出了苦笑,他怜悯地说:"你今天说过两次了。"

枚又不响了。他痴痴地仰起头望着无云的蓝天。人不知道他在想什么。

船逼近了湖心亭和曲折的桥,那里没有灯光,全涂上冷冷的银白色。

"枚表弟,今晚上吃饭的时候你怎么不大说话?"觉新关心地问道;"你没有醉?"

枚埋下头顺口答道:"我没有醉,我在听你们讲话。"觉新不响。枚又解释地说:"我平日在家里就少说话,爹似乎不大高兴我多说话。"

枚少爷的柔顺的调子激起了觉新的反感。觉新只是含糊地答应一声。

船要经过桥下了,翠环警告他们道:"大少爷,枚少爷,要过桥了,你们小心点。"

"晓得,你划罢,"觉新答道。

船过了桥,缓缓地向前流去。钓台已经可以望见。觉新记得他先前还在那上面同枚谈话,给了枚一些关于保养身体的劝告。这个年轻人如今默默地坐在他的对面。他奇怪:他们已经在花园里消耗了一天的光阴了!没有别的声音,除了水波的低语。柔软的月光罩住了一切。山石、树木、房屋似乎隐藏了一些秘密。枚也是,他也是。他好像在梦里。他一定是在做梦,一个很长很长的梦。

"大表哥,我问你一句话,"枚少爷忽然鼓起勇气嗫嚅地说。

觉新诧异地看他,鼓舞地答道:"你有话尽管说。"

"你一定知道人是为着什么而生的。就是这句话,就是这件事。我想来想去总想不明白。我不晓得人生有什么意思,"枚诚恳地、苦恼地说,他只担心他不能够用语言表达出他这时所想到的一切。

这个意外的问题把觉新窘住了,他想不到就是它在折磨这一颗不曾有过青春的年轻的心。他对这个问题已经是十分陌生了。这些年来,他不曾想过,也不敢想到它。人为着什么而生?人生有什么意思?——他处在这样的环境里,眼看着年轻的生命一个一个毫无理由地被人摧残,他自己所珍爱的东西也一个一个地被人夺去,人们甚至不肯给他留下一点希望或者安慰!他能够说什么呢?他在什么地方可以找到一个回答呢?他觉得他的略微发热的脸上有了凉意了。

"我觉得活着也没有多大意思。好像什么都是空的,"枚少爷看见觉新不讲话,好像在思索什么似的,他猜想觉新也许没有了解他的意思,因此他又说道,"我想来想去,觉得什么都是空的。人生好像就是空的。"

"空!空!空!"觉新只听见这几个字在他的耳边转来转去。它们逼着他。他着急起来,挣扎地接连说:"不!不!……"过后他觉得清醒了,他把声音放平和一点,他再解释道:"你不要这样想。万事不能都说是空的。"枚注意地望着他,不作声。他又指着天空中的月亮说："你看月亮就不是空的。它照样地圆,照样地缺。它什么事情都见过。"但是他并没有回答枚的主要的问题。

"我也不晓得是空非空,不过——"枚沉吟地说,"我觉得没有什么事能够使我打起精神。我不晓得我做什么事对,什么事不对……"

"是非当然是很明显的,"觉新插嘴说,他不能够解决大的问题,只有在小处随便发挥一下。这不是取巧,这只是敷衍。他的心又在发痛,回忆又来折磨他。他想逃避,他想从这个问题的拘束中自拔出来。

"我的意思是这样,"枚诉苦似地说,"我想做的事全没有做过。爹要我做另外一些事。我想爹一定是不错的。不过我自己有时又很痛苦。我看见二表哥他们跟我完全不同。他们好像随时都很高兴。他们跟我简直是两种人。我想不通到底是他们对还是我对。可是我常常羡慕他们。"

"那么你为什么不学学二表哥呢?你年纪轻,希望大,"觉新同情地说。

"我怎么能够学二表哥?他知道的东西那么多!我什么都不懂,我只晓得爹叫我做什么就做什么,"枚绝望地说,他从来就没有自信心。刚才是他自己微微打开他的心灵的门,现在别人正要把脚踏进去,他又突然把门关上。他害怕别人进入他的心灵,看见那里的混乱和空虚。

觉新并不了解枚的心情,还以为枚说的只是年轻人的谦虚话。他仍然同情地劝导枚说:

"其实二表哥知道的也不多。你要学还来得及,他可以给你帮忙。只要你自己有志气。你跟我不同,你比我年轻多了。"

枚悲观地摇摇头说:"你不晓得爹就只有我一个儿子,他不肯放松我。爹反对一切新道理。我想他不见得就会错。我听爹的话听惯了,不照他的意思是不行的。"

矛盾,混乱,软弱……这个年轻人的话里就只有这些东西。觉新不相信他的耳朵,他不明白枚的本意是什么,他想:"难道我真的吃醉了?"他找不出一句答话。他痛苦地想:"我自己是被逼着做那些事情的,我是出于不得已的。这个年轻人呢?难道他真的相信那一切?他甘愿忍受那一切,承认他的父亲并没有做错?"他不敢想。他含糊地答应了两个"嗯"字。

"我没有一个指导我的先生,我也没有一个知己的朋友。爹好虽好,然而他是一位严父,"枚看见他不能从觉新那里得到他所期待的意见,有点失望,他寂寞地说;"姐姐在时,她倒还关心我的事情。现在她又不在了。想起姐姐,觉得什么都是空的,不过是一场梦。她去年此时还同我们在一起,现在她的棺材上尘土堆满了,冷清清地停在城外,地方又不清静,姐夫也不管……"他说得泪水似乎要从他的声音里喷出来,他把嘴闭上了。

觉新听见枚的话,绝望的思念绞痛了他的心。蕙的带着凄哀表情的面颜浮上他的脑际,她含着眼泪对他微笑,她低声说:"大表哥,你要好好保养身体;"她又说:"你照料照料枚弟。"他无可如何地举头望天,清澄的蓝天中也现出了那同样的面貌。依旧是那一对关切的水汪汪的眼睛。他想:这是最后一个关心我的人了。他哀求原谅地在心里默默说:"你看,我能够做什么呢?你叫我怎么办?"

"大少爷,枚少爷,上岸罢,船靠好了,"翠环的声音打断了他的思路，赶走了蕙的面颜。她把风雨灯转亮了。

觉新仿佛从梦中惊醒过来似的，应了一声，周围的景象完全改变了。船靠在水阁前面湖滨一株柳树旁边。风雨灯的带黄色的光驱散了四周的月影。柳叶遮住了他们头上的一段天，但是清辉仍然穿过柳条中间的缝隙落到他们的身上。湖水像一匹白缎子铺在地上，有时被风吹着微微地飘动。觉新看了坐在对面的枚一眼，枚的瘦脸白得像一张纸，他虽然不能够看清楚脸上的表情，他也觉得仿佛脊背上起了一阵寒栗。

"好，我先上去，"觉新答应一句，站起来，上了岸。枚少爷在船中，身子微微摇晃，他露出胆怯的样子。觉新连忙伸手去拉他的手，帮忙他走上岸来。翠环也上了岸，把船系在柳树干上。

翠环提着风雨灯走在前面，觉新和枚少爷在后跟着。他们走过松林，转进一带游廊，廊外一排三间的外客厅里没有灯光。月亮把天井里翠竹和珠兰的影子映在糊着白色宣纸的雕花格子窗上。

"不晓得他们什么时候散去的，"觉新自语似地说了一句。

"大表哥！"枚少爷忽然抓住觉新的膀子惊叫起来。

前面游廊栏杆上一团黑影猛然一纵，飞起来，上了那座藤萝丛生的假山。

"你看！"枚少爷声音战抖地说。

"这是猫儿，你不要害怕，"觉新温和地安慰道，他对这个年轻人的过分胆怯表示着同情。

这的确是一只黑猫，它站在假山上哭号似地叫起来。

"我有点害怕，"枚拊着自己的胸膛低声说。

"这个东西在花园里头跑来跑去，有时候真叫人害怕。我们也给它吓倒过几回。如今惯了,也就不怕了,"翠环在前面说。

"枚表弟,你胆子要放大点才好,"觉新关心地说。

他们出了一道月洞门,走入石板铺的天井。前面还有一座屏风似的假山。

"赵大爷,开门,大少爷送客出来了,"翠环转出假山便大声叫起来。

管园门的老园丁老赵答应一声,便提着钥匙从门前小屋里出来,开了门上的锁,除去杠子,把门打开。翠环先出去吩咐"提轿子"。

袁成从门房里跑出来迎接枚少爷,等着伺候他上轿。

觉新和枚少爷走出园门,轿夫正在点灯笼,他们便站在门口等候。

"枚表弟,今天我们也算谈了不少的话。你的身体究竟不大好,你要好好将息。"觉新看见他们还有谈话的时间,便关心地向他的年轻的表弟再进一次忠告。然后他又放低声音说:"千万不要再看那些不好的闲书。"

"是,我晓得,"枚感激地小声答道。

"你以后有事情,可以找我,我总会帮忙,"觉新继续叮嘱道。

"是,"枚用更低的声音应道。

"袁成,你送枚少爷回去,"觉新看见这个瘦长的仆人弯着背站在轿子旁边,便吩咐了一句。

袁成用他的沙声应了一句,就跑进门房去了。枚少爷还在客气地说:"不必,"袁成已经提着风雨灯走到轿子跟前了。

觉新把枚送到轿前,枚还说了两三句话,才走进轿子去。

轿子已经出了二门,觉新还惆怅地立在那里。他断念地想:

又有一个年轻的生命这样地完结了。他觉得心里很空虚,不知道应该做什么事。今天似乎断断续续地做了好些梦,现在才渐渐地醒了。

翠环提着风雨灯在觉新的旁边立了一会儿,她不知道他在想什么,但是她可以猜到有什么不愉快的思想纠缠着他。她同情觉新的不幸的遭遇,她平时就对他怀着相当的尊敬,为了她的主人淑英的出走,她还暗暗地感激他和觉民。这时她忍不住感动地低声说:"大少爷,回去罢,琴小姐她们在等你。"她的声音非常柔和。觉新不由自主地回过头看她一眼。他看到那纯洁的、同情的眼光,他也温和地答道:"现在我就要回去了。"他顺便问她一句:"你没有事吗?"他不等她回答便又说:"三太太恐怕要使唤你,你就从大厅上回去罢。我自己可以划船。"

"不要紧,太太吩咐过让我就在花园里头服侍少爷小姐。大少爷今天一定累了,还是让我把大少爷划过去,"翠环恳切地带笑答道。

觉新想了想便说:"也好,那么难为你了。"

"大少爷,你总是这样客气。我们丫头给你做点事情,还要说'难为'?……"翠环带笑地说。

"这也不算客气。你们也是跟我们一样的人,况且你又不是我们这一房的丫头,"觉新淡淡地答道。他看见老赵在上花园正门上的杠子,忽然想起一件事,便问这个老园丁道:"老赵,佃客散了多久了?"

"有好一阵了。四五个人都吃醉了。有个人不晓得为啥子事情哭得好伤心!他只是跟三老爷、四老爷作揖,劝也劝不住。后来还是刘大爷把他拉出去,坐轿子到客栈去的,"老赵嘴一张开,好像就没法闭上似的,唠唠叨叨地说个不休。觉新皱着眉头勉强听完,"嗯"了两声,就转过假山走进去了。翠环默默地跟在后面。

他们一路上再没有交谈过一句话。两个人的脚步都下得很快,不久他们便到了湖滨系船的地方。翠环把灯放下,解开了绳缆。觉新拿起地上的灯走下船去。他坐好以后便又把灯光转小了。翠环也下了船,她拿起桨把船拨往湖心去。

"大少爷,二小姐这两天有信来没有?"翠环划了一程忽然问道。

觉新正望着天空,想着一些琐碎的事情,听见翠环的问话,便埋下头来,诧异地看了她一眼,回答道:"就是前几天来的那封信。二小姐还问起你。你们两个人感情倒很好。"

"这是二小姐厚道。二小姐看得起我,不把我看做底下人。我们也晓得感恩,"翠环带着感激和怀念地说。

这几句话颇使觉新感动。他好像在什么地方听见过这同样的话。这决不是第一次。他默默地想了片刻。他明白了,便说:"啊,我记起来了。你去年还跟我谈过二小姐的事。那一趟你一定很不高兴我。你倒是个忠心为主的人。"

"大少爷,这是哪儿的话?我怎么敢不高兴大少爷?"翠环连忙分辩道。"其实要不是靠了大少爷、二少爷同在上海的三少爷,二小姐哪儿还有今天?说起来我倒应该多谢大少爷。"声音清晰,又带温柔,这是从真诚的心里吐出来的话。觉新不觉惊讶地把眼光掉在她的脸上。

翠环正仰起头,她的整个脸沐着月光,略微高的前额上覆盖着刘海,发鬓垂在她的面颊两边。两只眼睛充满了憧憬地望着天空,在皓月的清辉下灿烂地发光。整个年轻的瓜子脸现出了一种谦逊的纯洁。

"你感谢我?"觉新起初还惊奇地问道。后来他被眼前的景象感动了。他觉得有一种感情压迫着他的心。他痛苦地想:世界是这样地大,但是他如今什么也没有了。

"这也是二小姐的福气,有一个像你这样的丫头,我下回写信去告诉她,"觉新诚恳地称赞道。他的心里又来了不少悔恨的念头。他的思想跳得很快,他想起许多往事,但是总跳不出一个圈子:他仍旧爱这个人间,不过他对自己却完全绝望了。

这不是平常的声音,它泄露了觉新的寂寞、痛苦的心境。翠环也能够了解一点,她也被这真诚的声音感动了。她低声答道:"二小姐有大少爷、二少爷这样的哥哥,倒是她的福气。"

人对别人的关心竟然有这样的深切!她不过是一个简单的婢女。然而她比任何人都爱护淑英,连他对淑英也不曾表示过这样的关心。这种不自私的精神却存在于所谓"底下人"中间,他似乎在窒闷中呼吸到一口新鲜空气。但是她是在讥讽他吗?他明明没有权利得到那样的称赞。在惭愧中他增加了对自己的绝望。他痴呆似地沉溺在思索里。

"大少爷,当心!过桥了,"翠环提醒道,她用力划着船从桥下过去。湖心亭似乎压在他们的头上,但是它慢慢地退后了。它静静地立在桥上,关着它的窗,隐藏了它所见到的一切秘密。

"大少爷,二小姐还会不会回来?"翠环又问道,她不知道他这时的心情。她发出这句问话,一则,这是一个时常折磨她的问题,二则,她想打破觉新的沉默。

觉新望着翠环半晌说不出一句话来,他只吐了两个"嗯"字。

这对翠环是一个意料中的打击。她以为觉新有的是一个否定的回答。她那一线希望消失了。她带了一点恐惧地再问道："大少爷,是不是二小姐就不会回来了？是不是真像三小姐先前说的那样,三老爷不要她回来?"

觉新不能够闭口不作声了。他居然勉强地说出自己害怕听的话来："我看,二小姐不见得就会回来。哪儿有飞出去的鸟还回到笼子里来的?"以后应该还有别的话,他却咽在肚子里了。他在对自己说:我还留在笼子里,我会永远留在笼子里。

"啊,"翠环痛苦地轻轻叫了一声。她再没有机会说别的话了。船到了目的地。她在船上听见了淑华们的笑声。

七

觉新走进里面,刚转过山石和芭蕉,便听见淑华在屋里说话:"别人讨厌我,骂我,说我怎样怎样,我都不管。我的事情跟他们有什么相干?我不像大哥。他是个老好人,他太好了,好得叫人家把他没有办法……"

他觉得后面两句话有点刺耳,他听不下去,便故意咳一声嗽,放重脚步走上阶去。

"大表哥,"琴唤了一声。觉新答应着,走进了屋里。众人的眼光都停在他的脸上。他极力做出平静的神情,好像他没有听见淑华的话似的。

"大哥,真巧,说起你,你就来了,"淑华坦然地望着觉新笑道。她的脸发红,似乎还带着酒意。

"说我?你们说我什么?"觉新故意这样地问,他勉强做出了笑容。

"我们说你太好了,"琴温柔地插嘴道。她的眼睛里流露出一种恳求的表情,这是觉新所不了解的。但是觉新却从她的声音和表情里找到了好意的关心。

觉新对她苦笑一下,低声说:"凭良心说,我不配算好人。我对不起别人，我还对不起自己……"他越说声音越低，最后的一句只有他自己听得见。

"大表哥，枚弟走了吗？"芸在旁边问道，这是一句多余的问话，但是她却用这句话来打断他的愁思。

觉新抬起头来，看见芸一张灿烂的笑脸和一对可爱的酒窝。天真的表情给他展示了青春的美丽。连他的枯萎的心也沾到一点活气了。他温和地回答她："走了。"

"枚弟今天在你们府上总算高兴地耍了一天。他今天还说了好几句话，"芸感谢地说。

"你还说他说了好几句话？"淑华噗嗤地笑起来指着芸说。"我觉得枚表弟简直没有说过话。四妹也不大说话。今天就是我一个人在说话。"

"不错，本来是你的话最多，哪个能够同你比？"觉民在旁边挖苦道。

"自然罗，我的叽哩呱啦是出名的。我有什么话都说出来，总比闷在心里头痛快得多。二哥，你说我对不对？"淑华反而得意地望着觉民说。

"三妹，你今晚上吃醉了，"觉新略微皱起眉头温和地说。

"哪儿的话？我从没有醉过，不信我们再来吃酒，"淑华站起来，一面笑着，一面大声说。"琴姐，我们再来吃几杯好不好？"她走过去拉住琴的袖子，还往琴的身上靠。

"你已经醉了，哪个还同你吃酒？"琴笑着挣脱了淑华的手。她站起来扶着淑华说："你好生站住，免得跌跤。我喊绮霞先送你回去好不好？"

淑华连忙拿出精神来站立端正。起劲地辩道："哪个才吃醉了？我明明比你们都清醒。你们都吃醉了。"她趁着琴没有提防，一把抓起琴的辫子拿到鼻端一闻，故意称赞一声："好香！"琴把身子一转，淑华的手松开了。琴的手伸到淑华的头上轻轻地敲了一下，一面责备道："你这个顽皮丫头该挨打了。"

众人都笑起来，淑华笑得更厉害。

"打得不错。琴妹，就请你教训她一顿，"觉民开玩笑地说。

淑华听见这句话便嬉皮笑脸地缠住琴说："请教训，请教训。"

"你站好，你站好再说，"琴一面说，一面推开淑华的身子。

"我不懂规矩该挨打，请姐姐教训，"淑华故意央求道。

"三妹，好好地站住，不要再闹了，"琴笑着嘱咐道。

"你的二表哥要你教训我，你不能不教训，"淑华还不肯放松琴。

"我的二表哥是你的什么人？为什么只说我的二表哥？他又不是我一个人的，"琴抓住淑华的一句话反驳道。她说出最后一句，自己觉得失言，便闭嘴不响了。

"怎么不是你一个人的？难道我们还喊他做二表哥？"淑华抓到话柄，扬扬得意地说。

"我也喊二表哥，"芸抿嘴笑道。

"芸表姐，你跟琴姐不同，"淑华笑答道。

"怎么不同？你说，"琴勉强做出笑容问道。

现在是觉民来替琴解围了。他不等淑华开口，便先对淑华说："三妹，你看你只顾闹，把大哥都闹走了。"

众人连忙用眼光去找觉新，房里已经没有他的影子了。

"大表哥到哪儿去了？刚才还在这儿，"琴诧异地说。

翠环从外面走进来,听见琴的话便代答道:"大少爷一个人在后面天井里头看月亮。"

"他又有什么心事?"觉民带着疑虑地自语道。

"我们去找他,我们原说过在这儿看月亮的。琴姐,芸表姐,我们去!"淑华说,便怂恿她们到后面天井里去。她第一个往门外走。

众人都跟了出去。翠环和绮霞留在房里收拾桌上的茶杯。

淑华走到后面天井里,看见觉新背向着她,一个人静静地立在水池旁边。她忍不住大声问一句:"大哥,你一个人在这儿做什么?"

觉新回过头来看她一眼,淡淡地答道:"这儿很清静,我来看看月亮。"

泉水伴着觉新的话,玎玎地流下去。月光照亮了石壁,还给水池涂上一层清辉。觉新的上半身也沐着月光,背微微俯着,动也不动一下,好像是一个画中的影子。这时连淑华也明白又是什么回忆在折磨她的大哥。她便走下石阶。觉民们也都走来了。

淑华仰起头望着天,她觉得一阵一阵的清辉撒在她的脸上,把她的不愉快的思想全吸收去了,同时又抚慰着她的热烈的燃烧似的心。

琴和芸也走到觉新的身边,寡言的淑贞还是跟在琴的后面。觉新听见脚步声便转过身来迎接她们。他亲切地说:"你们都来了。"

"我们来看月亮。"琴答道。

"这个地方一点也没有改变,"觉新低声说。

"去年你还在这儿吐过一次,"琴接口说。

"我觉得好像就是昨天的事情,"芸怀念地说。

"我也觉得好像就是昨天,甚至是今天的事情。此刻我们都在这儿。只是缺少了二妹同蕙表妹,"觉新低声说,他好像把感情全闷在心里似的。他停了一下,又说:"二妹算是达到了她的目的,她找到自由了。只有蕙表妹真可怜。"他用微笑代替了他说不下去的话。然而人分辨不出来他是在笑,或者是在哭。

她们仍然沉默。她们努力忍住她们的眼泪。芸比琴挣扎得更努力,她不敢回答一句话,害怕把自己的眼泪招出来。

淑华和觉民在天井里散步。这时他们也走到觉新的身边。他们也听见了觉新的后面的话。

"大哥,过去的事还提它做什么?"淑华同情地劝道。她的悲愤渐渐地升上来了。她又加了一句:"提起来只有叫大家伤心。"

"固然是过去的事情,不过它们是不会完全过去的,"觉新用苦涩的声音说,"今天什么情形都跟在去年一样。枚表弟刚才还向我提起他的姐姐。他说什么事都是空的。现在又轮到他走那条路了。"

"枚表弟的事情又不是由你决定的,这怪不着你,你又何必难过?"淑华接口劝道。

"唉,你哪儿晓得?"觉新叹息道;"蕙表妹曾经托过我,要我照料照料他。我连这点小事情也没有办到。"

"大表哥,这也不是你的错。大伯伯的脾气你是知道的。他哪儿肯听别人一句话?姐姐泉下有知,她也不会怪你,"芸听见觉新提起她的死去的堂姐,她觉得心里一阵难过,但是她还勉强压下自己的悲痛的回忆,柔声安慰觉新道。

"枚表弟也奇怪，别人替他着急，他自己倒好像一点也不在乎。假若是我，我一定不答应，"淑华气愤地说。

"你不答应，你又怎样做？"觉民冷冷地插嘴道。

"怎样做？"淑华充满勇气地说。她并没有想过应该怎样做，一时答不出话来，觉得有点窘，但是她马上用另外的话来掩饰："我一定不答应，看大舅把我怎样？"实际上她还没有想到一个办法。不过她有勇气。她以为这就够了。

"你毕竟是个倔强的孩子，"觉民简单地说了这一句，也不再追问了。他的手在她的肩头拍了两下。

"你们都好，都比我有用，"觉新忽然羡慕地说，他的脸上现出一道微光，但是光马上又淡了下去。他又说："我是完结的了。"

"完结了？你怎么能说这种话？大表哥，你还不是很年轻吗？你今年才满二十六岁，正是有为的青年，"琴故意惊奇地说，她想提醒他，鼓舞他。

"有为的青年？琴妹，你是不是在挖苦我？"觉新苦笑地说。他不等琴开口，自己又说下去："我知道你不会挖苦我。不过我实在不配称做有为的青年。像二弟、三弟他们才是的。"

"大哥，你跟二哥、三哥他们有什么不同呢？"淑华插嘴道。这是她所不能了解的问题。

"我是个承重孙，长房的长孙，高家需要我来撑场面。他们哪儿肯放过我？"觉新像抱着无限冤屈似地答道。"有什么事情他们总找我，不会来找你们。你们得罪他们，也是我不好；你们看不起礼教，也是我不对。都要我一个人负责。"

琴和芸一时说不出话，她们被这意外的自白深深地感动了。觉民正要开口,但是淑华却抢先地说了:"我真有点不懂。难道你不可以也像我们这样对付他们?你也不去理他们,他们会把你怎样?"

觉新遇到障碍了。他找不出适当的话来答复淑华。过了半晌他才慢慢地说出了一句:"他们决不会白白放过我的。"

这时轮着觉民开口了:"你为什么这样害怕他们?难道在现在这种时代他们还敢用家法吗?"

"他们不敢用家法。不过他们会用阴险手段,他们会用阴谋,"觉新的声音里夹杂着畏惧、憎恨、苦恼这三种感情。

"大哥,你过去被他们害得够了,所以你才这样害怕他们,"觉民怜悯地说。"我不相信他们用得出什么阴险手段。我看他们不过是纸糊的灯笼。"

"你们不相信也罢。总有一天,等我死了,你们就会明白的,"觉新赌气地说。

"大表哥!"琴关心地、悲痛地唤了一声。觉新回过头来,她差不多呜咽地说:"你不能这样想。"

觉新看见了琴的泪光。眼泪像明珠一般地从她的美丽的大眼里滚下来。他不能忘记这样的几滴泪珠。还有一个人在为他的不幸的遭遇掉泪。他以为他的渺小的生存里已经得不到一滴眼泪的润湿了!他的心里充满着绝望和黑暗。但是这几滴少女的纯洁的泪落在心上,好像撒下一颗春天的种子。他不敢希望会看见它发芽,不过他感到了一线的生机。他那种待决的死刑犯似的心境现在被搅乱了。他好像让人解除了他那简陋的武装似的,他吐出来藏在深心里的话:"琴妹,我难道就不想活?我难道就不想像你们这样好好做一个人?但是命运偏偏跟我作对。

我这几年来的遭遇你们都是亲眼看见的。我也并非甘心顺从命运。可是我又得到什么样的结果？你们应当了解我。我不骗你们,有一天我一个人走到那上面去(他指着石壁),我真想跳到湖里一死干净。但是我又好像听见了你们的声音,我立刻断了那个念头。你们把我拉住了。我实在舍不得你们。"他也掉下泪来。

"我们也何尝舍得你？"琴含泪地说。别人感动地望着他们。淑华很想哭一场。

"我们到那上面去看看,"觉新又指着石壁说。

"现在晏了,不要去罢,"琴连忙阻拦道。

觉新凄凉地一笑,他说:"我现在不会做那种事情了,你放心。要看月亮还是到上面去好。今晚上说了这许多话,人也爽快些。"他说罢第一个踏上了石级。

琴疑惑地看了觉民一眼,觉民立刻用话来回答她:"到上面去一趟也好。我们也应该听听大哥的话。"

淑华的脚步比较快,她跟着觉新走上去了。其余的人也都跟上去。

他们迎着月光走上去,一级一级地登上石级。到了顶上,他们觉得满眼全是清光,没有一点遮拦。三合土的地涂满了洁白的月色,只有他们的影子留下一些黑迹。

一张小小的石头方桌生根似地立在地上,四面放了四个圆圆的石凳。临湖的和靠着听雨轩的两面都装得有铁栏杆。另外的两面,泥土往里伸进去。那不是三合土筑成的地。那里有葡萄架,有假山,有凉亭,有花圃。人从这里望过去,仿佛有一个老画师用秃笔在月光的背景上绘了些花卉和山石。

"这儿真是一个清静世界,"芸不觉赞了一声。

"在这儿坐坐也好,"琴说,她要芸坐下。淑贞第一个觉得疲倦,她也坐下了。

"要是白天在这儿打四圈'麻将'倒也好,"觉新也坐下来,在桌面上摸了一下,无心地说。这句话的确是不假思索地说出来的。

"大哥,你还想打'麻将'?……"觉民觉得奇怪地问道。

"啊……我不过随便说一句,"觉新连忙解释道,"我并没有瘾。我讨厌打牌。不过他们总拉我去打牌,牌打得太多了,脑筋里总是洗牌的声音。"他摇摇头,人不知道他是在表示对自己绝望,还是想摆脱肩上的重压。

"大表哥,你这样敷衍下去,自己太痛苦了。你应该想点别的办法,"琴怜悯地劝道。

"别的办法?"觉新痛苦地念道。他好像不了解这句话的意义似的。接着他又说:"琴妹,你应该了解我的处境,你看我能够做什么呢?"

琴了解觉新的处境,她也知道他能做的事情很多。她正要开口,不,她已经说了几个字,但是有人从下面走上来,有人在唤:"四小姐,"把她的注意力吸引了去,她便不作声了。

来的是春兰和翠环。春兰一上来便唤淑贞,她说着那句不知道说了多少次的话:"四小姐,太太喊你去。"这是很平常的事情:淑贞同她的哥哥姐姐们在一起的时候,她的母亲常常会差婢女或者女佣来把她唤走。这个小丫头还在自言自语:"这一趟绕个大圈子走来好不容易,差一点儿还绊一跤。"

"四妹运气真不好,在这儿要得好好的,又要喊她回去,一定又是五婶跟五爸吵架了,"淑贞还没有开口,淑华倒先抱怨起来。

"三妹,你说话要小心点,省得又惹是非,"觉新看了淑华一眼,提醒她道。

"我倒不怕,得罪人也不要紧。四妹真可怜,五婶就这样整天折磨她,也没有人出来说一句公道话!"淑华气愤地顶撞道。

淑贞坐着不响也不动。她呆呆地望着琴的脸,她哀求着:给一点援助。

琴用柔和的眼光爱抚着淑贞的脸庞,她似乎在对这个不幸的少女说:我会给你帮忙。她掉过头看春兰,春兰正走到铁栏杆前,俯着头看下面的景物。翠环也立在那里。

"春兰,你们太太有什么事情喊四小姐回去?"琴问道。

"我们太太刚才跟老爷吵过架,把东西丢了一地,太太还哭过。太太喊四小姐就去,"春兰连忙掉转身激动地答道。

"一定又拿四妹来出气!天下居然有这样的母亲!"淑华在旁边骂起来。

"岂但有,而且多得很,"觉民冷冷地插嘴道,他在答复淑华的话。

"你们老爷呢?"琴继续向春兰问道。

"老爷在喜姑娘屋里,"春兰应道。

"琴姐,我不要去!"淑贞忽然站起来,走到琴的身边,拉住琴的膀子,偎着琴,呜咽地说。

"那么,你就不要去。你去便该你倒楣,五婶一晚上都会骂不完,"淑华仗义地出主意道。

"这样罢,春兰,你回去说,我留四小姐在这儿多耍一会儿,请你们太太放心,"琴吩咐春兰道。她姑且使用这个办法,她自己也不知道能不能发生效力。

"是,琴小姐,"春兰恭顺地应了一声。她还站在栏杆旁边,又掉转身去看下面的湖景。她比淑贞只大几个月份,因此她比翠环们更贪玩,可是她却少有玩的机会。

"五婶想用喜儿来拉住五爸,哪晓得反而给自己添烦恼?想不到喜儿生了九弟以后,名堂[1]也多起来了!"觉新皱起眉头说。

"这不能怪喜儿,应该由五爸、五婶负责。五婶逼她,五爸又给她撑腰,这就够了,"觉民接下去说。他又对春兰说:"春兰,你还不回去?"

"二少爷,我就回去,"春兰连忙转身答道,她又自语地加一句:"回去晏了,我们太太又要骂人了。"她便向着石级走去。

"春兰,你等一下,"觉新忽然吩咐道。接着他又对琴说:"琴妹,我看还是让四妹回去好。五婶的脾气你是知道的。四妹又不能够整晚不回屋。你要违拗五婶的意思,她会在四妹身上出气的。"

"真正岂有此理!我不信儿女就是父母的出气筒。做儿女的就可以让父母任意打骂!"淑华愤愤不平地说。

"四妹,你还是跟着春兰回去罢,我要翠环也陪你去。五婶的脾气是那样,也只好将就她一点,她也不会十分为难你的,"觉新温和地对淑贞说。

淑贞先前听见琴说留她在这里,又听见春兰说要独自回去,她以为可以不走了,稍微放了心。后来她听见觉新的话,又看见琴不作声,她也明白觉新说的是实话,她知道她的母亲的脾气,她更害怕在这个时候去见她的母亲,但是她并没有逃避的办

---

[1] 名堂:即"花样"的意思。

法。她眼见着希望完全消失了。她还拉住琴的膀子,盼望琴能够救她。

"四表妹,你回去一趟也好。你不要难过。我们将来会给你想办法,"琴抓起淑贞的手,轻轻地捏着它,柔声安慰道。

淑贞不说话,也不动一下,只是埋着头。

"四表妹,你回去也不要紧。我们等一会儿到你屋里去看你,"芸同情地鼓舞淑贞道。

"我害怕,我晓得妈没有好话给我听,"淑贞仍旧埋着头低声抽泣道。

"四表妹,你姑且忍耐一下,我们将来总会给你想办法,"琴安慰她说。

"琴姐,你们总说将来,将来是哪一天？我怕我受不下去!"淑贞抬起头,把嘴一扁,哭着说。

"我们的确应该想一个办法,"觉民带了痛苦的表情点着头说,就转过身走到一边去了。

"可惜我不生在古时候,不能学一点本事。不然我一定有办法!"淑华气恼不堪,自怨自艾地说。

琴痛苦地咬着嘴唇皮,她不能给这个孤寂的女孩一个确实的回答。"将来"并不是梦景,她自己确实这样地相信。那一天是一定会来的。但是她真的能够将这个女孩救出苦海,使她见到光明吗？希望是微弱的。她不能欺骗她自己,她也不能欺骗这个十五岁的女孩。话是容易说的,但是要拭去一个女孩的痛苦的记忆,治愈她心上的伤痕,却是困难的了。

"四表妹,你不要这样想,你还年轻得很,"琴勉强地吐出这两句话。她还应该说下去,但是春兰走过来打断了她的思绪。

"四小姐,我们该走了,"春兰催促道。

"四小姐,走罢,"翠环也过来同情地说,"我送你去。"

淑贞知道没有留下的希望了。她只得摸出手帕揩了眼睛,凄凉地说:"我听你们的话,我就去。你们不要忘记等一会儿来看我。"

众人答应了她的这个小小的要求。她带着依依不舍的神情,跟着翠环她们走下去了。

琴站起来。她看见淑华和觉民都靠着栏杆看下面的湖景,便也走到那里去。

湖水静静地横在下面。水底现出一个蓝天和一轮皓月。天空嵌着鱼鳞似的一片一片的白云。水面浮起一道月光,月光不停地流动。对面是繁密的绿树,树后隐约地现出来假山和屋脊。这一切都静静地睡了。树丛中只露出几点星子似的灯光。湖水载着月光向前流去。但是琴的眼光被挡住了:两边高的山石遮掩了湖水,仿佛那里就是湖水的界限。

"哇,哇,哇,"从后面发出来这几声沙声的长叹,给人增添了烦恼。

"怎么这时候还有老鸦叫,"淑华惊讶地说。她又听见乌鸦扑翅的声音。

"也许有什么东西惊动了它。三妹,你怕不怕鬼?"觉民悄然说道。

"二哥,你不要吓我。我不怕!我不信鬼!"淑华昂然答道。

"你听,有脚步声,"觉民故意低声说。

淑华倾听一下。她看见芸走过来。但是还有别人的脚步声。她连忙往石级那面望去。

"二表哥,你们讲什么鬼?"芸带笑问道。

淑华噗嗤笑起来,她看见了绮霞的头。她笑道:"明明是绮霞的脚步声。"

绮霞走上来,大声说:"三小姐,大少爷,我给你们端茶来了。是刚刚泡的春茶。"她手里捧着一个茶盘,上面放着茶壶和茶杯。

"我们就要下来了,你不端上来也不要紧,"觉新没精打采地说,他觉得自己快要被那许多不如意的事情压倒了。

"大哥,你何必这样急,我们多耍一会儿也好,"淑华接口道;"难得今晚上大家在一起,都有兴致。"

"好罢,"觉新短短地回答了两个字,就从绮霞的手里接过一个茶杯来。

鱼鳞似的白云渐渐地消散了,天幕的蓝色也淡了一点。只有银盘似的明月仍旧安稳地继续着它的航程。

八

觉新和淑华跟着周氏去周家参加了枚少爷的订婚典礼。这就是所谓"下定"的日子。在周家，上一辈的人都很高兴，公馆里各处张灯结彩，贺客盈门。周氏在里面帮忙照料。觉新在外面忙碌奔走，处理各种杂事。只有淑华空闲，她常常同芸在一起谈话，等到女家的抬盒进来，摆在天井里和两边阶上时，她又跟着一些女客和小孩去抢那些精致的喜果。

觉民借了学校大考的理由，没有来参加这个典礼。淑华本来反对枚少爷结婚，但是她在今天的典礼中得到了快乐。芸也常常保持着她的笑靥。枚少爷的苍白的脸上也不时现出兴奋的红色。只有觉新的面容在这天显得比平日更憔悴。

行礼的时候，唢呐声充塞了觉新的耳朵，他先后向着周老太太，周伯涛夫妇，芸的母亲徐氏和枚少爷往红毡上跪下去道喜。他仿佛听见了一个人的隐隐约约的哭声。他忽然觉得自己是在梦里。人们笑着，大声议论着。到处都是欢喜的面颜。枚少爷行了礼站起来，还望着他茫然地一笑。他看见枚少爷的瘦小的身子在宽大、华丽的礼服中间摇摆，他看见那张脸上的近乎愚蠢的欣然的表情，他的心又因为怜惜痛起来了。

周伯涛和枚少爷还在堂屋里向道喜的亲戚还礼。觉新站在堂屋门口，送进他的耳里来的仍然是讨厌的唢呐声和欢乐的笑声。他烦厌地抬起头看看天，看看屋脊。隐隐约约的哭声又在他的周围飘荡，飘过他的耳边，不让他捉住，便飞走了，然后又飞回来，再逃到别处去。他疑惑起来："难道我是在做梦？难道这还是在一年以前？"

"明轩，明轩，请你去招呼一声，客厅里再摆一桌字牌，"周伯涛堆着一脸的笑容拍拍觉新的肩膀说。

"是，是，"觉新连忙答应道。他看看眼前，一切都改变了。一年前的事已经成了捕捉不回来的梦景。那隐隐约约的哭声是从他自己的心里发出来的：或者是他的另一个自己在为她而哭，或者是他的心里的她（她的面貌今天又在他的脑里浮现了）因为一个人的不幸的遭遇而哭。他现在只有责备他自己：他又一次违背了她的愿望做了使她痛苦的事情；他又一次撇弃了那个孤寂地向他求助的她，做了一个背信的人。但是如今他连悔恨的余裕也没有了。他应该到客厅里去，他应该去照料仆人安放牌桌。他就应该做这些无聊的事情。

觉新只好没精打采地向着客厅走去。

这一天觉新同枚少爷还见过好几面，但是他却没有机会跟枚少爷多谈几句话。这个年轻人似乎不知道自己在做什么事情。他的脸上带着喜色，这使人会想到他心里高兴。然而这笑容是模糊的，另外有一层薄雾罩在那上面。别的人只见到喜色，单单觉新看见了薄雾。

但是如今已经太迟了。觉新知道自己不能给枚帮一点忙，空话更没有丝毫的用处。所以他把话全藏在心里，它们就扰乱了他的心。他觉得自己装满了一肚皮的愁闷,无法吐一口气,他就用酒来浇愁。不仅浇愁,他还希望酒能使他遗忘。客厅里的情形跟一年前的太相像了!多注视一次就使他多记起一件事情,一个声音或者一张面庞。他的瘦弱的身子载不起那么多的回忆,那么多的悔恨。他需要遗忘。他需要使现实变为模糊。他需要让自己被包围在雾里。

觉新在席上默默地喝着酒。周围的人对他都变成陌生的人。他有时回答别人的问话,却不知道自己在说些什么。他觉得头有点沉重,觉得席上的人都长着奇怪的面孔,又觉得脸发烧。他知道自己有些醉了。但是他不能够退席去休息,而且他还要料理一些事情。他便极力支持着,也不再举起面前的酒杯。他勉强支持到席终人散的时候。这所公馆又落在宁静里。他听到周老太太和周伯涛夫妇对他说道谢的话,又听到二更锣声,他知道现在可以告辞回家了。他的继母周氏已经吩咐了仆人"提轿子"。等到轿夫预备好了时,他便和周氏、淑华两人坐在三乘轿子里,出了这个使他记起许多事情的公馆。

觉新一回到家,便倒在床上昏昏沉沉地睡去了。第二天他起得很晚,一天都不舒服,下午也没有到公司去。正好琴来高家玩,他便把她留下,又去请了芸来。淑华、淑贞姊妹自然也来聚在一起。他们在花园里玩了大半天。觉新还叫何嫂预备了几样精致的菜,傍晚他们(再加上从学校回家不久的觉民)便在觉新的房里吃饭。饭后他们就在这里闲谈。他们(除了觉民,他早回到自己的屋里预备功课去了)谈到过去、现在和将来的事情,愈谈愈兴奋,一直谈到夜深,大家才依依不舍地分开。

早晨,太阳光把觉新的房间照得十分亮。觉新坐在写字台前。他刚刚收到觉慧(他的三弟)从上海寄来的几本新杂志,正拆开包封在翻看它们。淑华陪着她的两个表姐(芸和琴)揭起门帘走进来。她的第一句话便是:

"大哥,你好早!"

觉新站起来,迎接这两个客人。他回答淑华道:"你还说早,送信的都来过了。"

"信?二表妹、三表弟有信来吗?"琴连忙问道,她的脸上露出了喜色。

"没有信。三弟寄了几本新杂志来。大概过两天就有信来的,"觉新答道。

琴瞥见了放在桌上的刊物,她便走去拿起来,先看了每一本杂志的名称和目录。后来她翻开一本杂志,看了印在封面背面的目录。她念出一个题目:《俄国女革命家苏菲亚传》。她接着又激动地说:"这是三表弟写的,这一定是他写的!"

淑华和觉新都争着去看那本杂志。淑华接连嚷着:"在哪儿?"芸也怀着好奇心去看那篇文章。

"你怎么知道这就是他写的?这是一个笔名,"觉新惊疑地说。

"他写文章常常用这个名字,我知道,"琴得意地说。

"给我看看他写些什么,"淑华急切地说,就伸手去拿那本十六开本的杂志。

"等一会儿给你,"琴拒绝道,她拿着这本刊物,翻开一页又一页,忽然停下来,兴奋地念着:

她在我们的阵营中过了十一年,她经历过不少绝大的损失,全盘的失败,但是她从来不灰心。……不管她如何刻苦自励,不管她如何保持外表的冷静,实际上她却是一个热情的天使。在她的铠甲下面仍然有一颗女性的优美的心在跳动。我们应该承认,女人比男子更赋有这种"圣火"。俄国革命运动之所以有宗教般的热诚,大半应该归功于她们。……[1]

　　琴激动得厉害,声音急,而且发颤,她自己的感情被那些话控制了。她从没有读过这样痛快的文章。

　　淑华还不大了解这些话的全部意义。但是她也懂得一部分,尤其是琴的声音和态度留给她的印象更深。此外还有一个事实鼓舞她:这是她的三哥写的文章。他会写出这样的话?她有点不相信。她打岔地问了一句:"这真是三哥写的?"

　　"不,是他翻译的,他引别人的话。这一段话真有力量!"琴答道。她的注意力还停留在这一段话上面。

　　"苏菲亚,她究竟是个什么人?"淑华好奇地问道。她以前也偶尔听见觉民同琴在谈话中提到"苏菲亚"这个名字。她却不曾问明白她是一个什么样的人。

　　"苏菲亚,一个二十多岁的俄国贵族小姐……"琴带着尊敬地答道。

　　"一个女革命党,"觉新不等琴把话说完(也许是他没有注意到),便用严肃的低声接下去说。

---

[1]这段话是从俄国民粹派革命者斯捷普尼雅克(本姓:克拉夫钦斯基,1852—1895)的名著《地下的俄罗斯》(1882)中摘译出来的。斯捷普尼雅克是《牛虻》作者丽莲·伏尼契的朋友,她曾受到他的影响。

"女革命党？"芸吃惊地说。她听见琴读出那段文章,她还不大了解,那里面有好些新名词。不过她看过一些翻译小说,也略略知道一点西洋人的生活情形。她明白"革命党"这个名词有什么意义。琴的声音和那段文字使她激动,引起她一点幻想。但是"女革命党"这四个字却使她害怕,她的心还不能接受。

"芸妹,你不晓得苏菲亚是个女革命党？"琴故意诧异地说。

"琴姐,我怎么会晓得？"芸奇怪地说,她不知道琴为什么对苏菲亚感到这样大的兴趣。

"可惜你没有看过《夜未央》(去年在万春茶园里演过的),那里面也有一个苏斐亚,虽然是另外一个人,不过都是一类的人,还有那个人人都不能忘记的安娥,"琴只顾得意地说下去,不提防淑华在旁边嚷起来:

"琴姐,你还好意思提起《夜未央》!你请二姐一个人去看戏,也不请我。你现在再说戏好,有什么用处？横竖我们看不到了。"

琴露出带歉意的微笑辩解道:"三表妹,我已经给你道过歉了。那天二表妹在我们家里耍,所以我请了她去看戏,也来不及约你。……"

"还有我,"芸含笑地插嘴道。

"好,又来一个,看你怎样应付？"淑华拍手笑道。

"这跟你不相干,你不要幸灾乐祸!"琴对着淑华啐道。她再回头对芸说:"已往的事不要提了。你要看书这儿倒有。二表哥有一个抄本,我要他借给你看。看书跟看戏是一样的。"

芸还没有答话,淑华又接下去说:"不一样,看书哪儿像看戏有趣!"这句话把觉新和芸都惹笑了。

"三表妹，你怎么专门跟我作对？我去年没有请你看戏，你就记得这样清楚，"琴微微红着脸质问道。

淑华把琴望了一会儿，忽然噗嗤地笑起来。她高兴地辩道："琴姐，哪个会像你这样小器！我不过逗你多笑两次，让你高兴高兴。哪个不晓得琴姐跟我要好？"

"大表哥，你听，三表妹拿我开玩笑，还说跟我要好，"琴也忍不住笑了，就指着淑华对觉新说；"她这样欺负我，大表哥，你还不敲她一顿。"

觉新这些时候没有说一句话，他羡慕地望着她们。这些年轻的面颜，这些清脆的少女的声音给他带来生命的欢乐。他默默地望着，听着，尽量地享受这种欢乐，好像唯恐他一眨眼，这一切就会完全消失。青春……真诚……欢欣……他仿佛回到了他的某一个时代。他忘记了他周围的苦恼和寂寞。琴的话伴着她的清脆的笑声飘到他的耳边。他的眼睛连忙迎着她的灿烂的笑。他喜悦地微笑了。他预备说话，但是他只来得及唤了一声"琴妹"。

"大哥不会打我！可惜二哥不在这儿。二哥在一定听你的话。琴姐，你怎么不去喊二哥来帮你？"淑华越发得意地抢着说。

琴这一次并没有露出害羞的表情。她倒笑起来，嘲笑淑华道："三表妹，你好像就只有这个武器一样。说来说去都是这一套话。二表哥到学堂去了，等一会儿就会回来的，用不着我去喊他。"

"琴妹，你饶了她罢，她年纪小，不懂事，"觉新觉得心里轻快了些，也开玩笑地说。

"大表哥，你不好意思打她，等我来，"琴说着便走到淑华面

099

前,在淑华的头上轻轻地敲了一下。

"好了罢,"淑华笑嘻嘻地望着琴说;"琴姐,我给你一个面子,你好下台。"

"三表妹,你这张嘴——"琴故意做出咬牙切齿的样子对淑华说。

淑华忽然抓起琴的手,亲热地捏住它,一面正经地带笑说:"琴姐,我不再跟你开玩笑了,你不要生我的气。"

绮霞从外面进来。觉新看见她便吩咐道:"绮霞,你出去看看卖蒸蒸糕的走了没有,给我们端几盘进来。"

绮霞答应一声便又出去了。

"哪个生你的气?你还是个小孩子,"琴高兴地笑了。

淑华得意地笑了笑,又对琴说:"我们唱歌好不好?"她不等琴答话,便走进内房去。

内房里窗前立着一架风琴,这是觉新在两个月以前买来的。淑华走进内房,搬了一个凳子到风琴前面,自己坐下,昂着头一边按键盘,一边大声唱起来。

琴、芸、觉新都跟着进了内房。琴取下挂在墙上的笛,横在嘴边吹起来。觉新也拿了那支玉屏箫来吹着。这些声音配在一起非常和谐。淑华的声音愈唱愈清朗,好像一股清莹的春水流过山涧,非常畅快地流到远远的地方去;它上面有一个很好的晴天,两边是美丽的山景,还配合着各种小鸟的鸣啭(那些乐器里发出的美丽的声音)。一首歌唱完,淑华接着又唱第二首。

第二首歌唱起不久,淑贞来了。一切仍旧继续进行,她并没有打岔他们。他们一时沉醉在这简单的音乐里,也没有注意到淑贞。后来绮霞用一个茶盘把蒸蒸糕端了进来。小块的多角形的点心上面还冒着热气。绮霞连茶盘一起放在方桌上。桌上靠墙放着的花瓶、洋灯、帽筒等等摆设都是觉新的亡妻李瑞珏的妆奁。这些年觉新就让它们原样地放在那里,从来没有移动过。

绮霞放下糕,便站到淑华背后,看她弹琴。淑贞也在旁边注意地望着,注意地听着。不久这首歌又完了,淑华连忙站起来,第一个走到方桌前去拿蒸蒸糕。

"芸妹,大表哥,你们还不快吃,等一会儿会给三表妹抢光的,"琴含笑对觉新们说。她也走去先拿起一块糕,望着淑贞说:"四表妹,你先吃,"她把它递在淑贞的手里。笛子还捏在她的另一只手中。

"琴姐,难为你,"淑贞感谢道。

"四表妹,你的眼睛怎么了?"琴这时才注意到淑贞的一对眼睛肿得像胡桃一样,便惊问道。

"没有什么,我很好,"淑贞呆了一下,才埋下头低声答道。

"你不要骗我,你又受到什么委屈罢,"琴低声说。

琴的前一句问话把众人的眼光都吸引到淑贞的脸上。他们开始明白那件事情。淑华看见淑贞不肯直说,忍不住冲口代淑贞答道:"四妹昨晚上一定又哭过了。"

淑贞默默地吃着蒸蒸糕,好像没有听见琴的后一句话和淑华的话似的。

绮霞知道的较多,便出来鸣不平地说:"先前听见春兰说,四小姐昨晚哭了半个晚上,五太太又发脾气。连春兰也挨了一顿打。"

淑贞忽然抬起头,眼泪像两根线似地沿着她的脸颊流下来。她用哀求的眼光望着绮霞抽噎地说:"绮霞,你不要再说这些话。"

众人都不作声,他们静静地吃着蒸蒸糕。琴还站在淑贞的身边。绮霞停了一下,好像她不知道怎样回答似的。后来她充满同情地答道:"四小姐,我不说了。"

"四表妹,"琴亲切地、怜惜地唤了一声,便把膀子绕过淑贞的颈项轻轻地搭在淑贞的肩上。她又说:"我们现在先吃蒸蒸糕。你不要想昨晚上的事情。"

"我不想……我晓得想也没有用处,"淑贞无可奈何地小声说。她望了望琴,又说:"琴姐,你不晓得我的苦处。"

琴爱怜地轻轻抚着淑贞的头发感动地说:"你也太软弱了。你要是能够像三表妹那样什么都不在乎也好。偏偏是你处在这样的境地。"

淑贞不作声。她埋下头去。她的眼光触到她的一双穿绣花缎鞋的小脚,她完全绝望了。她觉得心里很不好过,好像有许多根针刺着它,又好像心里有什么东西不住地朝上涌。她咬着嘴唇极力忍耐,但是泪珠仍旧不断地流下来。她摸出手帕掩着嘴唇,泪水渐渐地把手帕浸湿了。

"琴姐,不要再提那些事情。你不吃蒸蒸糕?"淑华知道是什么念头苦恼着淑贞,但是她不能够解决她的堂妹的问题,她甚至不能够给淑贞帮一点忙:除了几句安慰的话外,她什么也不能够带给淑贞。她因此常常感到苦恼。但是她从来不让苦恼蚕食她的心。她永远保持着她的乐观,她的愉快的心情,她的勇气,她的欢笑。她是一个粗心的人,然而她不会让一种感情使她变为糊涂。她不能忍受房里沉闷的空气,她想把忧愁驱散,所以对琴说了这样的话。她站在方桌前,又伸手到盛蒸蒸糕的盘子里取了一块糕,慢慢地放在嘴里吃着。

芸走到淑贞的身边。她递了一块糕给琴,然后柔声劝淑贞道:"四表妹,你不要难过。过去了的事情还是不要多想。多想也只会苦你自己。你听见他们先前唱歌唱得多好听。我今天好好地陪你耍一天,琴姐也陪你。"

淑贞点了点头,含糊地应了一声。她一只手拉着琴的衣襟。掩嘴唇的手帕已经拿开了。

"四表妹,芸表姐的话不错。事情过了就该忘记才是。你尽管放宽心。以后有什么事情我们会给你帮忙。你应该相信我的话,"琴吃完那块糕,也俯下头去劝淑贞道。

"我相信,"淑贞像受了委屈的小孩似地吐出这三个字。

"那么你答应我不要再想昨晚上的事情,"琴看见淑贞听从她的话,便又说了一句。

淑贞又点点头。

淑华端了盘子过来,里面还剩得有三块糕。她对琴说:"琴姐,这是留给你们的。你不吃,我给你端来了。你吃两块,四妹一块,快点吃,就要冷了。"

"难为你亲自端来,不吃太对不起你了,"琴从淑华端着的盘子里拿起一块糕来,带笑地对淑华说。然后她又掉头向着淑贞:"四表妹,你也吃一块。"

淑贞默默地拿了一块糕。

"绮霞,你给我们倒几杯茶来,"淑华高兴地吩咐道,她好像在大雨以后见到了晴天。

淑华把空盘子放回到方桌上去,便坐在风琴前面,一个人弹起琴来。她弹了十多分钟,又停住,唤觉新道:"大哥,你不吹箫?"

103

觉新立在外面书房里写字台前,拿着一本刊物在翻看。他含糊地答应了一声。淑华诧异地掉头去看他。她看见觉新在看书,又看见琴、芸两人和淑贞都坐在床沿上讲话。只有绮霞在斟好茶以后,走过来站在她背后,看她弹琴。

淑华站起来,走到外面房间,大声说:"大哥,你现在看什么书?还是来弹琴唱歌罢。"

"你先弹,我就来,"觉新敷衍地说。

"什么书有这样好看?等一会儿看也不行?"淑华说着便走过去,看她的哥哥在读什么书。

觉新看的还是那篇关于苏菲亚的文章。他的注意力集中在杂志上。他带着心跳地读着。他读得快,但是也没有失去每一段的主要意思。它们使他兴奋,同时又使他担心,他还有一点害怕。这不是为着他自己,他关心他的三弟觉慧(那篇文章的作者)的前途和安全。他以前对那件事就怀着一点疑惧,他疑心觉慧参加了革命的工作,现在他读到这篇文章,他的疑虑被证实了。他在那些热烈激昂的文字中看到了一个苦难的生活的开端。他愈读下去,愈觉得他的推测是确实的了。但是他还希望在后面发现另一种调子,另一种道路,所以他不愿意淑华来打岔他。他摇摇头坚持地说:"三妹,你去找琴姐她们,我看完就来。"

淑华站在觉新的身边,伸过头去看,自语似地说:"原来是三哥的文章。你们看过了,我也要拿去看。"

"你要看?"觉新好像听到什么可惊奇的话似的,他抬起头掉过脸来看了淑华一眼,惊讶地问道。

淑华高兴地答道:"你们都爱看,一定很有意思,况且是三哥写的文章。"

觉新看看淑华,鼓起勇气,低声说:"这种文章你还是不看的好。"

"为什么?你们都看得,我就看不得?大哥,我不明白你的意思,"淑华惊愕地说,她的声音里带了一点反抗的调子。

"我担心三弟已经加入革命党了,"觉新不回答淑华的问话,却只顾说自己所想的。"我看他一定是个革命党。"

淑华在一年前听见"革命党"这个名词,还不知道它的意义,但是现在她却明白革命党是什么样的一种人。不过在她的心目中革命党是奇怪的、缺少现实性的、不可接近的人物。她不能相信一个她如此熟识的人会成为那种书本上的理想人物。因此她很有把握地回答觉新道:"你说革命党?我看三哥一定不是!"

"你不懂,"觉新烦躁地说,他的话还没有说完,内房里的风琴声又响了。

淑华看见琴在弹琴,也不管觉新还要说什么话,便大声说:"我来吹笛子,"她跑进内房去了。但是芸已经把笛子横在嘴边了。淑华走到琴的身边,想起觉新的话,便拍着琴的肩头,带笑地说:"琴姐,你相信不相信,三哥是革命党?"

琴立刻停手,回过头疑惑地低声问道:"哪个说的?"

"大哥说的,"淑华觉得好笑地答道。

琴两眼望着键盘,低声嘱咐道:"三表妹,你不要对别人说。"

这句话倒使淑华发愣了。她好像碰了钉子似的。她想:琴姐为什么说这样的话?难道三哥真是革命党?

琴弹琴时还掉头去看淑华。她看见淑华木然地站着,像在思索什么事情。这态度,这表情,在淑华的身上是很少见的。她觉得奇怪,便问道:"三表妹,你不唱?"

"啊,我就唱,"淑华惊醒似地答道。她真像从梦中醒过来一般,把革命党的问题撇开不管了。她刚唱出三个字,觉得口干,便走去把方桌上一杯斟好未喝已经凉了的茶端起来喝了两口。她忽然听见一阵吹哨声,声音自远而近,显然是那个人正沿着左厢房的石阶走来。她认识这个声音,便高兴地嚷道:

"二哥回来了。"

果然过了片刻觉民和着琴声、笛声吹着口哨走进了觉新的房间。

觉民看见觉新在看书(这时觉新已经坐下了),他也不去打岔觉新,就走进内房去。不用说他得到众人的欢迎。他站在琴的背后,带着兴趣地看琴的手指在键盘上跳动,一面继续吹口哨。

琴忽然回过头望着他微微一笑,眼光里送出一种问询。他回答她一个微笑,同时点了点头。两人都能够明白彼此的意思。觉民又在琴的耳边低声说:"今天下午要开会,我们一路去,在惠如家里。"

连淑贞也没有听见觉民说话,他的话被琴声掩盖了。然而琴是听见了的,她不但听见,而且她还点一下头作为答复。

九

下午琴跟着觉民到他的同学张惠如的家去。张家在一条宽巷子里面,走出巷子便是觉民去学校时要经过的那条大街。

天气很好。琴打着一把阳伞遮住初夏的日光。他们慢慢地走着,好像没有什么重要的事情一样。几个月前他们有的那种紧张的心情这时已经没有了。他们习惯了那种集会,而且有了一点经验。因此在他们的眼里那些事情的神秘性便渐渐地减低。他们欢迎它们,而且也带着热情地喜爱它们,不过不再用夸张的眼光看它们了。他们到张惠如的家去开会,就像去参加亲友的宴会一样。

他们走到张家门口,坐在竹椅上的看门人站起来招呼他们。觉民照例地问他一声:"你们大少爷、二少爷都在家吗?"

那个熟识的看门人照例恭敬地点一个头,答道:"在家。"他总是这样地微笑着,回答着。

他们放心地走进里面去。他们走进二门,看见张惠如的弟弟张还如站在客厅的门槛上。张还如看见他们进来,便走到大厅上迎接他们。

琴和觉民跟着张还如走进客厅。那里面除了张惠如和黄存仁（他现在是外专的助教了），还有几个朋友：年纪较大的吴京士，演了《夜未央》得到"活安娥"这个绰号的陈迟，从法国回来的身材高大的何若君，在法文学校读书的年轻的汪雍。他们看见琴和觉民，都过来打招呼。

"我们来晏了，"觉民看见房里已经有了这许多人，抱歉地说。

"继舜和鉴冰还没有来，"黄存仁答道，接着他又解释地说："继舜近来学生会的事情多，他这几天正忙着学生要求收回旅大游行示威的事情，恐怕会来晏点。"

"那么我们要不要等他？"何若君问道。

"现在还早，再等一会儿也不要紧，"张惠如接下去说，"大家先坐下吃两杯茶。"

觉民递了一杯茶给琴，他自己也端起一个杯子喝了两口，听见外面响起脚步声，他知道是方继舜和程鉴冰来了。

来的果然是这两个人。方继舜今年二十八岁，是高等师范学校四年级的学生，面容显得比他的年纪老，不过那种常在的沉毅的表情却使人相信他是一个充满活力的青年。程鉴冰刚刚过了二十一岁，长得相当清秀。她是琴的低一班的同学，今年暑假前毕业。

"蕴华，你倒先来了，"程鉴冰看见琴，连忙走到琴的身边，亲热地说。

"你在哪儿遇到继舜的？"琴也亲切地招呼程鉴冰，顺口问了一句。

"我就在这条街上遇到他，真凑巧，"程鉴冰笑答道。她又说："我家里来了一个亲戚，我又不好不陪她。我生怕我祖母不放我走。后来居然给我借故溜出来了。"

"继舜,我还以为你来不了这么早,"黄存仁带笑地对方继舜说。

"我们的会还没有开完,我请假先走了,"方继舜揩着额上的汗珠说。他掉过头向着张还如:"还如,你今天没有去开会?检查日货的事情你得管啊。今天会上已经推定你的工作了。"

"我知道,这是我的老差使,"张还如笑着回答道。

"我们现在开会罢,"黄存仁提高声音说。

"大家先坐下罢,"张惠如说。

"我们还是分开坐,不必坐拢在圆桌旁边,"方继舜说,便在靠窗的一把楠木椅子上坐下。

没有人反对方继舜的话。大家都拣了座位坐下。琴和程鉴冰坐在一面。觉民坐在琴的旁边,不过他们两人中间隔了一个茶几。

黄存仁做主席。他们的会议并不注重形式,各人可以自由地发表意见。每个人坐着发言,跟平常谈话的时候一样。

黄存仁第一个发言。他是以团体总书记的身份说话的。他简略地报告了最近两个月的工作情形。他还提到他们收到多少封来信,发出若干封回信,送出若干小册子。他们的工作进行得相当顺利。同情者渐渐地多起来,对他们团体的主张与活动感到兴趣的人也不少。最近还收到一封重庆印刷工人的信。特别是在今年二月京汉铁路工人大罢工遭到军阀残酷的镇压以后,读者的来信增加了很多。这个轰轰烈烈的大事件使得许多青年都睁开了眼睛,青年们更不能安于现状了。他们在找寻新的路。所以革命的书报到处受欢迎。很多人写信来要小册子,要新书。好些人要求他们扩充阅报处,或者重演《夜未央》或者别的同类的戏。在比较著名的几个学校里他们撒的种子已经散布在学生中间了。年轻的心很容易被进步的、正义的思想所感动,被献身的热情所鼓舞。他们今天在这个房间里固然不过是一个小小的团体,但他们并不是孤独的个人。在外面,在那个广大的社会中有很多他们的同道者,而且还有许多人准备贡献出自己的一切,来参加革命的工作。那些人也有同样的愿望,也憎恨一切的不义和罪恶,也憎恨不合理、不平等的社会制度,也追求劳苦人民的幸福。

黄存仁的话点燃了众人的热情,而且给他们带来更多的希望。每个人都注意地听着,仿佛这是从他(或者她)自己的心里吐出来的。

黄存仁闭了口,有几个人用充满友爱的眼光望着他。每个人都很兴奋。他们都觉得能够将自己的生命用来为劳苦人民谋幸福,这是美好的事情。

张惠如接着报告团体和各地同性质的团体联络的情形。单是在这个省内这样的团体就有六七个:某县有觉社,某县有人社,某县有光社,某某两县又有明社,最大的便是重庆的群社。在这个省内散布最广的小册子,如《二十世纪的新思潮》、《红潮》、《自由钟》、《五一运动史》等等都是这个团体最近的出版物。群社上个月还派社员到上海去购买印刷机,筹办简单的印刷所。群社的总书记最近来信提议在省城里举行一次大会或者各团体的联络会。那边的人在征求各地同性质团体的意见,如果大家赞成这个提议,接着就要讨论具体的办法。

大会,这就是说许多未曾见面的精神上的友人聚在一起披肝沥胆地畅谈他们的胸怀,——不仅是吐露胸怀,他们还要贡献出他们的年轻人的热诚,和他们的青春的活力,来为他们的唯一的目的服务。这个唯一的至上的目的带着一种崇高的纯洁的美引诱着每一颗年轻的心。为劳苦人民谋幸福,为大多数人,为那些陷在贫困的深渊中的人。这是赎罪,这是革新;毁坏一种旧制度,建立一种新制度;摧毁一个社会,建设另一个社会。用平等与自由代替不义与掠夺,让博爱的光辉普照世界。这些年轻人的思想里有的是夸张,但是也不缺少诚实。他们真心相信自己有着强大的力量,不过他们并不拿它来谋个人的利益,他们却企图给黑暗世界带来一线的光明,使不幸的人得到温暖。他们牺牲了自己的阶级利益和特殊地位,他们牺牲了自己的安适生活,只怀着一个希望:让那无数的人都有这样的安适生活。这些夸张的思想里含着谦逊和慷慨。它使得这些年轻人在牺牲里找到满足,在毁灭里找到丰富的生命。他们珍爱这思想,也珍爱有着这同样思想的人。这好像是一个精神上的家庭,他们和各地方的朋友都是同一个家庭里的兄弟姊妹。这些人散处在各个地方,还没有机会聚在一处。如今一个希望来了,有人说出了聚会的话,这是一个多么令人兴奋的消息。每个人的心都因为喜悦而颤动了。对这个提议没有人表示反对,也没有人表示疑惑。

方继舜最先发言表示赞同,不仅是赞同,他还提出了一些意见和办法。他说话清楚,有力,而且有条理,很容易被人接受。不用说,没有人反对开大会。但是开会的办法就应该好好商量,譬如赴会代表的数目,经费的筹措,会期的久暂,代表的住处,讨论的事项以及行动的秘密等等都应该在事前有较周密的计划。最后方继舜还提出一个重要的意见。他认为应当把参加劳动运动、接近工人、援助工人的日常斗争等等问题列入大会的主要议事日程。黄存仁热烈地赞成方继舜的意见。他还就"二·七"运动对本省青年的影响这个问题谈了好几句,来证明方继舜的意见的正确。张惠如和觉民也谈了各人的意见。琴也谈出她对大会的看法。她还谈到许倩如最近来信中所描写的广州的新气象。许倩如说:"整个社会开始在变,青年学生和工人都动起来了。"这的确是鼓舞人的好消息。大家决定将这方面的意见写在信里寄给重庆的群社。他们还说明:在必要时也可以派人到重庆去商量。张惠如负责起草信稿。觉民、琴和程鉴冰担任抄写的工作。这样的信函都是用暗号写的,暗号密码的种类不少,写信读信都要花一些工夫,一个人写成或译出总要经过另一个人的校阅。琴和程鉴冰常常做这种校阅的工作。所以张惠如把起草回信的工作答应下来以后便对觉民说:"我等一会儿就把信稿交给你,你和蕴华用五字号码译好寄出去。"蕴华是琴的名字,五字号码便是指每隔四个字嵌一个原字的办法。

"好,"觉民照平常那样地带笑答道。这样的事他们做过已经不止一次了。他又侧过脸望着琴笑了笑,他说:"今晚上你又不能回去了。"

"那么喊袁成到我家里去告诉妈一声,我本来说过今天要回去的,"琴低声说。

觉民点一下头,回答了一句:"我知道。"

接着张还如报告刊物的情形:《利群周报》快出到两年了,销路最近增加到两千以上,长期订户也超过了三百;重庆文化书店来信表示每期可以包销三百份以上,还有两三个县里的学校贩卖部也来信批销若干。销路逐渐扩大,收入逐渐增多,刊物的前途很有希望。

这样的简单的叙述也给这些年轻人带来鼓舞。在刊物销数的增加中他们看出来许多不相识的读者的同情。从一些看不见的处所,从一些看不见的人那里,同情不断地来,这全是对于他们的呼吁的答复和实际的响应。年轻的心容易了解而且相信年轻的心,所以他们重视这些同情。年轻人永远怀着高飞的雄心,因此哪怕一线的光明和希望也可以鼓舞他们走很远的路程。

在张还如之后方继舜便以周报总编辑的身份来说话。他报告了一般的情形。他谈到第三年的计划;他还举出一些读者的意见,提出他的改革的方针。他要求没有参加编辑工作的朋友们尽量地批评周报的内容,对改革的方针也多贡献意见。

这一次说话的人较多,大家很坦白地说话,讨论问题。没有人对周报不满意,但是每个人都希望周报办得更精彩。众人听说上海和重庆都有一批稿子寄来,认为这是一个很好的消息。

琴说话不多,这时她却提供一个意见。她问众人有没有看见觉慧那篇关于苏菲亚的文章,她主张把它转载。她还说,应该将这种文章多多传播,使那些只知道爱伦·凯和与谢野晶子[1]的人明白妇女解放运动在这以外还有新的天地。

"觉慧的文章吗?我读过了,很痛快!我赞成转载它。觉慧在上海容易找这些材料,我们这里什么都缺少,"方继舜兴奋地答道。

程鉴冰和吴京士还没有读过觉慧的文章,他们热心地询问文章的内容。

"我们的刊物就需要这种

[1] 爱伦·凯(1849—1926)是瑞典的作家和女权运动家,她写过好些关于儿童福利、恋爱、结婚和两性问题的书。与谢野晶子(1878—1941)是日本的拥护女权的诗人和批评家,《新青年》杂志译载过她的《贞操论》。

带煽动性的文章,就需要这种革命家的传记,"张惠如叙述了《苏菲亚传》的内容之后,还激动地说了上面的话。

"那么写信去叫觉慧和别的朋友多寄点这类文章来,"觉民提议道。

"很好,觉民,你今天晚上就写信去叫觉慧寄文章来,我不另外写信了,"方继舜用坚定的声音说。他说话常常用这样的声音,他这个人做事很少有过犹豫。他思想快,决断快。他接着又高兴地说:"我们的周报有办法。有了这些好文章,还愁不会感动读者!"

"你自己下期有什么文章?"张惠如在旁边问道。"你不能因为别人的文章多,你就不写啊!"

"我在写一篇短东西,又是跟'五老七贤'[1]捣乱的,"方继舜笑答道,他想到了那几段骂得痛快的地方。

"好得很!我们刊物好些时候没有骂他们了。他们近来又嚣张起来,总是向某公某帅拍电报,说那种肉麻的话,而且还把电报拍到省外去了。真讨厌!"张惠如听说要骂"五老七贤",觉得痛快,就带笑地说。

"他们似乎对我们开始注意起来了。我听说冯乐山最近写信给'高师'校长要他注意学生的思想问题,说是有过激派混在里头捣乱,"方继舜改变了语调说道。

"那么他一定也会写信给我们的校长,等我到学校里去打听看,"陈迟气愤地说。

"你们'外专'没有问题,廖校长本来就是个新派,他不会听他们的话,跟我们的校长不

---

[1] 五老七贤:这十二个人都是本省的名流和绅士。

同,"方继舜说。他的脸上又露出轻视的微笑,接着说下去:"其实,这没有什么关系,他们并没有多大的力量。"

"我也是这样想。他们已经是垂死的人了,我们却正在年少有为的时候。他们怎么能够跟我们比?"张惠如充满自信地说。

"还有一件事情,我们应该商量商量,就是我们周报的两周年纪念会,"张还如大声地说,唤起了众人的注意。

"不错,这应该提出来大家讨论,日期离现在只有两个多月,我们平日工夫又不多,"方继舜接着说。

这也是一件重要的事情。周报好像就是他们的孩子,他们大家辛辛苦苦地抚养了"他"。第一个孩子夭亡了,他们记得"他"是在怎样的情形下面死去的。现在第二个孩子居然看见了阳光,比较畅快地呼吸着空气,经历了一些苦难,终于逼近了"他"的第二个生日。"他"的存在也是精力、坚忍、困苦以及信仰和友情的凭证。仿佛是"他"把他们联系得更密切。"他"给他们带来安慰,"他"增加了他们的自信,"他"消耗了(或者更可以说是吸收了)他们的纯洁的力量。"他"的生日不是寻常的日子,他们都以为应该好好地举行一次庆祝的宴会。在这些日子里他们就常常谈起这件事情。如今日期近了,他们应该坦率地发表意见。

每个人都兴奋地发言。没有人隐藏着什么或者不感到兴趣。他们推举了筹备委员。张还如、黄存仁、高觉民、张蕴华(琴)、程鉴冰被推举出来担负这个责任。谁也不推辞,他们找不到推辞的理由。

那一天应该举行庆祝的欢宴。但是他们愿意邀请一些同情者和给刊物直接、间接帮过忙的人来同乐。应该有游艺的节目,应该赠送纪念的特刊，应该将刊物大量推销，应该编印新的小册子。大家都激动地想到那一天的情形。

正式的会议暂时结束了。有事情的人先离开。纪念会的五个筹备委员便留在张惠如的家里继续讨论。张惠如虽然不是委员，也留在客厅里旁听，还不时往内外奔走给客人拿茶水和点心。

五个人热心地而且快乐地谈着。这里没有争辩，每个人轮流地增加一些新的意见。这些意见互相补足，融合成一贯的主张。五个人的意见终于成为一致的了。

纪念刊由方继舜编辑；游艺节目改为演剧。邀请同情者和友人参加，名单由黄存仁与张惠如根据通信等等决定。纪念刊的印数应该增加一倍，在报上刊登广告免费赠阅，还托人在各学校里散播。至于会场的选定和租借，议决由黄存仁和张惠如弟兄负责；小册子的编印却是觉民的职务（这个工作并不烦重，只是选出几篇旧文章编好付印罢了）。在这一次的会议里，他们（五个筹备委员）把重要的事情完全解决了。

会议完毕，张惠如弟兄挽留众人在他们的家里吃午饭。琴想到这时在高家等候着她的芸和淑华姊妹，便推辞了，觉民也坚持要回家。张惠如弟兄虽不再挽留，但是程鉴冰还依恋地拉着琴讲话。觉民和黄存仁也就安静地等待着，不去催她们。她们的话一直讲不完，张惠如的姐姐叫老女仆端了面出来。众人只得围着圆桌坐下吃了面。

"惠如，你们的姐姐真好，"觉民吃完面，放下碗，羡慕地称赞道。

张惠如笑了笑，得意地说："她很喜欢你们。她觉得你们都是很好的人。她常常要我留你们在我们家里吃饭。"

"我们姐姐待我们的确不错。不过她如果晓得我们在干这些事情,她一定会吓坏的,"张还如说着,张开嘴哈哈地笑起来。

"她就不会晓得吗?"程鉴冰关心地问。

"她怎么会晓得?她以为我们信的是什么外国教,像耶稣教那一类的。她想读外国文的人信外国教总是不要紧的。她还夸奖我们很规矩,"黄存仁带着温和的微笑插嘴说,他从小就认识张惠如,他知道张家的情形。

这几句话使得众人都笑起来。

"你现在热天还穿棉袍吗?真亏得你!"程鉴冰忍住笑问道,她听见人说过张惠如热天穿棉袍的故事。他没有钱缴纳周报社的月捐,热天穿着棉袍出去,把棉袍送进当铺去换钱。这已经是两年前的事情了。

"现在不必当衣服了,"张惠如高兴地笑答道,"我可以向我姐姐多要钱,她总给的,她这一两年很相信我们。"

"你说话小声一点,不怕会给你姐姐听见?"琴止住笑担心地说。

"不要紧,近来她的耳朵不大好。而且她很相信我们,不会偷听我们谈话,"张还如放心地笑答道。

"还有一件有趣的事,"张惠如一面笑一面说,"以前我姐姐常常劝我结婚,她甚至于想给我订婚。我没法应付她,就说读外国文的人相信外国式的自由恋爱。她也就不再说给我订婚的话了。不过近来她的老毛病又发了,她缠着我问我有没有称心合意的女朋友,为什么不打算结婚。她把我缠得没有办法,我就把去年演完《夜未央》我和陈迟两个照的相片拿给她看,说我已经有了女朋友。她倒很相信，还很高兴。她还说她喜欢这位小姐，要我请她到我们家里来吃饭。你们想想看，这是不是有趣的事？"

张惠如还没有说完，就快要把众人笑倒了。

"那么哪天就让陈迟扮起来到你们这儿吃饭，看你姐姐怎样？这一定很有趣，"程鉴冰抿嘴笑道。

"这恐怕不大好，玩笑开大了一旦露出马脚，不容易收场，以后她就不相信我们了，"黄存仁仍旧带着温和的微笑摇摇头说。

程鉴冰还要说话，那个老女仆端着脸盆进来了。

"王妈，我们自己来绞脸帕，你再打一盆水来，"张惠如温和地对老女仆说。他看见王妈把脸盆放在茶几上，盆里有两张脸帕，便请琴和程鉴冰两人先洗脸。他们的话题就这样地被打断了。

王妈端了第二盆水进来，其余的人都先后洗过了脸。客人们要告辞了。他们还谈了一些话，并且讲定了下次会议的日期。

走出张家大门，客人跟主人告了别。琴和觉民同行，程鉴冰应该一个人回家去。黄存仁本来打算留在张家，这时听说程鉴冰不坐轿子，便自告奋勇地说："鉴冰，我送你回去。"程鉴冰高兴地答应了。他们四个人一起走了两条街，在一条丁字路口应该分手了。在街口有一个轿铺，琴和觉民就在那里雇了两乘轿子回家。程鉴冰和黄存仁看见他们上了轿，然后转弯往另一条路走去。

十

琴和觉民回到高家,轿子停在大厅上。觉民轻轻地吹着口哨,他们慢慢地转过拐门往里面去。

里面很静,他们看不见一个人影。觉民惊奇地说:"怎么这样清静,人都到哪儿去了?"

"大概都出门去了,你不看见大厅上轿子都没有了?"琴接口道。

"大哥不是说今天不出去吗?"觉民疑惑地说。

"那么一定是大舅母坐出去了,"琴顺口答道;她又说一句:"我们先到大表哥的屋里去。"

他们一直往觉新的房里走。他们的脚刚踏上过道的地板,一阵低微的语声便传进他们的耳里来。

"怎么他们在屋里?"觉民诧异地说。他们揭开门帘走进去。

觉新端坐在活动椅上,淑华和芸两个人站在写字台的另一面,淑贞把身子俯在写字台的一个角上,两肘压住桌面,两手撑着她的下颔。绮霞站在淑贞的旁边。淑华听见脚步声,抬起头来,看见了觉民和琴,她的脸上立刻露出喜色,但是她不说话,却做一个手势叫他们不要作声。

觉民和琴默默地走到写字台前。他们起初还不知道发生了什么事情，但是一到那里他们便完全明白了。

觉新闭着眼睛，仿佛睡着了似的，他的两只手压在一个心形的木板上面。木板不过有他的两只手合拢起来这样大。下面有两只木脚，脚尖还装得有小轮。心形的尖端有一个小孔，孔里插了一支铅笔。手推着木板，让木板的轮子动起来，铅笔就跟着轮子动，不停地在纸上画线写字。这块木板叫做"卜南失"，是五六年前流行过的一种"玩具"。[1]觉民自己也曾跟着别人玩过它，但是如今他不再相信这样的把戏了。

"姐姐，你看得见我们吗？"芸含着眼泪呜咽地说，两只眼睛一直跟着木板上插的铅笔动。

卜南失在纸上动来动去，人们只听见轮子滚动的声音。

"想！想！"淑华在纸上注视了一会儿，忽然大声叫起来。

觉民走到淑贞背后，淑贞掉过头看他一眼，严肃地低声说："蕙表姐来了。"

觉民不回答淑贞，却侧过头去看芸。亮的泪珠沿着芸的粉红的脸颊流下来，她的眼光带着一种复杂的表情，她似乎是将她一生的光阴用来看眼前这块木板和它在纸上画的线条与不清楚的字迹。觉民立刻收敛了他的笑容。他又看琴，琴也送过来同情的眼光。

"姐姐，你晓不晓得我们都好？婆、大妈、妈她们还常常提

---

[1] 这是从日本输入的一样东西。"卜南失"大概是法文 planche 的译音。1917 年或 1918 年我们在成都找到一个"卜南失"，玩了几个月。这种把戏跟"扶乩"差不多，不过只需要一个人扶着木板。这个人进入睡眠状态以后，木板就动起来，铅笔会在纸上写字，回答人们的问话，好像真正把死人请来了一样。这是一种催眠作用。其实所答的话全是那个扶着卜南失的人平日藏在心里的话。有些话还是他不想或者不敢说的，现在他进入催眠状态，经人一问，就不自觉地写出来了，可能连他自己也不知道。

到你。枚弟也要结亲了，"芸带泪地对着卜南失说，好像真正对着她的姐姐讲话似的。

铅笔动得厉害，芸看不出一个字。淑华忽然嚷起来："我，这是'我'字！"

芸顺着笔迹看，果然看出一个"我"字。卜南失写了两个"我"字，便乱画起来，然后又在写字。

"难字！"淑华又在嚷。

"过，这是'过'字，"琴声音苦涩地说。

"我难过！"淑华痛苦地念道。

"姐姐，姐姐，你不要难过！你有什么话尽管对我说。我在这儿。你看得见我吗？你有什么事情到现在还要难过？像我们这样要好的姊妹，你不该瞒我……"芸悲声说，她的脸上满是泪痕，她不转眼地望着卜南失。

淑华掉下几滴眼泪。淑贞不住地用手帕揩眼睛。连不相信这个把戏的琴也觉得眼睛湿了。

"往……"淑华在报告第一个字，她还接着念下去："往……事……不……堪……口，不对，是……回……首。她说的是：往事不堪回首。"

"不堪回首，"芸痴迷似地念道，接着自己又说："真是不堪回首了。"她对着卜南失再问道："姐姐，我们姊妹还可以见面吗？"

卜南失写了"不知"两个字，以后又写了"枚弟苦"三字。

"奇怪，她都晓得！"淑华惊异地说。

"姐姐，那么你保佑保佑枚弟罢，他身体不好，人又软弱，"芸呜咽地央求道。

卜南失这一次动得最久，它接连写了许多字，淑华慢慢地把它们念出来:"人事无常,前途渺茫,早救自己,不能久留,我走了。"

"姐姐,你不要走,姐姐,姐姐,……"芸像要挽住她的生命中最宝贵的东西似地哀求道。她的眼睛睁得大大地望着那块小小的木板和那张涂满了歪斜字迹的洋纸。她的眼泪滴到了纸上。

"她走了,"淑华失望地说。她揩了一下自己的眼睛。

淑华的话没有错。铅笔不在纸上写字了,它画的全是圆圈和曲线。觉新依然像在睡梦中似地,手压着卜南失,两眼紧紧闭着,口微微张开,从嘴角慢慢地流出涎水来。

"姐姐,姐姐……"芸还在悲声呼唤,这是绝望的挣扎,声音异常温柔而凄凉,就在这几个人的耳边盘旋。

琴开口说话了。她把一只手绕过芸的后颈,放在芸的右肩上,温和地说:"芸妹,不要唤了,这没有用。已经完了。并不是蕙姐在写字。"

"刚才的事情你不是看见的?她还说了好些话,"芸痛苦地反驳道,她相信她自己看见的事,况且这又是她平日所渴望的事。她不能相信写了那些字的不是蕙的鬼魂。

"我们以后慢慢地再说,你应该镇静一点,"琴同情地劝道。她了解芸的心情,而且她自己也是同样地被那个回忆折磨着。她自然也希望蕙能够来跟她们谈话。所不同的是她不相信鬼魂的存在,同时她又知道,卜南失的把戏不过是催眠术一类的东西。

觉民看见觉新还没有醒,便把他摇醒了。

觉新睁开眼睛,诧异地望着众人。他很奇怪为什么芸还在流泪,淑华和淑贞的眼睛也还是湿的,琴的脸上也有悲痛的表情,他便问道:"什么事?什么事?"

"蕙表姐来过了,谈了许多话,"淑华答道。

"什么话?快告诉我!"觉新脸色一变,慌忙地说。

淑华便把经过情形一一地告诉觉新:怎样在纸上现出了"蕙"字,她们如何知道这是蕙表姐,问了她一些什么话,她又如何回答,她说她寂寞,她苦……以后的话便是觉民和琴所知道的了。

觉民怜悯地望着觉新,他想:这个瘦弱的身体怎么容得下这许多?

觉新听着,忘记一切地倾听着。他注意地望着淑华的嘴,好像害怕话会偷偷地从她的嘴边逃走似的。但是他听不到三五句,两眼就发亮了,一颗一颗大的泪珠接连地落下来。他也不去揩眼睛,只顾注意地听淑华讲话。

琴刚把芸劝得止了悲,但是淑华的话又把芸引哭了。芸就拿手帕蒙住嘴,仍然俯着头,不愿意给人看见她的脸,脸上的脂粉已经凌乱了。

淑华只顾说话,没有注意到觉民对她眨眼示意,要她把话缩短。她的话把觉新的心翻来覆去地熬煎着,把觉新的灵魂拷打着,不给它们一点休息。她自己并不知道她在做一件残酷的事情;觉民却有这种想法,所以他等到淑华住了口便打岔地问她:

"这个东西从哪儿来的?怎么想起了搞这个?"

"大哥从旧箱子里头找出来的,这个卜南失说是已经放了好几年了,"淑华直率地答道。

觉新知道自己的心在受折磨,受熬煎。他锐敏地感到痛苦,但是同时他也得到一种满足。他愿意人谈起她,提到她的名字,他会因此觉得她并没有死去,也没有被人忘记。眼泪的迸流使他得到一种痛苦的满足。紧张的心松弛了。伤痕得到洗涤。他微微地叹了一口气,把背靠在椅背上。

"大哥,你为什么还要搞卜南失?你明明知道这是假的,为什么还要这样折磨你自己?"觉民温和地责备觉新道,同时亲切地注视着觉新的脸。

"你说假的?我不信!明明是蕙表姐的口气!"淑华不服气地说。

觉民抬起头责备地看了淑华一眼,温和地答道:"这是一种下意识作用,是靠不住的。你不懂得。不过大哥知道。"

"大哥!"淑华吃惊地唤道。她还要说话,但是觉新先说了:

"我也晓得并没有鬼,蕙表妹也不能再跟我们见面谈话。不过这种下意识作用并不能就说是假的。那些话不也是她从前说过的吗?口气总是她的口气。这就好比把她从前的照片找出来看看,也是好的。我们都还在想念她。芸表妹说要请她来,所以就这样试试看。"觉新一句一句费力地对觉民说,他的脸上起了痛苦的拘挛,这一次他并没有流眼泪,不过他的面容比他痛哭时还更带着可怜无靠的表情。

"我知道,我知道,"觉民的心被同情绞得发痛,他激动地说;"但是你这样岂不是更苦了你自己?过去的事就该让它过去,为什么还要来搞卜南失?事前不曾想法挽救,为什么要在事后这样折磨自己?单是悔恨又有什么用?"

"你不要责备我,我都明白,"觉新埋着头紧紧抓住觉民的一只手央求道。

"我并没有责备你,现在责备也没有用了。我同情你,我也明白你的处境。不过你的想法、做法我还不大了解。而且为什么你总爱想过去的事情？你怎么不多想将来？"觉民诚恳地劝觉新道。

觉新很受感动，这一次他又让泪水迸出了眼眶，他似乎看见一线淡淡的希望，但是它立刻又消失了。他叹了一口气，用一种呼呼的声音说："将来，我还能够有什么将来呢？倒不如多想想过去的事，它们还可给我一点安慰。过去我究竟还有过快乐的时候。"

淑华疑惑地望着她的两个哥哥。她不大了解他们的话，她不明白所谓"下意识作用"是什么意思，但是她相信他们（尤其是觉民，她敬爱这个哥哥）比她知道更多的事情。因此她便不再跟觉民争论，却默默地听他们谈话。

芸被悲痛的回忆包围着，她不能多注意觉民弟兄的谈话。琴把她拉到方桌旁边的椅子上坐下，亲切地安慰她。

淑贞依旧靠在写字台的角上。她似乎注意地倾听她的两个堂哥的交谈，其实她什么也没有听进去。她的脸上永远带着孤寂和畏惧的表情。

"大哥，你不能这样说。你是个二十六岁的青年。你应该多想到将来。只有六七十岁的人才可以说靠过去生活，"觉民依然抱着绝大的勇气，想改变哥哥的绝望的心境，想重燃起觉新的逐渐熄灭的青春的热情。他还想用话去征服一个人的心。

"我知道，我知道，"觉新忍耐地点头说，"讲道理我自然讲不过你。不过事实常常不是如此，常常不像我们所想的那样简单。其实我有时也想到将来，也有过一些小的计划。但是别人总要来妨碍我，好像人家就不让我做自己高兴做的事，好像我就不应该过快乐的日子。"觉新的脸上仍然带着痛苦的表情。他似乎想笑,却笑不出来。人们从他说话的神情可以知道,他并不想说服别人,不过是在倾诉自己的痛苦。芸已经止了悲,一面揩眼睛,一面听他们讲话。琴关心地站在芸的身边,她不再讲话,也在倾听觉新吐露他的胸怀。

"你的幸福是在你自己的手里。你应该多多想到你自己,少想到那些反对你的人。你应该fight[1]！别人妨碍你的幸福,你应该跟他们战斗！战斗到底！"觉民好像找到了机会似的,提高声音,加重语气地说。他想使他的话长久地在众人的脑际、心上荡漾。

淑华忽然开颜笑了。这样的话多么痛快！这正是她爱听的话,这正是她想说的话。她便高兴地说:"这个意思很不错！我赞成！"

琴满意地微笑了。芸也感到兴趣地望着她的两个表哥。她觉得觉民才说的话很中听。

觉新却没有受到鼓舞,仿佛只听见一些平凡的话。他摇摇头说:"话说起来好听。做起来又是另一回事。在我们这个家里你怎么好战斗呢？都是些长辈,你又跟哪个战斗呢？他们有他们的大道理,无论如何,你总逃不过他们的圈套。"

"这并不是对人,是对事情,是对制度！"觉民并不因为这个答复而失去勇气,他还热烈地辩驳道;"你明知道这是一个腐烂的制度,垂死的制度,你纵然不帮忙去推翻它,你至少也不应该跟着它走,跟着它腐烂,跟着它毁灭。你不应该为着它就牺牲你自己的幸福,你自己的前途！"

没有人作声。话进了每个

---

[1] fight(英文):"战斗"的意思。

人的心,也进了觉新的心,这一次把觉新的心灵震动了。对于他这不是平凡的话,这太过火了。他还不敢当着人攻击旧家庭制度为垂死的制度;他更没有勇气主张推翻现在的社会。他的思想还没有达到这个阶段,他的生活经验不曾使他明白他所见到的罪恶、不义、腐烂、悲剧的原因。他并没有想去明白它们。他更看重人,他把一切的责任都放在人的肩上。他忽略了制度,有时他还有意无意地拥护这个制度,因为他以为他见过这个制度的美好的方面,他的兄弟们或许不曾见到。他对这个大家庭固然表示过种种的不满,但是在心里他却常常想着要是那些长辈能够放弃他们的一时的任性,牺牲一些他们的偏见,多注意到人情,事情一定会接近美满的境域。他的主张跟他兄弟的主张的中间有一道鸿沟。觉新知道这个,觉民也知道。觉民从不曾放弃说服哥哥的念头,虽然他看见希望一天小似一天。觉新却明白自己不能说服弟弟,他只希望觉民的思想会渐渐地变温和。不过相反地觉民的思想却逐渐变成激烈的了。觉新知道他们两个人思想的差异,但是他始终不明白这差异到了什么样的程度。现在意外地(是的,多少有些意外地)听见这样的话从觉民的口里出来,觉新不禁大为震惊了。

"这不能,你怎么有这种想法?"觉新痛苦地惊呼道,"你想推翻这个制度?"他又摇摇头否定地说:"这是梦想!恐怕再过一百年也不成功!"

"你怎么知道不能成功?过去有许多同样伟大的事都完成了!没有一件腐烂了的东西能够维持久远的,"觉民充满着信仰地、痛快地说。

"这是革命党的主张!这是社会主义!"觉新带着恐怖的表

情说。

觉民没有一点惊惶,他望着觉新笑了笑,坦白地答道:"这还是无数的年轻人的主张。这个时代应该是年轻人的时代了。"

觉新惊疑地看了看觉民,疲倦似地说:"我有点不明白你。你也走上了三弟的那条路。你们都走上了那一条路。"

觉民默默地望着觉新。

"什么路?"淑华忍不住插嘴问道。

觉新诧异地看了看淑华,又摇摇头说:"你不晓得。"

"就是因为我不晓得,我才要你告诉我。你说给我听是什么路?"淑华坚持地问道。

觉新仿佛没有听见她的话似的。

"这是一条很远、很远的路,"觉民忽然用响亮的声音代替觉新回答他们的妹妹。

淑华并不了解觉民的意思。琴在一边露出喜悦的微笑朝着觉民略略点一下头。

十一

晚上芸回家去了。这个少女不像她的亡故的堂姐,在忧愁的时候她会畅快地掉下眼泪,眼睛里会充满阴影,但是在欢乐的时候她也可以忘记一切,真心地欢笑。对于她究竟是将来的日子比过去的日子多,将来的未知的幸福当然比她过去看见别人所遭遇到的不幸更大。她自己并不是在愁苦中生长的。她过的是和平的日子。

芸在她自己的家里,也感到寂寞,因此她常常想到她的去世的堂姐。不过这样的思念并没有在她的心上划开一条不可治愈的伤口,她还可以平静地安排她的生活。她有她自己的单独房间。她可以在房里看书写字。有时她也去陪祖母、伯母、母亲谈话。她有充分的时间看书。她喜欢读唐人的诗和西洋小说的译本,翻译小说是琴和觉新介绍给她看的。觉新购买了商务印书馆出版的《说部丛书》的头两集。那两百种三十二开本的书就放在他的书房里一个新制的白木书架上。芸依着次序向他借阅,已经读过三十几种了。她自然不能完全了解那些生活,但是她对它们也感到兴趣,而且这兴趣是和了解同时增加的。这些书里描写的不过是一些男女的悲欢离合的故事。那些人跟她似乎离得很远，又似乎离得很近。风俗习惯于她是陌生而奇特的，但是那些跳动的心却又是她所能了解，所能同情的。那无数的人的遭遇给她带来一些梦景，甚至一个新的天地。这个新天地同光辉的太阳，温和的微风，放射清辉的明月，在蓝空闪烁的星群，唱歌的小鸟，发出清香的鲜花，含笑的年轻的脸，这些都使她的心快乐，而且使她充满对将来的信仰。

在自己的家里，芸有时也许会感到轻微的寂寞；在高家她却不觉得孤独了。在高家她有时也落过眼泪，但是她觉得她的心跟几颗同样的年轻的心在一起，同时悲哭，也同时欢笑，而且她可以对着这些年轻的心畅快地吐露她的胸怀。

她喜欢她在高家过的那些日子，从不肯放过到高家去玩的机会。只要觉新、淑华们差人来邀请她，她总是立刻答应，她的母亲也不会阻止她。不过因为家里有祖母的缘故（有时是祖母派人来接她回去），她去高家就不便多在那里留宿。她每次告辞上轿时总觉得十分依恋。

这次芸在高家只住了一晚，周老太太就派周贵来接她回去了。她坐上了轿子，眼前还现着琴和淑华的笑脸，轿子走过天井，她的耳边还响着她们的声音。但是轿子走过大厅，出了二门和大门，进到清静的街中了。

轿子里只有阴暗和静寂。芸的心里却充满了温暖。她仿佛还是同她们在一起，在花园中谈笑似的。轿子过了两条街，在一个街口，她听见锣声了。锣声从另一条横街传来，自远而近，又渐渐地远去，因为她的轿子是一直往前走的。

锣声在她的生活里，和在城内无数的居民的生活里一样，是极其平常的。这是很熟习的声音。然而这一次的锣声却似乎突然打在她的心上,把她的思路打断了。

她还有时间来整理她的思绪。它们渐渐地集中在另一件事情、另一张面庞上。那是蕙,她的去世的堂姐。蕙今天借卜南失对她谈过话。

这始终是一个疑问。写在纸上的分明是她的堂姐的话。他们(尤其是她的二表哥)却说这不是真实的,只是一种什么下意识作用。她不了解这个新名词,不过她相信她的表哥们不会对她说假话。困难的只是她自己不能够把两件事情同时解释清楚。所以她仍然怀疑,仍然在思索。渐渐地蕙的思念就占据了她的整个脑子。

轿夫走的大半是冷静的街。两旁都是公馆,它们全关着大门,只有一些年代久远的老树从垣墙里伸出它们的枝叶,在阴暗里变成了一簇簇的黑影。周贵打着灯笼走在前面,轿夫跟着灯笼的一团红光走路。后面还有一乘别人的轿子,和一个系在前面轿杆上的小灯笼,和两个慢慢走着的轿夫。

一切都是单调和凄凉。芸在轿子里终于被郁闷抓住了。她想着,想着,愈想愈觉得心里难受。

但是不久轿子便进了周家的大门。芸在大厅上走下轿来,她先到祖母那里去请安。

周老太太正在房里同芸的伯母(陈氏)和母亲(徐氏)谈话,看见芸进来,她的起皱的脸上露出了喜色。芸向这三位长辈一一地请了安,打算回到自己的房里去,周老太太却挽留地说:"芸儿,你不要走,你也在这儿坐坐。"她又侧头吩咐婢女翠凤道:"翠凤,你给二小姐搬个凳子过来。"

周老太太要翠凤把凳子搬到她的旁边。凳子放好以后,她便叫芸坐下。芸只得留在这里。

"你们今天要得好不好？"周老太太含笑问道。

"很好,大表哥也在家,没有出去,"芸陪笑道。

"听说大表哥不大舒服,今天好了吗？"周老太太又问道,她自己还解释地加一句:"他这两天也太累了,真难为他。"

"他好了。他要我替他向婆、向大妈、向妈请安,"芸答道。她对周老太太讲话态度很自然。她只有在她的伯父周伯涛的面前才感觉到拘束。

"我想过两天请大少爷到我们这儿吃顿饭,酬劳酬劳他,我们也把他麻烦得太多了,"周老太太掉头对陈氏、徐氏说。

"妈说的是,"陈氏、徐氏齐声答道。不过陈氏多说一句:"那么请妈定个日子。"

"好,等我想想看,"周老太太沉吟道,"再过两天,等他身体复原了,也好。"

"是,"陈氏应道。

翠凤依旧捧着水烟袋站在周老太太身边装烟,周老太太接连地吸了几袋水烟。房里没有人说话,只听见烟袋里水的响声。

"不要了,你给我倒杯热茶来,"周老太太吩咐翠凤道。翠凤答应一声便捧着烟袋走开了。

"大少爷人倒很不错,"周老太太忽然称赞了一句,她还是在想觉新的事情。但是她马上又接下去说:"不过偏是他的运气最不好。天意真难测,为什么好人就没有好报？连一个海儿也不给他留下来？"她说到这里不觉叹了一口气。

"人事也真难料。不过大少爷年纪还轻,将来一定还有好日子,"陈氏接下去说。

"嫂嫂这话倒是不错。大少爷丧服一满便可以续弦了，"徐氏附和地说。

"妈，听说大表哥跟过去的大表嫂感情太好，他不肯续弦，"芸插嘴说。

"这不过是一句话。我看以后多经人劝劝，他也就会答应的。好多人都是这样。……"陈氏觉得芸究竟是一个小孩子，知道的事情太少，她略带哂笑地驳道。

"我看大表哥不是那种人，"芸替觉新辩护道。

连周老太太和徐氏也都微微地笑起来。周老太太对芸说："芸儿，你太年轻，这些事情你不晓得。你姑娘家也不好谈这些事。"她说了，又害怕会使芸扫兴，便换过语调和蔼地问道："你今天在你大表哥那儿怎样耍的？你琴姐也在那儿，你们打牌吗？"

"我们不打牌，我们请卜南失……"芸答道。

"请什么？我不明白，"周老太太不等芸说完话，便惊奇地插嘴问道。

"卜南失……"芸打算给她的祖母解释卜南失是什么东西，但是她忽然发觉自己没有能力说得清楚，便含糊地说："大表哥他们喊它做卜南失。大表哥按着它，三表妹说话，他们把姐姐请来了。我还跟姐姐讲过话。"

周老太太和陈氏、徐氏仿佛受到了一个大的震动。她们也不去研究卜南失是什么样的东西。在她们的脑子里盘旋的是蕙被请来跟芸讲话的事情。

"这是怎么一回事？我有点不明白，你快些对我说，"周老太太望着芸，迫切地问道。

"芸姑娘，你跟你姐姐讲了些什么话？你都告诉我，"陈氏两眼含泪对芸哀求道,母亲的心又因为思念痛起来了。

芸感动地把这天下午的情形对她们详细叙述了。她并不曾隐瞒一句。她的话使她自己痛苦,也使她的三位长辈掉泪。

徐氏最先止了悲,便用话来安慰周老太太和陈氏。渐渐地周老太太也止了泪。只有陈氏还埋着头不住地揩眼睛。周老太太又想了一想,便说道:"怎么她好像都看见了一样。她也晓得枚娃子的事情。她说什么,'前途渺茫,早救自己。'(周老太太说的这八个字是一字一字地说出来的)她这两句话有点意思。救自己。在这种时候倒是应该先救自己(周老太太略略点一下头,她忽然觉得毛骨竦然了)。她怎么不早来说?她去世也有大半年了。可怜她的灵柩还冷清清地停在莲花庵里头,也没有人照管。我屡次喊大儿去催姑少爷,他总说姑少爷有道理。唉……我觉得我简直对不起蕙儿……"她的声音有点嘶哑,仿佛悲愤堵塞了她的咽喉。

芸在叙述的时候也掉下几滴眼泪。她的三位长辈的悲痛更使她感动,使她痛苦,还使她悔恨。她想:"当初如果想一点办法,何至于今天在这儿垂泪。"她听见祖母的话,怀着一种交织着惊愕和痛苦的感情望着祖母,她又想:"当初你们如果明白点,姐姐何至于死得这样不明不白?"

"婆,你相信这些话吗?"芸忽然问道,她这时的感情是相当复杂的。她有痛苦的怀念,有不曾发泄的怨愤。目前仿佛就是她出气的机会,她们都为着蕙的事情悲痛。但是她们的悲痛带给她的却只有痛苦,没有别的,只有痛苦。她说出的只是一句简单的问话,这里面含得有责备的意思。

"怎么不相信?"周老太太茫然地回答,她不知道自己在想什么。她只觉得眼前的灯光逐渐黯淡,房里也变为凄凉,耳边仿佛起了一阵轻微的钟鸣声。她的眼睛有点花了。她慢吞吞地说下去:"鬼神之说,是不可不信的。蕙儿又是个明白人,她不会不想到我们。你看,她的话多明白!"芸觉得周老太太似乎要笑了,但是她的衰老的脸颊上现出的并不是笑容,却是泣颜。

"我们哪天也请大少爷到这儿来试试看。我有好多话要问蕙儿!"陈氏抽咽地说,她刚刚取下手帕,泪珠又积满她的眼眶了。

"应该叫蕙儿的父亲也来看看,让他也晓得他是不是对得起蕙儿!"周老太太气得颤巍巍地说。

"这也没有用。妈要跟他讲理是讲不通的。枚儿的事情又是这样。他硬要接一个有脾气的媳妇进来。我就没有见过这样的书呆子!"陈氏咬牙切齿地插嘴道。

周老太太绝望地摇摇头摆摆手说:"大少奶,你不要再提这件事情。这是定数,是逃不开的。什么都有定数。蕙儿说过:'前途渺茫,早救自己。'大家应该先救自己。"

芸不能够再听下去,便站起来,找着一个托辞走出了周老太太的房间。她打算回到自己的房里去,刚走下石阶正要转进过道,忽然听见她的堂弟枚少爷在唤她:"二姐,"便站住,等着枚走过来。他似乎已经在天井里走了好些时候了。

"枚弟,你还没有睡?"芸诧异地问道。

"我到你屋里坐坐好吗?"枚胆怯地问道。

芸听见这句话,觉得奇怪,枚平日很少到她的房里去过。不过她也温和地应允了他,把他带进她的房间。

芸的房间并不十分大,不过很清洁。一盏清油灯放在那张临窗的乌木书桌上,左边案头堆了一叠书,中间放着小花瓶、笔筒、砚台、水盂等等东西,此外还有一个檀香盒子。一张架子床放在靠里的右边角落,斜对着房门。靠房门这面的墙壁安了一张精致的小方桌和两把椅子。方桌上有一个大花瓶和一些小摆设,靠里即是正和书桌相对的墙边,有一个半新式的连二柜,上面放了镜奁等物,壁上悬着蕙的一张放大的半身照片。

枚少爷好些时候没有到过这个房间,现在觉得房里的一切都变得十分新鲜了。他一进屋便闻到一阵香气,他在方桌上的大花瓶里看见一束晚香玉,向着芸赞了一句:"二姐,你屋里倒很香。"他站在方桌旁边。

"你坐下罢,我搬到这儿以后你就难得来过,"芸温和地对枚少爷说。

枚答应一声"是",就在方桌旁边一把椅子上坐下来。

芸侧着身子站在书桌前,脸向着枚,右手轻轻地按着桌面。她顺口说了一句:"你近来身体好得多了。"她注意到近来他的气色比从前好了一点。

"是的,"枚还是淡淡地答应一声,接着他又说:"我自己也觉得好了一点。"

"那就好了,以后你更要小心将息。你也该活动活动。你看高家的表弟们身体都很好,"芸亲切地说,便走到离床头不远的藤椅上坐下了。

"二姐说得是,"枚恭顺地答道。

"今天大伯伯给你讲过书吗?"芸看见枚不大说话,便找话来问他。

"是的,刚刚讲完一会儿,"枚少爷平板地答道。

"大伯伯对你倒还好,亲自给你讲书,"芸说这句话带了一点不平的口气,她又想到了蕙。"为什么对姐姐却又那样?"她不能不这样想。

"是的,"枚温顺地答道。芸不作声了。枚忽然微微地皱起眉头,苦闷地说:"书里总是那样的话。"

"什么话?"芸惊讶地问,她没有听懂枚的意思。

"就是那部《礼记》,我越读越害怕。我真有点不敢做人。拘束得那么紧,动一步就是错,"枚偏起头诉苦道,好像要哭出来似的。

从枚的嘴里吐出这样的话,这是太不寻常了。他原是一个那么顺从的人! 芸惊愕地望着他,他无力地坐在她的对面,头向前俯,显得背有点驼。他不像一个年轻人,却仿佛是一个垂死的老朽。

"你怎么说这种话? 你有什么事情?"芸低声惊呼道。

枚埋着头默默地过了一会儿,才抬起头望着芸说:"我有点寂寞。我看那种书,实在看不进去。"他的心似乎平静了一点,声音又带着那种无力的求助的调子。

芸怜悯地望着他,柔声安慰道:"你忍耐一下。下个月新娘子就要进门了。你一定不会再觉得寂寞。"

"是的,"枚少爷顺从地应道,他听到人谈起他的新娘,似乎有点不好意思。但是过了片刻,他迟疑地说:"这件事情我又有点担心。我想起姐姐的亲事。那也是爹决定的。姐姐得到的却是那样的结果。我不晓得我的事情怎样? 我也有点害怕。我害怕也会像——"他突然咽住以下的话,把脸掉开,埋在那只臂节压在方桌上的手里。

这番话起初使得芸想发笑,一个年轻人会有这样的过虑!但是她想起了她在高家听来的关于她的未来弟妇的话,她再想到蕙的结局,于是由卜南失写下的"枚弟苦"三个字便浮现在她的眼前。枚的这些话现在换上了另外的一种意义。这一句一句的话像一滴一滴的泪珠滴在她的心上,引起她的怜悯。她便温柔地唤着:"枚弟。"她唤了两次,他才举起头来。他没有哭,不过干咳了四五声。

她同情地望着他,怜惜地抱怨道:"枚弟,你早为什么不说话?早点还可以想办法,现在是无法挽回了。"

枚摇摇头。他以为芸误会了他的意思,便更正地说:"我并没有想过要挽回。"

这直率的答语倒使芸发愣了。她有点失望,觉得这个堂弟是她完全不能了解的,而且是跟她的期望完全相反的一种人,便淡淡地回答他一句:"那么更好了。"

"不过我也不觉得有什么好,我也不觉得有什么坏,"枚不知道芸的心情,他完全沉在自己的思想里,他不像在对芸说话,却仿佛对自己说话似的。"人人都是这样,我当然也该如此。"

芸不作声,就仿佛没有听见似的,她在想她的死去的堂姐。

"不过我又有点害怕……"枚沉吟地说,他自己不能够解决这个问题。他忽然把眼光定在芸的脸上,求助似地望着她。他似乎想说什么,但是并不曾说出来。他只唤了一声:"二姐。"

这个声音使芸的心软了。她用温和的眼光回答他的注视。她知道这颗软弱的年轻的心在被各种互相冲突的思想蹂躏。她等着听他的呼吁。

"二姐,请你告诉我,"枚少爷终于鼓起勇气把话说出来了,

"你一定晓得——"他停了一下,这时又经过一次挣扎,他的脸上现出红色,不过他继续说下去:"新娘子的脾气怎样?"

芸受窘似地呆住了。她听见过不少关于她的未来弟妇的脾气的话,但是看见眼前这张瘦脸,和这种可怜又可笑的表情,她不能够告诉他真相。她只得勉强做出笑容敷衍地答道:"新娘子的脾气我怎么晓得?"

"我好像听见人说她的脾气不好,"枚疑虑地说。但是他并不疑心芸对他说了假话。

"那也不见得,"芸安慰地说。

"听说人比我高,年纪也大几岁,是不是?"枚急切地问道。

"怎么你都晓得?"芸惊讶地失声说。她连忙避开他的眼光,望着别处,故意做出平淡的声音对他说:"别人的话不见得可靠,你将来就会明白的。"

枚忽然站起来,苦涩地微微一笑。他说:"二姐,你多半不晓得。不过这一定是真的。"他向着她走去。他又在书桌前面的凳子上坐下了。

"你怎么晓得是真的?"芸惊疑地问他。

"昨天晚上,爹跟妈吵架,我听见妈说出来的。妈好像不赞成这门亲事,"枚痛苦地说。

这些话像石子一般投在这个善良敏感的少女的心上,同情绞痛着她的心。她仿佛看见了蕙的悲剧的重演。她望着他。他伸手取开檀香盒的盖子,灯光照在他的脸上,脸色是那样地焦黄,两颊瘦得像一张皮紧贴在骨头上,眼皮松弛地往下垂。好像这是一个刚从病榻上起来的人,在他的脸上没有阳光和自由空气的痕迹。他把檀香盒拿到面前,无聊地用小铲子铲里面的香灰。

"枚弟,你不要难过,"芸柔声安慰道。

"我晓得,"枚慢慢地说一句,抬起头望着灯盏上的灯芯。他忽然默默地站起来,走到连二柜前,就站在那里,仰着头看墙上的照片。

芸也站起来。她也走到连二柜那里。她听见他低声唤着:"姐姐,"眼泪从她的眼角滴下来。她立在他的身边,悲痛地劝道:"枚弟,你还是回去睡罢。你不要喊她,她要是能听见也会难过的。"

枚似乎没有听见芸的话,只顾望着他的胞姐的遗容。他似乎看见那张美丽的脸在对他微笑。他喃喃地哀求道:"姐姐,你帮忙我,你保护我。我不愿意就——"

"枚少爷!枚少爷!"在外面响起了翠凤的年轻的声音,打断了枚的话。蕙的笑容立刻消失了。枚张惶失措地往四处看。

"一定是爹在喊我,"他战栗地说,便答应了一声。他的脸上立刻现出恐惧的表情,他好像看见了鬼魂似的。他带了求救的眼光望着芸,一面静静地听着翠凤的脚步声一步一步地逼近。

十二

差不多在同样的时刻,在高家,在觉民的房间里,琴和觉民两人坐在方桌的两边专心地工作。觉民拿着一张草稿不时低声读出几个字,琴俯下头不停地动着手里捏的那管毛笔。她换过一张信笺。觉民伸过头去看她写,口里依旧念出几个字。

琴写得很快。她构思敏捷。她在编造一个故事,摹仿着一个信教的少女对她的女友说话的口气。她想象着一些琐碎的事情,写出不少平凡的句子,把觉民念出的字在适当的处所嵌入。

"亏你想得到!"觉民看到琴刚刚写出的两句话,忍不住笑起来。

琴抬起头柔情地看他一眼,脸上现出得意的神情,她笑答道:"就是别人把信拿去,也决不会读出什么来的。"

"这种写法好是好,不过太费时间,我大概就没有这样的忍耐功夫,"觉民想了想又说。

琴又抬头看他,她的脸上还带着满意的微笑。她说:"你不记得斯捷普尼雅克的话,就是三表弟那篇文章里引用过的。他说,革命运动离不了女人。在俄国我们女子做过许多事情。我们比你们更能够忍耐,更仔细。"

"我知道你又会提起苏菲亚,"觉民笑着说,他并没有讽刺的意思。事实上从前清末年起直到最近,中国的有良心的青年一直钦佩着苏菲亚·别罗夫斯卡雅。

"为什么不提苏菲亚？我能够做到她十分之一就很满足了,"琴带着爱娇,也带着憧憬地说。

"事在人为,这并不是做不到的事,"觉民鼓舞地说。

"你以为我可以做到？"琴喜悦地问道。

觉民含笑地点点头。

琴感激地看他一眼,并没有说什么话,又埋下头去看面前的信函,一面把手里捏的毛笔放进墨盒里去蘸墨汁。她问道:"还有多少？"

觉民看看手里的草稿,答道:"差不多还有一半。我们应该写快一点。"

"我写得并不慢,就是你时常打岔我,"琴一面写一面说。

"其实将来能够找到一种没有颜色的墨水,就省事多了,在外国是有的,"觉民自语似地说。

"不要说话,快点做事,"琴催促道,"后面还有什么,快念出来。"

觉民不再说什么,就看着草稿,慢慢地读下去。他的注意力渐渐地又集中在草稿上面,他一字一字、一句一句地低声念着,琴一页一页地写着。他们不需要休息。他们不感到倦怠。好像斯捷普尼雅克所说的那种"圣火"在他们的胸中燃烧,使他们的血沸腾。一种热包围着他们的全身。这种热并不消耗人的精力,它反而培养它们。年轻的心常常欢欣鼓舞,这种热便是它们的鼓舞的泉源,使他们能够在无报酬的工作中得到快乐,在慷慨的(或者可以说是渺小的)牺牲中感到满足。

信笺不住地增加,有几页上面充满着涂改的痕迹。也有几张上全是整洁的秀丽的字。觉民终于念完了他的草稿。琴也写到最后的一句。两个人差不多同时嘘了一口气。

琴把写好的信笺叠在一起,依次序地叠着,然后全拿起来,一面对觉民说:"现在我来念,你写下来。"

觉民应了一声。他把琴刚刚放下的笔拿过来,另外取了一张信笺摊在面前。琴开始读起来。她只读出每个第五个字。觉民听见她读一个便写一个。这是比较容易的工作。他们不觉得费力。琴正念到中间,忽然听见熟习的脚步声,便低声对觉民说:"有人来了。"她立刻把面前一本英文小说和练习簿压在信笺上。觉民连忙把那张未写完的信笺和草稿往怀里揣。他面前还有一本摊开的莎士比亚的悲剧《奥赛罗》。

淑华捧了一个茶盘进来,盘上放一把茶壶和两个茶杯。她一进屋便带笑地说:"我给你们端茶来。你们这样用功,很辛苦罢。"

琴望着觉民放心地一笑,然后掉过头对淑华说:"三表妹,怎么你自己端茶来?难为你。真正不敢当。"她站起来,走去接淑华手里的茶盘。

"不要紧,我可以拿。这是刚刚煨开的茶。你摸,茶壶还很烫。我想你们口渴了,所以趁热给你们端来。等一会儿冷了,味道又不好了,"淑华不肯把茶盘交给琴,她自己捧着放到方桌上去,一面说话一面拿起壶把茶斟进杯里。她始终带着天真的得意的笑容。

杯子里冒着热气。琴先端了一杯茶放在嘴边呷了一口。淑华把另一杯放到觉民的面前。觉民带着谢意地对她点一个头。

淑华在方桌旁边另一把椅子上坐下。她望着他们喝茶,自己也感到满意。她看见他们不说话,便说:"我晓得你们在用功,

143

本来不想来打岔你们。不过我怕你们口渴,我想绮霞有事情,黄妈这两天又不大舒服,横竖我有空,所以我给你们送点茶来。而且一个人坐在屋里也很闷,偏偏外婆又把芸表姐接回去了。"

"三表妹,真是多谢你。我刚才还去看过黄妈,她就是有点感冒,吃了药现在好些了,"琴含笑答道。她接着又关心地问淑华:"你觉得闷,怎么不去找四表妹谈谈?"

"四妹已经睡了,她心里不痛快,今晚上又挨过五婶的骂,"淑华带点愤慨地说。

"二表哥,你看我们究竟有没有什么办法?这样下去只有活活地断送了四表妹,"琴有点着急地说。

觉民咬着嘴唇,默默地摇摇头。过了一会儿他痛苦地答道:"我也想不到好办法。四妹跟二妹不同。我们看过好多年轻人白白地死去了。"

琴低下头不响了。

"我不相信就没有办法!五婶是四妹的母亲,难道她就不愿意四妹好好地活下去,为什么定要把四妹折磨死?"淑华赌气似地说。

"五婶并不是不愿意四妹好好地活下去,不过她自己不晓得她那种办法是在折磨四妹,"觉民用低沉的声音说,他的心上还笼罩着大团的暗云。

琴抬起头表示同意地看了他一眼。

"她不晓得?她又不是瞎子,我们都看得见,她怎么就不看见?"淑华气恼地反驳道。

觉民摇摇头答道:"你还不晓得五婶的眼光跟我们的不同。其实三爸、三婶他们的也跟我们的不同。譬如我们看见的是这样,他们看见的便是那样。"

淑华仍然不大相信觉民的话,便说:"你这话我还不明白。为什么五婶就有那种看法?"

觉民不等淑华说完便答道:"这是由于愚昧无知。她也许以为这样对四妹并没有害处。老实说,不但五婶、四婶,连三婶也不配做母亲。……"

"你小声点,"琴连忙阻止道。她把眼睛掉向房门口看了看,害怕有人偷听了他的话去。其实她倒觉得这几句话说得痛快。淑华从没有听到这样的话,但是她觉得这种话正合她的心意。

"我就看不惯这些,"觉民继续说下去,不过现在他把声音略为放低了,"他们只知道做父母,却不知道应该怎样做父母。他们被上一辈人害过了,自己便来害下一辈人。你们看五弟、六弟不是四婶教出来的吗?四弟不是三婶'惯使'出来的吗?他们会害四弟、五弟他们一辈子,又让他们再去害别人……"觉民愈说下去,愈气愤,他仿佛看见多年的不义横在他的脚下挡住了他的路。他仿佛看见愚蠢、荒唐的旧礼教像一条长的链子缠在一些年轻人的身上,它愈缠愈紧,窒息了那些人的呼吸。他仿佛看见旧制度的权威像一把利刀刺进一些渴求生命与幸福的青年的胸膛,使那些血污的尸体倒在地上。

"你不能单单骂女的。难道四爸、五爸他们就没有错?"淑华忽然抱不平似地打岔说。

这句话并不是觉民料想不到的。但是这时它突然像电光似地在他的脑子里亮了一下。他又瞥见了另一些事情。这些也许是他以前见过的,他跟它们并不陌生。不过刚才他却没有想到它们。淑华的话提醒了他,它仿佛在板壁上打穿了一个洞放进亮光,使他看见暗屋里的一些情形。

"我并没有说单是女的错。四爸、五爸他们更不用说。他们给儿女们立下的是什么样的榜样?"觉民解释地答道。于是他觉得他完全明白了:在旧的制度、旧的礼教、旧的思想以外,他还看见别的东西。他连忙更正地说:"我先前的话还不大清楚,这不能单说是看法不同。他们并没有拥护什么东西,他们连拥护旧礼教也说不上。"不错,他读过屠格涅夫的题作《父与子》的小说。他知道父代与子代中间的斗争。但是他在这个家里看见的并不是这同样的情形。这里除了克明外并没有人真心拥护旧的思想、旧的礼教、旧的制度。就连克明也不能说是忠于他所拥护的东西。至于其他那些努力摧残一切新的萌芽的人,他们并没有理想,他们并不忠于什么,而且也不追求什么,除了个人的一时的快乐。他们从没有守住一个营垒作战;他们压制,他们残害,他们像疯狂的专制君主,凭着个人一时的好恶,任意屠戮没有抵抗力的臣民。这不是斗争,这是虐政;这并非不可避免,却由私人任意造成。所以这是最大的不义。他以为这是不可宽恕的,这是应该除去的。它们并没有继续存在的理由。他有权利跟它们战斗。他相信他们这一代会得到胜利,不管这个斗争需要多长的时间和多大的牺牲。

这样的思想使觉民增加了不少道德上的勇气,他仿佛得到了更大的支持。他的眼睛忽然亮起来,他兴奋地说:"不要紧,我们会得到胜利的。"他的眼睛似乎望着远处,就好像在看那未来的胜利的景象。

琴惊奇地看觉民,她的眼光触到了他的,这是充满善意和乐观的眼光,她觉得她的心也被照亮了。她对他微微一笑,她以为她了解他这时候的思想和心情。然后她埋下头把英文书和练习簿略略翻了一下,她想起压在它们下面的东西。

"你这些话很有道理,"淑华热烈地称赞道。那几位长辈从没有得到过她的敬爱。她看轻他们的行为,她憎厌他们的态度,她轻视他们的言论和主张。她自己并没有一种明确的理想,她也不曾拥护过什么新的或者旧的主张。但是她对一切事情都有她自己的看法,都有她自己的是非。她根据她的本能的(原始的)正义概念来判断一切。她觉得觉民的言论与她的意见相合(她常常觉得她二哥的主张正合她的心意,她更加敬爱他),所以她说出称赞的话。但是她还有疑问(这也许不是疑问,或者更可以说是对那些"专制的君主"的攻击),她又说:"不过我不明白他们心里究竟想些什么? 为什么专做些损人不利己的事?"

"你怎么还说'不利己'? 旧礼教的精义就是利己主义! 旧家庭里面的人都是利己主义者!"觉民忽然把手在桌子上轻轻地一拍,像从梦中惊醒过来似地大声说。

琴噗嗤地笑了起来。她掩住嘴笑道:"二表哥,你是不是要发疯了? 又不是什么新发见,这样大惊小怪的!"

觉民自己也笑了。他望着琴,温和地说:"我倒以为是新发见呢。琴妹,你觉得对不对?"

正在笑着的淑华连忙插嘴答道:"我觉得对。不过你说连你、我都是吗?"

觉民正打算说话,忽然一个声音从门外送进来:"你们什么事情这样高兴?"

来的是觉新。琴略略皱起眉头,心里想:"今天的工作做不完了。"

"二哥说我们都是利己主义者,"淑华没头没尾地回答觉新道。

"什么利己主义者?我不大懂,"觉新茫然地说。他走到方桌跟前。

"大表哥,你坐,我让你,"琴站起来,一面把英文小说和练习簿以及下面的稿纸叠在一起,要捧着拿开,把座位让给觉新。

"你坐,你坐。我站站就走的。琴妹,你不要客气,"觉新客气地阻止她。

"琴姐,我把书给你搬过去,"淑华好意地伸手来抢书,琴没有提防被她把书和练习簿抢了去,一叠信笺却落下来,散落了几页在地上。琴立刻红了脸,躬着身子去拾信。

"让我来捡,"觉民说,连忙站起来弯下腰去帮忙拾起那些信笺。

"琴妹,真对不起,把你的信纸弄掉了,"觉新抱歉地说,便也俯下身去拾信笺,并且拾着了一页。他瞥了信笺一眼,看见琴伸手来要,便递给她,一面问道:"是你给同学写的信?"

琴含糊地答应一声。淑华在旁边疑惑地看了琴一眼,她猜想这是琴给《利群周报》写的稿子。她偷偷地看了看琴和觉民的脸色,她觉得她更加明白了。她还对琴道歉地说:"这是我不好。我太粗心,给你闯了祸。幸好地上没有水。"

"这没有什么要紧,是我自己松了手,况且又没有失掉一张,"琴搭讪地说,她想掩饰信稿被他们发现的事。其实觉新也起了一点疑心,他和淑华一样,也以为是琴写的文章。

"琴妹,你坐罢,你们尽管做你们的事情,我不来打搅你们,"觉新说着便离开方桌走到床前,在床沿上坐下,"我就在床上坐一会儿,我闷得很。"众人也都坐了。

"我们也没有什么事情,"琴敷衍地说。她一面想到未完的工作,一面也了解觉新的寂寞的心情。她希望觉新走开,又不忍叫他走开,她解释地再说了一句:"二表哥在教我读英文。"

"读英文也好,你真用功,"觉新说,他的心却放在别的事上面。他不知道为什么要说这样的话。

"大表哥,你在挖苦我,我哪儿说得上用功?"琴谦虚地分辩道。她忽然停止了。她听见了什么声音。她侧耳一听,原来对面房里有人在开留声机:"……生得来好貌容。"

"五爸又在开留声机了,"淑华解释地说,"刘鸿声的《斩黄袍》。"

"这样晏还开留声机,"觉新不满意地说。

"这就叫做利己主义者,"觉民带着气愤地答道。

"我想不通他们居然能够这样……"觉新沉吟地说了半句话,听见翠环在隔壁唤"大少爷",便把以下的话咽在肚里,却另外抱怨地说一句:"你刚刚要休息一会儿,又来喊你了。"他站起来,没精打采地走出房去。

觉民和琴望着觉新的背影在门外消失了,又掉回眼光来看淑华。淑华知道他们的心思,便站起来,亲切地低声对琴说:"我晓得你们要做事情,我也不再打岔你们。我等一会儿再给你们端茶来。"她对他们微微一笑,便拿起茶盘往外面走了。

"我们不口渴,不要吃茶了,"琴还在推辞。她望着淑华的背影,满意地称赞了一句:"三表妹现在真不错。这倒是以前料不到的。"

"我们快来对信。现在还没有动手抄,再耽搁,恐怕今晚上抄不完了,"觉民想起他们的未完的工作,着急地对琴说。他从衣袋里摸出了信稿。

十三

端午节逼近了。在高家,堂屋前面石板过道上新添了四盆栀子花。椭圆形的绿叶丛中开出了白色的花朵,散放着浓郁的芳香。同样的花还戴在少女的发鬓间或者插在她们的衣襟上。大门旁边垣墙里一株石榴树上也开出了火一般鲜艳的红花。

公馆里的人也显得比平时忙碌。克明一连两夜把觉新叫到他的房里去安排节日里的事情。克明比在前一年衰老多了,近来他也不常去律师事务所,有时隔两三天去一趟。今年事务所里事情不多,有克安帮助照料也就够了(克安也高兴在事务所里消磨时间,他跟陈克家已经处得很好了)。家里的许多事情克明都交给觉新照管。觉新默默地听从了克明的话,并不发一句怨言。

觉新照料着把各处亲戚的节礼都送出去了,又把应该备办的东西(尤其是各种式样的粽子)办齐了。他拉着淑华来帮忙,抄写各房少爷小姐应得节钱的名单,抄写各房男女仆人应得赏钱的名单。仆人们在赏钱以外还可以得到若干粽子。

对仆人的赏钱不止一种:有公账上的赏钱,还有各房的赏钱。觉新除了经管他本房的赏钱外,还要代发克明那一房的赏钱。

名单抄好,赏钱算出以后,觉新便差绮霞把袁成和苏福叫到房里来,将名单交给袁成,同时把方桌上放的重叠的钱盘子指给他,对他点清数目(那里全是当一百文和两百文的大铜板)。苏福也得到粽子和名单,他应该按照名单分发粽子。

觉新等到袁成把应该搬走的钱盘子拿走以后(一次是拿不完的),又差人把翠环唤来。他把在女佣中间分发赏钱和粽子的工作派给她和绮霞两人去做。

这是端午节前一天早晨的事。在门房里袁成和苏福把全公馆里的仆人、轿夫召集起来,当着众人按照名单上规定的数目把赏钱交到每个人的手中,又把粽子也分发了。最后他们才到花园和厨房里,把园丁和厨子、火夫们应得的份子交去。

在里院翠环和绮霞高高兴兴地捧着钱,提着粽子到各房去分发。她们是一房一房地发,发完一处再回到觉新房里去领取另外的。这件事情觉新交给淑华经管。

翠环和绮霞最后一次回来,淑华还在觉新的房里等着她们(觉新分送弟妹们的节钱去了)。她们空着手进来,把倩儿也带来了。翠环和绮霞看见淑华,齐声说:"三小姐,发光了。都说给老爷、太太们谢赏。"倩儿说:"三小姐,给你谢赏啊。"

"不要谢,不是我给的,"淑华看见倩儿请安,连忙笑着还礼。她又对翠环和绮霞说:"没有发光。这儿还有一笔,你们就忘记了?"

"还有?在哪儿?"翠环惊讶地问道。

淑华不慌不忙地从衣袋里摸出了两个红纸包,递给她们,一面笑道:"还有你们自己的,你们倒忘记了?"

她们道了谢接过来。翠环看着纸包疑惑地问道:"三小姐,怎么是红纸包起来的?"

淑华好心地微微一笑,答道:"我给你们包起来的。还有,你们两个这回辛苦了,我给你们加了一点。"

"三小姐,你太客气了。办这一点儿事情也用得着赏钱吗?绮霞,你说是不是?"翠环连忙推辞道,她要打开纸包。

"你不要打开。就算是我请你们买点心吃的,你们还不收吗?"淑华着急地说。她又摸出一个红纸包递给倩儿:"这才是我给你的。"

倩儿刚刚接着红纸包,就听见绮霞说:"我们还是听三小姐的话罢。那么给三小姐谢赏。"绮霞便给淑华请一个安。翠环不打开纸包了,她也给淑华请了安。倩儿又再请了一个安。

"哎呀!怎么你们今天都这样客气了!"淑华笑道,她连忙还了礼。

"三小姐,刚才我跟绮霞、倩儿商量过,哪天我们弄点菜请你同四小姐'消夜'好不好?"翠环走到淑华面前低声说。

"你们的零用钱也不多,我不好意思破费你们,"淑华推辞道。

"不要紧。又花不到好多钱。我们平日也不花钱,"倩儿和绮霞两人同时接嘴说。

"三小姐不答应,就是看不起我们,不肯赏脸,"翠环故意掉开头做出不高兴的样子来激淑华。

"你们这样说,我就只好答应了。你们还说我看不起你们,真冤枉。我前几年不懂事,爱耍小姐脾气。譬如说,我对鸣凤就不大好。现在悔也悔不及了,"淑华坦白地说。她提到鸣凤,心上仿佛搁了一个石子,但是她不久就把这个石子甩开了。她的脸上并没有痛苦的表情。

鸣凤这个名字使倩儿、翠环和绮霞沉默了。仿佛有一股风把阴云吹到她们的脸上。倩儿的眼泪也掉下来了。鸣凤是她的朋友。她看见过鸣凤的水淋淋的尸首。但是过了一会儿这几个少女脸上的阴云又被温暖的五月(旧历)的晨风吹开了。翠环又说:

"那么就在端午节晚上,琴小姐会跟着姑太太回来。我们也要请她。"

"你们倒想得不错。你们晓得我就喜欢热闹,喜欢同自己高兴的人在一起耍。可惜二姐不在这儿,有她在,多好!"淑华满意地说。但是她说到后面,无意间提起她那个在上海的堂姐,她把话说出来,才明白话里含的意思,于是她又感到不满足了。

"说起二小姐,我们都在想念她。有她在这儿多好,"翠环充满怀念地说。这时淑华坐在觉新的活动椅上,翠环站在写字台前面,倩儿站在翠环的旁边,绮霞站在淑华的背后。翠环抬起眼睛望着窗外,她仿佛不是在看那些常见的景物,她的眼光似乎越过了辽远的空间,达到她那个旧主人的身边。她好像看见了淑英的含笑的面庞。但是窗外的脚步和人影打断了她的思路,她除了面前的景物外什么也看不见了。她的脸上浮出了寂寞的微笑,她留恋地说:"说也奇怪,二小姐在这儿的时候,我们倒盼望她走;她走了,我们又想她。"

"我还不是!人都是这样,"淑华接口说;"不过只要她在外边读书读得好,什么都不要紧,她将来也可以替我们出口气。"

"不过我不晓得还能不能够见到二小姐,"翠环半晌不语,忽然低声自语道。

"我也很想二小姐,"倩儿自语似地说。

"怎么见不到她?你不要说这种丧气话!你看太阳这么亮,天气这么好,我的心好像要飞起来似的,"淑华乐观地大声说。

觉新刚巧从外面进来。他听见淑华的最后一句话,不觉诧异地问道:"三妹,什么事情使你这样高兴?"

"天气好,"淑华简单地带笑回答。

"天气好,也值不得这样高兴,"觉新淡淡地说,好像对淑华的话感不到兴趣似的。

倩儿、翠环和绮霞看见觉新进来,连忙离开淑华,端端正正地站着,不过脸上还带着微笑,她们并不觉得十分拘束。觉新注意到她们还在屋里,顺口问了一句:"东西都分完了吗?"

"是,分光了。都说给三老爷、大少爷谢赏,"翠环和绮霞一齐答道。绮霞的脸上带笑,翠环的眼角眉尖却露了一点忧郁。

"好,"觉新微微点一下头,露出和善的微笑说,"你们也累了。回去歇一会儿罢。"

三个婢女一齐答应"是",不过翠环还望着觉新恭敬地问道:"大少爷还有什么吩咐吗?"

"没有了,难为你,"觉新答道,他怀着好感地看了翠环一眼。

翠环、倩儿和绮霞揭起门帘出去了。淑华还坐在觉新的活动椅上。她看见觉新在房里走来走去,便问道:"大哥,你现在要做事吗?我让你。"

"我不要坐,你坐罢,"觉新仍旧不在意地说。他似乎在想什么事情。

"大哥,你刚才到哪儿去了?"淑华看见觉新的举动,知道他一定有什么心事,便关心地问道。

"我在三爸那儿,"觉新简单地答道。

淑华穷根究底地问道:"三爸跟你谈过什么事吗?"

"还不是五爸的事!"觉新顺口答道。他不想隐瞒,而且这时也来不及了,便说下去:"五爸把他名下的田卖了好些出去。"

淑华略微感到失望。她说:"他卖他的田,你又何必着急!跟你有什么相干?"

"他还是五十亩八十亩地卖,而且价钱又很便宜。他吃了别人的亏也不晓得。这太不应该!"觉新听见淑华说跟他"不相干",看见淑华轻视这件事情,他反而着急起来,气恼地争辩说。

"他自己情愿卖,吃亏也是他甘愿的,你也不值得替他着急,"淑华奇怪地说。她觉得觉新并没有动气的理由,而且她以为这不是什么大事情。

"他这样卖,有一天他会把田都卖光的,"觉新更加着急地说,他不明白淑华为什么会有这种奇怪的见解。克定不应该把祖父遗下的田产卖掉:这是天经地义的事。

"卖光了,也是他的事。他花他的钱,你又不能干涉他!"淑华始终不了解觉新的道理,她奇怪觉新为什么要这样地固执。她不明白克定卖田的事怎么能够这样伤害她大哥的感情,她只是淡淡地说话。

"这是爷爷遗下的田产,只有败家子弟才会把它'出脱'的。五爸太对不起爷爷!"觉新加重语气地说,好像要一面说服淑华,一面发泄自己胸中的怒气似的。

"那么五爸就是一个败家子弟,"淑华忽然高兴起来,幸灾乐祸地说。"大哥,你还提起五爸!你何苦管这种闲事。你说,五爸对不起爷爷,难道四爸就对得起爷爷?"

"你不懂得,你完全不懂得,"觉新气上加气地说,"我们如果再不管,高家就会光了。什么都会光了。"他仿佛瞥见了那个可怕的不好的预兆。

"光了?我就不相信!至少我们这一房还在——"淑华摇摇头反驳道。

"我们这一房也靠不住。树干遭了虫蛀,一枝一叶将来也难保全,"觉新开始松了气,颓丧地说。

"大哥,这又是你的想法。我就不相信。别的不讲,你说,二哥、三哥他们将来就没有出息?有志气的人就不靠祖宗!"淑华理直气壮地反驳道。她也许不能了解她的两个哥哥,但是她始终相信他们跟家里别的男人不同。她对他们的前途有一种坚强的(而且近乎固执的)信仰。

觉新被这种坚定的话鼓舞起来了,他仿佛瞥见了一线亮光,这给了他一点点勇气。他打起精神说:"我只希望他们将来有一点成就。要是他们再不行,我们高家就完了。你看,像四弟、五弟、六弟他们还有什么办法?"

"你不要提起四弟他们。我看见他们就会把肚皮都气爆的。亏得四婶还把五弟、六弟当成宝贝看待,"淑华气恼地说。

"三爸也是运气不好,偏偏生了一个像四弟这样的儿子,一点也不像他。不晓得七弟将来怎么样?"觉新惋惜地说。

"你放心,七弟自然会跟着哥哥学的。其实这也怪不得别人。像二姐那样的好人都给三爸逼走了!他应该多有几个像四弟这样的好儿子来气气他才好,"淑华没有丝毫的同情,她甚至感到痛快地说。

觉新不大愉快地叹了一口气,皱起眉毛说:"你这种想法也不对。不管怎样,他们都是高家的人。"

"世界上不晓得有多少姓高的人,你数也数不清,你管得了这许多?"淑华嘲讽地说。

觉新摇着头做出厌烦的样子说:"你这是强辩。大家都是从一个祖父传下来的,住在一个公馆里头,你难道不希望他们好?"

淑华不明白觉新的心理,她有点不高兴,赌气地说:"好,你希望他们好,就在这儿跟我多说有什么用处!你应该去教训教训他们。"

觉新一时语塞。这几句话是他料不到的,但是它们突然来了,好像对着他当头打下一棒似的。淑华看见他的愁苦的表情,倒感到一阵痛快。

"五少爷,你再动手,我要去告你!"孩子似的春兰的声音在窗外响起来。这是气恼和惊惶的叫声,而且是从花园内门口传来的。

"你去告,我不怕!摸一下算不得什么。你不喊,我就放你走。你喊了,我偏不要你走!"这是觉群的得意的声音。

"大哥,你听,五弟又在做什么了!"淑华冷冷地说,好像故意在逼觉新似的。

觉新一声不响,他的脸色渐渐地变青了。

窗外又响起了觉群的声音。他唤着:"四哥,你快来,给我帮忙。"仿佛两人扭在一起,觉群支持不住了,他看见觉英走近,连忙请觉英来做帮手。

"大哥,你不去教训五弟?"淑华不肯放松觉新,再逼着问道。

觉新坐在藤椅上,脸色阴沉,一句话也不说。淑华也不知道他在想什么。

"四哥,快来!你捉住她的手。等我来收拾她!"——觉群的声音。

"五少爷,你放不放我走?我要去告诉太太!"——春兰的声音。

"好,你打我!我今天一定不饶你!"——觉群的声音。

"我哪儿打过你?你冤枉人不得好死!"——春兰的声音。

一只手打在一个人的脸上,接着觉英骂道:"你在骂哪个?你敢骂五少爷,你太没王法了!我今天要打死你!"

"把她绑起来!"觉群威胁地说。

"你打,你把我打死也不要紧!少爷家找到做丫头的闹,真不要脸!我一定要告诉三老爷、四老爷去!"春兰带着哭声骂道。

"你怎么不去告诉你们五老爷?你们五老爷就专门爱闹丫头。他闹得,我们就闹不得?"觉英得意地笑起来。显然春兰落在这两个孩子的手里,渐渐地失掉了抵抗力,除了哭骂以外,就没有别的办法了。

"大哥,你不去,我去!这太不成话了!"淑华气愤地说,就要往外走。

"三妹,你不要多事。四婶她们花样多。二哥去年已经招过一次麻烦。你不要去,"觉新忽然开口阻止道。他的态度倒是很诚恳的。

"我不怕这些!我看不惯我就要管!"淑华理直气壮地说。她不再听觉新的话,大步走了出去。

淑华从过道转入花园的外门。她进了里面,看见在月洞门口觉英、觉群两弟兄同春兰纠缠在一起。觉群的一只手抓住春兰的辫子,另一只手捏成拳头在春兰的背上敲打。觉英对着春兰,不时把口水吐在她的脸上。他捏住她的两只手,把它们用力扭在一起,仿佛想抽出一只手去打她的脸颊。但是这个十五岁的女孩努力在防卫自己,不让他把手抽出去。同时她还摇动身子躲闪觉群的拳头。觉群、觉英两人占着优势,他们带笑地在咒骂。从春兰的口里吐出的却是绝望的哭骂声。

淑华看见这情形,更是气上加气。她急急地走过去。离他们还有五六步光景,她便带怒地喝道:

"四弟,五弟,你们在做什么!"

觉群听见这个愤怒的叫声,马上松了手,站在一边。觉英知道是淑华,连哼都不哼一声,依旧捏住春兰的手不肯放。

"三小姐,你看,四少爷他们无缘无故缠住我打,请你把他们拉开,"春兰哭诉道,她的头发散乱,脸上全是泪痕。左边脸颊已经红肿了。

"四弟,你听见没有?你放不放?"淑华大声问道。

觉英抬起头看了淑华一眼,骄傲地答道:"我不放。"他趁着春兰不注意,猛然抽出一只手在她的脸上重重地打了一下。

"你打,你打!"春兰带着哭骂扑过去,用头去撞他的身子,把脸在他的衣服上揩来揩去。

"老子高兴打,老子高兴打!打死你又怎么样?"觉英回骂着,把手捏成拳头,在春兰的头上敲打。觉群带着狡猾的微笑在旁边看。

"四弟,你敢这样闹!太不成话了!三爸舍不得打你。你看我敢不敢打你!我不相信我就打不得你!"淑华气得没有办法,大声骂起来。她抓住觉英的手,吩咐春兰道:"春兰,你快点走!"

春兰起初没有听清楚淑华的话,她还抓住觉英的衣服不走开。觉英忽然把手从淑华的手里挣脱出来,去拉春兰的膀子。淑华又去分开他们。她用力把身子插在他们的中间,费了许多气力,才又把觉英的手捏住。觉英骂着,挣扎着。他甚至想用嘴去咬淑华的手。

淑华接连地催促春兰走开。春兰知道不走也不会有好处,便不再跟觉英理论,只是揩着自己的眼泪,口里咕哝着,说要去告诉她的五太太,就慢慢地沿着觉新的窗下走出去了。

淑华看见春兰一走,觉得自己的任务已了,便放开觉英的手,正要回到觉新的房里去。觉英却拉住她的衣襟不让她走。

"四弟,你放开我!"淑华正色地嚷道。

"你把春兰喊回来,我就放你!"觉英脸色很难看地答道。

"我问你,你到底放不放?"淑华再问道。她把身子动了一下。

觉英怕她挣脱,抓得更紧些。他还嚷道:"我说不放就不放!"

淑华气得脸通红。她也不再说话。她把觉英的两只手捏住,跟他争持了一会儿。后来她用力一甩,挣脱自己的身子,却将觉英摔下去。只听见扑冬一声,觉英手足直伸地跌倒在地上。觉英变了脸色大声哭起来。他就睡倒在地上,×妈×娘地乱骂。

淑华好像没有听见似的。她把衣服拉直,在衣襟上拍了两下,也不去看躺在地上哭骂的觉英,毫不在乎地(其实她很兴奋,不过做出毫不在乎的样子)走出了花园的外门。

觉英仍然躺在地上,一面骂,一面哭。他并不知道淑华这时去什么地方,不过他希望觉新会听见他的咒骂。所以他不断地把它们掷进觉新的房里去。

觉群看见淑华走远了,连忙走到觉英的身边。他也坐在地上,帮忙觉英骂淑华。不过他的声音不高,只有觉英一个人听得见。

淑华走进了觉新的房间。觉新静静地坐在写字台前,桌上摊开一本书。但是他两手撑着下颔,两眼痴痴地盯着挂在对面墙上的亡妻的遗像。他听见淑华的脚步声,也不回过头看她。

觉英还在窗外骂着极难入耳的话。淑华的血又沸腾起来了。觉新不说一句话,使她更觉房里闷得难受。她气愤地骂道:"这太不像话了!三爸也不把四弟好好地教训一下。"

觉新掉过头看了她一眼,悄然地说了一句:"你又闯下祸了。"

"闯下祸?哼!"淑华冷笑道。"这个我倒不怕!我一点儿也没有错。"

"我并没有说你错,"觉新央求似地说。"不过少管闲事总是好的。我怕等一会儿又有麻烦了。我只希望能够安安静静地过个端午节。"

"有麻烦我来承当好了,你不要害怕,不会找到你的,"淑华赌气地说道。

觉新苦涩地笑了笑,温和地说:"你看,你就生气了。我不过随便说一句,劝你以后谨慎一点。你听四弟骂得多难听。"

"让他去骂。我不相信他就会睡在地上骂一天,"淑华倔强地说。

"四弟这个牛脾气真难说。你碰到他就该倒楣!"觉新焦虑地说。

但是窗外开始静下来,哭声突然停止了。觉英从地下爬起,和觉群两人沿着花丛中的石板道走到井边,站在栏杆前低声谈论什么,又俯下头往井内看。

"大哥,你看四弟又不响了。真是个不宜好的东西。你对他凶一点,他就没有办法,"淑华得意地说。

"你不要就得意。你爱管他的事情,你将来总会吃亏的。我劝你还是少管闲事的好,"觉新担心地说。

"我碰到这种事情,我不管就不痛快。我不像你,我不能够把任何一件事情闷在心里头,"淑华毫不在意地答道。

十四

淑华走后,觉新看书也看不进去。他又想起应该写信到上海去,便揭开砚台盖,磨好了墨,又从笔筒里拿出一枝小字笔,在抽屉里取出一叠信笺。他刚刚写了几个字,忽然觉得笔头沉重,他不能如意地指挥它。他的脑子里也不知道装了一些什么东西。他的思想也不能够活动了。他拿着笔很难放下去,半晌才写出两个字,接着他又涂掉了。他很烦,又觉得很累,便把笔放进铜笔套里,盖上砚台盖,站起来,走到内房去,想在床上躺一会儿。

他躺在床上,刚刚闭了眼睛,就听见唤"大少爷"的声音。他连忙站起来。翠环进来了,右边发鬟上插了一朵栀子花,笑吟吟地说:"大少爷,我们老爷请你去。"

觉新淡淡地答了一句:"我就来。"

翠环听见他的疲倦的声音,诧异地看他一眼,问道:"大少爷还要睡一会儿吗?我去回老爷说大少爷在睡觉就是了。"

"不必了,我不要睡了,"觉新连忙阻止道。他揩了一下眼睛,看见翠环没有走,便又说:"我跟你去。"

觉新进了克明的书房。克明正坐在沙发上看《史记》,看见觉新进来，便放下书，对觉新说："明轩，我刚才忘记对你说，今年送教读先生的节礼要厚一点。"

觉新应道："是。"克明停了一下又说："还有，你吩咐厨房明天早饭多预备一桌席，开在书房里头，让四娃子、五娃子、六娃子他们陪先生吃饭。还有大姑太太答应端午节来，很难得。她好久不来了。今年还是第一次来，所以我叫厨房里预备两桌席，开在堂屋里，一家人团聚一下。"

觉新又应了一声："是。"克明满意地微笑着。他又说了两句话，忽然咳起嗽来，不过咳了两三声，吐出一口痰又停止了。他摸出手帕揩去嘴边的口沫后，又对觉新说："我这回咳嗽医了这么久，并不见效。再过些时候，如果还是不见好，我要找你请西医来看看。……"

觉新又应一声："是。"他的心并不在这个房间里。但是要问它此时在什么地方，他自己也不知道。他觉得它好像是在远方似的。

"你看西医治这个病有无把握？"克明忽然恳切地问道。他注意地望着觉新，等着觉新的回答。

觉新起初不知道应该怎样回答，以后就醒过来了。他连忙陪笑地答道："其实三爸的病也不厉害。我看很快就可以治好。请祝医官来看看也不错。"

克明停了一下，沉吟地说："我想过些日子再决定……"

觉新不知道克明究竟怎样想法，也不便多劝他，只是唯唯地应着，等候他说下去。

这时外面房里起了一阵脚步声。翠环匆匆忙忙地走进来，惊惶地报告道："老爷，五太太来了。"

"啊,"克明奇怪地吐出这个字。觉新不觉吃了一惊,他猜到一定会发生什么不愉快的事情。

沈氏进来了,春兰跟在她的后面。沈氏的头发梳得很光。脸涂得白白的,不过上面没有擦胭脂。在矮矮的鼻子上面,一对小眼睛鼓得圆圆的,两道画过的宽眉快要挨在一起。一张阔嘴紧紧闭着,脸上没有笑容。

沈氏走进房来,把她的一双半大脚重重地踏在地板上,对着克明唤了一声:"三哥,"把眼眉一动,立刻摆出了一脸的怒容。

克明连忙欠身站起说:"五弟妹,请坐。"觉新也点头招呼,唤了一声:"五婶。"

沈氏含糊地应了一声。她不坐,就立在写字台前,一面指着春兰对克明说:"三哥,你看!"

克明和觉新都朝着春兰看。春兰埋下头,她的头发蓬乱,一根辫子散了一半,头绳长长地拖下来。脸上黄一块,红一块,一边脸颊浮肿了。

"五弟妹,这是怎么一回事?"克明看罢,纳闷地问道,他不明白沈氏为什么要来麻烦他。觉新知道这是什么一回事情,不过他不敢做声,其实他也不愿意说出来。他只是默默地旁观着。

"难道三哥还不晓得?"沈氏把头一动冷笑道。她不等克明说话,便沉下脸,用决断的声音说下去:"这是老四干的好事!"

"四娃子,他不在书房里头读书?"克明更加惊愕地说。

"读书?哼,他几时好好地读过书来?"沈氏扁扁嘴,做出轻蔑的表情说。"他把整个公馆都要翻过来了,只有你三哥一个人不晓得。"她在一把靠背椅上坐下来,叫春兰立在她的身边。

克明用一只手紧紧地压住写字台,正色地说道:"五弟妹,你这是什么话？"

"什么话？你三哥教出来的好儿子，自己该明白，"沈氏想好许多讽刺话要用来伤害克明，她不肯放松他，她说出一句，她感到一种复仇似的满足。

克明气得脸发青，他不理睬沈氏，却把眼睛掉向四周望去。他看见房里没有一个女佣，便带怒地大声唤道："翠环!"没有应声。他又唤道："汤嫂！王嫂！"

女佣王嫂正在外面房里窃听。她让他喊了两三声才答应着，慢慢地走进来。

"三哥，你不用生气。我告诉你：老四、老五两个拉着春兰调戏。老四还动手打人。幸好三姑娘来拉开了。不然不晓得今天会闹出什么事情！"沈氏毫无怜悯地说。她一面说话，一面注意地望着克明。她看见他面部表情的变化，看见他脸上肌肉的搐动，她暗地里十分满意。

克明望着王嫂怒喝道："你快去把四少爷、五少爷喊来！你喊他们立刻就来！"王嫂连忙答应着，就退出去了。

"哪里会有这种事情！等我问个明白！"克明坐下去，喘吁吁地说，他用手拍了拍膝头。

"好，就请三哥问个明白，想个办法。不然，我以后怎么敢用丫头？"沈氏仍然不肯放松克明，继续用话去刺克明的心。

"五弟妹，你不要多说，我知道！"克明不客气地对着沈氏挥手说。他极力制止他的上升的怒气。接着他又叫道："翠环!"只叫了一声，他就咳起嗽来。

没有应声。觉新开口了。他同情地问道："三爸喊翠环，有什么事？等我去喊！"

"明轩,你不要走,"克明忍住咳嗽阻止道,"你就留在这儿。"他刚把话说完,就听见他妻子的声音。

"三老爷,你什么事这样生气?"张氏走进来,柔声问道。她再回过头招呼了沈氏和觉新。她刚刚梳洗完毕,带着一脸新鲜的笑容进来。翠环跟在她后面。

克明还没有回答张氏,他瞥见了翠环,便先吩咐道:"翠环,你去把三小姐喊来。"

张氏走到沙发旁边,温和地望着克明,再问道:"三老爷,究竟是什么事情?"

克明抬起脸看他的妻子,恼怒地说:"还不是为着四娃子这个不争气的东西!他真把我……"他喘着气说不下去,又埋下头咳起嗽来。

张氏连忙挨近去,伸出两只手替他捶背,一面温柔地劝道:"为着老四的事情,也犯不着生这样大的气。等他来,教训他一顿就是了。"

觉新看见克明止了咳,吐了两口痰在旁边的痰盂里。他也顺着张氏的语气劝道:"三婶说得是,四弟年纪轻,不懂事,做错事情,等一会儿教训他一顿就是了。为着这件小事情,三爸也不必这样生气。"

"小事情?"沈氏跷着二郎腿,在旁边冷笑一声。

张氏和觉新一齐掉过脸去望沈氏,看见沈氏得意地坐在那里。他们默默地把眼光掉开了。

外面响起了"冬冬"的声音,觉群的影子很快地闪进房里来。

觉群的扁脸上本来还带着笑容,但是他走进房间,看见房里的情形,便木然地站住了。笑容马上从脸部消去。他把大嘴微微张开,在门牙的地位上露出一个缺口。

"五弟,四哥呢?他没有跟你一路来?"觉新问道。

"他在后面,他走得慢,"觉群鼓起勇气答道。他偷偷地看了克明一眼。

"这个畜生还要慢慢走!等他来一定要结实地捶他一顿!"克明忽然骂道,吓得觉群立刻把脸掉开了。

"老五,你说,是不是你跟你四哥两个调戏春兰?"沈氏板起面孔问觉群道。

"不,不是我,是四哥,他一个人,没有我,三姐看见的!"觉群慌张地辩道。

"没有你?你先动手,四少爷才来的!"春兰马上反驳道。她愤恨地望着觉群。

"我没有!我没有!你冤枉我,不得好死!"觉群挣红脸抵赖道。

"好,五少爷,我冤枉你,我不得好死!哪个赖,哪个也不得好死!"春兰又气又急大声发誓道。

"春兰,你少说两句!"觉新知道觉群在抵赖,因为觉得春兰的话不能入耳,便阻止道。

"春兰,你说,你尽管说!现在要说个明白,才晓得谁是谁非!"沈氏听见觉新的话,故意不给他留面子,反而命令春兰说下去。

"三小姐亲眼看见的,等一会儿问三小姐就晓得了。我没有说一句假话,"春兰仗着她的主人在这里给她撑腰,理直气壮地说。

觉英慢慢地走了进来。他走到房门口,听见房里春兰的声音,知道没有好事情等着他。他有点胆怯,却又无法逃开,心想父亲近来对他不坏,也许不会怎么严厉地责骂他,便硬着头皮走进了他父亲的书斋。

克明看见觉英进来,只觉得气往上冒,但是也不立刻发作。他沉着脸用低沉的声音对觉英说:"你过来。"

房间里没有别的声音。众人屏住了呼吸望着克明。张氏的脸开始发白了。

觉英胆怯地看了克明一眼。他不知道父亲要怎样对待他。但是他现在没法逃避了,便只得慢慢地移动脚步走过去。

克明看见觉英走到他的面前。他注意地望着他的儿子。他忽然对觉英露出狞笑,仍然用低沉的声音说:

"你干的好事情!你这样爱学下流!"

"不是我,是五弟干的,"觉英狡猾地辩道。

"你说谎!明明是你!我没有打她的脸!"觉群在旁边着急地插嘴嚷道。

"你还要赖!你干了好事还不肯承认!"克明厉声骂着,顺手就给觉英一个巴掌。随着那个响声觉英的脸上立刻现出了红印。

"我没有,我没有!他们冤枉我!"觉英马上迸出哭声来。他伸手慢慢地摩着他的被打的脸颊。

五岁多的觉人刚刚走到房门口听见了哥哥的哭声。他不敢进来,就躲在房门口偷看。

"老四,告诉你,你要学你五爸,还早嘞!你今年多少岁?"沈氏幸灾乐祸地在一边冷笑道。

没有人理她。淑华进来了。觉英看见淑华,脸色完全变了。他知道无法抵赖,便埋下头去。

"三姑娘,你说,是不是你看见老四、老五缠着春兰胡闹,你把他们拉开的?"沈氏抢先对淑华说。

觉新来不及说话,只把眼光送到淑华的脸上去,他的眼光在恳求:不要直说罢。

淑华似乎没有了解这个意思。她也不去看觉新。她又听见张氏的声音:"三姑娘,你说,你说。"她便对着张氏把事情的经过简略地叙述出来。她说得快,好像害怕别人会打断她的话似的。她的每句话对沈氏是一阵高兴,对克明和张氏是一个打击。觉新暗暗地盼望她闭上嘴,但是她却残酷地一直往下说。

克明听见淑华的话,知道了事情的真相。他再没有怀疑的余地了。他以前完全想不到会有这些事情。虽然他并不满意这个孩子,但是自从他的女儿淑英出走以后,他对这个十六岁的儿子(他的长子!)便存了偏爱心,他有时甚至在觉英的身上寄托了希望。然而如今这个孩子给他带来什么?他自己的儿子做了他所最憎厌的下流事情!而且给他招来沈氏的难堪的侮辱。他的希望破灭了。在眼前的黑暗中他看见一对带着复仇的讥笑的小眼睛。这对眼睛愈来愈近,刺痛了他的脸(他的脸上起了拘挛)和他的心。他不能忍受下去,他觉得痰直往上涌。淑华的最后几句话渐渐地变模糊了,他只听进断续的几个字,并没有抓住它们的意义。其实他也用不着知道它们的意义,他已经明白一切了。现在他开始看见了事实的真相,他绝望,他悲愤。但是他始终没有看到他自己的错误。他想这是厄运:他自己做了半生正直的人,却得到这样的结果。

淑华说完话,克明并不责骂觉英,却是对着他喘气,眼珠往上面翻,脸色发青。觉英害怕起来。他不知道他的父亲会有什么样的举动,不过他明白这个举动一定是可怕的。这时他的聪明和狡猾完全失去了。他站在那里不知所措,身子微微发颤。觉群站在一边,也失去了他平日的活泼与顽皮。

在这个房间里除了沈氏(她始终是暗暗高兴地"欣赏"着克明的痛苦与气恼)和春兰外,别的人都默默地怀着沉重的心等候克明开口。淑华的心情比较复杂,她固然在克明的痛苦中感到报复的满足(她为了堂姐淑英的事特别怨恨克明),但是这个未老先衰的叔父的可怜状态又引起了她的怜悯心。

"三老爷,你怎么了?"张氏看见克明喘着气,怒目望着觉英不说话,有点害怕起来,焦急地问道。

"我要打死他,我要打死他!"克明咬牙切齿地自语道。他抬起头四处望,看见翠环,便严厉地吩咐道:"翠环,你去把板子拿来。"

翠环答应一声,却不移动脚步。她望着张氏,不能决定是否应该去把竹板取来。

克明看见翠环不走,便大声斥责道:"你还不去!你也想挨打是不是?快点给我拿来!"

翠环不敢再迟疑,答应一声便走开了。

"真把我气死了!"克明自语似地说。他喘了几口气,怒目瞪着面前的觉英。他看见觉英的畏缩战栗的样子,更是气上加气,便厉声责斥道:"你这个畜生!我还以为你好好地在书房里头读书,我还以为你读书有了长进,哪晓得你逃学出来干这种下流事情!你不听话,你不学好,你不要读书,你要做什么?你要造反啦!我看见你这个样子我就生气。我今天要打死你!我要打死你这个不肖的东西!"他愈骂愈气,后来他觉得头快要爆开了。他瞥见门帘一动,翠环拿着竹板进来了。他骂出这句"不肖的东西",马上站起来,说声:"给我!"便伸出手去接竹板。

觉英立刻扑冬一声,自动地跪在克明的面前,哭着哀求道:"爹,不要打我,下回我不敢了。"

"没出息的东西!打都没有打到就哭起来了!"克明轻蔑地骂道。他接过竹板,也不去拣定地方,随手就往觉英的身上打去。觉英眼快,连忙把头一偏,竹板正打在他的膀子上。他就像被宰的猪似地大声哭叫起来。克明听见他号哭,不但不停止,却更加用力地打下竹板去。

觉人在门口吓得不敢看下去,一口气往外跑。袁奶妈在桂堂后面的坝子里追到了他。

张氏心里有点气闷,她又担心克明的健康,更不高兴沈氏来给他们添麻烦。她看见克明接连地把竹板打在觉英的身上,有点心疼,却又不敢劝阻。她又看见沈氏似乎得意地坐在那里,更觉得不快,便对沈氏说:"五弟妹,你请回去。三哥已经在打四娃子了。四娃子挨过这顿打,以后再不敢做那种事情了。你尽管放心。你坐了这半天,你也该累了。"

沈氏想了一想,脸上露出虚伪的笑容。她说:"也好,三嫂,对不住,吵了你们一早晨。不过老四也实在闹得太不成话了,多打他几顿,或者会好一点。我看以后应该好好地教训他。要是不早点教管,以后出了事又来不及了。就像去年二姑娘的事情那样。"

克明停住板子,气愤不堪地看了沈氏一眼。她说的关于淑英的话伤害了他。他几乎要出声骂起来,但是话到唇边,又被他忍住了。他觉得有好些针刺进他的心头,他只得咬住牙关忍住痛。他只是痛苦地哼了一声,就倒在沙发的靠背上。

"五弟妹,多谢你这番好意。不过我们公馆这样大,他们小孩子一天东跑西跑,我们有顾不到的地方,还要请你替我们管教管教,"张氏谦虚似地说。

"啊哟!三嫂,你说得好容易!他这样的脾气,我怎么管得了?他不闹到我屋里来,就算是我的运气了,"沈氏故意嘲讽地笑道。她说罢,马上收了笑容,站起来,吩咐春兰道:"春兰,跟我走。"

张氏看见沈氏转身要走出去,便报复似地在后面追问一句:"五弟妹,你今天不到你四嫂那儿去吗?"

沈氏听见这句话,便站住回过头来,看了张氏一眼。她看见张氏的似笑似怒的神情,知道话中有刺。她用眼光去找寻觉群。这个孩子在觉英发出第一声哭叫时便溜走了,那时并没有人注意到他,现在房里没有了他的踪迹。沈氏本来并没有去找四嫂王氏的意思,踌躇一下,便做出不在意的样子答道:"我就要到四嫂那儿去,你有什么事吗?"

"我没有,"张氏掩饰地答道。她连忙加上一句:"请你告诉四嫂,老四已经挨了打了。"

"好,"沈氏简短地应道。她不再跟张氏说话,就带着春兰往外面走了。

觉英跪在地上呜呜地哭着。克明坐在沙发上,两眼十分厌恶地盯着觉英,左手捏着竹板,松松地放在沙发的扶手上。张氏立在沙发旁边,身子挨着沙发的另一边扶手。觉新立在书架前面。翠环站在近门的角落里。淑华本来靠了写字台的一角站着,她在沈氏走后觉得没有趣味,便也走出去了。

"擦得这么白,真是一脸的奸臣相,"张氏看见沈氏的背影消失以后,过了片刻,自语似地低声骂道。

没有人答话。房里只有觉英的哭声。一种难堪的窒闷开始压下来。

"翠环,你快去看看,五太太是不是到四太太屋里去?"张氏忽然想起这件事情,连忙吩咐翠环道。

翠环答应了一声,正要出去。克明却不满意地开口阻止道:"三太太,你不要去管她的事!她捣什么鬼,由她去。总之,四娃子太不学好了,不给我争一口气。"他说到这里,怒火又往上升,他便把身子离开沙发的靠背,怒目瞪着觉英骂起来:"都是你这个畜生不学好,干出这种不争气的事情!给你们请了好先生来,你一天就不读书。从前养鸽子,喂金鱼,捉蟋蟀,现在越闹越不成话了。你是不是要学你五爸的榜样?"他举起竹板又接连地往觉英的头上和身上打下去。

觉英大声哭叫起来。张氏哀求着:"三老爷。"克明听见觉英的哭声,听见张氏的叫声,这反倒增加了他的愤怒。他越发用力地打下板子去。他全身发起热来。他忘记了一切事情,他忘记了跪在他面前的是什么人。他只知道一件事:打。他觉得应该用力打。他害怕别人会阻止他,他狂乱地说:"我要打死他!我要打死他!"觉新看见克明这样乱打,也发出了哀求停止的叫声:"三爸!三爸!"

克明仍然继续打着(竹板大半落在觉英的穿着衣服的身上),觉英把声音都叫哑了,只是呜呜地哭着。张氏着急地叫起来:"大少爷,你不来劝劝三爸!"她一面说,一面去拖克明的手。

觉新也走过去,帮忙张氏劝阻克明。他不住地说:"三爸,够了。你休息一会儿罢,"一面把身子隔在他们父子的中间,帮忙张氏拉住克明的膀子。

克明挣扎了一会儿便让步了。他刚才凭着一股气在动作,这时一经打岔,他的气也渐渐地发泄尽了。他不再坚持,一松手,让竹板落到地上。他精疲力竭地倒在沙发靠背上,一口一口地喘着气。

觉新站开一点。张氏俯下头望着克明,关心地问道:"三老爷,你有点不舒服吗?"

克明默默地把头摇了两摇。

"你去睡一会儿罢,好不好?我害怕你太累了,"张氏柔声再问道。

克明又把头摇了摇,低声说了一句"我不累"。

张氏便不再问,她吩咐翠环道:"翠环,你去给老爷倒杯酽茶来。"

觉英仍旧呜呜地哭着,不过现在他是坐在地上了。眼泪和鼻涕混在一起,把那张印着几下板子痕迹的脸弄得像一个小丑面孔。一件早晨新换的长衫先前在花园内门口粘染了一些泥土,这时更涂满了灰尘,而且胸前还有几摊泪痕。他埋着头一边哭,一边用手摩抚被打后发痛的地方。

翠环端了茶来。克明接过杯子喝了两三口热茶,觉得精神好了一点。他看看坐在地上的觉英,不觉皱起了眉头。

张氏看见克明的这种表情,不知道他想到了什么。她害怕他再动气,便勉强做出笑容,柔声对他说:"三老爷,让他出去罢。他也得到教训了。"

克明沉默不语。张氏也就不敢再说。克明的手里还端着茶杯。他把杯里的茶喝光了,将杯子放在写字台上。他又看了看觉英,低声说了两个字:"也好。"这是在回答张氏的话。但是接着他又侧头对觉新说:

"明轩,你把你四弟带到书房里去。你对龙先生说,我问候他,请他好好管教你四弟读书,不准乱出书房门。倘使你四弟不听话,请先生尽管打。我过两天再削一根宽板子送去。"他说得比较慢,后来又停了一下。觉新以为他说完了,但是他又说下去:

"今天就不要放四娃子出来。以后就叫他在书房里陪先生吃饭。"

"是,是,"觉新唯唯地应着。他巴不得克明有这样的吩咐。他现在有机会走出这个空气沉闷的房间了。他连忙走过去拉觉英的膀子。

觉英听清楚了克明的话。他并不害怕龙先生,所以他很欢迎他父亲的这样的吩咐,他可以借此渡过了目前的难关。他不等觉新用力拉他,就从地上爬起来,也不看克明一眼,也不对谁说一句话,便埋下头跟着觉新出去了。

十五

房里剩下克明夫妇两人。翠环也拿着竹板到外面去了。张氏便在沙发的扶手上坐下,她把手轻轻地挨着克明的膀子。她看见克明仍旧靠在沙发的靠背上,过了半晌都不说话,便温柔地再劝道:"三老爷,你去躺一会儿罢。"

"我不想睡,"过了好一会儿,克明才含含糊糊地答道。他忽然掉过头看她,他的脸上开始现出一种她好些年来没有见到的柔和的表情。他伸出左手把她的一只手捏住不放,恳求似地说:"你不要走。你就在这儿多陪我一会儿。"

张氏有点不好意思,脸略略发红,她低声说:"你放开,别人会来看见的。"

克明好像没有听见似的,只顾说自己的话:"我要你在这儿陪我。我闷得很。"他捏紧张氏的手不肯放。

"我在这儿陪你就是了,你放掉我的手,"张氏像对付一个孩子似地说,先前的焦虑现在消失了大半。她先前还怕他,这时却有点怜惜他。

"四娃子将来不见得会有出息。五娃子也应该好好管教,我看这些小孩子都不会有出息。真是一代不如一代,"他自语似地说,他的思想还在那些事情中间打转。他的声音里还含着焦虑。

"三老爷,你还要想这些事情?老五又不是你的儿子,你多管又会招来麻烦。你应该少动气,多多将息,才是正理,"张氏关心地劝道。

"你们女人家不晓得。五娃子虽然不是我的儿子,他究竟是高家的子弟。我活一天就不忍看着高家衰败,"克明驳道。

"你这个人也是太热心了。高家又不是你一个人的。五弟把田卖了,你要生气;四弟在外面跟唱小旦的来往,你要生气;侄儿们不学好,你要生气。你一个人怎么管得了他们许多人,况且爹又不在了,他们暗中也不服你,"张氏恳切地说着劝告的话。

克明痛苦地摇摇头,说道:"就是因为爹不在了,我做哥哥的要出来管事。"他把她的手放松,她连忙将它缩回去。"其实我管他们的事情,也只是希望他们学好。我并不是为自己。我不明白为什么他们要讨厌我?"他想了一会儿,又带着自信地说:"我自问我并没有做错一件事情。我做人也很正直。我从没有在外面胡闹过……"

张氏轻轻地推他的膀子,打岔道:"三老爷,你不要再讲话,你去睡一会儿好不好?不然就吩咐厨房开饭。"她惊奇地望着他,不知道他今天为什么改变了态度,而且对她说这许多话。但是她始终为他的健康担心。

"我不想睡,我也不想吃饭,"克明疲倦地说。

"三老爷,你今天究竟怎么了?"张氏惊急地问道。她疑心他生了病,便把手伸去摸他的前额,他的额上略有一点热,她放了心。她要把手缩回去,这只手又被他捏住了。他把它拿下来,放在怀里。她默默地让他这样做。他柔声唤道:"三太太。"她做出笑容回答一声:"嗯。"

"你同我在一起也有十九年了。你该比别人明白我。你说我是不是个正直的人?我做过什么错事没有?"克明把眼光停留在张氏的脸上,恳切地等候张氏的回答。

"我明白你,我明白你。你是正直的人,你没有做过错事情,"张氏加重语势地说。她只图安慰他,想马上减轻他的痛苦,她却忘记了他做过一件使她失望的事(就是关于他们的女儿淑英出走的事,他至今还不肯宽恕淑英)。

"但是为什么单单我一个人遇到这些事情?二女偷跑到上海去。四娃子又这样不争气。五弟,更不用说,他丧服未满就私自纳妾,而且卖掉祖宗遗产。四弟应该明白一点,他也在外面跟戏子来往。我责备他们,他们都不听话。我看我们这份家当一定会给他们弄光的。他们没有一个人对得起我,更对不起死去的爹。这便是我一生做人正直的报酬。想起来真令人灰心。四娃子不学好,不必说了。我看七娃子也不见得有出息,现在已经不听话了。我这一生还有什么指望?"克明半怨愤半沮丧地说。他放松她的手,接连地喘了几口气。

"三老爷,你没有错。他们都不好,"张氏温柔地看着丈夫的略带病容的脸,同情地说,"不过你自己身体要紧。你为这些事情气坏了也值不得。只要你自己做事问心无愧,别的也不用去管了。我想好人总会有好报的。"这个三十八九岁女人的清秀的瓜子脸上还留着不少青春的痕迹。两只水汪汪的眼睛含着不少的柔情和关心望着她的丈夫。"你的身体要紧啊,"她说了一句,忽然想起了一件事情,先红了脸,然后含笑地小声说:"三老爷,你何苦为四娃子、七娃子怄气。你忘记了你还有——"她说到这里，不好意思地闭了嘴，无意地埋下头去望了一下自己的渐渐大起来了的肚子。

克明的脸上忽然露出了笑容，他懂得她的意思。他似乎在绝望中瞥见了一线微弱的光。他多少感到了一点温暖。他感动地说："你的意思不错。我希望再有一个儿子，他可能比他两个哥哥都好。究竟还是你关心我，你懂得我。不过你也要当心身体啊，这半年来你也憔悴了。"

这番话倒给了张氏一点温暖，一点兴奋。不，它还给她唤起了一段很远很远的记忆。她带了一点梦幻的眼光看他。她不好意思多看，马上就把眼光掉开了。但是在这短短的注视中，她在他的憔悴的脸上，看出那个年轻的美男子的面庞，她好像进入梦境似的（她多年来没有做过这样的好梦了）。她柔情地对克明说："三老爷，你不记得十九年前，我到你们家里还只有三个月，你对我念过一首词，你还说，我们两个是一个人，你离不了我，我离不了你；你说，只要我在你的身边，你做事情就不会灰心；你还说过很多的话。"她想到那些话，她的脸红起来。她渐渐地把手伸到他的手边去。

克明也开始沉入梦境。他慢慢地小声答道："我还记得。以后我们就渐渐地分开了，我也不记得事情是怎样变化的。"

"那是在我生了二女子以后，你到京城去引见，后来你又忙着你的公事，渐渐地不大理我了，"张氏仍旧做梦似地说，在她的眼里又现出了她这十几年来的平淡单调的生活。她怀念她嫁到高家来最初几年的日子。以后这些年的生活又使她嫌厌。她的思想渐渐地接近一个小女孩，这个小孩很快地长大起来。于是她看见那张秀丽的瓜子脸和一对水汪汪的凤眼。这不是年轻时代的她,这是她的女儿淑英。但是淑英现在不是她的女儿了,他不承认淑英是他们的女儿。他不肯帮助淑英,却让这个少女孤零零地在上海的茫茫人海中过着艰苦的日子。这些天淑英的事情常常折磨她的心。现在它又来压迫她的心了。她渐渐地从梦中醒了过来。她带着那个时期的感情对克明说:"三老爷,我求你一件事,你答应我这一件事。"

"什么事?你说说看,我一定会答应的,"克明仍旧用梦幻的调子答道。

"就是二女,"张氏鼓起勇气说,"她虽然不该走,可是她一个人在上海也很可怜。我还记得从前她刚生下来,你多喜欢她。那些日子我们过得很快乐。"在张氏的眼睛里泪水满溢了。

"你还在想二女,"克明沉吟地说,他似乎还在过去的好梦中。他正要说下去,但是王嫂来打断了他的话。王嫂走进房来,大声唤道:"老爷,太太,开饭了。"

这个粗鲁的声音打破了两个人的梦景。他们同时从十几年以前的婚后日子中跌回到现实生活里来。张氏不好意思地站起,应了一声。

王嫂立刻退了出去。克明抚着下颔摇摇头说:

"我并不恨二女,我知道是剑云他们把她教坏的。不过这太过份了。我不能。"

"可是你跟她赌气又有什么好处?你记不记得从前那些情形?"张氏迸出哭声道。

克明想了想,决断地答道:"从前是从前,我不能宽恕她这次的行为。我不能打我自己的嘴巴。在我的心里二女已经死了。"

"三老爷,你不能,你不能这样狠心!为什么你单单对二女这样严?"张氏呜咽地争辩道,过去的回忆给她增加了不少的力量,她从前很少这样跟他争辩的。

克明的干枯的眼睛里也掉下一两滴眼泪。他痛苦地、并不严厉地答道:"她是我自己的女儿,我不能够宽恕她。不过你还是她的母亲,我不干涉你跟她通信。你可以汇钱给她,也可以给她帮忙,我都依你,不过你喊她不要再写信给我,我无论如何不看她写来的信。"

他刚说完,就发出一声呛咳,接着俯下身子咳起来。

"三老爷,你这真是何苦来!"张氏又抱怨、又怜惜地说了这一句,一面含着眼泪给他捶背。

十六

　　沈氏带着春兰出来，走入桂堂。对面便是克安和王氏的住房，不过朝着桂堂的门仍然是紧闭未开。她只得穿过了角门。她看见春兰还跟着她，便吩咐春兰先回屋，她一个人往王氏的房里走去。

　　沈氏跨进门槛，看见杨奶妈陪着淑芳在饭桌旁边玩。桌上已经放好碗筷了。杨奶妈头梳得光光的，两边脸颊红红的，正在对淑芳讲故事，看见沈氏，便让淑芳跪在凳子上，自己站起来，闪着她那对非常灵活的眼睛，含笑地招呼沈氏一声。沈氏也笑着答应，还伸手在淑芳的小脸上轻轻地拧了一下，说了两句逗小孩的话。

　　倩儿正从另一间屋里出来，看见沈氏，便笑着说："五太太，你好早。我们太太还在梳头！"

　　"我去看看，"沈氏笑答道。她的脸上没有一点愤怒的余痕，她好像忘记了刚才的事情。

　　"我去告诉我们太太，"倩儿又说，她连忙转身走回去，比沈氏先进了王氏的房间。她已经知道沈氏到克明那里吵闹的事情，还担心沈氏怀着同样目的来找王氏。她匆忙地走到王氏面前报告道："太太，五太太来了。"

　　王氏也早知道在克明的书房里发生的事，在这个公馆里像这类的事情从来传播得很快。她也怀疑沈氏的来意。不过她并不害怕。她对这种事情已经有不少的经验,她当然知道应付的办法。她正对着镜奁擦粉,听见倩儿的话,只是含糊地答应一声,仍旧注视着镜子,看脸上白粉是否敷得均匀。女佣李嫂站在她背后,等候她的吩咐。

王氏听见沈氏的脚步声,并不先招呼沈氏,却做出专心在化妆的样子,等着沈氏走到她的旁边,她从镜子里瞥见了沈氏的笑脸,又听见沈氏亲密地唤道:"四嫂,"她才含笑地答应一声。沈氏的这种态度倒是王氏不曾料到的。

"今天我总算出了气了。我把三哥大大奚落一顿,老四也挨了一顿好打,"沈氏满面春风地说。

这又是王氏没有料到的话。她自然欢迎它们,不过她还猜不定沈氏的来意。她想试探沈氏的心,故意装出随便的样子说了一句:"听说五娃子也在闹,"她对着镜子仔细地画眉毛。

"老五没有什么。他不过跟着老四在闹,都是老四闹起头的。今天三哥可没有话说了,"沈氏连忙笑答道。

"不过我听见说春兰拉着老五闹,说老五打她,"王氏又说,她的眼睛仍然望着镜子。

"那是春兰不懂事。她害怕老四,又害怕三哥。后来我给她撑腰,她才敢告老四。这一下三哥的脸算是丢尽了!"沈氏得意地答道。

这样的答话把王氏的疑心消除了。她暗暗地高兴,便淡淡地说:"这叫做自作自受,你气气他也好。"她吩咐倩儿绞张脸帕来,接到手拿着揩了揩嘴唇和额角。

沈氏这时已在桌旁那把靠窗的椅子上坐下。她安闲地望着王氏化妆。

王氏梳妆完毕，照照镜子，又在头上抿了抿刨花水，然后站起来对沈氏说："五弟妹，我们到那边坐，让李嫂收拾桌子。"

沈氏也站起来，跟着王氏到后面小房间去，那里安放着克安最近买来的新式的桌椅和茶几。她们坐下后便叫倩儿来倒茶装烟。

"今天四娃子结实地挨了一顿打。这个小东西也太胡闹了，他什么话都说得出来，什么事都做得出来，"沈氏在王氏的面前夸口地说，表示她有办法制服觉英和克明。

"你这回倒做得不错，居然使三哥没有话说，"王氏假意称赞道。她在心里并不佩服沈氏。她暗暗地嘲笑着："你这个傻子。"

沈氏倒以为王氏是在真心称赞她，便谦虚地说："其实我自己也想不出来。我还是从你去年对付老二的事情上学来的。"

王氏的脸色突然一变，但是她很快地就把这个不愉快的感情压下了。她去年把自己的小孩打伤，说是觉民出手打的，带着他去跟周氏吵架，结果并未得到预期的胜利。她自己把这件事看作一种耻辱，不愿意别人在她面前提起它。如今沈氏顺口说了出来，沈氏并无嘲笑的意思，但是她却以为沈氏存心讥讽。她虽然心里不高兴，不过在表面上并不露一点痕迹，她还堆起一脸笑容说："你太客气了。我做事哪儿比得上你？不过你这回事情一定很有趣。你说给我听听看。"

沈氏自然不肯放过这个机会，她从头到尾地详细说了出来，中间还加了一些夸张的形容的话。她说到克明受窘的地方，又增加了一些虚构的事情，使得她自己和王氏不时发出清脆的笑声。

"三哥近来身体不好。你这一来说不定会把他活活地气死，叫我们那位漂亮的三嫂做寡妇，"王氏笑谑地说。

"漂亮？她那个样子哪儿比得上你？"沈氏不服气地说。她望着王氏的尖脸宽额和略略高的颧骨,并不觉得自己在说谎。她又说下去:"而且三哥死了也好。他在一天,虽然不敢怎样管我们,我们总有一点儿不方便。他那个道学派头就叫人讨厌。"

"不过三哥一死,恐怕五弟就会吵得更厉害了,"王氏忽然淡淡地说了这句话。沈氏只看见王氏脸上的笑容,却不知道笑容里暗藏有刀锋。

"他在,也给我帮不了多少忙。譬如那回喜儿的事情,结果还是我吃亏,"沈氏怨愤地答道。她倒是在说老实话。

王氏看见沈氏不起疑心,也不再说这种话了。她忽然想起一件事情,便问沈氏道:

"五弟妹,你晓得不晓得四哥同五弟要把小蕙芳带到公馆里来游花园?"小蕙芳是川班中有名的旦角。

"真的?哪一天?"沈氏高兴地说,她立刻忘记了克明的事情。

"四哥亲口对我说的。还有张碧秀也要来。四哥同五弟还要请他们吃饭,不过日子还没有定好,"王氏卖弄似地说;"五弟就没有对你说过?"张碧秀也是一个有名的小旦。

"这种事情他才不肯对我说!他怕我跟他吵。其实张碧秀是四哥的相好,我早就知道,"沈氏要替自己掩饰,又无意地说出王氏不高兴听的话来。

"难道你不晓得小蕙芳跟五弟也很要好吗?"王氏报复似地冷笑道。

"五弟这种人是无所不来的。他喜新厌旧,跟哪一个人都好不长久。他从前对我还不是好得不得了。我看他决不会跟哪一个人真心要好,"沈氏坦白地说,她对王氏的话丝毫不介意,好像并不知道王氏的用意似的。她马上又加了一句:"其实王太亲翁也很喜欢小蕙芳。"她指的是王氏的父亲。

王氏把眉毛一竖，很想发脾气，但是她马上又忍住了。她暗暗地把沈氏打量一下，看见沈氏满面笑容，知道沈氏并无挖苦她的意思，心里骂了一句："你这口笨猪！"便冷笑一声，假意地赞了一句："你这脾气倒好。"接着又说一句："我父亲不过是逢场作戏，哪里比得上五弟？"沈氏听见上一句，还以为这是称赞的意思，便又老实地回答道：

"我现在也看穿了。我不会为着五弟那种人生气的，这太不值得了。"

"能够看穿就好，"王氏接下去说，"我的意思也就是这样。我就没有闲心为着你四哥的事情生气。不过他对我也很尊重。他也不敢欺负我。我这个人并不是好欺负的。他要他的，我也会耍我的。在这种年头一个人乐得过些快活日子。"她说话时脸上露出一种交织着愤怒与骄傲的表情。

"那么我们今天下午再来四圈罢，"沈氏高兴地说。

"四圈不够，至少要打八圈才过瘾，"王氏道。"不过恐怕人不齐。三嫂今天不会来的。"

"我去把五弟留下来。你叫他打牌，他会来的。他平素很尊敬你，"沈氏讨好地说；"大嫂总会来一角，我再去给明轩招呼一声要他早点回来。"

"那么你就快点回去准备。还有他们叫小蕙芳来吃饭的事情，你去问问五弟看，探听他的口气，究竟定在哪一天，"王氏怂恿道。

"我看小蕙芳他们不见得会来。来了我一定要好好地看一看，一定会比在戏台上看得更清楚些。"沈氏听见提到小蕙芳，倒忘记了打牌的事情。

十七

端午节大清早下了一点多钟的小雨,后来天放晴了。雨后的天空显得比平时更清朗:一碧无际的天幕给人带来了一种爽快的心境。

还是在上午。堂屋里供桌上点着蜡烛,燃着香,左右两边聚集了全家的男女老幼。仍旧照旧例男左女右地立在两边,由周氏开始,各人依着次序一个一个地走到盖着红毡的拜垫上去磕头。等到最后一个人离开拜垫以后,克明便吩咐仆人撤去拜垫。先是周氏、克明等长一辈的人互相行礼拜节。然后是觉新等晚一辈的人分别地向长辈们行礼。在一阵喧闹之后,堂屋里又恢复了原先的清静。人们全散去了,只剩下一对红烛孤寂地在烛台上流泪,香炉里的一炷香懒懒地在嘘气,菖蒲和陈艾静静地悬垂在两边的门柱上。

觉新回到房里,刚刚在写字台前坐下,忽然又站起来,无缘无故地走出过道,进了堂屋。他看见那种冷冷清清的样子,心里更不好过。他垂着手在堂屋里走了几步,又觉得没有趣味。他看见石板过道上栀子花盛开,绿叶白花在雨后的阳光中显得更美丽,便信步走下石阶到了花盆前面。他觉得一阵甜香沁入鼻内,便站在那里让他的头沐着阳光,让他的思想被馥郁的花香埋葬。

忽然从拐门外转进来两个年轻女子,穿着一深一浅的新洋布衫,手里各捧着一束带叶的鲜艳的石榴花。这是翠环和绮霞。她们看见觉新,便向着他走来。她们走到觉新面前,同时唤声:"大少爷,"弯下腰去向他请安拜节。

觉新简单地还了礼。他看见她们的脸上都露出微笑,各人鬓边插了一朵火似的石榴花,颔下右边第一对钮绊上又插着一朵栀子花。他想:今天是一个大家快乐的节日。他的脸上也浮出了笑容,随便说了一句:"你们拿的石榴花开得很好。"

"大少爷,你喜欢,我分几枝给你,我们太太要不到这么多,"翠环快乐地眨动她的一对明亮的眼睛说道。

"不必了,我不过随便说一句。今天过节,大家高兴,你们快回去吃粽子,"觉新带着疲倦的微笑答道。

翠环和绮霞答应了一声,带着笑容走了。她们一路上还起劲地小声商量一件事情。

觉新默默地望着这两个少女的背影在过道里消失了,才慢慢地移开他的眼光。他痛苦地想:怎么别人今天都高兴,我却这样无聊。

有人从拐门外进来,又有人从拐门内出去。觉英带跳带嚷地跑出去了,在他的后面跟着觉群、觉世两个堂兄弟和堂妹淑芬。

"怎么昨天刚刚挨过打,今天又忘记了?"觉新诧异地自语道,他指的是觉英。他接着绝望地说:"大概性情生就了,是改不了的。"于是他又为三叔克明的将来感到绝望了。

觉民挟着一本外国书从房里出来,在阶上唤了一声:"大哥,"便向觉新走去。

"怎么姑妈还没有来?"这是觉民的第一句话。

觉新看看觉民,苦涩地一笑,淡淡地答道:"大概就要来了。"他知道觉民盼望的并不是他们的姑母,倒是琴表妹。但是他盼望的却是姑母。他相信她会来的,她昨天还亲口答应过他。不过他刚刚说出那句话,忽然又担心起来。他疑惑地说:"姑妈该不会改变心思罢。"

"我想是不会的。我听见她说过几次要来。她虽然看不惯四爸、五爸他们的行为,不过她也很想回来看看。她虽说是爱清静,我看她关在自己家里也太寂寞,"觉民说。

"实在说来,我们公馆里头也闹得太不成话了,"觉新叹了一口气说,"五爸在戴孝期内讨小老婆生儿子,连三爸也管不住。以后不晓得会变成什么世界!"

觉民冷笑一声,带点气愤地说:"你想还有什么好的结果!"他本来还想说一句:"只有你服三爸管,"话到了他的口边就被他咽下去了。他仓卒地换上一句:"我到花园里头读书去。"他想走开。

"今天过节,你还读书?"觉新顺口说了一句。

"过节不过节,在我都是一样,"觉民答道。他的脸上又露出了笑容。他骄傲地想:我不像他们。

"你倒好,你们都好,"觉新忍不住说出这样的羡慕的话。

"你这是什么意思?"觉民惊讶地说。他触到了觉新的眼光,觉得他有点了解大哥的心情了,便用同情的口气劝道:"大哥,你看今天大家都高兴,你为什么还要拿那些思想苦你自己?你想得太多了!"

"我今天没有什么不高兴,"觉新逃遁地分辩道。

"那么你一个人站在这儿做什么?"觉民追究地问道。

"我就要进去了,"觉新封门似地答道。

觉民觉得不必再问什么,便说:"那么我们一路走罢。我先到你屋里坐坐。"

觉新默默地同觉民回到自己的房里。他揭开门帘第一眼便看见方桌上一瓶新鲜的石榴花。

"石榴花!你在哪儿弄来的?是不是在门口折的?"觉民喜欢这些火红的花朵,赞美地说。

觉新呆了一下。他自己先前明明看见那只空花瓶放在内房里面,却想不到现在插了花移到这张方桌上来了。他起初想到何嫂,但是很快地另一个思想就来纠正了他的错误:这一定是他刚才看见的石榴花。

在繁密的绿叶丛中,火似的花朵仿佛射出强烈的光芒,发出高度的热力。他觉得这个房间突然明亮了,而且有一股新鲜的风吹进了他的心里。他感动地微微一笑。他温和地答道:

"我也不晓得,等一会儿问何嫂就明白了。"

其实觉新知道是谁进来为他把花插上的。他却不愿意说出来。这只是一件小小的事情,他却在这上面看出了同情和关心。他连忙走到方桌前面把花瓶略略移动一下。他出神地望着那些朱红色花瓣。

觉民听见觉新的回答,也不追问。先前的话是他随便说出来的。对这一类的小事情他不会十分留意。他注意的还是觉新的举动。他不能说是完全了解觉新。他知道觉新不能够摆脱阴郁的思想,他知道觉新不能够消除过去的回忆。他也知道是什么感情折磨着他的哥哥。但是他却不明白甚至在重重的压迫和摧残下觉新还有渴望,还在追求。一个年轻人的心犹如一炉旺火,少量的浇水纵然是不断地浇,也很难使它完全熄灭。它还要燃烧,还在挣扎。甚至那最软弱的心也在憧憬活跃的生命。觉新也时时渴望着少许的关切和安慰,渴望着年轻女性的温暖和同情。

"大哥,你老是看着花做什么?"觉民觉得觉新的举动古怪,惊奇地问道。

"我在想,居然有人在枯死的灵魂墓前献花,这也是值得感激的,"觉新自语似地说。他掉过头看觉民,他的眼睛被泪水所充满了。

"大哥,你哭了!"觉民惊叫道,连忙走到觉新的身边,友爱地轻轻拍着觉新的肩膀问道:"你还有什么心事?"

"我没有哭,我应该高兴,"觉新摇着头分辩道,但是他的眼泪像珠子一般沿着脸颊流下来。

觉民实在不了解他的哥哥。他想觉新也许刚刚受到什么大的打击,现在神经错乱了。他不能够再跟觉新争辩,他只是痛苦地望着觉新劝道:"大哥,我看你还是休息一会儿罢。"

觉新伸手揩了揩眼睛,对着觉民破涕一笑,安静地回答道:"我心头并不难过,你不要担心,我晓得——"他说到这里忽然听见袁成用带沙的声音大声报告:"大姑太太来了。"

袁成早把中门推开,四个轿夫抬着两乘轿子走下石板过道。

"姑妈来了,"觉新忘记了未说完的话,却另外短短地说了这一句。觉民的心也被袁成的报告引到外面去了。他们两弟兄同时走出房去。

他们走出过道,看见第一乘轿子刚刚上了石阶,第二乘就在石板过道上放下。他们进了堂屋,周氏和淑华也从左上房出来了。琴先从第二乘轿子里走出来,接着第一乘的轿帘打开,圆脸矮胖的张太太跨出了轿杆。

张太太穿着深色的衣服。琴穿了浅色滚边的新衣,还系上裙子。她们母女走进堂屋,先后对着神龛磕了头,然后跟周氏等人互相行礼拜节。

众人就在堂屋里谈话。周氏把张太太让到右边方椅上坐下,她们两人隔着一个茶几谈着。绮霞端了两盏盖碗茶出来。袁成就到后面去向克明等人通报。

琴和觉新兄妹都站在堂屋门口。觉民看见琴的打扮,带着好意地向她笑道:"你今天更像小姐了。"

"琴姐,你这样打扮,倒更好看,"淑华插嘴赞道。

"妈一定要我这样打扮。我想过年过节依她一两次也好。这件衣服还是去年做好的,我只穿过两次,"琴带笑地解释道。

"你脸上粉倒擦得不多,"觉民忍住笑又说了一句。

淑华笑了。琴噘起嘴阻止觉民道:"不许你这样说!"

觉民笑了笑。

陈姨太带着她特有的香气从右上房里出来。这大半年来她长胖了,脸也显得丰满了。眉毛还是画得漆黑,脸擦得白白,头发梳得光光。她满脸春风地招呼了张太太,两人对着行了礼。琴还应该进堂屋去向陈姨太拜节。接着沈氏带着淑贞从右边厢房出来了。克明等人也陆续走到堂屋里来。

冷静了一阵的堂屋又热闹起来。长一辈的人在客厅里有说有笑。觉新自然留在堂屋里陪张太太谈话。觉民兄妹陪着琴站在门口石阶上闲谈,后来又走到石板过道上看花。

淑华无意地伸手到一朵刚开放的栀子花旁边,带着怀念地说:"我们都在这儿,不晓得二姐今天在上海怎样?"

没有人即刻答话。后来还是觉民开口问淑华:"你想她今天会做些什么事?"

淑华笑了,她把那朵花摘下来,一面答道:"二姐自然同三哥在一起过节。"

"三姐,你不好摘花,"淑贞低声劝道,连忙掉头朝堂屋那边看了一眼。

"摘一朵也不要紧。我是无心摘的,现在也没有法子装上去,"淑华不在乎地说。

"三表妹,你真会说话,说来说去总是你有理,"琴抿嘴笑起来说。

"琴姐,你也来挖苦我?"淑华笑着对琴眨眼说;"这朵花我给你戴上,"她便把手伸到琴的发鬓上去,"你今天打扮得这么整齐,正该戴一朵花。"

琴把身子闪开,笑着说:"我不戴,我不戴。你自己戴好了。"

淑华拉住琴,恳求似地说:"让我给你戴上罢。你几天不来,我们公馆里头出了好些事情。等我一件一件地说给你听。第一个好消息是二姐——"她突然闭了嘴。

"你说,你说,"琴催促道,她很愿意知道关于淑英的好消息。

淑华答应着:"我立刻就说。"她却动手把花给琴戴上,一面得意地看看,自己赞道:"这样就好看多了。"

琴伸手在淑华的头上敲了一下,责备似地说:"唯有你这个三丫头过场[1]多。"她看见淑华的鼻尖上慢慢地沁出汗珠来,自己也觉得身上发热,便说:"我们另外找个地方坐坐也好。"

"那么就到大哥屋里去,你也该把裙子宽了。亏你还在这

---

[1]过场:即"花样"的意思。

儿站了这么久,"淑华亲热地说。

觉民忍不住在旁边笑了。他说:"三妹,你是主人家,你不请她进去坐,你还派她不是。你就不对。"

淑华故意瞪觉民一眼,辩道:"二哥,你又给琴姐帮忙。你总是偏心。难道她就不是这儿的主人家?现在不是,将来也会是的。"

觉民不回答她,却拿起淑华的辫子轻轻地一扯,带笑地说一句:"以后不准你再说这种话。"

他们走到觉新的房门口,淑华看见门前挂的菖蒲和陈艾,忽然伸手把艾叶撕了一片下来。

"做什么?三妹,你是不是手痒?"觉民笑问道。

"我戴在身上也可以避邪,"淑华做个怪脸,得意地答道,"我们公馆里头妖怪太多了。"

"妖怪?三姐,你见过妖怪吗?"淑贞信以为真,马上变了脸色,胆怯地问淑华。

淑华噗嗤笑出声来。她拍了拍淑贞的肩膀,说:"四妹,你真老实得可以了,所以你要吃亏。"她俯下头在淑贞的耳边说:"我说的妖怪,你现在到堂屋里头去就可以看见。"

淑贞惶惑地望着淑华,不明白淑华的意思。琴和觉民已经进了房间。淑华和淑贞也就揭起门帘进去了。

琴先在内屋里脱下裙子,然后回到书房来。淑华开始对琴谈淑英的事。她把她从周氏,从觉新,从翠环那里听来的话全说了:克明有点后悔,他允许张氏跟淑英通信,接济淑英的学费。

"这是二妹的成功,到底是三爸让步了!"觉民紧接着淑华的叙述,带着暗示地说。他又看看淑贞。

"三舅也是一个人,二妹究竟是他自己的女儿,"琴略带感动地解释道。

觉民摇摇头，充满着自信地说："这只是偶然的事。做父亲的人倒是顽固的居多。"

"我们的大舅便是这样，"淑华恍然大悟地说。

"大舅到现在还认为他不错：他给蕙表姐找了一个好姑少爷，不过蕙表姐自己没有福气，"觉民接下去说。

"这些人大概是中毒太深了。不过总有少数人到后来是可以明白的，"琴说。

"那么你相信五爸、五婶他们将来会明白吗？"淑华不以为然地拿话来难琴。

琴的眼光立刻转到淑贞的脸上，淑贞的小嘴动了一下，没有说出什么，却红着脸埋下头去。琴想到淑华的话，她不能够回答，她的心被同情搅乱了，她仿佛看见一只巨大的鹰的黑影罩在淑贞的头上。她真想把淑贞抱在自己的怀里好好地安慰一番。但是她并没有这样做。她只是瞪了淑华一眼，低声责备道："三表妹，你在四表妹面前，不该提起五舅、五舅母的事。"

淑华不作声了。她看了淑贞一眼，觉得心里不好过，便把眼光掉向窗外。

正在这时候翠环来唤他们吃饭了。

这天上午厨房里预备了三桌酒席。堂屋里安一桌，坐的是张太太和周氏、克明等九个人；右上房（即已故老太爷的房间）里一桌，坐的人只有觉新、觉民、淑华、淑贞、淑芬和琴六个，后来又加上三个孩子：三房的觉人（五岁半的光景）、四房的觉先（五岁）和淑芳（三岁）。另一桌酒席摆在书房里，觉英、觉群和觉世都在那里陪教读先生吃饭。

女佣和仆人在堂屋里伺候老爷、太太们。翠环、绮霞、倩儿、春兰四个婢女在右上房里照料。翠环还要照应觉人，倩儿要照应觉先，杨奶妈专门照应淑芳，免得这三个孩子弄脏新衣服，或者打翻碗碟。

在右上房的一桌上最高兴的人是觉人、觉先和淑芳，他们不在父母的面前，一切举动都不会受到干涉，而且端午节在幼小的心上是一个快乐的节日。他们穿新衣，吃粽子，吃盐蛋，还让人在他们的额上用雄黄酒写"王"字。他们跪在椅子上，热心地动着筷子，或者嚷着要那两个婢女替他们挟来这样那样的菜。其次是淑华，这个无忧虑、无牵挂的少女，她只要看见晴和的天气，或者同她喜欢的人聚在一处，她就觉得高兴。她在席上吃得最多，也讲得最多，她不肯让她的嘴休息。淑贞永远是一个胆小的孩子。她的眼睛常常望着琴，她只有在琴的身边才感觉到温暖和宁静。她有时也望着淑华，除了琴，淑华便是她唯一的保护人。她看见这两个人的面庞，才感到一点生趣。今天笑容很少离开淑华的脸，琴的脸上也罩着温和的微笑，而且琴还不时用鼓舞的眼光看她。她们都快乐，她也应该快乐，事实上她是快乐的。然而她却不曾大声笑过一次。她想笑的时候，也不过微微动着她的小嘴，让一道光轻轻地掠过她的脸。以后她的脸上便不再有笑的痕迹。容易被人看见的倒是她的木然的表情。似乎她的思想来得较慢，理解力也较薄弱。琴有时候也会注意到：甚至在这日光照着的房间里那个阴影还笼罩在淑贞的头上。淑贞的木然的微笑也会给琴引起一种不愉快的感觉。

但是拿琴来说，她究竟是愉快的时候多。她自己的头上并没有阴影。觉民的头上也不会有。她今天还听到关于淑英的好消息。不管人把它怎样解释,淑英总算得到了胜利。这也就是她的胜利,她和觉民帮忙淑英安排了一切。这个消息证明:她的信仰和她走的路都没有错。这不过是一个开始。她以后还有广大的前途。晴朗的天气鼓舞着开朗的心。琴的心就跟天空一样,那里没有一片暗云。

觉民是一个比较沉着的人。他的信仰更坚定,思想也较周密。他有时愤怒,但是他不常感到忧郁。而且他比较知道用什么方法发泄他的愤怒。这几年中间他的改变较大,不过全是顺着一条路往前走去,并没有转弯或者跳跃。他在这张桌上并不想过去,也不想将来,他甚至以为将来是捏在他自己手里的。他觉得他看事情最清楚,所以他的心也最平静。倘使他的心被搅动,那是由于另一种东西,是爱情。这是一种没有阻碍的自然的爱情,它给他带来兴奋,带来鼓舞,带来幸福。那张美丽的脸上的微笑和注视,仿佛是一只温软的手在抚慰他的心灵。他觉得他这时是快乐的。

在这张桌上只有觉新不时想到过去,只有他会受到忧郁的侵袭,只有他以为逝去的情景比现实美丽。他有时也会跟着淑华大声笑。但是别的人静下来时,他又会疑惑自己为着什么事情发出笑声。有时别人兴高采烈地谈话,他会在那些话里看出过去的影子。它们会使他想起一个人或者一件事情。这个人或者这件事情又会把他引到另一个境界里去。在他的头上并没有什么阴影。但是古旧的金线(或者是柔丝)紧紧地缠住他的心。笑声和阳光也洗不掉那些旧日的痕迹。他喝着酒,比他的弟、妹喝得较多。但是少量的酒不但不能使他沉醉,反而帮忙唤起他的往日的记忆。酒变成了苦杯,他也害怕常常端它。他还在追求快乐。

在这张桌上虽然全是年轻人，但是他们却有着这样的不同的心情。他们彼此并不了解（琴和觉民是例外，他们两个有那么多的机会把心剖露给彼此看），不过他们互相关切，互相爱护。他们可以坦白地谈话，在这席上并没有疑惑和猜忌。淑贞的木然的表情和觉新的心不在焉的神情，有时会打破快乐的空气。然而这不过是蓝天中的一两片白云，过了一刻便被温暖的风吹去。淑华的无忧无虑的笑声，琴的清朗的话声，觉民的有力的话语，它们常常使觉新的聚拢的眉舒展，淑贞的没有血色的粉脸上浮出笑容。

虽然这个聚会中比在两三年前少了一些人，而且是一些值得想念的人，但是这一次究竟是一个快乐的聚会，今天究竟是一个快乐的节日，连觉新也不禁这样地想。

在堂屋里又是一种情形。那一桌上似乎充满了快乐的笑声。人们无拘束地讲话。没有过去的回忆，没有将来的幻景。没有木然的表情，没有聚拢的双眉。搳拳，喝酒，说笑。对于那些人这的确是一个少有的、快乐的、令人兴奋的聚会。然而这一切都只是表面，连笑声也是空虚的。仿佛人们全把心掩藏起来，只让脸跟别人相见。私人的恩怨、利害的冲突、性情的差异、嗜好的不同、主张的分歧，这些都没有消失，不过酒把它们全压在心底。出现在脸上的只有多多少少的酒意。这应当是相同的。所以连陈姨太和王氏的两张粉脸（都带上同样的红色）居然（不管那两颗敌视的心）带笑地对望着，说着友好的话。她们还起劲地对面搳拳，嚷出那么响亮的声音。

在这席上似乎只有张太太比较冷静。虽然她的胖大的脸上始终带着笑容，但是她并没有将宽恕的字眼写在心上。她大半年没有回到这个地方,不过她常常从她女儿的口中知道在这个公馆里发生的事情。她仿佛冷眼旁观,因此她觉得她比别人更看得清楚。她注意到那些改变,她注意到那些陌生的趋向,她甚至在一些人的举动和言语间也看出她所担心的一个危机的兆候。她有不满,有焦虑。但是她能够把它们隐藏在心底,单让她的快乐升在脸上,因为见着一些亲人的面颜,回到她如此爱过的地方,她自己也感到不小的快乐。她还可以想象到她也给别的一些人带来快乐。这些人便是周氏和克明夫妇。

张太太的笑容和温和的声音使克明仿佛看见这个公馆的从前的面貌。她同时还给他带来一线的希望。和睦的家庭,快乐的团聚,一切跟从前一样,照从前的规矩。没有纠纷,没有倾轧,没有斗争。他在席上只看见欢乐的笑容,只听见亲密的称呼。一家人都在这里,在右上房里,在书房里,好像仍然被那一根带子紧紧地束在一起似的。这两三年来所经历的一切,仿佛只是一场噩梦。如今出现在眼前的才是真实。他这样想,他甚至忘记了前一天发生的事情。他举杯,动箸,谈笑,有时满意地四顾,他觉得自己还是一个幸福家庭的家长。

其实这跟真实完全相反。他很快地就会明白:这样的聚会,这样的欢笑只是一场春梦。而被他看作梦景的倒是真实,不能改变的真实。

短促的节日很快地完结了。张太太在高家痛快地谈了一天的话,打了十二圈牌,终于让轿子把她抬走。她的女儿(琴)坐着轿子跟她一起回去。母亲和女儿一样,都留下一些欢乐的回忆在这个逐渐落入静寂中的公馆里。

十八

沈氏为着小蕙芳和张碧秀到高家游花园的事兴奋了几天。她每天要催问克定几次。喜儿也跟着她要求克定早日把小蕙芳带到公馆里来。克定看见她们对这件事情感到兴趣,自然很高兴,但是他始终不告诉她们确定的日期。

其实日期已经决定了。端午节后四天的下午小蕙芳和张碧秀就坐着轿子来了。克安的新听差秦嵩和克定的年轻的仆人高忠正在门房里等候他们。

小蕙芳和张碧秀在大厅上下轿。大厅上和门房前站着不少的男女仆人,这些人一齐向他们投过来好奇的眼光。这两个川班的旦角中张碧秀只有二十七岁,小蕙芳不过二十一二的光景。出现在人们眼前的是他们的年轻、美丽的面庞。他们穿着浅色的上等湖绉的长衫、白大绸裤子和青缎鞋。脸上擦得又红又白(连手上也擦了胭脂和香粉),眉毛画得漆黑,再配上含情的眼睛和鲜红的嘴唇,这两个旦角卸了装以后也有同样的吸引人的魔力。许多人的眼光都集中在他们的脸上。他们并不害羞,脸上带着笑容,安安静静地扭着腰肢,跟着高忠进了外客厅。高忠请他们坐下,便出去给他们倒茶。秦嵩去向克安和克定两人报告。

张碧秀和小蕙芳正坐在外客厅里跟高忠谈话。他们向高忠略略问起高家的情形。高忠站在他们面前，没有顾忌地讲话，不过声音很低，他提防着克安或者克定进来时会听见。

离外客厅门前不远处，阶上和天井里站着仆人和轿夫。领淑芳的杨奶妈仗着克安平日喜欢她，她一个人站在外客厅门口，伸着头往里面张望。另外两三个女佣站在轿夫丛中。轿夫不多，就是克安和克定两人雇用的几个。大厅上没有克明和觉新的轿子，他们出门去了。克安、克定两人知道克明这天要出门赴宴会，他们可以玩得畅快一点。他们听说张碧秀和小蕙芳来了，非常高兴，大摇大摆地走到大厅上来，秦嵩跟在后面。他们走到外客厅门口，克安看见杨奶妈对他把嘴一噘，他勉强地笑了笑，就昂着头走进里面去了。

两个旦角看见他们走进，立刻站起来含笑地招呼他们，给他们请安。他们好像见到宝贝似地心里十分高兴，不知道怎样做才好。倒是张碧秀和小蕙芳却仿佛在自己家中一般，态度十分自然，没有窘相，还带着旦角们特有的娇媚絮絮地陪他们讲话。

克安心花怒放地望着张碧秀的像要滴出水来的眼睛，那张秀丽的鹅蛋脸，和那张只会说清脆甜蜜的话的红红的小嘴。他忘记了他的妻子王氏的高颧骨和她的蜂刺一般的刻薄话，他忘记了他周围的一切。克定比他的哥哥更老练些，他随随便便地应付着小蕙芳。

高忠始终站在房里，含笑地旁观着两位主人的行动。克定忽然注意到高忠闲着无事，便吩咐道："你站在这儿干什么？还不去把麻将牌拿来，把桌子摆好？"

高忠答应一声："是，"便走出去了。

"我不要先打牌,"小蕙芳翘起嘴撒娇地说,"你答应过带我游花园的。"

"那就依你罢。你要游花园就先游花园。我吩咐高忠把牌桌子摆到花园里头也好,"克定讨好地答道。他又问克安:"四哥,你说怎样?"

克安自然同意。张碧秀也怂恿他到花园里去。他看见高忠出去了,便唤一声:"秦嵩!"

秦嵩在门口大声答应:"有,"连忙走进了客厅。

克安看见秦嵩进来便吩咐道:"我们现在到花园去。你喊高忠把牌桌子摆到水阁里头。还有我的鹦哥,也把它挂在水阁前面。"

秦嵩恭敬地答应着。他看见他们要出去,便跑到门口,打起帘子,让他们走出了外客厅。

克安弟兄带着两个旦角转入月洞门,进了花园。他们走入一带游廊,看见一边是绿阴阴的、盖满着藤萝的山石,一边便是外客厅的雕花格子窗和窗前的翠竹、珠兰。珠兰有两株,正是盛开的时候,细枝上挂满了颜色在浅绿浅黄之间的砂粒似的花朵。他们走过这里,一阵浓香扑进他们的鼻孔,使得年轻的小蕙芳称赞起来:"五老爷,你们有这样好的地方,还天天往外面跑?"

"你没有来过,所以觉得希奇。我们来得太多,见惯了,倒觉得讨厌了,"克定答道。

克安和张碧秀走在后面,他们听见了小蕙芳和克定的问答。克安便问张碧秀道:"你喜不喜欢这个地方?"

"我喜欢,"张碧秀点头含笑地答道。他接着又装腔地抱怨克安:"你怎么早不带我来耍?"

"这是因为我们那个古板的哥哥,我害怕他碰见不大好,"克

203

安连忙分辩道。

"你骗我!"张碧秀噘着嘴驳道,"李凤卿不是到你们家里头来过吗?他还上了装照过相的!"

"你不晓得,那是我父亲的意思,所以我那位古板哥哥也不敢说什么,他也只好敷衍一下。我父亲本来也有意思把你带到花园里头来照相的,可惜他不久就害病死了。我父亲一死,我那位哥哥比从前更古板了。我虽然不怕他,不过给他碰见,总不大好,大家都没有趣味。今天他出去了,一时不会回来的,"克安很老实地解释道。

"那么我现在就回去罢,省得碰见你哥哥惹他讨厌,惹得你们挨骂,"张碧秀假装赌气地说,他一转身就走。

克安连忙追过去,一把拉住张碧秀的袖子,低声下气地劝了两句,使得张碧秀抿嘴笑了。克安看见克定在前面跟小蕙芳头挨头亲密地讲话,后面又没有别人,他便同张碧秀手牵手地再向前走去,一边说,一边走地进了松林。

松林里比较阴暗,地上有点湿,枝上不时发出声音。克定们的脚步声隐约地送到他们的耳边,他们却看不见人影。张碧秀害怕起来,紧紧地偎在克安的身边,克安自然很高兴地扶持着他,慢慢地走过林间的小路,后来到了湖滨。

"湖里头还可以划船,"克安夸耀地说。他看见前面柳树下拴着一只小船,便指着它,对张碧秀说:"你看,那儿不是船?"

"你自己会划吗?"张碧秀好奇地问道。

"我不大会,"克安沉吟地答道;"不过我们公馆里头小孩子差不多都会的。刚才不晓得又有什么人来划过了。"

"你看五老爷他们在划了,我们去!"张碧秀拉住克安的手孩子似地笑着怂恿道。

"现在不早了,我们还是到水阁去罢,"克安说。

"不要紧,他们都在划。我也要你陪我划一会儿,"张碧秀说,便拉着克安往柳树跟前走去。

克安不好拒绝,只得陪着张碧秀去把船解开,扶着张碧秀上了船。他许久不划船了,拿起桨来,觉得十分生疏,好容易才把船拨到湖心,但是船不肯往前走,它只是打转或者往边上靠。张碧秀催促他快快划到前面去。然而他愈着急,船愈不肯服从他的指挥。他划得满头是汗,船不过前进了两三丈的光景。

克安急得快要生气了,他剃过不久的两颊的密密麻麻的须根仿佛在一刹那间就增加了不少,而且都显得很清楚了。张碧秀在对面看见了克安的神情。他知道克安的脾气,便不说话,只是望着克安暗笑。他后来又抬起头去找克定的船。他看见那只船就靠在前面一株树下、荷叶丛中,克定和小蕙芳挨在一起亲热地谈笑,便对克安闪一下眼睛,忍住笑低声说:"你看,他们就在那边。"他的眼睛朝那个方向望去。

"我们追过去,"克安兴奋地说,用力划起桨来。但是不幸得很,虽然只有那么一点点的距离,他的船总流不到那儿去。他没有气力,同时还有荷叶拦住他的路。

"四老爷,算了罢,我们上岸去,"张碧秀带笑地说。他又加一句:"我们先上岸去等他们。"

"也好,不过上了岸你要陪我唱一段《游园》,"克安说。

张碧秀望着他,含笑不语。

"你答不答应?"克安逼着问道。

张碧秀抿嘴笑答道:"我倒没有听见你唱过戏。你陪我唱

205

戏,简直把我折杀了。"

"有你这样的杨贵妃,还愁唱不好戏?"克安望着张碧秀的两个笑窝,出神地说。他不当心把身子一侧,船往左边一偏,船身摇晃了两下,张碧秀马上惊惶地叫起"啊哟"来。

"四老爷,你小心些,看把你的'杨贵妃'翻到水底下去罗,"张碧秀也把身子摇了两下,带笑地提醒他道。

"不要紧,船就要靠岸了,"克安手忙脚乱地答道。过了片刻他终于镇静下来,把船靠好了。他先上去,然后把张碧秀也拉了上岸。他们站在岸上看克定和小蕙芳,两个头在柳条与荷叶中间隐隐地露了出来。

"我们先走,"张碧秀拉拉克安的袖子催促道。克安答应了一声,便伸手捏住张碧秀的膀子。

"四老爷,前面有人,"张碧秀含羞带笑地说。

克安看见秦嵩正从水阁那面走来,便离开张碧秀远一点,一面低声说:"我们走过去。"

张碧秀闪着一双笑眼看看他,也不说什么就跟随他迎着秦嵩走去。

秦嵩走近了他们,站住报告道:"老爷,水阁里头预备好了。"

"好,"克安应了一声,接着又吩咐道:"你去喊五老爷,催他快来。"

秦嵩不知道克定在什么地方,仍旧站在克安的面前,等候他以后的话。

克安本来不预备再说了,这时看见秦嵩不走,觉得奇怪,便又吩咐一句:"你快去。"倒是张碧秀猜到了秦嵩的心思,在旁边添了一句:"他们在那儿划船,"便把这个仆人遣走了。

两个人走到水阁前面,看见老汪蹲在栏杆旁边搧炉子,炉上已经坐了水壶。

"倩儿，客来了，装烟，倒茶，"忽然一个奇怪的尖声送进他们的耳里。克安知道鹦鹉在说话。张碧秀惊讶地抬起头一望。

水阁前面屋檐下挂着鹦鹉架。那只红嘴绿毛的鹦鹉得意地对着他们说话，又偏着头奇怪地朝他们看。

"这个鹦哥倒很有趣。哪个买的？"张碧秀望着鹦鹉高兴地说。他伸起手去调逗架上的鹦鹉。

"朋友送我的，"克安满意地答道。

"你起先没有对我说起过，"张碧秀说了一句。

克安还没有答话。那只正在架上移来移去的鹦鹉忽然发出一声尖叫，就举起脚爪，展开翅膀，向着张碧秀扑下来。

张碧秀没有提防，被它吓了一跳，连忙往克安的怀里躲。克安带笑地扶着他，安慰地说："不要紧，它又不会咬人。有链子拴住它的脚。"

张碧秀听见这样的话自己也觉得好笑，说了一句："我还不晓得，"便离开了克安。这时鹦鹉已经飞回架上去了。它又在架上走来走去。

"这个东西把我吓了一跳，"张碧秀回头对着克安一笑，说了一句。

鹦鹉在架上走了一回，忽然停住对着张碧秀说："翠环，倒茶来，琴小姐来了。"

"你看它把你当作丫头，这个东西连人也认不清楚，"克安指着鹦鹉对张碧秀说。

"你才不是东西！"鹦鹉望着克安，忽然张起嘴又说出话来。

张碧秀清脆地哈哈笑起来，他笑得弯着身子对克安说："你听，它在骂你。"

"这个混账东西居然学会了骂人，一定是那几个顽皮孩子教会的。等我来惩罚它，"克安又笑又气地说，便对着鹦鹉伸出拳头，同时顿起脚来。

鹦鹉起初不动，后来忽然沿着右边的铁杆爬上去，把身子斜挂在架上。

"你不要吓它。我看它倒怪有趣的。我们还是进里头去罢，"张碧秀轻轻地抓住克安的膀子把它拉下来。

"你这样喜欢它，我就把它送给你，好不好？"克安带笑说。

"你真的给我？"张碧秀高兴地问道。

"怎么不是真的？"克安答道。

"那么多谢你，我给你谢赏，"张碧秀带笑地谢道，便转身弯下腰去向克安请了一个安。

克安心里十分高兴，不过脸上还做出不满足的样子摇着头说："这样谢，还不够。"

"那么你说要怎样谢，你才高兴？"张碧秀忍住笑低声问道。

克安把嘴伸到张碧秀的耳边小声说了两句。

"呸！"张碧秀转过头轻轻地啐道，露出他一嘴雪白的牙齿。

"你肯不肯？"克安得意地追问道，他的上下眼皮快要挨在一起了。

张碧秀只是摇头。克安又在他的耳边说了两三句话。他刚刚点了一下头，忽然听到一声咳嗽，便抬起头，看见高忠正从阶上走下来，脸上带着使人见到就要发笑的表情。但是张碧秀并没有笑，他羞得粉脸通红，装着在逗鹦鹉的样子。

"四老爷，牌桌子摆好了，"高忠故意恭顺地说。

"嗯，"克安勉强地应了一声，他的脸也红了，便搭讪地对张碧秀说："芳纹，我们进去罢。"芳纹是他给张碧秀取的名字。

十九

　　水阁中右边一间房里响着麻将牌的声音和人们的笑语。克安们在那里不知道时光逐渐地逝去。但是在外面天色黯淡了。厨房里已经派了人来在水阁旁边的小房内安排酒菜,只等着克安们吩咐开饭,便可以把菜端上餐桌。秦嵩和高忠在水阁内左边一间屋里摆好了餐桌和碗筷。秦嵩看见天色渐渐阴暗,电灯还没有亮,连忙点了两盏煤油灯送到牌桌上去。

　　小蕙芳看见秦嵩送灯来,便说要喝茶。茶壶里的水已经凉了。秦嵩出来提开水壶泡茶,刚跨出门限,听见有人唤他。他抬头一看,觉群、觉世两人立在玉兰树下,用小石子远远地向着架上的鹦鹉抛掷。他刚要对他们说话,忽然听见鹦鹉惊叫一声。鹦鹉扑着翅膀飞下架子。但是它的一只脚被铁链锁住了,它得不到自由,只得飞回架上去。

　　"秦嵩,什么事?鹦哥怎样了?"克安在房里大声问道。

　　"是,回四老爷,没有什么事情,鹦哥好好地在架上,"秦嵩在阶上恭敬地应道。

　　觉群弟兄听见他们的父亲在水阁里大声说话,连忙躲藏在玉兰树后面,后来听见秦嵩的答话,才又放胆地跑出来,低声唤着秦嵩。

秦嵩大步走到觉群弟兄的面前,警告地说:"你们两个当心一点。老爷已经把鹦哥送人了。你们打伤它,一定要吃一顿笋子熬肉。"

"我不怕,爹不打我,"觉群露出他的牙齿的缺口得意地说。

"不过这回不同。鹦哥已经送给他心爱的人,他也作不了主,"秦嵩带着恶意的讽刺说。

"送给哪个?是不是张碧秀?"觉群着急地问道。

"你去问四老爷好了,"秦嵩故意跟他们开玩笑,不肯给他们一个确定的回答。

"你说不说?"觉群一把抓住秦嵩的袖子逼着问道。觉世也拉住他的另一只袖子。

"快放我,客人要吃茶,我出来拿开水。"秦嵩故意逗他们,不肯回答他们的话。

觉世听见便放开了手。觉群却吩咐道:"六弟,不要放他。"觉群露出狡猾的微笑,得意地对秦嵩说:"你怎么骗得过老子?你真狡猾。看你的名字就知道你不是个好东西。四哥早就说过,你是秦桧的秦,严嵩的嵩,两个大奸臣的名字拼拢来的。你不说,你今天休想走。"他始终抓住秦嵩的袖子不肯放。觉世听见哥哥的话,又把秦嵩的另一只袖子拉住了。

秦嵩听见觉群的话觉得又好气,又好笑。他知道他对付不了他们弟兄两人,只得求和地说:"我说,真的送给张碧秀了。五少爷,你放了我好不好?话也告诉你了。我实在缠不过你们。"

"好,你去罢,看你说得可怜,"觉群把手放松,并且把秦嵩的身子一推。觉世自然摹仿哥哥的动作。秦嵩遇赦似地走开了。

觉群看见自己得到胜利,心里万分满意。他也就不去想鹦鹉的事了。

"我们走上去看看,"觉群对觉世说,两个人轻轻地向着石阶走去。

他们走上石阶,到了右面栏杆旁边,从玻璃窗他们可以望见房里的一切。

"五哥,哪个是张碧秀?你告诉我,"觉世拉拉觉群的袖子低声问道。他蹑起脚,一个前额和两只眼睛贴在玻璃上。

"那个瘦一点的就是张碧秀,脸上粉擦得像猴子屁股一样。那个圆圆脸的是小蕙芳。我看过他们唱戏,"觉群卖弄似地答道。

"真怪,男不男,女不女,有啥子好!爹、五爸倒喜欢他们,"觉世看见克安弟兄笑容满面地同那两个旦角在打牌,他觉得没有趣味,便噘起嘴说。

觉群轻轻地在觉世的肩头敲了一下,责备道:"你不要乱说,会给爹听见的。"

"我们出去罢。天黑了,我肚子也饿了。"觉世只想回到自己的房里去吃饭,不愿意老是站在这里偷看这种平淡无奇的景象。

"你要走?你忘记了妈吩咐过的话?我们还没有看见什么,怎么好回去告诉妈!妈会发脾气的,"觉群掉过头望着觉世,威胁地对他说。

觉世不敢响了。他嘟起嘴,不高兴地望着里面,他的眼光往四处移动。

"你看!"觉群忽然着急地唤起他弟弟的注意。

觉世已经看见了,里面四个人正在洗牌,张碧秀忽然举起手把克安的一只手背打了一下。克安反而笑起来。

"你看见没有？他打了爹一下！"觉群惊怪地问觉世。

"我看见，"觉世感到兴趣地点点头。

水阁里面小蕙芳噘着嘴在说话，克定忽然嬉皮笑脸地把脸颊送到小蕙芳的手边，大声说着："好，你打！你打！"

小蕙芳真的举起手，拍的一声打了下去。他第一个吃吃地笑起来。接着克安和张碧秀也笑了。克定并不动气。他看见小蕙芳抿嘴笑着，趁他（小蕙芳）不提防便抓过来那只打脸的手，放在嘴边闻了一下，得意地说道："好香！"于是哈哈地大笑起来，好像他从来没有遇到这样得意的事情似的。

"六弟，你看见没有？真有趣，可惜四哥不在这儿，"觉群满意地说。

"我不要看！"觉世嫌恶地说。他觉得应该由克定打小蕙芳嘴巴才对，现在克定却甘心挨嘴巴，太没有意思了。

"我不准你走，你敢走！"觉群生气地说，他的眼睛就没有离开那张牌桌。

觉世胆怯地看了哥哥一眼，也就不再提走的话了。他自语似地说一句："我去看看鹦哥，"他的眼睛便离开了玻璃窗。

觉群弟兄回到房里去吃午饭，他们的母亲王氏自然问了许多话。觉群把他所看见的全说出来了。王氏心里不高兴，但是她不露声色，不让她这两个儿子知道。

王氏刚离开饭桌，沈氏就来了。她已经吃过饭，来邀王氏同到花园去看那两个出名的旦角。

王氏揩过脸，叫倩儿匆匆地吃了饭，点起一盏风雨灯，送她和沈氏到花园里去。

傍晚的花园仿佛是一个美丽的梦境。但是这两个中年妇人的心里却充满了实际的东西,她们的鼻子也辨不出花草的芬芳。美丽的花瓣在她们的眼里也失了颜色。她们是宁愿守在窄小的房间里或者牌桌旁边的人。

她们到了水阁前面,几个轿夫和女佣正站在玉兰树下谈话,看见这两位主人走近,便恭敬地招呼了一声。恰恰在这时从水阁里送出一阵笑声来。

王氏脸色突然一变,觉得一股怒火冒上来,她连忙把它压住。

沈氏听见笑声,却反而感到兴趣,眉飞色舞地说:"四嫂,我们走到阶上去看。"

倩儿将灯光车小后,就把风雨灯放在玉兰树后面。王氏和沈氏两人走上石阶去。她们轻轻地下着脚步,免得发出响声。她们走到了窗前,把脸挨上去一看。房里的情景完全进了她们的眼里。

餐桌安放在电灯下面,四个人恰好坐在方桌的四面。秦嵩站在克安的背后,带着一副尴尬的面孔。张碧秀站起来拿着酒壶给克安斟了酒,克安红着脸斜着两眼望他。他用清脆的声音催着克安:"快吃!你吃完三杯,我就唱!"

克定把半个身子朝小蕙芳斜靠过去,他的上半身快要靠到小蕙芳的身上了。他抓着小蕙芳的膀子,不住地摇动它,使得小蕙芳时时发出笑声来。

"真做得出,死不要脸!给五娃子他们看见算什么!"王氏在外面看得面红耳赤,咬牙切齿地小声骂道。

213

"四嫂,你看见没有?张碧秀下了装也好看,鹅蛋脸,眉清目秀的,"沈氏觉得有趣,带笑地小声说。她并没有注意到王氏的神情。

"我吃,我吃,"克安眯着眼睛笑嘻嘻地说,他拿起杯子,一口喝光了。

"还有一杯,就只剩这一杯了,"张碧秀又给他斟满了一杯酒,便把酒壶放在桌子上。

克安刚拿起杯子,呷了一口酒,又马上放下了。他摇摇头说:"这样我不吃。要你给我送到嘴上我才吃。"

"四老爷,你今天过场这样多!"张碧秀带笑地抱怨道;"好,请吃,酒给你送来了。"他端起酒杯送到克安的嘴上。"你的'八字胡胡儿'要修一下才好看,"他望着克安的八字胡,又加一句。

克安已经有了醉意。他不把酒喝下去,却笑着说:"好嘛,我就等你来给我修,"便捏住张碧秀的那只手,而且捏得很紧。张碧秀不提防把手一松,酒杯便落下来,酒全倒在克安的身上。克安大惊小怪地口里嚷着,连忙站起来。他的湖绉长衫打湿了一大块。

"四哥吃醉了,四哥吃醉了!"克定突然把身子坐正,拍着手大声笑起来。小蕙芳也吃吃地笑着。

"秦二爷,难为你去给四老爷绞个脸帕来,"张碧秀回头对秦嵩说。秦嵩答应着走出去了。张碧秀便弯下腰拿着手帕揩克安长衫上面的酒痕。他一面揩,一面笑。

克安十分得意,他听见克定的话,不服气地说:"哪个舅子才吃醉了!五弟,你有本事我们来对吃三碗。"

"啊哟,五老爷,你吃不得了,你看你一嘴酒气熏人,"小蕙芳连忙阻止道。他这时正在跟克定商量添制戏装的事,不愿意别人来打岔他们,又害怕克定喝醉了说话不算数。

"四老爷,请你坐下去,不要再闹酒了。你三杯酒都没有吃完,还说三碗酒?"张碧秀把克安的长衫揩干净了,又扶着他坐下。

"我吃,我吃!你给我斟酒,再有多少我都吃得下!"克安大言不惭地说。他的头不住地摇晃,一张脸红得像猪肝一样。

"看不出四哥倒这样会闹。平日在家里看看他倒是个古板的人,"沈氏好像在看有趣的表演似的,满意地对王氏说。

王氏站在沈氏的旁边,看得又好笑又好气,她又觉得丢脸。她暗暗地咒骂克安在仆人的眼前做出这种种可耻的行为。她听见沈氏的话便答道:"你还不晓得。并不是他做人古板,是他的相貌生得古板。他闹起来很有本事。不过他不该当着底下人的面这样胡闹。"

"我看在家里头闹闹也不要紧。只要不到外面去闹就对了,"沈氏坦白地说出她的意见。

"五弟妹,你就是这个好脾气。所以你要受五弟的气。我就不是这样!"王氏听见沈氏的话,觉得不入耳,冷笑道。

"你听,张碧秀在唱戏了,唱《绛霄楼》,"沈氏不但没有注意到王氏的话,而且还阻止她说下去。她的注意力全集中在张碧秀的身上。

万岁王,天生就……

这些字眼清晰地在沈氏的耳边荡漾。

张碧秀的歌声也同样悦耳地进了王氏的耳里。她不再说话了。倘使她不看见她的丈夫克安拿着象牙筷子敲桌面替张碧秀打拍子,她一定非常满意。

沈氏也看见克定同样地用牙筷打拍子。她却跟王氏不同,她觉得这是很自然的事情。

张碧秀的歌声把阶下的人都引到阶上来了。淑华和觉新也在里面,他们两人刚来不久。觉民来得更晚,他的脑子里还装满了毕业论文中的一些辞句,他还在思索怎样结束他的论文。过两天他就得把它交到学校去了。

觉新、觉民和淑华都走到玻璃窗前,看里面的情景。觉新看见王氏和沈氏,便客气地招呼她们。她们也点头还礼,不过王氏的脸上却带着不愉快的神情。觉民也勉强地招呼了她们。只有淑华不作声,做出一种要招呼不招呼的样子,就混过去了。

"你怎么不好好地招呼四婶、五婶?她们又会不高兴的,"觉新在淑华的耳边低声说。

"我不佩服她们,"淑华毫不在意地小声答道。

觉新吃了一惊,连忙掉头看王氏和沈氏,她们的眼睛仍然注意地望着里面。其实淑华说话声音低,她们没有注意,自然不会听见。觉新害怕再引起淑华更多的没有顾忌的话,便不作声了。

水阁里张碧秀的《绛霄楼》唱完了。克安满意地拍掌大笑。克定也不绝口地称赞。高忠提着煮稀饭的罐子走进来。秦嵩帮忙高忠盛了四碗粥,送到桌上去。碗里直冒着热气。小蕙芳刚拿起筷子,克安便嚷着要小蕙芳唱戏。克定自然也高兴听小蕙芳唱。他逼着小蕙芳和他同唱一出《情探》,克安在旁边极力怂恿。小蕙芳自然答应了。克定得意地喝了一大口茶,便放开喉咙大声地唱起来:

更阑静,夜色哀,月明如水浸楼台,透出了凄风一派……

"想不到他倒会唱几句,唱得很不错,"沈氏听见她的丈夫唱戏,得意地称赞道。她又掉过头看了看旁边的几个人。

"不错,他同小蕙芳刚好配上一对,"王氏也赞了一句,但是她的讥讽的意思却不曾被沈氏了解。

沈氏看见克定和小蕙芳两人带笑地对望着,不慌不忙地像谈话一般唱出那些美丽的辞句,两个人都唱得十分自然,十分悦耳,她心里很高兴。她觉得他们的确是一对,王氏的话并不错。她没有妒嫉心。她知道这是在唱戏,而且小蕙芳又是一个男人,她因此觉得更有趣味。

"五弟妹,我们回去罢,"王氏对沈氏说。她看见克安和张碧秀喁喁私语的情形,心里很不痛快,不想再看下去。

"等他们唱完了再走,很好听的,"沈氏正在专心地听克定和小蕙芳唱戏,不愿意走开。

王氏气恼地瞪了觉新和觉民一眼。她想到她的丈夫的丑态被他们看了去,她心里更不快活。她不能够再在这里站下去,便对沈氏说:"你不走,我一个人先走了。"

"那么你先回去也好,我等一会儿再走,"沈氏唯恐王氏拉她回去,现在听见这句话正是求之不得,便这样地答复了王氏。

王氏一个人走下了石阶。倩儿也只得跟着下来。倩儿在玉兰树后面拿出风雨灯，把灯光车大。王氏还回头望水阁：玻璃窗上贴着几个人头，房里送出来小蕙芳的假嗓子的歌声。她觉得怒火直往上冒，便猝然掉开头，跟着倩儿走了。但是她刚刚转弯，便看见钱嫂打了一个灯笼陪着陈姨太迎面走来。她想躲开，却来不及了，她已经闻到陈姨太身上的香气了。

"四太太，听说四老爷在请客，怎么你就回去了？"陈姨太故意带着亲热的调子大声说。王氏看见陈姨太的粉脸上皮笑肉不笑的神情，知道陈姨太在挖苦她。她无话回答，只得装出不在意的样子，故意带笑地偏着头把陈姨太打量一下，说道：

"陈姨太，你真是稀客，好久不看见你了，怎么今晚上舍得到花园里头来？"

"啊哟，四太太，你真是贵人多忘事。端午节我还输了几拳给你，你就记不得了！"陈姨太尖声地含笑说。她不等王氏开口，又接着说下去："我晓得你四太太事情多，不敢常常打搅你。想不到倒会在这儿碰见。四太太，你兴致倒好。听说你们四老爷请小旦在这儿吃饭，我也来看看，凑凑热闹嘛。"她的脸上始终带着笑容。但是说到后来，她忍不住微微露出一声冷笑，又加上两句："四太太，你不是爱听唱戏吗？怎么又走了？你听，他们唱得多好听。"

"那是五弟在唱，"王氏生气地说，她咬着自己的嘴唇。她忽然有了主意，得意地说道："我屋里头有事情，要自己照料。我比不得你陈姨太工夫多，整天在外面应酬。"她把头一扬，冷笑一声，就掉转了身子。

陈姨太知道王氏挖苦她平日在公馆里的时间少，在自己母亲家里的时候多，马上变了脸色，认真地问道："四太太，你这句话是什么意思？我不明白。"

"我们改天再谈罢，我要走了，"王氏好像得到了胜利一样，头也不回过来，就往前走了。在路上她还骂了一句："你的事情哪个人不晓得？还要装疯！"但是陈姨太已经听不见了。

陈姨太勉强忍住一肚子的闷气。她看不见王氏的背影了，便咬牙切齿地对站在她身边的钱嫂说："你看这个烂嘴巴的泼妇，我总有一天要好好收拾她！"

陈姨太走上了石阶。觉新招呼了她。别人却好像没有看见她似的。她也不去管这个，她应该把眼睛和耳朵同时用在水阁里的四个人身上。她来得不晚，克定和小蕙芳两人对唱的《情探》还没有完。她站在沈氏的旁边。她忽然自语道："五老爷真正可以上台了。"这句话里含得有称赞，也含得有讥讽。

"他唱得还过得去，配得上小蕙芳，"沈氏以为陈姨太在称赞她的丈夫，连忙回答了一句，还带笑地看了陈姨太一眼。

陈姨太得意地笑了笑，她心里骂一句："有这样蠢的人！"但是她没有工夫再去向沈氏挑战。她的眼光完全被那两个面孔占了去：一个是张碧秀的小嘴细眉的鹅蛋脸，一个是小蕙芳的有着两个笑窝的圆圆脸。她觉得他们的一举一动都很漂亮，都能使她的心激动。她觉得和他们坐在一起谈话，是很大的快乐。他们比她在她母亲家里常常见到的那位表弟更讨人喜欢。

《情探》唱完，克安第一个拍掌叫起来。他笑够了时，又嚷着："吃饭，吃饭。"

稀饭已经失去了热气，但是正合他们的胃口。克安频频地挟了菜送到张碧秀的碗里。克定也学着哥哥的榜样。一碗稀饭还没有喝完,忽然苏福进来报告:有人来催张碧秀和小蕙芳上戏园了。

"不成,不成!我高五老爷今天要留住他们,不准走!"克定带着醉意把筷子一放,站起来拍着桌子嚷道。他马上又坐下去,没有当心,把屁股碰到那把叫做"马架子"的椅子角上,一滑,连人连椅子都倒在地板上。

小蕙芳和高忠两人连忙把他扶起。克安却在旁边拉着张碧秀的手哈哈大笑起来。

高忠把椅子安好,小蕙芳扶着克定坐下。克定嘟起嘴接连地说着:"不准走!"小蕙芳便把嘴送到克定的耳边,小声说了几句话。克定一面听一面点头。小蕙芳刚拿开嘴,克定忽然把左手搭在小蕙芳的微微俯着的肩上,绕着小蕙芳的后颈,身子摇晃地站起来,口里哼着京戏:"孤王酒醉桃花宫,韩素美生来好貌容……"他立刻又缩回手,挺直地站着,大声地说:"我没有醉,我没有醉。我答应,吃完稀饭就放你走!"

在外面淑华看见克定滑稽地跌在地上,她第一个笑起来。连沈氏也忍不住笑了。只有觉新没有笑。他觉得好像有什么人在打他的嘴巴,又好像他站在镜子面前看见他自己的丑态,他的脸在阴暗中突然发红,而且发热,仿佛他自己受到了奇耻大辱。他觉得心里十分难过。他不能够再看下去,便默默地掉转身子。但是笑声还从后面追来。他逃避似地下了石阶,走到一株玉兰树下,便立在那里。他的脑子被忧戚的思想占据了,他理不出一个头绪来。

天空好像涂上了一层浓墨,只有寥寥几颗星子散落地点缀在上面。头上一堆玉兰树的树叶像一顶伞压住觉新。地上有灯光,有黑影。天气并不冷,觉新却打了一个寒噤。他想到目前和以后的事,忽然害怕起来。他无意间抬起头看前面,他的眼睛有点花了。他仿佛看见从灰色的假山背后转出来一个人影。他睁大眼睛,他想捉住那个影子,但是眼前什么也没有。他记起了那个已经被他忘记了的人。他的记忆忽然变成非常清晰的了。就是在这个地方,在玉兰树下,两年前他看见那个人从那座假山后面转出来。那是他的梅。他想取得她,却终于把她永远失去。就是那个不幸的女郎,她在他的生活里留下了那么大的影响,那么多的甜蜜的和痛苦的回忆。没有她,便减少了他的甜蜜的儿时的一部分。同样她的一生也反映着他的全部被损害的痛史。也许是他间接地把她杀死的。他看见她死后的惨状。他看见她被埋葬在土里。他说他要永远记住她。但是这一年来、两年来他差不多把她完全忘记了。占据着他的脑子的是另一个人,另一个不幸的少女。

然而这一刻,在这个奇怪的环境里,前面是黑暗和静寂,后面是光亮和古怪的笑声、语声,她的面庞又来到他的脑子里,同时给他带来他自己的被损害了的半生的痛史。这全是不堪重温的旧梦。这里面有不少咬着、刺着他的脑子的悔恨!全是浪费,全是错误。好像在他的四面八方都藏着伏兵,现在一齐出来向他进攻。他已经失掉了抵抗的力量。他只有准备忍受一切的痛苦。他在绝望中挣扎地喃喃说:"我不能再这样,我不能再这样,应该由我自己——"

后面一阵忙乱,一阵说话声,一阵脚步声,一些人从石阶上走下来。觉民突然走到觉新的面前,关心地问道:"大哥,你一个人站在这儿想什么?"

觉新吃惊地抬起头。他放心地嘘了一口气,短短地答道:"没有想什么。"

"那么我们回去罢,"觉民同情地说。他知道觉新对他隐瞒了什么事情,但是他也并不追问。他并没有白费时间。他已经想好那篇论文的最后一部分,现在要回屋去写完它。

从后面送过来一阵笑声,接着是克安弟兄的略带醉意的高声说话,和两个旦角的清脆的语声。人们从水阁里面出来:高忠打着风雨灯走在前面,克安和克定各拉着一个旦角,摇摇晃晃地跟着灯光走。苏福拿着一盏明角灯,秦嵩提着鹦鹉架,他们两人走在最后。这一行人扬扬得意地走过觉新面前转弯去了。先前躲在暗处或树后的那些人,已经看清楚了那两个旦角的面貌,便各自散去了。

沈氏因为要借用钱嫂打的灯笼,便和陈姨太同行。陈姨太不绝口地赞美那两个"小旦"的"标致",因此她也需要一个见解相近的同伴。她们谈得很亲密地走了。

"你看,这还成什么话?爷爷在九泉也不能瞑目的,"觉新指着那一行人消去的方向对觉民说。

"我看得太多了,很有趣味,"觉民仿佛幸灾乐祸地答道。

"你还说有趣味!我们高家快要完了,"觉新气恼不堪地说。

"完了,又有什么要紧?这又不是我的错,"觉民故意做出不在乎的神气来激他的哥哥,他觉得觉新不应该为那些事情担心。

"没有什么要紧?我们将来都要饿饭了,"觉新听见觉民的答语,有点恼怒觉民的固执,便赌气地说。

"你说饿饭?你真是想得太多了,"觉民哂笑道。他充满信心地说下去:"我不相信我离开这个公馆就活不了!难道我就学不了三弟?他们胡闹跟我有什么相干?错又不在我。我不想靠祖宗生活。我相信做一个有用的人决不会饿饭。"

觉新疑惑地望着觉民,一时回答不出来。

觉民看见觉新不作声,以为觉新不相信他的话,便含着用意地对觉新说:"大哥,你明天不是要到周外婆家去吗?你应该知道你我都不是枚表弟那样的人。"

"不,不,你不是,"觉新摇摇头痛苦地说。他心里想着:我不就是那样的人吗?

二十

第二天周氏和觉新都去周家帮忙办理枚少爷的婚事。周氏到得早些。她还把淑华带去陪芸表姐玩。这两个少女在一起有不少的话向彼此吐露。她们畅快地谈着这两个家庭里新近发生的一些事情。

觉新来得较迟，他是从公司里来的。他看见彩行的人搭着梯子在大门口扎彩。他走进大厅，看见中门大开，人们忙着搬动新的木器，他不觉皱了皱眉头。他知道这是冯家送来的，明天就是枚表弟"过礼"的好日子。他连忙往里面走去。他刚刚跨进中门，忽然看见枚少爷一个人垂头丧气似地立在拐门旁边。他觉得心里不大好过，便走到枚少爷面前，用同情的口气问道："枚表弟，你一个人站在这儿做什么？"

枚少爷抬起头来，惊讶地望着觉新，过了片刻才慢慢地答道："我想出去看看。"

"你要看什么？"觉新看见枚少爷的神情，觉得奇怪，又问了一句。

"我有点闷。我自己也说不出为什么。我自己也不晓得要看什么。我有点害怕，"枚少爷皱着眉头，吞吞吐吐地说。他的脸上本来没有血色,现在更显得青白可怕。

"你害怕什么?每个人都要做新郎官的,"觉新压住自己的复杂的思想,勉强露出笑容安慰枚道。

枚微微红了脸,低声说一句:"我比不上别人。"

"哪个说你比不上别人?"觉新轻轻地拍了一下枚的瘦削的肩头,鼓励地说。

"大哥,你怎么才来?"淑华从对面石阶上送来这个清脆的声音。觉新没有答应,他等着枚的答话。

"我自己晓得,我没有出息。爹一定要我结婚。我听见二表哥说早婚不好,我又听说新娘子脾气不好。爹说冯家几位长辈都是当代大儒。爹又骂我文章做得不好。"枚没有条理地说着话,这时他心中空无一物。他自己完全没有主张,却让外部的东西来逼他,许多东西从四面围攻,逼得他没有办法,他差不多要哭出来了。

觉新望着枚的枯瘦的面颜。他仿佛在那张青白色的脸上看见了自己的面影。他觉得一阵鼻酸,眼睛也有点湿了。他把嘴唇皮重重地咬了一下。后来他才勉强温和地说:"现在木已成舟,你也不必再往坏处想。你不是没有出息,你年纪还这样轻。"他看见枚用手在擦眼睛,不觉叹了一口气:"唉,你也太老实了,你为什么不早点让大舅明白你的心思?"

"你快不要说!"枚恐怖地阻止道;"爹一定会骂我,他明明是为着我好,我哪儿还敢对他说这种话?"

始终是一样的见解,并没有什么改变,觉新又听见这同样的不入耳的话了。他很奇怪:是什么东西使得这个见解永远抓住枚表弟的心。但是他现在没有思索的余裕了。一个声音在后面唤他：“大表哥。”本来应该是淑华站在他背后的。淑华说过那句话就走下石阶朝着觉新走去。她走不多远，忽然从开着的中门看见一个人影，她认出来是什么人，连忙转身回去，拉着在堂屋里的芸往芸的房间里跑。来的是芸的姐夫郑国光，亡故的蕙便是这个人的妻子。短身材，方脸，爆牙齿，说一句话，便要溅出口沫来。他现在站在觉新的背后，而且他听见了枚的最后一段话。

觉新回过头来，见是国光，心里更加不痛快，但是也只得勉强带笑地对国光说几句客套话。枚除了唤一声"姐夫"外什么话都不说。他因为姐姐的事情始终憎厌姐夫，虽然他的父亲常常称赞国光对旧学造诣很深，也不能够引起他的好感。蕙去世以后国光也不常到周家来，这天还是枚的父亲周伯涛把他请来的。

觉新和国光两人同去堂屋拜见周家各位长辈。周老太太对国光很冷淡。但是周伯涛到现在仍然十分看重他这个理想的女婿。他待国光的亲切跟蕙在日并没有两样。陈氏不敢得罪她的丈夫，也只得把憎厌藏在心底，装出笑脸来欢迎这个杀害她的女儿的人（她这样想）。

众人在堂屋里停留了一会儿，周老太太便回到自己的房里休息。陈氏、徐氏两妯娌把周氏和觉新拉到新房里去帮忙布置一切。周伯涛把国光请到书房里谈诗论文，还要枚坐在旁边静静地听他们讲话。

"冯乐老真是老当益壮，他最近那张《梨园榜》简直胜过六朝诸赋，非此老不能写出此文，"他们谈到冯乐山的时候，国光忽然露出爆牙齿，得意地称赞道。

周伯涛并没有读过冯乐山起草的《梨园榜》，不过他不愿意让国光知道。他含糊地答应一声，表示他同意国光的见解（其实他平日对川戏并不感到兴趣），同时他把话题转到另一件事情上面。他说："我看过他那篇《上督办书》，春秋笔法，字字有力，我只有佩服。还有他的令侄叔和翁，就是枚儿的岳父。"周伯涛掉头看了枚一眼，枚胆怯地变了脸色。他继续说下去："叔和翁是当代经学大家。"

"岳父说的是，冯乐老提倡国粹，抨击欧西邪说，这种不屈不挠的卫道精神，真可以动天地而泣鬼神。听说有些年轻学生在外面印报纸，散布谣言，专跟他作对，这简直犯上作乱，目无君父，真正岂有此理！"国光抱着义愤似地说，口沫接连地从他的嘴里喷出来。

"你说得真对！"周伯涛把右手在膝上一拍，高兴地说。他那张黑瘦脸上浮出了满意的笑容。被浓黑的上唇须压住的嘴唇张开得较大些，两颊也显得更加陷入。"现在一般年轻人的毛病就在'浮夸'二字。好逸恶劳，喜新好奇，目无尊长，这是一般年轻子弟的通病，都是新学堂教出来的。圣人之书乃是立身之大本。半部《论语》便可以治天下。不读圣人书怎么能够立身做人？更说不上齐家治国了！"周伯涛讲书似地说。他说到这里，看见国光恭敬地点头唯唯应着，因此更加得意地伸手摩抚了两下他的上唇须。"所以我不要枚儿进新学堂读书。"他把眼睛掉去看那个缩在一边的枚少爷。他那略带威严的眼光在枚的惨白的瘦脸上盘旋了一会儿，然后说："这个孩子就是笨一点，不会有多大出息。不过他比起一般新学生却沉静得多。"他微微一笑。国光也微微一笑，枚也想笑，可是笑不出来。他有点羞愧，又有点害怕。周伯涛刚刚笑过，又把笑容收了，皱起他的一对浓眉，说下去："我就看不惯新学生，譬如我第二个外甥，那种目空一切的样子，我看见就讨厌。年纪不过二十多岁，居然戴起眼镜来，说话一嘴的新名词。近来又同一班爱捣乱的学生在一起混。所以我不大愿意放枚儿到高家去。我起初还想叫枚儿到高家去搭馆，后来看见情形不对，就没有要他去。这也是他的运气。伯雄，要是你能够常常来教导教导他，他倒有进益的，"周伯涛最后又对着国光恳求地微笑了。

国光满意地张开嘴笑，一面说着谦逊的话。但是枚已经听不进去了。他暗暗地把国光同觉民两人拿来比较。他觉得他仍然喜欢觉民。他又想起国光的课卷，他读过那篇关于民国六年成都巷战的文章。于是"我刘公川人也……我戴公黔人也……"一类的话就占据了他的可怜的脑子。他觉得眼前起了一阵暗雾。他父亲的话只给他带来恐怖。这是仲夏天气，房里还有阳光。但是他突然感到这里比冰窖还可怕。

周伯涛只顾跟国光谈话。他们谈得很投机，他没有时间去留心枚的脸色，而且他也想不到他自己教的儿子会有另一种心情。

"听说广东有个什么新派人物提倡'万恶孝为首，百善淫为先'。这种乱臣贼子真是人人得而诛之，"国光愤慨地说。

周伯涛忽然叹了一口气答道："现在的世道也不行了。真是君不君，臣不臣，父不父，子不子。像冯乐老这样的热心卫道的人，要是多有几个也可以挽救颓风……"

"不过他也闹小旦，讨姨太太——"枚觉得有一种什么多眼的怪物不断地逼近他，威胁他，便忍不住插嘴道，但是话只说出半句，就被他的父亲喝住了。

"胡说！哪个要你多嘴！你这个畜生！"伯涛恼羞成怒地骂

起来。"男女居室,人之大伦,你不知道,还敢诽谤长者!给我滚出去!"

枚料不到他的父亲会发这样大的脾气。他看见那张黑瘦脸变得更黑,眼睛里发出怒火,嘴张开露出尖锐的黄牙,好像他的父亲就要把他吃掉似的,他吓得全身发抖,战战兢兢地应了几个"是"字,连忙退出他父亲的书斋。

这一次父亲的脸在儿子的眼前失去了一部分的光彩。父亲使枚畏惧,却不曾使他信服。他又在天井里过道上闲踱起来。他始终不明白"男女居室,人之大伦"这句话跟闹小旦讨姨太太有什么关系。他踱了一会儿觉得无聊,又不好意思到新房里看他们怎样布置,便到芸的房里去。

芸正在房里同淑华谈话。照规矩,小姨不能跟姐夫见面,她们只得躲在屋里。她们憎厌国光,却无法把他赶走。她们看见枚带着阴郁的表情进屋来,觉得奇怪,芸便问道:"你不去陪客?"

"爹不要我在那儿。爹赶我出来的,"枚诉苦地小声说。

"赶你出来?你做了什么事?"芸更加惊讶地说。

"他们在说话,骂学堂,又骂学生。连二表哥也挨了爹的骂。他们又说到冯家,我说了半句,不晓得为什么爹发起脾气来,"枚老老实实地说道,脸上还带着羞愧和害怕的表情。

"你说什么话,大伯伯会对你发脾气?"芸惊问道。

"骂二表哥?大舅怎样骂二表哥?"淑华又惊又气地问,她的话几乎是跟芸的话同时说出来的。她从床头的藤椅上站起来。

枚在靠方桌的椅子上坐下以后,便简单地把经过情形对她们叙述了。

"我看大舅要发疯了,"淑华忍不住气恼地说。

"三表妹,你小声点,"芸警告地说。她小心地把眼光掉向门口和窗口看了一下。

"不要紧,他们不会听见的,"淑华毫不在意地说。"即使给大舅晓得,至多我不到你们这儿来就是了。怕他做什么!"

芸和枚都惊愕地望着淑华,他们觉得她是一个不可了解的人。连芸也奇怪淑华怎么会有这种想法。

"你们望着我做什么?"淑华也奇怪起来,她觉得自己说的是很平常的话,不明白为什么会引起他们的惊怪。

芸和枚都在思索。芸忽然笑起来,觉得自己明白了:淑华的话听起来似乎没有道理,但是想起来,它们又不错。淑华可以说她自己想说的话,她仍然过得快乐,也许比他们更快乐。她并没有一点损失。然而他们却并不比她多得到什么,也许有,那便是苦恼。

芸在她起初认为简单无理的话中发现了道理,她对那个说出这种话的人起了羡慕的心思。她笑起来称赞道:"我看你年纪虽小,倒很聪明。看起来你跟我们也差不多,怎么你的想法却总跟我们不同?"

淑华觉得她自己并没有什么特别的地方。她走到芸的身边,拿起芸的辫子,轻轻地摩抚着,责备似地说:"芸表姐,你不该挖苦我。"她放下辫子,又伸手去扳芸的肩膀,闪动着眼睛带笑道:"你再要挖苦我,你看我敢不敢把你拉到你姐夫面前去。"

芸的脸上略微发红,她啐了淑华一口道:"呸,人家好心夸奖你,你倒跟人家开玩笑!我不信你就敢去见表姐夫!"

"你说我不敢?那么你跟我去。你说过就不要赖!"淑华一面笑,一面拉芸的膀子,真的要把芸拉去见郑国光。

芸望着淑华微笑,让步地说:"好,你赢了。我晓得你什么事都做得出来,你什么事都不怕。不过要是大伯伯——"她停了一下,她的两边颊上现出一对酒窝。

淑华不让芸说完,便接下去说:"我晓得,如果大舅听见这些话,他会骂我脸皮厚。"她自己也笑起来了。

"你倒有自知之明,"芸噗嗤笑了。枚的瘦脸上也浮出了微笑。

"当然罗,我又不是一位千金小姐,哪儿像你这样脸皮嫩,真正是吹弹得破的!"淑华嘲笑地说,她已经放开芸的膀子了。她又指着芸的脸颊:"你看,这对酒窝真逗人爱。"

"三表妹,你在哪儿学来这种油腔滑调?今天幸好你是来做客,不然,我倒要教训你一顿,"芸笑骂道。

"请打,请打,你做姐姐的本来就应该管教妹子,"淑华故意把脸送到芸的面前,开玩笑地说。

芸真的举起了手。不过她把手慢慢地放下,在淑华的头上轻轻地敲了一下,笑着说:"姑念你这次是初犯,饶了你。"

"到底是做姐姐的厚道,"淑华站直身子,夸奖了一句。她又回到藤椅前面坐下去。

枚忽然在旁边问了一句:"三表姐,你们在家里也是这样说说笑笑吗?"

"自然罗,要不是这样,我早闷死了。哪个高兴看那些冷冰冰的面孔?"淑华理直气壮似地答道。她说得高兴,便继续说下去:"老实说,我就有点看不惯大舅的面孔,冷冰冰的,没有一点热气。我是随便说的,你们不要生气才好。"

芸微笑着。枚的脸色马上变了,好像有一阵风把几片暗云吹到了他的脸上似的。

洗牌的声音开始飘进房里来。

"他们又在打牌了,等一会儿姐夫输了钱又会不高兴的。不过姐姐已经不在,不怕他欺负了,"芸自语地说;然后她掉头看淑华:"三表妹,你说得对。我也有点怕见大伯伯。在家里头他好像什么人都不喜欢。这也难怪枚弟……"

淑华一时说不出话来。房里静了片刻。枚忽然扁起嘴说:"爹单单喜欢姐夫,他常常说姐夫是个奇才。"

"什么奇才?二哥说表姐夫连国文都做不通,不晓得大舅为什么那样夸奖他?"淑华接着说,她转述了觉民的话,好像要用这句话来打击她那位古怪的舅父。

"这是定数,这是定数,"枚痛苦地说,于是"我刘公""我戴公"一类的句子又在他的脑里出现了。

"什么定数?我就不信!"淑华反驳道。

"三妹,你在说什么?这样起劲,"门口响起了觉新的声音。觉新已经揭起帘子进来了。

"大表哥,你没有打牌?"芸惊喜地问道。

"他们在打,我推开了,"觉新带着疲倦的笑容答道。"我不愿意跟伯雄一起打牌。他爱叽哩咕噜,又叫我想起了蕙表妹,想起她在世过的日子,"他说到这里,眼光正落到蕙的照片上,他的眼圈一红,连忙把脸掉开了。

"大哥,你到这儿来坐,"淑华连忙站起来,把藤椅让给他。

"我不坐,我不坐,"觉新挥着手说,但是他终于走到那里坐下了。

"大哥,你不打牌正好。你就在这儿,我们大家谈谈,倒有意思,"淑华鼓舞地说。

"大表哥,我给你倒杯茶吃。我看你也累了。"芸站起来走到连二柜前面去斟茶。

"芸表妹,不敢当,等我自己来,"觉新连忙客气地说。他想站起来,但是他的身子似乎变得十分沉重,他觉得他没有力量移动它了。他依旧坐着。

"大表哥,你看你气色这样不好,你还要跟我客气。你休息一会儿罢,"芸说着把茶送到觉新面前。觉新感谢地接过了茶杯。他一边喝茶,一边望着芸的年轻的脸。那天真的面貌,那关切的注视,那亲切的话语……淑华也送来鼓舞的眼光和关心的话。这两张善良的年轻女性的脸渐渐地温暖了觉新的心,驱散了他从另一个房间里带来的暗雾。

二十一

周家的大门口已经扎上了一道大红硬彩,换上了一对新的灯笼。整个公馆充满了喜洋洋的热闹气氛。今天是"过礼"的日子。隔一天就是结婚的日期。

觉新并不赞成这门亲事,他常常希望它不会成为事实。但是婚期逼近,在"过礼"的日子里他又成了周伯涛的一个得力帮手。周家的人没有一个了解他的心情(只有芸略略知道一点,但是她在这个家庭里并没有发言权),他们逼着他做他不愿意做的事,做他讨厌的事。他连一句怨言也不发,始终照样地卖力。

这天周家的人起得很早。除了芸以外,大家都十分忙碌。枚少爷穿着长袍马褂,听人指挥,举动呆板,衣服宽大,活像一个傀儡。觉新和周氏两人一大早就到了周家,他们还带了两个仆人袁成、苏福来帮忙。过礼用的抬盒前一天就送来了。凤冠霞帔、龙凤喜饼、花红果子……以至于绍酒坛、鲜鱼、鸡鸭等,租的租,买的买,都已齐备。众人忙了好一阵,才把抬盒装好了。等着时辰一到,他们便命周贵和苏福(这两个仆人已经打扮齐整了)捧着盛柬帖的卤漆拜匣,让吹鼓手一路吹吹打打把抬盒押送到女家去。

抬盒送出以后,周家稍微空闲一点。几个近一点的亲戚已经来了。众人说说笑笑,不觉就到了开饭的时候。

午后抬盒跟着唢呐声回来了。数目比去的时候增加了将近三分之一。全是女家的妆奁,也算相当丰富,从衣服、首饰、铺盖到小摆设、锡器、瓷器,甚至还有好几套线装书,装满了四十四张抬盒。

唢呐一直吹着,人声嘈杂。人们不断地进进出出。客人也陆续地来。抬盒依次摆在天井里和石阶上。许多人(尤其是女眷)挤在抬盒前面看冯家的妆奁。

人们开始在堂屋里行礼。唢呐继续在大厅上吹着。周家的人和近亲依次走到拜垫前跪拜。然后是道喜的时候。觉新的轮值到了,他依照礼节跪拜,向周老太太、周伯涛夫妇以至枚少爷道贺。他们的脸上也都浮出了喜色。觉新行完礼走出堂屋,看见客人陆续地往堂屋里来。到处都是抬盒,那里有不少的新物品在发亮。他抬起眼睛,又看见那许多灯彩。他不知道可喜的理由在什么地方。他开始有一种奇怪的思想。然而马上就有人来打岔了他。他又应该去照料一些事情。

这天觉新和周家的人一样,一直忙到二更的时候。客厅里的酒席已经散了。整个公馆都带着凌乱的痕迹。但是他再没有精力料理事情了。热闹后的冷静,整齐后的凌乱刺痛他的心。尤其使他难过的,是头顶上的粉红色绸幔,门楣上的绣花彩,檐下的宫灯,它们都给他唤起一些痛心的往事。他的继母和他的两个舅母还在新房里面布置。芸和淑华也在那里。只有他站在天井中。他还听见她们的笑声。他想:为什么她们这时都快乐,他一个人的心里却充满烦恼?他想不通。

枚在阶上唤他。他掉过头,看见枚摇晃地向他走来,只像一个无力的影子。枚走到他的面前,温和地说一句:"大表哥,你今天太累了。"

"还好,我不累,"觉新答道,其实他觉得十分疲倦。

枚望着他,嘴动了两下,却没有说出一句话。他也没有说话的勇气。后来枚忽然现出一种滑稽的样子说:"大表哥,我问你一句话,你不要笑我。"觉新点点头,表示同意。枚说下去:"你接大表嫂的时候,也是这个样子的吗?"

"是的,都是这样,"觉新顺口答道。但是他刚把话说出,忽然觉得他已经到了自己的限度,不能够再支持下去了。他觉得全是梦,可怕的梦。但是梦一个一个地接连着,似乎就不会有梦醒的时候。他觉得一只手,一只长着尖利指爪的手搔着他的心,搔着,搔着。他的心在发痛,他的心在出血。他极力忍住。他下了决心地说:"我要回去了。"他便撇下枚少爷,走去向周老太太告辞。

这夜觉新一个人回家。周氏和淑华便在周家留宿。第二天晚上是"花宵",周家举行簪花的礼节,觉新自然也来参加了。堂屋里挤满了人。在大煤油挂灯和电灯的明亮的灯光下,枚少爷跪在大红拜垫上,让人把一对金花插在他的新博士帽帽顶的两面,把红绸交叉地挂上他的两肩。押韵的吉庆的颂词愉快地送进他的耳里。然后是大厅外天井里燃放的鞭炮的响亮声音。这是一个喜庆的夜晚。渺小的枚少爷奇怪地想:怎么别人在这些日子里会把他当作主要的人物。他并不知道自己其实是做了傀儡。

夜里枚少爷睡在新奇的、温软的新床上,许久不能够闭眼。他想到坏的地方,又想到好的地方。后来他做了两个奇怪的梦。他自己还记得那些梦景,但是他分辨不出它们是好还是坏。

早晨枚少爷睁开眼睛,觉得心跳得厉害,起床以后忽然胆怯起来,不敢到外面去见人。但是翠凤走来通知他,他的父亲唤他去有话吩咐。父亲的话对他好像是一道符咒,他不能抗拒。他只得跟着翠凤去了。

周伯涛把枚唤到书房里去,告诉了他一些礼节,要他在这天当心自己的说话和举动。周伯涛带着严父的口气讲话,只顾自己满意,却想不到年轻的枚这时更需要安慰和鼓舞。

枚少爷的重要的喜庆的日子便是这样地开始的。他已经感到了压迫,却没有得着自己盼望的鼓舞和安慰。这个情形更减少他的喜悦,增加他的恐惧。但是如今他除了唯唯地答应以外再没有发表意见的机会了。木已造成小舟,他只有任它把自己载到任何地方去。

炎热的阳光并不曾给枚少爷带来温暖,但是它却给别的人带来了喜悦。整个周公馆被喜悦的空气笼罩着。每个人的脸上都带着笑容,只除了枚少爷,似乎这一天倒是别人的喜庆日子,枚少爷不过在演傀儡戏。

花轿来了。这样的轿子枚少爷也见过几次,它并不是新奇的东西。但是这一天它却跟他发生了密切的关系。他禁不住好几次偷偷地看它,每次他都起一种奇怪的感觉。

到了所谓"发轿"的时候。轿子抬到堂屋门前来了。两位女亲戚点了蘸着清油的红纸捻,弯着身子走进轿去照了一遍。然后枚少爷被唤进堂屋去敬祖。他恭恭敬敬地叩了头。宽大的长袍马褂妨碍了他的动作,斜挂着的花红使他显得更加笨拙。他站起来,觉得头有点昏,他恍恍惚惚地听见人在喊:"发轿。"他又听见唢呐声和嘈杂的人声,以及鞭炮声。他走下石阶,看见觉新在望他。他走近觉新,才觉察出来觉新在用怜悯的眼光看他。他不好意思地转过头,又看见父亲的严肃的黑脸上浮出了得意的笑容。

这天的典礼仍然是由周伯涛主持的。觉新做了周伯涛的得力的帮手。枚少爷做着父亲吩咐他做的一切,他自己却不知道为什么要做那些事情。他免掉了迎亲的职务,不必跟着花轿到冯家去(另外有迎亲的宾客过去)。他似乎可以休息了。但是心跳得那么厉害,他不知道怎样能够平安地渡过那些难关,行完那些麻烦的礼节。许多只眼睛都望着他,它们好像都在对他嘲笑。那么多人的眼光今天都变得很古怪了。没有一个人温和地对他说一句安慰的话,没有一个人关心地问到他这时的心情。他开始像胆小的人那样到处找寻逃避的地方。但是到处他遇见人,遇见古怪的眼光,而且人们不时为着一件细小事情找他谈话。

周家的人趁着花轿没有回来的时候匆匆地吃了饭。枚少爷也跟着别人端起碗。但是他哪里能够吞下饭去!他刚刚听见他的祖母说:"枚娃子做新郎官,比做新娘子还害羞。"他真希望地板裂开一个缝,让他落到下面去。

花轿回来了。枚少爷听见了鞭炮声、唢呐声、嘈杂的人声。但是人们又在唤他做什么事情:他应该躲在房里。那几个护轿过去的仆人周贵、袁成等挂着红,押着花轿进了中门,慢慢地往堂屋走去。人们簇拥着花轿,好像它是一件珍贵的东西。许多人都相信自己听见了轿里的哭声。但是没有人能够从密密遮掩住的轿门见到什么。

花轿停在堂屋门口,轿夫们已经把轿杆抽去,轿门正对着神龛。堂屋门前的帷幔被拉拢来,使人看不见新娘怎样被搀出了花轿。

堂屋成了众人的目标。门关上了。人都挤在门外,男男女女,也不管天热,不怕汗臭,聚成一大堆,有的人从门缝里看见一点颜色(那是衣服的颜色),别人只能听见赞礼的声音:

"华堂欣值锦屏开……(共四句),初请新郎登华堂,奏乐。乐止。……(又三句),安排仙子下瑶台。初请新娘降彩舆,奏乐……"

枚少爷怀着异样的心情,静听着克安的响亮的声音,他全身微微地抖起来。有人在他的耳边小声说话,他也不明白那些话的意义。克安唱出了"三请新郎登华堂"的句子。枚少爷觉得有人推动他的左膀,他的脸突然烧起来,他的两只腿也在打颤。他勉强移动脚步,笨拙地走出房去。他进了堂屋,眼前仿佛起了一阵雾,他的眼光变迟钝了。一切景象都从他的眼前过去。他的脑子里没有留下一个印象。他只知道别人指给他应该站的地方。他的脸向着堂屋门。他的脑子里热烘烘的,他什么都看不清楚。他听见克安唱"三请新娘降彩舆"的句子,但是他没有看见那两位女亲戚把新娘搀出花轿。进入他的眼里的只是红红绿绿的颜色。这一堆颜色移到他的右边停住了。于是又响起克安的响亮的声音:"先拜天地。"外面一班吹鼓手又吹打起来。他机械般地跪拜下去。然后他们掉转身朝里换过位置,依旧男左女右,拜了"祖人",他仍然机械般地动着。等到克安无情地高唱"夫妻交拜"的时候,他觉得好像头上着了一个霹雳,四肢顿时麻木起来,他带着笨拙的举动移转身子,跟新娘面对面地站着。新娘头上那张大红盖头帕似乎就盖在他的脸上。他自己也有一张红得像猪肝似的脸。这一刻似乎过得很快,他自己也不明白他是怎样把这个礼节行完了的。但是克安又在高唱"童子秉烛送入洞房"了。

堂屋的三道门都已打开,花轿早在新娘出轿以后抬走了,拥挤在左边门口的人便让开一条路,高家的觉世和另一个亲戚的孩子穿着新衣捧着一对蜡烛引路。枚少爷低着头,手里拿着一条粉红绸子的一端,另一端捏在新娘的手里(盖头帕遮住她的脸,伴娘搀扶着她的膀子),他一步一步地倒退,慢慢地把他的新娘牵进新房去。

枚少爷知道傀儡戏并没有完结,这不过是一个开场。忍耐原是他的特性。他们进了洞房以后,"撒帐"的典礼又开始了。他同新娘并肩坐在床沿上。克安笑容满面地走进来,手里捧着一个盛喜果的漆盘,开始说起喜庆的颂词。

克安从盘里抓起一把五色花生、百果等等先朝东边撒去,铿锵地唱着:"撒帐东,芙蓉帐暖度春风。"接着他又唱:"撒帐南,愿作鸳鸯不羡仙。"他唱一句,撒一句,把东南西北都撒过了。然后他唱起"撒新郎……"和"撒新娘……"来,同时把喜果往新郎与新娘的身上撒去。这是人们最高兴的时候。男男女女、房内房外的旁观者一齐哈哈大笑起来。尤其使众人满意的,是克安还唱出"撒伴娘"的诗句,把喜果拚命地朝那个年轻的伴娘身上撒去。

撒帐完毕,枚少爷轻轻地嘘了一口气。但是这还不是休息的时候,他应该行"揭盖头"的礼节。他抽出先前藏在靴鞠中的红纸裹着的筷子。他踌躇了一下,他的手微微地抖着。他仰起头看。他有点胆怯,但是也只得鼓起勇气把新娘头上那张盖头帕一挑,居然挑起了那张帕子,把它搭在床檐上。一阵粉香往他的鼻端扑来。他抬起眼睛偷偷地看了新娘一眼,他的心怦怦地跳动。但是他什么都没有看清楚,他的眼前只有一些摇晃的珠串和一张粉脸,可是他却不知道是一张什么样的脸。他听见旁边有人低声说:"新娘子高得多。"

喝完了交杯酒以后,枚少爷没有留在新房里的必要了。他的父亲已经吩咐外面预备好轿子,他应该到冯家去谢亲。这又是一个使他胆怯的工作,而且他还记得前一年他的姐夫到他家来迎亲时的情景:许多人躲在房内或者站在阶上张望,说些尖刻的批评的话,露出轻视的笑容。他不愿意让自己成为那许多陌生的眼光的目标,他不愿意让他的笨拙的举动成为别人笑谈的资料。但是他父亲的话是不可违抗的命令,并且这是结婚典礼中的一部分,他不能够避免它。他终于硬着头皮走入那顶崭新的拱杆轿。四个轿夫吆喝一声,把轿子高高地抬起来。他端端正正地坐在轿内,插着金花的博士帽戴在他的头上,两条红绸斜挂在他的两肩,宽大的马褂和袍子重重地压在他的身上。他觉得内衣被汗水打湿了。额上也冒出汗来。他不像是到他岳父家去谢亲,倒像是被人押着赴刑场。

轿子到了冯家,周贵(他也披着花红,穿着新马褂和新布袍)喜洋洋地先把帖子递进去。冯家已经在等候枚少爷了。轿子在大厅上停下来,枚少爷恍恍惚惚地跨出轿子,由大开着的中门走进里面。人把他引进堂屋。仿佛有许多尖锐的笑声和细语从四面八方向他围攻,他不敢把眼睛动一下。他勉强行完了礼。还有人送他走出中门。他跨进轿子,又被举在空中。他吐了一口气。他想,又一个难关渡过了。

四个轿夫抬着轿子在街上飞跑，很快地就回到了周家。洋琴声、瞎子唱戏声、唤人声和笑声打碎了枚的心。他刚刚跨出轿子，高家的两个孩子觉群、觉世便走过来拉住他的手，笑着说："看新郎官！看新郎官！"他摆脱了这两个孩子的纠缠进到里面，正遇见觉新。觉新同情地对他笑道："你有点累吗？"他忽然觉得他想哭。但是他不敢哭，他默默地点一个头。

贺客还在陆续地来。他应该在堂屋里对每个人叩头还礼。他接连地磕头，不知道磕了若干次。他盼望着休息。但是"大拜"的时刻又到了。

新娘已经在洞房里换好衣服，头上仍然戴着珍珠流苏，身上穿着粉红缎子绣花衣裙，由伴娘搀扶出来。觉新吩咐奏乐。周伯涛夫妇先敬了祖宗。然后轮到枚少爷同新娘站在一起向祖宗跪拜，行着三跪九叩首的大礼。然后这一对夫妇又拜周老太太、周伯涛夫妇、周氏和徐氏，都是行的大礼。人只见枚少爷跪下去又立起来，刚立起来又跪下去。新娘却得到一些方便，她每拜一个人，只需要跪一次，等着把礼行毕才由伴娘扶她起来。

觉新拿着一张红纸帖站在旁边赞礼。吹鼓手不断地在外面吹打。枚少爷依着礼节叩头。这次大拜的对象包含着家人、亲戚（亲戚中又分至亲、远亲，不论大小都要出来受新夫妇跪拜），然后才是朋友。礼有轻重，拜的次数也要分多寡，这些都写在觉新手里那张帖子上。觉新唱到了自己的名字，便把帖子递给别人，拉着觉民一起去陪着新夫妇跪拜。拜完起来，他又拿过帖子赞礼。这样的跪拜差不多继续了两个半钟头，弄得枚少爷头昏眼花，腰酸背痛。他拜完走出来，脸色发白，四肢无力，几乎站立不稳。内衣完全湿了。他的面容叫人看见觉得可怜。做父亲的周伯涛却一点没有注意到。周伯涛这时可以说是被淹没在快乐里面。他很高兴他讨了媳妇,而且同"当代大儒"的冯乐山叔侄结了亲戚关系。这一天与其说是枚少爷的吉日,倒不如说是周伯涛的喜庆日子。

觉新却看见了枚的面容,他知道这个病弱的年轻人有点支持不下去了。他关切地向枚问话,又把枚少爷拉到一个清静的房间(周伯涛的书房)去休息一会儿,脱一脱马褂。他还给枚少爷扯了痧。外面有人在叫新郎。枚少爷放下手里捏的一把团扇,预备出去。觉民也在这间房里,便说:"让他们去喊,不会有什么要紧事,不要理他们。"觉新听见这样的话,并不反对。他也劝枚在藤椅上多躺一会儿。

"就是这些无聊的把戏,多麻烦,简直会把一个人折磨死的。我真不晓得这是为的什么?"觉民怜悯地望着枚,又想到刚才看见的把戏,便愤慨地说。

"你不要轻视它们,你将来也要耍这些把戏的,"觉新似乎有一腔的不平,却无处倾诉,他警告觉民说。这是他的绝望的挣扎。他便是这样一个充满矛盾的人:他并不赞成这些繁杂的礼节,但是今天他却在这儿赞礼。

"我,我才不会。你看着罢,"觉民充满自信地笑道。他觉得自己已经够坚强了,至少他不会做别人强迫他做的事。他下了决心说:"我决不会做这些事。"

"你不要这样早就夸口。我从前难道就愿意过?但是有许多事情是不由你自己作主的,"觉新好像浇冷水似地说道。枚少爷虽然疲倦,但是他还睁大眼睛注意地听他的两个表哥说话。

觉民又笑了笑。他慢慢地说:"你从前没有做到的事,让我来做倒也好。难道我就不能学三弟的榜样！我决不做别人强迫我做的事。"他又加上一句："我更不做古人强迫我做的事。"

"啊！"觉新惊疑地说出了这个字。

觉民还来不及答话，就听见外面有人在唤："枚少爷。"

"我要走了，"枚连忙从藤椅上站起来，对觉新说。他脸上的愁容和倦容还没有消去。

"枚表弟，你再休息一会儿罢，不会有什么要紧事情，"觉民劝阻道。

"一定有要紧事，恐怕要安席了。"枚并不注意觉民的话，他只担心自己会耽误事情。

"明轩！明轩！"周伯涛又在外面唤觉新，他似乎要走进书斋里来了。

"大舅在喊我，"觉新惊觉地自语道。他马上对枚说："枚表弟，我们一路出去。"他同枚少爷一起出去迎接周伯涛。

觉民还听见觉新在外面跟周伯涛讲话。书斋里没有别人，他好像在做梦一样。他心里不大好受。他躺在藤椅上，想着一些事情。他的苦恼增加了。他皱起眉头。但是过后他的脸上又浮出了笑容。他向四处望了望。一个小小的书架，二三十套线装书，写字台倒收拾得很干净。他站起来走到写字台前面。他无意间瞥见枚少爷的作文簿放在桌上，他把它拿过来随手翻开，看见一个题目：《礼不下庶人刑不上大夫论》。他再往后面翻，又看见《颖考叔纯孝论》，《臧僖伯谏观鱼论》。他生起气来，便把作文簿阖上掷回原处。他还小声骂了一句："这种古董现在有什么用处？"他忽然觉得这个房间里有一种怪气味，他不愿意留在这里，便走出去了。

时间已经不早,开始安席了。袁成正在找觉民,请他入座。他便跟着袁成到外客厅去。

外客厅里安了四桌席,有些客人已经走了,留下的也不很多,坐起来并不拥挤。新娘的哥哥(他就是今天被人暗暗地称作"舅子"的人)、送亲的客人和做媒的"大宾"都是贵客,觉民不会被派去和他们同席。他走进外客厅,看见觉新和新娘的哥哥坐在一起,只有一桌还未坐满,桌上全是年轻的客人。他便走到那张桌子跟前,在空位上坐下去。周伯涛带着枚往来席间应酬。

四个冷盘吃过,应该上第一道热菜了。枚不得不提着酒壶到每一桌去敬酒。他红着脸作揖打恭,还说了一些客套话,才算是过了这个难关。

外客厅里充满了欢乐的气氛。只有觉民看不惯这一切。觉新勉强做出笑容跟客人们应酬。枚少爷则带着困窘和木然的表情,他的红脸上的微笑也不是真实的。他好像一个不会演戏的戏子。

上到第三道菜,送亲客人和冯大少爷便站起来告辞,这也是依照礼节而行的。枚少爷只得按照规矩陪他们到新房里去坐了片刻,然后周伯涛和枚少爷父子又送他们到大厅,恭恭敬敬地行了礼,把他们送进轿子,而且看着轿夫把两乘轿子抬走了。

女客的席摆在内客厅(即是左边厢房)里。送亲的女客也在上第三道菜时告辞走了。轿子已经提了进来,就停在堂屋外面的阶上,陈氏、徐氏两妯娌很有礼貌地把这两位新客人送走了。

新客人走了以后,无论在内外客厅里,无论在男客或者女客的席上,严肃的空气立刻减少了许多。尤其是在外客厅内笑声、叫声嘈杂地响了起来。人们搳拳,说笑话,甚至拉着这个脸嫩害羞的新郎开玩笑,向他灌酒。

这个拙于应酬的孩子自然不是那些交际场中的前辈的对手。他甚至说不出一句漂亮的话。要不是觉新给他帮忙,替他开脱,这个晚上他一定会醉倒。

散席以后,有些客人告辞走了,留下几个比较熟的,而且兴致好的。他们有了一点酒意,便借酒装疯,没有顾忌地在客厅里闹了一些时候,后来又嚷着要到新房里去。准备去闹房的人一共有六位。枚少爷虽然非常害怕这件事情,可是他也只得陪着他们进去。幸好有觉新在旁边替他招呼。至于觉民,他一散席就回家去了。

这天新娘在大拜典礼完毕以后回到房里,就垂着头端端正正地坐在床前那把椅子上。她一直没有移动过,也没有进一点饮食,或者说一句话。要是有客人进房来,伴娘便搀着她站起,稍微做个行礼的姿势。外面安了席以后,等着男女送亲客人和"舅子"都走了,陈氏便叫人摆一桌席在新房里,由琴、芸、淑华、淑贞们陪着新娘吃饭。她们虽然常常对新娘讲话,而且不时挟菜给她,但是新娘始终没有吃过一点东西,也没有开过一次口,只由伴娘和陪嫁的女仆代替她回答了几句。芸和琴、淑华们在这里谈些闲话,倒也很愉快,还有绮霞、翠凤两人在旁边给她们打扇。她们看见新娘穿着那样服装,泥塑木雕似地坐着的可怜样子,也感到不平。虽然伴娘和陪嫁的女仆两个人站在两边伺候新娘,并且各拿一把扇子在她的背后搧着,但是淑华还看见新娘的鼻上沁出汗珠。这使得淑华生了气。她想:为什么会有这些奇怪的礼节?为什么要使这位姑娘受这样的罪?她不明白。她找不到一个理由。她想起了蕙表姐,她想起了别的几个熟人,她的思想跑得很快。她想到她自己身上,似乎遇到阻碍了。筷子还捏在她的手里。但是她马上把眼睛睁大往四面一看,她咬了咬嘴唇。一个声音在她的心里说:"我不会这样。"她忽然放下筷子骄傲地微笑了。琴从斜对面射过来问询的眼光,仿佛在问:为着什么事情高兴?淑华举起酒杯对着琴说:"琴姐,我同你吃完这半杯酒。"

琴迟疑一下,便答道:"也好,就是这半杯。"琴觉得她了解淑华的心情。

她们刚刚放下碗,芸的母亲徐氏进来了。徐氏带笑地跟她们说了几句话,又安慰了新娘两句,便匆匆地走出去。绮霞和翠凤忙着把桌子收拾好。

徐氏陪着几位女客到新房里来,高家四太太王氏和五太太沈氏都在这里面。伴娘扶着新娘站起来行礼。这几个人有说有笑地在新房里坐了一会儿。沈氏的话比较多。她们说了些笑话,新娘好像无感觉的枯木似地端坐在那里。沈氏走到新娘面前想把新娘逗笑。但是新娘老是微闭着眼睛,板起面孔,不露出一点表情。沈氏还故意把新娘的裙子揭开一角:那双穿着大红绣花鞋的尖尖的小脚跟淑贞的不相上下,沈氏不觉夸奖了一句。她得意地瞥了淑贞一眼,她看的不是面孔,是那一双脚。

就在这时周贵进来报告外面男客人来闹房了。太太小姐们听见这句话,慌张起来,连忙避开,让出了这个房间,只剩下新娘和伴娘、女仆留在里面。徐氏陪着女客到堂屋内和陈氏的房里去。琴和淑华们就到芸的房间。她们可以在那里安安静静地谈话。

堂屋里、周老太太和陈氏的房里都还有一些女客。轿子接连地抬进来又抬出去。堂屋内到处都是女人说话声和唤人声。

客人渐渐地少起来。周老太太房里的客人都走了。陈氏房里还有几个比较熟的亲戚。沈氏和王氏两人听见新房里时时发出哈哈大笑声,她们两妯娌又偷偷地跑到窗外偷听。她们把手指蘸了口水打湿窗纸弄成小洞,从这个洞可以窥见里面的情形。

克安、克定和四个年纪不十分大的客人(有两个是她们不认识的)在房里,此外还有枚少爷和觉新。枚少爷还是带着那种呆板的表情,不,他仍然带着那种任人摆布的可怜相。觉新背着窗靠了写字台站着。克安弟兄站得较远一点,另外四个人就站在新娘旁边。这四个人装着酒醉毫无顾忌地说着调笑的话。他们时而向新娘作揖,时而把新郎拉到新娘跟前,强迫他做出一些可笑的举动。他们唱着滑稽的戏词,发出奇怪的声音,做出滑稽的动作,把女仆和伴娘都逗笑了。克安和克定不断地哈哈大笑,有时也说两三句凑趣的话。新娘一直很镇静地端坐不动,她的脸上甚至带着冷冰冰的表情。客人们用尽方法都不能使新娘露一下笑容。他们只有在枚少爷的身上报复。他们把他当作一个傀儡,指挥他做这样和那样的事。他们还用锋利的话逼他。拙于言辞的他并不能够保护自己,而且他累了一个整天以后,不但四肢无力,而且全身发痛,好像骨头完全碎了一样。他渴望着休息。他恨不得钻进地板下面闭着眼睛躺一会儿。但是别人不放松他,礼节不放松他。他似乎还应该受更多的折磨。在这个布置得十分华丽(至少在他看来是十分华丽)的新房里,每件新的物品都在辉煌的灯光下灿烂地微笑。这里有的是明亮,有的是新鲜,而且在那边还坐着一个神像似的美人(那样的打扮使得新娘在他的眼里成了一个美人),这似乎应该使他想到那些闲书(他这一年来就很少看闲书了)里面的得意的描写。它们使他有过一些荒唐的梦,它们曾经偷偷地缠住他的思想。但是如今梦景开始成为真实,一个带着珠光宝气和脂粉浓香的小姐来到他的身边,他却不曾感到一点喜悦。而且一切或隐或现的梦景和潜伏的渴望都被那些繁杂的礼节和没有同情的面貌与语言驱散了。他仿佛是一个落在魔窟里的小孩,一只巨灵的手在玩弄他,威胁他。在这间房里除了觉新以外就没有人同情他,但是觉新也只能暗暗地替他开脱,却不能把他从这个窘人的环境中救出去。

在窗外偷听的人不断地增加。沈氏看得很满意,笑着对王氏说:"到底是他们会闹。他们闹得很有意思。"

"新娘子脸皮真老,你看她还是若无其事的样子,"王氏不大满意地说。她们想不到枚少爷这时候有着怎样的心情,他是怎样地捱着时刻;她们也忘记了新娘也是怎样地希望这些折磨人的时刻早些过去。

枚少爷差不多用了他的最后的力量来捱这些时刻。他希望能够逃出去,但是他没有胆量;他希望他们会放松他,但是他们没有这样的打算。他极力忍耐着,他知道这种时刻总有完结的时候。但是他的头脑昏乱,沉重;他的身子变得更软弱;舌头似乎也不能灵便地转动了;心里仿佛起了波浪,只是往上面翻。他看见许多颜色在眼前打转。他只想倒下去。他连忙把一只手压在桌子上,身子还在晃动。

客人们已经在新房里闹过了一个多钟点。觉新的眼光始终没有离开枚的身上。他被枚的突然变成惨白的脸色和紧紧闭着的嘴唇吓住了。他觉得不应该让客人们再这样地闹下去,便走到克安跟前小声说了几句话,克安点了点头。觉新又去对别的客人说出他的意见。于是众人的眼光都集中在枚少爷的脸上。

这一次觉新的话发生了效力。客人们居然告辞出去了。

三更还没有打过,客人都走光了。琴跟着她的母亲回去。淑贞也跟着她的伯母和母亲回家。周氏、淑华和觉新就在周家留宿。

但是枚少爷还得不到休息。他取下花红,脱去马褂以后,还被父亲唤到书房里去,听父亲的一番新奇的训话。其实这些新奇的话他已经在闲书中见到了。不过父亲亲切地对他说话,这还是第一次。

从父亲的书斋出来,枚少爷还去见过母亲和祖母。从她们那里他听到几句慈祥的、关心的嘱咐。周老太太说话时仿佛感动地迸出了两三滴眼泪。

最后他应该回到新房里去了。他又觉得胆怯起来。他形容不出自己有的是怎样一种心情。在阶上他遇见了觉新的鼓舞的眼光。觉新安慰地对他说:"枚表弟,你今晚上放心地睡罢,没有人来听房的。"

"大表哥,你今天又累了一天,你也该睡了,"枚感激地说,他差不多要哭出来了。他不敢再看觉新一眼,连忙转身往新房走去。这时他的父亲在几天前说过的一句话"男女居室,人之大伦"突然沉重地压在他的心上。他有点胆怯了。

他进了新房,里面静静地没有声音,新娘似乎不在这里。新的湖绉帐子低垂着,增加了静寂的气氛,先前的辉煌的灯光全灭了,靠着那盏缠了红纸花的崭新的锡灯盏的光亮,他看见床前踏脚凳上面放着一双小小的尖尖的大红绣花鞋。

他这时没有快乐或悲戚。他倒有点木然了。他的茫然的眼光定在这双绣花鞋上,一直到伴娘过来对他说话的时候。

二十二

　　枚少爷就这样地娶了妻子。对于他这是一个新的生活的开始。在最初的几天繁重的礼节(尤其是结婚第三天的"回门"的大礼,它比婚礼更可怕,更使他受窘。在这一天他应该陪着新娘到陌生的冯家去,在一群奇怪的人中间演着同样的傀儡戏)还来麻烦他,他要见许多陌生的人,说许多呆板的应酬话,他的疲乏的身体仍旧得不到休息。但是以后人们却让他安静了。这倒是他料想不到的事。在那个布置得华丽的房间里,朝夕对着"像花朵一样美丽的"妻子(他觉得她是这样美丽的,他甚至忘记了她比他高过一个头的事),听着一些新奇的甜蜜的话,他仿佛做着春天的梦。过去的忧虑全被驱走了。他觉得世界是如此地美丽,他的家庭是如此地美满,他自己是如此地幸福。他甚至因为他的婚事很感激父亲。对于他,一切都是新鲜,都是温柔。他依恋地抓住这种婚后的生活。他充满爱情地守着他的新娘。他常常在旁边看他的妻子对镜梳妆或者卸妆,在这些时候他常常想:闲书并没有欺骗他,他的美梦毕竟实现了。

　　周伯涛因为自己选来的媳妇是名门闺秀,自然十分满意。不过他看见枚少爷整天守着妻子在房里喁喁私语,除了早晚问安和两顿饭时间以外就不出房门一步,他也觉得不对。而且枚好些天没有来听他讲书了,他也不曾逼着枚做功课。他担心这样下去会耽误了枚的学业。一天晚上他在周老太太的面前无意间说起这件事,打算差翠凤去唤了枚来听他训话。但是周老太太阻止他说:"你让他们小夫妻亲热亲热罢。你做父亲的也太严了。枚娃子体子素来不好,这几天脸上刚刚有了点血色。你又要逼他用功……"陈氏也同意周老太太的话。周伯涛便不再提这件事了。

但是周老太太和陈氏对新娘并不像周伯涛那样地满意。她们在枚少奶的身上并未见到好处,不过她们也没有发见什么缺点。她们只看见一个娇养的千金小姐。她们以前听见人说过她的坏脾气,可是她们还没有见到她动气的机会。她们还把她当做客人,对她存着怜惜的心思,时时体贴她,处处宽纵她,让她成天躲在房里陪着丈夫过安闲日子。

芸应该跟枚少奶成为亲密的朋友,因为这个家里的年轻女子除了丫头翠凤外,就只有她们两个。但是芸却觉得她跟枚少奶中间好像隔着了一堵墙。她固然没有机会同这位年纪比她大的新弟妇接近,同时她也觉得枚少奶的性情跟她的差得远。枚少奶是一个不喜欢多说话的女子。每次她怀着温暖的心对枚少奶说一句话,总得到冷冷的回答。枚少奶的声音里没有感情,甚至没有一点颤动。枚少奶的相貌并不惹人讨厌。枚少奶的脸庞生得端端正正,在加意修饰、浓施脂粉以后,再配上一身艳丽的服装和带羞的姿态也很动人。唯一的毁坏了枚少奶的面貌的就是那种淡漠的甚至带点骄傲的表情,和那一双像木头做的小脚。对这个芸比谁都更先而且更清楚地感觉到。不过芸并没有失望,因为她以前就没有抱过希望,相反地,她以前只有忧虑。而且这时候她还可以设法培养希望。她想:目前还只有这样短的时间。

至于芸的母亲徐氏,她只把枚少奶看作一个普通的侄媳,家庭中的一份子。她跟枚少奶中间似乎没有直接的关系。不过她希望,而且相信枚少奶(只因为这是一位新过门的侄媳)会给这个家庭带来一点生气,而且会带来以后的繁昌。

大体上说来,枚少奶在这个小小的家庭里是受到欢迎的。周家的人似乎张开两臂让她进了他们的怀抱。在这里每个人都对她抱着期望。她自己并不知道,所以她也不会使那些期望得到满足。她整天同枚少爷在一起,过着一种使她兴奋、陶醉的生活。她心里只有她自己和她的丈夫。她整天听他坦白地倾吐他的胸怀,她很快地完全了解了这个柔弱的年轻人,而且很快地抓住了他的柔弱的心。

一天下午,在枚少爷婚后两个星期光景,觉新应了周老太太的邀请,带着卜南失到周家去。周氏和淑华已经先在那里了。周老太太看见那个奇怪的木板,想起了她的死去的孙女蕙,觉得鼻头一酸,抑制不住悲痛的感情,便催促觉新马上动手试验这个新奇的东西。连平日躲在自己房里的枚少爷夫妇也到周老太太房里来看觉新的奇怪的把戏。

觉新明知是假,也不便说破,而且他知道他无法使她们了解那个道理。他了解周老太太的心情,也尊重她的感情,他只得依照她的意思再玩一次那样的把戏。

他端端正正地坐在一张方桌前,把两只手都放到卜南失上面。她们要把蕙请来。他便闭上眼睛,心里想着,想着,他只想着一个人,他只想着他的亡故的蕙表妹。他渐渐地睡着了。他的手仍然照先前那样地按着卜南失。这心形的木板的两只脚开始动起来。插在心形尖端的铅笔在觉新面前那张白纸上画着线和圈。

"来了,来了!"淑华起劲地说。

"快问,快问,"周老太太不能忍耐地催淑华道。

"请卜南失画一个圆圈,"淑华照规矩地说。

铅笔在纸上画了一个不十分圆的圆形。

"请卜南失画一个大圆圈,"淑华又说。

铅笔果然又在纸上画出一个更大的圆形,不过还是不十分圆。觉新仍然闭着眼睛,像落在睡梦中似的。他的手依旧安稳地放在木板上,跟着木板移动,不曾落下来。

铅笔动得更勤,不再画圆圈了。它似乎在纸上写字。淑华分辨不出那是不是字迹。她便大声说:"我们请蕙表姐来,请蕙表姐来。"

铅笔继续在纸上划动。众人注意地望着那张纸。她们的眼光跟着铅笔尖移动,但是它动得太快了,她们的眼光跟不上它。大家正在着急,淑华忽然叫起来:"蕙表姐! 蕙表姐!"

周老太太更挨近方桌。她俯下头去看那张纸,口里含糊地说:"她在哪儿?"她的老眼因泪水变模糊了。

"你们看,纸上就写着蕙字,"淑华起劲地说。

"你问她,还认得认不得我,"周老太太对淑华说。

淑华正要开口,却看见铅笔又在写字。她留心辨认纸上的字迹,吃惊地叫着:"婆——婆!"她又对周老太太说:"外婆,她在喊你。"

"蕙儿,我在这儿。你还好吗?"周老太太仿佛就看见蕙站在她的面前似的,亲切地说。眼泪开始从她的眼角落下来。她伸手揩她的有皱纹的上下眼皮。她的这个举动引得众人掉下泪来。

"好。婆,你好!"淑华慢慢地念出蕙的答语。

"你看得见我们吗?"周老太太又问。

"见,"铅笔在纸上写了一个字。

陈氏忽然做出一个动作,差不多要扑到卜南失上面了。她断断续续地悲声说:"蕙儿……你想不想我? ……我们都想你。"

"想,看见妈,"铅笔写出了回答,淑华大声念了出来。

"她看得见我,"陈氏感动地自语道。她掏出手帕来揩眼泪。

"蕙儿,你晓得你弟弟接了少奶奶吗?"陈氏又问道。

"给妈道喜,"这是写在纸上的回答。

"她看见的,她什么都看见的,"陈氏呜咽地说。接着她又向卜南失发问道:"蕙儿,你常常在我们家里吗?"

"路远返家难,"简单的五个字绞痛了好些人的心。枚少爷忍不住呜呜地哭起来。觉新仍然沉睡似地扶着卜南失,从他的嘴角流出了口涎。

"姐姐,你现在怎样过日子?"芸迸出哭声道。

"凄凉……古寺……风……雨……虫声,"淑华念着,她的眼泪也掉在桌上了。

众人愣了一下。陈氏忽然抽泣地说:"蕙儿,我明白你的意思,郑家把你的灵柩丢在莲花庵不肯下葬,你一个人在那儿孤寂,连一个归宿的家也没有,是不是? 这都是你父亲不好,他不但害你落得这个下场,还害得你做了一个孤魂。"

"只求早葬，"卜南失写了这样的话。

"蕙儿，你不要难过。我答应你，我一定要给你办到。我要你父亲把他那个宝贝女婿找来说个明白。你在这儿看得见我们，我们看不见你。你给我托个梦罢。让我看看你是不是瘦了。蕙儿，都是你那个父亲，你那个狠心肠的父亲——"陈氏接连地说了这许多话，但是后来她被强烈的感情压倒了，她的自持的力量崩溃了，她不能够再说下去，便蒙着脸哭起来。她马上离开了桌子。

铅笔不能够再给一个回答。觉新的上半身忽然往桌上一扑，他的手掌心朝下一压，那块木板离开他的手往前面飞去。觉新上半身寂然地伏在桌上。

"明轩！""大少爷！""大表哥！""大哥！"众人惊恐的齐声喊道。淑华还用力拉他的膀子。

觉新抬起头来，惊愕地看看众人。他好像从梦里醒过来似的，不过脸上带着疲倦的表情，脸色也不好看。

"大表哥，你怎样了？你是不是心里不好过？"芸关心地问道。她的眼睛还是湿的。

觉新揩了揩嘴角，摇摇头答道："我没有不好过，"不过他确实觉得心里有点不舒服，好像要生病似的。周老太太对他说了两句道歉的话。他这时才注意到眼前都是一些哭过的眼睛，他猜到在这里发生过什么事情，他断定又是卜南失写了什么使人悲痛的话。他看见淑华的眼睛也红着，便问道："三妹，你也——。"他其实并没有说出他的问话，但是淑华抢先回答了：

"刚才请了蕙表姐来，她说她的灵柩还没有安葬，把我们都说得哭了。大舅母答应她向郑家交涉。你就扑倒在桌子上，把卜南失也推开了。想不到卜南失倒这样灵验。"淑华说到卜南失,忽然想起那块木板,连忙弯下身子去寻找它。她看见它躺在地板上,裂成了两块,一只脚也断了。她拾起它来,连声说:"可惜,可惜。"

觉新没有说什么。他并不惋惜卜南失的损失,他反而因为这个损失起了一种卸去重压似的感觉。他心里想:"这算什么灵验,不过是你们都没有忘记那个人。你们现在还这样关心她,为什么当初不伸手救她一救?"他只责备别人,却忘了责备他自己。

"大少爷,这个东西弄坏了,还可以用吗?还可以买到新的吗?"周老太太看见卜南失在这里跌碎了,觉得心上过意不去,同时她又惋惜失去了这个可以请她亡故的孙女回来谈话的工具,因此抱歉地对觉新说。

"买不到了,"觉新答道,他立刻从自己的混乱的思想里挣扎出来了,"这是好几年前一个朋友从日本带回来的。我放在箱子里头,最近才找出来。破了也不要紧,我用不着它。"

"蕙儿说她在庙里很孤寂,灵柩一天不下葬,她的灵魂也得不到归宿,"周老太太换了话题说。"郑家把蕙儿的灵柩丢在莲花庵不管,不是推口说没有买到好地,就是说没有择到好日子。前天我喊周贵去看过,问到庵里人,说是半年来姑少爷就没有去看过一次,最近两三个月郑家连一个底下人也没有差去看过。我气得跟你大舅吵,他还是袒护他的好女婿。听说有人在给伯雄做媒。他没有续弦时对蕙儿都是这样冷淡,他要续了弦,岂不会让蕙儿的尸骨烂在莲花庵里头?今晚上你大舅回来,我一定要找他理论。他再不听我的话,我就拿这条老命跟他拚!"周老太太愈说愈气,把一切罪名都堆在她儿子的身上,她恨不得立刻给他一个大的惩罚。这次她下了决心：她一定要替死去的蕙办好那件事情。

"妈这话也说得太重了，大哥有不是处，妈尽管教训他，也犯不着这样动气，"周氏看见陈氏、徐氏都不敢作声，连忙做出笑容开口劝道。

"你看都是他一个人闹出来的。要不是他那样乱来，蕙儿何至于惨死，又何至于灵柩抛在尼姑庵里没有人照管？我想蕙儿在九泉一定也恨她这个无情的父亲，"周老太太气得颤巍巍地说。

觉新心里很痛苦，但是他始终没有把他的感情表露出来。他暗暗地抱怨这几位长辈，他想："你们都是帮凶！当初为什么不救她？现在却又这样痛苦！"他有一点赌气的心情。但是她们的痛苦和悔恨渐渐地传到了他的心里，成了他自己的，她们的希望也成了他的希望。他感激周老太太下了这样的决心。那个时时悬在他心上的问题终于可以得到解决了。这是最后的机会，他还可以替蕙尽一点力。但是他根据过去的经验，还担心他的外祖母不能坚持她的主张，所以他趁着这个时机鼓动周老太太道：

"说起蕙表妹的灵柩，我前些时候当着大舅对伯雄提过。伯雄随便支吾过去，大舅也不说什么。我看如果不找郑家正式交涉，恐怕不会有结果。这次还要请外婆作主，催大舅去交涉，让蕙表妹的灵柩早日下葬，死者得到一个归宿，大家也安心一点……"觉新说到后来，觉得有什么东西绞着他的心，他常常感到的隐微的心痛这时又发作了。鼻酸、眼痛同时来攻击他。他用力在挣扎，他不敢再看那些悲痛的面颜，害怕会引出他的眼泪。他埋下头去,他的声音也有点哑了,于是他突然闭了口。

"你们看,大表哥都还这样关心蕙儿的事情,她那个顽固的父亲却一点也不在乎。你们说气不气人!"周老太太气愤地对众人说,她的眼泪又落了下来。"今晚上等他回来,我就对他说明白,他不肯办,我自己来办!"她又把眼光掉去看觉新,对他说:"大少爷,还要请你帮忙。"

"外婆吩咐我做什么,我做就是了,"觉新抬起头回答道,声音小,但是很坚决。

"既然这样,妈同嫂嫂也不必难过了。大少爷来了,大妹也在这儿,我看还是打牌消遣罢,"徐氏看见众人悲痛地坐在房里发愣,周老太太又不断地动气,觉得应该打破这种悲哀的气氛,便提议道。

周氏知道徐氏的意思,便帮忙她安慰周老太太。

周伯涛回来的时候,众人还在内客厅里打牌。晚饭后大家回到内客厅里,周老太太看见众人都在,正好说话,便向周伯涛提出蕙的灵柩的问题,她还说起请卜南失的事。

"扶乩之说本来就是妄谈。况且这是外国东西,更不可信,"周伯涛陪笑道,他用这两句简单的话轻轻地拒绝了他母亲的提议。他的脸上丝毫没有感动的表情。

周伯涛的话和态度激怒了陈氏和周老太太。陈氏也不顾新婚的媳妇在这里,忍不住厉声驳斥道:"我问你蕙儿的灵柩是不是应当下葬?难道你要让它烂在破庙里头?"

陈氏的突如其来的话使周伯涛感到一点窘,他的黑瘦脸上现出了红色。但是他马上就板起脸干脆地责斥他的妻子道:"我在对妈说话。你不要吵,蕙儿的灵柩葬不葬,那是郑家的事情,没有你的事!"

"没有我的事?我是蕙儿的母亲,难道我管不得?你自己不要做父亲,我还是蕙儿的母亲嘞!"陈氏挣红了脸顶撞道。

"蕙儿嫁到郑家,死了也是郑家的人。郑家世代书香,岂有不知礼节的道理?你女人家不懂事,不要多嘴!"周伯涛傲慢地教训陈氏道。

"你胡说!"周老太太气得没有办法,忍无可忍,便指着周伯涛结结巴巴地骂起来。"哪个要听你的混帐道理?我问你,你说女人家不懂事,难道你自己不是女人生的?你读了多年的书,都读到牛肚子里头去了!你这一辈子就靠你父亲留下的田地吃饭,你也不想一想你自己有什么本事?你东也礼节,西也礼节。跟你谈起郑家的事,你就满口世代书香,家学渊源。我问你,难道你的礼节就只会杀人害人?你给我说!我今天一定要你说清楚。"

周伯涛埋着头,一声不响。

"当初我不愿意把蕙儿嫁到郑家,你一定要做成这门亲事。现在结果怎样,你该看见了!"周老太太愈说愈恼,她恨不得把所有藏在心里的话都吐出来。"我的孙女儿嫁给郑家,是给他们做媳妇,不是卖给他们随便糟蹋的。她有什么好歹,未必我做祖母的就不能说话?我就没有见过像你这样没有良心的父亲!我问你,你到底去不去找伯雄办交涉?"

周伯涛摇摇头固执地答道:"妈吩咐我别的话,我都听从。这件事情我办不到。"

"你办不到,等我自己来办。我自己会找郑家交涉,"周老太太赌气地怒声答道,她这时也有她自己的计划。

"妈,你不能这样做,会让郑家耻笑,说我们不懂规矩,"周伯涛恭敬地劝阻道。

周老太太气得喘息不止。周氏、陈氏、徐氏们都关心地望着她。周氏还走到她的身边,轻轻地给她捶背。过了一会儿她才吐出话来:"天啦,我怎么会生出你这种不懂人话的畜生!你倒说我不懂规矩?只有你那个吃人的规矩我才不懂!好,不管你怎样说,我限你一个月以内把事情给我办好。你不办,我就拿我这条老命跟你拚!我不要活了!"她说到这里,突然站起来,气冲冲地走了出去。

"婆!""外婆!""妈!"芸、淑华、陈氏、徐氏同声喊着,她们跟着跑出房去。

周伯涛站在房里惶惑地往四面看,不知道应该怎样做才好。觉新用憎恶的眼光望着他。枚少爷畏怯地坐在角落里,不敢作声。盛装的枚少奶坐在她的丈夫旁边,忽然发出一声冷笑。她仿佛在看一幕滑稽戏。

周氏靠了那把空椅子站着。她留下来,打算趁这个机会对周伯涛说话。她严肃地说:

"大哥,妈是上了岁数的人了。你不能惹她生气。蕙姑娘的事情你快去办。不然,倘使妈有什么好歹,那个罪名你担当不起!"

"但是礼节——"周伯涛含含糊糊地吐出这四个字。他没有了固定的主见,心也乱了。觉新想:这跟礼节有什么关系?

"你还说礼节?难道礼节要你做出对不起祖宗的事,成为大逆不道的罪人吗?"周氏威胁地说。

周伯涛好像受到大的打击似的,脸色十分难看,垂头丧气地站在周氏面前,半晌答不出话来。

"大哥,我劝你还是心平气和地想一想,依着妈的话去办罢。连我也觉得你太任性了。蕙姑娘究竟是你的亲生女儿,你也该有一点父亲的心肠。妈从前事事都依你,现在连她也受不下去了,这也怪不得她老人家,"周氏看见周伯涛那种颓丧的样子,知道他的心思有点活动了,便温和地规劝道。

"但是你叫我怎么办?"周伯涛忽然苦恼地、甚至茫然不知所措地说。他又掉过头望着觉新问道:"明轩,你看这件事情该怎么办?"

觉新激动地答道:"我看只有照外婆的意思,请大舅把伯雄找来,跟他当面交涉。如果大舅不便说什么话,我也可以说。"

周伯涛的脸上现出惭愧的表情,他再找不到遁辞了。

二十三

　　第二天早晨周老太太逼着周伯涛写了一封信,差周贵送到郑家去,请国光下午来用便饭。但是郑国光却拿"人不舒服"这个托辞道谢了。他连一张便条也不肯写。

　　"伯雄怎么不来？未必他已经晓得了我们的用意？"周老太太诧异道。她感到失望,又仿佛碰到了一块绊脚石。

　　"他晓得,那就糟了,"周伯涛沉吟地说。对这件小事情他也找不到解决的办法。他始终把它看作一件超乎他的能力以上的严重事情。

　　"不见得,他不会晓得这么快,"周老太太想了想,摇头说。

　　"他说人不舒服,或者他真生病也未可知。那么等他病好了再说罢,"周伯涛忽然想出了一个拖延的办法。

　　"也好,"周老太太迟疑了一下,说。

　　"我看还是请明轩过去问问他的病。是真的,自然没有话说。如果是假病,就请明轩跟他当面交涉,"陈氏在旁边静静地听着周老太太同周伯涛讲话,她知道丈夫的心思,忍不住插嘴说道。她的话提醒了周老太太。

　　"你这个办法很好,"周老太太对陈氏说,"我们只好再麻烦大少爷走一趟。"

周伯涛不高兴地瞅了他的妻子一眼,他在母亲面前不便吵闹,只得唯唯地应着。

周老太太便差周贵到高家去请觉新。周贵把事情办得很好。觉新不等吃早饭就到周家来了。

觉新到了周家,自然受到周老太太和陈氏的诚恳的欢迎。她们把国光推托的话告诉他,还说出她们的意见。觉新赞成她们的主张,他也愿意到郑家去一趟。周老太太殷勤地留他吃早饭,他不好推辞,只得陪着他的外祖母、舅父、舅母们吃了饭。

吃饭时,平日躲在房里的枚少爷和他的新少奶也出来了。在饭桌上枚很少跟觉新讲话,一则因为有父亲在座,他不敢多说,二则,枚结婚以后在人前更不喜欢讲话。别人背后批评他,说他把话都对着新娘说尽了。这自然是开玩笑的话。不过觉新注意到前不几时在枚的脸上现出的一点红色已经褪尽了,他的脸色反而显得比从前更加苍白。虽然这上面常常泛出笑容,但是这个年轻人的微笑却使人想到一个快要枯死的老人的脸。觉新尤其觉得可怕的是那一对略略陷下去的眼睛,那对眼睛所表现的是一种深的沉溺,一种无力的挣扎以后的放弃。跟这个作为对照的是旁边那个少妇的充满活力的健康。那张浓施脂粉的长脸仿佛涂上了一层活气,好像满溢在全身的活力都要从脸上绽出来似的。她始终不曾说出一句完整的话。不过她抬起眼睛看过觉新两次:她的眼光好像是一股流水,要把人冲到什么地方去。觉新痛苦地想:一件罪恶又快要完成了。在他看来这是无可疑惑的了,兆候就摆在他的眼前。他又怜悯地看了看枚。枚若无其事地坐在他的对面。"他不知道,他们都不知道,"觉新这样想着,他不能够再咽下饭粒了。但是他也只好勉强吃完碗里剩余的一点饭,才跟着周老太太离开桌子。

饭后枚少爷夫妇立刻回到自己的房里去了。芸还陪着觉新在周老太太的房里坐了一会儿,谈一些闲话。芸为着她的亡故的堂姐的事,很感激觉新,她在谈话间也表露出她的这种感情。这对于觉新自然也是一种鼓舞。只有做父亲的周伯涛对这件事情并不热心。他跟觉新谈话时眉宇间总带着不愉快的表情。觉新知道他的心理,也就不去管他。

觉新从周老太太的房里出来,坐着自己的轿子到郑家去。轿子停在大厅上。郑家仆人把他引进客厅内。他在那里等候了许久,才看见郑国光出来。

两人见面时,自然是先说些客套话。觉新看见国光精神很好,方脸上也没有病容,故意向国光提起问病的话。国光不觉脸上发红,支吾半晌才说出几句敷衍的话来。他一边说话一边皱皱眉头:

"多谢大表哥问。我前天晚上伤了风,昨天一天都不能下床。医生嘱咐不要出门,所以岳父先前打发人来招呼,也没有能够去……"

觉新不愿意再往下听,就让国光一个人说去。他想:"在这种天气还会伤风?而且一点病象也没有,明明是在说谎。"他也不去揭穿国光的谎话,却装出相信的样子说了几句安慰的话。

国光在周伯涛的面前可以说出一大套话,但是对着觉新,他的那些话却全不适用了。此外他便没有多少话可说。所以在觉新不断的注视之下他的脸上开始现出了窘相。

觉新故意把话题引到蕙的身上,然后再转到灵柩安葬的问题。国光自己心虚,极力躲闪,但是终于在正题上被觉新捉住了。他知道当面拒绝或者找托辞是不可能的。他心里正在打算怎样应付,口里含糊地说:"……地已经买了,不过还有别的事情,一时恐怕来不及,家严的意思是……最好移到明春……"

"据我看太亲翁也不必太费事了。其实办这点小事情也花不到一年的工夫。蕙表妹没有这种福气,"觉新冷笑道;"家舅的意思还是请表妹夫早点把灵柩下葬,好让死者有个归宿。这可以说是存殁均感了。"

国光觉得觉新的话有些刺耳,他的脸又红了一阵。不过他心机一动,忽然想到一个主意,便堆起一脸笑容,顺着觉新的口气说:"大表哥的意思很对。我原本也不大赞成家严的主张。是的,我们应该让死者早得归宿。我一定照大表哥的意思办。其实不劳你大表哥来说,我也打算这样办的。日期自然越早越好。家严不会不同意。"

这样爽快的回答倒是觉新料想不到的。他怔了一下,接着就出现了满意的颜色。不过他还怕国光躲赖,所以又说:"那么就请表妹夫给我一个期限,我才好回去对家舅回话。家舅看过历书,说是下月初四日子正好。"他以为国光一定不赞成这个日期(因为它离目前还不到十天),他预备做讨价还价的把戏。

但是这一次又出乎觉新的意料之外,国光毫不迟疑地答应下来:"好,初四就是初四,一定办到。请大表哥放心,回去转达岳父岳母,初四日一定安葬。"

这样一来,觉新预备好的许多话都无从吐露了。他看见国光答应得这么爽快,虽然这不像国光平日的态度,但是他也不便再逼国光。他觉得这次的交涉倒还是相当顺利的。

觉新从郑家再到周家,他把交涉的结果报告了他的外祖母和舅父、舅母。周老太太和陈氏自然十分满意,她们对他说了许多感激的话。连周伯涛的脸上也现出了笑容。没有争吵,没有冲突,没有破坏礼节,只有这样的解决才是他所盼望的。而且它还给他解除了一个负担,减少了麻烦。

觉新告辞出来。他已经走下石阶了,听见芸在后面唤他,便转身回去。他看见芸站在堂屋门口对他微笑。她手里拿着几本书,好像是刚从过道里走出来似的。

他走到芸的面前。芸把手里的书递给他,一面说:"大表哥,这几本还给你,请你再给我挑几本送来。"

"好,我回到家里就喊人送来。我现在先到公司去,"觉新接过书高兴地答道。他打算转身走了。芸又唤了他一声。他望着芸,等候她说话。

芸看见觉新在等她,忽然又说不出话来。她有点激动,但是她很快地镇静下来。她低声说:"大表哥,你给姐姐办好了事情。她在九泉也会感激你的。"她感动地微微一笑。她仍旧望着他,泪珠从她的眼眶里溢出来。

觉新本来因为办好了交涉自己也颇为得意。现在他听见芸的短短的两句话,忽然觉得刚才的喜悦立刻飞走了,只剩下空虚、悔恨和惭愧。感激,他哪一点值得死者的感激?他哪一点又值得面前这个天真的少女的感激?他难道不曾帮忙别人把她的堂姐送到死路上去?他难道不曾让死者的灵柩被抛弃在古庙里?那些时候她们就怀着绝望的心求人帮助,她们就信赖他,感激他,但是他为她们做过什么事情?现在他又做了什么实际的事情?没有,什么也没有!他给她们的只是空洞的同情和关心。但是她们却用诚挚的感激来回答。现在事情还没有办妥,她的感激就来了。那个纯洁少女的颤动声音搅动了他的心。他没有理由接受她的感激!而且他连过去的欠债也无法偿还。

"芸表妹,你不要谢我,我还没有做过一桩值得你们感激的事,"他挣扎了一会儿才吐出这句话来,他的眼睛也湿了。他不能够再说什么,或者再听什么,他叹息地吐出"我去了"三个字,便猝然地转身走了。

芸站在堂屋门口,带着同情的和尊敬的眼光送走他的背影。天井里很静。阳光把梧桐叶的影子贴在她的身上。芸刚刚转过身子,忽然一阵尖锐的笑声从枚少爷的房里飞出来。她不觉皱了皱眉头。

觉新到了公司,刚走到自己的办公室门前就听见里面有人讲话,他连忙揭起门帘进去。原来是他的四叔克安和旦角张碧秀在这里等他。张碧秀坐在藤椅上,看见他进来连忙站起带笑地招呼他。克安坐在写字台前那把活动椅上,拿着一把折扇在搧着。

"明轩,你今天怎么这样晏才来?我们在等你,"克安看见觉新进来,含笑地说。他依旧大模大样地坐在椅子上面,不过把椅子转动了一下。

"我不晓得四爸今天要来。我刚刚到外婆家里去过,"觉新没精打采地答道。

"我要给芳纹买几件衣料,来找你陪我们到新发祥去看看,"克安接口说。

"芳纹?"觉新诧异地念着这个名字,心里还在想别的事情。

"这是四老爷给我起的号,"张碧秀陪笑道。

"啊!"觉新仿佛从梦里醒过来似的,他吐了一口气,便问克安道:"四爸现在就去?"

"那么就走罢,我们还有别的事情,"克安说。

"大少爷刚刚来,不要休息一会儿?恐怕有点累罢,"张碧秀望着觉新好意地说。

"不要紧,早点去也好,"觉新温和地答道。他陪着克安和张碧秀两人出去了。

觉新注意到许多人的眼光都往他们这面射过来。他知道大家在看张碧秀(便是从来不看戏的人看见张碧秀的粉脸、服装和走路姿势,也知道这是一个旦角)。他有点不好意思,但是他又不能够撇下克安和张碧秀,一个人跑开。他只得忍耐着。他看见克安只顾跟张碧秀讲话,便加快脚步,稍微走在前面一点。

到了新发祥,觉新暗暗地吐了一口气。他以为自己只要在柜台上打个招呼,替克安介绍一下,就可以走开。谁知克安一定要他留下帮忙挑选衣料,交涉打折扣。他无法推脱。不过他也只是呆呆地站在那里,跟着他们两个说好说歹,并不多贡献意见。

克安和张碧秀两人都不像觉新那样着急,他们也没有注意到他时时用手帕揩额上的汗珠。他们仔细地挑选着,看过各种各类的料子,还评定好坏。店里的伙计们知道克安是一个大主顾,也知道张碧秀的名字,又顾到觉新的情面,所以很有耐心地伺候他们。他们愈挑愈仔细,愈选愈多买。伙计们忙碌着,脸上带着笑容。不多几时门口便聚集了七八个人,都是来看张碧秀的。

后来衣料终于完全选好了。张碧秀的粉脸上现出了满足的微笑。克安为这些衣料花去一百几十元,他另外还给他的妻子王氏也买了两件上等衣料。张碧秀的衣料由店里派人送去。不

269

用说货款是记在帐上的,中秋节前店里会派人拿帐单向觉新收款(届时克安自然会把货款交给觉新)。

从新发祥出来,克安同张碧秀往另一条路走了。觉新一个人回到办公室去。他坐下来,喝着泡得很浓的春茶,随便翻了翻本日的报纸,到处都是使人不快的消息:乡下土匪横行;驻防军队任意征收捐税(有的已经征到三十年后的粮税了);内战仍在国内、省内各处进行……他翻到"余兴栏",又看见王心斋、冯叔和和高克定题旦角小蕙芳戏照的三首诗。王心斋就是克安的岳父。他皱着眉头放下报纸,心里很闷,不知道做什么事才好。在这时候一个租户从外面进来,找他谈追收欠租的事。那个人罗嗦地谈了许久,好像知道他心神不定似的,一点也不肯放松。他好容易才应付过去。他刚刚送走那个狡猾的商人,门帘一动,新发祥的朱经理又进来了。

"高师爷,刚才失迎,请原谅,"白白胖胖的朱经理一进来,就满面堆笑地拱一拱手大声说。觉新只得请他坐下。两个人说了几句应酬话。朱经理又诉苦般地讲了一些派捐的情况,后来看见驼背的黄经理进来找觉新,便告辞走了。

"他又来发牢骚罢,"朱经理走了以后,黄经理便向觉新问道,他的留八字胡的瘦脸上带着和蔼的笑容。觉新点了点头。他又说:"这也难怪他们。商店派捐太多,生意更难做,欠租的人又多起来了。"觉新只是唯唯地应着。黄经理又交了一封信给觉新,这是商业场里一家店铺写来的。他指出几点,要觉新斟酌答复。觉新仍然唯唯地应着,他心里还在想别的事情。后来黄经理也走了,又剩下觉新一个人。觉新坐在写字台前面,慢慢地把注意力集中在那封信上,准备起草回信底稿。

但是他听见有人在外面用响亮的声音唤大少爷。他侧耳一听,文德掀起门帘进来了,恭敬地报告:"大少爷,三老爷来了。"他连忙站起来。

克明从容地走进了办公室,然后跨过觉新房间的门槛,就在藤躺椅上坐下。觉新的眼光跟着克明走。今天克明的脸色还不错。

觉新叫人泡了盖碗茶来。他又对克明说:"三爸今天是不是还要到别处去?三爸好久不到这儿来了,是不是要买东西?"

"你三婶要我给她买点东西。我等一会儿就去看。我先到这儿来坐坐。你今天事情忙不忙?"克明温和地说。他从文德的手里接过水烟袋来,取下插在旁边小筒里的纸捻子。文德连忙给他括火柴。

"没有什么要紧事情,四爸先前也来过,"觉新带笑答道。

克明听见提起克安,他的脸色马上变了,不过并不很显著。他皱着眉头说:"我刚刚在门口碰见他。他倒没有看见我。他跟一个唱小旦的在一起。……"

"就是在群仙茶园唱戏的张碧秀,"文德插嘴解释道。他看过张碧秀的戏。他又加上一句:"听说四老爷很喜欢他。"

"我听说四弟、五弟还把小旦带到家里来过,是不是就是这个张碧秀?"克明沉着脸问道。

"是的,"觉新低声回答道。

"他们真是越闹越不成话了!"克明又皱起眉头骂了一句。他不再说下去,也不抽烟,他只是痛苦地想着。气愤和焦虑抓住他的心,他不能畅快地一口气吐出他所要说的话。觉新和文德沉默着。他们在等候。他们相信克明不会只说一句话。

"我本来还以为四弟应该明白点。他读书较多,会写一笔颜字[1],而且做过一任县官,笔下也来得。想不到他现在也昏到这样!"过了半晌克明才接下去说;"爹在的时候总望他们能够学好。我看是无可救药的了。"他叹了一口气。"我看我们的家运完了。你我是挽救不了的。"他的带着绝望表情的脸上忽然现出一股坚决的光,他的眼睛里还有未熄的火焰。他又说:"不过我在一天,我总要支持一天。"

"是的,应该支持,"觉新感动地重复念道。

"爹把责任放在我的肩上,我一定要照他的意思去做,"克明鼓起勇气继续说;"我不能够就看着他们把家产弄光。我不能看着他们做出给爹丢脸的事。"

"是,"觉新响应地说。

克明不作声了。他埋下头,眼光无意地落在手里的水烟袋和纸捻子上,纸捻子还在冒烟,他便打开烟筒摸出烟丝来装上,吹燃纸捻子,呼噜呼噜地抽起水烟来。他一面抽烟,一面思索。文德已经走出去了,在外面等候主人的命令。

觉新看见克明埋头在抽烟,没有动静,他也不想说话,他的眼光又落在面前的信上。

"你四爸带张碧秀到这儿来做什么?"克明忽然抬起头问道。

"他们——"觉新连忙把眼光从信上收回来,他说了两个字,停顿一下,才接下去:"到这儿来买衣料,买得倒不少,一共一百多块钱。"

"唉,"克明叹了一口气,又咳了两三声,便把水烟袋放在桌上。他端起茶碗喝了两口茶,茶碗还捧在他的手里,他又焦

---

[1] 颜字:指唐代颜鲁公(709—785)的书法。

虑地说:"像他们这样乱花钱,我看也没有几年好花。四弟也花得不少了。这些钱都是爹辛辛苦苦挣来的。四弟还算做过半年县官,回来买到几十亩田。这一年来他在我的事务所里帮忙,也有些收入。不过这几个月情形不大好,一件案子也没有接到。田租一年比一年少。今年连我也动用起老本来了,何况他。至于五弟,他什么事都没有做过,只会花钱。他的田卖得剩不到三分之一。字画也'出脱'了不少。我看他将来怎样下场!"

"三爸可以劝劝他们,"觉新鼓起勇气建议道。

"本来我倒想好好教训他们一顿,"克明皱眉蹙额地说;"不过说到钱上,我也难跟他们讲话。家已经分了,照名分是他们的钱,多干涉他们,他们又会说我有别的用意。还有那两个弟媳妇更不明白道理。对她们这些糊涂人我也没有好的办法。譬如,我正要跟你谈这件事情。"他把茶碗放回在桌上的茶盘子里,立刻换过了话题:"陈姨太前天晚上对我谈起,她想'抱'个孙儿,打算把七娃子'抱'过去。我没有答应她。我看见四娃子不学好,恐怕将来没有出息,我希望把七娃子教好点。虽说你三婶又有喜,可是还不能说是男是女,留着七娃子总要好些,所以我不愿意。谁知今天四太太却跑来找你三婶,她说七娃子身体不好,我这房人口又少,不应该'抱'出去。她说陈姨太要'抱'孙,应该由六娃子过继。等一会儿五太太又来说,五房现在情形不好,她要把喜姑娘生的九娃子'抱'给陈姨太。"克明说到这里觉得很吃力,意思虽然未尽,却暂时闭住嘴不说下去。但是他的脸上还带着愤激的表情。

"四婶、五婶怎样会说这种话?"觉新惊怪地说。他看见克明没有表示意见,便又问道:"三爸的意思怎样?"

"我看她们不过看上了陈姨太的那所房子和一千块钱的银

行股票,所以五太太说她那一房情形不好。横竖就只有这几千块钱,让她们争去。不过据我想,九娃子太小,陈姨太不见得愿意,况且五弟就只有这一个儿子,也不应该过继出去。"

"那么就让四婶把六弟'抱'给陈姨太也好,"觉新道。

"我就是这样想,"克明点头说。"不过我恐怕以后还有争吵。五太太不会甘心让那几千块钱给四房独吞。唉,说来说去总是钱。这些事情要是爹在九泉知道,他一定会气坏的。"克明把身子倒在藤躺椅靠背上,他的脸上现出受过打击以后的绝望、憔悴与疲乏的表情。过了十几分钟克明又坐起来对觉新说:"我还有一件事情,我想把我在你们公司的活期存款提两百块钱出来,你明天给我办好。"觉新唯唯地答应着。克明又疲倦地倒在藤躺椅的靠背上面。

太阳早已被逐渐堆积起来的灰黑色云片埋葬了。光线不停地淡下去。好像谁用墨汁在天幕上涂了一层黑色。不,不仅一层,在这淡淡的墨色上面又抹上了较浓的黑色。墨汁一定抹得太多了,似乎就有一滴一滴的水要从天幕上落下来一样。空气闷热,虽然开着窗,房里也没有凉气。克明的鼻子因此不时地发响。

觉新的眼光又落在那封信上,但是他的眼前仿佛起了一层灰色的雾,那些字迹突然摇晃起来。他便仰起头闭上眼睛疲倦地把身子靠在椅背上。他听见文德的响亮的声音在问:

"三老爷,就要落雨了,现在要去买东西吗?"

他又听见克明的声音说:

"好。明轩,我走了。"

他连忙站起来。

二十四

雨后,傍晚的天气凉爽多了。

觉民到了利群周报社。他在一个星期里面总有三四个晚上到周报社去同他的朋友们在一起工作。周报社社址就在觉新服务的西蜀实业公司的商业场楼上,是一间铺面。这两年来他们已经把它布置得很好了。不过在商业场楼上这个角落里许多铺面都没有人承租。周报社的两旁全是空屋,隔了好几个铺面才有一家瓷器店。便是在白天,这里也少有人经过,到了晚上自然更清静了。

这天觉民去得较晚,张惠如弟兄、黄存仁、汪雍、陈迟都早到了。他们在那里热心地办事情:包封周报,写封皮,写信,记帐等等。他们看见觉民进来,照例亲切地招呼他一声,仍旧埋下头办各人的事。那张平日陈列书报的大餐桌一头堆了几叠新印好的报纸,另一头是陈迟和汪雍工作的地方:浆糊碗、封皮、封好的报纸卷都在这里。

"觉民,快来帮忙,"陈迟欢迎地说。

觉民高兴地应了一声,便参加了包封的工作。

他们一面工作,一面谈话,手不停地动着,折好报纸,又把它们封成小卷。小卷在餐桌上渐渐地堆起来。他们送一批给黄存仁,等到他写完了又送一批过去。但是黄存仁的一管笔不及他们三个人的手快。黄存仁开玩笑地诉起苦来。张惠如正在整理书橱里的书,听见黄存仁的话,连忙说:"你写不赢,我来帮你写。"他匆匆忙忙地关好书橱门,走到那张小书桌跟前。他顺便搬了一个凳子到那里去,就坐在黄存仁对面,拿起笔在封好的报纸卷上写地址。

"时间真快,再出三期就到两年了,我们居然维持了两年。这是想不到的,"陈迟忽然兴奋地自语道。他的眼光停在那些报纸上,它们在他的眼里变得非常美丽了。

"这几期内容不错。我自己看了也很高兴,"汪雍满意地说。

"我想,有一天,我们不会再在这个小地方,不会只有我们这几个人……将来一定在一个很大很大的地方,有许多许多人,我们的报纸那个时候会销到五万,十万,一百万,"陈迟抬起头自语道。

"那个时候我们要出日报了,我们还要印很多很多的书,"汪雍笑着接下去说。

觉民在旁边笑起来。他带着好意地哂笑道:"你们又在做梦了。那一天不晓得要等多久?"

"我不怕久等,"汪雍勇敢地、充满着自信地答道。

"说不定他们哪一天又会把我们的报纸封掉,"张惠如在旁边泼冷水似地说一句。他的确想过:将来会有这样的一天,不过他并不害怕那一天到来,因为他相信以后一定还有另外的一天。

"大哥,你不该说这种扫兴话,"张还如从另一张小书桌上抬起头对他的哥哥说。

"我不过提醒大家一声,小心总是好的,"张惠如笑答道;"我们不怕打击。就是天大的事情也不会使我们扫兴。"

"不过无论如何让我们把两周年纪念会开了再说,"觉民在旁边笑道。

"这当然不会有问题,我还要演《夜未央》啊,"陈迟乐观地说。

"岂但《夜未央》,还要演更多的新戏,"张惠如接下去说。

"你们听着,我报告一个好消息。重庆文化书店来信:最近《利群》在渝销路激增,本期加到五百份,仍不敷分配。以后请按期寄发一千份。……他们还兑了二十块钱来。"

"一加就加五百份,真不错!"汪雍惊喜地说,更起劲地包封报纸。

"方继舜听见一定高兴,"觉民快乐地说,"纪念刊应该编得更好一点。"

"你们为什么事情高兴?"一个女性的声音从外面飘进来。众人的眼光都往门口射去。他们看见了程鉴冰的笑容。

"你好久没有来了。今天来得很好,我们正忙得很,你快来帮忙,"陈迟第一个对她说话。

"我就是来帮忙的。最近忙着毕业考试,实在抽不出时间来。我没有找你们帮忙我补习功课就算好的了,"程鉴冰声音清脆地答道。她又问觉民:"蕴华怎么没有来?我也好久没有见到她了。我还以为她在这儿。今天不是还要开会吗?"

"她家里有事情,不能来。她要我代表她,"觉民答道。

"鉴冰,你来写封皮罢。我去帮他们卷报,"黄存仁放下笔站起来招呼程鉴冰道。

"好，只要有工作给我做，我就满意，"程鉴冰点头答道，便向着黄存仁走去。黄存仁把地方让给她，她在那里坐下了。他却走到汪雍旁边，拿过折好的报纸来卷好，然后把右手的食指伸到浆糊碗里去。

"还有一个好消息，——"张还如又在一边大声嚷起来。

"怎么又有好消息？"汪雍兴奋地问。

"你不要慌，听我说，"张还如得意地说。"是从合江来的信。一个读者兑了十五块钱来，捐做小册子的印费。"

"这是个什么样的人？"觉民感到兴趣地插嘴问道。

"我还没有说完。是一个中学史地教员，三十七岁。他最近读到我们的报纸和两本小册子。他同情我们的工作。他的信上写得很明白，"张还如接着说。

"给我看这封信，"汪雍急切地说，就把手伸了出去。

"汪雍，先做事罢，等一会儿看信也来得及，"黄存仁在旁边拦阻道。"现在剩得不多了，还有那几卷大的，我们来捆。"

"存仁，这儿还有几封读者的信，你也来帮忙写两封回信，"张还如听见黄存仁的话，想起他手边还有许多工作等着人做，便抬起头唤着黄存仁说。

"好，我就来，"黄存仁毫不迟疑地答道。

汪雍不去拿信看了。黄存仁却过去，坐在张还如的对面，做回信的工作。觉民、陈迟、汪雍三个人埋着头努力封报。小的报纸卷已经封齐了。他们又包封五十份的大卷。等到这些大卷也封好了，觉民便拿了一枝笔来，把大卷上的地址写好。然后他又帮忙写了些小卷上的地址。

陈迟和汪雍用湿毛巾揩去手指上的浆糊。他们看见觉民就在餐桌旁边写封皮,他们留下一小堆给他写,把其余未写过的捧着送到张惠如和程鉴冰那里去。

程鉴冰和张惠如的手边只剩了寥寥几个未写过地址的报纸卷,横放在条桌上面。封皮写好了的便堆在地板上。陈迟和汪雍又把新的报纸卷放下来,桌上立刻又隆起了一座小山。

"你们看,还有这样多,还不快点写?"汪雍故意开玩笑地催促道。

程鉴冰抬起眼睛看了看手边那堆报纸,便带笑地责备汪雍道:"你们两个倒不害羞。你们不来帮忙,还好意思催我们。"

"你刚刚来。我们已经做了好久了。你现在多做点也不要紧,"汪雍得意地答道。他仿佛在跟自己家里的人,自己的姊妹谈笑似的。他的话里带了一种亲切的调子。

"你不要跟我们说笑,耽误我们的工夫。你同陈迟都来帮忙写,好早点写完。我们还有别的事情,"程鉴冰亲切地对汪雍笑了笑,鼓舞地说。

"好,我们大家都来写,"汪雍愉快地答道。他随便抱了一堆报纸卷,拿到餐桌上去,分了一半给陈迟。他们两人也不坐,就弯着身子写起来。

门前响起了皮鞋的声音。这个声音引起了觉民的注意,他一个人自语道:"好像有人走来了。"

"怎么是穿皮鞋的?未必是学生?"汪雍惊疑地说,把眼光射到门外去看。

"大家小心一点,"张惠如严肃地警告众人。他仍然埋着头写字。

"我晓得,"黄存仁答道。他立刻把桌上的几封信揣在他的衣袋里。他又低声嘱咐觉民说:"觉民,你们好生看着。"

觉民答应一声,马上站起来,带着安闲的样子走出去。他走到廊上栏杆前面,装着俯下头去看楼下,他的眼光却偷偷地射到发出脚步声的地方。他看见两个穿白色制服的学生。他的紧张的心情松弛了。他嘘了一口气,仍旧安闲地走回去。他走到餐桌前面,低声哼起一首歌来。

众人知道并没有什么意外的事情,也都放了心。但是他们还等着。于是两个学生进来了。

"对不住,"一个脸色红红的中学生客气地说,"我们来买报。"

汪雍站起来迎着他们,客气地问:"买哪一期?是不是今天刚出版的?"

"我们白天来过两次,你们都不在,"另一个脸色黄一点的中学生恳切地说。

"我们这一期也要买,我们还想补以前的。以前的还补得齐吗?我们只买到十五期,"那个红脸的学生接着说。

"以前的可以补。你们要补多少期?"汪雍兴奋地问道。

"我们要从头补起,"黄脸的学生急切地说。

"第一年的没有了。第二年的可以补齐,"汪雍答道。

两个学生的脸上都现出失望的神气。黄脸的学生还郑重地问一句:"还可以想法子吗?"

"我们愿意买齐,旧一点贵一点都不要紧。最好请你们给我们找个全份,"红脸学生害怕他的同伴的话不发生效力,他甚至着急地要求道。

"第一年的有合订本,不过早卖完了。现在没有法子找到,"

汪雍抱歉地答道。

"那么借也可以，无论如何，我们要从头到尾看全。你们自己总有。我们不会给你们弄脏的。我们先缴押金也可以，"红脸学生一面揩额上的汗珠，一面哀求地说话，他的明亮的眼睛望着汪雍的圆圆脸，好像在恳求："你就答应罢。"

汪雍正在迟疑：他很难拒绝这两个热心的读者的要求。张惠如忽然放下笔，走到两个学生的面前，诚恳地说："我有一部，可以借给你们。"汪雍看见张惠如过来，便走开去拿周报，让张惠如跟他们谈话。

两个学生的脸上同时现出喜色。红脸的学生马上感谢道："那么多谢你，我们决不会弄脏的，你可以给我们一个期限。我们什么时候来拿？要缴多少押金？"

张惠如感动地微微笑道："我明晚上就带来。用不着缴押金，也不必定期限，你们看完，还来就是了。"

"我们一定看得很快，至多一个星期就会还来的，"红脸的学生兴奋地说。他又问张惠如："请问先生贵姓？"

"我姓张，"张惠如毫不迟疑地答道。他也问："请问你们两位——"他还没有把话说完，汪雍就抱了一卷周报过来，打岔地对他们说："第二年的都在这儿，你们看看要买哪几期？"他把报纸放在餐桌上。

两个学生都把身子俯在餐桌上翻看周报。他们拣出了他们需要的各期，把报纸叠在一起，向汪雍问明了价目。红脸学生便掏出钱来，一面对汪雍说："我们还要订一份全年，"一面数好钱递给汪雍，又补了一句："就从下期起。"

"那么请你们把名字、地址写下来，"张惠如在旁边插嘴说。

他就到觉民那里去讨了纸笔，送到两个学生的面前。

红脸学生拿起笔写着姓名和地址。黄脸学生带着笑容钦佩地对张惠如和汪雍说："你们的报纸真好！……都是我们想说、自己却说不出来的话。……我们读了那些文章非常感动……"

红脸学生写好了地址，把纸条交给汪雍。他还解释地说："这是我的名字，这是他的名字（他说时指着黄脸学生），随便写哪个名字都可以。"

汪雍客气地答应着，便拿着字条走到张还如那里去了。张惠如也侧头看了那张字条，知道了这两个学生的姓名。他想：他应该记住那些忠实的读者的姓名，有一天他们也许会加入这个团体来同他一起工作。

"我觉得每个年轻人都应当看你们的报纸。你们说的都是真话，你们才是我们的先生。你们教给我们怎样做一个有用的人，不做一个寄生虫，不做一个骗子……"红脸学生把黄脸学生先前中断了的话接下去说，他很激动，他的声音战抖起来，他说的全是藏在他心里的话。他害怕他说得不恰当，不能使他们明白他的诚心的赞美。他的脸色更红了。

这些过分的称赞却是从真诚的心里吐出来的。一个年轻人把他的心放在他们的面前，这是一颗鲜红的心，跟他们的心不会是两样。他们了解这个中学生，因为他们也有过这样的感情，也曾对别人说过这样的话。但是他们是不是就应当受到这个中学生的尊敬和称赞呢？……他们确实感觉到这样的尊敬和称赞是过分的，只给他们带来惭愧。不过他们同时也感到了喜悦，这喜悦里含着感激，因为那个学生的话证明他们的努力并不是徒然的。这番话鼓舞了他们。他们的眼光全集中在说话人的脸上。

张惠如兴奋地第一个开口回答：

"这是因为你自己有良心，因为你自己愿意做个有用的人。我们哪儿配做先生？我们都还是学生。我们只想做点有用的事情，所以不管自己行不行，也就动手做了。"张惠如并不是在说虚伪的谦虚话，他剖露了他们这一群青年的心。他们聚在一起做这种工作的时候，并没有想获得什么的心思，他们是来给与，来贡献的。他们觉得自己充满了活力，他们不愿意把它们消耗在个人的享乐上。他们看见一个腐烂的制度使多数人受苦，他们不愿意在众人的悲哭中做着安静的梦。于是他们出来，找到这样的机会献出他们的活力。无条件，无报酬，他们只求一点良心的安慰，因为他们相信如今他们得到了正义的指示。甚至在利他的行为中他们也只看出赎罪的表示，因为他们相信他们自己的特权使别人受到更大的痛苦，他们自己的安乐便建筑在别人的悲苦上面。所以他们要来做违反自己的阶级利益的工作，他们要来推翻他们自己所出身的阶级。这个时代的青年的确是如此地谦逊的。

"你们太客气了。要不是你们指路，我们怎么知道这些事情。你们辛辛苦苦地办报印书，要唤醒那些还在做梦的人。我们什么事情也没有做，我们真正惭愧，"红脸学生感动地说。他接过了汪雍递给他的周报订单。

"我们不打搅你们了，我们现在走了。明天晚上我们来拿合订本，"黄脸学生带着道歉的微笑说。他接着又问一句："张先生，明天方便吗？"

"方便的，明天你们这个时候来正好，"张惠如温和地答道。他的善意的眼光抚着这两个学生的脸。

两个学生也不再说话，他们恭恭敬敬地对张惠如和汪雍点一个头，然后又对里面的几个人点一个头，便急急忙忙地走了出去。于是走廊上又响起了皮鞋的声音。

"难得他们这样热心。那几句话说得我也有点不好意思，"觉民放下笔感动地说。他已经写好了手边那些报纸卷的封皮。

"这是我们的胜利，新的读者一天一天地增加，而且都是这样热诚的人。我们的工作并没有白做。以后我们更要努力，"陈迟满意地说。

"我们开纪念会一定把这两个学生请来，"程鉴冰欣喜地说，然后她又望着张惠如问道："惠如，你说对不对？"

张惠如含笑答道："我也有这个意思。我们还要请印周报的印刷工人。"

"对，对，"程鉴冰含笑点头说。她又掉头去问黄存仁："存仁，你们的事情做完没有？"

"我立刻就做完了，再写一封信就好了，"黄存仁仍旧埋着头答道。

"我们赶紧来商量纪念会的事，现在时候不早了，"程鉴冰催促道。她站起来，走到餐桌前面，顺便拿起觉民写好的报纸卷看了看。

"我倒完了，"张还如把他手边那些簿据都放进了他那个大皮包，然后站起来说。他也走到餐桌前，就站在程鉴冰旁边。他的眼光忽然落到她那根梳得又光又松的大辫子上，便问道："你这根辫子什么时候剪掉？现在剪发的女学生已经不少了。"

"多也并不算多，至多也不过十来个。我早就想把辫子剪掉，"程鉴冰带笑答道，"不过我家里头讨厌得很。我很难对付他们。我还没有做什么奇特的事情,他们就叽哩咕噜不得了,说我交男朋友啦,说我常常在外面跑啦。如果我再把辫子剪掉,不晓得他们又会闹什么把戏。我图点清静,所以也不想现在就剪头发。"

"我看你这是强辩,"陈迟在旁边插嘴说。

这句话并没有使程鉴冰生气,她反倒笑了。她坦白地说:"我晓得你是在激我。不过用话激我,也没有用。我又不要做什么'英雄'——"

"那么你想做什么?"陈迟追问一句。

"我同蕴华一样,我们只想做点有益的事,"程鉴冰带着自信地说。

黄存仁也走过来,替程鉴冰解释道:"我觉得鉴冰、蕴华不剪头发,也有道理。我们的工作跟一般人的不同。我们最好不要在外表上引起人注意。比如从前有些革命党主张废姓,只用两个古怪的字做名字,不但没有一点好处,反而引起许多不方便。连别人寄给他们的信件,他们也收不到。"

"话虽然是这样说,不过我们究竟是怎样一种人,省城里头晓得的人也不少。我倒以为我们不必害怕,"陈迟不以为然地说。

"我并没有说害怕,不过做事情总要谨慎周密才好,"黄存仁诚恳地说,他的话是经过思索后吐出来的。"现在我们还不要紧。不过将来难保没有问题。我们的工作越来越发达,影响越来越大,省城里的旧势力不会轻易放过我们。"

"那是以后的事,我们现在也不必管它,"陈迟仍旧乐观地说。

"我看将来我们的力量大了,人也多了,一定会有一场大的斗争。我倒希望那个时候早点来,"张惠如兴奋地插嘴道。他的眼光望着门外的空间,他似乎在看一个理想中的景象。

"早一点来也好,可以热闹一点,我喜欢热闹,"程鉴冰微微笑道。

"我不像你们那样。我倒希望它慢一点来。目前我们力量小,还不会有大的压迫。不过我不相信我们会失败。新的势力一天比一天地大起来了,"觉民站起来满怀信心地说。

陈迟马上接下去说:"在上海、北京、南京,大学已经开放女禁了,女子剪发也成为并不希奇的事情了。旧势力究竟有多大的力量?怎么不看见它出来斗争?"

"事情并不那么简单。而且在我们这儿情形更不同:我们在军阀的势力下面过日子。一个独夫可以用蛮横的力量摧毁一切,只要他高兴这样做,"黄存仁沉着地说。他看见众人带着疑惑的眼光望着他,便露出笑容,解释道:"自然我并不是说我们应该害怕。就是冒着更大的危险,我们也要做事情。不过谨慎周密也是成功的一个条件。"

"你这个意思我赞成,我很了解你的话,"觉民点头说。

程鉴冰又想起纪念会的事便着急地说:"我们还是来谈纪念会的事情罢。太晏了,我回家不方便。"

"不要紧,我可以送你回去,"黄存仁安慰地说。

程鉴冰对着他笑了笑。她又问:"演戏的地点,法文学校,交涉过没有?"

"我已经见过邓孟德,他答应了。演戏是没有问题的,同学们对这件事情也很感兴趣,"汪雍答道。邓孟德是法文学校的校长。他是法国人,而且是天主教的神甫,却取了中文名字。他永远穿着黑色长袍,留着一部灰色长须。他创办了教授法文的专门学校,汪雍便是这个学校的学生。邓孟德还在外国语专门学校教法文,黄存仁、张惠如他们都认识他。

"继舜编好纪念刊没有?什么时候付印?我想他一定不会耽误事情,"程鉴冰又说。

"他已经交了一大半稿子来,还如都发给印刷所了,"张惠如答道,"还有一小部分,他明天送给我。"他忽然问觉民道:"觉民,你的小册子呢?"

觉民从衣袋里摸出一个厚厚的信封递给张惠如:"在这儿,都是从杂志上选来的,可以印两本。你们看看对不对?"

"给我看一下,"汪雍说。他从张惠如的手里拿过信封来,抽出了一束稿件。

"汪雍,你现在不要看。我们还要商量事情,"程鉴冰阻止他翻看稿件。

"我又不是筹备委员,你们开会我可以不参加。不过我听你的话,横竖我以后还可以看,"汪雍笑道。他把稿子装回在信封里,仍旧递还给张惠如。

"现在困难的还是经济问题。在这个星期里头一定要把临时捐款收齐才好,"张还如说。

"我们几个人分头去收,一定收得齐的,"汪雍有把握地说。

"我的捐款明天就可以缴来,我说过我捐十块,"觉民说。

"好,"张惠如欣喜地说,"存仁的五块已经缴来了。等我今天回去向姐姐多要一点钱,我们也可以多捐一点。你们几个的捐款也该早点缴来。印刷费要先付一部分。"

"我现在就缴罢,"程鉴冰摸出一个纸包,打开它,取出一元五角银币,递给张还如。汪雍也把捐款缴了。陈迟却说:

"我三天以内一定缴出。"

众人继续谈了一些事情,后来听见二更锣响,都觉得应该回家了。一些人忙着收拾东西,另一些人便去抬铺板。后一件是黄存仁和张惠如弟兄常做的工作。他们做得跟商店学徒一样地好。

这时在楼上听不见脚步声了。他们从栏杆上俯视下面,也看不见辉煌的灯光。大部分的店铺都关了门。整个商业场已经落在静寂里。在一天的劳碌以后人们都要休息了。但是这几个年轻人的心里却燃着似乎不会熄灭的烈火。他们怀着过多的活力,要在这个黑暗的夜里散布生命。

二十五

这些年轻人一起出了商业场,走了一段路。小饮食店的门大开着,店里坐满了服装简单的人,里面送出来嘈杂的人声,现在正是热闹的时候。但是这些亮光也在他们的眼前过去了,他们转入了一条静寂的巷子。

在这里看不见商店,有的是砖砌的高墙和公馆的大门。黑漆门,红灯笼(也有白纸写蓝字的素灯笼),铁门槛(也有木门槛和石门槛),石狮子,只有它们点缀了这寂寞的街景。

然而这些年轻人的心里没有寂寞。他们有着太多的幻景,太多的事情。他们不会让那几件他们看厌了的东西分去他们的注意力。

黄存仁几个人陪着程鉴冰在前面走。张惠如要跟觉民谈话便走在后面,离他们有两三步光景。

"觉民,你以后的计划怎样?你这回毕业,你家里对你有什么表示没有?他们希望你做什么?"张惠如关心地问觉民道。

"他们也没有什么明白的表示。我大哥希望我考邮政局,将来能够做邮务员、邮务官最好。不过他也并不坚持这个意见。至于我,我还是准备到上海去,"觉民答道。他已经下了决心,而且他已经想得很明白,长久留在这个家里对他不会有好处。

"你到上海去找觉慧也好,横竖我们可以联络,你也可以间接参加我们的工作,"张惠如说。

"你呢?"觉民恳切地问道,"你同还如两个打算做什么事?"

"我有个亲戚给我找到一个工作,在嘉定中学教英文,姐姐很愿意我去,不过我不想去,"张惠如答道。接着他又解释地说:"我不想做这种事情,我打主意学一种手艺。我本来打算到印刷厂去学排字,却不容易进去。所以我想去学裁缝。还如想到重庆去进工厂,已经写信到重庆去了。还没有得到回信。他又说要当剃头匠。"

"你就打定主意了?我以前并没有听见你说过,"觉民惊讶地问道。

"我已经决定了,"张惠如坚决地说。"我觉得光说空话是不行的。我们既然赞美劳动神圣,自己就应该劳动。"

"对,对,"觉民插嘴应道。这时在前面走的几个人又转过了一条街。他们也在谈话,觉民却没有留心听他们在谈论什么。张惠如三角脸上那对奕奕有神的眼睛突然亮起来,那眼光有一两次甚至射进了觉民的心。

"我们应该靠自己的两只手生活,这才是清白的,正当的,"张惠如继续说;"我认得一个裁缝,他是个好人。我跟他谈过,要他收我做徒弟。他起初不相信,以为我在跟他开玩笑。后来我又认真跟他讲过两次。他才相信我真要学做裁缝。他也有意思答应了。不过他总以为我是随便学学玩的。我却打主意正式拜师订约……你看怎么样?"

"我觉得拜师这个形式倒用不着。这一来反而把你拘束住了,"觉民沉吟地答道,他在想象做一个裁缝店的学徒是怎样的一回事。但是在这一方面他的脑筋是很贫弱的。

张惠如笑了笑,慢慢地说:"拘束固然有点拘束,不过我害怕我自己没有长性。这样一来我也可以管束自己,免得中途改变心思。"

"可是团体的活动……"觉民惋惜地说。他并不同意张惠如的办法,觉得这是丧失自由。他只说了半句,不过意思是很明显的。

"我也可以一样参加,"张惠如安静地答道。他又笑了。他解释道:"自然我做学徒跟别人有点不同,他也不会把我当做普通学徒看待。我订约的时候会写明白。我不会做那些杂事。我拜师后就学着动针线。我给他讲好,我每天只做八点钟的事情。这样对我的活动并没有妨碍。"

"你姐姐呢,她不会阻止你吗?"觉民感动地问。他觉得以前还没有把这个年轻人认识清楚,这时带了另一种眼光看张惠如。但是凭着昏暗的光亮,他只能看见一个瘦脸的轮廓,此外就是一对明亮的眼睛。

"我姐姐自然不赞成。不过她不会跟我为难,至多不过抱怨我一两次,"张惠如很有把握地答道。接着他又用抱歉的调子说:"我看还如就不得不另打主意。现在家里的事情大半归他管,我姐姐少不了他。他办事比我能干。"

"你们在说些什么?为什么要扯到我身上?"张还如忽然从前面掉过头来带笑地问道。

"你哥哥说你办事很能干,"觉民笑答道。

"你不要信他的话。他自己偷懒,不大管家里事情,都推在我身上。他说我能干,我有一天会去做剃头匠的,"张还如笑道。他也泄露了他的愿望。然而这只是一个简单的愿望,他并没有下决心,而且他也不曾想到在短时期内使这个愿望实现。

"你做剃头匠?你连修面也不会,"陈迟噗嗤笑起来说。

"我会去学。我将来一定要给你们大家剪头,"张还如正经地说。"我还要给鉴冰剪,我将来一定要剪掉她的辫子。"

"好,我等着你,"程鉴冰抿嘴笑道。

"那么你可以在门口钉一个牌子,写上'剃头匠张还如',这一定很不错,"陈迟继续笑道。

"这有什么不可以?可惜我不是贵族,不能够像米拉波那样,"张还如笑答道,他知道陈迟在引用米拉波的故事。据说在法国大革命时期中有个米拉波伯爵,为了表示自己轻视贵族爵位起见,特地开设了一家铺子,挂着"成衣匠米拉波"的招牌。他们从本城报纸转载过的一篇文章里见到这个故事。这是一个榜样。张还如顺口说出米拉波的名字,却没有想到这句话对他的哥哥张惠如是多大的鼓舞。

"别人在一百三十几年前就做过了。我为什么到现在还不敢做?难道我就没有勇气?"张惠如兴奋地想道。他觉得眼前突然明亮起来。

米拉波的故事提醒了觉民,他觉得他现在更了解张惠如了。他轻轻地拍着张惠如的肩膀,感动地说:"惠如,你比我强,我只有佩服。"

"不要说这种小孩子的话。这算不得什么。各人有各人的环境,"张惠如感激地看了觉民一眼,笑答道。

"我并不是跟你客气,我说的是真话,"觉民诚恳地解释道。

他并不轻视自己,他也不愿意做裁缝或者剃头匠。但是他觉得张惠如的行为的确值得佩服。

在前面走的人忽然站住了。两旁现出一些灯光,街口的店铺大半还没有关上铺门。他们都站在十字路口,因为他们应该在这里分路。

"觉民,你不必送鉴冰了,你可以转弯回家,"黄存仁看见觉民走近,便对他说。

"好,"觉民应道。他又看了张惠如一眼。现在他可以看清楚那张三角脸了。面貌没有改变,还是那张他十分熟习的脸,但是在他脸上看到了很大的勇气和决心。他问张惠如:"你怎么样?"

"我还可以同他们走一段路,你回去罢,"张惠如应道。接着他又说:"你最好下次把蕴华也约来。"

觉民点头答应,便向他们告别,一个人转弯走了。

路是很熟习的,他走得很快。在阴暗中他走过一条街,又一条街。最后他走进他住的那条街了,他便把脚步稍微放慢些。他走到离家不过五六十步的光景,忽然一阵钟磬声和念佛声送进他的耳里来。他远远地看见赵家大门口聚集了一小群人,知道那个公馆里在放焰口。他经过那里便站住,张望一下。出乎意外地他看见觉新也站在人丛中。觉新也已经看见他了,便走过来跟他讲话。

"你到姑妈那儿去了?"觉新亲切地问道。

觉民点点头,说了一句:"我想不到你会在这儿。"接着他又问觉新:"现在回去吗?"

"等一会儿罢,我喜欢听放焰口,"觉新留恋地说。

"别人都是来抢红钱的,"觉民不假思索地说了一句。

"你听,"觉新并不理会觉民的话,却唤起觉民的注意道,因为这时候和尚们在念他最爱听的唱辞了。

那个戴毗卢帽的老和尚,合着掌打盘脚坐在最后一张桌子上,他的脸正对着大门。他抑扬顿挫地唱起来:

一心召请,累朝帝主,历代侯王,九重殿阙高居,万里山河独据。

坐在前面两张桌子左边一排的和尚中间,一个敲着小木鱼的圆脸和尚扬起声音不慌不忙地接下去:

西来战舰,千年王气俄收;北去銮舆,五国冤声未断。呜呼……

"又是这一套,总是这种扫兴话,"觉民皱起眉头自语道。

"我觉得这种话倒有意思,"觉新慢慢地说,他的注意力被这些词句引去了。

觉民惊讶地看了哥哥一眼,也不再说什么。年轻的圆脸和尚念过了"呜呼"以后,坐在他对面的右边那个敲小引磬的年轻和尚接着用响亮的声音唱道:

杜鹃叫落桃花月,血染枝头恨正长。

然后全体和尚伴着乐器的声音,合唱着以后的词句:什么

"如是前王后伯之流，一类孤魂等众，惟愿……此夜今时，来临法会，受此无遮甘露法食。"

在"帝主侯王"之后那个老和尚又唱起"筑坛拜将，建节封侯"来。以后还有什么"五陵才俊，百郡贤良"，"黉门才子，白屋书生"，"宫闱美女，闺阁佳人"等等。这些凄恻感伤的词句绞痛着觉新的心。其中"一抔黄土盖文章"，"绿杨芳草髑髅寒"几句甚至使他有点毛骨竦然了。但是他仍然不愿意离开这里。他觉得这些句子使他记起许多往事，告诉他许多事情，它们像一锅油煎着他的心，逼得他掉下眼泪。他的心发痛。然而同时他感到一种绝望中的放弃似的畅快。

同样的词句进到觉民的耳里，却不曾产生这样的影响。觉民觉得它们在搔他的心。但是他不让它们搔下去，他驱逐它们。他可以控制自己的思想。和尚们还在起劲地唱，他们极力使四周的空气变成神秘，尤其是召鬼时吹的海螺几次发出使人心惊的声音。许多人等着那个端坐的老和尚撒下染红了的青铜钱。然而甚至这些情景也不能够完全改变觉民的心情。他在想他自己的事，他自己的计划。他想的是未来，不是过去。和尚的声音进到他的耳里也颇悦耳。不过他并没有抓住那些辞句的意义。他完全忘记了它们。

于是老和尚开始撒红钱了。觉民看见别人俯下身子去拾，去抢红钱，他想：没有留下的必要了。他已经陪着觉新站了这一阵，也应该回家了。他便对他的哥哥说："大哥，我们回去罢，以后也没有什么可听的了。"他的声音很温和，泄露出他对哥哥的关心。

"好，我也觉得累，"觉新没精打采地说，便带着疲倦的神情跟着觉民走了。

觉新低下头不作声，好像有重忧压在他的头上，他无法伸直身子吐一口气。在路上觉民对他说过几句话，他也没有回答一个字。后来他们到了家，跨进大门的包铁皮的门槛。看门人徐炳坐在那把太师椅上，跟那个好几年以前被逐出去后来当了乞丐的旧仆高升谈闲话。高升穿着一件破烂的粘满了尘垢的衣服坐在对面一根板凳上。他看见觉新弟兄进来便跟着徐炳站起，还胆怯地唤了一声："大少爷、二少爷。"

"高升，你是不是没有鸦片烟吃了，又跑来要钱？"觉新忽然站住望着高升问道，他的脸上仍旧密布着阴云。

"小的不敢。回大少爷，小的烟已经戒了。晚上没有事，小的来找徐大爷说说闲话。不是逢年过节，小的不敢来要钱，"高升垂着两手恭敬地笑答道，笑容使得他那张满是污垢的瘦脸显得更加难看了。

"你的话多半靠不住。我看你今年更瘦了。好，这点钱你拿去罢，"觉新说，从衣袋里摸出了三四个小银角递给高升，也不等高升说什么感谢的话，就走进里面去了。

觉民跟着他的哥哥进到里面。觉新今晚上的举动使他惊奇，他知道觉新一定有什么心事。但是他也不询问。他们走上大厅，进了拐门，听见一个女孩的哭声从右厢房里飞出来。他们一怔，两个人都站住了。

一根竹板打在桌上，发出清脆的响声，接下去就是沈氏的高声责骂。然后竹板急雨似地落在人的身上，春兰高声哭起来："……太太，我二回再不敢了！……"这句话像什么粗糙的东西磨着觉新弟兄的心。

"连你也敢欺负我!你也敢看不起我!"沈氏扬起了声音在叫骂,"你这个小'监视户'[1],你忘记了你是个什么东西!你也敢跟我作对?……"

"太太,我不敢,我不敢……"春兰不断地哀求道,但是板子不断地落下来,使她发出更多的痛苦的叫号。

"你不敢?我谅你也不敢!你要放明白。我给你说,我不是好惹的!你再鬼鬼祟祟地耍把戏,你看我哪天宰了你!"沈氏似乎感到了出气后的痛快,更加得意地骂道。

忽然又响起了另一个女人的尖声。那个女人也是带怒地大声讲话:"五太太,话要讲个明白,人家又没有得罪你,请你少东拉西扯。有话请你只管明白地讲!哪个不晓得你五太太不是好惹的!你会躲在屋里头咒人,就看你嚼断舌头咒不咒得死人家!……"

"放屁!你敢来跟我对面说?我咒你,我就咒你,我要咒死你这个不得好死的'监视户'……"沈氏气恼不堪地顿着脚骂起来。接着她在大声喊:"胡嫂!胡嫂!你死了?"

"二弟,我不要听了,怎么总是这些声音?哪儿还有一个清静的地方?让我躲一下也好!"觉新痛苦地甚至求助地对觉民说。

"那么到你屋里去罢,"觉民温和地答道。

"那儿还是听得见,"觉新半清醒地说,他的脑子被那些声音搅乱了。脑子里还充满着粗鲁的咒骂。

"大哥,逃是逃不掉的,你何必害怕?我们还有我们自己的事情,"觉民用坚定的语气对觉新说。

――――――
[1]监视户:即"下等娼妓"。

297

觉新勉强地点了点头。他用两手蒙住耳朵,阻止右厢房里的咒骂继续闯进来。他跟着觉民走回他自己的房里去。他们才走了几步,忽然看见一个人影从右厢房里跑出来。接着是一阵奇怪的脚步声。

"四妹!"觉民惊呼一声,便站住了,一只手抓住觉新的膀子。

这是淑贞,她正动着小脚,向他们这个方向跑过来。觉民走去迎接她。

淑贞到了觉民面前,唤一声:"二哥,"便跌倒似地扑在觉民的身上。觉民连忙把她抱住。她不说话,却低声抽泣起来。

"四妹,什么事情?"觉民痛苦地问道,他已经猜到一半了。

"大哥,二哥,你们救救我,"淑贞挣扎了半晌才吐出这一句,她仍然把脸藏在觉民的胸上。

用不着第二句话,这个女孩的悲剧十分明显地摆在他们的眼前。她一步一步地走向深渊,一滴一滴地消耗她的眼泪。她的脚,她的脸,她的声音,她的态度,甚至她的性格,无一件不是这个家庭生活的结果,无一件不带着压制与摧残的标记,无一件不可以告诉人一个小小生命被蹂躏的故事。这不是一天的成绩。几年来他们听惯了这个小女孩的求助的哭声,还亲眼看见血色怎样从她的秀美的小脸上逐渐失去。他们把同情和怜悯给了她,但是他们却不曾对她伸出援救的手。现在望着这个带着微弱的力量在挣扎的可爱的小生命,他们倒因为自己的无力援助而感到悔恨和惭愧了。然而甚至在这个时候觉新和觉民两弟兄的心情也不是相同的。觉新感到的仍然是悲痛和绝望,他的眼前似乎变得更黑暗,他看不见路,也不相信会找到路。觉民却在憎恨和痛苦之外,还感到一种准备战斗的心情,他又感到一种责任心。他仿佛看见一条路,他觉得应该找一条路。

"四妹,你不要难过。你有什么事情,我们慢慢地商量,"觉民柔声安慰道。

淑贞仍旧不抬起头,只是低声哭着,而且似乎哭得更伤心。

"四妹,我陪你到三姐那儿去歇一会儿,好不好?……我喊绮霞打水给你洗个脸,三姐会好好地陪你,"觉民感动地、温和地劝道。

淑贞慢慢地抬起泪眼看觉民,感激地答应了一声,摸出手帕揩着泪珠。

"四妹,你跟着二哥去罢,在三姐屋里你会觉得好一点,"觉新忍着眼泪对淑贞说。

淑贞点了点头。她让觉民牵着她的一只手,跟着他慢慢地走到淑华的住房。

淑华坐在书桌前面专心地看书。绮霞坐在靠窗的一把椅子上做针黹。她们听见脚步声,都把眼光掉向房门口看。绮霞第一个站起来。淑华是背着门坐的,她看见他们进来也就带笑站起。她看见淑贞的红肿的眼睛,马上收起了笑容,连忙走过去迎接淑贞,亲切地抓起淑贞的手。

"绮霞,你去给四小姐打盆脸水来,"这是觉民走进房间以后的第一句话。绮霞答应一声,马上走了出去。

"三妹,你也不去陪陪四妹,你看她又伤心地哭了,"觉民好心地责备淑华道。

"我在看你给我买来的教科书,我在看地理,都是希奇古怪的字眼,很难记得,所以我今晚上没有去看四妹,"淑华带笑答道,她的眼睛望着桌上摊开的书,手还捏住淑贞的一只手。然后

299

她把眼光俯下去,爱怜地问道:"四妹,五婶又骂过你是不是?"她忽然生起气来:"真正岂有此理!五婶总是拿四妹来出气。四妹,你今晚上就不要回去!"

"妈倒没有骂我,"淑贞摇头道。"今天上午她骂喜姑娘,爹帮忙喜姑娘讲了几句话,妈气不过,后来打了我几下。晚上爹不在家,妈看见喜姑娘逗九弟娃儿,她又生气。春兰打烂一个茶杯,她就打春兰。现在又在跟喜姑娘吵。我害怕听她们吵架。我实在听不下去。我不晓得她们要吵多久!"淑贞说着忍不住又掉下泪来。

"五婶也太没有道理,这样吵来吵去有什么意思?她就不想做点正经事情!喜儿原先是她自己的丫头,现在有五爸撑腰,她当然管不住。我们从前都说喜儿傻头傻脑,她现在也让五婶逼得硬起来了。真是活该!五婶怕五爸,所以对喜儿也没有一点办法。自己受了别人的气只敢拿亲生的女儿出气,真正岂有此理!"淑华气恼地说。她说到这里便用爱护的眼光望着淑贞,又带了点责备的口吻说下去:"四妹,也怪你太好了,你太老实了,你太软弱了!你什么都受得下去!我如果是你,"她竖起眉毛,两眼射出光芒,"我一定不像你这样把什么都忍受下去。哪怕她是我妈,她骂我骂得不对,我也要跟她对吵……"

"你忘记了'父要子亡,不亡不孝'的话吗?"觉民在旁边故意插嘴激淑华道。

"二哥,你不要激我!我明白你的意思,"淑华坦白地说,她的脸上没有笑容,仍然现出气愤的表情。"我不相信有这种不近人情的道理。无论什么事总有个是非,总得近情理。儿女又不是父母的东西,怎么就能够由父母任意处置?父母的话,说得不在理,就不应当听。难道他们喊你去杀人偷东西,你也要去?"

觉民高兴地笑了。他想不到淑华说得这样明白,而且她的主张是这样地坚决,他很满意,尤其因为这番话对淑贞或者可以作一个教训。不过他也还开玩笑地称赞道:"我不过说一句话,你就发了这一篇大道理。三妹,你现在倒可以做个女演说家。我出去替你宣传一下。"

"二哥,你又挖苦我,我不依你!"淑华噗嗤笑起来。她知道觉民赞成她的话,也很高兴。她又侧头去问淑贞:"四妹,你觉得我说得对不对?"

在淑贞的脸上已经看不到一滴眼泪了。她听见淑华的问话,惶惑地答道:"我不晓得。"她看见淑华带着惊奇的(也许还带了一点失望的)眼光在看她,觉得很不安,连忙接下去说:"三姐,我比不上你。我什么都不懂。"她再想不出一句话来。

最后那句简单的话却是真诚的自白。这说明了淑贞一生的悲剧。淑华和觉民同时用怜悯的眼光看淑贞,他们了解(不过程度是不同的)这句话的意义。淑华只知道一切的责备在这里都没有用处,淑贞并没有她(淑华)有的这样的机会。这个小女孩生下来就被放在一只巨大的手掌里,直到现在还没有脱出手心一步,所以始终受别人播弄。她(淑贞)目前需要的是同情、安慰和帮助。觉民跟淑华不同,他现在看到一条路了。"我要帮助她,我必须先使她懂得一切……"他这样想道。

绮霞端了脸盆进来,她一面说:"四小姐,你等久了罢。我在厨房里头等了好半天才等到这盆水。"她又诧异地看他们,问道:"二少爷,三小姐,怎么你们都不坐?"她把脸盆放到桌上去,又说:"四小姐,我给你绞脸帕。"

"我自己来，"淑贞说，就走过去从绮霞的手里接着刚刚绞干的脸帕。

"三妹，你好生陪四妹耍一会儿。我有事情，我走了，"觉民看见淑贞完全止了悲，便放心地嘱咐淑华道。

"你走罢，我晓得的，"淑华带笑地回答。但是等到觉民掉转身子走到了门口，她忽然又唤他回来。

"又有什么事情？"觉民笑问道。

"这儿有新鲜的猪油米花糖同绿豆夹沙饼，你要不要吃？"淑华指着桌上四封包得好好的点心对觉民说。

觉民摇摇头。

"外婆差人送来的，有你的一份。我等一会儿喊绮霞给你送去，"淑华又说。

"我拿一包米花糖就够了，"觉民一面说，一面走到桌子跟前去。

二十六

　　觉新在书桌前面坐了许久,他的眼睛茫然地望着那本摊开的小说。他努力把注意力放在那些接连排列的四号字上面。但是他仍然捉不住那些字句的意义。他的脑子里似乎空无一物,然而那里面却响着女人的吵骂的声音。粗糙的、尖锐的声音伤害了他的疲乏的脑筋,好像一把锉子在那里磨擦。起初带给他一阵痛,后来就是麻木。闷热的空气仿佛有催眠的魔术。疲乏渐渐地征服了他。他的精神松弛了。后来对面厢房里的吵骂静了下去。他忽然又听见和尚唱经的声音,又听见女孩的低声哭泣。这些声音慢慢地把悲哀铺在他的脑子里的空处。他觉得头有点昏,有点沉重。他渐渐地俯下头去。于是他的脸压在书上了。

　　忽然一个熟习的声音轻轻地唤他。他抬起头,看见蕙穿一身素净的衣服站在他面前。

　　"蕙表妹,你几时来的?"他惊喜地问道,连忙站起来。

　　她不答话,却默默地望着他。眼里充满了爱和哀诉。她脸上没有施脂粉,凄哀的表情使她的脸显得更加美丽。

　　他忽然注意到她的头上、身上都是水淋淋的,便惊讶地问道:"蕙表妹,你怎么了? 一身都是水。你从哪儿来的?"

"我从家里来,雨下得很大,轿子漏雨,把我一身都打湿了,"她诉苦地答道。

他爱怜地望着她,连忙摸出一张手帕递过去,说:"你先揩一揩。我去喊何嫂给你打盆脸水。"他站起来,要出去叫何嫂。

"大表哥,你不要走,我有话对你说,"她着急地挽留他,一面用手帕揩头发上的水。

他站住不走了。他怜惜地看她的脸,看她的衣服。他痛苦地说:"伯雄怎么让你坐一顶破轿子? 你这样会害病的。"

"他哪儿会顾惜到我? 他巴不得我早死一天好,"她呜咽地说,便低下头去。她的身子微微地颤抖起来。

"蕙表妹,"他痛惜地轻轻唤了一声,也掉下了眼泪。"你应当顾惜你自己的身体。"

她抬起头眼泪汪汪地看他,忽然迸出哭声道:"大表哥,你救救我罢,我实在忍不下去了。"她紧紧地抓住他的右边膀子。她的惨痛的求助的声音开始在割他的心。他在跟绝望的思想挣扎。仿佛有什么沉重的东西压住他的肩头,他要甩去这多年的重压,他要援助这个他所爱的女子。

但是眼前一阵明亮,灯光刺痛他的眼睛,他觉得一只手搭在他的肩上,他连忙回头一看。淑华带着亲切的微笑站在他的旁边。他再掉头往四周看,房间里再没有别的人。他叹了一口气,低声自语道:"我做了梦了。"

"大哥,你去睡罢。你看你就在书桌上睡着了,"淑华温和地说。她听见他说起做梦,便问道:"你做梦? 你梦见哪一个?"

觉新停了停,叹息地说:"我梦见蕙表姐,她向我求救。"

淑华一怔,仿佛有一股忧郁的风吹到了她的脸上。过了片刻她才同情地说:"蕙表姐真可怜!"

"我真对不起她,我没有替她办好一件事情,"觉新责备自己地说。

"大哥,你不要这样说。还不是你去找表姐夫办交涉把灵柩安葬的?"淑华用这两句话安慰觉新。

"提起灵柩的事情,更叫人心烦,"觉新皱着眉头说;"我上了伯雄的当,他没有一点诚意。他还是让灵柩摆在尼姑庵里。明天就是初四了。这几天我也找不到他。听说他现在忙着办续弦的事。想不到他倒这样没有心肝。"他露出了愤慨的表情。

"这都是大舅挑选的好女婿。大舅现在还有什么话好说!"淑华气愤地说道。

"外婆她们都很生气,大舅却一点也不在乎,他总说:'嫁出去的女就等于泼出去的水。'蕙表姐的事情,就好像跟他并不相干。要不是外婆逼着他,他一点也不会管的。"

"那么外婆她们现在有什么办法没有?她们总不会让灵柩这样地搁下去。"

觉新没有立刻答话,他仿佛在无头绪的思索中找寻什么似的。汽笛声突然响起来。宛转的哀泣般的声音在静夜中叫得人心惊肉跳。淑华慌忙地说:"电灯要熄了,等我来把灯点好。"她便走到方桌前面去。

汽笛的最后的哀叫唤醒了觉新,他的思想忽然找到出路了。他站起来下了决心说:"我一定要把这件事情办好。"他说这句话好像不是说给淑华听的,却是对另一个人说的。他又一次用眼光在屋子里四处找寻,但是他的眼光经过挂在墙上的他亡

305

妻的照像，便在那里停住了。他意外地吃了一惊。电灯就在这时完全熄了。

淑华捧着锡灯盏走到书桌前面，把灯盏放在书桌上，她看见觉新木然地站在那里，便惊讶地问道："大哥，你在想什么？"

觉新惊醒似地掉头看淑华，淑华的充满着青春的活力的眼光给了他一点安慰和鼓舞。他仿佛从另一个世界里被唤回来了似的。那是一个绝望的世界，一个充满哀愁的世界，他的心好像还停留在那个世界里面。但是现在他的思想又活动起来了。

"没有想什么，"觉新掩饰地答道。

"蕙表姐的事你看有没有办法？"淑华不知道他的心情，又问起那件事。

觉新并不直接答复这个问题，他却说："三妹，我们到妈屋里去，等我同妈商量。"

觉新同周氏谈的仍旧是蕙的事情。他们两个人都没有确定的主张。除了向郑家交涉外他们再也想不出别的办法。这样的商量很使淑华失望。她觉得他们说话办事都不痛快，不过她自己也不知道用什么办法对付国光才好。

初四日白白地过去了。郑国光仿佛完全忘记了他答应觉新的话。蕙的灵柩仍旧冷清清地放在莲花庵中一个小房间里。蜘蛛在棺木的一个角上结了网。棺上尘土积了一寸厚。灵前牌位横倒在桌上。挽联被吹断了一条。

周贵带着气愤回到周公馆，把他眼见的情形告诉了周老太太和陈氏。她们又差他到高家，把同样的话对周氏和觉新再说一番。

"那么把伯雄请来谈谈也好，"周伯涛对他的母亲说。

"最好把姑少爷请来，再跟他办交涉，"觉新也是这样地对周贵说。

第二天周老太太差人去请郑国光，郑国光又托病辞谢了。周老太太逼着周伯涛到郑家去。周伯涛也只见到国光的父亲，他们随意谈了一些无关紧要的话。问题依旧得不到解决。

初六日下午觉新到郑家去。他也没有见到国光。但是他看见了郑家张灯结彩的情形。他向看门人问起，才知道郑国光的续弦问题已经决定，旧历初八日就要下定（订婚）了。

看门人的简单的叙述好像是一勺煤油浇在觉新的怒火上面。觉新从这里立刻到周家去。他把这个重要的消息毫无隐瞒地对周老太太和陈氏说了。

"你说该怎么办？"周老太太颤巍巍地问周伯涛道。

"妈不必动气。本来初四这个日期就太近了。我看伯雄大概没有买到好地，才又把日期改迟。安葬的事情关系他们一家的兴衰，我们外人也不便多说话，"周伯涛陪笑道。勉强做出的笑容并不能使他那张暗黑的脸现一点光彩。

"你总是有理！你说什么'外人'？你替伯雄倒想得周到。你忘记了你是蕙儿的父亲！"周老太太气恼地骂道。

"我看妈生气也没有用。妈最好再耐心等一等。其实蕙儿死后还不到一年，时间并不久，"周伯涛固执地说。

"你给我出去！我不要听你这些话！"周老太太对周伯涛挥手说。但是他并不马上走出房去。

"外婆请不要动气，事情总可以慢慢想法子，"觉新连忙劝道。

307

周老太太在喘气,周伯涛带着一种奇怪的表情看他的母亲。陈氏用憎厌的眼光看她的丈夫。徐氏和芸都不作声,她们时而关切地看周老太太,时而不满意地看周伯涛。

忽然另外一种声音打破了房里窒息人的沉寂。这是一个女人的声音。她威严地骂着:

"你是什么东西?你敢跟我顶嘴?这种茶也倒给我吃?难道周家就没有好茶叶?喊你去另外倒杯茶来。就说你是老太太、二小姐的丫头,难道我就使唤不得?"

在这一番话中间还夹杂着一个清脆的声音,仿佛茶杯落在地板上碎了。

"你们听,孙少奶又在骂翠凤了。她一天要睡到十点钟才起来,还好意思骂人,"周老太太指着窗户叹息道。

"是,"陈氏、徐氏齐声应道。陈氏痛苦地说:"这也是我的命不好:蕙儿得到那样的结果,枚娃子又接到这种媳妇。"

周伯涛不作声,他装出没有听见的样子。

"翠凤倒可怜,她昨天晚上才挨过一顿骂,在我房里哭了好久。我从没有骂过她,"芸愤愤不平地说。

"我也没有骂过她。我们现在倒接了一个祖宗来了,"周老太太冷冷地说。

在另一间房里翠凤似乎在辩解,枚少奶拍桌顿脚地骂着。枚少爷也帮着枚少奶骂翠凤。忽然翠凤放声哭了。

"现在我们公馆里头热闹了,"周老太太冷笑地说。

"年轻人总是这样的,枚娃子现在倒比从前活动多了,"周伯涛接着解释道。

"那么我请问你蕙儿在郑家过的又是什么日子?她给人家

折磨死了,也不听见你做父亲的说一句话。现在倒轮着我们来受媳妇的气了,"陈氏板着脸质问她的丈夫道。

周伯涛正要开口,却被他的母亲抢先说了:"大少奶,你对他说话简直是在白费精神。我从没有见过像他那样不通人情的人。他天天讲什么旧学,我看他读书就没有读通过。你说他究竟做过什么正经事情?还不是靠他父亲留下的钱过舒服日子!"

这几句话使觉新感到非常痛快,他觉得它们正是对周伯涛的正确的批评。他对他这位舅父的最后一点尊敬也早已消失了。看见周伯涛受窘,他感到了复仇似的满足。但是同时他又感到一种绝望的愤怒。他在这里短时间中的一点见闻,给他说明了一个年轻人前程的毁灭和一个和睦的家庭的毁坏。在这样短促的时间里,一个顽固的糊涂人的任性可以造成这样的悲剧。他对于把如此大的权力交付在一个人手里的那个制度感到了大的憎恶。但是甚至在这时候他也仍然认为:他在那个可诅咒的制度面前是没有力量的。

枚少爷突然大步走进周老太太的房里来。他红着脸怒气冲冲地对陈氏说:"妈,翠凤太没有王法了。她敢同媳妇对面吵嘴。请妈好好打她一顿。"

"王法?"觉新痛苦地想着,他用怜悯的眼光看了枚一眼。

陈氏板着面孔,不发一声。

"妈,翠凤把媳妇气哭了。等一会儿媳妇的心口痛又会发作的,昨晚上为了翠凤的事情已经发过一次,"枚少爷哓哓不休地继续说。

"你去把翠凤喊来!"周伯涛厉声吩咐道。

枚少爷答应一声,得意地走出去了。留在房里的几个人都板着脸,默默地坐在那里,一直到枚少爷把翠凤带进来,才有人开口说话。

"翠凤,你怎么不听孙少奶的话?孙少奶喊你做事,做错了骂你几句,也是应当的,你怎么敢顶嘴?"周老太太看见翠凤埋着头用手擦眼睛,好像受了委屈的样子站在她面前,心里先就判定了是非曲直,不过她依旧带着责备的口气对这个婢女说话。

"我并不敢跟孙少奶吵嘴。孙少奶喊我做什么事我就做什么,我连第二句话也没有说过。我不晓得我哪点得罪了她。她喊我倒茶,我就把老太太吃的茶倒给她……"翠凤抽咽地诉苦道,但是她说到这里,忽然被枚少爷打断了。

"你乱说!不准再说下去!"枚少爷恼怒地大声说。

"哪个有工夫听她瞎说,结实打她一顿就算了!"周伯涛不耐烦地喝道。

房里的空气十分紧张。翠凤胆怯地闭了嘴,不敢再讲一句话。她抬起眼睛望着芸,好像在哀求她的援助。

"你没有工夫,你给我滚出去!在我屋里没有你先说话的道理!"周老太太气得声音打颤地向周伯涛骂道。

周伯涛立刻埋下头不敢作声了。枚少爷的红脸马上变成了苍白色,垂头丧气地立在那里,好像一个走了气的皮球一般。他现在也不敢用威胁的眼光看翠凤了。

"翠凤,你不要怕,你只管说,"周老太太温和地对翠凤说。

翠凤大胆地抬起头望着周老太太,她心里轻松了许多。周老太太的几句话同时还使得另外几个人的沉重的心也轻松了。

"我给孙少奶端茶去。孙少奶嫌茶坏,不能吃。她喊我另外倒一杯。我说这是顶好的茶,我再找不到好茶。孙少奶就骂我,后来又拿茶杯打我。我幸好躲开了,茶杯也打烂了,"翠凤现在比较安静地叙述她的故事。这个故事使周伯涛和枚少爷把头埋得更低,又使其余的人把头抬得更高。

"大少爷,请你断个是非,你看有没有这种道理?人家当丫头的也是人,哪儿有不分青红皂白就乱打乱骂的道理?"周老太太气恼地对觉新说。

觉新恭敬地唯唯应着。

"我吃的茶,她倒不能够吃!好,她把我的茶倒了,你们就袒护她。她不把我放在眼睛里头,你们也不把我放在眼睛里头,"周老太太又颤巍巍地骂起来。她忽然侧过头厉声吩咐翠凤道:"翠凤,你去给我把掸帚子拿来,我今天也要打人。"

翠凤胆怯地应了一声。她不敢移动。她不知道应不应该去拿掸帚来,也不知道周老太太要用它来打谁。

"翠凤,喊你把掸帚子拿来,你听见没有?"周老太太斥责地催促道。翠凤只得顺从地走出房去。

周伯涛略略抬起头,看了周老太太一眼,见她一脸怒容,也就不敢做声了。枚少爷微微地颤抖着,他恨不得在地板上找到一个缝隙钻进去。

陈氏、徐氏等虽然感到出了气似的痛快,但是周老太太的怒气也使她们感到忧虑和畏惧,她们不知道周老太太的怒气会升高到什么样的程度。她们等待着,等待着一个劝解的机会。

觉新注意地望着周老太太的一言一动,他怀着期待的心情等待周老太太的动作。他自己没有力量,甚至没有决心去打击那个在制度的庇荫下作威作福的人。他自然喜欢看见那个人从别人的手里受到损害。

311

翠凤把鸡毛掸帚拿来了,递到周老太太的手里。周老太太捏着它,看看枚少爷,命令地说:"枚娃子,你过来。"

枚少爷害怕地偷偷看他的祖母,他不敢走过去。周老太太带怒地催促。周伯涛什么话都不敢说了,他看看觉新,好像希望觉新出来劝解似的。

觉新本来盼望着掸帚打在人身上,他希望看见任性的顽固的人受到惩罚。但是他看到枚少爷的可怜样子,又看到周老太太衰老的脸上(他觉得这一年来她衰老多了)的怒容,又觉得他不能够袖手旁观了。他便站起来向他的外祖母恳求道:"外婆,饶了枚表弟这回罢。他年纪轻,不懂事。你老人家饶了他这回,他以后会慢慢地明白。"觉新刚说到这里,枚少爷忽然呜呜地哭起来。

"枚娃子,你过来,我又不打你,"周老太太换了温和的声音对枚少爷说。她点着头唤他。他还踌躇着不敢过去。

觉新看看周老太太的脸色,便温和地鼓舞枚少爷道:"枚表弟,你过去,外婆不会打你,你不要怕。"

芸也在旁边催促她的堂弟:"枚弟,婆喊你过去,婆有话对你说,你不要害怕。"

枚少爷一步一步地走到周老太太的面前,他胆战心惊地看了他的祖母一眼。

"你这样大,也该懂事了。你怎么也跟着孙少奶胡闹?你晓不晓得你爷爷挣来这份家当也很不容易?现在还不是你享福的日子,"周老太太半威严半慈祥地望着枚少爷,压抑住怒气,用平常说话的声音教训道。枚唯唯地应着。她继续说下去:"做丫头的也是人。翠凤是我买的丫头,我留给你二姐使唤的。她一天做的事情比你多得多。你说你哪点配骂她,打她?当主子的待人要厚道一点,底下人才会信服。待底下人也应当有是非、讲公道。你不要以为你爷爷有几个钱你就了不起。其实已经给你父亲花得差不多了。光是坐起来吃,就是一座山也会吃空的。你不要学到你父亲那种牛脾气,不要像你父亲那样不通人性。他忘记了他生下来的时候我同他父亲过着怎样的苦日子。现在他倒要讲礼教,要教训我了。"周老太太说到这里忽然把掸帚一扬,咬牙切齿地说:"讲起礼教,未必我做母亲的就打不得儿子!"

这最后的一句话像一个雷打在周伯涛的头上,他的脸显得更黑了。他的身子微微动一下,他的眼睛望着门,他想找一个机会溜出去。

周老太太刚巧把眼光射到周伯涛的脸上和身上来。这样的小动作也没有逃过她的眼睛。她瞪了周伯涛一眼,挥着掸帚骂道:"你要走,你走你的。哪个要留你?我看见你就生气!"

周伯涛厚着脸皮短短地说了两三句话,遇赦似地走出去了。房里其余的人(除了周老太太和枚少爷外)不觉暗暗地嘘了一口气。

周老太太的怒气还没有完全消失,她看见枚少爷畏缩地站在她面前,便掷下掸帚,对他一挥手,说:"你也走开,我不要看见你。你去陪孙少奶去。"

枚少爷走了以后,周老太太疲倦地闭上两眼,过了半晌才把眼睛睁开。这时轮到陈氏和徐氏来安慰她了。觉新看见这种情形,也不便再提起蕙的灵柩的事。他觉得留在这里只有增加自己的苦恼,便向她们告辞。她们自然挽留他在这里吃午饭,他却找到一个托辞抽身走了。

觉新回到家里，进了拐门，走过觉民的房门口，正遇见觉民从房里出来。觉民看见他一脸的阴郁气，惊讶地问道："大哥，你从哪儿回来的？我到事务所去，你已经走了。"

"我到外婆那儿去过，"觉新简单地应道。

觉民觉得自己明白一切了，便同情地看他一眼，温和地问道："又是为着蕙表姐的事？"

觉新点了点头。

"解决了没有？"觉民又问。

"伯雄躲着不肯见面。他就要续弦了，初八下定。他哪儿还想得到蕙表姐的事情？"觉新痛苦地说。

"大舅怎么说？他总有办法罢。"

觉新皱起眉头，咬着嘴唇。他想不说话，话不能够表达他的复杂的心情。但是另一种力量又在鼓动他，他终于开口回答了："不要提大舅了，这件事情就是他弄糟的。没有他，事情早就办好了。本来是一件很容易的事。现在他们一家人都没有办法。外婆只有生气。"

"你看该怎么样办？难道就让伯雄这样弄下去吗？"觉民对那许多人的束手无策感到失望，但是他仍然追问下去。

"我又有什么办法？他们一家人都是那样，"觉新摊开手替自己辩护道。其实这只是气话。他一直在努力找寻的就是解决的办法。他到现在还不相信自己就永远找不到它。

他们立在阶上谈话。麻雀在屋瓦上发出单调的叫声。阳光已经爬上了屋檐。对面淑贞房间的窗下放着一把空藤椅。沈氏抱着喜儿生的小孩觉非从房里出来，带着满面笑容坐在那把藤椅上。

"办法是有的,而且容易得很,不晓得你们肯不肯做,"觉民忽然得意地带笑说。

"你有办法?"觉新惊讶地掉头去看他的弟弟。

"我们去把伯雄找来,逼着他亲笔写个字据,看他还好不好抵赖!"觉民兴奋地说。

"他要是肯来,那么什么事情都好办了,"觉新失望地说,他认为觉民的主张也还是空话。

"他自然不肯来。我们可以把他请来。我晓得伯雄家里没有轿子。他平常总是到'口子上'[1]雇轿子。那么我们差一个人到他家附近去等他,他一出来就拦住他,说大舅有事请他去,看他怎样推脱,"觉民很有把握地说。

"但是如果碰不到他,还是白费工夫,"觉新说。

"不会碰不到。我昨天、今天都碰到过,"觉民说。

"你碰到过?你怎么碰到的?"觉新惊奇地问道。

"我特地到那儿去的,我为了证明我这个办法行得通,"觉民带笑地说。

觉新想了一会儿,答道:"也好,我们不妨照你的办法试一下。我就派袁成去。"

---

[1] 口子上:即"街口"的意思。

二十七

　　初八日袁成没有找到郑国光。觉新从公司回到家里,觉民还不曾回家,周氏到张外老太太(张氏的母亲)家赴宴会去了。淑华陪着淑贞在花园里玩。觉新找不到一个可以跟他谈话的人。他这一天比平日更觉得寂寞、烦躁。他在自己的空阔的屋子里踱了一阵,又到周氏的房里去,又到觉民的房里去。他明知道那里没有人,他还是怀着希望去到那两个地方。然后他又失望地走回来。他不想看书,他觉得书本只会增加他的烦恼。他脱下了长衫,但是他仍然觉得闷热。他把汗衫的领口敞开,又拿起扇子搧了几下。他在活动椅上坐下来。他的眼光无目的地往四处移动。他并不想找寻什么东西。他的思想很乱,似乎在向各处飘浮。

　　他的眼光忽然落在墙上挂的那张照片上面。他的眼光停住了。他的思想还在飘浮。但是渐渐地它们集中在照片上面了。一张熟习的丰满的脸鼓舞似地对他微笑,充满温情的眼光从上面看下来。他把眼光定在那张脸上。他悔恨地说了一句:"珏,你原谅我。"

　　渐渐地那张面庞在动了,嘴微微张开,似乎要说什么。他吃惊地定睛一看。那张嘴仍然紧紧地闭着,他自语道:"我的眼睛花了。"

他又站起来,匆匆地走到内房去。从方桌上拿起他同瑞珏新婚时期的照片,就站在方桌前,默默地望着穿绣花衣裙的李瑞珏。他的身子略向下俯,他把一只手压在桌上。他的眼睛又花了。一个人影从空虚中走出来,望着他微笑。但是她马上退去了。他惊觉地叹了一口气,便拿着照片架子走回到书房。

他在写字台前面坐下来。照片架子仍然捏在他的手里。他的眼睛仍旧望着照片,看得要发呆了。他的眼泪滴在玻璃上,他充满感情地说:"珏,你一定要原谅我。"

有人从外面走进来,客气地唤着:"大少爷。"

觉新连忙把照片放在抽屉里,他已经听出了这是什么人的声音,而且闻到香气了。他站起来,掉转身子招呼她。他知道这是陈姨太,不过他有点奇怪,怎么她今天会到他的屋里来看他。她以前很少进过这个房间。

"大少爷,我有点事情找你商量,"陈姨太带笑地说。

"陈姨太,请坐,不晓得你有什么事情?"觉新敷衍地说。他望着这张涂得白白的发胖了的长脸,梳得光光的乌黑头发和一对很时髦的长耳坠。他想:"她不会又来跟我捣鬼罢。"但是等她刚刚坐下,他忽然想起了克明那天对他讲的话,便明白她的来意了。

"大少爷,我想找你商量一件事情,"陈姨太不眨眼地望着觉新慢慢地说,"我已经跟三老爷说过了。老太爷在世的时候原本答应过我,由我在几位小孙少爷中间'抱'个孙儿,将来我也好有个靠。我死过后一年春秋两节也有个人给我上坟烧纸(她没有一点感伤的表情）。我起先想把七少爷'抱'过来,我跟三老爷说,三老爷好像不愿意,他说等两天再说。今早晨五太太跑来说了多少好话,要把九少爷'抱'给我。我嫌九少爷太小,五太太就说了好多闲话。后来四太太又跑来硬要我'抱'六少爷。这真叫我作难。大少爷,请你替我出个主意,看'抱'哪一个好。"陈姨太不像是遇着必须马上解决的难题,倒像是到这里来向觉新夸耀她的胜利。

觉新并没有注意地听她讲话,不过他也抓住了她的主要的意思,他带了一点憎厌地回答她(这一点憎厌并没有被她觉察出来):"陈姨太,这是你自己的事,你自己有主意,我怎么好替你作主?不过我相信三爸决不会跟四婶她们争的。三爸对我说过七弟太小,体子又不好,三爸不愿意把他'抱'出去。"

"那么我就'抱'六少爷好了。六少爷体子好得多,"陈姨太眉飞色舞地说。她又站起来向觉新致谢似地说道:"大少爷,多谢你帮忙。我就去告诉四太太。"

觉新惊奇地想:"怎么又把我拉扯在里面?"他连忙更正道:"陈姨太,这是你自己的事情,请你多想一想,我并没有替你出主意。"他也站起来。

"我的意思也是这样,不必再想了。五太太要是不高兴,在背后说闲话,就让她去叽哩呱啦,我也不怕她跟我作对,"陈姨太得意地说。她把她的薄薄的嘴唇一噘,这是她从前在觉新祖父面前撒娇时做惯了的一种动作,现在无意间又做出来了。

觉新皱皱眉头,说不出一句话。他以为她会走开了。但是她又坐下去,而且还带笑地望着他。他想:"她还有什么事情?"他不愿意多说一句话,他只希望她马上走开。

"大少爷,听说你们公司里头还收活期存款,我有五百块钱,也请你给我存进去。我晓得三太太、四太太她们都有钱存在那儿,"陈姨太客气地说。

觉新一口答应下来。

陈姨太又谈了两句闲话,然后站起来,对觉新笑了笑,道谢说:"那么多谢大少爷费心。我等一会儿就把钱送来。"

觉新只是含糊地答应一声。他睁大一双眼睛望着陈姨太一扭一扭地走出去,还疑心自己是在做梦。过了半晌他才叹了一口气:"我看我们这个家是完了。"这个思想使他更灰心。

太阳渐渐地落下去了,树梢还留着一片金黄色。天井里仍然十分明亮。月季花和六月菊开得正繁。歇了一阵的蝉声又懒懒地在一株树上响起来。厨房里的火夫拿着竹竿挂上水桶在井边打水,他一边用力拖竹竿,一边快乐地哼着流行的小调。

觉新用陌生的眼光看窗外,他觉得这一切都跟他隔得很远。他心里没有花,没有阳光,没有歌声。他有的只是黑暗和悔恨。

但是两个少女谈话的声音轻轻地飘进了他的耳朵。

"老实说,公馆里头没有几个人我看得起。黄妈说一天不如一天,她比我们都明白。秦二爷说我们四太太是一个女曹操,我看真像。"这是倩儿的声音。

"你说话要小心点,幸好大少爷还没有回来,"这是翠环的声音。觉新连忙把头埋下去。

"不要紧,大少爷为人厚道。我比你跟绮霞都来得早,我从没有看见大少爷骂过人,"倩儿放心地说。

"我晓得。公馆里头只有大少爷最好,也最苦,"翠环低声说。

"大少爷运气也太不好,死了少奶奶不算,连两个小少爷都死了。怪不得他一天家总是愁眉苦脸的,"倩儿同情地说。

觉新屏了呼吸地倾听着,那两个婢女就站在他的窗下谈话。

"怎么三小姐她们还没有来?你在这儿等她们一下,我去摘两朵花,"翠环说。

"不,你不要去摘花。你等她们。我要回去了。我们四太太管我管得严,动不动就骂人,骂起来真难听,"倩儿说。

"不要走,你陪我一会儿。你在公馆里比我们都久,难道你还不晓得当丫头就不要怕挨骂!"翠环带笑说。

"算了,哪一个跟你比?"倩儿也小声笑起来了。"你们三太太是一尊活菩萨,连话也不肯多讲,还说骂人?我没有你那种好福气。我看你快要当小姐了。"

"呸!"翠环带笑啐了倩儿一口。

觉新听不清楚以后的话。但是过了一会儿,他的耳朵又捉住翠环的话了:"二小姐常常说,大少爷待什么人都好,可是他就没有得过别人的好处。公馆里头有什么倒楣事情,都要落到他的头上。我来了以后,一年到头很少见到大少爷的笑脸。你看像四太太、五太太、陈姨太她们哪一天不笑。我不明白天为什么这样不公平?连那个贤惠的少奶奶也不给他留下,"翠环的声音里有悲愤,有同情,这是觉新可以分辨出来的。

"好了,不要讲了,等一会儿给别人听见,又会招惹是非的,"倩儿阻止地说。

翠环噗嗤笑起来。她说:"刚才我叫你小心,现在你倒来劝我小心。我也不说了。三小姐她们还没有来,我们回转去找她们。你就再陪我走一会儿,横竖你今天要挨骂。"

倩儿笑着说了一句话,这两个婢女又往花园里去了。

觉新慢慢地抬起头来,他觉得呼吸比较畅快多了。他的心似乎在微微颤动,好像一滴露水润湿了它的干枯。他有一点痛苦。但是他还有另一种感情,这仿佛是感激,仿佛是喜悦,仿佛是安慰。黑暗渐渐地在褪色。他不觉微微地一笑。这虽然不是快乐的笑,但是它也有驱散阴郁的力量。他伸了一个懒腰站起来。他想出去到花园里走走。他需要在较广大的天空下面仔细思索一番。他愿意回想许多事情。

他刚刚掉转身,正要往门外走去。忽然门帘一动,一个人影又闪了进来。这个人又是他不愿意看见的。

来的是沈氏。她的第一句话便是:"大少爷,陈姨太到你屋里来过吗?"

觉新答应了一个"是"字。他知道花园里今天去不成了,索性安心地让沈氏坐下,他自己也坐了。

"她一定找你商量'抱'孙儿的事情是不是?"沈氏追逼似地问道。

"我并没有说什么话,她自己在说,"觉新淡漠地分辩道,他还在想别的事情。

"她怎么说?是不是'抱'七娃子?"沈氏把她的小眼睛睁得大大的,目光炯炯地问。

"她好像说要'抱'六弟。三爸不肯把七弟'抱'出去,"觉新厌烦地答道。

"'抱'六娃子?"沈氏惊问道。她的脸色马上改变了。她又点头说:"我晓得四嫂同陈姨太原来是一起的。"她又咬牙切齿地说:"她们商量好来骗我。我现在才明白。"

觉新极力压住他的轻蔑的感情,他并不同情她,不过她的气愤、苦恼与失望引起了他的怜悯。他温和地劝道:"五婶也不必生气。其实九弟也太小,五爸就只有这个儿子,恐怕他也不愿意把九弟'抱'给陈姨太。"

这些话有一点讥讽的味道,不过觉新是真心说出来的。在平时它们也许会惹起沈氏的怀恨,这时却不曾引起她的反感。她的思想现在集中在王氏和陈姨太的身上。觉新的话更加证实了她的猜疑。她老老实实地(自然带着更大的气愤地)说:"我原先并没有这个意思。还是四嫂来劝我做的。她说三哥想吞陈姨太的财产,逼着陈姨太'抱'七娃子。还是她劝我跟陈姨太说,跟三哥说,把九娃子'抱'过去。她说喜姑娘以后还会生的,'抱'走九娃子并不要紧。我才去说的。看起来明明是她在戏耍我。真正岂有此理!"她又切齿地骂道:"四嫂这个人真没有良心。我平日处处维护她,处处帮她忙。她不领我的情,反而把我当做傻子故意作弄我。她看上陈姨太的钱,也可以跟我明说,我又不会跟她争。何苦用这种手段对付我?"沈氏说到这里把眼圈都气红了。她低下头,摸出手帕揩了揩眼睛,呜咽地说:"他们都欺负我,在这个公馆里头没有一个人不欺负我。"

觉新同情地望着沈氏。她无力地在这里低声哭着。她发过脾气以后,她的勇气也完全消失了。她曾经给了他那么多的小伤害,她带来他生活里的一部分的痛苦,她毫无原因地把他看作一个敌人。这一切使他渐渐地在心里培养起对她的憎厌。但是现在事实证明她也不过是一个简单的、愚蠢的妇人。她像一个没有主见的女孩似地在他的面前啜泣。这使他想起她的遭遇。

他想:在这个公馆里的确没有一个跟她要好的人。他忘记了过去对她的厌恶,温和地安慰她道:

"五婶,这也许是个误会。四婶或者是无心说的。不过我们晓得你没有那样的心思,没有人会说你不对。你不要难过。"

"我晓得是她故意作弄我。她的脾气我明白。她是个阴险的人。我上过她好多次当。她教唆我跟你们这一房作对。都是她的意思!"沈氏挣红脸说,她觉得王氏仿佛就站在她的面前听她讲话,她要用话去打击那个坏心的女人。

觉新痛苦地看她:她到底说了真话。他相信这不是虚假,但是它们有什么用?它们能够搬走压在他心上的石子吗?它们不是依旧证明他所爱的这个家充满了阴谋、倾轧、争夺、陷害吗?她的话不过是在他的面前替她自己洗刷,对他目前的心情,又有什么好处呢?他已经把过去的憎厌忘记了。他现在祈祷着:不要再说下去罢。

"我一定要报仇,我一定要报仇,我也不是容易欺负的人!"她忽然鼓起勇气怨恨地说。但这也只是一句空泛的话,她在人前不得不说大话来挽救自己的面子,其实她并没有任何复仇的计划,而且她也知道自己并不是王氏的对手。

觉新沉默着。他找不到适当的话。他也不知道她的心情。他自己又落在复杂错综的思想网里。他盼望沈氏早早离开,让他安静地过片刻。

沈氏并没有走的意思。她也沉默着。她用手帕慢慢地揩眼泪。她的怒气渐渐地平了。

窗外又响起脚步声和谈话声。觉新听见淑华刚说完一句话,淑贞接下去说:"我要回去了。等一会儿妈看不见我,又要发脾气的。"

觉新的心猛跳一下。

果然淑贞的话被沈氏听见了。沈氏忽然叫出一声"四女！"

窗外没有应声。脚步声更逼近了。

"贞儿！"沈氏抬起头大声叫起来。

"四小姐，五太太在喊你，"翠环的清脆的声音说。

"在哪儿？"淑贞慌张地问。

"在大哥屋里，"淑华答应着。

沈氏不耐烦地喊出第二声："贞儿！"淑贞连忙应着。不久淑贞就走进房里来了。在她的后面跟随着淑华和绮霞。

"好，我喊你也喊不应了，连你也不把我放在眼睛里头！"沈氏看见淑贞，马上板起脸骂道。

"妈，我实在是没有听见，"淑贞胆小地分辩道。

"没有听见？哼！你的耳朵生来做什么用？"沈氏厉声问道。

"五婶，四妹的耳朵近来不大灵。我们有时候对她说话，声音小了，她也不大听得见，"淑华看见淑贞受了冤屈，连忙替她解释道。

觉新带着惊愕和怜悯的眼光看淑贞。

"明明好好的耳朵，又不是聋子，怎么会听不见？三姑娘，你快莫要信她的话！"沈氏摇摇头不信地说。

"五婶，四妹的耳朵的确有病，有时还流脓，"淑华关心地解释道。她有点不相信坐在椅子上带怒说话的女人会是淑贞的母亲。

"好，你现在还会装病了，"沈氏不理睬淑华，却望着淑贞骂道，她的眼睛冒出火，好像要烧毁淑贞的脸似的。她突然站起来命令道："我现在也没有精神跟你多说,我们回屋去。"

淑贞求助地看了看淑华和觉新,她的眼泪像线似地沿着脸颊流下来。

"真没有出息。眼泪水就像马尿那样多。骂都没有骂到,你就哭起来了,"沈氏鄙夷地说,一面逼着淑贞跟她一路回屋去。

淑贞虽然希望留在这个房间里,但是看见觉新和淑华都不能够给她帮忙,她只得默默地跟着她的母亲走出去了。

淑华气得半晌才说出话来:"真是个妖怪!我不晓得她究竟有没有心肝!四妹一定会死在她的手里头。"但是沈氏已经走出了过道,不能够听见淑华的咒骂了。

觉新摇摇头叹了一口气。

淑华惊奇地看觉新,恼恨地抱怨道:"大哥,你也不帮忙说句话?你就让她这样折磨四妹。"

"我有什么办法呢?在这个时候跟五婶说话,等于自己找上门去碰钉子。你不晓得,她受了四婶她们的气,刚才还流过眼泪,"觉新叹息道。

"她受她的气,跟四妹又有什么相干?"淑华辩驳道。她把觉新望了一回,忽然烦躁地责备他说:"你总说没有办法。什么事情你都没有办法!你从来不想个办法!"

二十八

初九日上午袁成居然把郑国光请到高家来了。

这对于觉新的确是意外的事情,他本来并没有存多大的希望。他看见国光,自然先说几句普通的应酬话,装出若无其事的样子。国光一见觉新,那张方脸马上变成了粉红色,而且短短的颈项似乎也变硬了,说话也显得很吃力。

"我这两天很忙。不过令表妹的事情这回一定办妥。地已经买定了。请大表哥放心,"国光口吃地道歉说。

"这倒不要紧,我也晓得办这件事情要费很多时间。不过家舅还有点小事情要请表妹夫过去谈谈,"觉新温和地说。

"我想改天再到岳父那边去。今天来不及了。家严要我出来办一件要紧事,"国光连忙推辞道,他不愿意到周家去。

觉民从外面走进客厅来。他向国光打了一个招呼,便对觉新说:"大哥,轿子已经预备好了,现在动身吗?"

"不过一点小事,花不了多少工夫,表妹夫现在去一趟也好,省得家舅久等,"觉新坚持地邀请道,就站了起来。

"表姐夫去去也不要紧,我也陪你去,"觉民带笑地说。他看见国光受窘的样子,心中暗暗高兴。

国光还要说拒绝的话,但是他急得结结巴巴地说不出一句清楚的话来。他终于跟着觉新弟兄走出了客厅。

三乘轿子把他们送到了周家。周家已经从袁成的口里知道了这个消息。周老太太和陈氏兴奋地等候着。周伯涛把自己关在书房里,烦躁地翻看他时常翻读的《礼记》。

觉新、觉民两人陪着国光去见周老太太。陈氏也在周老太太的房里。国光只得装出虚伪的笑容向她们请了安,而且敷衍地讲了几句闲话。周伯涛仍旧躲着不肯出来。周老太太差翠凤去把他唤来了。

"蕙儿的灵柩,在莲花庵停了大半年了。那个地方不大清静,我不放心。上回姑少爷答应这个月初四下葬,"周老太太原先希望周伯涛出来向国光提蕙的事情,但是她看见周伯涛来了以后却只顾同国光讲些闲话,她对她这个顽固的儿子断了念,忍耐不住,便开口向国光提出来,她的话还没有说完,就被国光打岔了。

"家严说初四日期太近,恐怕预备不周到,所以改期在年底,"国光很有礼貌地说。

"这倒也不错,那么我们都放心了,"周伯涛满意地说,他想拿这句话来结束这个问题。

"放心?"周老太太突然变了脸色说,"我只求蕙儿的棺木早点入土,也不必麻烦亲家公预备什么,蕙儿没有这个福气!"

"妈不要误会姑少爷的意思,"周伯涛自作聪明地向她的母亲解释道,"亲家公倒是一番好意。"

"我并没有误会!我又没有跟你说话!"周老太太厉声骂道。周伯涛想不到他的母亲会当着国光的面骂他。他又羞惭,又害怕,便埋下头不敢作声了。

国光也变了脸色,他坐在凳子上身子不住地摇晃,显出心神不宁的样子。他勉强替自己辩护道:"婆不要误会我的意思。我没有一天忘记蕙的事情。这件事没有办好,我永不会放心。"

"姑少爷心肠太好了,这真是蕙儿哪世修得的福气!"陈氏冷笑地说:"不过听说她在莲花庵里头,棺材上堆满了灰尘,还结了蜘蛛网,也没有看见一个人去照料。姑少爷现在已经这样忙,将来续弦以后恐怕更没有工夫来管蕙儿的事。不瞒姑少爷说,我们实在不放心。我就只有这一个女儿,她在生我没有给她一点好处。她死后我不能够让人家这样待她。"她说到最后一句,禁不住一阵感情的袭击,声音有点嘶哑了,便闭了嘴。

周伯涛把眼光射在陈氏的脸上,不高兴地咳了一声嗽。但是这一次他并没有说话。

"我并没有这种心思。我绝没有这种心思。我怎么能够让灵柩永久放在庙里头?岳母,你老人家没有听懂我的意思,"国光红着脸惶惑地辩解道。他不住地摇摆他的方脸,好像他希望用姿势来增加他这番真诚的表白。

"庙里头无主的灵柩多得很!不过,姑少爷,你放明白点,我不能让你们这样待蕙儿!"陈氏呜咽地责备国光道。她又指着国光说下去:"姑少爷,做人要有点良心。我问你,蕙儿嫁到你们府上做媳妇,哪些地方得罪了你们?你们就这样待她!这些狠心事情你们都做得出来!"

"太太!"周伯涛不耐烦地带怒插嘴道。

"岳母怎么能说这种话?我不明白你这是什么意思!"郑国光恼羞成怒地站起来说,他打算趁这个机会走开。

"大哥,你说话。你不说我就要说了,"觉民在旁边低声怂恿觉新道。

觉新觉得他不能够再沉默了,马上站起来望着国光正色地说:"伯雄,请坐下,我还有话跟你说。我们今天凭良心讲,你也太对不起蕙表妹。她在世时的那些事我们都不说了。她死了,你就不该这样对待她。你把她的灵柩放在庵里不下葬,究竟是什么意思?你一再推托,一再拖延。你明明答应过我初四下葬。现在又说改到年底。到年底问你,你又会说明年。你的话哪个还信得过?今天请你来,要你给我们一个确定的日期,要你给我们一个凭据,"觉新愈说愈动气,他的话愈说愈急,他把脸都挣红了。

"我拿不出什么凭据!"国光厚着脸皮抵赖地说。他也装出生气的样子。其实他心里很空虚。

"明轩,你这话说得太重了,我看凭据倒是用不着的,"周伯涛不满意地干涉觉新道。

"岳父的话有道理,到底是岳父见识高,"国光顺着周伯涛的语气称赞道。这一来不仅气坏了觉新和觉民,而且把周老太太和陈氏也气得脸色又变青了。

周老太太气冲冲地望着周伯涛骂道:"我还没有死!这些事没有你管的!你给我马上滚开!"她停了一下,看见周伯涛还没有走,又骂道:"我不要你在我屋里。我给你说,从今天起,蕙儿的事情,不准你开一句腔!你再出什么主张,不管你的儿子有那么大了,我也要打烂你的嘴巴!这好多年我也受够你的气了。你不要以为我还会让你再这样胡闹下去。不是你,蕙儿哪儿会死得那样惨!"

周伯涛像一个被解除了武装的败兵似地,一声不响黑着脸垂头丧气地走了出去。他瞥见枚少爷夫妇站在窗下偷听里面谈话,更不好意思,连忙躲进自己的房里去了。

觉新看见周伯涛失败地走了,他感到一阵痛快。但是他又痛苦地、懊悔地想起了周老太太的话。他想:你要是早几年就像这样强硬,蕙表妹怎么会死?

国光听见周老太太的话,又看见周伯涛走了出去,他的脸上现出了惧怕和沮丧的表情,他不敢作声了。他一时想不到应付的办法,只得无精打采地坐下去。

房里的空气仍然是十分紧张。众人都不作声,沉默重重地压着每个人的心。他们好像在等待一个痛快的爆发。

"大哥,还是你来说,快点把事情弄清楚,"觉民低声催促觉新道。

觉新点点头。他觉得自己还有勇气,便也坐了下来,两只眼睛威逼地望着国光。接着他又说:"伯雄,你不能够再抵赖。你今天应当给我们一个凭据。你要答应下个月里头把蕙表妹的灵柩下葬。"

"下个月里头有好日子,我翻过黄历,"周老太太插嘴道。

"我身边什么东西都没有。我哪儿有什么凭据?"国光惶惑地说。他现在仍然想不出一个躲闪的办法。

"这儿有纸有笔,你写个字据,"觉民忽然命令似地插嘴说;他侧头吩咐那个丫头:"翠凤,你去把笔墨砚台拿来。"

"写字据?我不会写!"国光吃惊地说。他看看觉民,觉民的坚定的眼光更搅乱了他的心,他张惶地推辞道。

"大舅说你是当代奇才。哪儿有一张字据也不会写的道理!"觉民冷笑道。"表姐夫,你不要欺负周家人少,大舅又糊涂,我们高家还有人。"

"姑少爷,我问你,你们把蕙儿的灵柩丢在莲花庵不葬,究竟存着什么心思?蕙儿在你们府上又没有失礼的地方,你们为什么这样恨她?"陈氏带怒地质问道。

"存什么心思?大舅母,您还不知道?他们分明是看不起周家。不然,又不是没有钱,哪儿有媳妇死了不葬的道理?"觉民愤愤不平地接口说。

"伯雄,你不能够这样欺负人,你应该有一点良心,"觉新带着悲愤地说;"你如果再想抵赖,你不写个字据,我们决不放松你。你要打官司,我们也愿意奉陪。"

国光的那颗犯了罪似的心经不起这些话的围攻,他快要屈服了。但是他仍然努力作最后的挣扎,他还想到一个主意,又逃遁地说:"这是家严的意思,我作不了主,等我回去禀过家严,再来回话。"

"这点小事情表姐夫是可以作主的。表姐夫答应了,太亲翁自然没有话说。就是因为你一再抵赖,说话不算数,我们才要你写字据。你不写字据,我们便不能够相信你,"觉民板起脸反驳道。他的憎恶的眼光仿佛要刺穿国光的心似的。

国光没有办法逃避了。他的心乱起来,他不能够保护自己,便屈服地说:"我写,我写。"这时翠凤已经把纸、笔、砚台拿来了。他只得摊开纸,提起笔。但是他的脑子里有的只是一些杂乱的思想,它们很快地来,又很快地去,去了又来。他不能够清楚地抓住其中的任何一个。然而四周那些敌视的眼睛又不肯把他放松。他不得不勉强在纸上写出一些字。他本来就不能够驾驭文字,这时他连斟酌字句的余裕也没有了。虽然他写了一两句便停笔思索,但是结果写出来的还是些似通非通的文句。不过意思却是很明白的:他答应在下一个月以内一定把蕙的灵柩下葬,而且日期决定后还要通知周家。

"这个要得吗?"国光把字条递给觉新。觉新接过来低声念了一遍,轻蔑地看了国光一眼,心里想:"这就是大舅眼中的奇才!"他把字条递给周老太太,一面说:"外婆,你看要得要不得?"

周老太太又把字条递给陈氏看,陈氏看了以后,又递给觉民。觉民的脸上浮出了得意的微笑。他看完了字条,便对觉新说:"大哥,就这样办罢。这个字条就交给外婆收起来。"他把字条交还到周老太太的手里。

"那么我可以走了?"国光站起来胆怯地望着觉新说。

觉新和觉民交换了一瞥眼光,然后带笑地对国光说,"现在没有事情了。外婆还有什么话吗?"他望了望周老太太。

"我没有话说了。姑少爷既然答应,我们也就满意了。不过今天把姑少爷请来耽搁了这么久,我心里很不安,"周老太太换了温和的、客气的调子。

"翠凤,你快出去招呼提姑少爷的轿子,"觉新也站起来,吩咐翠凤道。

国光仿佛得救似地脸上现出了喜色。他不愿意在这里多留一分钟,连忙告辞走了。觉新、觉民两人把他送到大厅。他们一路上没有说一句话。觉民看见国光缩着颈项,偏着头,红着脸的滑稽样子,差一点要笑出声来。

觉新弟兄回到周老太太的房里。那个老妇人含着眼泪感谢觉新道:"大少爷,真亏得你。不然蕙儿的尸骨真会烂在破庙里头了。"

觉新眼圈一红，埋下头来，声音颤抖地说："这是二弟想的主意。我怕伯雄还会反悔……"

"外婆，你放心，他一定不会反悔，"觉民保证似地接口说；"伯雄跟周家并没有仇恨，蕙表姐在时也没有得罪过他。他为什么一定不肯把蕙表姐下葬呢？我看全是大舅自己弄出来的事。大舅过于巴结郑家了。今天若是依着大舅的意思，又会得不到结果。"觉民说出最后两句话，感到一阵痛快。他并不憎恨那个人，却痛恨那个人所做出的种种事情。

觉新抬起头惊讶地看了觉民一眼。但是周老太太却意外地回答道：

"我也是这样想。什么事情都是他弄糟的。他害了蕙儿还不够，枚娃子这一辈子又给他断送了。唉，这只怪我自己。我当初如果明白一点，又何至于弄出这些事情……"

悔恨的表情突然飘上了她的衰老的面颜。

二十九

一天午后淑华坐在自己房中看书,忽然听见窗外厨房里起了一阵吵闹,原来厨子老谢在跟四房的杨奶妈吵架。她自语道:"真讨厌!每天总有些事情吵得你不安宁。"她不想去管它,努力把注意力集中在书本上。但是不行,这本地理教科书念起来不容易上口,她静不下心来,无法把书中的大意装进脑子里去。厨房里的吵闹不断地妨害她,房里的闷热更增加了她的烦躁。

绮霞从外面走进来。她看见淑华捧着书,便惊讶地说:"三小姐,亏得你还有本事看书。他们吵得真叫人心焦。"

"绮霞,他们为什么事情吵架?"淑华顺口问道,便把书阖起来。

"他们什么话都骂得出来,一点也不害羞,"绮霞不满意地说;"其实也没有什么事情。谢师傅跟杨奶妈说笑,不晓得怎么样就骂起来了。杨奶妈素来就很神气,四老爷、四太太都喜欢她,我们都惹她不起。她动不动就开口骂人……"

"你不要说了。你快去把四小姐请来,"淑华打岔地说。绮霞应了一声。淑华又说:"我在大少爷屋里头等她。"

"我晓得,"绮霞答道,便转身走出去。但是走到房门口,她又掉转头来说："三小姐,刚才太太吩咐过黄妈等一会儿熬洋菜要做'冰粉儿'了。"

"你快去,看你这样贪吃,"淑华哂笑地催促道。

绮霞走了以后,淑华望了望手里的教科书,迟疑了一下。忽然一句极下贱的骂人话从厨房里飞过来。她吃了一惊,但是她马上决定了。她把眼光从书上掉开,把书丢在桌子上,安静地走出房去。

淑华刚刚走进过道,一个人忽然从后面跑来。那个人跑得很快,而且他是从外面转弯进来的,所以他没有留意到淑华,把她撞了一下。

淑华眼睛快,马上看出这是觉英,一把将他抓住,带怒地斥责道:"四弟,哪个把你充军?你走路也不睁起眼睛!"

"三姐,我实在没有看见,跑惯了收不住脚步,"觉英带着狡猾的笑容望着淑华说。他满脸通红,只穿了一件对襟的白短褂,衣领敞开,热气直扑到她的脸上来。

"你不在书房里读书,跑出来做什么?"淑华问道。

觉英看看淑华的右手,闪了闪眼睛说:"三姐,天气太热,你把手松开,大家凉快凉快,好不好?"淑华不作声,嫌厌地缩回手,把他的膀子放开了。觉英故意把那只膀子轻轻地拍了拍,然后从容地说下去:"今天热得很,大家休息休息。先生喊我出来的。"

淑华知道他在说谎,脸上现出厌恶的表情,大声驳斥道:"你又在骗人。前个月才挨了打,管不到几天,你的皮又作痒了。"

觉英把嘴一扁,眼珠一斜,扬扬得意地说:"三姐,你也太不嫌麻烦了。连爹也觉得我不好管。他晓得我这个脾气改不了,他都让我几分。就是你老姐子爱跟我作对。其实你老姐子横竖是别家的人,何必多管高家的事。你跟我结怨又有哪点好处?现在他们在后面打核桃,等一会儿我捡几个大的请你吃好不好?"

"呸!"淑华气恼地啐道,"你越说越不像话了。我不管你,看你将来做叫化去!"

"做叫化?你老姐子想得太多了,"觉英并不动气,仍旧嬉皮笑脸地说;"单凭我龟子这点儿本事,也不会去要饭的。爹有那么多钱,难道还怕不够我用?三姐,我倒有点儿替你担心,你将来嫁个姑少爷是个老叫化,那才丢脸嘞。人家好心请你吃核桃,你姐子,我兄弟,你不吃,我怄气。"

"四弟,你少放屁!你再说,看我会不会撕掉你的嘴!你滚你的,我不要听你这种下流话!"淑华气红脸大声骂道。

"三姐,你何必撕掉我的嘴?没有嘴,我岂不是不能够吃饭?不吃饭岂不是会饿死我吗?饿死我龟子,你老姐子岂不是要捉到衙门里头去吗?……"觉英故意奚落淑华道。他还没有把话说完,淑华忽然厉声喝道:

"四弟,你闭不闭嘴?你在哪儿学来这些下流话?你看我敢不敢打你?"她举起手要朝觉英的脸颊打去。

然而觉英的眼睛比淑华的手更快,他连忙纵身一跑,就逃开了。他跑出过道,还转过身子,笑嘻嘻地望着淑华说:"三姐,你老姐子脸皮也太嫩,我才说两句笑话,你就'火烧碗柜'了。"

"你说什么?我不懂你的鬼话!"淑华带怒骂道。

"火烧碗柜岂不是盘盘儿燃了吗?你的脸盘子都燃起来了,真好看!"觉英得意地挖苦道。他不等淑华开口,又说:"三姐,我没有工夫,少陪了。"他拱一拱手就从过道跑下去不见了。

淑华站在觉新的房门口,气得没有办法。过了片刻她对自己说:"我真是自讨苦吃。我明明知道跟这种人说话是没有用的。"

就在这时淑贞同绮霞走来了。绮霞听见淑华说话,惊讶地笑道:"三小姐,你在跟哪个说话?"

淑华也笑了起来。她答道:"你说还有哪个? 就是四少爷。我骂他几句。真把我气坏了。"

"三小姐,你也真是爱管闲事。四少爷好不好,三老爷会管他。他如今连三老爷的话都不肯听,你说话又有什么好处?"绮霞带笑对淑华说。

"你现在倒教训起我来了,"淑华笑答道。"我本来也是这样想法。不过看见他那种样子,听见他说两句下流话,我就是没有气也会生气的。好,我们不要管他。你跟我同四小姐到花园里头去。"

"好,等我去拿点点心来,"绮霞高兴地说。

"你不必去拿了,我们吃过饭还不多久,"淑华阻止道。但是她忽然想起一件事情,就换过语调说:"你快去把我那把团扇拿来。我们就在大少爷屋里头等你。"

淑贞在旁边默默地搧着一把小折扇,她的脸上没有擦粉,脸色惨白,眉毛深锁,眼睛略微浮肿,好像她吞过够多的苦酒似的。淑华注意到她的脸色,便关心地小声问她:"四妹,你怎么不说话? 今天又有什么事情?"

淑贞不愿意回答堂姐的问话,只是痛苦地说了一句:"三姐,我们进去。"她和淑华都进了觉新的房间,走到写字台前面。

"四妹,你为什么不对我说?我晓得你又受了委屈,"淑华柔声问淑贞道。

"春兰今天又挨了打,妈不准她吃饭,"淑贞哽咽地说。

"春兰也倒楣,偏偏遇到这个主人,"淑华不平地说。她又安慰淑贞道:"不过五婶今天已经发过脾气了,她不会再为难你,你也不必再想这些事情。"

"六弟今天过继给陈姨太。妈说她上了四妈的当。妈今早晨起来就不高兴,关在屋里头还没有出来过。吃早饭的时候我也挨了骂,我又没有做错事情,"淑贞悲声诉苦道。

"五婶也太不应该,她为什么总是欺负你?"淑华愤慨地说。她马上安慰淑贞道:"四妹,你不要害怕。我将来一定有办法。我一定给你帮忙。"

淑贞感激地看了看淑华,摇摇头说:"三姐,我有点害怕。大嫂死了,二姐又走了,人一天天地少起来。"她的脸上忽然现出了恐怖的表情,她望着淑华痛苦地说:"三姐,你多半也会走的。琴姐也会走的。你们都走了,让我一个人留在这儿。我简直不敢想。我怕我活不下去,我一定会死。"

绮霞拿了团扇进来。她还带着一个盛瓜子、花生的小盒子。淑贞的话也使她吃了一惊。

"四妹,你怎么能够说这种话?"淑华失声叫起来。她爱怜地责备淑贞:"你年纪轻轻就说到死,你不害羞吗?"她亲密地抚摩淑贞的头发,说:"我不会抛开你走的。即使我有办法走,我也不会不顾你。"她只顾慷慨地说话,其实她自己也就没有定下一个将来的计划。她永远抱着一个含糊的信念:我要自己来管我的事情。

淑贞感激地偎着淑华,凄凉地微笑道:"三姐,我晓得你不会抛下我走的。不过我只能够连累你,我对你没有一点好处。我这双脚连跑路也跑不动(她忧郁地看看她的脚)。其实只要妈稍微把我放松点,只要她们不再像那样天天吵架(她苦恼地皱起眉头),我也过得下去的。我并不要享福。我晓得我自己不配享福……"

"四妹,我们不要再说那些话了,我们走罢,"淑华打断了淑贞的话。"你听,蝉子叫得多好听,还尽说那些不痛快的事情做什么?我们到水阁看荷花去。"

淑华说得不错,窗外一株高树上,知了歌唱似地叫着。这仿佛是在舒畅中发出来的声音。它一扬一顿,甚至声音的长短,都像是合着节拍的。这样的歌声使得紧张的心情宽松,疲倦的身体舒畅。它慢慢地在她们的周围造成了一种闲适的气氛。

淑贞不再诉说她的苦恼了,她让淑华挽着她往花园里走去。绮霞在旁边陪伴她们。

园里另是一个世界,不但空气比较清凉,而且花草树木都带着欣欣向荣的姿态。这里没有可憎的面孔,没有粗暴的声音,没有争吵,没有痛苦。一些不知名的小鸟或者昂头在枝上鸣啭,或者振翅飞过树丛,都带着自由自在的神气。她们走近草坪,看见牵牛藤盘满了一座假山,旁边有两株高的松树,树身也被牵牛藤缠住,柔嫩的牵牛藤蜿蜒地往上面爬去。在那些可爱的绿叶中间开满了铃子似的紫色花朵。她们再往前走,转过两座假山,便看见一片像铺上绿绒毡子似的草地。好多只红色蜻蜓在草地上飞来飞去。

"三姐,在这儿歇一会儿罢,"淑贞恳求地说,她觉得腿酸、脚痛了。

"四妹,你走不得吗?那么坐一会儿也好,"淑华点头说。她掏出手帕垫在地下,自己先坐下来,一面动手搧扇子。淑贞获救似地跟着淑华坐下去,还用手捏捏自己的脚。绮霞把那个小盒子打开,送到她们的面前,她就坐在她们的旁边,手里捏了一把瓜子慢慢地嗑着。她们三个人都不说话,安静地欣赏这些抚慰疲倦心灵、培养纯洁心境的大自然的美景,享受那种不被人打扰的闲适的滋味。淑贞开始觉得有一股清凉的泉水在洗她的脑子。她觉得眼前渐渐地亮起来。

"我真想躺下去睡一觉,在这儿总不会有人来吵闹你,"淑华满意地自语道,附近的蝉声似乎有着催眠的效力。

"我只想一个人整天就在花园里头。大家都把我忘掉就好了,"淑贞忽然梦幻似地说。接着她又失望地摇摇头:"可惜不能够。妈不肯放松我。而且我一个人又害怕。"

"四妹,你为什么要害怕?你吃亏就吃在害怕上头,"淑华起劲地说;"你应该学学我这个冒失鬼:我什么都不怕,什么都不怕。你晓得你越是害怕,人家越是要欺负你……"

淑华还没有说完话,听见绮霞低声在叫:"三小姐。"她闭了嘴用眼睛去问绮霞——什么事?

"有人来了,"绮霞警觉地说,"未必是有人偷听我们说话?"

淑贞立刻变了脸色,她的脑子里的那股泉水干涸了。过去的阴影仍然压在她的头上。

"蠢丫头,你怕什么?有人偷听,我也不害怕。我们说我们的话,又不犯法,"淑华毫不在意地答道。她也把眼睛朝着绮霞指的方向望过去。她看见假山后面晃着两个人的影子。从衣服的颜色,她猜到那是什么人。她便安慰淑贞道:"你不要怕,那是陈姨太。大概她今天高兴得很,居然也到花园里头来耍了。我们不要管她。"

一个女人从假山那一面转出来。这是王氏。她穿了一件窄袖的深色湖绉衫子,手里拿了一把团扇。绮霞和淑贞都看看淑华。淑华动也不动,低声对她们说:"不要管她,等她走过来,招呼她一声就是了。"淑华虽是这样说,然而绮霞以为还是谨慎一点好,便站起来,立在淑华和淑贞的背后。

陈姨太也走出来了。她穿的是一件袖子又大又短、浅色湖绉滚边的圆角短衫。她一手牵着觉世,微微俯下头在跟那个孩子讲话。王氏站在假山前面等她,便同她一路往草坪上走来。这两个女人都是一样的高身材,一样的高颧骨,不过陈姨太现在长胖了,脸颊也显得丰满了,颧骨也不怎么突出了,最近连双下巴也看得见了;王氏近来反而瘦了些,她的尖脸变成了长脸,颧骨也显得更高了。她们一路上说说笑笑,两个人都很高兴。

"真想不到!四太太同陈姨太两个死对头,怎么今天居然这样要好,"绮霞惊奇地小声说。

"这有什么希奇?现在六少爷抱给陈姨太了!"淑华轻蔑地答道。"都是钱在作怪,"她又加了一句。

"我真有点不相信,她们都是太太,又不是小孩子……"绮霞疑惑地自语道。

"不要说了,她们会听见的,"淑贞小心地低声阻止道。她看见她们的眼光正往这面射来,有点害怕,也站起来了。只有淑华依旧坐在草地上,安闲地拿着团扇在摇。

"婆,你明天带我去看戏去!"觉世忽然欢喜地大声向陈姨太要求道,两只小眼睛望着她,两只小手拉住她的手。

"好,六娃子,我明天就带你去。我们还要到商业场去买东西。我还要带你上馆子,还要带你到外祖祖[1]家里去耍。你还会看到表舅公,他一定会喜欢你,"陈姨太满脸带笑地答道,她真的用祖母的溺爱的眼光去看觉世。

王氏在旁边满意地笑了。淑华看见王氏的表情,不高兴地小声说:"四婶今天总算得意了。"

淑贞害怕王氏听见淑华的话,连忙恭敬地高声唤道:"四妈!"她又招呼了陈姨太。淑华也招呼了她们,不过她仍然不站起来。

王氏和陈姨太都点头回答淑华姊妹的招呼。王氏不大痛快地瞪了淑华一眼,冷笑一声。陈姨太却大惊小怪地说:"三姑娘,你怎么坐起地下来了?给底下人看见,有点不好罢。"她又对王氏说:"四太太,你说对不对?"

"不要紧,三姑娘素来大方惯了的。这点事情她才不在乎。陈姨太,你这样说,三姑娘会笑我们太古板了,"王氏带着嘲讽的口气答道。

淑华看见她们两人交换眼光,又听见她们一唱一和,她的怒气马上升了起来。但是她连忙压住它,做出没有听懂话的神气,带笑地答道:"天气太热,我们走累了,在这儿歇歇,没有人会看见的。"

"没有人看见?花园里头多多少少总有几个底下人来往,给他们碰见了怎么好?如果你三爸、四爸看见,他们一定要怪你没有规矩,"陈姨太故意惊讶地说,她仗着王氏在旁边给她帮忙,淑华的不恭顺的态度又触怒了她,她想用话来刺淑华。

---

[1] 外祖祖:即外祖婆,陈姨太指她的母亲。

这几句话使得淑华不能安静地忍受下去。她昂着头挑战似地答道:"这点芝麻大的小事有什么要紧?我们公馆里头没有规矩的事情才多嘞。三爸他们恐怕没有闲工夫管这些小事。他们连大事都管不清楚!"

陈姨太呆了一下,一时说不出话来。王氏马上变了脸色。但是她的可怕的怒容又被她用另一种虚伪的表情盖上了,只有一点点不愉快的颜色留在她的脸上。她讥讽地说:"三姑娘,你好大的口气。你看见我们公馆里头有什么不规矩的事情,四爸他们没有管清楚,你不妨数出几件给我听听。"

淑贞在旁边着急地暗暗推动淑华,又用恳求的眼光看她,请求她不要再跟她们斗嘴。绮霞虽然觉得淑华的话说得痛快,但是也不免替她担心。只有淑华本人毫无顾虑地用傲慢的眼光回答王氏和陈姨太的注视,她也用讥刺的调子对王氏说:

"公馆里头的事情,连我也说不出口,四婶在家里一定看得清楚。至于四爸,我们就很少在公馆里头碰见他。他哪儿还有工夫管这些小事情?有天大哥看见四爸同张碧秀在新发祥买衣料。听说买了百多块钱,我还以为是给四婶买的。"

王氏马上放下脸来,差一点要破口骂出来了。但是她又忍住怒气,只是哼了一声。陈姨太讨好地在旁边接嘴责备淑华道:

"三姑娘,你说话要有分寸。你怎么能够随便说你四爸的坏话?他是你的长辈,只有他说你不是,没有你说他不对的道理!你未必连这点礼节也不懂?"

"奇怪,陈姨太,你这话从哪儿说起?"淑华红着脸冷笑道,"我并没有说四爸一句坏话。他给张碧秀买衣料是真的,公馆里头哪个人不晓得?他请张碧秀在花园里头吃饭,不是四婶也亲眼看见吗？陈姨太，那天你也在那儿。那也不是什么坏事情。"她含着怒气骄傲地摇着团扇。

陈姨太的粉脸扭得很难看，她张开嘴，想吐出一两句咒骂的话。

"坏事不坏事，总之，没有你做侄女的管的！"王氏厉声骂起来，她不愿意再跟淑华争辩，便拉了一下陈姨太的袖子，说："陈姨太，你不要跟这种不懂礼节的人讲道理！她把你气都会气死！"

淑华马上板起脸，从草地上站起来。她没有一点顾虑，甚至进攻地对王氏说："四婶，你说什么懂不懂礼节？我请问你，爷爷的丧服还未满期，就把小旦请到家里来吃酒，这是不是礼节？"她的眼睛里充满了轻视，她毫无惧怕地望着王氏。

"三姐，你就不要再说了，"淑贞带着恐怖劝阻（其实这更可以说是哀求）道，她担心淑华会把一个不幸的结果招引到自己（淑华）的身上。她同情淑华，不过她不了解淑华，而且也不能够帮助淑华。

"三姑娘，你这些话去跟你四爸当面说去。礼节不礼节，你还没有说话的资格。我对你说，你不要目中无人，就把长辈都不放在眼睛里。你看我敢不敢去告诉你妈，要她好好地教训你一顿！"这些全是空洞的话，王氏在平时很少让愤怒控制了自己，她总会设法留出一点地位给她的思想活动，她不会胡乱地拿空话保卫自己。但是如今这意料不到的侮辱和挑战，把她逼到一个不利的情形里面，她不能够冷静地思索，想出一个可以制服对手的办法。她知道对手是一个什么样的人，她平日常用的武器是不能够伤害淑华的，她从前用来对付觉民时就失败过一次。她现在只能够随意说几句空泛的威胁的话,使她可以把身子抽开,以后再从容地设法报复。

"四太太,我们就去告诉大太太,不打她一顿,这太不成话了。我从没有见过这种小辈。老太爷在时,他一定不肯随便放过的,"陈姨太连忙响应道。她带着恶意地瞪了淑华两眼。

"三小姐,我们走罢,"绮霞央求道,她差不多要急得哭出来了。

淑华忽然想起了她的三哥觉慧做过的一件事。一道阳光鼓舞地照亮了她的脑子。她不但不让步,她反而要满足她那个突然起来的斗争的欲望。愤怒和激动给她带来更多的热气。她浑身发热,她的额上积满了汗珠。但是她仍然欢迎这不断地增加的热气。她向着陈姨太走近一步,指着这个满身香气的女人责问地说:

"陈姨太,今天并不是我先来惹你的。你提起爷爷,我倒想起了那回的事情。请你想一想,嫂嫂是怎么死的?你们说什么'血光之灾',搞什么鬼把戏!把好好的一个嫂嫂活活害死了。你还有脸皮在这儿说话?我是不怕人的。我不像大哥那样好欺负。你们不要小看人,以后不要在我面前耍这些把戏!"

这时接下去说话的不是陈姨太,不是王氏,却是觉民。他从水阁那边走来,远远地就听见淑华跟王氏们争吵。淑华说上面这番话的时候,他已经走到了她的跟前,所以他把话全听了进去。他想不到她会说得这样痛快,这自然使他满意。他知道他的家庭的内部情形,也知道他的长辈们的性情和为人。他认为他可以从容地对付她们。他先招呼了王氏和陈姨太。她们倒理不理地哼了一声。他也并不在意。他等淑华住口,不让陈姨太和王氏讲话，便出来抢先说：

"三妹，你怎么跟长辈们吵起架来？大嫂已经死了，还提那件事情做什么？我们到水阁那边去。"他伸手去拉淑华的膀子，淑贞也过来帮忙他劝淑华走开。

"老二，"王氏气冲冲地唤道。觉民马上站住，答应一声，看了她一眼，等候她说话。王氏带了一点威胁地说下去："你没有听见你三妹刚才讲的那些话？你们也不好好地管教她。她连我，连你四爸，连陈姨太都骂到了。我姑念她年纪小不懂事，我不跟她计较，我等一会儿去跟你妈、你大哥理论去。我还没有骂她，她倒骂起我来了。这是你妈教出来的好女儿！我要去问你妈看看有没有这种规矩！"

"四婶，请你去问妈好了。我也管不了三妹，"觉民淡漠地答道。

陈姨太听见淑华的那种明显的控诉，自然十分气愤，她的一张粉脸气得通红，怒火不住地在她的心里燃烧，她一时激动得说不出话来。她的憎恨的眼光始终没有离开淑华的脸。不过她就是在这个时候也没有忘记她自己在高家的地位和身份。她是一个离开了靠山便没有力量的女人。在那位宠爱她的老太爷去世以后，她的处境就不及从前了。她不能不靠一些小的计谋和狡诈来保护自己的利益。她不能不时时提防别人，保护自己。她不能不常常借一个人的力量去对付另一个人，免得自己受到损害。她本来希望在王氏的身上找到帮助，借用王氏的力量压倒淑华。但是现在她知道这个办法也没有多大的效力。空洞的责骂并不能够伤害淑华，这个少女还是那么骄傲地站在她的面前，丝毫没有低头的表示。她知道淑华是一个不容易制服的少女。她平日就知道淑华的性情。她明白要对付淑华必须另想别的办法,她现在应当克制自己,免得吃眼前亏。但是她不能够在这些人的面前沉默,她仿佛看见绮霞在暗暗地讥笑她,又看见淑华脸上现出轻视的笑容(其实淑华并没有笑过,她的红脸上只有憎恶的表情),她一定要回答淑华的攻击!她不能够白白地受人侮辱!她应该有一个表示,使别人知道她并不是一个好惹的人!而且她更明白话纵然不会给她带来光荣,至少也不会给她带来损害。王氏仍然可以给她帮忙。她还可以把王氏拉在一起,两个人共同对付淑华和整个大房的人。所以她看见觉民一旦闭嘴,不等他走开,马上接下去说(这时她的脸上仍然布满着怒容):

"二少爷,我问你,你是个明白事理的人。三姑娘说你们大嫂死得不明白,是我害死她的。还把你四婶也骂在里头。'血光之灾'的话又不是我一个人讲的。你四爸、五爸都相信。怎么能说是我在耍把戏?她简直在放屁!(淑华马上插嘴骂了一句:"你才在放屁!")我等一会儿要去找你妈问个明白,非喊三姑娘给我陪礼不可。她是什么人?她配骂我?便是你爷爷在时也没有骂过我一句。哪个不晓得你们大嫂是难产死的,是她自己命不好,跟我有什么相干?……"

觉民不能够让她再说下去,他觉得他已经到了自己的忍耐的限度了,便沉下脸来,嫌厌地打断了她的话。他严肃地说(他还能够控制自己的声音):

"陈姨太,请你不要再提起大嫂的死。大嫂为什么死的,哪一个不明白!如果不是大家你一句我一句说什么'血光之灾'的鬼话,把大嫂赶到城外头去生产,她哪儿会死?我不明白为什么我们家里头就没有一个明白人?"他停了一下,众人(甚至陈姨太和王氏也在内)都不作声,注意地望着他的嘴唇。他的有力的、坚定的、高傲的表情使得别人不敢发出声音打岔他。淑华也感到一阵痛快的满足。绮霞有点害怕,不过她也感到痛快。她高兴自己能够看见陈姨太和王氏受窘。淑贞畏惧地望着觉民,她尊敬他,不过她害怕他会做出可怕的事,或者更害怕他会从她们那里受到损害。陈姨太和王氏现在气上加气,脸色变得十分难看,两双眼睛都发出火来。但是她们又觉得那样正直的眼光和表情搅乱了她们的心。她们只是用含糊的低声诅咒来防卫自己。觉世早就溜到湖边玩耍去了,他的母亲和他的新祖母都不曾注意到。

觉民又接下去说:"一个人要受别人尊敬,一定要做点像样的事情。自己不争气,自己不讲道理,自己见神见鬼,他们自己先就失掉了做长辈的资格。相信'血光之灾'的迷信鬼把戏的人,哪里配讲规矩!"他又用充满自信的眼光看了看这两个女人,然后挽着淑华的膀子说一句:"三妹,我们走罢。"他知道她们准备了一肚皮的恶毒的诅咒要吐到他的脸上来,他也不去理她们,便迈开大步拉着淑华往水阁那边走了。淑贞和绮霞也跟着他们转过假山。觉民在路上还听见她们的大声咒骂,又听见她们高声在唤"六娃子",他忍不住得意地微笑了。这一笑给淑华们打破了严肃、沉闷的空气。

三十

王氏和陈姨太在湖滨找到了觉世。觉世看见她们走来,便向着陈姨太扑过去,高兴地嚷道:"婆,我要荷叶,我还要莲蓬。"他又把眼光停在水面上,那里有不少碧绿的大荷叶维护着朵朵高傲的粉红色荷花和寥寥几个小小的莲蓬。

陈姨太看见她这个新抱来的孙儿的活泼的姿态和带笑的面颜,她觉得她的闷气完全飞走了。她的脸上又浮出了笑容。她牵住觉世的一只手,允许他说:"好,我等一会儿就喊老汪给你摘来。我们先回屋去。"

"不,我就要,我现在就要!"觉世顽皮地说,一面噘起嘴,扭着身子,跳来跳去。

王氏正包着一肚皮的气没有地方发泄,便板起脸厉声喝道:"六娃子,你少顽皮点!是不是你的牛皮在作痒?"在平时她不会对觉世说这种话。

觉世原是一个被宠坏了的孩子,现在又仗着陈姨太这么爱护他,他自然不肯听母亲的话。他虽然挨了意外的骂,但是仍旧固执地嚷着:"我现在就要!你不给我,我就不回屋去。"他挣脱陈姨太的手,身子往地上一躺。

陈姨太被他吓了一跳,连忙俯下身子去拉他,但是她拉不起他来。王氏的脸色突然变得通红。她过来,推开陈姨太,弯下身子,用力把觉世从地上拖起,不由分说,就在他的小脸上打了一个嘴巴。陈姨太立刻扑过去拉住王氏的手。觉世像杀猪似地大声哭起来。

"连你也不听我的话了!你这个没有良心的东西!我要叫你晓得好歹!"王氏切齿地骂道。她还想挣脱手去打觉世。

陈姨太用力把王氏的两只膀子都拖住。觉世趁着这个机会连忙躲到陈姨太的背后去。王氏气冲冲地挣扎着。陈姨太松了手转过身子把觉世紧紧抱住。王氏看见这个情形,更加生气,她也掉转身来捉觉世。王氏的手又挨到觉世的头上了。陈姨太觉得心疼,忍不住大声干涉道:"四太太,你不能够打他!"

王氏惊愕地放了手,气恼地说:"我的儿子,我自己就打不得?"她又把手举起来。

陈姨太伸出手去拦住王氏的手。她也生气地辩道:"你'抱'给我,就是我的孙儿!"

"我现在不高兴'抱'了,"王氏不假思索只图痛快地答道。

"你不高兴'抱'?约都立过了,礼也行过了,你还说这种话?"陈姨太吃了一惊,看了王氏一眼,然后冷笑道。她又换了强硬的语气说:"你要变卦,我们去找三老爷、四老爷评理去,看有没有这种道理?"

王氏愣了一下,一时说不出话来。但是她的脑子里忽然一亮,在那里浮现出一所房屋,然后一堆股票。这是多么可爱的东西!渐渐地她觉得自己明白过来了。她控制住自己的感情。她把一层淡淡的笑容装上她的流着汗的脸,做出心平气和的样子对陈姨太说:"陈姨太,你的脾气也未免太大了。你还没有把我的话听明白。我既然把六娃子'抱'给你,岂有变卦的道理?不过六娃子顽皮,我打他,骂他,也是应该的。"

"我晓得,打是心疼,骂是爱,"陈姨太看了王氏一眼,冷冷地讥讽道。

王氏的眉毛往上一竖,脸上又泛起了红色,她不高兴地哼了一声。她轻轻地咬着嘴唇,想了想,脸上慢慢地现出了笑容。最后她让步地说:"陈姨太,你不要说这种挖苦话。我们坦白地说罢,你跟我作对,也没有好处。你既然把我的六娃子'抱'过去,我们两个人就应该和和气气,不要再像从前那样寻仇找气。"

陈姨太的两只手仍旧爱护地抚着觉世的头,她的疑惑的眼光停留在王氏的脸上。她听见那几句不带怒气的话,同意地点了点头。那些话很明白地进了她的耳朵,她觉得它们是合理的。她的手还放在觉世的头上,这个孩子把她们两个人拉在一起。觉世如今是她的幸福的根源,王氏也不再是她的仇人了,而且王氏又毫不骄傲地对她说出和解的话。这应该是她求之不得的。所以她也露出笑容,温和地答道:"四太太,我刚才是随便说话,请你不要见怪。我晓得你是个明白事理的人。我自然懂得你的意思。其实我素来就说:我们公馆里头就只有你四太太一个人懂得道理。"她无意间又显出了她的谄谀的本领。

这最后一句话安定了王氏的心。她喜欢这种过分的恭维。她看得出陈姨太并没有一点讥讽的意思。她又笑了笑,算是回答陈姨太。她看见觉世还偎在陈姨太的胸前,不抬起脸来,便柔声对他说:"好了,六娃子,你也不要再哭了。你站好,我们出去。"

"六娃子,你不要怕,乖乖地跟我出去。等一会儿就要送新核桃来了,你要吃多少,有多少!"陈姨太爱怜地俯下头安慰觉世道。

"我要吃'冰粉儿',"觉世离开陈姨太的前胸,伸了一只手揩眼睛,噘起嘴说。

"好,就熬'冰粉儿'给你吃,"陈姨太溺爱地答道。她还讨好地加一句:"我回去就喊人给你摘荷叶、莲蓬。"

"我不要了,"觉世摇摇头说。他又揉了揉自己的塌鼻头,才放下手望着陈姨太:"你明天带我去看戏。"

"好,现在没有事了。今天委屈了你。现在好好地跟我回屋去,"陈姨太满意地对他说,又牵起了他的手。

"我们先去找大嫂,"王氏接下去说,便移动脚步离开湖滨。

"找她做什么?"陈姨太惊讶地问道,她的眼光和思想都集中在觉世的身上。

"陈姨太,你涵养真好!怎么就忘记了先前的事情?"王氏惊奇地看着陈姨太,她不明白陈姨太为什么要问这句话。

"啊,"陈姨太恍然吐出了这一个字。她想着,脸上慢慢地露出一种不光明的笑容。

她们带着觉世走出园门,经过觉新房间的窗下,听不见一点声音,知道觉新还没有回家。她们走出过道,便一直往周氏的房里去。

周氏在房里同张太太母女谈话。那两个客人刚来不久,张太太正在听周氏叙说高家最近发生的事情。

陈姨太和王氏带着一阵香风和一脸怒容走进房来,以为可以向周氏发一通脾气。但是她们意外地看见那两个客人站起来招呼她们,不觉怔了一下。失望的表情浮上了她们的脸。她们勉强装出笑容向客人行了礼,便坐下来。她们默默地望着彼此的脸,脸上的表情不断地在变化。

张太太不会知道这两个人的心事。但是琴和周氏却猜到了。周氏知道她们一定是来找她生事的,不过看见张太太在这里,她们只得把来意隐藏起来。王氏和陈姨太对张太太素来没有好感,不过她们多少有点怕她。她们知道她是一个正直的人,在她们这一辈里她的年纪最大,克明还是她的弟弟,他跟她说话也带一分敬意(虽然态度并不过于亲切)。所以像陈姨太和王氏这样的人也不敢在她面前放纵她们的感情,施展她们的计谋。

她们的这种心理的变化已经被周氏和琴看出来了。不过琴并不重视这个。她只觉得这是一件可笑的事情。周氏虽然摆出并不知道她们来意的神气,心里却有点不安。她跟张太太讲话的时候,还常常偷看她们。

张太太已经从周氏那里知道了陈姨太抱孙的事。她对这件事情并没有什么意见。她看见觉世像一个被溺爱的孩子在陈姨太身边扭来扭去,小声地要求什么,便客气地向陈姨太说了两句道喜的话。

满意的笑容飘上了陈姨太的脸,她带着微笑对张太太讲话,在她的脸上已经看不到愤怒的痕迹了。这时张氏带着翠环从外面进来。谈话又暂时中断。主人跟客人互相行过礼后,大家重新坐下,又找了一些话题继续谈起来。

忽然门帘一动,从堂屋里走进来沈氏。她向张太太行了礼(琴也向她请了安),便拣了门边一把椅子坐下。她脸上虽然敷了一点白粉,但是仍旧现出憔悴的颜色。眼皮略微下垂,眼光向下，眼睛似乎有点红肿。她孤寂地坐在那里，不笑，也不说话。张太太惊愕地想："怎么她今天完全变了另外一个人？"周氏知道这个变化的原因，怜悯地看了她一眼。王氏的胜利者的威逼的眼光却不肯放松这张带可怜相的脸，它们像锋利的刀叶在那上面刮来刮去。

张太太在跟张氏谈话，她们讲的是克明的事情，只有周氏偶尔插进去讲几句。陈姨太俯下头在跟小小的觉世讲条件，觉世不知道为什么事情正噘着嘴。王氏沉默着。她却在想主意，人可以从她脸部的表情猜出来。她时时还把轻视的眼光掷到沈氏的脸上去。沈氏似乎被悲愤和绝望完全压倒了，对于王氏的挑战的表示，她并没有回答。

这一切都被琴看出来了。这间屋子里不和睦的空气窒息着她。她感到一种压迫。同时还有一个希望在前面向她招手。她很想马上到那个地方去，跟淑华姊妹见面谈话，省得坐在这里听她们谈论这些琐碎的事情。翠环在旁边给周氏装烟。琴不时把眼光掉去看翠环。翠环明白她的心思，便对她微微地一笑。

"翠环，你看见三小姐没有？"琴问道。

"我没有看见。绮霞也不在。多半三小姐带她到花园里头去了。三小姐不晓得你今天要来，她没有在外头等你，"翠环含笑答道，她希望这几句话被周氏听见，会让琴到花园里去。

"三姐在花园里头。她刚才还跟婆吵过架，"觉世卖弄似地插嘴说。他不过随便讲一件他知道的事情，此外再没有别的心思。

众人惊讶地望着陈姨太，连沈氏的脸上也现出了惊愕的表情。陈姨太觉得自己脸上发烧。她没有准备，一时说不出话

来。但是王氏却以为机会到了,她自然不肯白白地放过它,她不慌不忙地说:

"大嫂,我正要跟你谈这件事情,现在大姑太太也在这儿,更好。刚才在花园里头三姑娘把我同陈姨太都骂过了。三姑娘还骂陈姨太害死了少奶奶。后来老二也跑过来,帮他的妹妹说话。大嫂,我来问你这件事情究竟应该怎样办?他们是你的儿女,我又不便代你管教。不过做长辈的决没有受气的道理!你总要想个办法。你如果不责罚他们,以后出了事情可怪不得我。"

王氏说下去,脸上愤怒的表情越积越多。但是在她的脸上,眼角和嘴边都仍然露出一种阴谋家的狡狯。

"是啊,大太太,我要请你给我出这口气。三姑娘今天骂了我。连老太爷在时,他也没有骂过我。三姑娘是小辈,她敢欺负我?我这口气不出,我就不要活了!"陈姨太连忙接着王氏的话说下去,好像她们两人预先商量好了这种一唱一和的办法。陈姨太说到后来,便埋下头去,摸出手帕揩眼睛。

张太太皱着眉头不满意地说:"这太不成话了,的确应该教训他们。"

周氏受窘地红了脸,诉苦般地对张太太说:"大姑太太,你看我做后娘的有什么办法?他们父亲素来喜欢他们,把他们'惯使'了,养成这个脾气。我说他们,他们又不听。我又不好责骂他们。我又怕人家会说闲话,说我做后娘的偏心。"周氏有点讨厌王氏和陈姨太,所以不直接回答她们,同时她也难找到一个适当的答复。

"那么我们就应该白白地受他们的气?"王氏挑战地对周

氏说。

周氏也变了脸色。她仍然不直接回答王氏,却对张太太说:"大姑太太,今天幸好你在这儿,就请你来作主。你说该怎么办,就怎么办。我不说一句话。"

张太太严肃地答道:"我看是应当教训的。先把他们喊来问问再说。"

琴在这些时候跟翠环两个交换了好多次焦虑的眼光。她想不到她一句无心的问语会引起这么重大的后果,而且给她所爱的两个人招来麻烦。她觉得这件事情严重,还是因为她母亲说了"应当教训"的话,她母亲似乎还准备做一件"卫道"的事情。周氏说出请张太太"作主"的时候,琴怀着希望地看她的母亲,等候她母亲的决定。

张太太的答话自然使琴失望。不过它们还不是一个重大的打击。她相信旧势力不可能带给觉民大的伤害。不过由于她的关心和爱护,她又暗暗地抱怨他不该冒失地做出这种不小心的事情,给自己招来一些无谓的麻烦。

"我看三姑娘的脾气也不大好。我们从前在家里当姑娘的时候,完全不是这样,"张氏应酬似地说了两句话。

"翠环,你到花园里头去把三小姐、二少爷喊来,"周氏听见张太太的话便吩咐翠环道。

"是,"翠环连忙答应一声。她放好水烟袋,又偷偷地看了琴一眼,微微地点一下头,便出去了。

琴知道翠环会把这里的情形说给觉民和淑华听,使他们进来以前先有准备,她也就放了心。

后来翠环陪着觉民兄妹进来了,绮霞跟在他们后面。觉民和淑华两人的脸上都带着笑容。觉民的微笑是很安静的;淑华的却带了一点愤怒和激动。淑贞脸色灰白,垂着头用畏惧的眼光偷偷地看几个长辈的面容。

翠环进屋以后,她的眼光最先就射在琴的脸上。她对着琴暗示地微微一笑。琴了解她的意思,也用眼光回答了她。琴看觉民,觉民的充满自信的表情更安定了琴的心。淑华的略带骄傲的笑容增加了琴的勇气。琴很满意,她反而觉得先前的焦虑是多余的了。

觉民兄妹向张太太行礼,张太太仍旧坐着,带一点不愉快的神气还了礼。觉民和淑华就站在屋中间,淑贞走到琴的身边去。周氏第一个发言。她正色地说:

"老二,四婶同陈姨太说你跟三女刚才在花园里头骂过她们。这究竟是怎么一回事?你现在当着你姑妈的面说个明白。"

张太太没有说什么。

"妈,我并没有骂,我不过把三妹拉走了,"觉民不慌不忙地答道。

"那么三姑娘骂过了?"张太太沉下脸问道。

"三妹也并没有骂什么,不过说了几句气话,"觉民没有改变脸色,仍旧安静地回答道。

"没有骂什么?难道三姑娘没有骂我害死少奶奶吗?哪个说谎就不得好死!"陈姨太插嘴骂起来。

"是我骂过的,我骂了你又怎样?"淑华马上变了脸色,气愤地答道。

张太太望着淑华,她的圆脸上现出了怒容,责备地说:"三姑娘,你年纪也不小了,怎么骂出这种话来?况且她们是你的长辈……"

淑华不等张太太说完，便赌气地打岔道："做长辈的也该有长辈的样子。"

"三女！"周氏着急地干涉道。

"三姑娘，你少胡说！我们的事情没有你讲话的资格。什么是长辈的样子？你今天给我说清楚！"王氏猛然拍一下桌子，大声喝道。

淑华气红着脸，她还要争辩，觉民却在旁边低声阻止道："三妹，你不要响。等我来说。"淑华便忍着怒气不响了。她退了两三步把背靠在连二柜上。

"三姑娘，你这个样子太不对了。你还敢当着我们的面骂人。你妈刚才还请我来教训你。我想到你过世的爹，我不能不管你！"张太太板起脸对淑华说。

觉民打算说话，却被淑华抢先说了。她替自己辩护道："姑妈，我并没有错！"

"你还说没有错？你凭什么骂陈姨太害人？你又凭什么跟你四婶吵架？你做侄女的也有侄女的规矩……"张太太红着脸严厉地责备道。

觉民忽然冷冷地插进一句："那么做长辈的也该有长辈的规矩。"但是张太太并不理睬他，仍旧继续对淑华说话：

"你不要再跟我争。你好好地听我的话，认个错，向你四婶和陈姨太陪个不是。我就不再追究这件事情。不然，三姑娘，你妈刚才说过要我来责罚你。"

"那么请姑妈责罚好了，"淑华昂起头挑战似地说。她只有一肚皮的怨愤。她不能够让步。她不能够屈服。

这句话激怒了几个人。连周氏也觉得淑华的态度太倔强了。在长辈中只有沈氏一个人静静地坐在椅子上不说一句话。淑华的强硬的态度和锋利的语言使沈氏感到非常痛快,她觉得淑华在替她报仇。

张太太瞪了淑华一眼,突然站了起来。她的严肃的表情使人想到她要做一件不寻常的事情。翠环和绮霞的脸色也变白了。淑贞吓得连忙把脸藏在琴的膀子后面。琴的脸发红,她的心跳得急了,她睁大两只眼睛望着她的母亲。

淑华的一张脸变得通红。她一点也不害怕。她有的只是恨。她预备接受她所要遭遇到的一切。她没有武器,但是她有勇气。

觉民的面容也有了变化。那种安静的有时带了点讥讽的表情现在完全看不见了,另外换上一种严肃的但又是坚决的表情。他在思索。他的思想动得很快。他看见张太太站起来,他害怕淑华会受到责罚,马上庄重地、而且极力使声音成为平静地对张太太说:

"姑妈要责罚三妹,也应当先把事情弄个明白,看三妹究竟错不错……"

琴感激地望着觉民,淑贞、翠环、绮霞都怀着希望地望着他的面容。张太太却不耐烦地打岔道:"老二,三姑娘当面骂长辈,你还说她不错?"

但是觉民却固执地说下去,他的声音仍然很坚定,很清楚。他说:"姑妈,你想想看,三妹无缘无故怎么会骂起陈姨太来?又怎么会跟四婶吵架?是她们找着三妹闹的。她们做长辈的就不该找三妹吵架,她们就不该跟三妹一般见识……"

张太太这时又坐了下去。陈姨太却伸长颈项,威胁地说:

"二少爷,你不要瞎说,你自己也骂过人的。你今天也逃不了。"

陈姨太的话触怒了觉民,他憎厌地答复她一句:"让我说下去!"

王氏不能忍耐地干涉道:"姑太太,我们不要再听这种废话。你说该怎么办?今天非把他们兄妹两个重重责罚不可!如果再让大嫂把他们纵容下去,"她的脸上露出一下狞笑,"我们的家风就会败坏在他们手里头。姑太太,你如果办不了,你作不了主,我就去请三哥来办。"

周氏气得脸色发白,说不出一句话,只得求助地望着张太太。

"四弟妹,你不要性急,等我同大嫂商量一个办法,"张太太敷衍王氏地说。她忽然注意到觉新在通饭厅的那道门口,站在三四个女佣的中间,便高声唤道:"明轩,你来得正好。你的意思怎样?你说应不应该责罚他们?"

觉新回到家里,听说姑母来了,马上到上房去见她。他走进饭厅,听见觉民在大声说话,又在门口看见了屋里的情形,他猜到这是怎么一回事情,便站在女佣中间静静地听觉民讲话。他的思绪很复杂,他的感情时时刻刻在变化,不过总逃不出一个圈子,那就是"痛苦"。他本来不想把自己插身在这场纠纷中间,他还听见黄妈在他旁边说:"大少爷,你不要去。"但是已经来不及了。姑母在唤他,他只得硬着头皮走进去。

觉民听见张太太的话,不让觉新有机会开口,便抢着接下去说:

"姑妈,你是个明白人,不能随便听她们的话。说到家风,姑妈应该晓得哪些人败坏了家风!没有'满服'就讨姨太太生儿子,没有'满服',就把唱小旦的请到家里来吃酒作乐,这是什么家风？哪个人管过他们来？我没有做错事情,三妹也没有做错事情。我们都没有给祖宗丢过脸!"觉民愈说愈气,话也愈急,但是声音清晰,每个人都可以听明白,而且他的声音里有一种力量(只有琴略略知道这种力量是从什么地方来的,这是从一种坚强的信仰来的。他虽然知道自己知识浅薄,但是他相信在道德上他的存在要高过她们若干倍,他全家的人都不能够损害他的存在,因为那些人一天一天地向着那条毁灭的路走去),多少慑服了那些人的心。他知道他们(觉新也在内)想打断他的话,然而他决不留给他们一个缝隙。"三妹固然提到陈姨太害死嫂嫂,其实她讲的并不错。嫂嫂一条性命就害在这些人的手里头。姑妈,你该记得是哪个人提出'血光之灾'的鬼话？是哪些人逼着大嫂搬出去？她们真狠心,大嫂快要'坐月'了,她们硬逼着她搬到城外去,还说什么'出城',什么'过桥'！让她一个人住在城外小屋子里,还不准大哥去照料她。她临死也不让大哥看她一眼！这是什么把戏？什么家风？什么礼教？我恨这些狠心肠的人！爷爷屋里头还有好多古书,书房里也有,三爸屋里也有。我要请姑妈翻给我看,什么地方说到'血光之灾'？什么地方说到应该这样对待嫂嫂？姑妈,你在书上找到了那个地方,再来责罚我责罚三妹,我们甘愿受罚！"

　　觉民突然闭了嘴。这次是激情把他抓住了。他的脸在燃烧,眼睛里也在喷火。他并不带一点疲倦的样子,他闭嘴并非因为精力竭尽,却是为了要听取她们对他的控诉的回答。他的表情和他的眼光是张太太和王氏这些人所不能够了解,而且从未见过的。她们在他的身上看不出一点软弱。他在她们的眼里显得很古怪。他的有力的语言,他的合于论理的论证把张太太的比较清醒的头脑征服了。张太太并不同意他的主张,不过她知道自己无法推翻他的论证。不仅是这样,觉民的话还打动了她的心。她想起了那个无法抹煞的事实,她的心也软了。更奇怪的是屋里起了低声的抽泣。淑贞哭了。琴和淑华也掉了泪。翠环和绮霞也都暗暗地在揩眼睛。周氏低着头,她又悲又悔,心里很不好过。觉新埋下头,一只手紧紧地捫着心口。

"不过这也是当初料不到的事,"张太太温和地解释道,连她现在也不知道应该怎么办了。

陈姨太看见这种情形,觉得自己又失去了胜利的机会。张太太多半不能够给她帮忙了。她有点扫兴,这的确使她失掉一半的勇气。不过她不甘心失败,她还要挣扎,况且这时候还有王氏在旁边替她撑腰。所以她等张太太住了嘴,马上站起来,指着觉民说:"你乱说,你诬赖人!这跟我又有什么相干?是少奶奶自己命不好!我问你:老太爷要紧,还是少奶奶要紧?"

"当然老太爷要紧啊。我们高家还没有出过不孝的子孙,"王氏连忙附和道。

"那么现在还有什么话说?二少爷,你提起这件事是不是'安心'找我闹!老实说,你这个吃奶的'娃儿',老娘还害怕你?"陈姨太突然精神一振,眉飞色舞地说。

"我没有跟你说话!"觉民板起脸厉声说。他故意用这句话来骂王氏,不过却是接着陈姨太的话说下去的,因此别人不容易觉察出来。"爷爷要紧,并不是说为了他就应该害别人!况且这跟爷爷有什么关系?只有疯子才相信产妇在家生产会叫死人身上出血的这种鬼话!你们讲礼教,把你们的书本翻给我看。"他又激励那个始终垂着头的觉新说:"大哥,你为什么还不作声?

大嫂是你的妻子,她死得那样可怜。她们还骂她该死!你就不出来替她说一句话?"

觉新突然扑到张太太的面前,扑通一声跪了下去,两只手蒙住脸,带哭地说:"姑妈,请你给我作主,我不想活了。"

"明轩,你怎样了?"张太太惊恐地站起来大声说。这时候好几个人都离开座位站起来。她们惊惶地望着觉新。

"姑妈,请你责罚我。二弟他们没有错,都是我错。我该死!"觉新哭着恳求道。

"明轩,你起来,"张太太俯着身子想把觉新扶起来。但是觉新只顾挣扎,她哪里拉得动他!

"我该死,我该死,请你杀死我,请你们都来杀死我……"觉新只顾喃喃地哀求道。

"你们快来扶一扶大少爷!"张太太张惶失措地说。

觉民第一个跑过去,接着是淑华和翠环,他们三个人都去搀扶他。大半还是靠了觉民的力气,他们终于把觉新扶了起来。觉新无力地垂着头低声抽泣,他不再说话了。

"你们送他回屋去罢,让他好好地休息一会儿,"张太太叹息似地挥手道。

"三妹,你们两个小心点把大哥搀回屋去,"觉民低声嘱咐淑华道。翠环也听见这句话,她和淑华两人都点头答应了。觉民便抽出自己的身子,让她们扶了觉新出去。站着的人重新坐了下来。

琴站起来跟着淑华她们出去。淑贞也跟着琴走了。

"老二,怎么你不去搀你大哥?"张太太看见觉民抽身出来,惊讶地问道。

觉民答应一声,但是他还迟疑了一下,才掉转身子从通饭厅的门走了出去。

"姑太太,这是怎么一回事?难道这样就算了?这真是虎头蛇尾!"陈姨太看见觉民跨出了门槛,便不高兴地大声质问张太太。

"陈姨太,这件事情我管不了,请你去找三弟罢,"张太太疲倦地答道。

陈姨太满脸通红,仿佛擦上了一层红粉。她连忙掉头去看王氏,希望从王氏那里得到一点鼓励。

"大嫂,我问你,到底责罚不责罚那两个目无尊长的东西?你如果管不了,我就去找三哥,那时你不要怪我才好!"王氏昂起头威胁地对周氏说。

"我实在管不了。四弟妹,你去找三弟管也好,"周氏冷冷地答道。

"三弟也管不了许多事情,他的体子近来很不好,"张氏故意对周氏说。她也觉得王氏和陈姨太两人闹得太无聊了。

王氏的脸色又一变,她马上站起来指着周氏骂道:"好,大嫂,你不要瞎了眼睛,以为我是好欺负的?你等着看,我总有一天会来收拾那两个小东西!"她又回头对陈姨太说:"陈姨太,我们走!不要再跟不懂道理的人多说话。"

"哼,大太太,你少得意点!他们有一天总会落在我手里头!"陈姨太也站起来对周氏骂道。

这种空洞的威胁只能算是这两个女人企图挽回自己面子的解嘲。她们说完,自以为得到了胜利,便扬长地从通堂屋的门走出去了。陈姨太的一只手还牵着那个不时在做怪相的觉世。

三十一

淑华和翠环把觉新搀进他的房里。她们打算把他扶进内房去,让他在床上睡一阵。但是觉新不想睡,他觉得自己的精神好多了,神志也清醒了。他向她们说了两三句感谢的话。他要坐在活动椅上看书,便离开她们,独自走到书桌前去。

琴和淑贞进来了。翠环看见琴便说:"琴小姐,请你劝劝大少爷,他不肯歇一会儿。他精神不好,还要看书。"

琴点点头,连忙走到觉新的身边。觉新已经坐在活动椅上了。琴伸手轻轻地拉他的膀子,温柔地劝道:"大表哥,你为什么一定要这样折磨你自己?你也该爱惜你的身体。"

觉新没有答话。淑华也走过来帮忙琴劝他:"大哥你还是去睡一会儿罢,你的气色很不好。"

"你们都看见的,像我这样活下去有什么意思?不如索性让我死了,她们也就安心了,什么事情都没有了,"觉新又用两只手蒙住脸,绝望地说。

"大哥,你怎么说起死来?我们受了气就应当想个法子出气。你一个人悄悄地死了,又有什么好处?"淑华关心地抱怨道,她想不透为什么她哥哥会说出"死"字。

"大表哥,三表妹说得很对,"琴接下去说,"对那些人,你不该再让步。你应当跟他们奋斗。你自然容易明白:你还有前途,他们却没有将来。你应该好好地保重你的身体。"

"保重身体? 我这个身体有什么值得保重? 我活下去又能够做什么事情?"觉新痛苦地挣扎道。他忽然放下手掉头看淑华,惊讶地问道:"怎么你也来了? 她们没有责骂你吗? 二哥呢?"他好像从梦中醒过来似的,他的泪痕未干的脸上忽然现出了恐怖的表情。

"姑妈喊我搀你出来的。她没有骂过我一句,"淑华温和地笑道。她的笑容里有一点得意的成分。觉新的恐怖马上消失了大半。淑华又说:"二哥多半还在那儿。不过我想姑妈也不会骂他。我看,姑妈后来也好像明白了。不然她怎么肯放我走?"

"翠环,"觉新看见翠环也在屋里,便唤了一声。

翠环答应着,就走到了觉新的面前。

"难为你去看看二少爷是不是还在大太太屋里头,有没有什么事情?"觉新温和地吩咐道。

翠环愉快地答应着。但是她刚刚掉转身子,便看见觉民掀开门帘从外面进来。她唤了一声:"二少爷。"

"二哥,你挨到骂没有?"淑华惊喜地问道。

"二表哥,事情就了结了?"琴看见觉民的安静的面容,便也放了心,只是低声问了一句。

"我连一句骂也没有挨到。你们走过后,姑妈就喊我走了。不过我出来还站在窗子外面听了一阵,"觉民带笑答道。

"以后又怎样? 你听见什么话没有?"琴继续问道。

"以后自然是四婶同陈姨太两个人说话。不过她们说了两句,就气冲冲地走了,"觉民满意地说,他觉得今天又是他们得到了胜利。

"这倒是想不到的,我以为今天至少总要挨一顿好骂,"淑华高兴地说。

"三妹,你少高兴点。我看她们一定会想法报仇的,以后恐怕有更多的麻烦,"觉新皱着眉头说。

"再多的麻烦我也不怕!她们总不敢杀死我!"淑华毫无顾虑地接嘴道。

"她们会找到我身上来的。你们得罪她们,她们会在我身上报仇,"觉新焦虑地说。

房里静了一会儿,翠环忽然说:"大少爷,我去打盆脸水来,你好洗帕脸。"她便到内房里去拿了面盆出来,又到外面去了。

觉民的眼光落在觉新的脸上。觉民似乎想用他的坚定的眼光来安定他大哥的心。他温和地劝导说:"大哥,你为什么总是这样软弱?你总是这样看轻你自己!我们跟你又有哪点不同?固然你是承重孙,不过你应该看得出来:我们家里头,什么都完了。没有人可以管我,也没有人可以管你。那些长辈其实都是些纸灯笼,现在都给人戳穿了。他们自己不争气,立不出一个好榜样,他们专做坏事情,哪儿还配管别人?只要你自己强硬一点,他们又有什么办法可以伤害你?都是你自己愿意服从,你自己愿意听他们的话,他们才厚起脸皮作威作福……"

"二弟,你悄声点,"觉新恳求道。他对觉民的话还有一点疑惑。他带了点固执地答道:"你的话固然有一点道理。不过你还不大清楚我们家里的情形。事实并不像你所说的那样简单。"

在这间屋子里的人,除了淑贞外,都不满意觉新的话。淑贞

367

静悄悄地坐在方桌旁边,她的眼光就在写字台前面那几个人的脸上慢慢地移动。淑华站在窗前,把身子靠在窗台上。琴靠着写字台向外的一头。觉民立在觉新的背后。但是觉新把椅背转向窗台的时候,觉民的脚并没有移动。

"大表哥,我总觉得你想得太多一点,"琴不以为然地说。觉新没有答话。翠环端了一盆水从外面进来,她把面盆捧到内房去。琴又说一句:"你把事情看得太复杂了。"翠环绞了一张脸帕拿出来,送到觉新的面前。

"翠环,难为你。你没有看见何嫂?"觉新接过脸帕,对她说。

"何大娘在后面洗衣裳,"翠环答道。等到觉新把脸帕递还给她的时候,她又问一句:"大少爷,你再洗一帕吗?"

"我够了,难为你,"觉新客气地答道。

"琴小姐,你看大少爷真客气。这一点小事情,他就说了两回'难为'……"翠环望着琴带笑说。

琴好心地笑了笑。她温和地说:"翠环,不说大少爷,连我也不好意思把你当丫头看待。"

"二姐昨天来信还嘱咐我们好好地待你。她不是要你给她写信吗?你写了没有?"淑华插嘴说。这最后一句话使得翠环的脸上泛起了红霞。

"我没有写,我写不好。二小姐只教我认得几个字,我不会写信,"翠环害羞地答道。

"写不好,也不要紧。我也写不好。你写罢。你写好就请琴姐给你改,"淑华鼓舞地说。

"我写不好,哪儿还敢拿给琴小姐看?"翠环略带窘相地答道。

绮霞在房里出现了,好像她是来给翠环解围似的。她对觉新说:"大少爷,太太、姑太太喊我来问你现在好些没有……"

"我现在好了,你回去对太太、姑太太说,多谢她们,"觉新带笑答道。

"绮霞,我问你,太太她们现在在做什么?"淑华插嘴问道。

"刚刚摆好桌子,就要打牌了,"绮霞答道。

"打牌?人怎么够?"淑华觉得奇怪地问道。

"还有五太太,她今天倒做个好人,连话也害怕多说,"绮霞笑着回答。

"绮霞,你听见太太、姑太太她们说什么没有?"觉新还带了点忧虑地问道。

绮霞明白他的意思,便答道:"她们说四太太、陈姨太不对,故意找事情来闹。"她望着淑华微微一笑,再说:"不过姑太太、三太太都说三小姐、二少爷的脾气也太大一点……"她不说下去了。

琴马上看了觉民一眼,觉民笑了笑,也没有说话。但是淑华却不高兴地说:"我这个脾气是生就的,她们也把我改不转来。"

"这倒对,她们现在想改我们的脾气,可惜太晏了,"觉民同意地加上这一句。他又笑笑。

"大少爷还有什么吩咐?我要回去服侍太太她们,"绮霞望着觉新说。

"好,你去罢,"觉新有气无力地答道。"我等一会儿来看姑太太她们打牌。"

绮霞应了一声。翠环便说:"绮霞,我跟你一起去。"她要去给张氏装烟。

"你不要去,三太太喊你就在大少爷屋里头服侍大少爷同琴小姐,"绮霞对翠环说。"不过你不要忘记等一会儿去看倩儿的病。我多半去不成了。"

绮霞匆匆地走出房去。淑华便问翠环:"倩儿怎样了?她害什么病?凶不凶?"

翠环听见说到倩儿,便收起笑容,忧虑地回答道:"倩儿病了几天了,连饭也不能吃。四太太到昨天才喊人请了医生来,开了方子捡药来吃,也不见效。她瘦得只有皮包骨头。我同绮霞昨晚上去看过她。"

"医生说是什么病?"觉新问道。

"医生说不要紧,吃一两副药就好了。不过我们看见倩儿一天比一天更不行了。四太太起初还骂她装病,等到她实在爬不起来了,才没有管她,"翠环痛苦地说,同情激动着她的心,她不知不觉地想起了自己的身世。

在这屋里另一些人的眼中,倩儿不过是一个普通的婢女。他们跟她见面的机会也不多。但是翠环的话却把一股冷风带到房里来了。

"四婶也不请个好医生给倩儿看病,"淑华抱怨道。

"三小姐还说好医生?我们做丫头的害病,只要有医生来看,那就是很好的福气了,"翠环的声音里带了一点讽刺的调子,她自己也不曾注意到。

"那么你带我去看看倩儿,"淑华忽然下了决心吩咐翠环道。

"三小姐,你真要去?"翠环惊问道。

"当然是真的。你看我从来说话有没有过不算数的?"淑华自负地说。没有人阻止她。大家都用鼓励的眼光看她,她便催促翠环道："你还耽搁什么？我们要去,现在就走！"她站起来,预备动身。

"不过我们太太吩咐我在这儿服侍大少爷,"翠环忽然迟疑地说,她望了望觉新。

"不要紧,你去你的,"觉新温和地说。他又掉头谨慎地提醒淑华道：

"三妹,你当心点,不晓得是什么病,会不会传染。"

"我晓得,"淑华并没有留意觉新的话,不过含含糊糊地把它们听进了耳里,顺口回答了一句,便和翠环两人走出去了。

她们跨进通桂堂的小门,经过克安住房的窗下,进了桂堂,再从一道门出去。在桂堂后面,那个长了几株大核桃树和梧桐的大坝子里（地上凌乱地躺着一些折断的树枝）,有两间阴暗低狭的偏屋。她们走到门口,翠环忽然问淑华道："三小姐,这儿你没有来过罢？"

"我从前来过两三次,不过已经很久了,"淑华带笑地答道。她忽然听见轻微的呻吟声,马上把笑容收敛起来。

翠环先跨进门槛。屋里只有粗劣的桌子、板凳和木板床。没有人,却有一种触鼻的臭味。没有地板,土地好像是湿的。这里还有一道小门,淑华跟着翠环跨过它进到里面房间去。

这是一个更小的房间,而且比外面的一间更阴暗。房里只有一张方桌,两张床和两根板凳。倩儿睡在靠里那张矮床上,床前一根板凳上放着一个空药碗。床头角落里还有一个马桶。淑华一进屋,便看见一张瘦小的黑脸静静地摆在枕头上。

"倩儿,三小姐来看你了,"翠环走到床前亲切地对床上的病人说。

病人想说话,没有说出来,却哼了一声。她慢慢地把脸掉向外面看。

淑华走到床前,把眼光投在病人的脸上,温和地唤了一声:"倩儿。"

倩儿的眼光终于找到了淑华的脸。她无力地动着嘴,勉强做出微笑,但是这微笑还是被痛苦的表情掩盖了。她唤出一声:"三小姐。"她把手压着床板想撑着坐起来。

"倩儿,你不要起来。你好好地睡下,"淑华连忙做手势阻止道。她又对翠环说:"你喊她不要起来。"

翠环俯下头去对倩儿讲话。倩儿的身子动了几下,她勉强坐起来。但是她马上发出两三声痛苦的呻吟。她的手松了,她又倒了下去。过了片刻,她才睁大眼睛,喘吁吁地对淑华说:"三小姐,多谢你。"

"你今天好点吗?"淑华怜悯地问道。

"今天不见得好,心里难过得很,"倩儿感激地望着淑华,刚睁大了眼睛,又把眼皮垂下来,她喘着气一字一字地说出这两句话。两只苍蝇在她的脸上爬着,她也没法赶走它们。床沿上和那幅黄黑色的薄被上,都有好些苍蝇安闲地爬来爬去。板凳上和药碗口也都贴着几只金苍蝇。倩儿的嘴闭上以后,屋子里就只有苍蝇的叫声。

"怎么苍蝇这样多?"淑华带点嫌厌地说。她的袖子上也贴了一只苍蝇,她挥手把它赶开了。

翠环刚在病人的床边坐下来,便回答淑华道:"倩儿害了病,这儿还有哪个人肯来打扫?"她又侧头问倩儿:"你热不热?她们也不给你留一把扇子。"

"有点热,不过现在也不觉得了,"倩儿有气无力地答道。她又看看淑华,然后央求翠环道:"我想吃点茶,不晓得外边有没有。难为你,给我倒半杯冷茶也好。"

淑华无意地把眼睛掉去看方桌。那里并没有茶壶和茶杯。

翠环站起来,气愤地抱怨道:"李大娘她们也太不近情理,连茶壶也不给你拿来。"她走出去,拿了一个粗茶杯进来。她把茶杯放在板凳上,一面对倩儿说:"倩儿,这儿只有冷茶。等我出去在三太太屋里给你倒杯热茶来,好不好?"

倩儿看见茶杯,她的眼里发了光,连忙伸出手,着急地说:"翠环,快递给我,我就要吃冷茶。我口渴得很。"

"冷茶吃不得。吃了怕翻病,"翠环关心地劝阻道。

"不会,不会。我心里烧得厉害。我就要吃冷茶,"倩儿张开口,喘着气,用尽气力地对翠环说。她的眼光好像是一股快要熄灭的火,还对着那个茶杯在燃烧。她又诉苦地说:"她们连一杯茶也不倒给我。我又请不动一个人。翠环,你可怜我。"

"翠环,你就给她吃罢,"怜悯搅乱了淑华的心,她觉得应当满足病人的这个小小的要求。

翠环迟疑了一下,才从板凳上端起茶杯,给病人送去。倩儿看见茶端来了,便撑起身子,伸出颤抖得很厉害的手去接茶杯。翠环连忙扶着她。她两手捧着杯子,把这杯红黑色的冷茶当作美味似地捧到嘴边去。翠环还在说:"你少吃点。"但是倩儿俯下头,张开口,咕嘟咕嘟地喝着,很快地便把茶汁喝光了。茶汁还从她的嘴角滴下来,落在那幅薄被上。她痛快地叹了一口气,把杯子递还给翠环,自己力竭似地倒在床上。

"三小姐,你回去罢,这儿脏得很,"倩儿注意到淑华的眼光还定在她的脸上,感激地望了望淑华,慢慢地说。

"不要紧,"淑华温和地答道。她又安慰倩儿说:"你好好地养一下。你的病不要紧。过几天就会好的。"

"三小姐,多谢你。不过我吃了药也不见效,只有一天比一天凶。我晓得我多半活不长了,"倩儿绝望地说,她的眼里忽然淌出了泪水。

淑华觉得心里很难过。她看看翠环,发觉翠环的眼圈也红了。她默默地站在那里,咬着嘴唇。她听见翠环说:

"你这点小病,哪儿会医治不好的?你不要胡思乱想。我等一会儿给你送把扇子来。你今天什么时候吃的药?"

"今天早晨吃过一道,这副药就只吃过一道,"倩儿低声答道。

"那么现在应当吃药了。李大娘她们也不给你煨一下,"翠环接着说。她用眼光在屋里找寻药罐。药罐静悄悄地立在板凳脚边。她又说下去:"我就去把药煨给你吃。害病不好好吃药,病怎么会医得好?"她弯着腰拿起药罐来。

"如果明天再不见效,还是另外请个好点的医生来看罢,我去对大哥说,"淑华温和地说。

"是。三小姐,你请回去罢。我去给倩儿熬药去。我等一会儿再出来服侍大少爷,"翠环拿着药罐对淑华说。

"三小姐,多谢你,请回去罢,"倩儿在床上动着头吃力地说。"我平日没有服侍过你,你倒来看我。我病好了,再给你道谢。"她的微弱无力的眼光表示着深的感激。

"你还是好好地将息将息。翠环她们会照料你的。你吃过什么东西吗?"淑华亲切地说。

"我没有吃。李大娘给我端来的饭菜,我实在不能吃。我一天就只吃点茶,还常常想吐,"倩儿望着淑华差不多一字一字地说。

"四婶也太狠心了,"淑华不平地抱怨了一句。她又换过语调对倩儿说:"不要紧,你想吃什么东西,告诉翠环,我喊人去给你买。你明天如果好一点,我喊人给你熬点稀饭。"

"多谢三小姐,三小姐真厚道,"倩儿感谢地说。她的脸上开始露出一点血色。但是接着她又带一种恐惧的表情说:"不过我们四太太一定不答应。她晓得一定不高兴。"

淑华听见这意外的话,怔了一下。翠环在旁边点醒她说:"三小姐,四太太的脾气你是晓得的。你要给倩儿买东西,只有偷偷地交给她,不要让四太太知道才好。"

"好,好,"淑华心里略微畅快地接连说。她又嘱咐病人几句话,便跟着翠环出去了。

她们跨出门槛,刚刚走了三四步,忽然听见房里响起呕吐的声音。翠环连忙站住对淑华说:"三小姐,请你先回去。等我进去看看她。"她撇下淑华,一个人回转身往倩儿的房间去了。药罐仍然拿在她的手里。

淑华站在院子里,她不舒服地叹了一口气,便急急地走上石阶,跨进了桂堂的门槛。

三十二

午饭后,张太太和周氏三妯娌继续着她们的牌局,觉新坐在旁边看她们打了两圈牌,便回到自己的屋里去休息。琴在淑华的房里坐了一会儿,觉民来唤她,她便和觉民一道出去。

"今天你要不要到社里去?"觉民问道,这个"社"字代表着利群周报社。

"我看还是不去好,"琴想了想回答道。她还害怕觉民不明白她的意思,又解释道:"妈今天心里有点不痛快。我又找不到借口,我不好走开。"她还鼓舞他道:"你一个人去也好。横竖你可以代表我。"

"不,我也不想去,今天也没有什么要紧事情。不过还有一二十页小册子的校样。我不去,也没有关系,惠如他们会替我看,"觉民低声说,他们已经走到了觉民的房门口。

"你为什么又不去了?我在这儿也可以同三表妹、四表妹一起耍,我又可以找大表哥谈谈,"琴温柔地说。她又用更低的声音加上一句:"是不是你害怕我一个人在这儿寂寞?"她亲切地对他微微一笑,又说:"不要紧,我还可以给三表妹讲书。"

觉民不作声,好像在想什么事情。他们已经走进房间了,他

376

忽然对琴说:"我想跟你谈谈,我们到花园里头走走,好不好?"

琴惊讶地看了觉民一眼,含笑地答道:"好。"接着她又关心地问他:"二表哥,你心里头有什么事情?"

"没有。我们近来难得两个人单独在一起,我想同你走走随便谈谈话,"觉民略带激动地答道,他把他的充满爱情的眼光投在琴的脸上。

琴用同样含着深爱的眼光回答他的注视。她低声说:"我也愿意同你单独在一起。"

两个人沿着石阶走入过道,后来又进了花园的外门。

"我今天正替你担心,我还害怕你会受到委屈,"琴想起了今天发生的事情,望着觉民微笑道。"想不到你倒那样镇静,"她满意地说,"你不晓得我当时心跳得多厉害!"

"我晓得,我看见你的脸色,我就晓得。"觉民的脸上也出现了笑容。"我不怕。她们决不敢动我一下。我又没有做过什么错事。不过——"他把笑容收起来,想了想再接下去:"如果姑妈也给她们帮忙,事情就有点讨厌了,我不愿意使你难过。"

"其实你也不必总顾到我。只要你的理由正当,你就应该勇往直前地做去。我是没有关系的。不管妈对你怎样,我的心里就只有你,"琴柔情地安慰觉民道,她还用感激的眼光看他。

"我晓得,"觉民感动地说。他欣慰地对她笑了笑。他们已经跨过了月洞门,觉民慢慢地向左边的路上走去。他又说下去:"不过我更关心的是你的事情。我自己什么也不怕。我只怕会给你带来麻烦。"

"你会给我带来麻烦?"琴好意地哂笑道;"没有的事。这几年来如果没有你,我还不晓得我怎样能过日子。你看,我现在多么快乐。"这时他们进了山洞,她便把身子靠近觉民,觉民伸出左手将她的右手捏住。她也不把手摆脱,却轻轻地唤了一声:"二表哥。"

觉民答应一声,也低声问一句:"琴妹,你要说什么?"

琴迟疑一下,才说出话来:"我有件事情不能够解决。你已经毕业了,我在省城里又没有学堂好进去,我们为什么不可以早点到外面去呢?在这个地方住下去,我也厌烦了。我近来有点担心,我们的事情固然不会有问题,不过我们的办法跟妈同大舅母的希望还差得远,妈不赞成取消旧礼节,她不赞成你的办法。我们再在省城里住下去,我害怕我们的事情有一天会遇到阻碍的。比如,今天如果妈跟你闹起来,你叫我怎么办?"她的声音里泄露出一点点烦恼来。

他们走出山洞,往梅林那面走去。觉民不但没有放开琴的手,反而把它捏得更紧。他充满爱情地看她,她的烦恼刺痛他的心,它还引起他的忧虑。他了解她的话,而且他自己也有同感。但是他觉得最要紧的还是先给她鼓舞。他便说:"琴妹,这是用不着害怕的。你我都是这样坚决,我们还怕什么障碍!……"

"不过今天的事情更使我——"琴还以为觉民没有听懂她的话,她又点醒一句。

"琴妹,我明白你的意思,你不要怕,"觉民连忙打岔道;"我相信我们的爱情任何人都破坏不了。"他一直没有直接回答琴的问题,在他的心里发生了一场斗争。

他们从梅林出来,到了湖滨。湖心亭和曲折的石桥画图似地横在镜子一般的湖面上。对岸斜坡上一片绿色柳条构成了这幅图画的背景,使得一阵绿色的雾在他们的眼前渐渐地升起来。琴微笑地望着觉民,她想用眼光表示她相信他的那句话。但是她的眼光里多少含了一种似新非新的东西,那还是愁烦。觉民被爱、怜惜和同情所鼓动着。他早已放了她的手,现在又捏住它。他的身子也靠近了琴。

"我们到亭子里去,"琴连忙掉转脸,指着湖心亭低声对觉民说;那座亭子也被包上一层雾,绿色和灰色渐渐地混合,把桥和亭都染上深灰色,使它们在他们的眼前一步一步地退去。

觉民点点头,便陪着她慢慢地走上曲折的石桥,往桥中央的亭子走去。

觉民推开门,亭子里两排雕花格子窗全关着,里面只有一点灰暗的光。他打开了两扇窗户。外面的光线马上射进来,然而这已是失去光辉的黄昏的光线了。他们站在窗前,好像有一个柔软的网迎面罩在他们的脸上,令人愉快地触到他们的脸。水面罩了一层夜幕,绘着浓淡的影子。水缓缓地在动。

"二表哥,我想我们还是早点离开省城好,"琴站在觉民的身边,她侧着头低声在他的耳边说;"我固然舍不得妈,不过这样住下去,我实在有点担心。"

"琴妹,"觉民温柔地唤道。他掉转身子,和琴面对面地站着。他热爱地注视她的脸,他只看见她一对大而亮的眼睛。他坦白地说:"我也是这样想。我也只想同你到别处去。我看不惯我们家里那些情形。而且我看见我们这个家一天比一天地往下落,我也有点受不了。……说到我们的事情,妈也很愿意把你早点接过来。妈同大哥昨天还跟我谈起过。不过他们认为不行旧礼是绝对做不到的。其实我只要答应他们的条件,你早已到我家做媳妇了……"

琴不作声,只是望着他,注意地听他说话。她的脸上渐渐地泛起一道红霞。他又用坚决的声音继续说:"但是要你戴上凤冠霞帔坐花轿做新娘子,要我插金花披花红向许多人磕头,我们是办不到的。连我们也向旧礼教低了头,我们还有什么脸再谈改革,谈社会主义,跟社里的朋友见面?"

琴忽然痛苦地插嘴低声说:"我们两个还是早点到上海去罢,三表弟、二表妹都在那儿等我们。"她的声音微微地在抖动。她觉得有一个黑影正朝着她的头压下来。

"琴妹,你不要难过,"觉民安慰地说。激情突然把他抓住了。他伸出手去,紧紧地捏住她的两只手,把它们拉起来。他声音颤动地说:"这些天来我只希望能够同你这样地在一起,便是过一刻钟也好。这个时候我才觉得你真正是我的。"

琴觉得那个黑影突然被赶走了。她有一点害羞,不过她还勇敢地、柔情地对他表白:"二表哥,我的心里就只有你。我永远是你的。我只希望永远同你在一起做那些工作。"

"那么,我们准备着,总有一天我们会离开这儿的,"觉民忽然露出喜色地说。他放了她的手,走近一步,侧着身子,他差不多要把下面的鼓励的话印到她的额角上去:"琴妹,你难道就忘记了前年的事情?那次连爷爷都拗不过我。我为什么还要害怕他们?我相信无论什么障碍我们都可以打破,只要我们坚持自己的立场。"

"对罗,对罗!"琴忽然高兴地说。"二表哥,亏得你开导我。你真好,你对我太好了。"她看见他把身子挨近,便让她的身子偎在他的左边。她拉着他的手,带着爱娇地说:"你看,月亮出来了。"

他们靠在窗前,两个头紧紧地靠在一起,两对眼睛都望着水上的景物。觉民把左手伸出去,搂着琴的腰。琴慢慢地把他的那只手捏住。月亮已升起了。他们在这里看不见月亮,却看见了它的清辉。假山、房屋、树丛静静地隐在两边,只露出浓黑的影子。一点一点的灯光像稀少的星子似地嵌在它们中间。水底也有一个较小的天幕,幕上也绘着模糊的山影、树影,也还点出了发亮的星子。

"这些树,这些假山,这些房屋,我们不晓得还能够看到多少次,"琴指着她的眼睛所能见到的那些景物,像在看梦中的图画似的,温柔地对觉民说。她又把眼睛掉去看他。她感到了莫大的幸福,不过里面还夹杂了一点点惆怅。

觉民把她的腰抱得更紧一点,在她的耳边说:"有一天我们会离开它们,我们会离开这儿的一切。我们两个人永远在一起。我们可以自由地做我们想做的事情。我要用尽力量使你幸福,使你永远微笑。……"

"不,我们的事业比我更要紧,"琴笑着插嘴道。"你应该先顾到事业。"

"我偏偏要说先顾到你,"觉民故意坚持地说,还带了一点执拗的、调皮的情人的神气,不过话却是很悦耳的私语。他还加上一句:"你不是同我们的事业一致的吗?"他再加上一句:"你做过了许多事情。"他称赞地轻轻在她的耳边说话,差不多吻到她的鬓角了。

"我不许你这样夸奖我,等一会儿给人听见,他们又会笑我,"琴亲热地抱怨道。她停了一下,对他笑了笑,又接着说下去:"其实要使我幸福也很容易。我同你在一起,我就觉得幸福了。……这些年来我见过不少人的痛苦,可是你总给我带来幸福。你记不记得? 你很少看见过我的愁眉苦脸。"这些话像音乐似地在觉民的耳边颤动,它们给他带来一种异样的感觉。他觉得快乐突然侵入他的全身,一下子连每个毛孔都达到了。

"你为什么不说你给我的东西?"觉民欣喜地小声说了这一句。

"我给你的东西?"琴惊讶地说道,又抬起眼睛看她的表哥。

"勇气,安慰,这些都是你给我的,"觉民仍然赞美地说。"如果没有你,我早就像三弟那样离开省城了。我早就忍受不下去了。没有你,你想我在这个公馆里头怎么能够住得下去? 我晓得有好多人都讨厌我,都恨我,我也恨他们!……"他的声音渐渐地高起来,烦躁和愤怒像音乐中的失调突然响了两三下,使得琴又带点惊讶地看他。

"二表哥,我们今天不要提起'恨'字,不要提起那些事情,"琴关心地打断了他的话。"爱比恨更有力量。"她充满着纯洁的爱对他笑了笑。"今天的我,还是你造成的。没有你,我也许会像四表妹那样,我也许会像别的小姐那样;没有你,我也不会跟存仁、惠如他们认识,我也不会参加我们的工作……"

琴还要一一地列举。但是觉民突然轻轻地笑起来,打岔地说:"你好像是来替我表功似的。"他的嘴离她的脸本来很近,这时他便鼓起勇气把嘴放在她的柔嫩的脸颊(右边脸颊)上印了一个吻。

这是他第一次吻她,虽然他的吻只是印在她的颊上,她也感到一阵从来未有过的激动,这里面自然还含了一点害羞的感情。她的心跳得更急,她的脸颊发烧。她并没有(而且也不曾想过)做出拒绝的举动。不过她说不出一句话,默默地望着水面。但是她的眼里只有一张被热爱鼓舞着的脸。一个黑影从湖边窜出来,掠过水面带着响声飞往水阁前荷叶丛中去了。那张脸消散了,然后又聚拢来。

"琴妹,你不会跟我生气?"觉民看见琴不作声,还害怕她会恼他,便压抑下激情,在她的耳边低声问道。

琴慢慢地掉过脸来看他。她的大眼睛里燃烧着爱情。是那么柔和的、透明的眼光,在这阴暗的亭子里,在清辉笼罩的窗前,她的眼光比在任何时候都显得明亮,它们传达给他一种近于忘我的喜悦。她的带着感情的声音温柔地回答他:"我怎么会跟你生气?我不是早已把我的心给了你?"她的脸跟他的离得很近,她的带一点香味的气息轻轻地飘上他的鼻端。这半明半暗的环境、画里面一样的景物和静寂中而带有轻微声音的四周,慢慢地织就了一个梦的、感情的网,把这两个年轻人罩在里面。年轻的心容易做感情的俘虏。然而甚至在这种时候他们的感情也是纯洁的,他们所了解的爱也只是把两颗心合成一颗,为着一个理想的大目标尽力。不过那个大目标更被他们美化了,成了更梦幻、更朦胧的东西。而他们更清晰地感到的,却是两颗心互相吸引,挨近,接触,溶化。这把他们带到了一种忘我的境地。

"那么你不怪我kiss[1]你?"觉民压住心中的狂喜问道。

"我相信你的爱。我相信你的一切。你使我觉得骄傲。我觉得在我们这一辈人中间我最幸福。我除了同你在一起跟着你做那些工作以外,我还能够有什么希望?"她被感情鼓舞着,她被这个带着梦幻色彩的环境鼓舞着,她毫无隐藏地对他打开了

---

[1]kiss(英文):即"吻"。

383

她的深心。自然两年来这并不是第一次,但是这一次给觉民的快乐更大,他觉得她的声音像音乐一般地美丽。他凝神地听着。她微微一笑,又说:"我从没有想到爱情是这样的,爱情会使一个人改变得这么多。我真该感谢你。"

"你感谢我?"觉民满意地抗议道,他的脸上铺着一层幸福的微笑。"我倒该感谢你。你使我改变了许多。没有你的爱情,我的勇气又从什么地方来?你就是我的一切。我有你在我面前,我觉得我比世界上任何人都幸福。"他说话时慢慢地举起两只手,轻轻地搭在她的肩头,他的眼睛望着她的眼睛。她的笑容吸引着他的心。他把脸略略地俯下去(他比她高),他的嘴突然压下去,挨着她的嘴唇。他们接了一个吻。她的嘴闭着,她连忙往后退一步。接着她惊醒似地说:"二表哥,你不要这样,会有人来看见的。"

觉民吃了一惊,他的两只手落下来。他诧异地看琴,不了解她的心思。

琴也在看他,她的右手轻轻地按着嘴唇,她还带一点激动地说:"我并没有怪你。不过在这儿给别人看见,岂不叫我有嘴分不清?"

觉民羞惭地望着她,说不出话来。琴的脸上又浮出了微笑。她又挨近他,柔声责备地说:"你做事素来周密。怎么今天又不小心了?"

"并没有人看见,"觉民辩解地说了一句,他的心也安静下来。他现在明白她的心思了。

"但是它看见的,"琴抿嘴笑道,她指着地上的月光,那是穿过另一面的关着的窗户射进来的。觉民笑出声来。他正要说话,却被琴抢先说了。琴拉起他的一只手小声说:"我们出去罢,等一会儿真的被人看见,那才不好!"

觉民同意琴的话,他们把先前打开的窗户关好,便手拉手地走了出来。

"二表哥,你现在心里头怎样?"琴含笑地问觉民,柔情地望着他。

"我觉得畅快多了,"觉民满意地答道。

"那么,你还是到社里去一趟罢。你不是说过还有一二十页小册子校样该你看吗?"琴温柔地提醒觉民道。这时她忽然看见梅林中间有一团红光向着这面移动。她便指着红光说:"你看,果然有人来了,我想一定是三表妹来找我们。"

红光出了梅林,来到湖滨。于是他们看见了三个黑影子。他们看不见面颜,不过可以猜到淑华在这三个人中间。觉民并不讨厌她来打岔他们,反而高兴地说:"果然是三妹,她的胆子倒不小。我们去接她。"他们便朝那个方向走去。

来的人也看见他们了。淑华的声音响起来:"琴姐!二哥!我们来找你们。"

琴和觉民齐声答应着。来的三个人中间除了淑华外,还有淑贞和翠环。翠环手里打着一个椭圆形的红纸灯笼。他们在桥头跟这三个人见面了。

淑贞连忙抓住琴的一只手,抱怨地说:"琴姐,你到花园里头来,也不喊我一声。"她亲密地偎在琴的身边。

"我同二表哥随便走来的,你那个时候正在吃饭,"琴含笑答道。她又关心地问:"四表妹,你今天吃了几碗饭?吃得好不好?"

385

"我只吃了半碗饭，就不想吃了，"淑贞低声答道。

"你吃得这样少？"琴惊讶地问道。

"我近来都只吃半碗饭，吃多了心里就不好受，"淑贞答道。

"四妹，你心里要放开一点。五婶骂你也好，她跟五爸吵架跟喜姑娘吵架也好，这些都是小事情。你不要把它们挂在心上。你要当心你自己的身体，"觉民怜惜地插嘴劝导淑贞。

"我晓得，"淑贞埋着头低声答道。

"我不说了！说起来真要把我气坏了！"淑华忍不住在旁边嚷起来。她又问琴："琴姐，你说好不好，我们去求姑妈把四妹抱过去做你的妹妹？"

这完全是淑贞没有料到的意外的话。但是它把她的停滞的心境大大地搅动了。这是一个美丽的希望。她急切地等待琴的回答。

琴的心里很不好过。她本来应该哂笑淑华的奇特的想法。但是这时候她的脸上泛不出一丝的笑意。她深切地惋惜淑华的梦想不能成为现实。淑华提醒了她，她多么希望有一个妹妹！她不忍心一下子就说出残酷的答话。她沉默着。她的身子靠在桥头栏杆上。

"这是做不到的，"觉民摇摇头说；"你想五婶会肯吗？姑妈也不会白白地去碰钉子。"他的话说得很清楚。他知道自己说的是真话，却没有留心他一下子就杀死了两个人的希望。

淑华噘着嘴不作声，好像在跟别人生气似的。琴觉得淑贞的身子在发抖，便俯下头很亲热地唤着："四表妹。"她听见淑贞用很低的声音答应，又看见淑贞伸手揉眼睛，她的心里充满了怜爱的感情。她不能够再用话伤害淑贞的心，她只得空泛地安慰淑贞道:"四表妹,你不要难过。我们一定给你想个办法。一定有办法的。"

淑贞还把脸俯在琴的胸前。她听见琴在她的耳边说的那几句话,她心里仍然不好过。过了片刻,她才抬起脸比较安静地答了一句:"我晓得。"她又亲热地挽住琴的膀子央求道:"琴姐,你今晚上就不要回去。你答应吗?你留在这儿,我心里也好过一点。"

"我答应你,"琴感动地答道。

"琴小姐,我还有话跟你说,"翠环忽然高兴地说,她的手里还提着那个红灯笼。

"你有什么事情?"琴诧异地问道。

"等我来说,"淑华听说琴要留下,很高兴,这时听见琴问翠环有什么事,便抢着说:"琴姐,翠环、绮霞、倩儿三个人早就跟我说好,哪天请你'消夜'。本来说好在端午节那天,后来你又回去了。以后也就没有碰到机会。今天你来了,可惜倩儿生病没有好。翠环和绮霞打算就在今晚上请你,要我来跟你商量。正好你不走,那么我们让翠环先出去备办酒菜去。"

琴正要推辞,但是翠环接着说话了:"琴小姐,三小姐已经答应了,不晓得你肯不肯赏脸?我们做丫头的自然备办不起好东西。不过我素来晓得琴小姐还看得起我们,所以才敢请琴小姐赏我们一回脸。"

琴噗嗤地一声笑起来。她答道:"好了,你不必多说了。你们请客,我哪儿还有不来的道理?"她无意间一扬头,她的眼光正对着那一轮明亮洁白的圆月。她觉得心上的暗雾完全消散了。然后她埋下头望着觉民,低声鼓励地说:"你还是到社里去一趟

387

罢。不晓得现在晏不晏？我不愿意人家说你耽误工作。"觉民还没有开口，她又说："你看她们又要请我'消夜'，我在这儿不会寂寞的。"她更把声音放低："如果我明天不走，我也要亲手做几样菜请你'消夜'，庆祝你毕业。"

觉民感到幸福地微微一笑，低声答应道："我先谢谢你。我马上去。"然后他又大声对她们全体（不过四个人）说："你们就在这儿多耍一会儿，我先出去。"他一个人急急地走了。

淑华们没有听见琴对觉民讲的话，因此她们不知道他为什么要先出去。

"三表妹，你今天去看过倩儿，她害的什么病？"琴向淑华问道。

"哪个晓得？倩儿病得不轻。四婶又不肯请个好一点的医生给她看脉。真岂有此理！"淑华生气地说，她的脸色变了。

"四舅母不肯，找大表哥也好，"琴沉吟地说，她又自语般地接下去："我明天去看看她。"

"好嘛。琴姐，明早晨我陪你去，"淑华大声说。

琴看了淑华一眼，点了点头说："明早晨我们看了倩儿的病再说。有事情当真可以找大表哥帮忙。"

三十三

觉民到了利群周报社,黄存仁和张惠如正在里面小房间内分看小册子的校样。陈迟在外面照料。黄存仁看见觉民,带笑地说一句:"你来得正好。等一会儿我们还要商量一件事情。"张惠如接着说:"我们下个星期天搬家,你一定要来帮忙啊!"

"好,"觉民兴奋地回答了他们。他从他们的手里接过校样来。他们全看过了。他打算自己再看一遍。方继舜和张还如也就在这时候进来了。

外面有四五个年轻人来买周报,过了一会儿他们先后走了。黄存仁等到觉民看过校样交给张还如以后,便提议:"今天早点关门。我们就在这儿开个会罢。免得再跑到别处去。"

大家都赞成黄存仁的意见。于是在一阵忙乱之后铺板全上好了。两扇门半掩着。陈迟坐在外面守铺子。其余的人就在里面开会。

"昨天接到重庆的快信,要我们派个人到重庆去商量大会的事情。他们说有很多重要的意见等我们派代表去面谈。我昨晚上已经找惠如、继舜谈过了。他们主张我去一趟。好些问题的确应当认真地讨论一下。他们那边力量雄厚些,比较有办法。可能还有别地方的朋友去。我也愿意去。我想至多花三个星期就行了。大家的意见怎样？"

黄存仁坐在靠里的一个角上，左边的肘拐压住那张条桌，他的头略略向前俯，带着严肃的表情，用低沉的声音说了上面的话。

方继舜接着解释这次商谈的重大意义。他鼓动黄存仁去。他还说最好大家商量一下，多带些意见去。张惠如的发言内容跟方继舜的差不多。

"我前天看到程鉴冰，她告诉我她刚收到许倩如的信，说广东搞得轰轰烈烈。她还说，有些人到工厂去了。到重庆去，应当把这个问题好好研究一下。那边有些工厂，他们考虑这个问题也方便些，"张还如兴奋地说。

"这个问题我们上次已经向重庆提过了。这次存仁去一定可以讨论出具体的办法来。我看只有依靠劳动阶级，革命才有希望。单靠我们这几个书生是没有办法的！"方继舜说到后面两句忽然站起来。他并没有提高声音，但是他用手势加强他的语气。

觉民并不完全了解方继舜最后两句话的意义。但是他也不去仔细考虑他们提到的那个问题，因为他相信这几个朋友，尤其是黄存仁。而且他想自己知道的事情太少，黄存仁从重庆回来一定会带回更好的、更具体的工作方法和发展计划。所以他就简单地讲了自己的希望。

黄存仁又讲了一下他的看法和他的打算。接着大家你两句我两句地发表了一些意见。方继舜讲得最多。众人都同意他和黄存仁两人的意见，但是并不把它们写成文字。这里所有的意见全由黄存仁口头向重庆朋友传达。

他们最后又谈到动身的日期。学校放假了,黄存仁没有别的工作,不过他想参加了周报两周年庆祝会以后出发。觉民也希望他能够出席那个庆祝会。然而方继舜和张惠如弟兄都认为应该早日动身。黄存仁这时也想到可能还有别地的朋友在那边等候他,便同意早走,决定就在后天动身。

不到两个钟头会就结束了。陈迟从张惠如的嘴里知道了会议的决定。六个人分两批散去。陈迟和张惠如弟兄先走。过几分钟方继舜、黄存仁和觉民便锁上门,走下了楼梯。他们三个人从商业场前门出去。商店全上了铺板。有几家半掩着门,一两个自己人在进出。有几家店里送出来洗麻将牌的声音,有几家店里有人在拉胡琴唱京戏。最后一盏大电灯冷清清地照着突然显得空阔的大门。走出大门,方继舜给他们打个招呼,就往另一边走了。觉民陪着黄存仁多走了一段路。

黄存仁同觉民两个默默地走了半条街,好像感到兴趣似地望着路旁几家小饮食店:抄手、汤圆、小笼蒸牛肉、素面、甜水面、醪糟鸡蛋……样样都有。生意兴隆,灯光明亮,人声嘈杂,顾客笑笑乐乐,进进出出。过了十字路口,他们走进了一条小街,那里好几家老店都关了门,熄了灯。月光照亮了大半边街。远远的一盏街灯倒显得昏暗了。路是石子铺的,走起来并不怎么舒服。他们走得慢,黄存仁忽然侧过脸对觉民说:"我长了这么大,从来没有离开过省城。"他笑了笑。

"我还不是一样,"觉民含笑答道。"不过我也应该离开了。"他在黑暗中忽然看见了那张美丽的笑脸,他觉得心里特别暖和。

"你决定同蕴华一路下去找觉慧吗?"黄存仁关心地问道。

"还没有一定。我们正在想办法,"觉民诚恳地说。

"其实在这儿也可以做点工作,"黄存仁自语似地说,他在想他自己的事情。

"不过在我们那个家里,问题太多,有时候真叫人没法住下去,"觉民稍微改变了语调回答道。他想到了今天家里的那一场吵闹。

"我有时也想,你们能够下去对蕴华也许好一点,"黄存仁同情地说。

"我也是这样想。我自己是不怕什么的。在省城住下去,就是蕴华苦一点,"觉民说。

"那么你们早点到下面去也好,"黄存仁鼓舞地说。

"不过我们两个人同时走,也有些问题。蕴华很想早走,但是她又不愿意把她母亲一个人丢在这儿。这就叫我为难了,"觉民皱起眉头说。

"这的确是个问题,"黄存仁迟疑地说;"我在想鉴冰的事情。"

"鉴冰?你是在说程鉴冰吗?"觉民顺口问道,他仍然在想琴的处境。

"你说还有哪个鉴冰?她真好,你还不晓得!"黄存仁含笑道。"她祖母很顽固,但是又喜欢她。她现在毕业了,家里好像要给她找婆家,她很着急……"

觉民不等黄存仁说完,便惊讶地打岔说:"怎么连蕴华也不晓得?"

"大概她还没有告诉别人。她说她有办法对付她家庭,"黄存仁略带兴奋地说。

"我看你很关心她,"觉民忽然高兴地说,他觉得自己猜到黄存仁的心事了。

"觉民,我对你说实话……我爱她。她也爱我。我们准备今年结婚。我家里是没有问题的。她说她祖母虽然顽固,她也有办法哄骗到祖母的同意。不过我还有点担心……"黄存仁说到这里忽然闭了嘴,加快脚步朝前走了一阵。

觉民正等着听他以后的话,看见他默默地只顾下着脚步,不知道他忽然想起了什么事情,忍耐不住,关心地问道:"存仁,怎么你一下子又不说话了?你究竟担心什么,说出来大家好帮忙嘛。"

黄存仁站住,侧过脸对他一笑。他们正站在街灯下面。他看见黄存仁两眼发光,笑容满面,他放心了。黄存仁说:"我不过是一句话。其实也用不着我担心。她说过她为了我也会脱离家庭。我刚才想起了去重庆的事。我今天要把那些意见好好地想一想。明天我要去找船。我还要约鉴冰出来商量一下。所以我有点着急。老实说,我本来打算开过纪念会才走,就是为了鉴冰的缘故。现在我决定了。我今天就告诉你一个人,你现在不要跟别的朋友讲。我走后万一鉴冰有什么事情,希望你同蕴华多多帮忙。"

"那当然,还用你说!"觉民激动地、诚恳地答道。"你还跟我客气?你过去帮忙我的地方太多了。你尽管放心罢。"

"你还提过去的事情做什么?我应当谢谢你。"黄存仁感激地望着觉民微微笑起来。一个过路人从他们旁边走过,侧过头好奇地看了他们一眼,又继续向前面走了。黄存仁关心地又问一句:"你同蕴华打算在省城结婚吗,还是到了下面再说?"他一面说,一面慢慢地往前走。

"我这些天就在想这个问题,"觉民一边走,一边沉吟地答道。"阻碍是没有了。麻烦的就是礼节。我们不想行旧礼,但是她母亲那一关又难过。"

"我看就是行旧礼也不要紧。只要目的达到,应付一下也没有多大损失,"黄存仁接下去说。他忽然想出一条路来了。

"但是别人又怎样看我们呢?对旧势力屈服,让步……"觉民不同意地辩驳道。

"这不是根本问题。在一些细节上我们哪天不对旧势力让步?礼节不礼节是小事情。只要社会制度一改变,别的都会改变的,"黄存仁带笑地说。

"不过你不晓得我们家里的礼节多繁,真叫人受不了!"觉民略带焦虑地说,好像看见琴穿戴凤冠霞帔让人从花轿里搀扶出来一样。

黄存仁点了点头,说:"你们是官宦人家,礼节多,跟我们中等人家不同。不过我看时代变了,这些礼节也会变的。你们家里那些人也不能总摆臭架子。我同鉴冰都希望你们早点结婚。"

"我倒想你们一定比我们早,"觉民带笑答了一句。他觉得刚才的焦虑又渐渐地消失了。他接着点点头说:"你这个意见也对。我看我们家里的臭架子也渐渐地在垮下来。这个家并不要多久就会垮的。我还害怕什么!"

"的确不应当害怕。不过我们做事情也应当谨慎些、沉着些,"黄存仁说。他们已经走到一个丁字路口,觉民应该转弯走了。黄存仁便站住说:"你要转弯了,等我回来再谈罢。"他伸出手来紧紧地握了一下觉民的手,接着又说一句:"刚才谈的事情不要对旁人讲啊。"

"你放心,我不会讲的,"觉民含笑道。他还说一句:"路上保重,"便转了弯走了。

觉民到了家,走进了二门,天井里一片月光,更显得大厅上十分阴暗。门房里有一堆晃动的黑影,仆人和轿夫们在那里打纸牌。他刚走到拐门,袁成正从里面出来,恭敬地招呼他一声。他觉得这个仆人最近显得老了,背已经弯下来了。他走进自己的房间,在方桌旁坐下来,很兴奋,也很高兴,但是又有一点点说不出的怅惘的感觉。他觉得房里太静,自己在椅子上坐不住。他很想马上见到琴。他又站起来,正要走出房去,却听见有人走上石阶。接着黄妈就走进来了,手里还拿着一个茶杯。

"二少爷,我等了你好久,你才回来。我给你端茶来了,"黄妈笑吟吟地说。她把茶杯放在桌子上,又接着说下去:"姑太太回去了。琴小姐喊我告诉你,要你就在屋里头等她。她怕你到花园里头去找她。她说翠环、绮霞两人请她同三小姐、四小姐'消夜',你去不大方便。"

"我晓得,"觉民笑答道。他就安心地坐下来,端起杯子喝了茶。黄妈满脸带笑地望着他。她笑得多么慈祥!她也老多了。头发几乎全白了。脸上的皱纹更多了。他忍不住说了一句:"黄妈,我看你这一年老多了。你太辛苦了。"

"我吃了六十年的饭怎么会不老?"黄妈哈哈地笑起来。"我到公馆里头来的时候,你们两弟兄还常常睡在地上打滚。我看见你们两个一天天大起来,我心里多欢喜。二少爷,你今年毕了业,又快要接二少奶奶了。真是喜事重重。连我老黄妈想起来,睡着了也笑醒了。我跟太太说过了:早点给二少爷办喜事罢。

我也跟大少爷说过了。二少爷,你哪天请老黄妈吃喜酒嘛?"她高兴得眼睛快要眯拢了。

觉民带笑地望着这张堆满笑容的脸,他那点怅惘的感觉被黄妈的笑声赶走了。他现在有的只是幸福的感觉。他心平气和地坐在椅子上,故意开玩笑地说:"你说接二少奶,没有人做媒,新娘子在哪儿还不晓得。黄妈,你是不是想给我做媒?"

"二少爷,你不要骗老黄妈了。你还要人家做媒?新娘子不是就在眼前?哪个不晓得她?哪个不喜欢她?二少爷,你快点打定主意罢。早点把二少奶奶接过门来,免得变卦。今天我真替你们担心啊!你接了亲,成了家,老黄妈甘心情愿服侍你们一辈子!我今年虽说上了六十,不过骨头还很硬;只要人高兴,心里痛快,做到七十八十都不会睡倒吃白饭。"黄妈说着,又高兴地笑起来。

觉民吹了两声口哨,自己也笑了。他说:"你好像什么事都晓得。我也不骗你。不过你千万不要对琴小姐讲这种话,她会生气的⋯⋯"

黄妈忍不住伸手指了指觉民,打岔地说:"二少爷,你呀,你太小心了。我起先在三小姐屋里头就悄悄地跟琴小姐说过了。她一点也不生气,她就是笑笑⋯⋯"

"她说了什么话没有?"觉民不等黄妈说完,连忙问道。

"她就说了一句:'你去跟二少爷说,我不晓得。'二少爷,你们的心事老黄妈不会不晓得。老黄妈不怕挨骂,还要跟太太讲。二少爷,我就是因为有你们两个人才肯在公馆里做下去。不然我早就回家去了。我那个不听话的儿子前天又来接我回去。我不是舍不得公馆里头的浑水,我是舍不得你们罗!我看不到三少爷,看到你同琴小姐也就高兴了!"她说着说着,眼圈忽然红了,眼睛里也包了一眶泪水。

"黄妈,你放心。我们不会忘记你的好意,"觉民感动地说。"你不肯回家,我们将来就请你给我们管家罢。你愿意不愿意跟我们一路出去?"最后的一句问话是他顺口说出来的。

"二少爷,你们还要到哪儿去?"黄妈睁大眼睛惊疑地问。

"去找三少爷好不好?"觉民含笑说。

黄妈摇摇头说:"我不相信。你们走了,姑太太一个人怎么办?她肯放琴小姐走吗?"

觉民收敛了笑容。他想了想,就说:"我不过随便说说。要走也实在不容易。"

黄妈忽然叹了一口气,接下去说:"其实走开也好。不过不要走得太远。像钱姑太太那样到宜宾,不然就像李亲家太太那样到嘉定去。姑太太也好去。只要你们不嫌弃,你们走到哪儿,老黄妈也会跟到哪儿……"

"你们走哪儿去,不要忘记我啊!"一个熟习的清脆的声音打断了黄妈的话。觉民马上站起来。他知道来的是什么人。这时候他多么渴望见到她!虽然他跟她分别不过三四个钟头。

琴含笑地走进来。黄妈看见她,就说:"琴小姐,我正在把你的话讲给二少爷听,你自家就来罗。"

琴脸上红了一下,但是过几分钟她就谈笑自如了。她说:"黄妈,你尽管说下去,我不打岔你。"她就隔着方桌在觉民的对面坐下来,又客气地指着放在方桌另一面的方凳对黄妈说:"你也坐下罢。"

黄妈连忙说了两句道谢的话。她看看琴,又看看觉民,忽然高兴地笑了两声,接着说:"我把话都讲完了。你们自家讲罢。我走罗。你们要吃茶只消喊一声,我就送来。"她又看了他们两眼,也不等他们再说什么,一个人低声笑着,摇摇晃晃地走出房去了。

"不是说翠环她们请你在花园里'消夜'吗?怎么你一个人又出来了?"觉民兴奋地问琴道。

"本来三妹还想多耍一阵,四妹却担心五婶发脾气,想早点出来,我也觉得累,"琴两眼发光地望着觉民说;"而且我很想见到你。我要三妹在她屋里等我。"她微微地笑了两三声,又说:"我看见你,我满意了。我自己也说不出什么缘故,我刚才真想见到你。"她不眨眼地望着他。

"我也是这样,"觉民点了点头说,"也许就是因为今天那件事情。"他站起来,走到先前琴指给黄妈坐的那个方凳前坐了下去,这样他跟琴离得更近了。他把两只肘拐都压在方桌上,向着琴略略伸过头去低声说:"琴妹,我有好多话要告诉你。我先说,黄存仁后天要到重庆去。"

"他去做什么?怎么早没有听见你讲起?"琴惊讶地问。

"你不要急,等我慢慢讲。"他忽然想起一件事又换过话题含笑问道:"你明天不走了。你说过明天亲手做菜请我'消夜',算不算数?"

琴温柔地笑起来:"当然算数。"她充满爱情地小声说:"为了你我还有什么不肯的?"然后她又催他:"你说有好多话,快说嘛。说不定三表妹等不得又会跑来找我的。"

"我说,我说,"觉民感激地笑了笑。

三十四

琴在高家住了两夜。她回家第二天就发烧,在床上躺了十多天。她因病不能够参加《利群周报》两周年纪念会。那天觉民去得早。他到报社的时候,社里还只到了张惠如、方继舜几个人。

"蕴华还不能够出来?"张惠如看见觉民一个人走进来,便问道。

"她的病好了,不过还没有完全复原,她母亲不肯让她出来,"觉民含笑答道。

"真不凑巧。偏偏走了存仁,病了蕴华,"张惠如带点扫兴的神气说。

"不要紧。我会把一切事情讲给她听,"觉民顺口答了一句。他抬起头到处看了一下,又在屋里走了一转。这是他们新搬过来的双开间的铺面(就在旧地址的隔壁)。房间宽大。当中那张餐桌上铺了雪白的桌布,桌上正中放了一瓶鲜花。餐桌的四周安了许多可以折拢的椅子。刚刚粉刷过的白壁上有好几幅各国革命家的肖像,都是从一本叫做《世界六十名人》[1]的大书上抽出来的。张还如站在一

---

[1]《世界六十名人》:1908年在巴黎印的一本欧洲革命家、科学家、文学家的肖像册。

个凳子上，正在用图画钉把它们一幅一幅地在壁上钉牢。靠壁，一边有两个书橱，另一边放着两个茶几和三张靠背椅。靠里有一间用木板隔出来的小屋。小屋里面有两张小条桌，还有一个文件柜。方继舜正俯在一张条桌上写字。另一张条桌上堆了一些文件。角落里还有两堆刚印好的小册子。

这些新气象便是他们几天来辛劳的成绩。每一样东西都可以表示年轻人的热诚、勇敢、信赖、大量（无私心），以及他们的创造的冲动。这里似乎是一个理想的家庭。在这里有的是和睦，有的是亲爱。共同的信仰把他们系在一起。相同的是大家的心灵深处。大家最敬重、最宝贵的东西都是一样的，因此他们能够以赤心相见。没有隔阂，没有猜忌，大家全为着一个共同的目标努力。这是觉民常常感觉到的。这个感觉给他带来过许多次衷心的喜悦。这一天也不能是例外，他一时的扫兴终于被这样的喜悦驱散了，而且他在喜悦以外还得到鼓舞、安慰和期望。这是一个庆祝的日子，也可以说是酬劳的日子。那些努力耕种了两年的人现在见到他们的收获了。

程鉴冰来了。她的脸上仿佛闪耀着春天早晨的阳光，她带着清新的朝气走进来，带笑地夸奖道："你们弄得真好！我还怕你们来不赢！"她看见觉民，特别亲切地对他笑笑，接着又关心地问道："怎么蕴华没有来？我想找她谈谈。"

"她的病还没有全好，她母亲不让她出来，"觉民答道，这一次他没有扫兴的感觉了。他带着温和的微笑招呼程鉴冰。他想起了黄存仁那一晚对他说的话，便又加了一句："她要我请你哪天到她家里去耍。"

"我过两天一定去看她，请你转达一声，"程鉴冰兴奋地含笑说。她会意地看了觉民一眼。

"鉴冰,你这两天怎么不来帮忙?我们都忙,你却躲起来,你应该受罚!"张还如刚从凳子上跳下来,得意地看了看壁上那几张肖像,便掉过头带笑地抱怨程鉴冰道。

"这几天我家里事情多,我祖母又生病。晚上我实在逃不出来,"程鉴冰红了一下脸,有点不好意思地解释道。她又把眼光转到张惠如的下颔突出的三角脸上,忍住笑对他说:"我前几天出来过。我走过你那个裁缝铺,看见你穿着黄袍坐在长板凳上,俯在案上缝一块布片。你的头差不多要挨到布上了,所以你没有看见我。你真像个裁缝徒弟,不过衣服有点不对,你这件黄袍就应当脱掉。我想跟你说话,又怕你不方便。"她抿嘴笑笑,又说:"我怕你的师傅会干涉你,所以我就悄悄地走了。不然我会托你代我请假。"

众人笑了起来。张惠如含笑说:"请假?你又太客气了。还如不过跟你开玩笑,你就长篇大论地说了一大套。我们没有人会怪你的。说起请假,我今天倒向师傅请了假。我的眼睛近来渐渐不行了,不然我怎么前天会没有看见你?我就要去配眼镜。"

"惠如,我哪天来看看你做裁缝的情形,"觉民忽然大声对张惠如说。他不是在开玩笑,却是在说钦佩的话。

"这又不是西洋景,有什么好看!"张惠如和气地哂笑道。他随便伸出左手给觉民,笑着说:"你看,我这只手就跟你们的手不同!"

大家都伸过头去看那只手。头、二、三,三根指头上密密麻麻地布满了针眼。

"痛吗?"程鉴冰皱起眉头,低声问道。

"现在不痛了,"张惠如平静地答道,"这是我自己手艺'温'[1]。"过后他又指着他的弟弟打趣道:"幸好还如没有去学剃头匠。不然,我们里面总有几个人的头会给他割破的。"

"你乱说。你不信,我现在不要学,就剃给你看看!"张还如笑着辩道。

方继舜放下笔从小屋里出来。他着急地问张还如道:"怎么陈迟、汪雍两个人还不来?我担心纪念刊还没有印好。"他又跟程鉴冰打了招呼。

"不会的,我昨天下午去的时候,正看见上版,今天不会没有,"张还如答道,他觉得方继舜的担心只是过虑。

"陈迟向来来得慢。今天他还要约汪雍一起到印刷所去,当然不会就到的。现在还不到十一点钟,"张惠如在旁边插嘴道。

"那么不要说闲话了。我们还是快点做事罢,等一会儿别人就会陆续地来了,"方继舜带笑地催促道。他又问张还如:"你的报告弄好没有?"

"我昨晚上熬到半夜两点钟,一口气就把它弄好了,"张还如高兴地答道,在他的塌鼻头上面两只圆眼睛发亮地眨动着。"不过我还要改动几个字,"他加了这一句,便走进小屋去了。

"觉民,你来帮忙,我们去把里面一张条桌抬出来,"方继舜对觉民说,他又指着门口的一个空地位:"条桌应该放在这儿,好摆签名簿。"他便同觉民进去把条桌搬出来在适当的地点放好了。

众人不再说闲话了。大家热心地做事情。程鉴冰揩干净

---

[1] 温:即"坏"的意思。

茶杯和碟子。方继舜找出签名簿放在条桌上,又回到小屋里去写秩序单。觉民进去整理堆在地上的小册子。张惠如拿了一张单子出去买点零碎东西。

"来了,来了,"汪雍的声音先从外面送进来。随后他的面孔也出现了,他和陈迟两人跑得气咻咻的,每人手里抱了几叠报纸。他们一进屋就放下报纸。汪雍把他手里的报纸往条桌上放,陈迟的报纸却放在餐桌的角上。

"陈迟,你小心点,刚印好的报纸脱墨,看把新桌布弄脏了,"程鉴冰连忙干涉道。

陈迟笑了笑,就捧起报纸,打算走进小屋去。

"给我一张,"程鉴冰说,便伸手去拿报纸。

"到底来了,"方继舜高兴地说,从里面出来迎着陈迟。他等程鉴冰揭了一张去,便把那几叠报纸接过来,当作宝物似地抱进小屋去了。

众人中间做完了工作的便拿一张报纸来读。后来每个人的手里都有了一份纪念刊。他们仔细地读着,一个字也不肯遗漏。有的人还低声念出一些字句。渐渐地每个人的脸上都现出了满意的笑容。这样的笑容使这些脸显得更年轻,使这些眼睛更加灿烂。

张惠如捧着好些纸包进来。他看见这个情形,也忍不住笑了。他问道:"怎么大家都在看报?就没有事情了?"

"你还有什么事情给我们做?"程鉴冰含笑问道,抬起头看了张惠如一眼,又埋下眼睛去读手里的报纸。

"继舜,如何?我说今天一定有,自然不会错,"张惠如对方继舜得意地说,便把买来的东西拿进里面去。

"还如,你来,我把账算给你,"张惠如把东西放在书桌上,在里面唤他的弟弟道。

张还如拿着报纸走进里面去。程鉴冰也跟着进去了。她对张惠如说:"你买了些什么点心,拿给我,等我来装碟子。"张惠如指给她看。她捧起纸包,拿到外面,把它们一一打开。是些花生、瓜子、糖果、点心。她把碟子全装满了,纸包里还有剩余。她把碟子在餐桌上摆好,又将剩余的东西包好拿回小屋里去。

方继舜提议出去吃饭。这是适当的时候,自然不会有人反对。不过程鉴冰是吃过饭来的。张惠如便说:"我也不去,我买得有鸡蛋糕。那么你就同我留在这儿看房子。"程鉴冰点头表示同意。方继舜、高觉民几个人有说有笑地沿着走廊出去了。

张惠如坐在餐桌前一个凳子上,闲适地望着栏杆。他听见楼板上咚咚的响声渐渐地去远了,便掉过头去看程鉴冰。她正站在墙边茶几前看钉在墙上的肖像。他唤道:"鉴冰。"她把眼光从肖像掉到他的脸上。

"你毕了业了,家里对你怎么样?"张惠如好意地问道。

"你想她们还有什么好主意?"程鉴冰微笑地说,"我祖母同我妈就想把我关在家里。"她迟疑一下又说:"她们还想给我选一个人家嫁出去。"

"这个主意倒不错,"张惠如忍不住笑起来,故意说。"她们老年人除了这个,就再也没有别的办法。"

"她们虽是那样想法,我却有我的主意,"程鉴冰坚决地说。

"当然罗,现在时代不同了,"张惠如鼓励地说。

"不过我不明白为什么时代进步得这样慢!"程鉴冰用不满意的口气说;"民国也成立了十二年了,五四运动也过了四年了,我们这儿还是这样不开通。我出街次数多了,家里就要说话。接到一封男朋友的信,家里也要说话。幸好她们说了几句也就算了。如果她们认真干涉起来,问题就多了。"她说着不知不觉地皱了皱眉头。

"其实也不能说慢。已经改变了好多了。社会的进步有时固然明显,有时也是看不出来的。不过它一定在进步。所以我始终相信我们会得到胜利,"张惠如关心地安慰程鉴冰道。他看见程鉴冰不作声,便带笑地举出一个例子来说:"我们今天能够在这儿开两周年纪念会,这不就是一个进步的证据吗?"

程鉴冰的双眉开展了,她点点头答道:"我也明白。如果是在从前,我哪儿能够同你们在一起办报……"她忽然红了脸。她想起了另一个人,她的眼睛又发光了。

张惠如马上接下去:"你恐怕早坐起花轿到别人家去当少奶奶了。"他温和地笑着。

"你不要笑,你自己就不插金花披红做新郎官吗?"程鉴冰指着他笑道。她马上觉得话说得不大对,便搭讪地问道:"你怎么不出去吃饭?"

"你忘了,我说过我买得有鸡蛋糕。"张惠如便把蛋糕取来,打开纸包,连纸一起放在碟子里,自己拿起一块,又递了一块给程鉴冰。

程鉴冰接过了蛋糕。她想起一件事情,便奇怪地问道:"你还在吃素?"

"自然罗,所以我不同他们出去吃饭,"张惠如安静地答道。

程鉴冰注意地把张惠如的上半身打量了一下,看得他有点莫名其妙。她的眼光里露出了惊愕、同情、尊敬三种表情。她说：“你也把自己折磨够了。为什么你一个人要这样地刻苦？你何必把一切都放在你一个人的肩上？”

张惠如像对小孩子说话似地哂笑道：“我并没有吃苦，我还不是跟你们一样？不过我想努力使自己的言行一致。我吃素，其实我只是不吃肉，这是因为我不赞成伤生。我们都不愿意把自己的快乐建筑在别人的痛苦上面，我喜欢把这个'人'字推广，推广到一切的生物。”

"我的看法跟你的不同，"程鉴冰摇摇头说；"我的主张倒跟存仁接近。存仁说你受了一点佛学的影响，是吗？不过我佩服你的毅力，我们都不及你。"

张惠如大声笑起来。他抗议道：“我连佛经也没有念过，我怎么会受到佛学的影响？……”

三十五

　　人们逐渐地到利群周报社来。到下午一点半钟光景，二十多个人都到齐了，挤满了一个房间。众人关心地问询，带笑地谈论，没有顾虑地打开自己的胸怀，坦白地、充满着信任地倾听别人的意见。这里有一些不大熟习的面孔，但是并没有陌生的心。一个信仰把这些年轻人拉拢在一起，给他们消除了一切可能有的隔阂，使他们见到，而且经历到他们在别的环境里得不到的东西。他们像一群香客在一个共同的庙宇里找到他们的天堂，在简单的装饰中见到了庄严的景象。这里面有几个人，他们还是在孤寂的环境中长大的，他们甚至没有机会知道同志们集会中的喜悦。现在他们的心被放置在许多热烈的同样年轻的心中间，感到心与心的接近。意外的兴奋、安慰、鼓舞，最后是喜悦征服了他们。他们从来没有像这样自由地、畅快地、安心地呼吸过。一种热、一种满足充满了他们的全身。他们渐渐地忘记了自己的心跟别人的心中间的距离。他们的"自己"逐渐溶化在众人中间，他们得到了一种他们从来没有过的力量。他们这时候真可以跟随众人到任何地方去，甚至冒绝大的危险、贡献绝大的牺牲，他们也是甘心情愿。

于是会议开始了。众人拥挤地坐在餐桌的四周。方继舜被推举做主席,汪雍担任记录。方继舜站在餐桌后面,用他的坚定的声音讲话。他是一个演说家,他会用话点燃听众的热情。他的话并不冗长,却使人容易抓住全篇的要义。他同时还报告了《利群周报》两年来的情况。全体的掌声证明了他的讲话是得到欢迎的。

接着张还如报告社里的经济情形。他把账目也读出来了。方继舜和张还如的报告同样地吸引了众人的注意。人们可以从这两个报告中看出了一个运动的发展。刊物内容的逐渐充实,销数的增加,同情者的增多,小册子的较广的散布,各处的响应,——这些也许只是迟缓的进步,只是一个新力量的萌芽。但是在年轻的他们看来这些却是一个胜利的朕兆。他们相信着这个快要到来的胜利。不过他们并不是来享受这个胜利的结果,却是来牺牲自己促使这个胜利早日到来。

张还如坐下以后,他的哥哥张惠如又站起来说话。张惠如的演说就充分地表现了这样的一种信念。他兴奋地说着在他的心里贮藏了许久的话。他带着一股热情畅快地把它们倾吐出来。他说话很急,话一句接连一句,似乎就没有停止的时候。他的脸上泛起红色,眼睛里射出信仰的光辉,仿佛出现在他眼前的并不是这间房里的景物,他的眼光越过墙壁看见了"光明的未来"的美景。他的话自然地引起了众人的共鸣。他们的心跟着他的话跳动。他所揭露的、倾吐的正是他们的心。他们注意地望着他,差不多屏了呼吸地望着他。他们就希望他的口永远不要停住。但是他的喷泉终于竭尽了。他闭了嘴激动地坐下来,接着是一阵宁静。然后便是热烈的掌声。众人带着笑声嘈杂地在说话。他们感到了一种畅快。

身材高大的何若君突然站起来。他要报告欧洲社会运动的现状。这是一个很动人的题目。他对于欧洲(尤其是法国)社会运动的知识是相当丰富的。他用北方口音讲话。他说得慢,但话清楚而有条理。他渐渐地展开了另一些国度里的革命者为人民争自由求幸福的斗争的壮剧。他不夸张地叙述一件一件的事实。这里有的是崇高的牺牲精神,仁爱的心,决断的行为。那些欧洲的革命者,他们大部分还是青年,他们有很好的前途和物质的享受,然而他们毫不顾惜地牺牲了这些。他们没有别的希望,只想使被压迫受践踏的同胞得到普遍的幸福。他们甘愿在黑暗中流尽自己的热血,只为着给无数受苦的人,给后代的人带来光明。

在个人的英勇的牺牲行为以外,何若君又叙述了集体行动中的休戚相关的精神和社会斗争中的互相帮助的事实。这也是同样令人感动的。虽然这些事实对于在座的一部分人还是十分新奇,但是他们也能够了解。

何若君并没有说过一句空泛的话,他只叙述事实。他给他的听众打开了一个新的眼界,立下一些新的榜样。他不过叙说他从书本上、从见闻中知道的真事。他想不到这些话会永远成为那班青年的鼓舞的泉源。他在众人的鼓掌中坐了下来。感动的微笑还留在听众的脸上。

方继舜又站起来说话。他要求社员和来宾们自由发表意见。

吴京士响应地站起来用诙谐的调子说了几句庆祝的话。觉民便在这时离开餐桌,走进小屋去抱了一叠小册子出来,张还如也去拿了纪念刊向众人散发。每个来宾都带着惊喜的眼光翻阅纪念刊和小册子。

来宾中有一个四十多岁的中学教员站起来恳切地发言。他的讲演术反倒比那些青年学生差。他说得慢,而且每说两三句就要用一个"这个"来缓和他的困窘。但是拙劣的言辞常常表现了诚恳的心。他感谢他们,祝福他们。他仿佛还想从他们这里求得一点力量。他恭维地对他们说:"青年是人类的希望。"这便是受惯了生活压迫的"外国史"老教员在他的长岁月中得到的结论。他的确敬爱他们。他对他们的工作也常常贡献小的帮助和鼓励。所以他能够同他们结了友谊。

那个红脸的中学生也发表了意见。他似乎不曾有过这样的经验。他站起来,身子就微微颤动,手也在抖,牙齿也在打战。他现出了一脸的窘相。但是他仍然鼓起勇气说话,他觉得众人的眼光集中在他的脸上,他更发慌了。他预备好的话全混在一起了,它们不分先后地乱跳出他的口腔。他的同伴黄脸学生着急地望着他。他没有条理地说下去。

然而听话的众人中间并没有谁发出笑声。他们甚至用同情的眼光望着他,希望能够给他帮一点忙,使他畅快地把话说完,安静地坐下去。他们了解他的话的意义。他带了夸张地(其实在他,却是很诚实地)称赞周报和负责人的种种功绩,又谦虚地诉说他的愿望。他诚心诚意地希望献出他的年轻的生命,只求他们能够给他一个工作。他的话似乎还没有完结,但是他突然闭了嘴坐下来。众人也用掌声酬答他。

以后还有两个人说话,不过说得不多,也没有新的意思。方继舜最后起来作答复。觉民接着说了几句补充的话。然后便是用茶点的时刻。茶水已经预备好了。陈迟和汪雍两人端茶出来。紧张的空气松弛了。一种和睦的、亲切的气氛包围着他们。大家随意用着茶点,更自由、更畅快地谈着个人的或者社会的事情。房间里充满了衷心的笑声。

　　嘈杂的声音突然静下去。全房间里的人的眼光都射在何若君的脸上。他安静地坐在方继舜的旁边,张着口,用他的响亮的声音唱法文的《马赛曲》和《国际歌》。他们不能了解歌词的意义。但是那种像万马奔腾似的力量不可抗拒地打击着他们的心。那是一种呼召,一种鼓舞。它使他们的热血沸腾,它使他们的热情满溢,它使他们感到放散的需要。这两首歌曾经先后鼓舞了千千万万的人去为理想献出生命,这时它们同样地燃起了他们这班异国青年的牺牲之火。他们真正准备跟随这样的歌声毫无顾虑地去跟旧势力战斗。

　　歌声停止了,众人的心上还响着它们的余音。那些声音似乎进到了他们的心的深处。他们的整个身体都因为歌声颤动了。他们想不到世间还有这样的奇异的歌。这跟他们常常听见的《乐郊》、《望月》、《悲秋》、《苏武牧羊》、《金陵怀古》等等完全是两类的东西。好些人马上跑过去向何若君索取歌谱,有些人又要求他教他们唱这两首歌。何若君欣喜地一一答应了。他还为他们唱了几首革命歌,这些歌同样地充满感人的力量,激发他们的崇高的感情,在他们的心上留下永不消灭的影响。

　　以后就是汪雍、陈迟、觉民、张还如几个人的轮值了。他们先后被人怂恿着,汪雍和陈迟唱普通的歌,觉民唱了一首英文歌,张还如却只会唱京戏,他的须生嗓子在同学中是相当有名的。但是大部分的人对京戏并不感兴趣;普通的歌曲在听者的心上也没有留下印象。它们从一只耳朵进来,又从另一只耳朵出去,并不曾留下一点痕迹。然而它们也没有搅乱房中和睦的空气,相反的,它们还引出一些轻快的笑声。

京戏唱完，大家觉得应当休息了。碟子里的瓜子、花生、点心等等都光了。茶水也全进了众人的肚里。有的人便离开餐桌站起来，或者走到栏杆前面，或者立在书橱旁边，或者同新的、旧的朋友谈话。每个人的脸上都露出满意的表情。这一天好像是这些年轻人的节日。

这些时候觉民的脸上就被一种愉快的微笑笼罩着。他的心安稳地在许多同样年轻的心中间闲适地游历。这些心的接触给他带来快乐。他很少有过这种安稳的喜悦的时候。但是同时他又感到惋惜。这惋惜是和喜悦同比例地增加的。他每次意识到他在这个环境里得来的喜悦，他便想到另一个留在家中的人。他惋惜他不能够同她分享这些快乐。他惋惜她的病给她带来多大的损失。他知道她的参加会使他感到加倍的欢欣。然而他是一个能够克制自己的人，而且年轻的心也容易被纯洁的快乐吸引，所以他始终不让惋惜的表情出现在他的脸上，也不让别人猜到他的这种心情。

众人在这里过了大半天快乐的光阴。他们不觉得时间不停留地往前逝去。但是怀里的表是不能够被欺骗的。散会的时候到了。他们不得不带着留恋地分开。然而这并不是结束，晚上他们还可以在法文学校里见面。《夜未央》就在那个地方上演，一部分的社员应该先到那里去布置一切。

来宾先离开报社，他们临走的时候还说了许多感谢的话。其次走的是一些社员。只有在早晨就来了的那少数人还留着。他们忙碌地把房间收拾干净，然后抬铺板来一一装上。他们关好门正要上锁，忽然一个年轻的店伙模样的人流着汗急急地走过来，对张还如说："我是来买报的，还可以买吗？"

"可以，可以，"张还如连忙客气地答道，便打开门让他进去。他带着尊敬的眼光看了看站在栏杆前面讲话的那几个人,然后跟着张还如走进里面去。

张还如走进小屋去拿了《利群周报》二周年纪念刊出来递给年轻的店伙。那个人接到报纸便伸手在怀里掏钱,一面红着脸胆怯地说:"我起先来过,看见你们在开会,不敢打搅你们,就走了。"他说完话还没有把钱掏出来,他的脸色因着急而变得更红。

"你不要给钱。这份报就算送给你。今天是我们的纪念日,你留着它做个纪念罢,"张还如带笑地说。

"多谢!多谢!"那个年轻人千恩万谢地说,他的通红的脸上浮出诚实的(而且近于可笑的)微笑来。

张还如对他说了两句话。他只是恭敬地点了点头,便拿起报纸往外面走了。张还如陪着他出来。他跨出了门槛,还掉头对张还如说了两声"多谢",然后又向那几个谈话的人客气地点点头,便匆匆地沿着走廊去了。

"这一定是什么铺子里的学徒,"张还如望着那个人的背影低声说。

"他把我们当成什么了不起的人物。其实我们一点也不配!"张惠如感动地接嘴道。

没有人再说一句话。张还如关好了门。他们带笑带说地走出了商业场。

觉民要送程鉴冰回家,他一路上跟她讲话。他们刚走到商业场后门口,忽然看见觉新一个人从外面进来。觉民想避开觉新,但是觉新的眼光已经射到他的脸上来了。他只得带笑地招呼他一声。他看见觉新露出惊疑的脸色,也不说什么话,就安安静静地陪着程鉴冰出去了。

413

三十六

这个晚上《夜未央》在法文学校的演出,得到观众热烈的欢迎。散戏以后,觉民一个人回去。他经过那些冷静的街道走到高公馆,大门已经掩上了。他用力推开门走进去。

看门人徐炳垂着头坐在太师椅上打盹,看见觉民进来,便站起招呼一声,还陪笑地说一句:"二少爷,今晚上回来晏了。"觉民不经意地点一个头,匆匆地往里面走去。

觉民走上大厅,便听见三更的锣声远远地响了。他吹着口哨跨进了拐门,快要走到自己的房门口,忽然看见一个人影从过道里闪出来。他一眼就看出这是觉新。他也不去唤他的哥哥,却踏上自己门前的石级,预备走进他的房里去。但是觉新却叫一声:"二弟,"就向着他走过来。他只得站在门槛上等候他的哥哥。

锣声逐渐地逼近了。永远是那个使人听见便起不愉快的感觉的声音。觉新走上石级,他望着觉民担心地问了一句:"你现在才回来?"

觉民点了点头,诧异地看了觉新一眼。

弟兄两人进了屋里。觉新带着一脸的焦虑不安的表情,一进屋便在方桌旁边一把椅子上坐下。觉民兴奋地在房里踱着,他的脑子里还现出《夜未央》中那个感情与理智斗争的场面。

"你们今天在开会吗?"觉新用低沉的声音问道。

觉民惊奇地望着觉新。他记起了这天下午在商业场门口遇见觉新的事,便坦白地答道:"是的。《利群周报》两周年纪念会。"

觉新睁大了眼睛。觉民的不在意的神气倒使他的不安增加了。他注意地望着觉民,他似乎想看透觉民的心,要知道这心底究竟隐藏着些什么。然而他的努力是没有用的。觉民的心还是一个猜不透的谜。

觉民看见觉新痛苦地望着他,不知道觉新有什么心事。他忽然想到一件事,便问觉新道:"蕙表姐的灵柩今天下葬了吗?伯雄没有再反悔罢?"

"葬了,"觉新点个头短短地答应着,他的眼睛突然亮了一下。以后他的面容又变阴暗了。他努力挣扎出一句话来:"二弟,你不能够!"

"不能够?什么不能够?"觉民站在觉新的面前,十分惊愕地看他的哥哥。他怀疑他的耳朵听错了话。

"你们干的都是危险事情,"觉新鼓起勇气答道。他的心跳得很厉害,他的心就在希望与失望的歧路中间徘徊。他等候觉民的回答。

"危险?我从来就没有想到,"觉民直率地答道。他说的是真话,而且是不费力地说出来的。"危险"两个字在觉民的耳朵里是很陌生的。

觉民的镇定反而增加了觉新的烦恼和痛苦,他带着更大的焦虑说:"你不能够拿你的性命去冒险。你应当想到去世的爷爷同爹妈。"他知道自己没有力量阻止觉民，便求助于死去的祖父和父母。

觉民感动地唤一声："大哥。"他开始明白觉新的好意的关切。他对这番好意是很感激的，但是他却觉得这只是他哥哥的过虑。而且在思想上他们中间还有一道墙，他没法赞成他哥哥的主张和生活态度。他同情地望着觉新，温和地安慰觉新说："我并没有做什么危险事情，你也不必替我担心。"

"你还说没有危险？你自己不晓得。我比你年纪大，看得多。即使你们没有做什么过分的事，他们也不会放松你们的，"觉新带着更大的惊惧对觉民说。以后他稍微安静一点，又用痛苦的声音哀求地说："二弟，我求你以后不要再到报社去。你们那样做法有什么好处？只会招来压迫。我们省城里的情形你也该晓得一点。只要碰到当局不高兴，什么事情都做得出来。前几个月报上还登过吴佩孚枪杀工人的消息。有好些省份都捉过学生，何况我们这个地方。你们男男女女在一起更容易引起人注意……"

"我们不过办个周报，并没有做别的事情，这是没有危险的，"觉民看见觉新的痛苦的表情，连忙插嘴道。这次他只说了一半真话，他还隐藏了一半。

"你们自己以为没有做什么事，他们却不是这样想。况且你们报上时常骂到旧派，得罪人不少。我真担心随时都会出事情，"觉新着急地说。

"但是我们做事情也很谨慎，"觉民马上接下去说。

"你们的谨慎是没有用的，"觉新越发着急地说，"你们做事情只晓得热心。什么社会情形，人情世故你们都不懂。"他把眉毛皱得紧紧的，额上现出几条皱纹。他的整个脸仿佛蒙上了一层忧愁的面纱。他看见觉民的坚定的眼光，知道自己的话并没有发生效力。他的眼光和脸色变得更阴暗了。他又对觉民哀求道："你的思想，你的信仰，我管不到你。不过我求你看在去世的爹妈面上听我这句话：你虽然刚毕业，还是在求学的时候，我求你不要参加团体活动，不要发表文章。"他连忙加上一句："你要研究是可以的。"

觉民咬着嘴唇，不回答他的哥哥。他暗暗地想："我什么都知道，我不见得比你知道得少，但是我不能够听你的话。"

觉新没有得到回答，他很失望。他知道觉民的决心不是轻易可以动摇的。然而他仍旧挣扎地说下去："我只有你们两个兄弟。三弟在上海一定加入了革命党。我常常担心他会出事。但是我写信劝他也没有用处，他不会听我的话。我也只好由他去碰运气。现在你也要走他的路了。如果你们两个都出了事情，你叫我怎么办？爹临死把你们两个交给我，我如果不能够好好地保护你们，我将来在九泉下还有什么面目去见他老人家？"他的眼泪掉了下来，他也不去揩它们，却只顾说话。他最后苦苦地哀求道："二弟，只有这一次，你就听我的话罢，你晓得我全是为你着想。"

觉民仿佛觉得一些悲痛的情感在他的身体内奔腾。他用力压制它们。他不要让自己露出一点软弱。他在跟他自己斗争。这斗争是相当费力的。但是他居然得到了胜利。他痛苦地、但是依旧坚定地答道："大哥，我懂得你这番好意。我对你只有感激。但是我不能够答应你。我要走我自己的路。我当然比你更了解我自己。我们在思想上差得远，你不会了解我。"

"我们的思想并没有差多少。我很了解你的思想,就是你不了解我!"觉新有点动气地辩道。"我也恨旧势力,我也喜欢新思想。不过现在你们怎么能够跟旧势力作对?鸡蛋碰墙壁,你们不过白白牺牲自己。"

"那么要到什么时候才有机会呢?倘使大家都袖手旁观,大家都不肯牺牲?"觉民勉强做到平心静气的样子问道。

"牺牲要看值得值不得。况且现在也轮不到你!"觉新痛苦地叫起来。在这时候电灯厂的汽笛尖锐地、呼痛似地突然响了。

"大哥,你不必这样担心。其实我们并没有什么行动,更谈不到牺牲,"觉民温和地安慰他的哥哥。他感觉到他们中间逐渐增加的隔膜,这搅乱了他的平静的心境。他还想说话。但是淑华和翠环从外面匆匆地走进来,把他们的谈话打断了。

"大哥!"淑华惊惶地叫道,好像发生了什么重大的事情一样。她急促地说下去:"倩儿不行了!"

"她怎样了?"觉新站起来吃惊地问道。

"大少爷,倩儿话都说不出来了,她翻着白眼,在喘气。大少爷,请你救救她,"翠环断断续续地哀求道,她的眼里包了一眶泪水。

"四太太说怎样办?"觉新皱着眉头问道。

"四太太看都不肯去看倩儿一眼。她嫌我大惊小怪。她说我们这班贱骨头,害病不过是为了想偷懒,哪儿就会得死!大少爷,你看四太太还肯想什么法子?"翠环气恼地答道。她的纯洁的眼光恳求地望着觉新。

"大哥,你去看看倩儿罢。你看还有什么法子可想?就让她这样死了也可惜。我也要去看她,"淑华怂恿道。

"我那天就应当去看她的。好,我现在同你们一起去,"觉新忽然下了决心地说。

"我去先点个灯来,"翠环兴奋地说,泪珠从她的眼角滴了下来。她掉转身子急急往外面走。

"我屋里就有风雨灯,"觉新在后面提醒她道。

翠环又转回来,走进内房去了。

"翠环倒热心帮忙别人,"觉民靠在方桌旁边称赞了一句。

"嗯?"觉新回过头看了觉民一眼,也不说什么。

"我倒觉得她们那种人比我们的长辈还有良心,"淑华泄愤似地答道。

"岂但我们的长辈?"觉民讥讽似地说了半句,但是淑华已经跟着觉新走出去了。

他们走入过道,电灯就熄了。翠环提着风雨灯从觉新的屋里出来,给他们带路,把他们引到桂堂后面的天井里。

梧桐和核桃树的绿叶像大片的乌云一般厚厚地盖在他们的头上。昏暗的灯光从右边小屋的纸窗中射出来。墙边和阶下安闲地响起了蟋蟀的歌声。

"到了,大少爷,就在这儿,"翠环带着紧张的心情低声说。

觉新点点头。他没有说什么,便跟着翠环走进了那间小屋。这里只有臭味,没有一个人。桌上瓦灯盏里灯草头上结了一个大灯花。屋子里到处都有黑影。

身材高大的汤嫂摇摇晃晃地从隔壁房里走出来。她看见觉新,脸上现出惊喜的表情,尖声说:"大少爷,来得正好!请大少爷看看倩儿今晚上是好是坏。她样子真有点吓人。"

觉新连忙走进另一间屋去。淑华跟着他跨过了门槛。屋里

419

的情形跟淑华两次看见的差不多。床前那根板凳上仍然放着那个药碗。那张瘦小的黑脸仍然摆在床中枕头上,不过方桌上瓦灯盏发出的微光使人看不清楚脸上的表情。

觉新走到床前。他看见倩儿的嘴微微张开,还在喘气。翠环立在他的旁边,担心他看不见,便挨近病床,提起风雨灯让他看清楚倩儿的脸。

倩儿的眼睛睁开,黑眼珠往上翻,两颊深深地陷进去,仿佛成了两个黑洞,嘴微微在动,急促地呼吸着。翠环柔声唤道:"倩儿。"病人似乎没有听见。翠环又悲痛地大声叫着。这次病人的黑眼珠往下移动了,她的眼睛略略动了一下,接着头也微微动了一下,她的嘴也动了一下,她的喉咙发出一个咳嗽似的声音。她似乎想说话,却又吐不出一个字来。

"倩儿,大少爷来看你的病,你有什么话吗?"翠环俯下头大声说。

倩儿转动一下眼珠。她似乎想用眼光找寻觉新或者别的人,她的脸上残留着的皮慢慢地搐动了一下。她的眼珠又转向着翠环的手里的灯光,慢慢地从她的眼角迸出来两滴泪珠,它们就留在鼻梁的两边。

"大少爷,你看还有什么法子?你救救她罢,"翠环忍不住掉过头去看觉新,悲声央求道。

"大少爷,你看要紧不要紧?"汤嫂害怕地问道。

"大哥,她不会死罢?"淑华怜悯地说。

觉新走近一步。他把右手伸出去,在倩儿的额上略略按了一下。他又拿起药单子,在灯下看了一遍,焦急地说:"不能再吃这种药了,应当立刻请个好医生来看看。"他又退后一步,迟疑一下,忽然决断地说:"我去找四婶商量。就只有这个法子。说不定还有救。"

"你找四婶?"淑华惊疑地问道。她想起了前几天在花园里和在周氏的房里发生的事情。

"自然要先跟四婶商量才行,"觉新不假思索地答道,便吩咐翠环:"你打着灯,跟我到四太太屋里去。"

觉新、淑华、翠环三人走入桂堂。王氏的房门已经关上了,不过房内还有灯光。他们便沿着这个房间的窗下走过角门,转进四房的饭厅。淑华就留在饭厅里,让觉新和翠环直往王氏的房间走去。

一盏不明不暗的灯照着这个空阔的房间,李嫂立在床前踏脚凳上铺床叠被。她看见他们便掉过头说了一句:"四太太在后房里头。"

后房里发出一阵快乐的笑声。觉新便放重脚步走进去。

王氏拿着一根水烟袋坐在床沿上。对面一把新式的椅子上坐着克定,他跷着二郎腿,手里还挟了一根纸烟。他和王氏的笑声都因为觉新的意外的出现而中断了。这两个人的惊讶的眼光都射到觉新的脸上。

觉新客气地招呼了他们,唤了一声:"四婶,五爸。"

"明轩,你坐罢。你有什么事情?"王氏淡漠地说。

"四婶,"觉新恳切地说,"倩儿的病有点不行了。我来跟四婶商量,马上请个好点的医生来看看,或者还可以挽救。"

"现在这样晏还请医生?"王氏冷笑道;"倩儿不过一点小病,有个医生给她看病,过几天就会好的,也值得你夜深跑来告诉我!她已经吃过好几副药了。难道我就不晓得?"克定仍然跷着二郎腿,安闲地在那里抽纸烟,把烟雾慢慢地喷到空中去。

"四婶还说是小病?人都快要死了!四婶还不赶紧想个法子?"觉新着急地辩道。

"死了也是我花钱买来的丫头,用不着你操心!"王氏赌气地答道。

翠环胆怯地站在门口,低声对觉新说:"大少爷,我们走罢。"

觉新心里很不舒服,不过他还没有忘记倩儿的事情。他还想说话,但是听见翠环的声音,他的心冷了半截。他知道他的话在这里是没有用的。除了给他自己招来麻烦外,不会再带来什么东西。他只得把一切忍在心里,沮丧地垂着头打算走出房去。

克安带着笑容拿了一张纸从外面进来。他看见觉新站在房里,便诧异地说:"明轩,你也在这儿?你有什么事情?"然后他又高兴地说:"你来看我新做的诗,这是给芳纹的两首七绝。我念给你听。"他走到桌子前面,借着灯光,摇摆着头铿锵地把那两首肉麻的诗读了出来。他读完诗还踌躇满志地四顾问道:"如何?"

"妙极了!妙极了!我自愧不如,"克定带笑地恭维道。

"明轩,你说,你觉得怎样?"克安又掉头问觉新道。他好像得不到满意的回答,就不肯把觉新放走似的。

"四爸的诗当然很好,"觉新敷衍地称赞道,不管他的心里装满了多大的轻蔑和憎厌。

"明轩,你知道这两首诗的妙处在什么地方?"克安听见觉新赞他的诗好,非常高兴,又得意地望着觉新问道。

觉新木然望着克安的黑黑的八字胡和两颊上密密麻麻的须根,一时答不出话来。他根本就没有注意地听过克安的诗。他只得带点困窘地说了两次:"这个……这个……"

"这个你还不知道，"克安失望地接下去说。"你再听我念一遍。"他又摇头摆脑地念起来。但是他刚把第一首诗念完，王氏却不耐烦地打岔道（她是在对觉新说话）：

"明轩，你怎么不把刚才的话对你四爸说？"

"什么话？明轩，你来说什么事？"克安惊讶地问道。他不再读手里的诗稿，却抬起头看看觉新，又看看王氏。

觉新听出王氏的讥讽的调子，他的脸色变白了。但是他还保持着礼貌简短地答道："我看见倩儿病重，来跟四婶商量，请个好点的医生来给她看一下。"他自己也知道他的话不会发生效力。

"原来是这件事情，"克安哂笑道，"明轩，你倒有闲工夫管这种小事情。明天早晨喊人请罗敬亭来给她看看就是了。这点小事也值得大惊小怪的？"

"四爸，恐怕等不到明天了，"觉新着急地说。

"那么翠环，你出去喊个大班[1]马上去请罗敬亭来，"克安随口答道，他看了翠环一眼。翠环刚刚答应一声，她的声音就被王氏的带怒的大声掩盖了：

"你说请罗敬亭？说得好容易？你晓得脉礼要多少？就是我生点小病，也还不敢请罗敬亭！"

"这一点脉礼又算得什么？要治病就不必贪图省钱。四太太，我看还是请罗敬亭来给倩儿看看罢。倩儿病早点好，也多一个人服侍你，"克安温和地说。他并不赞成王氏的意见。

王氏把眉毛一竖，厉声说道："话说得好听！我倒不敢当罗！我晓得你看上了那个小'监视户'！我前两天人不舒

---

[1]大班：即轿夫。

服,也不见你说请罗敬亭。那个小'监视户'的病一半是装出来的,我给她捡过好几副药,已经很对得起她了。你还要请罗敬亭来。我问你,高公馆里头有没有过丫头生病请名医看脉的事情?我晓得你的心,你巴不得我早点死了,你好把倩儿收房。你这个人真没有良心。你在外面闹小旦,我也没有跟你吵过。你想在我面前'按丫头',那却不行!"她怒容满面,好像要跟她的丈夫吵架的样子。

克安并不打算吵架,他只把眉头略略一皱,勉强做出笑容敷衍道:"我哪儿有这种心思?我不过随便说一句话。你说不请罗敬亭,就不请,也犯不着这样生气。"

"大少爷,走罢,三小姐还在等着,"翠环轻轻地在旁边提醒觉新道。

这一次觉新不再迟疑了。他不想再听王氏讲话,便告辞出去了。

淑华还在饭厅里等候他们,看见觉新神情沮丧地走出来,知道事情没有办好。不过她还抱怨一句:"你们怎么说了这么久的话?也不管人家等得心焦不心焦!"

觉新简单地答道:"我们快走,我等一会儿告诉你。"

他们跨出门槛,又转个弯,沿着石阶走去。翠环仍旧给他们打风雨灯照路。觉新叹口气说:"现在真是没有办法了。"

"大少爷,全是我一个人不好。我害得你受了一肚皮的气,"翠环带着歉意地说。

"怎么能说是你不好?这全是他们不好。如果依得我的脾气……"淑华气愤地插嘴说,她忽然停顿一下。但是觉新却接下去说话了。

"这不怪你，你全是为着想救倩儿，你没有错。倒是倩儿才可怜，我没有想到他们的心肠会这样硬，"觉新感动地安慰翠环道。这时他们已经走过淑华的窗下，觉新吩咐翠环回去，她却坚持着要打着灯照他们回屋。

在路上觉新又把他在王氏房里见到的情形和听到的话对淑华详细地说了一番。不久他们就到了觉新的房间。淑华留在觉新的房里，听完他的叙述的后面一部分，翠环便动身到张氏的房里去。翠环临走的时候，觉新还温和地安慰她：

"你不要着急，说不定倩儿的病明天就会有转机。四太太不肯请医生，我明早晨就喊人去请罗敬亭。"

"明天不晓得还来得及来不及？"翠环自语似地痛苦地说。

"哇！"静夜里忽然响起了一个女孩的痛苦的哭叫声，这使得他们三个人发愣了。

"我二回不敢罗！"那个女孩哭叫道。同样的声音响了几次。后来声音又减低，成了断续的哭泣。

"大少爷，三小姐，你们听，春兰又在挨打了！"翠环悲痛地说。她连忙掉转身子，头也不回地揭起门帘匆匆地走了。

三十七

　　翠环一直到张氏的梳妆房间去。张氏还没有睡,正挺着大肚子,坐在房里一把矮椅子上看旧小说。她看见翠环进来,便责备道:"你跑到哪儿去耍了?我喊你好久都找不到你。我现在身子不灵便了,多走路也吃力,等你来给我洗脚!"这虽是责备的话,但是张氏的脸上却带着温和的笑容。
　　翠环知道她的主人的性情。她不害怕,也不替自己辩护,便去拿了水来,摆好脚盆。她坐在一个小板凳上,给张氏脱了鞋袜,然后慢慢地解去张氏脚上的裹脚布。她一面做这些事,一面把倩儿的事情一五一十地对张氏说了。
　　张氏似乎很注意地听翠环讲话,并不打岔她,不过有时也考察似地望着这个少女的脸。张氏的柔和的眼光在这张充满青春美的脸上停留了好一会儿。翠环只顾埋着头替张氏洗脚,并没有觉察到她这样的注视。
　　"看不出你的心肠这样好,"张氏等翠环闭嘴以后夸奖了一句。
　　翠环惊讶地抬起头看看张氏。她触到张氏的带着好意的眼光,感激地对她的主人一笑,又埋下头去。她的手仍旧在张氏的小脚上轻轻地擦着。她的眼光又停留在那只失了形的短短的脚上。这是个奇怪的景象。脚背高高地隆起,四根指头弯下去,差不多连成一块肉紧紧地贴在脚掌上,只剩下大指孤零零地露在外面,好像一个尖尖的粽子角。——这不是人的脚,这倒像用面粉捏成的白白的东西。她的手每次触到它,她就要起一种怜悯的感情。现在这一双脚和上面的小腿都有点浮肿了。

翠环拿着洗脚布替张氏揩脚。张氏温和地唤她。她又抬起头。张氏突然含笑地说:"我看你近来对大少爷很好。"

翠环的手微微地战抖。她的脸马上红起来。她又把头埋下去,低声辩解道:"太太又在说笑,我们做丫头的对主人都是一样地服侍。"

张氏不作声了,却怜爱地望着翠环。翠环不敢把头抬起,她的耳根都红了。她揩好张氏的脚,便拿起干净的裹脚布来一道一道地给它们缠上。张氏温和地吩咐一句:"不要裹得太紧了。"她轻轻答应一声,也不敢再说一句话。在羞惭以外她还感到恐惧。她等候着张氏的责备的话。

"不是这样,我晓得你不肯对我说真话,"张氏不相信地摇摇头说,她的声音仍旧是很温和的。这出乎翠环的意料之外,使得她偷偷地抬起眼睛看了看张氏的脸。她看见张氏的和善的笑容,觉得稍微安心。她大胆地再辩一句:"我难道还敢骗太太?"

张氏笑了。她带着自信地说:"你瞒不过我。我这样的年纪,未必连这点事情还看不出来?我看你很喜欢大少爷……"

张氏还没有说完,翠环突然痛苦地阻止道:"太太,我哪儿还敢说喜欢不喜欢主人家?"张氏的话使她想起许多事情,她看见的全是阴暗,没有一线光明。她意外地受到伤害了。

"你怎么了？你不要听错我的话，我并没有责备你的意思，"张氏不了解翠环的心理，还不明白这个少女的痛苦是从什么地方来的，她起先惊讶地问，然后又对翠环解释。

"我明白，"翠环忍住悲痛低声答了三个字，其实她并没有明白张氏的意思。

张氏又不作声了。翠环已经替她穿好一只睡鞋。她在思索一些事情。后来她觉得翠环的手在发抖，又看见翠环的肩头在起伏，她感到同情和怜悯。她带了点爱怜的口气责备翠环道："你这个丫头性子倒倔强，总爱自作主张。你心地虽然忠厚，我怕你将来也会吃亏。二小姐在外面写信来，每次都嘱咐我要好好地待你。其实，我也很喜欢你，我看见你，也就好像看见二小姐一样。我不忍心把你嫁到外面去，我也不愿意把你嫁到没钱人家去受苦……"

这最后的两句话似乎是一个恶运的信号。翠环觉得希望快要完全消灭了，她受不住，连忙鼓起勇气打岔道："太太，那么你就让我服侍你一辈子罢。我甘心情愿跟你一辈子。"这是最后的哀求，这是诚实的愿望。

"你年纪轻轻的，不要说这种话。我也不想害你一辈子，"张氏不以为然地劝导翠环道。

"太太，"翠环绝望地唤了一声。她抬起头哀求地望着张氏。她把另一只鞋子也给张氏穿好了。

张氏怜悯地笑了笑，说："你没有听明白我的意思。我不会把你随便嫁出去。我为了婉儿的事情，后悔了两年。她在冯家受了多少罪，现在好容易等到冯老太太去世了。我刚才在三老爷屋里看到冯家的'报单'，才晓得冯老太太死了，大后天成服。

我肚子大了，不好去。不然我倒想去看看婉儿。你不要走，我还有话要问你。你好好地坐在这儿。"

翠环答应了一声，她不像先前那样地紧张了。

张氏要翠环仍旧坐在小板凳上面，她柔声对这个婢女说："我倒有个主意。你听我说，我想到一个主意，我还怕你不答应。大少爷自从少奶奶死过后（翠环听见说到大少爷，又慢慢地把头埋下去，她的脸开始红起来），偏是他的命不好，两个小少爷都接连地死了。他一个人这样下去怎么行？也应当有个人照应才好。我们劝他续弦，左劝右劝，他总不肯听。我想劝他讨个'小'，将来生个儿子也可以传宗接代（翠环把头更往下埋）。我倒有个主意，我想把你送给大少爷，你可以服侍服侍他。他为人厚道，也不会待差你，我也好放下心。不过我不晓得你情愿不情愿。"

张氏注意地望着翠环，等候回答。她看见翠环一脸通红，低着头害羞地不作声，便安慰地说："这儿又没有别人，你也不必怕羞，这是你终身的事，你不妨对我明说。"她看见翠环仍然不讲话，只顾玩弄衣角，她不知道这个少女的真心怎样，便又解释地说："我觉得你倒很关心大少爷，所以我才有这个意思。我看大少爷配你也合式。虽说做'小'，不过像大少爷那样的人一定不会亏待你的。"她停了一下，又逼着问道："你对我说，你到底情愿不情愿？我想你多半不会不答应。"

翠环略略抬起头，还不肯让张氏看见她的脸。她的胸膛一起一伏，她的心咚咚地跳动，她颤抖地小声说："我是服侍太太的丫头，太太吩咐我什么，我怎么敢不答应？"

"那么你是情愿的了！"张氏惊喜地说；"我原说你不会不答

应的。既然你情愿,那么只等大少爷满服,我就办好这件事情。你放心,我总会给你安排好的。"

这一次翠环感动地说话了:"太太待我的好处我都晓得。我如果还不知足,那么我就是忘恩负义了。我想起倩儿,我想起春兰,我比她们的运气不晓得好多少倍。"她不能再往下说,她的眼泪不断地流下脸颊来。

克明在外面唤张氏。张氏答应一声,便扶在翠环的膀子上站起来,满意地对翠环说:"好,你累了一天,现在也该休息了。你快把脚盆收拾好,去睡罢。"她说罢用鼓励的眼光看了翠环一眼,便慢慢地走出房去。她觉得心里畅快,她以为自己做了一件好事。

这晚翠环躺在床上,不能够阖眼睡去。她很激动。她仿佛看见了幸福的景象。她前前后后地想到许多事情。这个房间给她带来不少的回忆。她想到远在上海的淑英,这里的一切都是淑英留下来的。那个年轻的主人到现在还关心她。而且还是淑英给她带来幸福。是的,淑英这一年来就似乎在暗中庇护她,让她过着安静的日子。在麻布帐子外面,清油灯的微光投下了一个昏黄的光圈,光圈逐渐扩大,一个接连一个。她的眼睛花了,她仿佛看见淑英站在床前对她微笑。她也想笑,她觉得自己是一个幸福的人。淑英的影子消灭了。她看出来站在那里的人是觉新。他用他的永远忧愁的眼光温柔地望着她,他的眼光好像慢慢地进到她的心里,似乎有一只手轻轻地捏住她的心。她敬爱地轻轻唤了一声"大少爷"。她微微地一笑,泪水不由她控制地装满了她的两只眼睛。"你太苦了,"她自语地说。她伸手揉了揉眼睛,又说:"我会好好地服侍你。"她觉得他就在她的旁边听她讲话。她又怜惜地轻轻问道:"你为什么一定要成天愁眉苦脸?我就没有看见你大声笑过。"她又用更轻、更温柔的声音说:"大少爷,你是个难得的好人。你对哪个人都一样厚道,他们都不是真心待你。他们都是只顾自己。你不晓得我的心。我要好好地服侍你,要让你高兴。"她忽然不好意思地微笑了。她拉起那幅薄被蒙了脸。

蟋蟀凄切地在窗下叫着。难道它们也不能睡?她又想到自己的身世。她的过去是充满着眼泪和痛苦的:十岁起开始了苦难,到十六岁,她便永远失掉了家庭和最后的亲人。就在这一年她被人引到这个大公馆里来。她以为会有一个更坏的命运在这里等候她。但是那个和她同年纪的小姐用温柔的手和安静的微笑拭去了她的过去的泪痕。那个贤慧的主人成了她的姊妹似的伴侣,还教导她知道许多事情,还教她读书认字。淑英陷在恶运里的时候,她也曾含着同情的眼泪安慰她的小姐,也曾设法替淑英找人援助。于是援救来了,她的主人冲出了鸟笼飞到自由的天空去。她也曾为那个少女的自由感到欢欣,虽然她自己从此失去了一个好心的伴侣。但是意外地她时时觉得她还得到那个好心主人暗中的庇护。她没有看见恶运的影子。她渐渐地把她的心放在一个人的身上。她自己也不知道这是从什么时候起的。她关心这个人,也许是因为他最善良,他最苦,他遭遇到最坏的恶运,他最值得人同情。他待她和善。不过他不会知道她的心,他更不会知道有一个少女在为他的不幸流泪,而且默默地时时为他祝福。

她也有过渴望,有过幻梦。但这都是极其荒唐的梦景,她早把它们赶走了。她的脸上不常有聚拢的双眉和哀愁的眼睛。那张瓜子脸正像含苞待放的花朵,体现着青春的美丽。然而她对自己并不存着希望。她想到的不是自己的将来。她关心的却是另一个人的前途。但这样的关心也只是徒然的。她跟他隔了那么远,她的手达不到他的身边。对于她,将来是没有光彩的,将来比现在更黯淡,现在她还过着平静的生活。

这应该是一个奇怪的夜晚罢。在这么短的时间里她越过了许多栏栅,她穿过了朦胧的雾,她看见了将来——将来竟然改变了面目,成了那么灿烂的东西。她的渴望,她的幻梦都回来了。它们不再是荒唐的梦景。她没有做梦。她捏自己的膀子。她还是清醒的。

她微笑着。她又流出眼泪。她觉得那只手还在轻轻地摩抚她的心,摩抚她的思想。甚至那些苦难的日子也远远地望着她微笑。她觉得她的心开始在飞。它飞起来,飞起来。她慢慢地垂下眼皮,不久便沉沉地睡去。隔壁的钟声敲到三下,她也不能够听见了。

她在做梦。但这是一个凄楚的梦。她看见了自己害怕的景象。一乘小轿子放在大厅上,人们拥着她走到轿子旁边。她哭着不肯上轿,他们把她推进轿去。她听见一个人唤她的声音。她刚刚答应,轿子就被抬起来了。她从右边的玻璃窗看外面,看见那个人拿着鞭子打玻璃窗,嚷着要轿子停下来。鞭子打在玻璃上,玻璃碎了。碎片飞到她的眼前。她把眼睛一闭。但是轿夫抬着轿子飞跑地出了二门。

她一着急,眼睛便睁开了。她的心跳得很厉害,她自己听得见心跳声。她用左手按住胸膛。帐子里充满青白色的光。她侧耳倾听。没有什么声音。她略略偏一下头,她觉得脸颊一阵冷,一片湿。她伸起右手摸眼睛,眼皮、眼角都还有泪痕。她痛苦地叹了一口气。

乌鸦呱呱地在屋脊上大声叫起来。从厨房里又送过来鸡声。这些声音不愉快地在她的心上响着。它们沉重地压住她的心。她似乎还不能够转动身子。她似乎还躺在醒与梦之间。她的眼光疑惑地往四处看。帐子里逐渐亮起来,青色渐淡,白色渐浓。整个房间完全亮了。仍然是这个她很熟习的房间。她的心略略安定一点。她勉强撑起来,将帐子挂起半幅,然后再躺下去。薄被盖住她的下半身,她用一只手轻轻地按着胸膛,另一只手伸出来放在被上。她慢慢地思索先前的梦景。

她的心渐渐地在悲哀中沉下去。但是一阵吱吱喳喳的麻雀声打岔了她的思想。房里的光线又由白色变成了淡淡的金黄色。她忽然听见一只手轻轻地叩门,一个熟习的声音急促地轻唤:"翠大姐。"

"难道我又在做梦?……未必又有什么不幸的事情?"她这样想。但是外面的人声和叩门声并没有停止。那个声音继续在唤:

"翠大姐,快起来!翠大姐,快起来!翠大姐……"

她忽然分辨出这是汤嫂的声音。她马上坐起来,吃惊地小声问道:"汤大娘,什么事情?"

"你起来了吗?你快来,倩儿……倩儿死了,"汤嫂激动地小声答道。

好像有一瓢冷水迎头对她泼下,她全身微微地抖起来,一切的思想都被水冲走了。她仿佛看见一个可怖的黑影在她的眼前晃了一下。她打了一个冷噤。但是她马上镇定了心,低声答道:"汤大娘,你等一下,我就来开门。"她披起衣服,下床来,穿好鞋子,走去把门打开。

汤嫂站在门口,蓬松着头发,脸色苍白,眼里带着恐怖的表情,惊惶地小声说:"我有点害怕,李大娘她们都在那儿。"

"她几时死的?"翠环痛苦地问道。

"我也不晓得。没有一个人晓得。我们起来就看见尸首都冷硬了,"汤嫂带着恐惧地答道。

"你进来,等我把头发梳一梳,就同你一起去,"翠环恳求道,她已经把衣服穿好了。

汤嫂迟疑一下,便走进房来,一面说:"等我来给你梳。"

"那么难为你就给我随便梳一下,"翠环感谢地说。她便坐在淑英的书桌前,打开镜匣拿出梳篦,对着镜,让汤嫂替她梳头。

汤嫂站在翠环的背后,一面梳头,一面羡慕地说:"翠大姐,你福气真好。你住的、用的都不像个下人。这个镜匣,还是淑英的东西。"

"这是沾了二小姐的光。二小姐待我真好。太太待我也很好,"翠环感动地说。她马上就想起昨晚的事,她的脸上泛起一阵红霞。她觉得这间屋里的一切好像都可以保证她未来的幸福。但是接着她的思想又转到倩儿的事情上面。她换了语调痛苦地说:"我比倩儿运气好多了。她真可怜,死得这样惨。"她又催促汤嫂:"汤大娘,请你随便梳一下。快点梳好,我们去看倩儿。"

"你不要着急,就要好了,"汤嫂答道。接着她又气愤地说:"其实倩儿死了也好。她活一天,还不是多受一天的罪。"

"春兰比倩儿更苦。我真有点害怕。如果不是有二小姐,我不晓得现在会成了什么样子。我也会像倩儿这样。或者我会像她们常常说的鸣凤那样。"她想到了先前的梦,仿佛又看见那个可怖的黑影在眼前晃动一下,然后倩儿的垂死的脸庞乞怜似地出现了。她觉得心里一阵难受,鼻头一酸,泪珠又流了下来。

"这也是各人的命,"汤嫂叹息道。"你是前世修来的。你前世再好一点,这世就会做小姐了……"她注意到翠环的眼泪,就不再往下说了。

一切究竟是不是早已注定了的?翠环不能够说。她有时相信,有时又不相信。昨天晚上张氏带给她一个希望,一个好的消息。以后她却做了那个可怕的噩梦。早晨她刚醒起来,就听见倩儿的死讯。这些究竟是什么兆候?给她预先报告幸福,或者报告恶运?她不知道。然而她又是多么渴望她能够知道!她需要这个知识来安定她的心。她的心乱了。她的心彷徨起来。

"好了。你看对不对?"汤嫂放下辫子说。

"嗯?"翠环发出这个声音,她似乎从梦中被唤醒来一般。她马上站起来,揩了一下眼睛,向汤嫂说了一句道谢的话。她用昨晚剩下的冷水匆匆地洗了脸,便同汤嫂一起走出房去。

时候还很早,桂堂两边的房里都没有声音。阳光已经在树梢发亮了。一只喜鹊站在椿树枝上张嘴叫着。翠环拉着门环闭上房门的时候,她无意地侧过头去看天井。喜鹊的嘴正对着她的眼睛。

"翠大姐,喜鹊朝着你叫,你快有喜事了,"汤嫂祝贺似地对翠环说,她的脑子里充满了迷信,她相信喜鹊是来报喜讯的。

"呸!"翠环红了脸,害羞地啐道。"倩儿的尸首还搁在那儿,你想还有什么好事情?"她责备地说。但是她同汤嫂跨过桂堂门槛往后面院子走去的时候,她忽然看见了一个男人的清瘦的脸温和地、悲戚地对她微笑。她忽然觉得心中安定了。他便是她的一切。不管她命中注定的是幸福或者恶运,不管她会有什么样的一个结局,这都是值不得她担心的。她的全部的思想完全在他的身上。他的存在便是她的幸福。他的未来便是她的未来。这样的理解把她的彷徨完全赶走了。倘使她这时候还有悲痛,这只是由于对那个不幸的倩儿的同情。

她们进了小屋。李嫂还坐在方桌前面梳头。别的女佣都出去做事情去了。房里安安静静,不像发生过灾祸似的。李嫂看见她们进来,阴沉沉地向汤嫂抱怨道:"汤大娘,你怎么去了那么久?等得人心焦。"

翠环连忙走进另一个房间。这时房里相当亮。她一眼便看清楚了屋内的一切。床上的被褥都拿走了。倩儿直伸伸地仰卧在光光的木板上面。还是那一头乱蓬蓬的头发,脸上没有血色,脸颊上皮贴着骨头做成两个小洞穴,眼睛微微睁开,嘴松松地闭着,明显地露出两片惨白色的嘴唇。两只手伸直地贴在身子两边。她似乎是在一阵痛苦的发作以后昏沉地睡去了。

这并不是翠环想象中的死。这不像死。它并不怎么可怕,它却是一个可怜的景象。没有哭声,没有庄严的仪式。它甚至没有妨碍别人的生活。倩儿静悄悄地躺在那里,只像一个被抛弃的物件。

翠环走到床前,怜悯地唤了一声:"倩儿。"她把手伸到倩儿的冰冷的额上,她的眼泪珠串似地落了下来。她坐在木板边上,亲切地望着这张先期枯萎了的脸。她觉得悲痛慢慢地揉着她的心。她终于伤心地哭起来。

倩儿的死对翠环并不是一个太大的损失。倩儿平日繁多的工作妨碍着她跟翠环接近。在这两个婢女中间只有一种普通的友情。但是这些天来(尤其是在这个时候)倩儿成了婢女的命运的一个象征。翠环在倩儿的受苦和死亡中看见了自己的过去与未来。倩儿的命运很容易地引起了她的共鸣。同情、悲愤、怜悯这些造成了她的眼泪和她的哭声。

"翠大姐,你不要哭了。我们早点了结倩儿的事情要紧,"汤嫂红着眼睛劝道。

翠环慢慢地止了泪,站起来抽咽地说:"那么请李大娘快去告诉四老爷、四太太。看他们吩咐怎样办?"

李嫂早已梳好了头,正从外面房里伸头进来张望。她听见翠环的话,便不高兴地接口说:"我们四老爷、四太太那种脾气,难道你们还不晓得?我不敢去碰这个钉子!他们睡得正香,你敢去吵醒他们,一定要骂得你狗血淋头。"

"不过也不能就让倩儿睡在这儿不管,热天时候久了尸首会有气味的,"翠环焦急地说。她还在揩眼泪。

"等我去说,我不怕挨骂!"汤嫂昂着头自告奋勇地说。她也不跟李嫂讲话,便勇敢地拐着她的一双小脚走出房去。

"我看你又有多大的本事,"李嫂不服气在后面冷笑道。她嘴里咕噜着,便撇下翠环伴着死人,一个人走出去了。

翠环站在房中,痛苦地往四面看,不知道应该做些什么事情。她的眼光又落在倩儿的脸上。她忽然起了一个奇怪的思想:"我有一天也会像她这样睡在木板上吗?"她觉得有什么尖的东西用力刺她的心。她的思想在飘荡。疑惑和绝望都来逼她。

她在找寻逃避的地方。她努力集中她的思想。她终于找到那张清瘦的脸庞。还是那样的温和的微笑。但是一阵脚步声打岔了她。

绮霞惊惶地跑进房来,悲声叫着:"倩儿!"一直往床前奔去,就停在那里大声哭起来。绮霞蒙住脸哭得很伤心,把翠环也惹哭了。

后来还是翠环先止了哭,劝绮霞不要伤心。等到绮霞闭了嘴揩眼睛的时候,翠环忽然想起一个主意,便对绮霞说:"绮霞,你快去告诉大少爷,看大少爷有什么吩咐。我们早点料理倩儿的后事要紧。"

绮霞答应一声,又讲了两三句话,正要走出去,便看见汤嫂气冲冲地走进来。汤嫂摇摆着她的巨大的身体,口里叽哩咕噜地抱怨着。

"汤大娘,你看见四太太没有?她怎样说?"翠环问道。

"你快不要说起罗!就算我倒楣,偏偏自家找上门去!"汤嫂气恼不堪地答道。"呸,"她吐了一口口水,"亏她说得出口!她哪辈子修得好福气,居然也做起太太来了。我又不是她请的老妈子,有她骂的!我来报个信,也不为错。倩儿也是你的丫头,服侍你这几年,从早晨忙到晚,哪点事情不作?就只差了喂你吃饭!你想你这辈子好福气,等你二辈子变猪变牛,看老娘来收拾你……"

这样的咒骂叫翠环听得不耐烦了。她打岔地问道:"汤大娘,你快说:四太太怎样吩咐?"

"她怎样吩咐?"汤嫂轻蔑地说,就在方桌旁边坐下来,把一只手按在桌子上。她学着王氏的口气说:"死了一个丫头,也值得大惊小怪的？喊两个底下人用席子裹起抬出去,送给善堂去掩埋就是了。"她又换过语调说:"四太太怪我吵醒她。我多说两句话就挨她一顿好骂。四老爷也×妈×娘地骂起来。这种丑事只有他们老爷太太做得出来。他们哪些丑事老娘不晓得？"

"四太太真没有良心,还想省一副棺材！倩儿也是瞎了眼睛,才碰到她！"绮霞切齿地说。

"绮霞,你快去找大少爷。大少爷做人厚道,他总有法子,"翠环在旁边催促道。那个人现在就是她的信仰,她的希望,她的一切。

"我去,我就去,"绮霞说,掉转身就往外面走。

"绮霞,如果大少爷还没有起来,你千万不要喊醒他,"翠环连忙在后面嘱咐道。她把话说完,自己也觉得脸上发烧了。

过了一些时候,绮霞陪着觉新、淑华两人进来。翠环看见觉新,脸也红了。她除了唤声"大少爷、三小姐"外,一时说不出别的话。

觉新看见倩儿的尸首躺在木板上,用怜悯的眼光看了两眼。他已经从绮霞的口里知道了王氏对汤嫂吩咐的话。他便打定主意说:"我去喊人给她买副棺材来,横竖花不了多少钱。四太太不肯出,我也出得起。"他又吩咐翠环道:"翠环,你同绮霞两个给倩儿换好衣服。等一会儿棺材进来,马上装好,从后门抬出去就是了。"翠环抬起头来轻轻地答应一声。她脸上的红色淡了不少。她似笑非笑地看了他一眼,她的两只眼睛马上发光了。

觉新看见汤嫂在旁边,便吩咐她说:"汤嫂,等一会儿尸首抬出去了,你们好好地把房子洗刷一下。你不要忘记,要洗刷了才能够住人。"

汤嫂恭顺地答应着。

绮霞正打开倩儿的箱子在翻看,便对觉新说:"大少爷,倩儿的衣服不够。她就只有一件新布衫。"

觉新皱皱眉头,沉吟地说:"那么将就一点罢,随便换两件衣服就是了。"

"我还有几件新衣服,我自家穿不着,等我拿来送给她,"翠环连忙接下去说。

淑华马上阻止翠环道:"翠环,你不要去拿。你的衣服你自家要穿的。我有好几件衣服,做来不合意,还没有穿过,我送给倩儿好了。"她又对绮霞说:"绮霞,你等一会儿跟着我去拿。"

"那么就多谢三小姐了,"翠环感谢道。

"三妹,你快点把衣服找出来。我就出去喊人买棺材。事情越早办妥越好。"翠环、淑华两人的话都使觉新感动,他赞美翠环的大量和淑华的好心。这样的简单的行为使他看见另一个世界的面目。那是光亮的、充满着希望的、充满着微笑的、和平的、和睦的世界。他自身的经历使他不相信这个世界的存在,他看见的斗争、诡计、陷害、黑暗太多了。不过有时候他会瞥见新的东西。虽然这只是一两眼,虽然微笑会被悲哀或者怒容淹没,但是这短促的一瞥所得到的印象也会长久地留在他的记忆中。现在他又可以在记忆中加上一点使他微笑的东西了。

他同淑华、绮霞两人走出桂堂的时候,他的寂寞的心像受到祝福似地感到了意外的温暖。

三十八

　　下午三点多钟觉新从商业场回家，刚走过觉民的窗下，便看见王氏和陈姨太两人有说有笑地从堂屋里走出来。他把眉毛略略皱起，打算转身走进觉民的房里去。但是王氏已经开口在叫"明轩"了。他只得答应一声，向她们走去。

　　王氏等他走到她们身边，似笑非笑地把他打量一下，一面说："明轩，你倒很空。你倒有工夫管闲事。"

　　觉新不明白她的意思。他不便说什么，只是含糊地答应一声，他的态度相当恭顺。他在实行他的"作揖主义"。他以为她们会让他安静地走开。

　　但是王氏突然"哼"了一声，竖起眉毛接着说："我这一房的事情我自己管得了，用不着你操心。你有工夫还是多管你自己的事罢。你怕我出不起钱给倩儿买棺材吗？"

　　"我并没有这个意思。我晓得四婶在睡觉，我害怕她们吵醒四婶，所以我就代四婶办了，"觉新温和地解释道，他的脸色突然变红，后来又变成了苍白。

　　"我在睡觉？我不是明明吩咐过拿床席子裹起抬出去吗？"王氏故意厉声说道。她把嘴一扁，做出轻蔑的神气："哼，我晓得你钱多得用不完,你也用不着在我面前'摆阔'!……"

"四太太,你不晓得大少爷每个月在外头挣三十多块钱罗!我们哪儿比得上他!人家有钱让人家阔他的。你四太太何必跟他怄气?"陈姨太带着假笑地对王氏说。

觉新的脸上又泛起一阵红色。他似乎要张开口说什么话。但是他忽然控制了自己,埋下头过了片刻,又抬起脸来苦涩地说:"我不是那个意思。"她们没有答话。他又说:"四婶不必生气,我走了。"他掉转身子往过道里走去。他还没有走进自己的房间,就听见那两个女人的得意的笑声。

他回到屋里,一眼就看见挂在墙上的亡妻瑞珏的遗照。他失掉了自持的力量,勉强走到写字台前,跌倒似地坐在活动椅上。他把头埋在桌上伤心地哭起来。

"大少爷,"一个少女的声音送到了他的耳边。这个声音接连地唤了他三次,他才慢慢地抬起头来。

翠环站在他面前,带着悲戚、同情的眼光看他,她感激地谢罪道:"都是我不好,我害得大少爷怄气。"

"你不好?"他惊讶地说。他不明白她的意思,他的眼睛带着泪痕温和地望着她。

"大少爷,你先洗帕脸,我给你打了脸水来了,"翠环不去解释他的疑问,却说了以上的话。她连忙走到方桌前,把手伸进那个冒热气的脸盆里,捞起脸帕来,绞干了,给觉新送去。

"难为你,"觉新感动地说,便接过脸帕来揩了脸。

"我刚才听到了四太太她们的话。都是我不好,把大少爷拉去料理倩儿的事情,给大少爷招麻烦。不然四太太怎么会找大少爷寻事生非?"翠环望着觉新揩脸,一面带着不安地说话。她看见他痛苦比自己受苦更难过。

觉新把脸帕递给翠环，摇摇头说："不是这样。"他又带着疲倦的笑容说："这跟你不相干。我晓得她们恨我。就是没有倩儿的事情，她们也会找到借口的。"

翠环又走到方桌前去绞脸帕。她站在那里回过头望着觉新说："大少爷，四太太、陈姨太她们为什么这样恨大少爷？我真不明白。大少爷对她们都很讲礼节。大少爷究竟有什么事情得罪过她们？连我们做丫头的也要替大少爷抱不平。"她再把脸帕给他送过去。

"我也不晓得为什么，"觉新坦白地说。的确连他本人也不明白真正的原因是什么。他接过脸帕来，再揩了一次脸。他的泪痕和他的烦恼都被揩掉了。这个少女的好心的关切使他十分感动。他不能够了解她的心。然而他记起她对他做过的一些小事。虽然只是一些小事，但是它们已经在他的敏感的心上留下了不易消灭的痕迹。那一束火红的石榴花在他的眼前亮了一下，又不见了。这是一个谜。他不知道是什么原因使他得到一个纯洁的年轻心灵的关切。但是他很珍惜这个，他从这个也得到安慰。他又渐渐地恢复了自持的力量。

"我想总有个原因，"翠环接过脸帕就拿在手里，站在觉新面前。她看见他的平静的面容，她的脸上露出了天真的微笑。她这时没有想到张氏的那番话，也没有想到自己的将来的希望和失望。她的思想完全集中在他的身上。她并不了解他，但是她相信他，仿佛应该由他来支配她的苦乐。的确如她自己所说，她相信有一个原因，但是她想不出来。她便对他说："大少爷，你仔细想想看，总是有原因的。大家都是一家人，为什么不能够和和气气地过日子？她们都是上人，应当比我们丫头更明白。"她把脸帕拿到方桌前面，放在脸盆里去搓洗。她一面洗，一面回过头对觉新说："大少爷，你人太好了，人家总是欺负你。你都受得住。"

"翠环，你说话要小心。这些话给别人听见，你会有苦吃的，"觉新连忙提醒她说。他把眼光从她的脸上移到门口去。

翠环把绞干了的脸帕搭好，笑着说："大少爷，你真仔细。我们丫头挨顿打，有什么希奇，还害怕人听见？大少爷倒还顾到我？"这最后一句话是用较低的声音说出来的。她捧着脸盆走出去了。她走出过道，把水倾倒在仆婢室前面那个狭长的天井里，然后拿着空盆回到房里来。

她走到房门口，意外地听见里面有人谈话的声音。她揭起门帘，看见袁成和周贵都在房里。周贵恭敬地立在觉新面前，对觉新讲话。她听见的是：

"……老太太还吵着要到庵里头去。大太太、二太太劝都劝不住。大太太着急得不得了。喊我来请大姑太太同大少爷就去。大姑太太不在屋里，大少爷有空就请大少爷去一趟。"

"好，我马上去，"觉新答道，就站起来，吩咐袁成："你去喊大班把我的轿子预备好。"

"大少爷，要喊人去接大太太吗？"翠环把脸盆放好，又从内房里走出来，听见觉新吩咐袁成的话，便插嘴问道。这天张氏的母亲请周氏同张氏一起去打牌，周氏现在还在张家，因此翠环有这样的问话。

觉新马上答道："现在倒不必。等我先去看看再说。"袁成走后，他忽然想起一件事，便吩咐翠环："你去看看二少爷在不在屋里头。他在的话，就请他到我这儿来一趟。"

翠环答应一声，连忙走出去。周贵还留在屋里等候觉新的吩咐。他看见房里没有别人，忍不住又将隐藏在心里的话吐露几句："大少爷，我看，我们老爷脾气也太古怪了。老太太本来是很好说话的，老爷偏偏要惹她老人家生气。就拿大小姐的事情来说，要不是大少爷三番两次设法办交涉，姑少爷哪儿会把大小姐灵柩下葬？老太太昨天刚高兴一点，老爷又惹她生气。我们底下人没有读过书，倒猜不透我们老爷是哪种心肠？……"周贵说到这里，看见觉民进来，便不往下多说，只是结束地问一句："大少爷还有什么吩咐吗？"

"没有了，"觉新摇摇头答道。接着他又对周贵说："你先回去禀报外老太太：我马上就来，"周贵退出去了。觉新便把周贵告诉他的话简略地对觉民说了一番。他最后要求道："你同我去一趟，好不好？"

觉民皱起眉头，并不答话。他在思索。他今天还要到别处去。

觉新用恳求的眼光看他，并且解释地说："妈在张家外婆那儿耍，我想不必去请她。你同我去，多一个人也好。"

"我今天要到姑妈那儿去，"觉民坦白地说。

"我也要去，姑妈家里今天摆供，今天是姑爹的忌辰，"觉新接嘴说，"我不在外婆家里多耽搁。我同你一起到姑妈那儿去。等琴妹的病完全好了，我们请她哪天来耍。"

觉民只得答应了。翠环听见觉民说去，不等觉新吩咐，便说："大少爷，我去喊袁二爷另外喊乘轿子来。"她说完便往外面走。

觉新和觉民到了周家，轿子停在大厅上。周贵陪他们走进里面去。

枚少爷正埋着头从房里出来。他看见觉新弟兄,苍白的脸上微微露出喜色,连忙走过去迎接他们。

"大表哥,你来得正好,你救救我罢,"枚走到觉新面前。一把抓住觉新的膀子,低声哀求道。他的两颊略微陷入,眼睛四周各有一个黑圈,额上有两三条皱纹,眉毛聚在一起,眼光迟钝,声音略带颤抖。

"什么事?你尽管对我说!"觉新惊惶地问道,枚的面貌唤起了他的怜悯心。

"大表哥,你说我该怎样办?孙少奶跟婆吵架。爹说话又得罪了婆。婆今天不肯吃饭,说要出去修道。婆同妈都骂我,说我维护孙少奶。孙少奶又抱怨我袒护婆,她还在屋里头哭,吵着要回娘家去。大表哥,你说我该怎样办?我劝也不是,不劝也不是,我两面都不讨好,"枚低声诉苦道。他放开觉新的膀子,两只手痛苦地绞缠着。眼里露出一种搀和着恐惧与疲倦的痛苦表情。

觉民看了觉新一眼,他想:"看你有什么好主意!"觉新怜悯地望着枚。他不能不同情这个年轻的表弟,但是枚太使他失望了。他想:"你应该有点决断!你为什么要学我?而且你比我还不如!"他便温和地,但也带点责备的调子说:"枚表弟,凭良心说,表弟妹的脾气也大一点。外婆人是再谦和不过的。她年纪又这样大,表弟妹不妨让她一点,何必定要惹她老人家生气?"

"大表哥,你不晓得,我也是这样说。孙少奶平时倒很好,只有发起脾气来,什么人说话她都不听。我只好夹在中间受气,"枚少爷好像受了大的冤屈似地连忙分辩道。他看见两个表哥都不作声,又说:"孙少奶脾气越来越大,爹又总是帮她说话。我哪儿敢跟爹顶嘴?我也只有听孙少奶的话。其实平心说起来,还是孙少奶对我好。"

觉民不能够忍耐了,便冷冷地插嘴道:"枚表弟,你也该分辨是非,不能糊里糊涂地听话!"

"我简直不晓得,"枚招架似地小声说。他看见他们不相信这句话,两对眼睛一直在逼他,他终于直率地加上两句:"我实在害怕他们。我什么人都害怕。"他抬起脸绝望地望着天空。阳光罩在这张惨白的脸上,使它看起来更不像一张活人的脸。

觉民的眼光触到了这张可怖的脸,他咬起下嘴唇皮,叹了一口气。他很想说几句能够伤害人的话,他的心里忽然产生了一种报复的欲望,他需要满足这个欲望,他需要伤害那些他认为应该受惩罚的人。

觉新疑惑地望着枚少爷。他想不到一个年轻人会成为如此没有自由意志的可怜东西。他觉得自己还是受着环境的限制,旧势力的压迫,而且为着他们这一房人的安宁才牺牲自己的意志,跟着命运飘浮。枚却是自愿放弃一切,跪在一些人的脚下,让他们残酷地把他毁掉。枚简直不知道自己在做什么事,也不知道自己正向着一条怎样可怕的路走去。这似乎是不可能的。觉新想在枚的脸上找到一个否定的回答,希望在那上面看到一点点刚强和坚定的表情,或者任何表示青春力量的痕迹。但是那张惨白的瘦脸却在他的眼前不住地扩大。没有一点点的希望。连觉新也认为这个青年白白地把自己的前途断送了。他的疑惑变成了怜悯。但是他忍不住埋怨地对枚说:"你不能够这样,你一家人都期望着你!"

447

觉民在旁边不满意地冷笑一声。觉新觉得仿佛背上挨了一下鞭打。他明白自己说了怎样错误的话。他是在嘲讽他自己吗？

"我也是没有法子。我从小就听惯了爹的话，"枚畏缩地、又似乎在替自己辩护地说。

"我就从来没有见过这样的父亲，"觉民不客气地说。他猝然地掉转身子，打算往堂屋里走去，却看见芸站在堂屋门前石阶上。芸高声在唤："大表哥，二表哥。"觉民答应着，走上了石阶。他看见芸脸上带笑，便低声问道："外婆现在怎样？"

"现在气稍微平了一点，大妈同妈还在屋里头劝她，"芸小心地轻轻答道。她又感谢觉民："二表哥，这回姐姐的事情多亏得你。现在我们也安心了。"她微微地一笑，她的眼角眉尖本来还藏得有一点点忧愁，这时才完全散去了。她看见觉新和枚也走上石阶来，便亲切地、道歉似地对觉新说："大表哥，真对不住你，又累得你跑来一趟。"觉新也说了两句客气的话。她又说："婆现在好一点，妈她们都在婆屋里。你们进去吗？"

芸陪着觉新、觉民到周老太太的房里去。枚却在后面说："我不去了，"他打算回到自己房里去看他的妻子。

"枚表弟，你也进去坐一会儿罢，"觉民知道枚的心思，故意挽留道。

于是芸也说："枚弟，你陪大表哥、二表哥进去坐一会儿也好。"

枚害怕地看了看觉新和芸，低声说："我去，婆同妈看见我又会发脾气的。"不过他还是跟着他们进去了。

周老太太躺在床上。陈氏坐在床边，徐氏立在床前。陈氏低着头委婉地在劝周老太太。她们听见芸的声音（芸报告："婆，大表哥、二表哥来了！"），都掉转身子往门口看。

觉新和觉民向她们行了礼。他们看见周老太太勉强坐起来，觉新连忙客气地劝阻道："外婆，你累了，多躺躺罢。你不必跟我们客气。"

周老太太带着疲倦的微笑温和地答道："不要紧，我也躺够了。我正想起来坐一会儿。"她就走下踏脚凳，也不要陈氏扶持，自己颤巍巍地走到窗前藤躺椅前面坐了下来。众人也跟着她走到窗前去。翠凤给觉新弟兄倒了茶，便走到芸身边小声跟芸讲话。

觉新恭敬地站在周老太太面前，静静地望着这张憔悴的老脸。不过几个月的工夫，脸上的皱纹就增加了那么多。头发上的白色快要把黑灰色掩盖了。眼睛里也出现了几根红丝。她的这些改变引起了他的同情，他感动地劝道："外婆，你近来也太累了。你老人家犯不着跟他们怄气。……"

觉新还没有把话说完，周老太太就打岔道："明轩，你坐罢。"她指着旁边一个凳子。她感谢地微笑道："你来得正好。你的心肠比你大舅好得多。他真要把我气死了。"她看见觉民还站着，又要觉民也坐下。她继续对觉新说（她说得慢，而且很清楚）："明轩，我们家里的事你都清楚。我们回省还不到两年，这个家就快弄得七零八落了。这都是你大舅一个人硬作主依他的脾气做的。蕙儿的命就断送在他的手里。还亏得你们两弟兄，蕙儿的灵柩算是昨天下葬了。"这时陈氏在旁边张开口要说话，刚吐出两三个字，就被周老太太阻止了，她说："大少奶，你不要打岔我。"陈氏只得答应一声"是"。周老太太又说下去："现在孙少奶居然当面跟我吵起来了。你大舅只袒护她。明轩,你说,我活在这个世上还有什么意思。想起来真是灰心得很。我辛辛苦苦把你大舅抚养成人,也没有亏待过他一点。他却这样气我。要不是有你大舅母、二舅母同芸儿在这儿,我真要去出家了。在庵里头至少还可以过点清静日子。省得在这儿受他的气。"她的眼光又移到枚少爷带着又羞又怕的表情的脸上,她厌恶地说:"枚娃子也不学好。他就只晓得听他父亲的话,听孙少奶的话。他不但不帮我去教训孙少奶,他反而处处帮忙孙少奶胡闹。他真没有一点出息。我见到他就生气!"这几句话吓得枚少爷连忙低下头,不敢作声。

"外婆,你老人家也不必这样生气,"觉新陪笑地劝道,"枚表弟年纪轻不懂事,让大舅母教训他一顿就是了。孙少奶又是在娘家娇养惯了的,刚出阁不久,脾气一时改不过来,自然有点任性,不过日子久了,就会渐渐改好的。外婆、大舅母也不必跟她一般见识。大舅为人不过拘谨一点,虽然一时不大明白,事情过了,多想想就会清楚的。请外婆多宽宽心,保养自己的身体要紧。"

觉民不满意地看了觉新一眼。他仍然安静地坐在门口那把椅子上,昂起头望着天花板,不说一句话。

"妈,明轩的话很有道理,刚才嫂嫂也是这样说。妈真犯不着跟他们生气。妈尽管放宽心。下回再有事情,就把大妹也请来。妈交给我们办就是了,"徐氏也顺着觉新的口气劝周老太太。

觉新又接下去说:"妈今天到张太亲母家里去了。我没有差人到张家通知她。外婆看,要不要喊人把妈请过来?"

"不必了。就让她在张家耍罢。现在没有事情,何必去打断她的兴致,"周老太太摇摇头温和地说。她现在似乎高兴一点,精神也好了些。

"那么我想请外婆、大舅母、二舅母、芸表妹、枚表弟、表弟妹后天到我们家里去耍。外婆也可以散散心。我还要陪外婆打字牌,"觉新诚恳地邀请道。

"孙少奶后天要回娘家去,"枚少爷不等周老太太或者别人讲话,忽然从屋角大胆地说。

周老太太厌烦地看了枚一眼,别的人也觉得枚的话听起来不大顺耳。周老太太本来还想推辞,听见枚少爷的话,反倒马上接受了觉新的邀请。她说:"她一个人回娘家去,未必我们就去不得?没有她也好。省得我同她在一起心里反而不畅快。"

枚少爷知道自己又碰了一个钉子,不敢再做声了。他心里很不好受。他觉得胸口发痒,喉咙也发痒。他始终站在屋角,后来自己觉得有点支持不下去了。他想咳嗽,又不敢大声咳出来,轻轻地干咳了两三声,便又止住了。

陈氏和徐氏接着说了几句话。陈氏听见枚的干咳声,掉过头看了他一眼,怜悯地说:"其实枚娃子也给他父亲害了。他近来脸色真难看,时常干咳,我担心他有病。他父亲一定咬着说他的体子比从前好多了,还逼着他做文章。"

"这都是定数。想不到偏偏我们家里出了这个魔王。什么事都给他弄坏了,"周老太太又摇摇头叹息地说。

许久不开口的芸说话了。她关心地说:"我看枚弟多半有病,还是去找西医看看罢。早点医治也要好些。"

"芸姑娘,你快不要提西医。你大伯伯听见说起西医就要发

451

脾气,"陈氏气愤地说。

"不过枚表弟的身体也应该当心,有了病不医怎么行?就请罗敬亭来看看也好,"觉新加重语气地说。他用同情的眼光看了看那个畏缩地站在屋角的枚少爷。

"但是你大舅一定不让请医生,你又有什么法子?"陈氏求助似地对觉新说。

"那么,大哥,你去劝劝大舅,"觉民带点讥讽地对觉新说。他许久不说话,但是他把事情看得很明白。这屋里有的是说话的人:她们说话也许激烈,清楚,然而她们不预备做一件事。这里没有一个实行的人。她们都不赞成周伯涛的主张和办法。可是这个公馆里的主要事情都由他一个人支配。她们无论事前或者事后反对,却没有一个人在事情进行的当时伸出手去阻止它。他知道她们会让周伯涛把枚少爷送到死路上去。所以他不想对她们说话。

"真的,我去找大舅谈谈,也许还有办法,"觉新仿佛看见了一线希望,自告奋勇地说。

"那么就请大少爷跟枚娃子那个顽固的父亲谈谈。如果说得通,枚娃子也可以少点痛苦,"陈氏带点喜色地央求道。

周老太太仍旧摇摇头,浇冷水似地说:"我看没有用,枚娃子的父亲就是那种牛脾气!你休想把他说得通!"

"等我去试试看,我今天还没有见过大舅,"觉新仍然怀着希望地说。"那么我现在就去一趟。"他站起来。"我等一会儿再回来陪外婆。"

觉民和枚少爷跟着觉新走出周老太太的房间,刚走了两三步,枚忽然干咳起来。觉新便站住关心地对这个年轻人说:"枚表弟,你自己也要小心一点,你也该爱惜自己的身体。"

枚还觉得喉咙痒,胸口痒。他勉强忍住咳嗽,感激地望着觉新,低声答道:"我也晓得。不过——"他还要往下说,但是呛咳打断了他的话。他掉转头顺口吐出一口痰来,吐在堂屋门外的石阶上。

觉新的眼光跟着痰落在地上,他惊恐地抓住枚的一只膀子,低声叫道:"枚表弟,你在吐血!"

枚痛苦地点点头。觉民也把眼光射在那口痰上,他看见痰里的血丝。他又把眼光移到那张惨白的没有一点青春痕迹的脸上。他的心也软了,他便跨出门槛用脚把痰拭去。

觉新放松手温和地、关心地问枚道:"你以前吐过没有?这是不是第一口?"

"大表哥,你千万不要对爹说。我告诉你,我差不多吐了半个月了。吐得也不多。我有点害怕,我不晓得要紧不要紧。我不敢让人知道。连表弟妹我也不让她晓得,"枚拉着觉新的袖子求助地对觉新低声说。

"枚表弟,你老实告诉我。你除了吐血,还有什么病象没有?"觉新忧虑地、但又急切地问道。

"别的也没有什么,"枚悲戚地答道;"不过晚上时常出冷汗,早晨醒来汗衫又湿又冷。还有,时常觉得头昏耳鸣。"

"你还说没有什么?"觉新怜惜地责备道;"我们快去找大舅。我要他请个西医给你看病,"他说着,脸上立刻现出一种严肃、惊惧的表情。

"大表哥,你快不要在爹面前说起西医。爹最恨的就是西医,"枚忘了自己的病,只记得父亲的带怒的黑脸,他惶恐地哀求觉新道。"你不记得妈刚才说的话?"

枚比觉新更清楚自己父亲的脾气。但是觉新却相信他的"人情",他以为独子的严重的病症一定会使父亲虚心地考虑旁人的意见。他还安慰枚说:"不要紧,我会对大舅解释明白。他不会发脾气的,你不要怕。"

觉民在旁边冷笑一声。他不相信觉新的话。他差一点要说话打破觉新的痴愚的梦想。但是他的心里也很不好过,所以什么话也没有说。

他们走进周伯涛的书房。枚的父亲周伯涛坐在藤椅上,手里捏了一册线装书。他看见枚少爷陪着觉新弟兄进来,他那黑黄色的脸上勉强露出了笑容。他懒洋洋地欠身回答了觉新弟兄的礼,请他们坐下。

觉新跟周伯涛谈了几句普通的应酬话。周伯涛忽然问道:"明轩,你们见过外婆没有?"觉新说是见过了。周伯涛又问:"她现在还在生气吗?没有说什么话罢?"

觉民看了周伯涛一眼。觉新却恭敬地回答说,周老太太的怒气已经消去,还高兴地讲了好些话。

"她老人家就是脾气太大,又爱任性。为了一点小事情今天又跟我闹过一场。这样下去我也实在难应付,"周伯涛皱起眉毛诉苦地说。

连觉新也觉得自己的忍耐快到限度了。然而外表上的谦恭是必须保持的。他仍然温和地对周伯涛说话,不过语调却有点不同了,带了一点淡淡的讽刺意味。他说:"不过我看,外婆今天精神很不好。外婆究竟是上了年纪的人,应该让她多高兴一点,心里宽畅一点。大舅脾气素来好,还是请大舅遇事让让外婆,免得她老人家把气闷在心里头,会闷出病来的。"

周伯涛略微红了脸,他也有点惭愧,不过他仍然掩饰地说:"明轩,你不晓得我让过她老人家好多回了。譬如孙少奶,人家是个读书知礼的名门闺秀,嫁到我家来配枚娃子这个没出息的东西,已经很受委屈了。外婆还要时常挑错骂人。今天我看不过劝了两三句,外婆就气得不得了。你说我还能够做什么?"

觉新觉得自己心里不住地在翻腾。他听不进那些话。他听见说到枚的时候,偷偷地看了看那个可怜的儿子。枚埋着头不敢正眼看任何人。身子微微摇晃(也许是在颤栗),好像快要倒下去的样子。觉新决定不再谈吵架的事了。他便换过语调像报告一个严重的消息似地,把枚吐血和其他的病象就他所知完全没有隐瞒地对周伯涛说了。他恳切地要求周伯涛把枚送到医院里去。

"明轩,我看你这是过虑,"周伯涛不以为然地摇头道,"什么肺病难治,都是外国人骗人的话。我就不信西医。我看枚娃子也没有什么大病,吐两口血也不妨事。我年轻时候也吐过血的。枚娃子就是因为新婚不久,荒唐一点,所以这一向精神不大好。以后叫他多多读书习字,把心收起来,他的身体就会好起来的。"他又严厉地瞪了枚少爷一眼,正色说:"枚娃子,听见没有?从明晚起,还是每晚上到我书房里来听讲《礼记》。好在孙少奶对旧学也有根柢,她还可以帮忙你温习。"

枚少爷惊惶地抬起头,望着他的父亲发愣,不知道回答一句话。

"听见没有?"周伯涛的声音本来已经变成温和的了,后来他看见枚的痴呆的神气,他的怒气又往上升,便厉声喝道。

"是,是,听见了,"枚惶恐地答道。他又接连地干咳起来。

"你回屋去罢,"周伯涛嫌厌地挥手说;"你每次到我房里来,不是做怪相,就是发怪声音。真是没有长进,教不改的。"

枚少爷埋下头唯唯地应着。他用乞怜的眼光偷偷地看了看觉新,然后绝望地慢慢走出房去。

不平和怜悯激起了觉新的反感。他又鼓起勇气对周伯涛说:"大舅的话自然有理。不过据我看,枚表弟的身体太坏,又有那些病象。最好还是请个医生来看看。不请西医,就请个有名的中医来看也是好的。现在治还来得及。怕晏了会误事。"

周伯涛忽然摩抚着自己的八字须轻蔑地哂笑了两三声。他固执地说:"明轩,你也太热心了。难道我还不清楚枚娃子的事情?古人说:'知子莫如父。'这句名言你未必就忘记了?我是枚娃子的父亲,我岂有不关心他的身体、让他有病不医的道理?他的病症我非常清楚。其实这也不算是病,年轻人常常有这种病,不吃药就会好的。"他又封门似地说:"我们不要再提枚娃子的事情。你最近听到外面有什么消息没有?"他不等觉新答话,自己又抢着说下去:"蕙儿已经葬了。我原说过伯雄办事情不错,他有主张,有办法。现在如何?你大舅母从前为这件事时常吵闹,使我有点对不住伯雄。现在我还不大好意思见他。"

觉新唯唯地应着。他的心已经不在这个房间里面了。觉民不能够听下去。他终于失去了他的冷静,冷笑了一声,就站起来,故意抬杠地说:"不过据我看,倘使不跟表姐夫吵闹,他就会让灵柩烂在尼姑庵里的。大舅刚才说:'知子莫如父,'所以知道表姐夫的人,恐怕还不是大舅,"他一面说话,一面欣赏周伯涛脸色的变化。

三十九

觉新弟兄从周家出来,便到他们的姑母家去。他们到了张家,走出轿子,大厅上异常清静,也不见张升的影子。他们一边说话一边走进里面东边的院子。

"你今天真奇怪,我原说请你去帮忙,怎么你什么话都不说?"觉新抱怨觉民道。

"你不是说得很多吗?你一个人说也就够了,"觉民解释地答道。

"我说了那许多话,有什么用处?今天简直是白跑一趟,"觉新苦恼地说,"我看枚表弟这条命又完了。"

他们已经走到张太太的窗下,觉民先唤了一声:"姑妈,"然后才回答觉新道(不过声音很低,他不愿意让房里的人听见):"今天也真把我气够了。我就没有见过像大舅那样的糊涂虫!你跟他讲理只是白费精神。"

张太太在房里答应着。他们走进那个小小的堂屋,她也从房里出来。他们连忙给她请安问好。他们刚在堂屋里坐下,琴也从右边房中出来了。琴穿着滚了边的淡青色洋布衫子,这是家常衣服,倒很合身。她的脸上已经没有病容,不过人显得比平时沉静些。她的微笑里稍稍带一点倦意。

"琴妹,听说你欠安,我倒很挂念,不过这几天总抽不出工夫来看你,很抱歉。现在看你精神还好,想必完全好了,"觉新看见琴出来,亲切地慰问道。

"谢谢大表哥,这不过是小病,不值得挂念,三四天就好了,"琴带笑地答道。她温柔地看看觉民,又说:"二表哥倒时常来,他也说大表哥很忙。"

张太太跟他们谈了几句话。女佣李嫂给他们端了茶来。张太太看他们喝茶,忽然问道:"这几天四婶同陈姨太又找事情来闹没有?"

觉新迟疑一下,然后放下茶杯摇摇头答道:"没有事情。不过四婶见到妈连理也不理了。"

张太太皱皱眉头,也不说什么。觉民忍不住,就在旁边插嘴道:"今天又有过一件小事。大哥,你为什么不说?"

"明轩,什么事情?"张太太关心地问道。

"其实也不是什么重大的事,四婶把我挖苦几句就是了,"觉新看见隐瞒不住,只得简单地解释道。

"为什么呢?她好好地为什么要挖苦你?"张太太又往下追问。

"那还是为了倩儿,"觉新答道。他希望姑母不再问他。

"倩儿的病怎么样?好点没有?"琴问道。

"她死了,昨晚上死的,没有人知道她死在什么时候,"觉民答道。

琴微微皱起眉头,那对美丽的大眼睛黯淡了。她惊讶地说:"怎么这样快!我那天去看她,就有点担心。不过我还想她会好的。"

"四婶不给她请个好医生看,怎么不会死!"觉民愤慨地说;"而且死了也不给她买一副棺材,就喊人用席子裹起抬出去。大哥看不过,自己花钱买了一副棺材。四婶反而把大哥挖苦一顿。"觉民只图自己一阵痛快,把话全吐出了。

"有这样的事?"张太太惊愕地说。"她又不是没有钱,做事情为什么要这样刻薄?听说四弟闹小旦,买起衣料来,一回就是一百几。钱花得真冤枉。不晓得她说不说话?正用不用,不该用反而乱花。这样下去,总不是事。现在世道不好。田上的收入也越来越少。我看他们将来怎么得了?"张太太说到这里不禁唉声叹起气来。

"姑妈说得是。我也着急。刘升刚从乡下回来,租米也陆续兑来了,可是米价很贱。我们在炳生荣买来吃的米每石十四块五角,现在我们卖出去的是每石十块三四角。这样下去我们高家这个局面实在难维持。外州县不清静[1],没有人敢买米。可是四爸、五爸好像住在金山、银山里面,只管花钱如流水。姑妈还不晓得,我今天才听说四爸在外面租了小公馆安置张碧秀,"觉新皱起眉头诉苦般地讲了这许多话。张太太注意地在听。觉民却听得有些不耐烦了。

"真的吗?我倒有点不信。你听见哪个说的?"张太太惊疑地说。她看过张碧秀演的戏,也知道克安很喜欢张碧秀,但是她完全想不到克安会做出这样的荒唐事情。

"我听见高忠说的,高忠跟着五爸去过,"觉新带着自信地说。他知道高忠不会对他说假话。

张太太的脸色马上改变了。她伸起右手用她的长指甲

---

[1]不清静:即"不太平"、"不平靖"的意思。

在发鬓上搔了两下,然后皱着眉毛说:"好像你五爸也有个小公馆。"

"是的,五爸养了一个妓女叫做礼拜一,就住在荣华寺,"觉民安静地答道。他也知道克安的小公馆在什么地方,所以他又说:"四爸的小公馆在珠市巷。"他跟张太太不同,也不像觉新那样,克安、克定的事情引不起他的焦虑,甚至这个大家庭的衰落也不会在他的心上涂多少阴影。他对许多事情都比他们看得清楚。

"礼拜一我也见过,"琴微微地笑道。

"你在哪儿看见的?"张太太诧异地问道。

"妈忘记了,就是去年到公园去碰见的,我回来还对妈说过,"琴带笑地解释道。

"一点小事哪个还记得这么久?我没有这种好记性,"张太太不假思索地顺口说道。

"妈总说自己记性不好。其实我看妈对什么事都不大用心,总是随随便便的。这样倒是好福气,不过我做不到,"琴抿着嘴笑道。

张太太也笑起来。她对觉新说:"明轩,你看你表妹倒笑起我来了。其实现在做人还是随便一点好。如今什么事都比不得从前了。我看不惯的事情太多,真是气不胜气,也就只好装聋做哑。明轩,你觉得我说得对不对?"

"姑妈的意思很对。如今倒是装聋做哑的人可以过点清静日子,"觉新带笑地表示赞同道。

"不过我看你并没有过到清静日子,"觉民含笑地讽刺觉新道。琴声音清脆地笑起来。

觉新责备地看了觉民一眼,勉强地解释道:"就因为我还没有做'到家',还不是一个聋子。"

张太太笑了笑,看看觉民,她又带点关切和焦虑地说:"我就有点担心老二的脾气。说也奇怪,琴儿的脾气跟老二差不多。他们真是天生的一对。"琴听见这句话故意把脸掉开。"我怕老二将来到社会上去会吃亏。"

"姑妈,我看这倒也不见得,只要自己有本事站得稳,就不怕人,"觉新插嘴道。

"不过锋铓太露,也不大好,"张太太微微摇头说。她又把眼光掉去看琴,她看见琴的脸掉向外面,好像没有听她讲话,便唤道:"琴儿,你听我说。"

"妈又要跟我开玩笑了,我不听,"琴撒娇似地答道。

张太太微笑说:"我说的是正经话。大表哥又不是外人。你怕什么。你刚才说我对什么事都不大用心。我也上了年纪了,家里头又没有一个男丁,我还有什么事放不下心?"她的语调稍稍改变了一点。"我就只担心一件事情,就是你的亲事。"

"妈,你又说这种话!你再说,我就要进去了!"琴反抗地打岔道。

张太太先做个手势安定她,然后说:"你不要走。你大表哥又不是外人,还怕什么。你不是时常在我面前讲什么新道理吗?怎么听见谈起亲事又害起羞来了。"

琴经她的母亲这一说,不觉含羞地笑了笑,便把头略略埋下,不再说走的话了。

"现在年轻人的心事真难捉摸,"张太太继续往下说,"我的头也给你们缠昏了。今天是这样,明天是那样,新名堂真多。讲道理我也讲不过你们，"这些话还是对琴说的。她接着掉头对觉新说："明轩，我现在就只有这一件心事。我觉得琴儿也配得上你二弟，我早就答应过他们。你妈也很有这个意思。琴儿给她祖母戴孝也早满了。如果不是他们两个人时常谈什么新主意，新办法，我早就给他们把事情办妥了。如今情形究竟跟从前不一样，我怕我的头脑顽固，做事情不当心倒会害了他们。我就只有琴儿这一个女儿。明轩，你们年轻人容易明白年轻人的心事，一个是你的表妹，一个是你的兄弟。你素来对他们都很好，所以我把这件事情托给你。我相信你一定会给我办好，使我放心的。"她坦白地、有条理地说着，她的眼睛带着恳切的表情望着觉新的清瘦的脸。

"姑妈，请放心，这件事情我一定给姑妈尽力办好就是了，"觉新感动地一口应承道。他的话是诚恳的，他这时完全忘记了那许多可能有的障碍，他也不去想他的家庭环境。

觉民好几次把眼光射往琴的脸上去。琴也不时偷偷地看觉民。琴的脸上泛起红色，但是有一股喜悦的光辉笼罩着它。这样的害羞反而增加了少女的美丽。这使得觉民更深地感到自己的幸福。觉民的脸也因了兴奋和感激而发红。等到张太太把话说完，他痴呆似地望着姑母的已经出现了衰老痕迹的慈祥的脸，半晌说不出一句话。他的镇静，他的雄辩，这个时候完全离开了他。他觉得无穷无尽的幸福把他包围在里面。

对于觉民，对于琴，他们仅有的那一点疑惧现在也完全消失了。他们再看不见什么障碍。他们觉得他们的前途充满了光明。

"有你这句话，我也就放心了。明轩，你肯帮忙，不说我自己,就是他们两个也一样会感激你的,"张太太满意地说,她的方方正正的脸上现出了喜色。她又用柔和的眼光去看她的女儿。琴觉得自己好像是一个得宠的小孩似的,亲切地唤了一声:"妈!"

张太太惊讶地望着琴,吐出一声:"嗯?"

琴正要说话,但是话到喉边又被她咽下去了,她红着脸望着母亲笑,后来才说:"想不到你也有新思想!你倒是个新人物!"她是真心地称赞她的母亲,不过她原来要说的话并不是这两句。

"琴儿,我看你要疯了!"张太太挥手哂笑道,"我哪儿懂得什么新思想?说实话,我并不赞成你们那些新思想。不过——"她温和地笑了笑,"我觉得你们两个都很好。偏偏那些年纪大的人又不争气。我自己年纪老了,也该让位了。所以我不忍心跟你们作对。"她又看看觉民,带点教训的口气说:"老二,我就担心你这个脾气。你锋铓太露。那天在你妈屋里,你说话未免太凶。对长辈究竟不应当像那样说话。叫我骂也不好,不骂也不好。我晓得我如果骂了你,回到家里琴儿一定要跟我大吵……"

"妈,你当面说谎!我几时跟你吵过嘴来?"琴知道她的母亲拿她开玩笑,有点不好意思,便带笑地嚷道。

张太太高兴地笑起来,望着琴说:"你不要跟我辩。我虽是上了年纪,然而你们这点心事,我还看得出来。我也不怪你们。"她又带着信任的口气对他们说:"我知道你们心肠好,性子刚强,又还稳重,所以我不管你们。你们年纪轻轻,日子久长。我是个老古董,我不会来妨害你们的前程。"她又向觉新问道:"明轩,你觉得我这个意思对不对?"

"姑妈的见解很对,连我都赶不上姑妈,"觉新高兴地答道。

"明轩,你又在跟我客气了,"张太太满意地说,她的眼光仍然停留在觉新的脸上。她又说:"明轩,你什么都好。你有些地方像你父亲。不过你心肠太好了,你什么人的话都肯听,什么事情你都受得下。也真亏得你,我晓得你这些年也受够苦了。我也替你难过……"

"这也不算什么。这是应该忍受的,"觉新谦虚地说。

"不过我总觉得大哥太软弱。他什么事都敷衍人,但是人家并不领他的情,反而更加欺负他。譬如倩儿的事,他出了力,花了钱,反倒把四婶得罪了,"觉民不以为然地插嘴道。

"你的话自然也有道理。不过你不晓得我的处境。未必我就甘愿受气?"觉新痛苦地看了看觉民,诉苦似地辩解道。

觉民不相信他哥哥所说的"处境"两个字可以作为"软弱"的借口,他还想说话。但是张太太先发言把他的嘴堵住了。觉新的痛苦引起了她的同情。她不愿意再揭开觉新心上的伤口,增加他的痛苦,所以她出来替觉新辩护道:"明轩,你的处境的确比别人都苦,我也晓得一点。我等一会儿还有点话跟你说。不过你也应当时常宽宽心,找点快乐的事情。我看你近来兴致不好。你究竟是个年轻人,太消沉了也不好。"

觉新接连地答应"是"。觉民听见这番话,会意地跟琴对望了一眼,他的脸上浮起微笑,也就不再做声了。

仆人张升从外面进来,手里拿着一对蜡烛和一把香。他在供桌上摆好烛台和香炉,插上蜡烛,把香放在香筒里,挂上桌帷,又安好椅子,放好拜垫,便走出去。过了一会儿,他又拿了杯筷和小酒壶进来,把杯筷安好。后来李嫂从外面端了菜来递给张升,觉新、觉民两人接过菜碗来,放到供桌上去。等到六碗菜放齐了,觉新便提着酒壶去斟了一杯酒。张升点燃了蜡烛。觉新点燃一炷香,作了揖把香插在香炉里面,然后请张太太行礼。觉新、觉民和琴也依次走到拜垫前面去磕头。

这是琴的父亲的忌日。行礼的就只有这寥寥的四个人。觉新斟了三巡酒。他们寂寞地磕了三次头。这个亡父的逝世纪念日并没有给琴带来多少悲痛的追念。她的父亲死得太早了,不曾在琴的心上留下鲜明的印象。这寂寞的行礼不过引起琴对她居孀多年的母亲的同情和关心。她偷偷地看她的母亲。张太太默默地站在女儿的旁边,埋着头不看任何人。琴知道她的母亲想起从前事情心里不好过。她看见觉新拿着一张黄表在蜡烛上点燃,走到门口把黄表递给张升,便温柔地、亲热地轻轻唤了一声:"妈。"张太太回过头来看她,马上就知道了她的意思。张太太脸上的愁云慢慢地飞散,接着柔和的微笑盖上了张太太的不施脂粉的面颜。

午饭后,觉新陪姑母到房里去谈话。觉民自然到琴的房间去。琴等着觉民坐下(他坐在窗前案头一把靠背椅上),便走到他身边低声抱怨道:"你昨天也不来,人家等了你一天。你也想得到我多么着急。妈总说我病刚好,无论如何不肯放我出去。"

"你想我怎么走得开?他们怎么肯放我走?昨天大家的兴致都很好。可惜就少你同黄存仁两个,"觉民兴奋地望着琴,那一双明亮的大眼点燃了他的热情。她站在他的身边,她的眼光里带着柔情。她的眼睛里只有一个他的面貌。她是属于他的。他对自己的幸福再没有一点疑惑了。他还记起张太太先前说过的话。那些可能有的障碍也给那番话摧毁了。今天好像幸福全堆在他的身上。整个房间都充满了光辉,热情带给他的是喜悦,是满足,是感激,是透彻全身的温暖,是准备做一件献身工作时候所需要的创造力。这是纯洁的爱,里面并没有激情,没有欲望。他的眼光看入她眼睛的深处(不,应该说是心灵的深处);她的眼光也同样看入了他的。两个人真可以说是达到完全的互相了解了:每个人再没有一点秘密,再没有一个关得紧紧的灵魂的一隅。两颗心合在一起,成了一颗心,一颗更明亮、更温暖、充满着活力的心。每个人在对方的眼睛里看见了自己,而且看见了自己的幸福。过去,现在,将来打成了一片,成了一个无开始无终结的东西。这是他们的光辉的前途。这样的爱不是享乐,不是陶醉,他们清清楚楚地接受着幸福,而且准备带了创造力向那个前途走去。这是两个不自私的年轻人的纯洁的幸福的时刻。他们真正感到像法国哲学家居友[1]所说的"生活力的满溢"了。觉民像吸取琼浆似地尽力吸收琴的眼光,忽然露出了光明的微笑,柔和地指着琴说:"你现在在我的身边,我在你的面前。你想得到我多么快活!"他又把声音放低说:"我相信任何势力、任何障碍都分不开我们。"

"我也相信,"琴轻轻地在他的耳边说,好像用一股清风把话吹进他的耳里似的。

"我昨晚上真想来看你,我晓得你在等我,我还有好多话要对你说。我要把昨天开会的情形告诉你,"觉民忽然热情地像读书似地说起来,声音里充满感情,不过并不高。"昨天我真像做了一个愉快的梦。我应该

---

[1] M.J.居友:法国的青年哲学家,死于1888年,只活到三十五岁。他认为,我们每个人所有的思想、同情、爱、眼泪和欢乐,都是我们自己用不完的,必须拿来花在别人的身上。这就是他所谓的"生活力的满溢"。

把梦景说给你听,我晓得你一定等着听它。但是我回家太晏了,"他的脸上现出了惋惜的表情。"我没法跑来看你。我一晚上就唤着你的名字。"他闭了嘴。可是他的热烈的眼光还在呼唤她。

琴感激地但又哂笑地轻轻指着他说:"你真要发疯了。"

觉民满足地笑答道:"幸福来的时候,常常会使人发疯的。"

"我就没有发过疯,"琴带着爱娇地小声说了这一句,便走到写字台前面藤椅上坐下。她正坐在他的斜对面,把半个身子都压在桌面上。她兴奋地、带点梦幻地望着觉民说:"你快告诉我昨天的情形。"

觉民不再说别的话,他的幸福好像是跟他们的事业分不开的。他听见提到昨天的情形,他的心又被一阵忘我的喜悦抓住了。他的眼里射出更热烈的光辉,他开始对她叙述昨天的故事。他很有条理地而且很详细地说下去,他的声音十分清楚,就像泉水的响声。这是不会竭尽的喷泉,这是浃沦肌髓的甘露。琴注意地听着,她点头应着,她发出清脆的笑声赞美着。她的心被他的叙述渐渐地带到远远的梦景似的地方去。那是一个奇异的地方,那里只有光明,只有微笑。她的脸上就现出这种仿佛永远不会消灭的微笑。

李嫂端茶进来,打断了觉民的叙述,也打断了琴的梦景。但是这个女佣一走出去,觉民的嘴又张开了,琴的眼睛又发亮了。觉民拿起杯子喝茶的时候,琴感到幸福地望着他微笑。觉民继续讲他的故事的时候,琴的脸上又罩上了梦幻的色彩。在这短短的时间里一盏清油灯比得上一万支火炬,一个小小的房间仿佛就是美丽的天堂。房里没有黑暗,他们的心里也没有黑暗。

年轻人的梦景常常是很夸张的。但是这夸张的梦景却加强了他们的信仰以及他们对生活的信仰。

叙述完结了。"圣火"仍然在他们的心里燃烧,虽不是熊熊的烈火,但是他们也感到斯捷普尼雅克(那篇《苏菲亚传》中引过他的文章)所说的"圣火"了。两个人心里都很温暖,都感到生活力满溢时候的喜悦。他们畅快地、自由地、或者还带点梦幻地说话。琴发出一些询问,觉民详细地解释。她完全了解了。她仿佛用自己的眼睛看见了一切。他的眼睛真的就成了她的眼睛。他使她看见那个美丽的梦景。

穿过阴森森的堂屋(在那里只有神龛前面点着一盏悬挂的长明灯),从张太太的房里送出来觉新的咳嗽声。这个声音不调和地在琴的梦景里响起来。琴惊醒似地把眼睛掉向对面房间。她这时才记起来觉新的存在了。她看见觉新的侧面影子。觉新在那边说话。她忽然换了一种声音问觉民道:"妈跟大表哥不晓得在说什么,你知道吗?"

觉民也把头掉过去看对面房间。过了一会儿,他才猜度地答道:"或者是在劝大哥续弦也说不定。"

"我看不见得,"琴摇摇头说;"妈有天跟我谈起这件事,我说大表哥目前一定不会答应,而且他现在还未满孝,妈也就不提了。"

"我知道妈同三爸、三婶他们都希望大哥早点续弦。他再过三个月就满孝了,时间也很快。其实我也赞成他续弦。我看他一个人也太苦了,"觉民解释地说。

"你也赞成他续弦?"琴诧异地说。接着她温和地表示她的见解道:"我看他续了弦以后也许会更苦。他跟大表嫂那样要好,还有梅表姐。"

"但是你没有看见他晚上常常俯在书桌上流眼泪。他一天受够了气,可以在哪儿得到一点安慰?他什么都没有,"觉民的温和的声音里含了一点点痛苦。

琴不说话了。她觉得忧郁在轻轻地搔她的心。她跟觉民一样,只有在谈到别人的不幸的时候,才受到痛苦和忧郁的袭击。

"其实大哥只要能够把脾气改改,也还有办法。还有些人比大哥更悲惨,我们的四妹,还有枚表弟。枚表弟吐了血,明明生肺病,大舅也不让他看医生,"觉民愤愤不平地说。这个时候他的眼睛看见的不是光明,却是一些受苦人的没有血色的脸。

这是一个意外的消息,也是一个不愉快的消息。钱梅芬吐血的事还深深地印在琴的心上。她的"梅姐"曾经咯着血对她讲过一番惨痛的话。梅因吐血而死。现在年轻的枚少爷又在吐血。这是一个可怕的判决。她并不爱惜那个懦弱的青年。但是她(一个年轻人)爱惜年轻的生命。这意外的消息的确是一个打击。幸福的梦景暂时退去了。她开始从觉民那里知道了详细的情形。

又是一个悲剧,他们仍然只有束手旁观。这是难堪的痛苦。琴受不住这幸福后的痛苦,喜悦后的忧郁,她苦闷地问觉民道:"我们的时候究竟哪天才会来?"

"你为什么要问这种话?"觉民奇怪地问道。他注意地望着她,他的眼光是温柔的,但又是坚定的。琴的疑问反而使他更清醒了。

"我看不过,为什么还应该有这样多的牺牲?而且都是我们时常看见的人,"琴痛苦地答道。

"你忘记了,三弟是怎样走的?二妹又是怎样走的?他们不是都得到了胜利吗?"觉民仍旧温和地安慰她,他的脸上浮起了鼓舞的微笑。他站起来走到她身边,轻轻地说:"世界上并没有一件容易的事。什么事情都要看人的努力怎样。我们的工作才开始,就有了这些成绩。"他看见她不答话,便又亲切地问一句:"你相信我的话吗?"

琴望着他,好像没有听懂他的话似的。等他说完最后一句,她忽然点点头,柔声答道:"我相信。"她对他微微一笑,但是泪水浮上了她的眼睛。

"你哭了?"觉民爱怜地说。他从袋里摸出手帕递给她。

"我现在倒不难过,"琴感激地答道。她接过手帕揩了揩眼睛。她又问他道:"这两天三表妹、四表妹都好吗?你们公馆里头有些什么事,你快告诉我。说完我们好到妈屋里去陪大表哥谈话。"她把手帕交还给觉民。

"昨天开完会,我送鉴冰回家。她跟我谈了好些话,她还说过两天要来看你,说不定就在明天,"觉民放好手帕,含笑道。"让我先讲鉴冰的事情。"

"好,请你快讲,你为什么早不说?"琴感到兴趣地催促道。觉民在几天前就把黄存仁临行前的谈话转告她了。

他们谈完话,便走到对面张太太的房里去。张太太坐在床前那把藤躺椅上,看见他们进来,好意地对琴笑道:"琴儿,你同你二表哥才一天没有见面,就有好多话说不完?"

琴红着脸笑笑,不作声。

"你也不过来陪陪你大表哥,你们只顾说你们的话,"张太太又说,话里并没有责备的调子。她近来更爱她的女儿,而且看见年轻人的纯洁的、真诚的快乐,只有给她的开始干枯的心增加生意。这两张充满朝气的脸一出现,立刻使房里感伤的气氛消散了。

"妈近来常常爱跟人家开玩笑。我现在不是过来陪大表哥吗?"琴带着一个被宠爱的女儿的爱娇笑答道。

"大表哥还请你后天去耍,我也要去。你病好了,后天也可以出门了,"张太太兴致很好地接着说。

"芸表妹也去,她说好久没有看见你了,"觉新带笑地说。

"妈要去,我自然跟着妈去,"琴爽快地答道;"我也挂念芸妹。"她把眼光掉去看觉新。她看出在他的淡淡的微笑下面仍然常常漏出忧愁来。

四十

周家和张家两处的女眷同天来到高公馆,自然又有一番热闹。不过因为周老太太的病和别的事情,觉新请客的日期一再推迟,跟觉新所说的"后天"已经差了半个月了。这天天气特别好,周氏和觉新作主人,张氏和沈氏被请出来做陪客。花园内水阁里摆了两桌牌:陈氏、徐氏、张氏、沈氏打一桌麻将;周氏和觉新陪着周老太太、张太太两人打字牌。

淑华、淑贞两姊妹陪着芸和琴带着翠环在湖里划船。天气还是相当闷热。一片浅蓝的天空被好些淡墨色的云片涂乱了。日光时浓时淡,有时太阳完全淹没在云海中。水色也显得阴暗,水面上起着细微的皱纹。船经过钓台的时候,芸忽然仰起头望着上面的"亞"字栏杆和浓密的树荫微微叹道:"光阴真快,一晃又是三四个月了。"

"你又记起那次在听雨轩吃酒的事情了,"琴温和地说,她带笑地望着芸。

芸点点头,感慨地说:"这三四个月里头好多事情都变了。花园里的景物也变了。那一次到处都是花,那边的桃李开得多好看。现在却是绿叶成荫的时节了。再过三四个月,树上的绿叶又会落尽的。"

"芸妹,你怎么忽然说起这种话?"琴关心地问道,"你晓得,花谢花开,月圆月缺,都是循环无尽的。这是很自然的事。"

"我也晓得,到了明年春天满园子都是花,"淑华笑着插嘴道。

"不过明年的春天却不是今年的春天了,"芸慨叹地答了一句。她触到琴的关切与爱护的眼光,脸上浮起了感激的微笑。她又说:"其实我也没有哀愁。我不过触景生情。"她还怕琴会误解她的意思,又解释地说:"我想起了姐姐。我又想起了枚弟的事情。"

"上次枚表弟还在这儿,今天可惜他和表弟妹都没有来,表弟妹就只来过一次。那天她还当新娘子,穿一身绣花衣服,话也不大说,坐了一阵就走了。我后来只听见人家说她脾气坏。不过她的相貌倒还端正,我也看不出来怎样坏。我倒盼望她多到我们这儿耍几回,我就会看个明白,"淑华只顾自己说话畅快,便絮絮地说。

"可惜你不大到我们那儿去。你只要在我们那儿住两天,什么都会看见的,"芸笑答道,两边颊上的酒窝忽然出现了一下。但是不愉快的思想又慢慢地升了起来。她带着悒郁地说:"我倒想把她看做亲姊妹,她却把心封得紧紧的。枚弟被她管得不像样子。大伯伯反而袒护她。枚弟现在吐血,大表哥劝他看医生。大伯伯却不答应,一定说他没有病。我们家里的事真叫人心焦。所以我倒羡慕你。三表妹,你们家里头多好。"

淑华忽然噗嗤地哂笑起来:"芸表姐,你还说我们家里好?真想不到!你想想看,如果我们家里好,为什么二姐同三哥还要

473

跑出去？你在我们家里多住两天，你也会晓得的。"接着她又自夸地说："不过我倒是整天自得其乐。我什么人都不怕。四婶、陈姨太她们再凶，也拿我没有办法。"

"三小姐，你倒好。不过那天又是大少爷受罪，"坐在船头划桨的翠环忽然大声插嘴道，她的声音里含了一点不平，不过并没有被人注意到。她自己倒略微红了脸。

"那是他自己讨来的。哪个喊他要那样软？哪个喊他到处敷衍人？什么人他都害怕得罪！"淑华理直气壮地说。

"那是因为大少爷人太好了，"翠环替觉新辩护道，不过这次声音不高。她说了便埋下头，只顾摇桨。

淑华正想说一句："怎么你倒这样维护大少爷？"但是被芸无意地打岔了，以后她也就忘记了。

"姐姐的事情倒亏得大表哥。不是他想法子办交涉，姐姐的尸骨到现在还得不到归宿。"芸听见淑华责备觉新，她不同意，觉得淑华的话不公平，她也出来讲觉新的好处。

"其实主意还是二哥想的。二哥很会出主意。他想得到做得到，"淑华辩驳似地说。她对觉新仍然很关心，不过她总觉得做人不应该像觉新那样地软弱。

"主意虽是二表哥想出来的，但是出力还是大表哥出得多，"琴含笑道。淑华的话自然使她高兴，她愿意听见她所爱的人受人称赞。不过她觉得觉新的不幸的遭遇也是值得同情的。她不愿意让淑华多抱怨觉新，她也出来替他辩护。她说的是真话。

"三小姐，你快划，要落雨了，"翠环在船头大声唤道。她不愿意听见淑华多抱怨觉新，现在找到机会来把话题打断了。天空是一片灰暗，灰黑的云片低低压在她们的头上。没有风。树木和水面仿佛都落入静止的状态里。云层愈积愈厚,颜色愈暗。天边却渐渐地发亮起来。

翠环的话使得众人都吃了一惊。淑华抬起头看天,她知道翠环的着急是有理由的。她手里还拿着桨,但是这些时候她就休息着只顾同她的表姐们讲话。现在她连忙把桨放下水去,用力划起来。她还说:"不要紧,我们就划到听雨轩去。"

"三表妹,请你快点划,恐怕来不及了,"芸担心地望着天空,又埋下头催促道。

"三表妹,你恐怕累了,等我来划,"琴也担心淑华划不快,要代替淑华摇桨。

"我不累,你们不要着急,我包你们不会淋雨!"淑华自负地说。她紧紧地捏住桨,不肯给琴。

"后面有船来了,"翠环忽然惊讶地说。

"是不是二哥?我们等一下,"淑华欣喜地说。她停住桨正要掉头去看,便听见琴带笑说:"哪儿是二表哥?是四表弟他们。"

"真是运气不好,偏偏又碰到他们,"淑华不愉快地说,便不去看后面,用力划起桨来。

"三表妹,你倒好像害怕他们,"琴嘲讽地说。

"哪个害怕他们?我讨厌他们!"淑华不服气地辩道,她的脸红了。

但是后面一只船很快地追上来了。觉英的声音得意地响着:"三姐,亏你们还是两个人划,船好像动都不动。你看我一个人划得多快。你敢跟我比赛吗?"

"真是死不要脸,打也打不怕,又逃学了,"淑华低声骂道。

她也不去理觉英。

在觉英划的那只船上还有觉群、觉世两人,他们都把长衫脱了,穿着白布汗衫。觉群、觉世两人听见觉英的话,便附和地拍掌笑起来。

"四少爷,你就放学了?"翠环大声问道。

"翠环,我劝你还是少开口好。我的事情不是你管得了的。我自家放学,不是一样?"觉英掉过头来嬉皮笑脸地说。

"四弟,我问你,那么教书先生请来做什么的?"淑华忍不住终于带怒地说。

"龙先生又不是我请来的,你何必问我?你老姐子应当去问爹,"觉英坦然答道,他没有一点害羞的表情。

"教书先生是请来教你们读书的。家里每个月花十多两银子,你们就没有好好读过书,真是糟蹋钱!"淑华听见觉英的答语,愈加气恼,又挣红脸驳斥道。

觉英的船划到她们的船旁边了。觉英停了桨,故意摇一下头,用牙齿做了一个响声。接着他奇怪地笑起来。他说:"嗳,三姐,十两八两银子算得什么。我们有的是钱,我龟子糟蹋这点钱,你也不必担心,横竖少不了你的陪奁。"

"四弟,你少嚼舌头!"淑华气恼地打岔道。

觉英反而更加得意地笑起来。他故意嘲弄淑华道:"三姐,你又'火烧碗柜'了。你说不赢,就不要说,你老姐子何苦又生气。气病了,又要请医生花脉礼。"

"你快给我闭嘴!哪个跟你说话!你这张狗嘴里还吐得出象牙?"淑华怒骂道。她马上又吩咐翠环道:"翠环,你快划!我们不理他!"她们又用力把船划开了。

觉英愈加得意地纠缠道："三姐，你又何必逃走？你老姐子说话，还是客气一点好。我是狗，你又是什么？你不也是个'四脚爬'吗？公狗总比母狗好一点。"

一滴雨点落到淑贞的额上。淑华还要讲话，淑贞忽然痛苦地哀求道："三姐，下雨了。"她又拉拉琴的袖子说："你劝劝她。"

其余的人也都受到了一两滴雨珠。琴温和地对淑华说："三表妹，你不要再说了。你的话也说够了。"

雨点敲破了静止的环境。周围的一切完全活动起来了。水面上出现了许多颗明珠。

淑华用力咬嘴唇皮，不发出任何声音。她的额上聚了好些汗珠，她也不去揩它们。她只顾埋头划桨。她听见觉英、觉群、觉世三个人的笑声，更用力咬自己的嘴唇，并不感到一点痛。

船转一个弯就到了听雨轩前面。她们连忙走上石级。雨点开始变大了。她们的身上已经现了好几点雨痕。她们半跑半走地进了月洞门，又到了游廊上红漆栏杆前面。大家站定用手帕揩了揩头发。雨点成了雨丝高高地挂起来，空中弥漫着濛濛的雨雾。芭蕉叶上接连地"朵朵"响着。

"我们今天真是在听雨轩里听雨了，"芸微微地一笑说。她又掉头去看淑华，不觉惊呼起来："三表妹，怎么你嘴上出血？"

"她把嘴唇皮咬破了，"琴温和地代淑华答道。随后她又爱怜地抱怨淑华道："三表妹，你真是何苦来！你跟四表弟吵嘴有什么益处？"

"她每回跟四哥吵嘴，总是要大生气，"淑贞低声对琴说。

淑华忽然皱紧眉头烦躁地说："我也住不下去了。我有一天也会走开的。"

"你走,你走到哪儿去?"芸惊讶地问道。

"我也不管走到哪儿去好。我只想走。我看不惯那些事情,我看不惯那些人!"淑华气愤地说,眼睛里射出憎恨的火焰。

琴同情地望着淑华,沉吟地说:"走自然好,不过也不容易。"

"我就到三哥、二姐那儿去!"淑华粗鲁地说,她好像在对她们发脾气,仿佛她们拦阻她不让她出走似的。

琴原谅地对淑华笑了笑,她的眼睛突然带着希望发亮了。她温和地劝导说:"三表妹,你的志气固然很好,不过单说走也是空的。你为什么不先进学堂读书?我想大舅母不会不答应你。大表哥、二表哥都会给你帮忙。你要进'一女师',我可以想法子。"

淑华马上改变了脸色,仿佛有一股风把她的烦躁和愤怒全吹走了。她惊喜地问道:"琴姐,你真可以给我想法子吗?我怕我考不上。你晓得我是个懒人,就没有好好读过书。"她的天真、愉快的脸上现出了惭愧的表情。她的恳切的眼光在等候琴的回答。

"只要你自己有决心,别的都没有问题,"琴看见自己的话发生了效力,很满意,便对淑华保证地说;"你怕考不上,你用不着先去考。等我去找校长说一声,你一个人后来补考,一定会考取的。"

"不晓得要考些什么,我害怕我一个人还是考不出来,"淑华仍然担心地说,不过眼睛里却闪着希望的光。

"不要紧,我会教你预备功课。你英文也学过了。别的学科你这半年来也学了一点。你进去不会有困难。进学堂的事情你可以包给我,"琴鼓舞地说。她又加一句:"不过你要先跟大舅母讲好。"

雨势渐渐地小了。荷荷的雨声中现在剩下的只是寂寞的檐前滴水声。蛛丝似的雨脚断折了,无力地在空中飘舞。山石上的青苔和虎耳草沾了雨显得碧绿,肥大的蕉叶也被清洁的雨水洗净了。从山石和蕉叶上不断地滴下来翡翠的明珠。这些可爱的珠子,不仅洗净了她们的眼睛,而且甘露似地湿润了她们的心。

但是一个带笑的呼唤声粗暴地从外面闯进来:"三姐,你敢出来跟我比赛吗?这点儿雨算得什么?你就躲起来了?"

"又来了,这个人连打也打不怕的,"翠环低声自语道。

淑贞轻轻地拉住淑华的袖子,低声说:"三姐,你不要睬他。"

淑华好像没有听见觉英的话似的,她的脸上浮起光明的微笑,声音响亮地对琴说:"琴姐,我打定主意了。你一定给我帮忙。我不会反悔。"

"我晓得你不会反悔。那么再隔一个月你就可以进学堂了。二表哥今天回来听见这个消息,他一定很高兴,"琴欣喜地夸奖淑华道。

淑华满意地笑了笑。觉英又在外面叫了两三声,没有得着回答,好像又划起船走了。

"三表妹,我真羡慕你们,你们自家都有主张,"芸诚心称赞道。她的声音里微微漏出一点惆怅,不过她还没有痛苦的感觉。她对自己的日常生活并没有感到多大的厌倦。

"三姐,你们都好,"淑贞羡慕地说,她只说出半句,忽然眼圈一红就掉开身子不响了。

琴和淑华会意地对看了两眼,琴便走过去拿起淑贞的一只手,亲切地说:"四表妹,你今天累了,我们进去坐坐。"

她们便走进那间四周都是玻璃窗门的厅子去。

傍晚,在水阁里,客人和主人围了一张大圆桌坐着,清汤鸭子已经端上了桌子,众人正在吃饭,忽然袁成带了周贵张惶地走进来。周贵气急败坏地向周老太太报告道:"老太太,老爷请老太太同太太就回去,孙少爷吐血了,吐得很凶。"

这个报告就像一个意外的响雷打在众人的头上,大家都放下了饭碗。

"你快说!怎么吐起来的?孙少爷不是在冯家吃饭吗?"周老太太颤巍巍地问道。

"小的也不大清楚,"周贵仍然激动地回答道;"孙少爷在吃饭时候,高高兴兴地吃了好多酒。不晓得怎样,他离开桌子立刻就吐起来了,吐的尽是血,吐起来就止不住。他们连忙把神幔子烧灰给他吃,也止不住。后来好了一点,孙少奶就陪着他回来了。回到屋里又吐起来,人也昏昏沉沉的,老爷在家也没有主意,喊我赶快请老太太、太太回去。轿子已经提好了,老太太就上轿吗?"

"周贵,请医生没有?"觉新插嘴问了一句。

"老爷只吩咐请老太太、太太回去。老爷很着急,老爷要等老太太、太太回去商量,"周贵答道。

"请医生要紧!自家干着急有什么用?"周老太太抱怨道。她马上站起来,对那个脸色变得惨白的陈氏说:"大少奶,我们走罢。"

众人看见周老太太推开椅子站起,马上全站起来。徐氏接

着说:

"我也回去,我把芸儿留在这儿就是了。"

众人陪着周老太太离开了桌子。周氏吩咐绮霞、翠环两人出去取周老太太和两位舅太太的裙子。周老太太忽然恳求地对觉新说:"明轩,请你陪我们走一趟。我看你那个大舅没有一点用。"

觉新害怕再去看见那些使人不愉快的景象,也不愿意再看见周伯涛的干枯的黑脸。但是一经周老太太邀请,他只得爽快地答应下来,好像这是不可违抗的命令,他连踌躇的余裕也没有。

周老太太、陈氏、徐氏、觉新坐着四乘轿子走了。送客的人又回到花园里水阁中去。她们一路上感慨万分地议论着枚少爷的事情。

琴、芸、淑华三个人走在后面,她们在一起谈话。她们正要转过假山,跨进月洞门,琴忽然看见了觉民,她便朝他走去,亲热地低声问道:"你吃过饭了?"

"我吃过了,"觉民笑答道。他又惊讶地问她:"有什么事情?怎么外婆她们走得这样早?大哥也跟她们去了?"

"枚表弟吐血吐得很凶,大舅喊人来请周外婆回去,"琴低声答道。

"大哥真是爱管闲事!又要他去干什么?"觉民不高兴地抱怨道。

琴不了解地看了看觉民,这样的话是她料不到的。她柔声说:"周外婆请他去的,他也可以替他们出点主意。"

"没有用,一点也没有用,"觉民摇摇头答道;"我从没有见过像大舅那样顽固的人,全是他搞出来的。"他还没有把话说完,忽然看见芸和淑华向他们走来,便咽下以后的话,做出笑容招呼芸。芸亲切地唤了他一声。

"我也说奇怪,怎么走得好好的,琴姐忽然又不见了。原来在这儿跟她的二表哥说话,"淑华看见觉民就像看见亮光,心里一阵畅快,带笑地嘲弄琴道。

琴出其不意地敲了一下淑华的头,笑骂道:"三丫头,你那嚼舌头的毛病又发作了,是不是?你见到二表哥,怎么不把好消息告诉他?我来替你说罢。"她又对觉民说:"二表哥,三丫头要进'一女师'了。"

"是真的,还是在骗我?"觉民惊喜地说。他又催促淑华道:"三妹,你快对我说明白。"

"哪个骗你才不是人!不过我还要回去吃饭,我们都没有吃好饭。我等一会儿再告诉你罢,你先陪我们到水阁去,"淑华得意地说。她把觉民也拉进月洞门里去了。

四十一

觉新跟着周老太太她们到了周家。周伯涛正站在堂屋门口等候他们。他看见周老太太,便绞着两只手张惶地问道:"妈,你回来了。枚娃子病得这样凶,你说该怎么办?"

"我们进去看看,"周老太太惊慌地答了一句,便往枚少爷的房间走去。

众人自然跟在她后面。周伯涛又对觉新说:"明轩,你来得正好。你看该怎样办?"

"大舅吩咐过请医生吗?"觉新问道。

"还没有,我想等外婆回来看了再说。这个病很重,应当小心一点,"周伯涛严肃地答道。

他们进了房间。枚少奶正坐在床沿上,埋着头对枚少爷讲话。她看见他们进来,便站起身子招呼了他们。她满脸泪痕,眉毛紧紧聚拢,嘴唇闭着。她平日那种淡漠的表情被眼泪洗去了。

周老太太和陈氏看见枚少奶的带泪的面颜,完全忘记了平日对她的憎厌。她们亲切地做个手势要她坐下。她们连忙走到床前。

床前踏脚凳上放着一个痰盂。枚少爷无力地躺在床上,一幅绣花缎子的薄被盖住他的身子,只有那张白得像纸一样的瘦脸静静地摆在枕头上。他的嘴唇也变成惨白色,嘴角还染上一点血迹。

"枚娃子,"周老太太怜悯地、悲痛地唤了一声。她把头略略俯下去。

"婆,你回来了。妈也回来了,"枚张开口,睁大眼睛,费力地说。他看见觉新的脸,又说了一句:"大表哥,你也来了。"他想笑,但是他笑不出来。他又用他的沙哑的声音说:"不晓得怎么样……一下子就吐起来了……简直止不住……吐了那么多……还亏得孙少奶……你们这样早就回来了……"

"你现在觉得怎么样?"周老太太忍住悲痛,勉强地问了一句。陈氏也在旁边掉眼泪。

"现在不吐了……心里慌得很……婆,你们不坐?……"枚少爷吃力地说,说一句话就要微微地喘一口气。

"婆,还是快点请医生来罢。爹刚才说过要等婆回来跟婆商量,"枚少奶着急地插嘴对周老太太说。

"对,快点请医生,"周老太太省悟地点头说。她又掉头问觉新道:"明轩,你看请哪个医生好?"

"外婆,我主张请祝医官,"觉新不假思索地答道。

"祝医官?"周老太太沉吟地说。

"我看请祝医官不大好,西医治内科更靠不住,"周伯涛站在窗前,正沉溺在一些空泛的思想里,他听见觉新的话,很不以为然,便掉转身子表示反对道。

这意外的反对把觉新从梦中惊醒了。他定睛一看。他知道单是同情、怜悯和关心在这里是没有用的,他便不响了。他仍然带着同情、怜悯和关心望着枚的先期干枯的瘦脸,心里痛苦地想:看他们怎样对付你!

"婆的意思怎样?请医生就要快点。他心里很难过,早点吃药也好使他安心,"枚少奶恳求地催促道。

觉新同情地看了枚少奶一眼。他想:她倒真正关心他!但是他仍然不说话,他觉得他对周伯涛的厌恶快要达到极点了。

"那么就请罗敬亭罢。先请他来看看再说。其实早就该请的,"陈氏忍耐不住,又急又气地插嘴说。

枚少奶得到这句话,马上站起来吩咐房里那个女佣道:"冯嫂,你快去喊周二爷立刻去请罗敬亭。喊他跑快点。"

冯嫂匆匆忙忙地跑出去了。这时周老太太才说:"请罗敬亭也好,他看病稳一点。"

觉新忍住一肚皮的不高兴,勉强敷衍地答道:"是。"

"枚娃子,你不要着急,医生就要来了。你安心歇一会儿罢。医生来了,就有办法了,"周老太太温和地安慰枚少爷道。

"多谢婆,"枚动一动头,低声说。他想对他的祖母微笑,但是他却做出近乎哭泣的表情。他绝望地又说一句:"我看我这个病不会好了。"

"你的病不要紧。你不要多想。你好好地将息一会儿。你闭上眼睛睡一会儿也好,"陈氏柔声安慰道。

"妈,你们请坐,"枚感动地答道。他的眼珠慢慢地在转动,他看看陈氏的脸,看看周老太太的脸,看看觉新的脸,又看看枚少奶的脸,两滴泪珠忽然从他的眼角滚出来。他诉苦地说:"我心里难过得很,一闭上眼睛,就看见从前的事情。"

"你不要想,你慢慢地就会静下来的,"枚少奶插嘴安慰道,但是她的眼泪却接连掉下来。她掉开了头。

"枚表弟,表弟妹的话不错,你不要着急,不要担心。你的病不重,等到医生来看过脉,吃两副药就会好的,"觉新知道自己不能够为他们尽一点力,但是他至少不应该吝惜他的同情,便诚恳地顺着枚少奶的口气安慰枚少爷道。

枚摇摇头,放弃似地说:"医生来也没有用,我晓得我的病不会好……我病了好久了……我不敢告诉人……别的没有什么……我只担心孙少奶……我对不起她……她年纪轻轻的……就让她……"

枚少奶蒙住脸躲在一边低声哭起来。周老太太泪眼模糊地打断了枚的话。她说:"枚娃子,说话伤神,你闭嘴歇一会儿,你看你把孙少奶说哭了。"

"婆,我不说了,你们不要难过。……万一我有什么长短,婆,妈,请你们好好地看待孙少奶,"枚固执地恳求道。他的脸色像一片枯萎的花瓣。他自己表示那恶运是不可避免的。他一倒下来,就完全失去了求生的意志。

"枚娃子,你不会的,你不会的!你不要再说!"陈氏歇斯底里地抽泣道。她差不多要扑倒在床沿上,幸亏徐氏在旁边拉住她。她忽然掉过头焦急地说:"怎么罗敬亭还不来?怎么这样久还不来?"

"一定是周贵躲懒,一定是那个混帐东西耽搁了!"周伯涛扭着手指惊惶地在屋里踱了几步,烦躁地骂道。他的眼光忽然落到站在屋角的翠凤的身上,他便吩咐道:"翠凤,你出去看看怎么医生还没有来?"

"妈,嫂嫂,明轩,你们都坐下罢。妈也站累了,还是坐下好,"徐氏温和地对他们说。她把周老太太劝得在床前一把藤椅上坐了。陈氏和觉新也就在方桌旁边的椅子上坐下。徐氏坐在书桌前面那把活动椅上。枚少奶仍旧掩着面坐在连二柜前一个凳子上抽泣。枚少爷一个人躺在床上,有时咳两三声嗽,有时喉咙又在响。众人都不作声,有时彼此交换一瞥惊惧的眼光。

翠凤去了不久,周伯涛忽然急躁地自语道:"翠凤一去也就不来了。今晚上大家都躲懒。医生还不来,我自己出去看看。"他掀开门帘出去了。

"你看他这个人有什么用?他只会着急,只会发脾气。他既然在屋里,为什么不早点请医生?不然医生早就来了,"周老太太看见周伯涛的背影消失在门帘外面,气恼地指着门抱怨道。

觉新想起了半个多月以前的事,惋惜地、同时也带点怨愤地接着说:"其实如果早点给枚表弟医治,也不会像这样。我半个月以前就跟大舅讲过了,他不相信。如果那天就请医生,不让枚表弟出门吃酒,至少不会这样。"

"是嘛,都是他一个人闹出来的。万一枚娃子有三长两短,我就跟他拚命!"陈氏带哭地大声说。

周老太太开始唉声叹气。她摇着头接连地说:"都是命,都是命。"杨嫂端了一杯周老太太常喝的春茶走进来,送到周老太太面前。

"妈,你今天也累了。请回屋去歇一会儿,枚娃子的事情,有我们在这儿照料,你请放心罢,"徐氏看见周老太太接过热气腾腾的茶杯慢慢地喝着,便柔声劝道。

周老太太迟疑一下,然后答道:"也好。"她无可如何地轻轻叹一口气,就站起来,正要走出门去,忽然听见一阵急促的脚步声。她以为医生来了，便站住等候他进来。

进来的人却是周贵(冯嫂和翠凤也跟在他的后面)，他跑得脸红耳赤的，一进屋就气咻咻地报告道："回禀老太太，罗师爷不在家，说是出门吃酒去了。问几时回来，说是不晓得。"

众人望着周贵发愣，一时说不出话来。倒是觉新开口问周贵道：

"你怎么不问明白罗师爷在哪个公馆里吃酒？也好赶到那家去请他。"

"给大少爷回，小的问过，管事不肯说，他说罗师爷酒吃多了也不好看脉，"周贵恭顺地答道。他伸手在额上揩了一把汗。

周伯涛从外面进来。他没有主意地问周老太太道："妈说现在怎样办？"

"我看还是将就请祝医官来看看罢，"觉新忍不住又说出这句话来。他知道他的提议不见得会被他们采纳，不过他相信随便请一个医生来看一两手脉，吃一两副药，只会断送枚的性命。

"不行，我反对请西医，蕙儿就是给西医医死的，"周伯涛不客气地抗议道。

觉新的脸色马上变得通红，他不好意思跟他的舅父顶嘴，只得忍气吞声地埋下头来。他心里不平地想："你们既然不肯听我一句话，那么又把我拉来做什么？"但是他没有胆量把这句话大声说出来。

"总要请个医生才行。病人是不能耽搁的，"枚少奶略略竖起两道细眉，不顾礼貌地说。

"那么就请王云伯罢，"徐氏温和地说。她又掉头问周老太太道："妈觉得怎样？"

"好罢,我没有什么话说。只要能够医好枚娃子的病,我就谢天谢地了,"周老太太仓惶地答道。

周贵要出去了,枚少奶又过去叮嘱道:"周贵,你跑快点,你喊乘轿子坐去也好。如果王师爷再请不到,你另外请个好点的医生来,你再到罗师爷那儿去看看也好。"

周贵出去以后,周老太太再坐片刻也就带着杨嫂回房去了。觉新伴着陈氏、徐氏留在这里。枚少奶低着头静静地坐在床沿上。她忽然低声对陈氏说:"他好像睡着了,"她那张带着疲乏与焦虑的表情的脸上露出了一丝笑容。

陈氏点点头。后来周伯涛(他是先前跟着周老太太出去的)大步走了进来,他的脚步声打破了房里的静寂。

"你脚步轻一点,枚娃子睡着了,"陈氏低声警告道。

周伯涛不大愉快地走到书桌前坐下去。他无意地把活动椅转动一下,没有留神,右肘碰到桌上一个茶杯,很快地一扫,就把茶杯扫落到地上。茶杯带着一个惊人的响声在地板上碎了。

众人吃惊地一齐往书桌那边看。全是责备的眼光。枚少爷在床上惊醒了。他忽然抓住那幅薄被惊恐地问道:"什么事?什么事?"枚少奶连忙俯下身子温柔地安慰他。陈氏又走到床前去。觉新和徐氏的眼光也掉向床上看。

周伯涛不带一点惭愧地掉转身子,吩咐翠凤:"把地上扫一下。"

枚少爷的脸色突然变得更难看了。他们看见他在受苦,却不能给他一点帮助。他忽然睁大眼睛,发出一声喉鸣,就要撑起来。枚少奶连忙扶着他。她知道他要找痰盂,便把他的头扶到那个方向去。但是他不等到她让他的头俯下,就突然把身子一伏,她的手一松,他的胸口正压在她的大腿上。他的头长长地伸到床外去。他哇的一声吐出一大口鲜红的血来,落在干净的地板上。枚少奶把脚往后一缩,就让他伏在她的腿上喘气。她轻轻地给他捶背。陈氏本来站在床前,这时便退后两三步(她的身上差一点溅了血迹),惊惶地唤女佣:"冯嫂,你快来。把痰盂给孙少爷搬过来。"

冯嫂连忙跑过去,把痰盂从踏脚凳上拿下来,放到枚的嘴下。但是枚已经等不及了,他接连吐了几大口血在地上。冯嫂放下痰盂的时候,她的手上也染了一些红点子。

房里没有人说话,只听见枚的喉咙响。周伯涛又绞着手焦急地在房里踱起来。他疯狂似地小声念着:"怎么医生还不来?怎么医生还不来?"

"大少爷,你看他吐得这样凶,我们还有没有法子?我一点主意也没有,"陈氏急得哭出来,像一个小女孩似地向觉新求助道。

"再烧点神幔子灰给他吃罢,"徐氏比较镇定地插嘴说。她看见陈氏不反对,便叫冯嫂跟她出去,剪下一块神幔拿去烧灰,预备给病人吃。

觉新站在床前(不过他不像陈氏站得那样近)望着枚。他看见痛苦的挣扎,他听见可怕的喉鸣,他还看见在灯光下发亮的猩红的血。他觉得这是他的血。他的心在翻动。他的血也在往上涌。他没有同情,没有怜悯。他这时只感到恐怖。他仿佛看见了死。死就站在他的面前。那个伏在床沿上的年轻人就是他自己的影子。这便是他的过去,他的被摧残了的青春。现在映在他的眼里成了一个多么可怕、多么惨痛的景象。他觉得身子有点发冷,脊背上也起了寒栗。还有那些阴沉沉的脸。这个房间一瞬间就变成了冷窖似的地方。但是陈氏的声音把他惊醒了。他对那样的问话能够发出什么回答呢?他正望着陈氏发愣,忽然瞥见了一个黑瘦的影子。周伯涛还在房里踱着。他想起来这一切都是周伯涛造成的,这句问话应该由周伯涛来回答,应该由那个人来想个办法。他也不再思索,便简简单单地答道:"大舅总有点主意,还是请大舅想个法子。"

"他想个法子?刚才不是他打烂茶杯,枚娃子还睡得好好的。他只会发脾气,只会骂人。不是他,枚娃子怎么会到今天?"陈氏听见觉新只提起周伯涛,并不说别的话,她感到失望。她看看周伯涛那张像罩上一层暗雾似的黑脸,不觉把自己一肚皮的怨恨和苦闷都向着她这个刚愎无能的丈夫的脸上吐过去。

"这是我们周家的家运不好。你只顾抱怨我做什么?又不是我的错。你们女人家不懂事就少开腔!"周伯涛恼羞成怒地反驳道。

陈氏正是心里彷徨无主,听见周伯涛的话更是气上加气,便放下脸赌气地说:"好,我是不懂事!我就让你这个懂事的去管罢。我把枚娃子交给你。万一他有个三长两短,我就问你要人!"她说罢就气冲冲地冲出去了。

周伯涛看见陈氏赌气地冲出去,又恼又羞,气得没有办法,一个人叽哩咕噜地说:"儿子又不是我一个人的。你不管,我也不管!"他也不去看看枚少爷现在好一点没有,就带怒地掀开门帘大步走了出去。

房里除开翠凤和病人外就只剩下觉新和枚少奶。枚少爷已经停止吐血,他在他妻子的腿上伏了一阵,便由她扶着他的头躺回到枕上去。枚少奶缩回了手，看见他昏昏沉沉地闭上眼睛，仿佛睡去了似的。这时候周伯涛刚刚走出去。她又气又悲，心里一阵难过，便噙住眼泪，抬起头对觉新诉苦道："大表哥，这是你亲眼看见的，会有这种事情！他们都不管了，你叫我一个年轻女人家怎样办？"她说罢，又俯下头，两手蒙住脸低声抽泣起来。

觉新以前对枚少奶没有一点好感。这晚上他用自己的一双眼睛看见了在这个房间里发生的一切事情。他的眼睛不曾骗他，使他见到一个年轻的心灵的另一面。这个在恶运的打击下显得十分无力的女子的痛苦唤起了他的同情。而且在周伯涛做了那些事情以后，在周伯涛夫妇吵过嘴两个人赌气冲出去以后，枚少奶的这一哭更像刀子似地割着他的心。他走近一步，温和地安慰她说："表弟妹，你不要难过。大舅、大舅母过一阵就会来的。他们哪儿有不管的道理？况且这又不是不治之病，等医生来看过脉，吃两副药，再将息将息，就会好的。表弟妹也不必着急，万一你也急出病来，会给枚表弟加病的。"他说话的时候，还怀着希望想贡献出他自己的一切，给这个正在受苦的孤寂的女人一点帮助。但是他把话说完，才知道自己的无力，他留在这个地方除了说几句空话以外，不能够做任何事情。他只能够袖手旁观着一个年轻生命的横被摧残，另一个人的青春被推进无底的苦海。全是不必要的。全是可以挽救的。然而他没有这个力量。他恨他自己，他轻视他自己。他觉得他的眼睛花了。坐在床沿上蒙住脸肩头一起一伏的女人，现在仿佛变成了另一个人。同时一个细微的声音飘到他的耳边："大表哥，你照料照料枚弟。"他心里一惊，仿佛一根极锋利的针尖一下子刺在他的心窝上。他睁大眼睛看，还是那个细长身材，穿着带青春颜色的衣服的枚少奶。蕙的骨头早腐烂了。但是她的话长久地留在他的耳边。他现在真是"见死不救"了。他辜负了一个少女的信任。他更轻视他自己,恨他自己。

觉新还要说话,但是冯嫂进来了,端了一碗用神幔子灰冲的开水来给枚少爷吃。枚少奶刚抬起脸眼泪汪汪地看觉新,看见冯嫂端了碗走到床前,低声问她:"孙少爷睡了?还要不要吃?"便摇摇手轻轻地答道:"他刚睡着了。你把碗放在方桌上罢。"

冯嫂答应着,把碗放到方桌上去。她注意到地上的血,便对留在房里的翠凤说:"翠大姐,请你去撮点灰来把地扫一扫。"翠凤顺从地走出去了。

"大表哥,今天你也很累了,多谢你一番好意。人家都说我脾气大,我也晓得。我在家里头娇养惯了,"枚少奶含着眼泪感激地对觉新说。"我到这儿来看见的又尽是希奇古怪的事情,我的脾气更坏了。现在说起来我还不好意思。你枚表弟待我倒是很好的。可是今天这些事情大表哥是亲眼见到的。你想我怎么能够放心?这也是我的命苦,"她说到这里声音有点嘶哑了,眼泪像线似地沿着脸颊流下来。

"小姐,你也不必伤心。姑少爷的病就会好的。这两天你自家身子也不大好,你有喜了,也要好好保养才是,"冯嫂是跟着枚少奶陪嫁过来的女佣,自然关心她的小姐。她看见枚少奶说着话又在掉泪,便过去劝解道。枚少奶听见她的话,索性拿手帕揩着眼睛。觉新同情地看了枚少奶一眼。翠凤拿着撮箕和扫帚进来了。她(冯嫂)又接着枚少奶先前的话,对觉新说:"大少爷,我们小姐什么都好,就是性子急,脾气大。我们太太过世早,老爷在儿女里头单单喜欢我们小姐一个。什么事情都将就她。她一发起脾气来,全家的人都害怕她。大少爷不是外人,自然很明白。碰到不明白的人就爱在背后说小姐的闲话。我也常常劝我们小姐,脾气大,不好,只有自家吃亏。怎奈她总改不过来……"

冯嫂说到这里,枚少奶取下手帕,看了看床上,小心地低声打岔道:"冯嫂,你小声点,看又把姑少爷吵醒的。"

冯嫂把脸掉向床上看,便不作声了。觉新同情地随口答道:"你说得对,不错。"

枚少爷在床上醒了。他用沙哑的声音唤道:"孙少奶,孙少奶。"枚少奶连忙掉过头,俯下身子温柔地答道:"我在这儿。"

"你还不睡?"枚少爷亲切地问道。他看见她把一只手放在被上,便伸手去把它捏住,又说:"你今天也累了。我刚才把你们急坏了。"

枚少奶带着微笑看他,低声说:"现在还早,大表哥还在这儿。你还觉不觉得心里难过?"

"刚才睡了一会儿,现在好多了,"枚少爷温和地答道。他又说:"大表哥还没有走?真难为他。"他用眼光去找寻觉新。

枚少奶便掉头招呼觉新道:"大表哥,他请你过来。"觉新走到踏脚凳前,把眼光投在枕上,轻轻地唤了一声:"枚表弟。"

"我现在心里好受多了。大表哥,多谢你,你还没有回去,"枚少爷把头略微一偏,失神的眼光感激地仰望着觉新,用力地说,声音并不大。"大表哥,你也累了,请回去罢。我病好了,再过来道谢。"他忽然把嘴一扁,又把眼光从觉新的脸上掉开,疲倦地说:"不过我恐怕不会好了。"

"枚表弟,你不要这样想。你年纪轻轻——"觉新忍住悲痛,鼓励地说。但是他看见周老太太和陈氏走进房来,便咽住了以下的话。

"怎么医生还没有来?"周老太太带点焦虑地自语道,便往床前走去。陈氏也跟着她走到床前。徐氏也揭起门帘进来了。

她们看见枚少爷安静地躺在床上,神气比先前好一点,便略微放了心。周老太太和蔼地安慰病人几句。

忽然在外面中门开了,周贵喜悦地大声叫起来:"王师爷来了。"这意外的声音在静夜里显得特别响亮。这是喜悦的声音,它给房里的人带来无限的安慰和希望。

四十二

觉新回到家里,芸还坐在他的房里等候他。琴、淑华和觉民都在这里谈话。芸看见觉新疲倦地走进来,她心里一惊,马上关心地问道:"大表哥,枚弟不要紧罢?"

觉新痛苦地摇摇头,便在活动椅上坐下来。淑华连忙从煨在"五更鸡"上的茶壶里倒了一杯春茶端到他的面前。他喝着茶,又把眼光轮流地在几个人的脸上盘旋了一会儿,放下杯子,叹了一口气,才开始对芸,也对着另外三个人叙述他在周家看见的那些事情,在叙述的时候他并不加解释。只有说到最后,他才疲乏地、也带点愤慨地说:"我看枚表弟不会好。至多不过一两个月。"

"现在只有盼望王云伯的药灵验了,"芸含着眼泪自语似地说,她还想挽回那个飞走了的希望。

没有人相信芸的话。觉新迟疑一会儿,终于摇摇头说:"王云伯的药也没有多大用处。他开的方子上不过几样普通的止血润肺的药。我送他出来的时候,他还偷偷地告诉我,枚表弟的病很难望好,他也只能够随便开个方子试试看。他还说,如果早点找他来看,或者还有办法。"

"这都是大舅一个人的错,什么事都是他闹出来的,"淑华气愤地说。

"这不止是一个人的错。制度也有关系。不然大舅怎么能够把枚表弟的性命捏在手里,随他一个人去处置?"觉民带点教训意味地说。

觉新吃惊地瞪了淑华一眼,又看了看觉民。琴听见觉民的话暗暗地点头。淑华和芸都不大明白觉民的意思。不过芸也没有工夫思索别的事情,她的脑子里已经装满了忧愁。

"如果枚表弟病医不好,那么周家就从此完结了。看大舅以后还有什么把戏!亏他活了几十岁,就这样糊涂!"淑华越想越气,觉得不骂几句,心里便不痛快。

"三妹!"觉新痛苦地叫了一声。他瞪了淑华一眼,又偷偷看芸。芸静静地坐在椅子上,埋着头用手帕揩眼睛。他便掉回眼光对淑华说:"你少乱说。周家不会完结,表弟妹有喜了。"

"表弟妹有喜了?那才可怜嘞!不论生儿生女,我看,大舅也会照他待蕙表姐、枚表弟那个样子待他(她)的!"淑华气愤不堪地辩驳道。

这些话说得太过分了。觉新受不住就赌气地说:"听你的口气,好像你要把大舅打倒才甘心!"他说了又把眼睛掉去看芸,他担心淑华的话会伤害芸的感情。

淑华噗嗤一笑,并不回答他。琴也微笑了。琴轻轻地唤一声:"三表妹,"对淑华动动嘴,做一个姿势。淑华点点头,便走到写字台前,身子靠着写字台的一头,温和地望着觉新,先唤了一声:"大哥。"觉新惊讶地掉过眼睛看她。她接下去说:"我有一件事情跟你商量。我想下半年进学堂读书。"

"你要进学堂读书?"觉新睁大眼睛惊愕地问道。

"是的,我已经打定主意了,我就进琴姐读过的'一女师'。琴姐肯给我帮忙,我不愁考不起,"淑华兴奋地答道。她以为她的哥哥不会阻挠她的决心。

觉新略略埋下眼光,思索了一下,但是他的心很乱,他想不出什么来。他沉吟地说:"我看三爸他们一定不答应。"他不表示他自己的意见。

仿佛一股风吹来一两片阴云罩在淑华的脸上。她呆了一下。但是她的嘴边立刻又浮出笑容。这是哂笑。她带了一点轻蔑地说:"让他们去说闲话。我不怕!这是我自己的事情,我何必要管他们答应不答应!"

"不过三爸是家长,你是他的侄女,"觉新沉吟地说。他还在思索,但是依旧想不出什么来。

淑华有点动气了。她争辩地说:"不错,他是家长,家里头许多古怪事情,你说他管到了哪一件?坏事情他管不了,好事情他就要来管。只有你才怕他!我是不怕的。我一定要进学堂读书。你不答应,还有二哥给我帮忙!"她说完赌气地一冲,就走回到原先的椅子上坐下了。

觉新好像受到了一个意外的打击,他的脸色变得惨白了。他低下头不再做声。觉民慢慢地走到他身边,正要对他说话,他突然抬起头来,诉苦地对淑华说:"三妹,你何必生气。我并没有说不准你进学堂。无论什么事总该慢慢商量,慢慢想法。你晓得,对你们的事情,我总是尽力帮忙的。我一心只为着你们好……"

门帘一动,一个女孩的声音从外面飘进:"太太来了。"绮霞打起门帘,周氏的肥短的身子一摇一晃地走进房来。觉新立刻闭了嘴。房里的人全站了起来。

"你们在争些什么?"周氏带笑问道。她又对觉新说:"明轩,你才回来?你枚表弟的病怎样了?"她的眉毛聚拢起来,把脸上的淡淡的笑容驱走了。

觉新把写字台前的活动椅让给周氏。他等周氏坐下,便把枚少爷的病情详细地告诉了她,又把王云伯上轿时低声嘱咐的话也说了。

周氏静静地听着,她脸上的暗云不住地增加,人看得见焦虑和愤慨在扭歪她的胖脸。她等到觉新把话说完,才大声叹一口气,带点怨愤地说:"这也是命。想不到大哥会这样糊涂!我原说过枚娃子有病应该找医生看。他总是不肯听别人的话。他只要稍微明白一点,又何至于闹出这些事情。枚娃子也很可怜。"

"大姑妈的话不错。大伯伯也太狠心。我倒觉得枚弟妹可怜,她以后怎么过日子?"芸同情地说,她的眼圈又红了。

淑华得到觉新的那几句答话,她的恼怒也早消散了。这时她听见芸的话,便带笑地夸奖说:"芸表姐,你也太好了。人家跟你作对,你还怜恤人家。我就不是这样的人。"

芸摇摇头说:"三表妹,你没有听见大表哥刚才怎样说。枚弟妹说的倒是真话。她也是个苦命人。我的处境究竟好多了。那一点小小的恩怨,还记挂它做什么?"她带着微笑问周氏:"大姑妈,你说我说得对不对?"

"不错,到底是芸姑娘厚道,"周氏点头答道。她又对淑华说:"三女,你也该向你芸表姐学一学。做人要厚道一点才好。这也是积来世福。"

"哎哟,妈还要说积来世福!"淑华噗嗤地笑道,"我单活这一世,已经惹得人家讨厌了,我给大家招来不少麻烦,连妈也受了累。我还敢再活第二世?"

淑华的话扫去了周氏脸上的忧愁,微笑浮了上来。她说:"三女,你倒会说话!一点儿麻烦算得什么?横竖她们(她指的是王氏、陈姨太等)就只有那一点儿花样。我现在也不怕了。我倒觉得应该让年轻人高兴一点。年轻时候兴致不好,上了年纪,脾气一定很古怪,就像你四婶那样。"

淑华暗暗地看看琴和觉民,彼此会意地笑笑。觉民大声称赞道:"妈这话很开通。我就赞成妈这个见解。三妹,我们以后索性多给妈招点麻烦罢。在这个公馆里头招麻烦倒很容易,妈说过妈不怕,我们就不必多担心。"他说到后面两句的时候,还对淑华眨了眨眼睛。

"妈真的不怕?我就有一件事情求妈答应我,"淑华连忙高兴地接下去说。

"什么事?什么事?你又有什么花样了?好像你们几姊妹早就商量好了的,"周氏和蔼地插嘴问道,她还以为淑华是说着玩的。

"妈,我下半年要到琴姐读过的那个学堂去读书,琴姐答应给我想法子,大哥、二哥都答应给我帮忙。妈,你一定答应的,"淑华带笑向周氏央求道。

周氏皱了皱眉头,一时答不出话来。不过她的脸色也没有多大的改变。淑华的喜悦的表情似乎淡了一点,但是她仍然抱着希望等候周氏的回答。琴趁这个机会开口向周氏进言道:"大舅母,我看让三表妹进学堂去读读书也好。横竖她在屋里头闲着也没有事情,反而心焦。如今时代究竟不同了,读点书,也可以长点见识。我们学堂里的先生都还不错。"

觉民又接下去说:"妈,琴妹的话也很有道理。现在进学堂读书的女子也不算少。三妹又很有志气,不让她读书,埋没了也很可惜。"

周氏微微地叹了一口气,不过她的脸色还很温和。她和蔼地说:"我也明白你们的意思。我从来就没有想过要干涉你们。我自己倒没有话说。我觉得进学堂并没有什么不好。譬如你琴姑娘,你进过学堂你就比别人懂事情。说老实话,我素来就喜欢你。可见你进了学堂也并没有学坏。"她望着琴好意地微微一笑。"不过我们高家的姑娘从没有进过学堂。连你们从前在书房里头跟着先生读书,他们也不高兴,要在背后说闲话。"她望着淑华诚恳地说:"我自己倒也情愿答应你去进学堂。不过我有点担心,我不晓得他们又会说些什么话。三爸虽然固执,倒还是个正派人。只有你四爸、四婶、五爸、五婶几个人爱说闲话。五婶最近稍微好一点。四婶同陈姨太近来又专门跟我们作对。我真讨厌她们那种狼狈为奸的样子。脸上擦得雪白,说起话来总是皮笑肉不笑,真是一脸奸臣相!而且藏了一肚皮的坏心思。"周氏一面说话,一面摇动着头,她的话说得很急,就像一串珠子接二连三地从嘴里滚着出来,但是声音清晰,使听话的人不会遗漏一个字。她说到最后,不觉咬起牙齿,她的怒气升上来了。她便侧过头去吩咐绮霞道:"你给我倒杯热茶来。"

众人默默地望着周氏。等她接过绮霞端来的茶杯,喝去里面一半的茶汁,把上升的怒气压住以后,觉民又辩解地对她说:"我们也知道妈有妈的苦衷。不过我觉得他们也闹不出什么事情来。他们自己就没有立过一个好榜样,哪儿配来管我们?我们也犯不上将就他们，怕他们捣鬼，白白地把我们自己的前程断送掉……"

"你等一下，外面是什么事？"周氏忽然阻止觉民道。

"五爸跟五婶又在吵架。他们隔几天不闹一场，就像不过瘾似的，"淑华嘲骂地说。

"这样吵下去有什么意思？深更半夜还闹得四邻不安的，真叫人听见心焦，"周氏皱眉道。

"他们闹还不要紧，只苦了一个四妹。五婶吵不赢，等一会儿又会拿四妹来出气。我看总有一天要把四妹折磨死才甘心！"淑华愤慨地说，她倒忘记了自己的事情。

"我晓得你们在商量怎样谋害我。人家欺负了我你还嫌不够，你还要去帮忙。旁人说你们高家规矩好，我就没有见过小叔子深更半夜跑到嫂嫂屋里去的道理！哪个晓得你们两个说些什么？……"沈氏的尖而响亮的声音突然闯进房里来。

"老子高兴怎样做就怎样做，哪儿有你这个不要脸的'监视户'管的？"克定厉声回骂道，他的手接连在桌子上拍了两下。

"绮霞，你快把窗子关好，这些话叫人听了心焦，"周氏烦躁地吩咐绮霞道。

朝着对面厢房的三扇雕花格子窗只有中间的一扇开了一半，觉民怕绮霞矮小够不上窗棍子，便自告奋勇地说："等我去。"他走到窗前，取下窗棍子，把窗放下来，关好，又扣上。这时在斜对面厢房里克定跟沈氏吵得更厉害了。人可以听见叫骂声，瓷器落地声，椅子、凳子倒地声。

"等我去请三爸来，"觉新痛苦地自语道。他站起来要往外走。

"明轩,你不要去,"周氏忽然低声阻止道。觉新便站住惊愕地望着周氏,不明白她为什么不让他去告诉克明。周氏知道觉新的心思,便对他解释道:"三爸来也管不了的。他如果管得住他们,早就不会闹了。你把三爸请来,不过让他多生点气。我看他们爱闹就索性让他们一次闹'伤'了,免得以后再时常闹。"她说完觉得心里比较痛快一点。她看见淑华、觉民、琴、芸这几个年轻人的眼光集中在她的脸上,忽然觉得眼前亮起来。她惊讶地望着这几张脸,都是年轻、正直、善良的面貌,这上面并没有世故的皱纹,也没有忧患的颜色。她感到一阵畅快,仿佛她的愁烦一瞬间就完全离开了她。她有点明白了:这个时代是属于眼前这些年轻人的,只有他们才可以给她一点光,一点温暖。她愉快地对淑华说:

"三女,我答应你进学堂。我们不要管他们。任凭他们说好说歹,你只顾用功读你的书。你有志气。你将来一定要争一口气。你们都要给我争一口气。"

这些意外的、但是坚决的、鼓励的话把几个年轻人的心都照亮了。光明的喜色笼罩着他们的脸,连芸也满意地微笑了。淑华差不多欢喜得跳起来。她快乐地大声说:"妈,你真好!我将来一定要好好报答你!"

她太高兴了,他们太高兴了!(觉新也含着泪感动地笑了,他的眼光又停在那张他看惯了的照片上,他暗暗地对"她"讲话。)他们都没有注意到一个熟习的脚步声急促地经过门外,也没有注意到一个女孩在堂屋门口唤着:"四小姐。"

春兰一面跑,一面唤淑贞。她看见淑贞跑下过道,正要往花园里跑去。她连忙追上去。她的脚步声引起了房里人的注意。

"多半有人去请三爸去了，"淑华不在意地说。但是她听见了春兰唤"四小姐"的声音。她便惊疑地自语道："怎么春兰在喊四妹？一定是四妹跑出来了。"

春兰又在花园外门内叫起来。

"四表妹跑到花园里去了。我们快去劝她回来，"琴忽然警觉地说，便朝着门走去。淑华和觉民默默地跟着她。

他们走出过道，刚走进花园的外门，一个影子扑到琴的身上。琴连忙扶住那个小女孩，温和地问道："春兰，什么事情，你这样慌张？"

春兰抬起头用疯狂的眼光看他们三个人，忽然迸出哭声说："琴小姐，三小姐，二少爷！……我们四小姐……跳井了！"她大声哭起来。

"你快去给大哥说，"觉民严肃地吩咐淑华道。淑华不作声，只是转身便走。

"不会的罢？"琴惊疑地说了这一句。

"春兰，你不要哭。我问你，你怎么晓得四小姐跳井？"觉民带着猛烈的心跳向春兰问道。他还希望是春兰看错了。

"我看见四小姐赌气跑出来。……我跟住她。……我喊她，她也不答应。……她跑进花园里头，我追上去。……我看见井口上影子一晃。我还听见掉下井的声音，"春兰断断续续地抽泣道。淑华陪着周氏、觉新、芸来了。恰恰在这个时候响起了电灯厂的汽笛。依旧是那哀号似的声音，然而在这个晚上，在这一刻，它响在这些人的心上，却变成多么凄惨，多么可怕！

"大哥，我们怎样办？"淑华打了一个冷噤，半惊惶半悲痛地说。

"我们应该快点想法救四表妹,"琴着急地说,她的眼泪淌出来了。

觉民不理睬她们。他用低沉的声音吩咐道:"春兰,你快回去告诉五老爷、五太太去。绮霞,你去点个风雨灯来。大哥,请你出去把袁成他们喊来。我到厨房里喊火房[1]去。"

"好,你们快去。我心跳得不得了。想不到公馆里头又出这种事情,"周氏喘吁吁地催促道。她心里很乱,她也想不出别的办法。她还跺着脚说:"天呀,要保佑四姑娘救得起来才好!"

觉新、觉民、绮霞、春兰匆匆地往四处走了。琴和芸陪着周氏立在花园外门口。觉新房里的灯光透过白纱窗帷软软地躺在天井里,在石板地和泥土上画出一些花纹。淑华忽然大步往花园里走去。

"三表妹,你到哪儿去?"琴惊愕地在后面问道。

"尽站在这儿等着,有什么用处?四妹恐怕就要断气了,"淑华又着急,又气恼,烦躁地答道,一个人赌气地往井边走去。

淑华走到井边,只看见一个黑洞,木头盖子放在一旁,一根带钩的竹竿靠在井畔走廊矮矮的屋檐上。没有什么改变。从石板缝隙里响起了蟋蟀的凄楚的叫声。从园门口送过来周氏和琴、芸诸人的低声谈话。她受不住这静寂。她俯下头朝井里看去。她只见一点灰白色。她悲痛地叫起来:"四妹。"她仿佛听见应声。她便张大口发出更大的声音唤她的四妹。她还兴奋地忘了自己地嚷着:"四妹,你再忍一会儿,我们就来救你了!"

绮霞提着风雨灯把周氏、琴、芸等引到井边。琴含着眼泪对淑华说:"三表妹,你也不必喊了,她不会听见的。你站开

---

[1]火房:即"火夫"。

一点。"

"她听见的。我喊她,她还在答应!"淑华热烈地争辩道。绮霞把风雨灯提到井口,淑华把头放在灯前。但是她依旧看不清楚井底。灯光照在她的脸上,一脸的泪痕在那里发亮。

周围的黑暗突然加浓,电灯熄了。觉民带了火夫和厨子的下手打着灯急急忙忙地从外面进来。在他们的后面还跟着几个女佣。井边顿时热闹起来。

厨子的下手把手里提的风雨灯挂在走廊的屋檐下栏杆前。四周显得亮多了。火夫拿着竹竿放下井去,他想钩起什么东西。众人屏住呼吸看他的动作。他试了几次,都没有结果。他和厨子的下手商量着其他的办法。厨子的下手又把绮霞手里的灯要来,设法挂在那株俯瞰着井口的老松树的一根粗枝上。火夫想起了绳子,便回头跑出去在厨房里拿了绳子来。

人声嘈杂,众人议论纷纷。沈氏带着春兰半跑半走地进到园里。她披头散发,带着满脸的眼泪和鼻涕,歇斯底里地哭喊着:"四女,"发狂地奔到井口来。

"五舅母,你小心点,"琴连忙拉住沈氏的袖子,温和地提醒道。

沈氏看看琴,好像不认识琴一般。她又看看站在井边的别的人,她忽然大声责备道:"你们怎么都白白看着?也不动手救她一救?"没有人理睬她。她又俯在井口高声哭叫"四女"和"贞儿"。

觉新又带着袁成、文德和两个轿夫来了。井边挤满了人。各人有各人的主意,大家争先说话,沈氏又不时地发出哭诉,而且招魂似地呼唤着淑贞的名字来打岔他们。别人无法劝阻她,她已经失掉理性了。做父亲的克定始终没有来。觉新和觉民在井边指挥一切。

不幸的消息传布得很快。人越来越多。连觉英和觉群也来看热闹了。忙乱之后又继续着忙乱。烦躁增加着。众口纷纭地议论着，哭叫和抱怨混在一起。经过了长时间的商量，而且在"重赏之下"，人们才决定了下井救人的办法。

在嘈杂的人声中，两个轿夫用粗绳子把那个年轻的火夫放到井里去。绳子缚在火夫的腰间。绳子跟着火夫的身子慢慢地往下坠。轿夫们俯下头不断地跟那个火夫交谈。绳子不再往下落了，但是它还在微微摇动。轿夫们大声在问话。绳子猛然抖动几下，又停住了。所有的眼光都集中在绳子上。希望与苦痛在搏斗。这是一个难堪的时刻。连喜欢讲话的人也都沉默了。

绳子又动起来，火夫在下面大声叫唤。轿夫们开始拉动绳子。厨子的下手和袁成、文德也去帮忙。他们五个人用力拉着，把绳子一寸一寸地拉上来。众人的眼光就跟着绳子移动。大家的心也随着绳子跳动。每个人都把一些话咽在嘴边，只等着在一个时候让感情畅快地爆发。

于是一个可怖的雷响了！袁成、文德、觉新、觉民都扑到井口去，弯着腰蹲在那里。他们在移动一件东西，口里不住地讲着简短的话。他们慢慢地站起来，慢慢地离开井口。觉新、觉民两人抬着淑贞的尸首走下井边台阶。文德和袁成跟在后面。高忠和苏福也从外面赶来了。风雨灯的灯光无意地落在那张小眼小嘴的秀丽脸上，依旧是那张忍受的、带着哀怨的面颜，前刘海紧紧贴在额上，眼睛闭着，左眼皮上和左边额角上还留着几缕血丝，血渗在水珠里不断地从发鬓间滴下来。嘴微微闭着，嘴角有血迹。衣服浸透了水，裹住她的瘦小的身子。小脚上的绣花缎鞋却只剩了一只。一根散乱的辫子重重地垂下来，一路上滴着水。

女人们痛苦地、恐怖地低声叫着。有的掉下眼泪，有的闭着眼睛唉声叹气。淑华悲痛地唤了几声："四妹！"她伤心地哭了。琴也用手帕蒙住脸抽泣起来。

但是在这些人中间最痛苦、最伤心的还是沈氏。她看见淑贞的面容，连忙扑过去，一把抓住那个还在滴水的冰冷的手，带哭带嚷地把她的脸往淑贞的身上擦。觉新和觉民只得停在台阶上，他们无法移动脚步了。

"五弟妹，你不要伤心了。等把四姑娘抬回屋里去再说，"周氏连忙过去拉住沈氏的膀子劝道。

沈氏不肯听话，仍然带哭带诉地抱着淑贞的身子不肯放。觉民忍不住掉头对旁边的人说："你们劝一劝。"

克明抱着水烟袋同张氏一起来了。翠环提着灯跟在他们的后面。他们已经知道了这件事情。克明沉着脸，什么话也不说。他心里很不好过。他仿佛受到一个大的打击。他见到了一个不可避免的灾祸的朕兆。他并不是特别关心淑贞。他是在悲叹他那个逐渐黯淡的理想。他知道他们一步一步地走近毁灭的道路了。

张氏捧着大肚皮走过去帮忙周氏安慰她们那个哭得很伤心的五弟妹。琴也过去劝沈氏。她们几个人终于把沈氏拉开了。也不用木板，觉新和觉民一个抱头，一个抱腿，抬着淑贞的尸首走下了台阶。文德和高忠在旁边帮忙抬着淑贞的背。他们慢慢地走着，出了园门。好些人跟在他们的后面，沈氏不停地在路上发出伤心的哀号。

觉新抬着淑贞的上半身。他装了一脑子的痛苦思想。他的眼泪时时落到淑贞的冰冷的脸上。觉民抬着淑贞的腿。他始终被悔恨和痛惜折磨着。他咬紧牙关，不让自己掉一滴泪。他望着那张沉睡似的脸，痛苦的回忆不断地啃着他的脑筋。他允许过要援救她，她始终等待着他的帮助。如今他轻易地辜负了一个寂寞的小女孩的信任，再没有补救的办法了。

他们抬着淑贞出了过道，走下天井，经过堂屋门前往右厢房走去。这个工作本来不必要他们来担任。但是他们遣走了袁成和苏福，自动地抬起淑贞的头和脚。袁成弯着背包了一眶泪水，几次走到觉新的身边，说，"大少爷，让我抬罢。"苏福不声不响地跟了上来。觉新只是摇摇头，不回答一个字。这是他们对这个小妹妹做的最后一件事情，这个孤寂的小妹妹，她需要他们的爱护，然而他们并没有把适当的爱给她，他们撇下她，让她一个人孤寂地走上毁灭的路。她寂寞地生，寂寞地死，在这十五岁的年纪，她像一朵未到开花时候就被暴风雨打落了的花苞。

他们默默地继续走着。淑贞的身子在他们的手里变得更沉重了。这是爱的工作。这也是痛苦的工作。这个柔软的瘦小的身子忽然变成了铁块一般的东西。它不仅沉重地压住他们的手，它还像铁石一样地压在他们的心上。头上是一个广阔的黑暗的天空，后面跟随着一大群摇晃的咕哝着的黑影。他们能够把这个心上的重压推到什么地方去？一个怨愤不平的声音在觉民的心里叫着："为什么我们都活着，大家都活着，偏偏该你一个人死？为什么大家要逼着你走那一条路？你从来没有伤害过一个人！"但是如今一切都是多余的了。她的带血的小嘴连一个字、一个诉苦的声音也吐不出来了。他看看天,天仍然是广阔的,黑暗的,满天的星子也增加不了多少光辉。北斗七星永远指着北方,北极星依然那样地明亮。它们是见过了千千万万年的人世的,它们现在也不能够给他一个回答。这是一个黑暗的、绝望的时刻。不过没有人注意到觉民的可怕的面容。

他们进了淑贞的房间。春兰已经把灯点燃了。房里没有一点改变,书桌上还放着淑贞的未做完的针黹。五房的女佣胡嫂先去取下淑贞床上的帐子。文德和高忠便松开手站在一边,帮忙觉新和觉民把淑贞的尸首放到床上去。淑贞的头静静地压在那个雪白的枕头上。觉民拉了一幅薄被盖住她的身子。觉新还摸出一方手帕,替她揩去脸上的水迹和血迹。她仿佛还是在睡梦里似的,她做的一定是凄楚的梦。他们刚刚离开,沈氏马上疯狂地扑过去。她拉开薄被,俯在淑贞的又冷又湿的身上,小女孩似地大声哭起来。春兰跪倒在床前,把头埋在淑贞的脚边,伤心地哭着。

一屋子都是人。但是大声哭着的人除了这主仆两个外,还有刚刚跑进来的喜儿。觉民看见觉新站在书桌前不想出去,便过去拉拉觉新的袖子,低声说:"我们走罢。"

他们走出来,刚走下石级,厨子的下手便过来对觉新说:"大少爷,火房在等赏钱。请大少爷转回五太太一声。"

觉新皱了皱眉头。他看见火夫也站在淑贞房间的窗下,便短短地答道:"你到我屋里头去拿!"他也不回转身去见沈氏,便跟着觉民匆匆地往对面那条过道走去。

他们到了房门口,看见厨子的下手和火夫都跟在后面,觉新吩咐一句:"你们就等在这儿,"他同觉民揭起门帘进去了。

琴、芸、淑华正在房里讲话,绮霞和翠环站在旁边听着。翠环看见觉新,便说:"大少爷,我在这儿等你,三老爷请你去。"

觉新应了一声,却先往内房走去。他在里面一个抽屉里拿出一包当五角的银币。他打开纸包,抓了一大把银币,拿着走到房门口,掀开门帘,递了两个给厨子的下手,又递了十个给火夫,看见他们高兴地道谢着走了,他才走回房里。

"大哥,怎么该你给赏钱?"淑华惊讶地问道,她的眼圈还是红的。

"这不是一样的?我何必又去麻烦五婶?横竖是为着四妹。我为着她也就只能够做这点点小事情……"觉新没有把话说完,眼泪又掉了下来。

琴和芸还在听觉民讲话。翠环关心地望着觉新,柔声说:"大少爷,等我打盆水来,你洗过手再走罢。"

"好,"觉新无可如何地点头说。他觉得心里稍微好过一点。他又同琴、芸两人说了好几句话。

翠环端了脸盆出去,不久就打了脸水回来。觉新揩了脸,又洗了手,然后和翠环一起走出去。

"大哥今晚上也受够打击了,"觉民看见门帘掩盖了觉新的背影,低声对琴说。

"我不明白为什么不幸的事情总是接二连三地一齐来?偏偏都挤在一个晚上!"淑华烦躁地插嘴道。

"不过你倒好,你的事情成功了,"琴安慰淑华道。她其实是在安慰自己,因为只有提起这件事,她才看见希望,才可以驱散哀愁。

"我固然成功了,不过四妹——。我们为什么不能够早给她想个法子?"淑华痛苦地、悔恨地说。她昂起头,伸了一只手到背后去拉过辫子来用力扯着。

别人只能够回答她一阵沉默。玻璃窗外阶下蟋蟀叫得更响了。是那样凄切的哀歌。在雕花格子窗外面,从淑贞的房里送过来沈氏的疯狂似的哭诉。只有这么短的时间!一切都改变了。他们仍然坐在这个房间里,他们仿佛就做了一个梦。

"五爸真岂有此理!他晓得四妹跳井,不但不来料理四妹的事情,反而跑到小公馆去了。这种人也配做父亲!"觉民忽然愤慨地说。他的心里充满了憎恨。

"五舅母也可怜。现在既是这样,当初又为什么要折磨四表妹?"琴的脑子里装满着沈氏的哭声,所以她回答的和觉民的话并不相干。

"我想到四表妹,她今天下午还说起她月底过生,要请我来吃面,"芸凄凉地说着,她的眼圈一红,又是泪光莹莹了。

"我们现在到那边去看看她也好,这是最后的一面了,"琴悲声说着,就站起来。

"那么我们立刻就去,"淑华也站起来说。

"棺材要天亮后才会进来。你们去看看她也好,现在多半在给她换衣服了,"觉民温和地对她们说。

不过他仍然留在房里,并不伴着那三个少女出去。

四十三

一具小小的棺材装下了淑贞的有着那么多哀愁的身体。一个寂寞的行列把棺材送到城外一所古庙里去。这所庙宇对觉新、琴和淑华都不是陌生的。钱梅芬的灵柩两年前曾经寄殡在这里。现在又轮到淑贞来作一个住客了。依旧是那种荒凉的景象,依旧是那些断瓦颓垣。阶下的野草还是那样地深。只是大殿的门窗有着修补的痕迹。

淑贞的灵柩在一个比较完整的房间里放好了。供桌安好,灵位牌立好,众人依次行了礼。袁成蹲在外面石阶上烧纸钱。沈氏哀痛地俯在棺上大声号哭。淑华、琴、喜儿、春兰也伤心地哭着。

觉新、觉民两人站在门外阶上看袁成寂寞地烧纸钱。轿夫们围在外面空地上谈笑。他们的笑声从半开着的中门送进来,不调和地夹杂在房里几个女人的哭声中间。火燃得很大,纸灰慢慢地飞起来,在空中飘浮一刻,又往地上落下,有两三片就落在觉新的附近。

"这跟前年的情形一样,并没有多大的改变,我好像就在做梦,"觉新怅惘地对觉民说。

"你又想起梅表姐了,是不是?"觉民同情地低声问道。

觉新点点头,回答道:"我前天给她上过坟。她死了两年了,冷清清的,没有人管。坟头上草都长满了。"他叹了一口气,忽然仰起头,望着天空,痛苦地说:"为什么总是那些可爱的年轻生命?她们都不该死。为什么死的总是她们?"他的话似乎不是对觉民说的,却是对着天空说的。但是一碧无际的高爽的秋空沉默着,不给他一个回答。

"这就是因为有那个制度,那些愚昧的人就利用它!"觉民愤激地答道。他看见觉新不作声,也不掉一下头,便又警告地说:"死了的是没有办法了。我们应该想法救那些未死的。其实如果我们早点设法,四妹也不至于这样惨死。"

觉新惊愕地看看觉民。沈氏还在那里哀号,她声音都哭哑了,喜儿俯着身子在劝她。觉新听见沈氏的哭声,心里更加难过,便对觉民说:"五婶倒也奇怪,四妹死了,她这样伤心。这倒不是假的。她当初只要待四妹好一点……"

"大概人就是这样,要到自己吃够了苦,才会觉悟,但是可惜又太晏了,"觉民答道。

觉新不再说话了,他在想觉民这句话的意义。

袁成把纸钱烧完了。房里哭的人也止了泪。沈氏带着哭声讲话。各事都已完备,现在他们应该动身回家了。沈氏还亲自嘱咐庙里的工人,要他不时在灵前照料,然后才依依不舍地跟着觉新他们走到外面去上轿。

沈氏跨出大门门槛,忽然含泪地感谢觉新道:"大少爷,真难为你帮忙,全亏你……"她咽住以后的话,却换了悲愤的调子接下去说:"你五爸心肠真狠,贞儿这样惨死,他连看也不来看她一眼。"

淑贞的头七就在旧历七月底,恰好是淑贞的生日。

淑贞的灵柩还停在庙里。沈氏差不多天天带了春兰到那里去。也没有人劝阻她。有时喜儿也陪她去。这几天她在家里也很少跟别人讲话。她常常坐在淑贞的房里,翻看淑贞遗下的旧东西。到了庙里,她先拿出她每日带去的新鲜水果或者点心供在桌上,然后俯在棺材上伤心地哭诉一会儿。最后她又小心地照料工人打扫房间,收拾供桌。

这天是头七,又是淑贞的生日,沈氏请了文殊院的和尚到庙里给淑贞念一天经(经堂就设在大殿上)。她去得早,还邀请了琴、芸和淑华同去。琴和芸都是早一天约好的,她们大清早就到高家来了。觉新和觉民也到庙里去了。就只有这几个人在古庙里庆祝淑贞的十五岁的诞辰。但是他们带去的不是欢笑,却是真挚的眼泪和哭声。风吹动灵帷,风吹动供桌上的鲜花,房间里充满了秋天的清新的气息。亲人们的温和的唤声在空中飘荡。然而淑贞已经听不见、看不见这一切了。

酒菜摆上桌子,满满地摆了一个供桌。觉新斟了酒。和尚们进来上了香。觉新兄妹依次在灵前行了礼。沈氏给淑贞扎了一大堆纸房子、纸箱笼、纸家具等等,都堆在外面大坝子里,这时全烧起来了。它们毕毕剥剥地燃烧,往各处散布纸灰,有些纸灰飞得很高,竟然飘到里面阶上来。轿夫们围着火堆说笑,他们的笑声里面的人也听得见。火愈烧愈大,不到一会儿的工夫,那一大堆东西就只剩了一团黑灰。

沈氏担心淑贞死后寂寞,还扎了两个纸的婢女来,放在灵前左右两旁陪伴淑贞。两个纸人都是一样的现代装束,脑后还垂着松松的大辫子。沈氏给它们起了名字,就用白纸条写着贴在它们的身上。她对着灵前说:"贞儿,我给你买了两个丫头来了。你好好地使唤她们罢,以后也有两个人陪伴你。"她又念着那两个纸人的名字。

沈氏看见没有停留的必要了,便吩咐轿夫预备轿子,她还要在家里请觉新兄妹吃早饭。临走的时候她眼泪汪汪地在供桌上花瓶里摘下一朵花插在发髻上,低声祷告:"贞儿,你跟我们回家去罢。"

但是淑贞永远不会回家了。

到了家,沈氏吩咐就在淑贞的房里开饭。六个人围坐在一张方桌旁边,没精打采地吃着。没有人想大声说一句话。桌子上也听不见笑声。平日爱说话的沈氏现在也变成了寡言的人。她的脸上不时带着一种木然的表情。她虽是一个殷勤的主人,但是她也不能给那几个年轻客人增加兴致,驱散忧郁,这忧郁是大家从庙里带回来的。

寂寞的筵席是不会长久的,很快地就到了散席的时候。觉新要到公司里去,觉民要出去找朋友,他们先走了。琴和芸不忍把沈氏撇弃在孤寂和悲哀里,便跟淑华商量,邀请沈氏同到花园里去散心。沈氏自然一口答应下来。

她们一行人走出过道转进花园外门,走到觉新的窗下。井边台阶上正有人在淘井。觉群、觉世两弟兄和觉世的姐姐淑芬都站在台阶上。他们一面看,一面在跟火夫讲话。沈氏马上变了脸色,不愉快地说:"怎么又在淘井?那天不是淘过了吗?"

"我去问一声,"淑华道。她便唤:"五弟,你过来!"觉群果然跑过来了。淑华便问道:"你就放学了?怎么不进书房读书?却躲到这儿来看淘井!"

"我刚才吃过饭。我要一会儿就到书房去,"觉群狡猾地陪笑道,露出了他的牙齿的缺口。

"我问你,怎么又在淘井?"淑华又问道。

"妈喊人淘的。妈说爹讲过井里头死了人,水脏得很,上回淘得不干净,不多淘一回,大家吃了水都会害病,"觉群得意地答道。

"你爹也难得在家,这两天连影子都看不见。他倒有心肠管这些闲事。我们吃的是外面挑进来的河水。哪个吃井水?"沈氏苦涩地说。

"我们淘米蒸饭用井水,"觉群眨了两下眼睛,笑答道。他听见妹妹淑芬在台阶上唤他,一转身就跑开了。

沈氏叹了一口气,也不再说什么,就慢慢地向前移动脚步。

她们进了花园,一路上看见不少野草野花。她们走到湖滨,眼前水明如镜,天色青得不见一个斑点。她们(尤其是淑华)觉得心上轻快许多,随便谈起话来,一面走上曲折的石桥,打算穿过湖心亭往对岸去。

沈氏走进亭子里,才注意到王氏和陈姨太坐在窗前紫檀椅上低声谈话。她只得站住招呼她们一声。琴和芸也向那两个人打了招呼。只有淑华不理睬她们。

"五弟妹,你今天居然有工夫到花园里头来?真难得!"王氏带着假笑说;接着她又问一句:"四姑娘几时下葬?"

"多半在下个月初七,地还没有买定,"沈氏皱皱眉头低声答道。

"五太太,你真是个好母亲,"陈姨太马上接下去说,好像不肯把沈氏轻易放过似的。"其实,我说,四姑娘年纪那样小,又何必东看地西看地,随便在义地上找块地方葬下就是了。既省事,又省钱。"她又望着王氏微笑道:"四太太,你说是不是?"

"自然罗,"王氏不让沈氏有机会说话,便接下去说,"像现在这种世道,能够省一个钱就算积一点福。我不晓得五弟妹怎样,像我们这一房用度就不小。我真怕这样花下去,漏洞一天多一天,将来补不起来真不得了。所以四老爷(她对陈姨太说)主张把这座公馆卖掉,卖来钱各房分分,也可以贴补贴补……"

沈氏的注意力一直没有集中。这两个人你一句我一句地叽叽喳喳一来,反而把她的脑子更搅乱了。她听见说"卖掉公馆",便似懂非懂地插嘴说:"把公馆卖掉?"

"当然!你难道还不晓得?五弟就没有告诉你?"王氏故意做出惊讶的神气说。"这还是五弟说起的。他一连几晚上到我屋里来,就是跟我商量这件事情。其实事情也不难办,就只有三哥会反对。但是哪个会怕他?公馆是大家的。分家就该分个彻底。不分,未必就留给哪个人独吞?"她似乎真的动气了,两个颧骨高高地隆起在她那白粉盖满的脸上。她突然伸手到脑后去,从发髻上拔下那根银针来,好像要用它来刺什么人似的。其实她却慢慢地把针尖放进嘴里去剔牙齿。

"我们走罢,"淑华在琴的耳边轻轻地说。她一个人先出去了。芸看见淑华悄悄地走出,便也跟着她出去。琴还留在亭子里,她想从王氏她们的谈话里多知道一些新的消息。

"其实我看,也不必卖掉公馆,大家住在一起也热闹些。究竟是自己的房子。到外面租人家房子住总不大方便,"沈氏悒郁地说。她的眉间隐隐地皱出一个"川"字。她对这个公馆还有点留恋。而且她想起跟着克定搬出去单独过日子,忽然感到了恐怖。

"五弟妹,你倒说得容易!"王氏不高兴地冷笑道。"你不记得前几天刘升下乡回来怎样说?去年租米收齐,恐怕也只有往年的一半多。今年更差。这几个月到处都在打仗,'棒客'[1]没有人管,又凶起来了。各县都有。外面还有谣言,说温江的'棒老二'说过,本年新租他们收八成,佃客收两成,主人家就只有完粮纳税,一个钱也收不到。万一成了真的,你看焦不焦人?你四哥又没有多少积蓄,我们熬不起!比不得你们钱多!卖田现在又卖不起价。不卖房子,我们将来吃什么?再说,公馆这样大,我们一房只有几个人,也住不了这种大地方。白白有个大花园,我一年到头也来不了几回。况且花园里头总是出凶事,前年鸣凤投过湖,今年四姑娘又跳井。我看花园里头一定有冤鬼。如果长住下去,一定还有凶事。五弟妹,你担当得起吗?不说你担当不起,就是三哥也担当不起!"

王氏说到后来,简直是在威胁沈氏了。

沈氏又气恼,又痛苦,又有点恐怖。王氏的老鸦叫一般的声音不住地在她的脑子里打转,好像是用一把尖刀在割她的脑子。她受不住,她的脸色变得十分惨白。她也不想保护自己,更没有念头去伤害别人。她只想逃避。她带着恐惧地睁大两只小眼睛,看看王氏,又看看陈姨太。她们正带着轻蔑的眼光打量她。是那样锋利的眼光!她不能够支持下去了。她求饶地说:"这又不是我的事。我并没有说过不卖公馆。你们要怎样随你们好了。"她说罢,连忙走出亭子去。琴怜悯地陪着她。芸和淑华在前面桥头等候她。她刚转一个弯,便听见快乐的笑声从

---

[1] 棒客:即"土匪";下文的"棒老二"同。

亭子里追出来。在笑声中她似乎分辨出"笨猪"两个字。

"我真害怕她,她那张嘴就好像要吃人一样!"沈氏走到桥头,才吐出一口气来,回头望着亭子低声说,"我一辈子就吃她的亏。"

"听四舅母的口气,这个公馆迟早总要卖掉的,"琴惋惜地说。她爱这个地方,在这里她有过那么多的美丽的回忆,她的一部分的幸福的童年也是在这里度过的。她知道总有一天她会跟眼前的这一切分别。

"卖掉就卖掉!哪个才希罕这个地方!未必离开这儿我们就活不下去?换个地方我们倒清静些!"淑华赌气地说。

"这个花园很可惜,"芸惋惜地说。她用留恋的眼光看看四周的秋景。她感觉到天空、水面、假山、树叶,它们的颜色比在任何时候都更可爱。她轻轻地吸了一口迎面扑来的清新的空气。漫天的清光舒适地抚着她的眼睛。她爱眼前的一切,它们好像是在梦里一般地美丽。她不忍失去它们。

琴微微叹一口气,她下了决心地说:"三表妹说得对。让他们卖掉它也好。我们也真该往更大的地方去了。"

"更大的地方?"淑华惊讶地问道,她和另外两个人都不明白这句话的意义。

"是的,比花园、比家庭更大的地方,"琴点头说。她望着浅蓝的天空,眼睛突然发亮了。

这天是地藏王菩萨的生日。傍晚,夜幕从天空罩下来,公馆里的仆人、轿夫、婢女、女佣们便集在堂屋前面天井里准备做那个一年一度的插香工作。每个人都分到一大把燃着的香。他们拿着这把烟雾熏眼的香往四处散开,找到一个地方,躬着身子把香一根一根地插在天井中石板缝隙里,墙脚边,石阶下。从大门内天井里到堂屋门前,从桂堂到后面大坝子,从厨房到花园外门,都有这一点一点的火星。它们排列得整齐、均匀,就像有人在用朱笔绘出这个公馆的轮廓。

觉民走进大门,便闻到一股强烈的刺鼻气味。缭绕的烟雾使他的眼睛看不清楚了。到处都是火光。有几次他的脚差一点就踏在香上面。他走进二门,听见觉英、觉群他们的笑声。这几个孩子正忙着在大厅上各处插香。他跨进拐门,往自己的房里走去。他进了房间,打开立柜门,把手中的包袱放进柜里,又锁上柜门,然后放心地嘘了一口气。他的脸上淡淡地浮出了紧张后的松弛的微笑。他在立柜前站了一会儿,忽然注意到隔壁有人带笑地大声说话。那是淑华。他知道她们都在觉新的房里,便匆匆地走出房去。

他揭起门帘,果然琴、芸、淑华都在这里。淑华正在讲话,瞥见觉民进来,便咽下嘴边的话,掉过头对他说:"二哥,你今天跑到哪儿去了?也不回来陪客人吃晚饭?"

"我有点事情耽搁了。本来想回来的,"觉民故意做出安静的声音答道。

"是不是又是你们报社的事情?我看你一天也够忙了。我跟你比起来自己真有点不好意思,"淑华天真地带笑说。

淑华的第一句话使觉民的脸色略微改变了一点。不过除了琴,就没有人注意到这个改变,而且觉民立刻用淡淡的微笑掩饰过去了。他不回答淑华的问话,却问她:"三妹,你的功课预备得怎样?"

"今天有客，我们又陪五婶到花园里头耍了半天，我哪儿还有工夫摸书本？今天就算放一天假罢，"淑华笑答道。

"你这个懒脾气还改不了。如果我是先生，我真要打板子！"觉民带笑责备道。

"改是要改的。只要有决心，哪儿有改不了的道理？我进了学堂以后就不同了。你们会看见，那个时候我比无论哪个人都更用功，"淑华故意做出庄重的样子说，但是说到最后，她自己也忍不住噗嗤地笑起来。

觉民好像没有听见淑华的话似的，也不去理睬她，却把脸掉向墙壁，悄然在一边念道："明日复明日，明日何其多……"

"算了罢，不要挖苦我了，"淑华带点自负地大声打岔道；"我晓得还有：'我生待明日，万事成蹉跎。'不过我说过做什么事，我到时候一定做给你们看。况且公馆说不定就要卖掉了，我不在花园里头多耍几天，将来失悔也来不及了。"

"卖掉公馆？你在哪儿听来的消息？"觉民惊问道。

淑华还未答话，觉新却先说了。他痛苦地说："四爸、五爸他们向三爸说起过。三爸不答应。不过听说他们在想办法跟三爸吵。他们说前回分家不彻底，原是三爸有私心。"

"他们自己都有小公馆，自然用不着这个地方了。说来说去无非为着几个钱。其实卖掉也好，这个公馆原是几个造孽钱换来的。"觉民气愤地说。

"你不要说几个钱，每一房至少一万多块钱是分得到的。不过这些钱拿来有什么用？这个公馆就是爷爷的心血。他老人家辛苦一辈子，让我们大家享现成福。他们连他亲自设计修成的公馆也不肯给他留下，真是太不公平了，"觉新愤慨地说，他的额上立刻现出两三条皱纹。这个公馆给了他那么多的痛苦的回忆,但是他比这屋里的几个人都更爱它。

有人在外面轻声唤:"大少爷。"他们没有听见。那个人揭起门帘进来了。她是沈氏,手里抱着一个雕花的银制水烟袋,脸色青白,嘴唇皮没有一点血色。她看见他们都在招呼她,便勉强一笑,低声解释道:"我没有什么事情。我在屋里闷得无聊,来找你们随便谈谈。"

"五婶请坐。其实五婶今天也太累了。我看还是早点休息的好,"觉新同情地陪笑道。

沈氏慢慢地坐下。她的举动和表情都是很迟钝的。她茫然地看着觉新,苦涩地答道:"我心里头不好过。我闭上眼睛就看见贞儿的影子。想起来我真对不起她。我就只有她一个女儿,你五爸待我又不好。"她说到这里眼泪又滚了下来。

"五舅母其实也应该把心放开一点。现在伤心也没有益处,只是白白弄坏自己的身子。四表妹又何尝能够知道?"琴柔声劝道。她的话里含了一点讽刺的意味。其实她看见沈氏的受苦的表情和憔悴的面容,心里也难过。不过她把话说完,却禁不住痛苦地想:"现在既然是这样,又何必当初?"

"琴姑娘,我知道这是你的好意。不过你不晓得我无论怎样总把心放不开。我不晓得我从前为什么要那样待贞儿!你们可以老老实实对我说:有没有像我这样的母亲?我从前为什么一点也没有想到?"深的悔恨把她的没有血色的脸扭得十分难看,不过那一双充满泪水的小眼睛倒因为深的怀念和温情显得动人了。一个孤寂的母亲的痛苦是容易引起别人的同情的。她又说下去:"我已经写信到我二哥那儿去了。我打算到他们那边住些时候,兴致或者会慢慢儿好起来。"

"现在东大路不大清静,五婶去恐怕也有点不方便,"觉新关切地说。这是一个意外的消息,不过它更引起他对沈氏的同情。

"我想也不要紧,"沈氏摇摇头淡漠地答道,"而且我也管不了许多。"她皱起眉头说:"我在家里头住下去,总忘记不了贞儿。你四爸、五爸他们又在闹着卖公馆。万一真的卖掉了,我跟着五爸搬出去,未必还有好日子过?我想来想去,觉得还是暂时避开一下好。"

这些都是真诚的话,不像是从沈氏的口里吐出来的。一个意外的灾祸伤了这个愚蠢、浅薄而老实的人的心,把一个人完全改变了。她的全身无一处不现出那个灾祸的痕迹。她无依无靠地对这些年轻人打开她的胸怀,感动了他们,博得他们的同情的关怀。他们都用宽恕的、怜悯的眼光看她。每个人都预备对她说几句话。但是谁都没有这个机会,因为觉英突然揭起门帘进来了。

"大哥,爹喊我跟你一起到珠市巷去看四爸。"觉英衣服穿得整整齐齐,一进门来就用他那流动的眼光东张西望,他对觉新说话,却把眼睛盯住芸。芸把脸掉开了。

"看四爸?什么事情?"觉新惊讶地问道。

"听说四爸生病,爹喊我们去看他。我倒想看看他的小公馆是个什么样子!"觉英嬉皮笑脸地说。他对淑华做一个怪相,又加一句:"秦桧、严嵩在外头等我们。"

"秦桧、严嵩?"淑华厌恶地大声问道。她平素就很讨厌觉英说的那种"下流话"。

"秦桧、严嵩拼起来不就是秦嵩吗?稍微转个弯,你老姐子就不懂了,"觉英得意地说。

"呸!"淑华啐道,"哪个才懂得你一嘴的下流话?"

觉英同觉新、淑华两人一问一答的时候,觉民却在一边跟琴讲话,声音小得只有他们两个人听见。他简单地报告琴一个重要的消息:

"黄存仁回来了。结果很好。不过他说纪念刊在重庆禁止了。他又听到好些谣言,重庆的朋友要我们小心点。今天下午我们就在报社清东西。"

琴的脸色一变。她害怕被人觉察出来,连忙低下头,轻轻地说:"清完没有?可惜我不晓得。不然我也要去帮忙。"

"清完了。凡是有点关系的东西都拿走了。只剩下一部分普通的书和一点旧报。幸好纪念刊连送带卖一起都光了,"觉民镇静地答道。

"这倒不错。你们人多不多?事情倒做得快,"琴欣慰地说。

"我们一共五个人。其实东西也并不多。我带了一包回来,"觉民安静地说。

"就放在你屋里?"琴惊愕地说。

"放在我们这个大公馆里头,太稳当了,"觉民小声答道。两个人相对微微地一笑。

他们的对话并不曾被第三个人听见。

觉新也不再向觉英问话了。他对淑华说:"三妹,难为你去给我喊何嫂来。"他便走进内房去。

淑华刚走了两步,就看见绮霞揭起门帘进来。她便站住吩咐那个丫头道:"绮霞,你去把何嫂给大少爷喊来。"

绮霞答应着,就转身出去了。觉英却在旁边笑起来,一面背诵谚语挖苦淑华道:"大懒使小懒,小懒使门槛,门槛使土地,土地坐到喊!"

"四弟!你闭不闭嘴?"淑华气红了脸骂道。

"我倒想听你老姐子的话,不过我这个伙计不肯答应。你跟它商量商量好不好?"觉英笑嘻嘻地答道,一面轻薄地指着自己的嘴。他看见觉新穿上一件马褂从内房里出来,便不作声了。他的脸上还留着得意的笑容。

"你敢在这儿放屁!真是又该挨打了!"淑华骂道。她索性把头掉开,不再看觉英。

四十四

觉新和觉英坐轿子到珠市巷去。秦嵩打着灯笼在前面领路。不过一刻钟的光景，轿子便进了一个不十分大的院子，在厅上停下来。秦嵩领着他们经过拐门转进里面去。

中间一个长满野草的小天井。正面三间房屋。左右各有一间小小的厢房。正面房里都有灯光。他们就往有灯光的地方走去。他们走进当中那间厅堂，便闻到一股鸦片烟味。这是从右边屋里出来的。秦嵩先走进里面去报告："四老爷，大少爷同四少爷来了。"

"啊哟，你还不快请他们进来！"这是张碧秀的清脆的声音，觉新、觉英听见这句话，连忙走进房里去。

床上放着一个烟盘子，烟灯燃着，克安躺在一边，嘴里衔了烟枪用力吸着。张碧秀躺在他对面，左手拿着烟枪，戴着金戒指的右手捏了铁签子在按那个装在烟枪小洞上呼呼地烧着的烟泡。克安听见觉新们的脚步声，动也不动一下。张碧秀一面给克安烧烟，一面客气地对觉新说："大少爷，请你们等一会儿，他就要把这口烟吃好了。你们请坐罢。"

"不要紧，我们来看四爸的病，"觉新答道。觉英不说什么，却只顾笑嘻嘻地望着张碧秀。

张碧秀看见烟烧完了,便把烟枪从克安的嘴里取开,放在烟盘里。克安吞了一下口水,才略略掉过脸来看了看站在床前的觉新和觉英。他们两人同时给他请了安。觉英还说:"爹喊我们来看四爸病得怎样。"觉新连忙接一句:"四爸好点了吗?"

张碧秀把烟盘收拾一下,便站起来,笑容满脸地招呼觉新说:"大少爷,你们请坐。"他看见秦嵩站在门口,便吩咐道:"秦二爷,你去喊小珍倒两杯茶来。"秦嵩答应着出去了。

"好些了。老四,你回去给我向你爹请安,说我现在好得多了,不过精神还不好。明轩,你们坐罢,"克安温和地对他们说,他微微地一笑。但是这笑容就像一块石头落在大海里似地,在他的黄黑的瘦脸上无踪无影地消失了。他的脸仿佛是一张干枯的树叶。

"四爸的精神还不大好。不晓得四爸哪个地方欠安?"觉新勉强做出恭敬的样子说。他和觉英都在左边靠壁的椅子上坐下来。

克安听见觉新的话,并不作声。张碧秀坐在床沿上,便抿起嘴笑道:"他脚板心上生疮,已经好些了。不过走路还不方便。"他无意间露出了演戏时的姿态,使他的粉脸显得更美丽了。觉英的一双老鼠眼贪馋地盯着张碧秀的粉脸。小珍端了茶来,放在觉新旁边的茶几上。这是一个眉清目秀的孩子,年纪不过十五六岁。她把茶杯放好,就退去,静静地站在书桌旁边。

"不晓得请哪个医生在看?"觉新又问道。

"请的是张朴臣。每天敷两道药。现在好得多了,"张碧秀代替克安答道。他又问觉新道:"他四五天没有回公馆去了,不晓得四太太着急不着急？"

"四婶倒不见得会着急，她一天打牌忙都忙不赢。今天下午家里还有客，"觉英卖弄地抢着答道。

"四老爷，你也可以安安心心地多住几天。你看四太太都不着急，你又何必着急？"张碧秀满脸喜色地对克安说。

克安对他笑了笑，吩咐道："你再给我烧口烟。"他把手伸到嘴边，打了一个大呵欠。

张碧秀答应一声，便倒下去，把两脚往后一缩，躺好了，又拿起签子在烟缸里挑了烟在烟灯上烧起来。

克安满意地看着张碧秀烧烟。觉英羡慕地望着张碧秀烧烟。房里只有觉新一个人感到寂寞，感到郁闷。他的眼光彷徨地在各处寻找目标。他看见窗前书桌上堆了八九套线装书，他知道是一些诗集，他以前在克安的书房里见过的。对面墙上正中挂着一张单条，两旁配了一幅对联。单条是《赤壁泛舟图》，对联是何子贞的行书。他也知道它们的来历：它们曾经挂在祖父的寝室里面，后来在分家的时候才到了克安的手里。

"明轩，听说省城里要修马路了，是不是先从商业场前门修起？门面要不要拆？"克安忽然掉过脸问觉新道。

"说是这样说。不过路线还没有一定。又听说先从东大街修起。我们公司总经理还可以在外面设法，能够缓修半年，不要大拆门面就好。不过按户派捐的命令已经下来了，"觉新答道。

"其实出点钱倒也还罢了。'那几爷子'哪年哪月不想个新法子刮地皮？不过拿了人家钱，治安也该维持一下。你看这几个月里头差不多天天都有丘八闹事。不是打戏园，就是抓小旦，弄得他连戏也不敢唱了。幸好他住在我这里，坏人才不敢进来闹他,"克安生气地说,说到"他"字,他又把眼光掉到张碧秀的脸上,伸手向张碧秀一指。他这次说话用力,脸挣红了,话说完,就开始喘气。觉新在旁唯唯地应着。

"你又生气了,"张碧秀刚把烟泡烧好装在烟枪上,抱怨地说,就把烟枪嘴送到克安的嘴上,又说一句:"你还是吃烟罢。"

克安深深地吸了三口,便用手捏住烟枪,掉开头,吐了一口烟,又对觉新说:"别的也没有什么,我就担心我们公馆。修马路迟早总会修到我们这儿来的。门面一定要大拆,连花园也要改修过。"他听见张碧秀在催他抽烟,便咽住话,将嘴凑上烟枪,等到烟抽完了,再回过头来说下去:"那时候免不掉要花不少冤枉钱。所以我看还是早点把公馆卖掉好。趁这个时候那些军人出得起大价钱,七八万是不成问题的。老四,你回去再把我这个意思向你爹说说。"他的精神现在好得多了。他那张枯叶似的脸仿佛受到了雨水的润泽,不过憔悴的形容还是掩饰不了的。

觉英爽快地答应着。觉新不赞成克安的话,只发出含糊的应声。

"明轩,我还有一件事情,"克安又说。

"四老爷,你的话真多,"张碧秀埋着头在替克安烧烟泡,听见克安又在说话,便抬起眼睛抱怨了一句。

"你不要管我,我有正经事情。"克安掉头对张碧秀笑了笑,又掉过脸去继续对觉新说:"我有几千块钱你们公司的股票。我下一个月,节上缺钱用,我倒想把股票卖掉一半。你看,有没有人要?你给我想个法子。自从去年八月新米下树,到现在我还没有把租米收清。据刘升估计至多也不过前两年的五成,而且乡下'棒客'太凶,军队团防派捐又重,有几处佃客还在说要退佃。这样下去,我们这般靠田产吃饭的人怎么得了?所以我主张还是早点把公馆卖掉,每房分个万把块钱,也可以拿来做点别的事情。我这个主张我想你一定也很赞成。"

觉新并不赞成。不过他觉得他是来向克安问病的,他不便跟他的四叔争辩,因此听见最后两句话,他仍然唯唯地应着。他又想起了股票的事。目前商业场的情形不大好,公司的营业也平常,股票即使照原价打个小折扣,一时也不容易卖出去。他奇怪克安怎么会缺少钱用。据他估计,克安单靠银行里的存款和股票利息等等也可以过两年舒服的日子。他只看见克安在家里十分吝啬,却不知道克安在外面挥金如土,单单在张碧秀的身上花去的钱也就是一个很大的数目(他应该知道克安给张碧秀买衣料的事,不过他这时却把它忘记了)。他正打算向克安谈起股票的事,又被张碧秀意外地打岔了。

"四老爷,你又谈起家屋事,"张碧秀皱起眉头诉苦道,"你晓得我害怕听,"他把嘴一扁,粉脸上带了一点悒郁不欢的表情。

"我不再说了,"克安连忙说。他看见张碧秀的脸色,关心地小声问了一句:"是不是你又想起你的身世了?"

张碧秀点点头,便把脸埋下去。克安却掉头对觉新、觉英两人解释道:"你们不要小看他,他也是书香人家的子弟。他写得一手好字。他还是省城的人,他的家现在还在省城里。"

"四老爷,你真是……你还提那些事情做什么?"张碧秀抬起一双水汪汪的眼睛瞅了克安一眼,低声说道。

"对他们说说,也不要紧,"克安答道。他又掉过脸去对觉新说:"他家里很有钱,他是被他叔父害了的。所以他不愿意听见别人谈起家事。他叔父还是省城里一个大绅士……"

"你还是吃烟罢，"张碧秀又把烟枪送过去塞住了克安的嘴。

"真的？你家在哪儿？你既然晓得，为什么不回去找你叔叔闹？"觉英感到兴趣地大声说。

"我倒想不到会有这种事。你还跟你叔父他们来往吗？"觉新同情地问道。

觉新的诚恳的声音感动了张碧秀。他不想再保持沉默了。他一面替克安烧烟，一面用苦涩的声音说："大少爷，就说不提从前事情，你想他们还肯认一个唱小旦的做亲戚吗？我说出来，你也不会相信人心这样险恶。我还记得我只有十岁，我爹刚死没有多久，别人把我骗到外面，拐到外州县去。他们看见我生得很端正，就把我卖到戏班里头。后来我师傅临死告诉我，是我叔叔害了我的。我学会戏，在外州县唱了好几年，又到省城来。我多方打听才晓得我拐走不到半年妈也就病死了。我们一家的财产果然全落在我叔叔的手里。他现在是个很阔气的大绅士。他也时常来看我唱戏。我还跟着班子到他公馆里头去唱过一回戏。那天是我的小兄弟接媳妇，热闹得很，他们一家人高高兴兴的。还是那个老地方，我都认得。他们自然认不得我。我那个小兄弟倒很神气地在客人中间跑来跑去。其实要不是我那个叔叔狠心，我也是个少爷。……想起来，这都是命。"张碧秀愈往下说，心里愈不好过，后来话里带了一点哭声。他等克安抽完了烟，把烟枪拿回来，无心地捏在手里，继续对觉新说下去。他的眼圈红了，脸上带着一种无可如何的凄楚的表情。他说完，两眼痴痴地望着烟灯的火光。他仿佛在那一团红红的火焰中看见了他的幸福的童年。

"他说的都是真话，我也在外面打听过，"克安含笑地对觉新、觉英说。

"你应当去找你叔叔,跟他交涉,把财产争回来才对。他如果不答应,你就跟他打官司!"觉英气愤地嚷起来。他觉得像张碧秀这样可爱的人不应该遇到那么残酷的事情。觉新没有说什么,只是在旁边发出几声嗟叹。

"四少爷,你心肠倒好。不过请你想一想,像我们这种下贱的戏子,说句话,哪个人肯相信?我又没有凭据。他们有钱,有势。打官司,我怎么打得过他们?"张碧秀痛苦地说。他放下烟枪,在腋下纽绊上取下手帕来揩了眼睛。他觉得心里有许多话直往上涌,多年来压在心上的不平与悲愤在胸内跳动起来,要奔出喉咙。他拿开手帕又往下说:"人家总骂我们不要脸,拿色相卖钱。他们骂我们做眉眼怎样,撒娇怎样,说话怎样,走路怎样。他们不晓得没有一样不是当初挨了多少马鞭子、流了多少眼泪才学出来的。人家只晓得骂我们,耍我们。却没有一个人懂得我们的苦楚,"他说到这里,开始低声抽泣,连忙用手帕遮住了眼睛。

"芳纹,芳纹,你怎么说到说到就哭起来了?"克安怜惜地问道。他便伸一只手过去拉张碧秀的手,想把手帕从张碧秀的眼睛上拉下来。

觉英感到兴趣地睁大眼睛旁观着。

觉新看见克安的神气,知道他们留在这里对克安不大方便,他自己也想早点回家去,便站起来向克安告辞。克安也不挽留。张碧秀听说他们要走,马上坐起来,吩咐小珍道:"小珍,你快去拿个灯来。"小珍匆匆地跑出房去。

觉英也只得走了。他跟着觉新向克安请了安。张碧秀又向他们请安,他们也答了礼。觉新还对克安说了几句安慰的话,才走出来。张碧秀跟在后面送他们。

"这是我的房间。大少爷要进去看看吗?"他们走进厅堂,张碧秀指着对面房间对觉新说。

觉新还未答话,觉英就抢着说:"好,我们去看看。"他不管觉新有什么主张,自己先往那边走去。觉新也只好跟着进去。小珍点好了灯拿着等在房门口。

这是一个布置得很精致的房间,很清洁,不过脂粉气太重,不像一个男人住的地方。墙上一堂花卉挂屏也是克安家里的东西。觉新听过先前一番谈话以后,对张碧秀也有了好感,这时看见他殷勤招待,也只得随意说了几句称赞的话,才走出来。

他们的脚步声、谈话声和灯光惊动了檐下架上的鹦鹉,它忽然扑着翅膀叫起来。张碧秀抬起头指着鹦鹉对他们说:"它在这儿倒多学会几句话,我一天没事就逗它耍。"

觉新随便应了一句,便往外面走了。觉英也没有多讲话的机会。

张碧秀把他们弟兄送进了轿子。

觉新、觉英两人回到高家,在大厅上下了轿。他们还没有走到拐门,觉英忽然赞叹地对觉新说:"四爸眼力倒不差。花了钱也还值得。"

觉新暗中瞪了觉英一眼,也不说什么话。他只有一个念头:把这件事情告诉二弟去!

四十五

觉英回家自然把他在克安那里听见、看见的一切详细地向父亲报告了。克明始终沉着脸,不表示意见。觉英把话说完,脸上还露出得意的神情。但是克明并不对他说什么赞许的话,只说了一句:"你回屋去睡罢,"眼里露出厌烦的眼光,对着觉英把手一挥。觉英只得扫兴地走出房来。他刚走了三四步,就听见他父亲的咳嗽声。他叽咕地自语道:"自己身体这样坏,还要乱发脾气做什么!"这样说过,他觉得心里畅快了许多。

半夜落着大雨。克明在床上忽然被一阵剧烈的腰痛惊醒了。他躺在被里,借着从帐外透进来的清油灯灯光,看见张氏睡得很熟。他不忍惊扰她的睡眠,便竭力忍住痛不使自己发出一声呻吟。他愈忍耐,愈感到痛。而且窗外暴雨声不断地折磨他的脑筋,增加他的烦躁,使他不能够静下心来阖眼安睡。汗像流水似地从他的全身发出来,不到多大的工夫他的全身都湿透了。汗衫渐渐地冷起来。这更增加他的痛苦。他在床上翻来覆去,也不能使自己的痛苦减轻一点。他拚命咬紧牙关,用尽全身力量才勉强熬到天明。

天一亮,雨势倒减小了。鸡叫起来;乌鸦也叫起来。克明觉得心里翻动得厉害,他再也忍耐不住便轻轻地爬下床,披上衣服,坐到床前一把沙发上,躬着身子按着腰,大声呕吐起来。这时他也顾不到在床上酣睡的张氏了。

张氏被克明的呕吐声惊醒了。她连忙穿起衣服下床来,惊惊惶惶地走到克明身边去给他捶背。克明吐了一会儿便停住了。不过他的脸色焦黄,精神十分委顿,闭着眼睛在沙发上躺了一阵,才由张氏把他慢慢地扶上床去。

克明上床后,张氏以为他可以静静地睡去了。但是过了几分钟,他忽然大声呻吟起来。仍旧是腰痛。不过这时他却失掉了忍耐的力量。张氏十分惊急,但是也没有别的办法,后来便去唤醒睡在淑英房里的翠环,要她去后面院子里叫醒女佣们烧水煮茶,又要她去把觉新请来。翠环走后,张氏觉得稍微安心一点。

觉新进来的时候,克明已经沉沉地睡去了。觉新在房里坐了将近一点钟,看见克明仍未醒来,便放心地走回自己房里去。他走过桂堂,没有遇见别人,只看见一个女佣的背影走出角门去。麻雀开始在屋脊上叫起来。阳光还留在屋瓦上。天井里充满了清新的朝气。两株桂树昂着它们伞盖似的头准备迎接朝阳。他闻到一股淡淡的甜香,他无意间抬头一看,在浓密的深绿树叶中间已经绽出不少红黄色的小点子。"快到中秋了,"他惆怅地自语道。他走出小门,他的眼光越过天井,看见火夫挑着两个水桶,摇摇晃晃地顺着对面石阶走进厨房去,水不住地从水桶里溅出来。他痛苦地想道:"四妹不能够再活起来了。"他皱起眉毛,低下头往外面走去。他走过淑华的窗下,听见房里有人低声在读英文,这是淑华。琴在改正她的错误的发音。芸又在旁边带笑地说了一句话。这都是年轻的、没有带忧患痕迹的声音。

他的心似乎受到这些声音的引诱,他就站在窗下静静地倾听。在这个大公馆里好像就只有这些声音是活的,充满生命的,纯洁、清新的。这些声音渐渐地扫去了他心上莫名的哀愁。他忽然觉得只有这些年轻人才应该活下去,才有力量活下去。这个时代是这些人的。这样一想,他又在怅惘中感到了一点安慰。

他正要拔步走了,忽然看见一个矮小圆脸的少女从四房的饭厅里出来,这是王氏新买来的丫头香儿。她手里捧着面盆往厨房走去。这是天真的面貌和轻快的脚步。他的眼光把她送进厨房。他想:"一个去了,又一个来。起初都是这样!"一种怜悯的感情又浮上来了。他不再停留,便转身往外面走去。他忽然想起应该回房去给在上海的觉慧和淑英写一封信,告诉他们几件事情。

两个多钟头以后,翠环来请他,说是克明要他去商量事情。

"三老爷现在好点没有?"他关心地问道。

"现在好得多了,已经起床了,"翠环带笑地答道。

"那就好了,"觉新欣慰地说,便拿起那个刚刚封好已经贴上邮票的信封站起来。

"大少爷,你给我,我拿出去交给袁二爷他们,"翠环说,连忙伸过手去接信封。觉新把信封递到她的手里,顺口说了一句:"好,那么就难为你。"

"只有大少爷真厚道,做一点小事情也要说'难为'……"翠环好心地微笑起来。她忽然注意到方桌上大花瓶里的月季花枯萎了,便带笑地说:"今天桂花刚开,我给大少爷折几枝桂花来插瓶,好不好?"

觉新看到了真挚的喜悦的表情。女性的温柔对于他并不是陌生的。他的心虽然被接连的灾祸封闭了，但是那颗心还有渴望。他觉得善良的女性的心灵就像一泓清水，它可以给一个人洗净任何的烦愁；又像一只鸟的翅膀，它可以给受伤的心以温暖的庇护。他的满是创伤的心在任何时候都需要着它。现在意外地他又看见一线的希望了。但是他不能让自己的心走远。他就用感激盖上了那颗被关住的心。他说："你不是还要回去给三太太做事情？"

"不要紧，我给大少爷做事情也是一样，太太吩咐过的，"翠环刚把话说完，忽然害羞起来，觉得自己脸上发烧，不愿意让觉新看见，连忙把身子掉开，解释似地说："我等一会儿还要找琴小姐问几个字。"她说了，又自语似地说："我现在先把信给大少爷送出去。"她也不看觉新一眼，便匆匆地走出房去。

觉新痴痴地站在写字台前面（背向着写字台），望着翠环的背影和遮住了她的背影的门帘，后来忽然惊觉地叹了一口气，便走出房间到克明那里去了。

克明坐在沙发上，似乎没有痛苦，不过脸色黄得难看，精神也不大好，而且不时喘气。

觉新问过病后，便坐下来，同克明谈了几句请医生的话。觉新劝克明请西医来看。克明总说西医宜治外科，不宜治内科，不愿意请西医诊病，而且他已经差人去请罗敬亭了。觉新看见克明意志坚决，也不敢多劝。

克明又谈起家庭间的事情，也谈到过中秋节的准备，他吩咐了觉新一些话。觉新和张氏看见他的精神不好，几次劝他休息，他总是喘着气继续说下去。最后谈到克安们提议卖公馆的事，他愤慨地、坚决地说：

"爹不愿意我们一家人就这样地分散,他的遗嘱上就说得明白,无论怎样不可以卖掉房子。他们这些不肖子弟拿了爹的钱,又不听爹的话。不管他们怎样在外头说闲话,我决不答应卖房子。他们要卖房子,除非等我死掉!"

以后就是一阵咳嗽和喘息。张氏连忙去给他捶背。这个"死"字吓坏了张氏和觉新。他们只有忍住悲痛温和地劝慰一阵。后来罗敬亭就来了。

罗敬亭看了脉,说克明的病不重。他开了一个药方。但是克明服了药,也不见有什么效验。

罗敬亭每天来给克明看脉,每天换一个药方。克明服了二十多天的药,觉得好了许多。不过气喘还没有止。他就在家里养息,连律师事务所也没有去过一趟。

中秋节后十多天的光景,一个晴天的午后,觉新从亡妻李瑞珏的墓地回到家。他一个人在房里对着亡妻的照片坐了好久。照片下面花瓶里插了几枝盛开的桂花,旁边还有两碟瑞珏生前爱吃的点心。他在心里对亡妻讲了许多、许多话。天黑了不久,克明忽然差翠环来叫他去。克明在寝室内跟张氏讲话,看见觉新进来,便亲切地招呼他坐下,向他絮絮地问起外面的事情。他把一些值得提说的事告诉了克明。克明含笑地听着,精神似乎还好。

觉新后来谈起克安要卖掉商业场股票还没有找到买主的话。克明忽然皱起眉头没头没脑地问道:"听说三姑娘进了学堂,怎样不对我说一声?"

觉新仿佛挨到迎面一下巴掌,一时答不出话来。他惊诧地想:"三妹上课不过一个星期,三爸在屋里养病怎么就会知道?"

他看见克明收了笑容带了不满意的眼光望着他,他的脸发烧了,他有点惶恐地辩解道:"这是临时说起的,三妹还是补考进去的,所以上课还不到一个星期。我看见她有志气,让她闲在家里也不大好,便答应了她。妈也是这个意思。我因为三爸人不大舒服,所以没有敢告诉三爸。"

"不过姑娘家进学堂读书总不大好,其实女子也用不着多读书,只要能够懂点礼节就成了。况且又是我们高家的小姐,"克明不以为然地摇摇头说。这一来仿佛搬了一块大石头压在觉新的心上,觉新的脸色立刻变了。他惊惧地望着克明,不知道怎样回答才好。克明又往下说:"这是陈姨太来说的。今早晨你四爸来谈事务所的事情,也提到三姑娘上学的事,他也很不赞成,他要我命令三姑娘休学。"

这个打击太大了,觉新有点受不了。他半意识地反抗道:"这是妈答应了的。"他已经说过这句话,这次重说一遍,他还加重了语气。翠环站在屋角替他捏了一把汗。她也替淑华着急。

克明不作声了。他好像没有听见觉新的话似的。其实他是听见了的。他在思索。他的脸色也在改变。他也受到了打击。不过这并不是直接由于觉新的话,只是他因这句话联想到别的许多事情。他为什么要这样做?他在维护些什么呢?这是一件不可宽恕的罪过吗?他为什么又容许了那许多不能饶恕的罪恶?克安做了些什么事?克定又做了些什么事?他为什么不阻止他们?他为什么宽恕了更大的罪恶,却不放松小的过失?一个侄女跳井死了,他为什么不能够救她?而且他自己的女儿私逃了,他也管她不住!他还有什么资格来管他的侄女?她不听他的话,又怎样办呢?……他现在完全明白了。他没有资格在这件事上面说话了。这个认识真正地伤了他的自尊心。他明白了他自己的弱点。他再没有勇气驳斥觉新的话了。他感觉到疲倦,没法提起精神来。他便掩饰地说:"既然你妈答应,就不提了。"

这句话对觉新和翠环,都是陌生的。他们想不到这件事就如此轻易地得到了解决。觉新心上的石头移开了。翠环的紧张的心也就宽松了。但是他们却没有注意到克明脸上那种可怕的倦容,也看不出来克明突然显得十分衰老了。

"明轩,还有一件事情,也是你四爸来说的,"克明有气无力地慢声说;"他说起老二跟一些朋友在外面办什么新思想的报纸,发些过激的议论,得罪了不少的人。他要我把老二喊来教训一顿。他还说近来外面风声不好,这样闹下去将来说不定会有危险。他的话也有道理。不过我近来精神不大好,我也管不了多少事。而且现在年轻人变得多了。我也难懂他们的心思。我看老二人倒还正派,就是年少气盛,性情倔强。你应该好好地劝诫一番,要他还是埋头多读几年书,不然找个事做也好。在外面办报交朋友,总不是正事。"

觉新只是唯唯地应着。他大体上是赞成克明的意见的。他希望觉民听从这个意见,因此很愿意把克明的话转告觉民。但是他又知道觉民一定不会听从克明的话。他自己害怕跟觉民辩论,他从来就辩不过觉民。觉民可以在书本中找出许多根据,他自己却只能够拿一些琐碎的顾虑作护符。他不能够把真实的情形对克明直说,但是他又觉得不应该完全瞒住克明。他踌躇着,他的空泛的应声泄露了他的彷徨。

克明似乎猜到了觉新的心思,停了片刻他又说:"我看应该想个办法。老二固执得很。你劝他,他未必肯听。"

"是的,我平日说话还说不过他,"觉新坦白地说。他觉得应该想一个办法,但是他始终不知道适当的办法是什么。近一两个月来他为这个问题费尽了心思。他得到的结果只是——焦虑,无法消除的隐微的焦虑。

"我听说他们的报社就在商业场楼上,是不是?"克明又问道。

"是的,"觉新顺口答道。

"我看,你可以找个借口,要他们搬出去。他们不见得马上就找得到新地方。这也是一个办法。你看怎样?"克明有点把握地说。

"好,我就照三爸这个意思办。到这个月底我就要报社搬家,"觉新爽快地答道,他好像拨开缠住他身子的荆藤脱身出来了。他并不仔细思索,他以为他已经有了适当的办法。他的脸上也现出了欣慰的喜色。

觉新还在克明的房里坐了一阵才告辞出来。他走过淑华的窗下,听见淑华在房里读书,声音进到他的耳里,他觉得非常愉快,他又觉得心上很轻松。他想看看淑华,还想把克明的决定告诉她,因为这也可以说是淑华的胜利:克明也允许她进学校了。他愿意在这时候把这个消息告诉她,作为一种鼓励。

他兴奋地走进淑华的房间。淑华俯在签押桌上专心地读书,绮霞坐在旁边一把靠窗的椅子上动针线。绮霞看见觉新进来连忙站起,带笑地唤了声:"大少爷。"

淑华知道觉新进来,便也唤他一声。她并不掉转身子,只是略略抬起头,眼光仍旧停留在面前摊开的书本上。

"三妹,你现在倒很用功了,"觉新走到签押桌前,站在淑华身边,温和地称赞道。

淑华快乐地侧头对他一笑,这是衷心的微笑,好像这时候她整个身体里就装满了喜悦。而且这是一种带着自信的光明的喜悦。她满意地笑着说:"我上课晏了。不用功怎么赶得上人家?我既然自己要读书,就应当把功课弄得好一点,争一口气。"

"这倒是真话,"觉新同意地说。他看见淑华又把头埋下去,停了一下便继续说:"我刚才在三爸屋里头,三爸问起你进学堂的事,他说,既然妈答应了,他也就不反对了。想不到三爸倒这样容易说话。以后你也可以安心读书了。连三爸都答应了,别人的闲话更不必害怕了。"

淑华又抬起头,满脸喜色地说:"这一回连我也想不到会这样顺利。你还怕会有许多麻烦。要不是我大胆一点,恐怕等十年都会没有办法。我今天真高兴。"淑华的确没有说假话,觉新从来没有看见她像今天这样快乐过。自然以前淑华的脸上总是带笑的时候多。不过今天的笑容略有不同。觉新在她今天的笑容上看不见过去,那上面只有现在和未来,尤其是未来。

"你从没有进过学堂,我还怕你会觉得不惯,"觉新感动地说。

"你害怕我觉得不惯?"淑华高兴地哂笑道。"我一进学堂,什么事情,什么东西都是新奇的,都叫我高兴。同学对我都很客气。有几个人对我很好,下了一堂课就过来找我谈话。尤其是跟我同桌子的那个学生,她叫做王静于,她怕我新来,听讲跟不上,她总是给我帮忙。你们都想不到,许多同学都很好,很有趣味。先生讲书我也听得进去。我下了课还有点不想回家。"淑华快乐地笑起来。

"真的,我从没有看见三小姐这样高兴过,她每天回来说起学堂,总是笑得嘴巴都合不拢来,"绮霞带笑附和道。

"这倒是好的。年轻人应该像这样高兴才对,"觉新满意地说。

这时周氏在房里高声唤绮霞。绮霞答应着,匆匆地走了出去,但是很快地又走回来。她看见觉新还在跟淑华讲话,便惊惊惶惶地打岔道:

"大少爷,太太喊你就去。枚少爷要死了。"

觉新脸色突然一变,他痛苦地说:"怎么会这样快?我前天还去看过,好像还很好嘛。"

淑华吃了一惊,便阖了书站起来。她跟着觉新穿过饭厅,到了周氏的房间。

周氏穿着家常衣服,正在系裙子,看见觉新进来便激动地说:"明轩,外婆刚才差人来报信,枚表弟靠不住了。已经晕过去一回。我同你就到外婆那儿去一趟。外婆现在一定很难过,我们去劝劝她老人家也好。真是,偏偏这些事情会接二连三地一齐来。我已经招呼提轿子了。"她又叮嘱淑华道:"三女,你小心家里的事情。我晏了,说不定今晚上就不回来了。"

淑华爽快地答应了。她把周氏送到堂屋门口上了轿(觉新在大厅上上轿)以后,回到自己的房里,想到她的枚表弟,不觉怜悯地(而且带点愤慨地)叹了两口气,然后她又吩咐绮霞道:

"我明天大清早就要起来上学堂。万一打过二更太太还没有回来,我就要睡觉了。你小心看屋罢。"

淑华在签押桌前坐下来,翻开课本,慢慢地又把心放到书上去了。

四十六

　　觉新和周氏的两乘轿子就在周家大厅上停下来。他们出了轿子连忙走到里面去。

　　芸刚刚从过道里走出来,看见他们,连忙走下台阶来迎接。她走到他们面前,行了礼,招呼道:"大姑妈,大表哥!"还说了一句:"枚弟真苦……"不能够接下去,就抽泣起来。

　　"芸表妹,你不要难过。枚表弟现在怎样?"觉新安慰地问道。

　　"我也说不出来。正在喂他吃药。样子真怕人。枚弟妹总是在哭。我怕看下去,才跑出来的,"芸揩着眼睛呜咽地说。

　　觉新和周氏都不再说话,他们跟着芸进了枚的房间。

　　房里灯烛辉煌,却没有一点喜悦的气象。周伯涛背向着窗户站在书桌前面。周老太太坐在藤椅上。陈氏、徐氏、杨嫂、冯嫂等人都站在床前。周氏和觉新跟他们打了招呼,也不讲什么客套话连忙走到床前去看病人。

　　枚少爷那张纸一样白的瘦脸摆在垫高了的枕头上;一双眼睛失神地睁着,好像看不见什么东西似的;嘴微微张开,喉咙里咕噜咕噜地在响。枚少奶俯着身子,小心地用一把小匙将药汁喂进他的口里去。她一面喂药,一面掉眼泪。他一口一口地勉强吞着。然后他把头微微一摇,眼皮也疲乏地垂下来。

"你再吃几口罢,药还剩半碗,"枚少奶端着碗温柔地小声劝道。

枚又把眼睛睁开,看了看枚少奶,疲倦地哑声答道:"我不吃了。……我心里难过。"

"你再忍一会儿,药吃下去就会见效的。你再吃两口好不好?"枚少奶忍住悲痛柔声安慰道。

"也好,我再吃,"枚温和地答道,他好像在对她微笑似的。枚少奶把盛了药汁的银匙送进他的嘴里。他吞了一口,却伸起手捏住她那只手不让它拿回去。他依依不舍地望着她说:"我对不起你。我害了你一辈子。我真不愿意跟你分开……"他说到这里,泪水把他的眼珠完全遮盖了。

"你不要难过。你不吃药,就闭上眼睛睡一会儿也好。你不要再说话,你说得我想哭了。"枚少奶起初忍住泪安慰他,后来她终于抽泣起来,就把脸掉开,不让他看见她的眼泪。她把药碗递给冯嫂,那只拿着银匙的手还捏在他的手里。

他眨了眨眼睛,泪珠从眼角慢慢地往耳边滚下来。他又说:"我没有别的事情。……我想起来实在对不住你。年纪轻轻就让你守寡。……你肚子里头不晓得是男是女?要好多年才长得大?也够你苦的了!……不过二姐人好,她会好好待你。……你脾气也要改一改,我才放得下心。"他看见枚少奶满脸泪痕,埋着头啜泣,他觉得心里很难过。他的心被一阵强烈的生的留恋绞着。他不忍再看见她的痛苦,勉强闭上了眼睛。但是他刚刚把眼睛闭上,又觉得心里翻动得更厉害。他又睁开眼睛,把枚少奶的手捏得更紧。他听见有人在旁边低声讲话,就把失神的眼光移往床外去。他忽然瞥见了觉新的带悲痛表情的脸,忍不住大声唤着:"大表哥。"他只叫了一声,他也听见觉新的回应。他激动得厉害。他的自持的力量完全失去了。他哇的一声,喷出一口鲜红的血来。血花往四处溅,被盖上,枚少奶的手上和衣袖上,他自己的颊上和嘴角都是血迹。众人惊惶地看他,唤他。他已经晕过去了。

枚少奶也不顾那些血迹。她差不多扑倒在他的被上。她哀声唤他。别的人都围在床前,带泪地唤着。周伯涛和周老太太也过来了。他们唤了片刻,枚才又把眼睛睁开,茫然地望了望他们。他的眼珠似乎也转动不灵了。他把嘴一动,又是一口血。于是他放弃似地把手从枚少奶的手上放下来。他的头还略略动了两下。他又轻轻地吐一口气,就永远闭上了眼睛。任凭他们怎样苦苦地唤他,他也不醒过来了。

房里起了一片哭声。枚少奶哭得最惨。她跪在床前踏脚凳上,抓住枚的一只冷了的手,头压在被上,哀哀地哭着。芸站在旁边用手帕盖着眼睛哭。周老太太坐在藤椅上哭,但是不久就被周氏劝止了。陈氏站在床前数数落落地哭着。冯嫂也是这样一面哭,一面诉说她的小姐(枚少奶)的命苦。徐氏低着头在抽泣。她看见周氏止了泪去劝周老太太,她也过去劝陈氏。然而陈氏的悲哀太大了,而且悲哀中还含着不小的怨愤。周伯涛一个人立在书桌前,眼睛望着床上,没有主意地呜呜哭着。

觉新含着眼泪看见了这一切。他没有哭出声来。他的悲痛全闷在心里,找不到一个发泄的机会。他的眼泪似乎是在往心里流。他的伤痕也是在心上。他好像是在看他自己的死亡。死的应该是他自己的一部分的身体。这是他的第几次的死刑了。一次，一次，他都忍受着，把这看作不可避免的命运的一部分。他的理智并没有欺骗他，他早就预料到这样的结局。但是他的性情、他的生活态度毁了他，使他甚至不敢做任何挽救的事情。现在望着这个无力地躺在床上的死者，他又想到过去几次的损失，他觉得这是对他的最后的警告了。那些哭声就像可怖的警钟。在他的耳里它们另有一种意义。

哭声渐渐地小了。后来只有枚少奶一个人嘶声哑气地在那里哭。周伯涛满面泪痕地在房里踱来踱去。陈氏和周老太太、周氏们在商量办理后事，周伯涛却不去参加。

房里开始了一阵忙乱。人们进进出出地走个不停，做一些必要的工作。周贵被差到各家亲戚处去报信。觉新刚刚指挥了女佣把帐子取下，周老太太又请他出去挑选棺木。他不假思索，就一口答应下来，仿佛这是他的义务。他走出过道看见天空中一片红光，他没有注意。后来走到大厅上听见人说起"失火"，他也不去管火起在什么地方，便匆匆地走进了轿子。

他买好棺材，又回到周家。他在轿子里听见轿夫们谈着关于火灾的话。他正被痛苦的思想压得紧紧的，也无心再管别的事情。他的轿子进了周家，他刚在大厅上跨出轿子，就看见袁成向着他跑过来，惊慌地对他说：

"大少爷，袁成等了你好久了。商业场失火，烧得很凶。先前有人到公馆里头来报信。袁成赶到这儿来，大少爷刚出去一会儿。"

这真是一个晴天的霹雳！觉新的心乱了。他痛苦地望着天空。红光盖了半个天。一阵风迎面吹来。他想："完了！怎么灾祸都挤在一个晚上来逼我?"他觉得头和心都在发痛。他吩咐轿夫道:"你们就在这儿等着,我马上就要到商业场去。"

觉新走进里面。周氏看见他,不等他开口,便说:"明轩,怎么办?商业场失火了!你要去吗?"

"妈,我就去。枚表弟的事情我不能管了,"觉新半惊慌半痛苦地小声答道。他又去跟周老太太、陈氏等说了几句话,便匆匆走出房来。没有人送他。他走过天井里,忽然觉得枚就在身边对他讲话。他吃惊地掉头四顾,有点毛骨悚然了。

觉新刚坐进轿子,袁成忽然跑过来问他:"大少爷,要不要袁成跟你去?"他用同情的眼光望着觉新。觉新不假思索,回答道:"不必了。你就在这儿服侍太太罢。"觉新坐上轿,便催轿夫放开脚步飞跑。他的脑子里只有一个"火"字。他的眼前就只见一片红光。风不时卷起了上轿帘,吹进里面来。天空没有一点雨意。他的轿子正迎着红光走去。一些人在轿子前后奔跑,口里还在讲话。他听见前面那个轿夫在自言自语:"偏偏今晚上又吹风。这样烧起来,怎么救得了?"他心里愈加着急。他只有默默地祷告,希望火势不要扩大。

轿夫顺着觉新熟习的街道走。平日这些街道在夜间都是冷清清的,现在却显得十分热闹。许多人一面讲话,一面大步急走,都朝着同一个方向走去。轿子渐渐地逼近了商业场,觉新的心也跳得更厉害了。他渴望着立刻就到那个地方,但是他又害怕到了那个地方会看见比想象中更可怕的景象。轿子转了弯,他抬起头已经可以看见火光了。这是真正的火的颜色。火焰不住地往上冒,火熊熊地燃着。风煽旺了火势。火老鸦到处飞舞。这个景象杀死了觉新的希望,他在轿子里脸色变得惨白了。

他听见一片嘈杂的人声。这里离商业场还有三条街光景。红光照亮了街道。无数黑压压的人头在前面攒动。一直望过去,火光挂在天际,挂在黑暗的房顶上,就像一片晚霞。轿子愈走愈慢,轿夫们的脚步也乱了。有人在推动轿子,还有人在旁边发出怨声。

"轿子过不去,打回头走!"前面一个警察拦住轿子吩咐道。

"我们大少爷在商业场事务所里头做事,"前头那个轿夫接口说。

"你自己看看,那么多人,前面街上还有很多东西,你怎么过得去?"警察板起面孔说。

觉新知道再争论也没有用处,便在轿子里吩咐道:"老王,你就把轿子放下来,等我走过去看看。"

轿夫们顺从地把轿子在街中放下。觉新下了轿,嘱咐轿夫把轿子停在街旁等候他。他一个人急急地往前面人丛中走去。

穿过拥挤的人群并不是容易的事。后面有人在推动,前面的人又不肯前进,有时还往后慢慢地退下来。觉新被夹在这样的人丛中。他觑着缝隙挤路,用力推开别人的身子,他的耳里充满了旁人的议论和骂声,他也不去管这些。他花了很大的功夫才挤过一条街,这时他的内衣已经被汗水湿透了。

火光离他的眼睛愈近了,仿佛连他的四周也罩上了那样的红光。在他的想象中他似乎还听见了毕剥毕剥的燃烧的声音。满街都是人。满街都是箱笼。许多面孔都是他熟识的。商店的伙计们看守着堆在街旁的箱笼被褥,兴奋地向人诉说不幸的遭遇。空手的人指着火光唉声叹气。有的人疯狂地四处奔跑,找寻熟人。有的人还抱了铺盖提着箱子狼狈地从前面跑过来。

"水龙怎么还不来？难道要看它烧光吗？"觉新听见一个人愤慨地说。

"水龙早来了，没有水又有什么法子？"旁边另一个知道事情较多的人答道。

"打水来不及，就该爬上房子去拆屋断火路，"第三个人不满地插嘴说。

"爬房子，说得好容易！哪个人不爱惜性命！每个月只挣那几个钱，喊你去干，你肯吗？"第二个人又说。

"好在商业场四面都是很高的风火墙，不怕火延烧出来。我看他们的意思就是让它关在里头烧，烧光了就算了。不然两三架水龙放在门口怎么动都不见动一下？"第三个人仍旧不满意地说。

觉新听见这个人的话，仿佛胸口上挨到一下猛拳。他有点木然了。他昂起头看火。火老鸦飞满了半个天。火焰一股地不断往上升。颜色十分鲜艳。连眼前无数黑的人头上也染了火的颜色。地上是火，空中是火，人的心上也是火。他怀着紧张的心情再往前面走去。但是这一次他失败了，他的精力竭尽了。他挤在人丛中，不能前进，也不能后退。他的脑子里充满了火。他只想着火的毁灭的力量。他时而被人推到前面去，时而又被挤到后面来。他起初在街心，后来又渐渐地往右面移。他的脸通红，头上满是汗珠。脑子仿佛在燃烧。全身热得厉害。

忽然一只手从旁边伸过来触到他的臂上，他也不去注意。后来这只手抓住了他的右边膀子。接着一个声音唤起来："大哥！"他侧过头，觉民红着脸满头大汗地立在旁边，问他："你来了多久了？"

他不直接回答觉民，却带点惊喜地问道："怎么你也跑到这儿来？你来看失火吗？"他忘记了利群周报社的事情。

"我来看我们的报社，我跑来跑去都进去不了，"觉民直率地说。他的脸上带着焦虑的表情。

"你们的报社？"觉新顺口念道，他马上记起了克明对他说过的话。

"现在一定烧光了，我来了一点多钟，都没法进去，"觉民激动地答道。

觉新忽然嘘了一口气，他想：一个难题算是解决了。他问觉民道："东西都没有抢出来吗？"

"我还不知道。说不定起火的时候有人在里头。我还没有碰到他们。街上人太多，找熟人真不容易。想不到我居然碰到你，"觉民答道。他又关心地问觉新："你呢？你在事务所里还有什么重要东西？帐簿没有带出来吗？"

觉新皱皱眉头答道："帐簿倒带出来了。也没有什么重要东西。我的东西总是带来带去的。不过四爸今天交给我一千块钱的股票，我就锁在抽屉里头，忘记带出来。这倒有点讨厌……"

"这有什么讨厌？这又不怪你，未必还要你赔？"觉民插嘴说，他不愿意再听觉新那些过虑的话；"而且股票现在也不值钱了。"

人丛中忽然又起了一阵骚动，他们只顾讲话，没有注意就被挤到了街边。

"你还不知道他的脾气。还有四婶同陈姨太她们的存款，这一来她们不晓得会吵成什么样子？我真害怕她们！"觉新站定后，望着火光痛苦地说。火势并没有减弱，而且像放花炮似地无数亮红色的火星冲上天空来,往四处飞散。人们疯狂地无缘无故乱叫,乱挤。

"你平日就爱管那些事情,真是自讨苦吃。她们的事情是管不得的,你应该留点时间做别的事,"觉民同情地抱怨道。

"你并不了解我的处境。你想想看:我又能够做些什么事?"觉新痛苦地分辩道。"我跟你们不同,我并没有你们那种福气。"

觉民自然不同意觉新的见解。他正要辩驳,忽然听见前面有人唤他的名字,便朝前面一看。三角脸的张惠如正向着他走来。他连忙高兴地迎上去。

"你什么时候来的?还如怎么不在这儿?"觉民问道。

"我来得晏一点。我是从裁缝铺里来的,"张惠如激动地答道;"我没有看见还如,刚才碰到陈迟、汪雍他们,他们说还如同存仁拿了东西先回去了。起火的时候,他们都在报社。当时听见说失火,看见人乱跑,他们也很惊慌。不过东西都拿出来了,就只剩些家具。"他的脸上并没有焦虑的表情。

"不过报社一烧,什么事情都该停顿了,"觉民不愉快地说。

"你担心什么?我们有这样多的人!我包你不到两个星期,什么事都会弄得很好。周报的校样并没有烧掉,连一期也用不着停。我们家里头可以做个临时办事处。"

"很好,到底是你比我有主张,我刚才真有点慌了,"觉民满意地称赞道。

"那么我们就去把陈迟他们找来,我们一起到存仁家里商量去。他们就在前头,"张惠如兴奋地说。

"好,我也没有别的事情,"觉民爽快地答道。他回头一望,看见觉新还立在他后面,便带笑地问道:"大哥,你还在这儿?你不回家去？"

觉新点点头答道："我就回去。你先走罢。"

"我看你精神也不大好，其实站在这儿也没有什么意思。你横竖走不到前面去。你还是回家休息一会儿罢，"觉民关心地劝道。他又说一句："我先走了。我等一会儿就回家。"他说完也不等觉新回答，便挽着张惠如的膀子挤进前面人丛中去了。

觉新痴痴地望着觉民的背影。起初他还看见觉民的头在一些较低的头上晃动，后来前面起了一阵拥挤，有三四个人边走边嚷地从人堆里钻出来，觉新的膀子也被他们推了一下，等到他站定的时候，觉民已经消失得无踪无影了。

觉新站了一阵，觉得闷热难受，打算转身回去。他回头一看，后面也是密密麻麻的人，只见无数的头在动，又听见乱哄哄的人声，不知道他们在做什么事情。他的勇气又消失了。他神情沮丧地站在那里，让别人把他挤来推去。他自己不用一点力气，慢慢地被后面的人推着前进，他一偏一歪地居然又走了半条多街。他忽然在一家关上门的店铺的檐下，遇见了事务所里的一个杂役。他大声唤着那个人的名字，连忙奔过去。

那个杂役看见是觉新，不等觉新开口，便张惶地诉苦道："高师爷，不得了！就要烧光了！我就只抢出一口箱子同一床铺盖。你去看过吗？真像一个大炉子，关着炉子门烧。我活了一辈子就没有见过这样大的火，又贯着风，火比人还跑得快，我争点儿[1]就跑不出来了。"他手里提了一口小箱子，腋下挟了一床被，说话的时候，脸上还带着恐怖的表情。

---

[1]争点儿：即"差点儿"的意思。

四十七

觉新回到家中,看见觉世一个人在大厅上玩。他刚走出轿子,觉世把他望了望,忽然转身往里面飞跑。他也不注意,便垂头丧气地往里面走去。他走进自己的房间,意外地发现淑华和翠环都在那里,一个俯在写字台上专心地读书,一个坐在靠窗的椅子上编织绒线。她们听见他的脚步声和咳嗽声,惊喜地站起来,带笑地迎接他。

"我本来就要睡了,听说商业场失火,我很担心,我想等你回来问一下,才拿了书到你这儿来读。恰好三爸又差翠环来喊你,我便要她拿了活路到这儿来陪我,"淑华亲热地解释道。

"大少爷,我在这儿等你。三老爷说过等你回来就请你去一趟。三老爷也很着急!"翠环带笑地说道。她看见觉新满面尘土,便殷勤地说:"大少爷,我给你打盆水来,先洗个脸罢。"她不等他表示意见,便把绒线放在方桌上,走进内房拿脸盆去了。

"大哥,现在火熄了没有?烧了多少间铺子?"淑华把书收好拿在手里,关心地问道。

"烧光了,恐怕一间也留不下来,"觉新摇摇头,疲倦地答道,他在活动椅上坐下来。

"奇怪,怎么这些事情偏偏会凑在一起?"淑华不愉快地说。

"妈回来了吗?"觉新顺口问道。

"先前袁成回来说,妈今晚上不回来了。妈害怕外婆心里难过,留在那儿多劝劝外婆,"淑华答道。

"好,你回屋去睡罢,你明天一早还要上学,"觉新叹了一口气,温和地对淑华说。

这时一阵急促的脚步声阻止了淑华的回答。门帘揭起,王氏和陈姨太带着觉世从外面进来。淑华马上掉转身子避进内房里去。觉新皱起眉头勉强站起来招呼她们。

"大少爷,我同四太太请你拿的钱拿到没有?"陈姨太走进来,似笑非笑地劈头问道。

"什么钱?我还不明白,"觉新莫名其妙地说。

"我们今天不是请你去拿回公司里头的存款吗?"陈姨太正色地说。

"陈姨太,我还是不明白。你几时说过拿钱的话?"觉新惊疑地说。

"四太太,你听!不是你也在场吗?我们说得清清楚楚的,火一烧他就忘记了,"陈姨太故意冷笑地对王氏说。

"是啊,说得清清楚楚的:今天一定拿回来。怎么会变卦?莫非大少爷故意在说笑?"王氏装着毫不在乎的样子答道。

觉新现在明白她们的用意了。这种小的狡诈激起了他的愤怒。他理直气壮地说:"四婶,陈姨太,我今天的确没有听见你们说过。只要你们提起一句,我也会把钱取回来。"

"我没有说?你敢赌咒!"陈姨太挣红了脸吵闹地说。

"陈姨太,你真笨!赌咒又有什么用处?事情既然说明白了,哪个错就该哪个担当。我们的钱原说过要今天拿回来的,一定是大少爷忘记了。现在商业场一烧,钱是拿不出来的了。我月底就要钱用。你也少不了钱。无论如何我们总要请大少爷想个法子,"王氏附和地对陈姨太说,话却是说给觉新听的。

觉新只觉得有一把利刀在他的脑子里搅来搅去,他受不住这样的折磨,他更受不住以后的没有终局的吵闹和侮辱(这是他可以预料到的)。他不能够战败她们,他又不能够向她们求饶(他知道求饶也不会有效果)。他要的是安静,他要的是面子。他不知道狡诈,他更不懂权变。他在这种时候甚至不能够冷静地深思。所以他终于忍住气直率地对她们说:"好,四婶,陈姨太,就算你们说过,就算我忘记了。我现在赔出来就是了。陈姨太取过三百块,还有两百;四婶还有一百块。我后天下午就把钱送过来。"他的脸也挣得通红,他说完竭力咬嘴唇,因为他害怕他会在她们的面前气得淌出眼泪。翠环早端了脸盆进来,便绞了脸帕给他送过去。他拿起脸帕仔细地在脸上揩着,不愿意再对她们讲一句话。

"陈姨太,我们走罢,大少爷既然说得这样明白,我们也用不着多说了。大少爷说话自来是说一句算一句的。我们就等着他后天送钱来罢,"王氏满意地对陈姨太说,但是她的话里还带了一点讽刺的味道。她们还用轻蔑的眼光看了觉新一眼,就带着觉世大模大样地走出去了。

"好香,"翠环生气地小声说。

"让你们都来逼罢,我晓得总有一天要把我逼死,你们才甘心,"觉新揩好脸把脸帕递给翠环,眼睁睁地望着她们走出去,还听见她们在外面发出笑声,他忍不住气恼地自语道。

557

"大少爷，"翠环痛苦地在旁边唤了一声。她关心地说："大少爷怎么说起这种话来？为这种事情生气也值不得。"

觉新惊讶地看她，那一双秀美的眼睛里贮满了清亮的泪水，好像宝玉似地在发亮。这似乎是另一个人的眼睛。他觉得一股热慢慢地在身体内发生了。他感激地望着她，一时答不出话。

淑华从内房里跑出来，又闻到了陈姨太留下的香气。她咬牙切齿地说："这两个老妖精，我恨不得打她们几个嘴巴！"她又爱护地抱怨觉新道："大哥，你也太好了。她们的钱又不是你拿去用了，为什么该你赔出来？明明是她们不要脸，看见商业场烧了，在你这儿耍赖，你还要上她们的当！是我，我一定不赔，等她们自己找公司要去！"

"三妹，你还不明白，这笔款子是我经手的，"觉新痛苦地摇摇头，仿佛受了很大的冤屈似地辩解道；"她们什么事都做得出来，算是我这一辈子倒楣，偏偏碰到她们，我还有什么别的办法？"

"我总不相信你那些办法。你说这几年来你究竟得到什么好处？二哥、三哥他们都说你的作揖主义只害了你自己，害了你喜欢的人，"淑华气恼地反驳道。

在外面三更锣响了，沉重的金属的声音好像发出警告来证实淑华的话一样。觉新不能够再替他自己辩护了。

第二天上午觉新到商业场去。轿夫不得不把轿子在街口放下来。商业场门前围满了看热闹的人。人是这样的多，把一条街都塞满了。觉新慢慢地走到商业场门口。巍峨的门楼仍然完好地耸立在那里。他从大门往里面一望，只看见一大片砖瓦堆，和三三两两、摇摇欲坠的焦黑的断壁颓垣。门内有一条勉强可走的路。守门的警察认识他,便让他顺着这条路走进里面去。

他刚刚走了几步,便有一股闷人的热气夹着焦臭迎面扑过来。他踢开绊脚的碎瓦、破砖,愈往前走,这样的气味显得愈浓,还有熏眼刺鼻的烟雾来包围他。除了砖瓦堆,他看不见别的东西。到处都是砖瓦堆,没有一间半间他认识的房屋。他走过,一些人在招呼他(人数不多),是熟识的商店店员的面孔。他们在那些砖瓦堆中掏什么东西。有些堆里还在微微冒烟。人们不断地提了桶把水往上面浇。

完了,什么都完结了。他找不到事务所的一点痕迹,只有两三个杂役立在砖瓦堆旁边寂寞地谈话。这便是他几年来每天必到的地方。他在那里徘徊了一会儿,便往外面走了。

觉新从商业场出来又到黄经理家里去。黄经理早到章总经理家报告商业场烧毁的情形去了。几个同事都在这里等候黄经理。大家随便谈了一阵。黄经理带着倦容回来了。他要大家静候公司总经理的指示(下星期内公司要召集临时股东会议)。

觉新在黄家吃了饭告辞出来,又到一家相熟的银号去。他要赔偿王氏和陈姨太的三百元存款,自己手边的现款不够,只好向那家银号借贷。这家银号跟觉新有往来,觉新平日的信用又好,所以借款的事一说就成功了。

觉新把事情办完,又到周家去。枚少爷的尸首刚刚经过大殓,他无法再看见死者的面容。灵柩停在内客厅里,枚少奶穿着孝服匍匐在灵前痛哭。芸也在旁边哀泣。陈氏两眼红肿,正在跟周氏、周伯涛两人商量在浙江会馆里租地方设灵堂成服的事。周伯涛看见觉新进来,一把拉住他,求他帮忙办这些事情。

觉新带着一身的疲乏来到周家,他只想早回家休息。但是他又不便向周伯涛表示拒绝,只好一口答应下来。他在周家坐了一阵。冯家大少爷忽然来了,他又陪着客人谈了一些话。等到客人走后,他才又坐上轿子,到浙江会馆去。

　　觉新在会馆里办好交涉以后回到周家,看见觉民在那里同芸讲话。觉新把交涉的结果向周老太太们报告了。周伯涛还要留他做别的事情。但是觉民忽然在旁边对他说:"大哥,你脸色怎么这样难看?你身体不舒服罢?我看你还是先回家去休息一下。"

　　这样的话似乎有不小的魔力,觉新马上觉得那一点最后的自持力量也完全消失了。他的两腿忽然发软,身子也摇晃起来。他站立不稳,好像立刻就要倒下去似的。他有气无力地应道:"我头有点昏,我恐怕要病倒了。"他连忙把身子紧紧靠住那张方桌。他的惨白色的脸和发青的嘴唇证实了他的话。

　　这样一来,周伯涛不好再麻烦觉新了。周老太太、陈氏、徐氏她们都劝他立刻回家休息。周氏还嘱咐觉民送他回去。

　　周家给觉民雇了一乘轿子来,让这两弟兄都坐了轿子回家。

　　他们到了高家,大厅上阒无人声,他们仿佛走进了一座古庙。觉新向四面张望一下,忽然感慨地说:"现在连读书声也听不见了。"

　　"你身体这样不好,你还管这种闲事!"觉民关心地埋怨道。

　　"如今什么事情都变了。我近来总有一个感觉:我们不晓得在这个公馆里头还可以住多久。我看我们这个高家迟早总会完结的。我天天都看见不吉的兆候,"觉新像在做梦似地带着痛苦的表情(还夹杂了一点恐怖)说。

"坐吃山空,怎么会不倒?"觉民赌气似地答道。

"你真奇怪,你怎么会有这种想法?我有点不明白你,"觉新惊愕地望着觉民低声说。

觉民不回答,却拍拍觉新的肩膀说:"大哥,我看你很累,不要说话了,还是进去睡一会儿罢。"

觉新听从觉民的话,默默地转进拐门往里面走了。里面也是一样地静寂。右厢房阶下天井里放着一把空藤椅。石板过道两旁放着几盆没有花的小树。一只麻雀在过道上寂寞地跳来跳去。

他们进了觉新的房间,觉新立刻坐倒在活动椅上,大大地嘘了一口气,对觉民说:"今天亏得你救了我。我真累极了。"

"我看你神气不对,你早就应该休息的,"觉民顺口答道。他看见觉新闭上眼睛在养神,他发觉他的哥哥比前一年更憔悴了:额上隐隐露出几条纹路,脸颊也陷进去了,眼皮下也现出了皱纹。他不禁痛苦地想道:"是什么东西使得这个年轻有为的人衰老成这个样子?"他忽然在觉新的脸上瞥见了枚少爷的面容。他感到惊惧和悲愤地唤一声:"大哥。"觉新吃惊地睁开眼睛看他。他痛苦地恳求道:"你这样下去是不行的!你这种生活简直是慢性自杀!"

"我这些年都是这样过下去的,"觉新茫然地应道,他不知道自己说的话有什么意义。

"大哥,你不要怪我,我说老实话,你这样生活下去无非白白牺牲了你自己,"觉民警告地说。

"我自己并不要紧,只要对别人有好处,"觉新打岔地辩道。

"你想想看,你对别人有过什么好处?我举出几个人来:大嫂,梅表姐,蕙表姐,四妹,枚表弟……"觉民正色地反驳道,他只想唤醒觉新的迷梦,却忘记了他的话怎样地伤害哥哥的心。

"你不要再说了,"觉新突然变了脸色求饶似地挥手道。

觉民看见觉新的痛苦表情,有点失悔,觉得不该在这个时候还拿那种话折磨他的哥哥。觉新目前更需要的是休息,不是刺激。他便换了语调用安慰的声音说:"大哥,你还是到床上去睡一会儿罢。我不再搅扰你了。"

觉新也不说什么,便用手撑住桌子费力地站起来。他对觉民点点头,说了一个"好"字,打算往内房走去。但是意外地门帘一动,秦嵩突然在房里出现了。

"大少爷,四老爷喊我来问大少爷,股票卖脱没有?万一卖不脱,就请大少爷拿给我,好给四老爷带回去,"秦嵩恭敬地说。

"房子都烧光了,哪儿还有什么股票?"觉民生气地自语道。他又对秦嵩说:"秦嵩,你回去对四老爷说,股票昨天在事务所里头——"

觉新不等觉民说出后面的话,连忙打岔道:"秦嵩,你回去说我给四老爷请安,股票没有卖脱,我明天亲自给四老爷送过去,请他放心。"

秦嵩得到满意的答复,有礼貌地答应了两声。不过他退出去的时候还用好奇的眼光看了看觉民。

觉民眼睁睁地望着秦嵩走了,气得没有办法,忍不住又抱怨觉新道:"你为什么不让我老实对他说?你不要做滥好人!东西明明烧掉了!你拿什么给他?"

"我自己还有爷爷给我的三千块钱的股票,我还四爸一千块钱就是了,好在这种股票现在也值不到多少钱了,"觉新回答道。

"值钱不值钱,是另外一回事。总之,是他找你代卖的,烧掉了也不该你赔,"觉民愤慨地说。

"不赔也不行。四爸昨天明明看见我锁在抽屉里头,我同他一路出来的,他当然晓得是烧掉了。今天他还喊人来要,就是要我赔出来的意思。其实我也有责任,我如果带回家,就不会烧掉了。"觉新苦涩地说。

"不过我看你今天也赔,明天也赔,我不晓得你究竟有多少家当来赔!"觉民不满意地说。

"赔光了,我也就完了,"觉新绝望地诉苦道,他的话里没有一点反抗的意思。

四十八

　　枚少爷成服的那一天，觉新上午就到浙江会馆去帮忙照料。这里并没有很多的工作。不过觉新看见那种凄凉的情景，又听见枚少奶的哀哀欲绝的哭声（她穿着麻衣匍匐在灵帏里草荐上面痛哭），他感到一种莫名的悲哀。后来芸同他谈起枚少奶终日哭泣、不思饮食的话，他又想起那个女人的充满活力的丰腴脸颊在很短时期就消瘦下去的事，他心里更加难过。他空有一颗同情的心，却不能够做出任何事情。他只能够帮忙芸把枚少奶安慰一阵。但是连他自己也知道安慰的话在这里不会有一点用处。它们不能够给枚少奶带回来她年轻的丈夫，不能够改变她的生活情形，不能够减轻她以后长期的寂寞痛苦。周家仍旧是那样的周家，周伯涛仍旧是那个周伯涛。一切都不会改变，只除了等待将来的毁灭到来。

　　这个认识（也可以说是"觉悟"）给觉新的打击太大了。他快要爬上了毁灭的高峰。他只看见更浓的黑暗和更大的惨痛。并没有和平，并没有繁荣，并没有将来的希望。有的只是快要到来的毁灭。他这些年来就一步一步地往这个山峰顶上爬。他历尽了艰难辛苦，他以为牺牲自己，会帮忙别人。他相信他有一天会找到和平。但是现在他无意间从最后一个梦里伸出头来，看见他周围的真实景象了。他突然记起了觉民责备他的话："你害了你自己，又害了别人！"他不能够把这句话揩掉，却把它咽在肚里，让它去咬他的心。他忍住心痛，他不敢发出一声呻吟。他现在知道自己的错误了。他已经犯了那么多的错误！人看得见他脸上的痛苦的痉挛，却不知道在他的心里发生了什么事情。

傍晚他们快要离开会馆的时候，轿子已经预备好了，在等着枚少奶换衣服。枚少奶仍旧穿着臃肿的麻衣，从灵帏里出来，说了一句："大表哥，给大表哥道谢，"便望着觉新跪下去，磕起头来。觉新仓皇地还了礼。枚少奶刚站起，又说："这回枚表弟的事情，全亏得大表哥照料，他在九泉也会感激大表哥。"她说完忍不住俯在一张桌子上伤心地哭起来。

芸和冯嫂、翠凤都过去劝枚少奶。枚少奶仍然挣扎地哭着。她的哭声反复地绞痛觉新的受伤的心。觉新比谁都更了解这个哭声的意义。这是死的声音。他知道这一次死的不是一个人，却是两个年轻的生命。枚少奶不得不跟着她的丈夫死去，这是那个奇怪的制度决定了的。觉新以前对这类事情并不曾有过多大的疑惑。现在他忽然想起了"吃人的礼教"这几个字了。

这思想也许会给别人带来勇气，但是带给他的仍然是痛苦，还是更大的痛苦。似乎他这一生除了痛苦外就得不到别的东西。

觉新把芸和枚少奶送回周家。他在周家停留了片刻，他害怕看见那几个人的面孔，也不等着和周氏同路回去，便借故告辞先走了。

他回到家里看见大厅上放了两乘拱杆轿，后面挂着写上

"罗"字和"王"字的灯笼。他知道这是罗敬亭和王云伯两人的轿子。他惊讶地向那个在大厅上跟轿夫大声讲话的仆人文德问起,才知道克明的病又翻了。他心里一惊,连忙大步往里面走去。

他刚走到觉民的窗下,就看见觉英陪着罗敬亭、王云伯两人迎面走来。那两个熟识的医生含笑地跟他打招呼,他也掉转身送他们出去。他向他们问起克明的病势(他看见两个医生同时出来,便猜到克明的病势不轻),罗敬亭皱起眉头沉吟地答道:"令叔这回的病有点怪。他差不多已经好了,不晓得怎样突然又凶起来。病源我们一时还看不出,好像是受了惊急坏的。我同云翁两个商量好久,暂且开个方子吃副药试试,看看有无变化,明天就可以明白。明轩兄,请你嘱咐令婶今晚上当心一点。"

这几句话对觉新是一个不小的打击。一个石头沉重地压在他的心上,他不敢去想以后的事情。两个医生坐上轿子以后,他和觉英同路走进里面去。在路上他向觉英问起克明翻病的情形,才知道两三个钟头以前,克明在书房里看书。克安、克定两人进去看他,跟他讲了一阵话,三个人争论得厉害。后来克安和克定走了。克明一个人又继续看书。不久他就吐起来,吐的尽是黑血,一连吐了两大碗。当时汗出不止,人马上晕了过去,大约过了四五分钟才又醒转来。张氏十分着急,便同时请了两个医生。医生看过脉,也不能确定是什么病症。

觉新跟着觉英走进克明的寝室,看见克明昏沉沉地睡在床上,帐子垂下半幅。张氏坐在床前沙发上。翠环站在对面连二柜前。觉人坐在方桌旁的一把椅子上,一只手撑着脸颊,寂寞地靠在方桌上打瞌睡。觉新以为克明睡着了,便踮起脚悄悄地向张氏走去。

"现在睡着了,"张氏对觉新做个手势低声说。

觉新还没有答话,克明忽然在床上咳了一声嗽,唤道:"三太太。"

张氏答应一声,连忙走到床前,俯下头去亲切地问道:"三老爷,你醒了,什么事?"

克明睁大眼睛有气无力地问道:"哪个人来了?"

"大少爷回来了,他来看你,"张氏答道。

"你喊他过来,他来得正好,"克明忽然动一下头,脸上现出一点兴奋的颜色说。

张氏回过头招呼觉新到床前去。

"三爸,你好一点吗?"觉新俯下头去,望着那张焦黄的瘦脸问道,他觉得眼泪快要流下来了。

"你也太累了。你的气色也不好。我看你也该将息一下,好在你这两天不到公司去,"克明用失神的眼光望着觉新,过了一会儿才慢吞吞地说。

"我不累,"觉新只能够简单地吐出这三个字。他马上埋下头,不愿意让克明看见他的眼泪。

"我等了你半天,你现在来了,我有话跟你说,"克明继续说。

"三老爷,我看你还是睡一会儿好。有话你明天说罢,你现在精神也不好,多说话会伤神,"张氏连忙打岔道,她觉得多说话对克明的病体不相宜。

"三爸,还是早点睡罢。我明天再来看三爸,三爸有话明天说也是一样,"觉新也担心克明的病体,他觉得张氏的话不错,便附和地说。

"三太太,你把那半幅帐子挂起来,"克明不直接回答他们的话,却吩咐张氏道。张氏只得走过去,顺从地卷起垂下的半幅帐子挂在帐钩上。克明满意地说:"这样倒亮一点。"

"三老爷,你还是早睡的好,你有病,更该保养身体,"张氏担心地说。

"不要紧,"克明摇摇头答道,他又吩咐张氏:"你把四娃子、七娃子也喊到这儿来。我有话对他们说。"

张氏心里一惊,好像感到不吉的预兆似的。但是她也只得听从克明的话。觉英和觉人都还在屋里。她便把他们唤到床前来。

克明看见他的两个儿子都来了,满意地点点头,勉强笑了笑,对他们说:"你们两个也太顽皮了。四娃子年纪也不小了,一天总不好好读书。"

张氏看见两个孩子痴呆地立在床前不作声,便催促道:"你们快喊爹嘛。爹待你们多好,生了病还想起你们。"

觉英和觉人差不多同时机械地唤了一声"爹",脸上带着漠然的表情。觉人脸上的睡容还没有消去。

克明爱怜地把他的两个儿子看了一会儿,忽然带了点失望的表情掉开了眼光。他又看了看张氏,他的眼光又落到张氏的挺出来的大肚皮上面。他的眼睛亮了一下。他便掉过头去望着觉新说:"明轩,你不要走,我有话说,我还有事情托你……"

汤嫂忽然拿着药包摇摇晃晃地走进房来,口里嚷着:"三太太,药捡回来了。"

张氏答应着,要过去拆药包验药。克明却阻止她道:"你不要走。你听我说。"

"我要去看药,汤嫂等着拿去熬,你应该快点吃药才是,"张氏着急地说。

"等一会儿熬也是一样。我自己晓得,这种药吃了也没有好处。我的病是不会好的了,"克明苦笑地说。但是他看见张氏淌出眼泪,又有点不忍心,便说:"也好,三太太,你去罢。你看过药来听我说话。"

张氏走到方桌前,拆开药包把那些小包的药一样一样地打开验过,然后倾在一起,交给汤嫂拿到厨房里大灶上熬去。她又走回到床前。

"明轩,这回我多半不会好了。我有好些事情放不下心来。我一死,我们这个老家就会完了。你四爸、五爸先前还来跟我吵过一通,说了好些气人的话。他们主张卖公馆,说是已经找到买主了,有个师长愿意出七万块钱。我不答应,他们也不敢怎样。不过我一死,那就只好由他们了。你四爸做了家长,家里头不晓得会糟成什么样子?你三婶是个忠厚人,你四弟、七弟又没有多大出息。他们外婆年事已高,他们两个舅舅都到外州县做事情去了。我一死,他们母子三个还有哪个人来照料?再说你三婶下个月就要生产了。我不晓得是男是女,不过我连名字也想好了。男的叫觉华,女的叫淑蕙。不管是儿是女,总之要给你三婶添个累赘。我更担心他们会提'血光之灾'的老话,把你三婶骗到城外去生产。这是我最不放心的。明轩,我知道你,你是个实心的好人,你我叔侄平日感情很好。我把你当作自己的儿子一样。现在我把他们托给你,你一定不会辜负我的重托。老家是顾不到了。只要把自己一两房人管得好,也算给我们祖先争一口气。这种事情我只有拜托你,你给我帮点忙,你要把你三婶当作自己母亲一样看待,我死在九泉也会感激的。"

克明用了极大的努力说完以上的话。他说得慢,不过没有人在中途打岔他,他也没有发出一声咳嗽或者喘息。他的脸上带着痛苦的表情,但是他不曾淌过一滴眼泪。他说到"感激",忽然侧过头吩咐觉英、觉人道:"你们还不给大哥磕个头?你们两个蠢东西,每天只晓得胡闹,恐怕将来有一天连饭都没有吃的!你们快给大哥磕个头,求他将来照顾你们。"

觉新早已流了眼泪。张氏用手帕遮住眼睛在抽泣。翠环站在方桌前埋头垂泪。觉英的脸上也带了严肃的表情。觉人却还在打瞌睡。张氏听见克明吩咐觉英弟兄向觉新叩头,她忍不住,便转身奔到沙发上,放声哭起来。

"三爸,这倒不必了,"觉新听见"磕头"的话,便呜咽地推辞道;"我一定听三爸的话,照三爸的意思办。三爸,你好好地将息,你不要想到那些事情。我们家里少不掉你。你不能就抛开我们!"觉新断断续续地说,他的悲痛似乎比克明的大得多。他不假思索,就把一个他实际上担不了的责任放到自己肩上去了。

"你肯答应,那我就放心了,"克明欣慰地说。他看见两个儿子仍旧站在床前不动,便再三催促道:"你们还不磕头?这是为你们自己好。"

那两个孩子经了几次催促,只得顺从父亲的话,给觉新叩了一个响头。他们起来的时候仍然带着若无其事的样子,倒是觉新还礼时磕下头去,就伤心地哭了。

"你们把翠环喊来,"克明又吩咐觉英弟兄道。

翠环含着眼泪走到床前。克明看见她过来,便命令地说:"你也给大少爷磕个头。"

翠环惊愕地望着克明,还以为自己听错了话。

"翠环,爹喊你给大哥磕头,听见没有?"觉英在旁边催促道。

翠环望了望觉新,也不便问明缘由,只得弯身跪下去,恭恭敬敬地叩了一个头。

觉新站在翠环面前,惶惑地作了揖还礼。他不知道克明还有什么吩咐。张氏从沙发上起来,走到床前,就站在翠环的身边。她泪光莹莹地望着克明,她知道克明要说什么话。

"这是你三婶的意思,"克明对觉新说,又把眼光掉去看看张氏,张氏略略点一下头;"我觉得也不错。我始终担心你的亲事。大少奶又没有给你留个儿女。我们劝你续弦,你总不肯答应。等我一死,也没有人来管你的事情。你妈是后母,也不大好替你出主意。翠环人倒不坏,你三婶很喜欢她,你三婶几次要我把她给你。也好,等你满了服就拿她收房,将来也有个人服侍你,照应你。万一生个一男半女,也可以承继你爹的香烟,我也算对得起你爹。我看你们这辈人中间就只有你好。老三是个不要家的新派。老二现在也成了个过激派。四娃子以下更不用说了,都是没有出息的东西。高家一家的希望都在你一个人的身上。你祖父、你父亲的眼睛冥冥中都在望着你。明轩,我是完结了。你要好好地保重。你不要以为我是随便说话。"克明说到这里,他的干枯的眼睛也淌出了两三滴泪珠。

觉新感激地唯唯应着。克明的话对他完全是意外的。但是对这个垂死的病人的关心,他不能够说一句反对的话。他看见翠环蒙住脸在旁边啜泣,他说不出克明的"赠与"带给他的是喜悦还是痛苦。他没有想过这样的事,也没有时间去想。总之他顺从地接受了它,也像接受了别的一切那样(只有后来回到自己房里静静地思索的时候,他才感到一点安慰)。

汤嫂提了冒着热气的药罐进来,另一只手里拿着一个饭碗。她把碗放在方桌上,斟了满满的一碗药汁,又出去了。

张氏揉着眼睛,走到方桌前,端起药碗放在口边慢慢地吹气。翠环也跟着张氏走到方桌旁边,摸出手帕揩眼睛。

克明知道要吃药了,便不再说下去。他忽然注意到觉人站在床前打瞌睡,就挥手对觉英和觉人说:"好,现在没有事了,你们两个回去睡罢。明天好早点起来进书房读书。"

两个孩子听见这样的吩咐,匆匆地答应了一声,一转身便溜出去了。

张氏把药碗端到床前,觉新过去帮忙把克明扶起来,在张氏的手里喝了大半碗药。张氏将药碗拿开。觉新同翠环两人扶着克明躺下去。克明自己用手揩去嘴边寥寥几根短须上的药汁。他躺下以后,还定睛望着张氏。

"三老爷,你现在睡一会儿罢,"张氏央求道。

"你待我太好了,"克明感激地叹口气说;"我还有话跟明轩说,明天说也好。"他勉强地闭上了眼睛。张氏还跪在床沿上,小心地给她的丈夫盖好棉被。克明忽然又把眼睛睁开,望了望张氏,然后又望着觉新,用力地说:"明轩,你要好好照料你三婶。不要迷信'血光之灾'的胡说。"

"三老爷,你睡一会儿罢,有话可以留到明天说,"张氏在旁边关心地催促道。

克明又望着张氏,露出憔悴的微笑说:"我就睡。"接着他又低声说:"三太太,我想起二女的事情。你接她回来也好。"

"你不要再说了,这些事等你病好了再办罢,"张氏又喜又悲,含泪答道。

"我很后悔,这些年我就没有好好地待过你,"克明道歉地说。他慢慢地闭上了眼睛。

觉新等克明睡好以后,才回自己的房里去。他意外地发现沈氏在房里等他。沈氏坐在活动椅上,何嫂站在写字台旁边。她们正在讲话,沈氏看见觉新进来,便带笑地说:"大少爷,我等你好久了。我有点事情跟你商量。"她的笑是凄凉的微笑。觉新只是恭敬地招呼她一声,他的心还在别处。何嫂看见没有事情,也就走出去了。

"我过了月半就要走了,"沈氏只说了这一句,觉新就惋惜地打岔道:

"五婶真的要走?怎么这样快?你一个人走路上也不方便罢。"

"就是因为这个缘故,我才来跟你商量。我想请你们把袁成借给我用几个月,要他送我去,以后也可以跟我回来。我看袁成倒是个得力的底下人,老实可靠,有他送我,一路上我也方便一点。"

"不过目前东大路究竟不大好走,我看五婶出门还是缓点好。请五婶再仔细想一想,"觉新关心地说。

沈氏叹了一口气,痛苦地答道:"我在公馆里头住不下去。我心里烦得很。我害怕看那几张脸。路上虽说不好走,总比住在这儿好一点。"

"五婶大概还在想四妹,所以心里头不好过。我看再过些时候,五婶多少忘记一点,就可以把心放开的,"觉新同情地劝道。

"大少爷,你心肠真好,"沈氏感动地、真心地称赞道;"我从前那样对待你，你倒一点也不记仇。"她自怨自艾地说下去："我只怪我自己不好，什么事都是我自己招惹来的。我晓得我以后再同你五爸住在一起，也不会有好日子过。我自己又没儿没女。今天你五爸还对我说起卖房子的事情，他同四爸把买主都找到了，只有三爸不答应。五爸说三爸体子很坏，看样子一定活不久，只等三爸一死，就把公馆卖掉，每一房分个万把两万块钱。等到搬了家，他要把礼拜一接来住在一起。我真害怕住到那一天！所以我还是早点走的好。我二哥也要我早点去，再耽搁下去，到了冬天，天气冷了，在路上更苦。"她的双眉聚在一起，脸上铺了一层秋天的暗云，这张脸在不大明亮的电灯光下显得非常憔悴，它好像多少年没有见到阳光了。

觉新把这番话完全听了进去。他很了解它们，他知道沈氏的话里没有一点夸张。每一句话给他的心上放进一块石子。最后她闭了嘴，他的心已经被压得使他快透不过气来了。他悲戚地望着她那张没有生气的脸。他挣扎了一会儿，才吐出一声叹息（其实说是"呻吟"倒更适当）。他不能够劝阻沈氏，只好同情地说："其实何必卖掉公馆？我真想不通。不过五婶走一趟也好。五婶要把袁成带去，自然没有问题。我等一会儿去跟妈说一声，把袁成喊来吩咐两句就是了。"

"你妈还没有回来，我刚才还去看过，"沈氏插嘴说。

"妈就要回来了。不过妈一定答应的。五婶请尽管放心好了，"觉新恳切地答道。

"那么，大少爷，多谢你了，"沈氏仍然带着凄凉的微笑感谢道。

"五婶还说客气话？我平日也没有给五婶办过事情，"觉新谦虚地说。

沈氏摇摇头,痛苦不堪地叹息道:"我真怕提起从前的事。想不到贞儿已经死了一个多月了。她的影子还时常在我眼前晃。"她拿出手帕到眼角去揩泪珠。

觉新默默地坐在方桌旁边。他觉得他的心里只有悲哀,这房间里只有悲哀。悲哀重重地压住他。他想不到未来,想不到光明。他渐渐地感到了恐惧。恐惧跟着内房里挂钟钟摆的滴答声不断地增加。窗外一阵一阵的虫声哀歌似地在他的心上敲打。沈氏垂着头,像一个衰老的病人一样枯坐在写字台前。她的失神的小眼睛空虚地望着玻璃窗,她似乎要在那上面寻找一个鬼影。这个矮小的女人的半身像(她现在瘦得多了)在觉新的眼里就成了痛苦与悲哀的化身。他的恐惧更增加了。他觉得有好多根锐利的针尖慢慢地朝他的心上刺下来,就咬紧牙关忍耐住这样的隐痛。他并没有盼望谁来救他。

但是一阵急促的脚步声突然在过道上响了。门帘大大地动了一下,翠环气急败坏地跑进房来,惊惶地、颤栗地、哽咽地说:

"大少爷,请你就去!我们老爷又不好了!"

刚刚在这个时候,接着翠环的短短的话,在外面响起了像报告凶信似的三更锣声。这个晚上它们似乎特别响亮,特别可怕。

"完结了!"这是觉新从锣声中听出来的意义。

四十九

沈氏在她预定的日子里带着春兰和袁成寂寞地走了。觉新、觉民和琴三人把她送到木船上。船开了,他们还立在岸边,望着船夫用篙竿将船拨往江心去。

"两年前我就这样地送走了三弟,"觉民指着那只远去的木船,半惆怅、半羡慕地说。

"我们有一天也会坐这样的船离开省城的,"琴带点激动地说。

"走了也好,这个地方再没有什么可以留恋的了,"觉新接着叹息道;"不过我是走不了的。我的肩膀上如今又多了一副担子。"

"这又是你自己找来的。你明知道你自己担不起,为什么要答应下来?"觉民友爱地埋怨道。这时船开始在转弯,他们在这里还看得见一点影子。

觉新皱紧双眉悲痛地答道:"三爸在病榻上那样托付给我,我怎么忍心推脱?我自己受点委屈是不要紧的。"

船的影子完全消失了。琴在旁边挥了一下手低声说道:"一路平安。"她这四个字在觉新的心上添了无限的惆怅。

"大哥,你有这种牺牲精神,为什么不用来做点正经事情?"觉民惋惜地说。

一片枯黄的树叶飘到觉新的肩头。觉新伸手去拈起它,把它放落到水里去。树叶就在水上飘浮,跟着水流,混在水面的无数枯叶中间,辨认不出来了。他不回答觉民的话,却自语似地叹道:"又是秋天了。我真害怕秋天,我害怕看见树叶一片一片地落下来。我想起了一个人的话。我的生命也像是到了秋天,现在是飘落的时候了。"

"大表哥,我们回去罢,轿子还在上面等着,"琴温和地对觉新说。

"我们多站一会儿也好,这儿倒很清静,"觉新留恋地答道。

"大哥,你怎么说起飘落的话?你才二十几岁,正是年轻有为的时候,"觉民不以为然地说,他的声音是年轻的、有力的。

"你不晓得我的心已经老了。我的心境已经到了秋天了,"觉新固执地说;他觉得他的心就像头上那个灰色的天空,他的生命就像旁边一株叶子落掉大半的树。他拈起一片落在他左膀上的树叶,加了一句:"这三四年来我记得清楚的就只有秋天。"

"大表哥,你怎么就忘记了?秋天过了春天就会来的。并没有一个永久的秋天,"琴带着鼓舞的微笑安慰他说。

觉新想了想,又把手上的一片树叶放到水里,低声叹一口气说:"但是落下去的树叶就不会再变绿了。"

"大表哥,你又不明白了!到了明年,树上不是一样地盖满绿叶吗?"琴笑着说。

觉新沉吟半晌,才答了一句:"不过并不是同样的绿叶了。"

"难道树木就不肯为着那些新叶子活下去?"琴又说,她的脸上笼罩着光明的笑容。"我倒没有见过一棵树就单单为了落下的叶子死去,不在明年开花的。"

觉新开颜笑了。他掩饰地说:"琴妹,我说不过你。"

觉民这些时候就在旁边听琴跟觉新讲话。他觉得琴的话不错,便索性让她跟觉新辩论。现在他忍不住要插嘴了。他便说:"大哥,你又在逃避了。这不是会说不会说的问题。你应该把琴妹的话多想一想。"

"你现在倒好了。三爸一死,更没有人可以管你了。你要做什么,就可以做什么。我呢,我的膀子却缚得更紧了,我动都不能够动,"觉新忽然爆发似地赌气说,他的眼圈已经红了。

"大哥,并没有人缚住你,是你自己把你缚住的。你要动,你自然可以动。只怕你自己不情愿动,那就没有办法了,"觉民带着充分的自信劝导地说。

觉新不直接回答,却摇头道:"二弟,我怎么比得上你?你们有办法。房子烧了,不到几天,你们的报又出来了。我没有你们那样的勇气。"他又叹息一声,俯下头捉住刚刚贴到他身上来的一片树叶,苦涩地说:"我们回去罢。"他又把这第三片树叶送到水里去了。

"大哥,我看你已经中了毒了,旧家庭的空气把你熏成了这个样子,"觉民怜悯地说。

"也许有一天我也会找到解药的,"出乎意外地觉新带着叹声答道。他便掉转身子,向着石级走去。

觉民和琴走在后面,琴悄悄地在觉民的耳边说:"大表哥近来受到的刺激太大了。多说反而会使他难过。"

"我想他也许会明白的。三爸一死,他最后的靠山已经没有了。你听他刚才那句话,倒有点意思,"觉民兴奋地低声答道。

他们走完石级到了上面,转一个弯,进入街中。轿子就在街口等候他们。他们坐上轿,轿夫们吆喝一声,抬起这三乘轿子,奔跑似地进到热闹的街中去了。

他们回到高家,就在二门的天井里下轿。杨奶妈坐在二门内长板凳上跟三房的仆人文德讲话,淑芳在土地上爬来爬去。杨奶妈看见他们进来,连忙站起将三岁多的淑芳抱在怀里。觉新默默地摇了摇头。

大厅已经改作经堂,八个和尚分坐两排,敲着单调的木鱼,像小孩背书似地念一部《金刚经》。他们从开着的偏门进去。

堂屋里设着灵堂,克明的灵柩停在那里。石板过道两旁摆了几盆新开的菊花。淑华和绮霞站在花盆前面讲话。淑芬也站在那里看花,偶尔插嘴问一两句。右边天井里觉英穿着孝衣弯着腰在和觉群、觉世做"滚铜钱"的游戏。觉人、觉先两个小孩羡慕地在旁边看,不时发出叫声来。右厢房的阶上,喜儿穿着颜色鲜艳的衣服,坐在一把藤椅上,手里抱着觉非,克定站在旁边俯着头快乐地逗弄他这个不满周岁的儿子。

淑华看见觉新弟兄和琴一路进来,连忙跑过去迎接他们。她的第一句话便是:"五婶走了?"这是一句多余的问话,但是只有这句话才可以表示她这时的心情。

"我们等到船看不见了才回来的,"琴温和地低声说。

"我运气真不好,我今天还缺了一堂课,想赶回来送送她,谁知道还是来不及,"淑华懊恼地说。

"人也真奇怪。怎么你们一下子就对五婶好起来了?"觉新感叹地说。

"我现在才觉得她比公馆里头什么人都可怜,所以我也就不恨她了,"淑华爽直地答道。她忽然侧过头望着克定和喜儿说:"你看他们倒快活。"

"五舅也太不近人情,五舅母走了,他不但自己不送,还不准喜儿去送,"琴感到不平地说。

"其实我们家里头又有几个近人情的人?"觉民愤慨地说;"五婶也是自作自受。她当初只要待四妹好一点,又何至于落得这个下场?真奇怪,人非得走到最后一步,是不会觉悟的。但是到了最后一步,又太晏了。"

"二哥,你忘记了还有至死不悟的人!"淑华插嘴说,她是无心说出来的,却不知道这句话对觉新简直是当头的一棒。

"不要再说,五舅过来了,"琴触动淑华的膀子低声说。

"他或者是来问五婶动身的情形,"觉新答道。众人便不再作声,都做出在看菊花的样子等候克定走来。

克定走过来,倒笑不笑地唤了一声:"明轩,"接着就说:"五婶这次出门,倒把你忙坏了!"

觉新连忙客气地陪笑道:"我并没有忙。就是忙,也是应当的。"

克定冷笑了两声,他的白白的长脸好像显得更长了。他吐了一口痰在地上,接着说:"我晓得你一天太空了,所以到处找事情管。我的老婆出门我不送你送。我听见五婶说你不赞成卖公馆。我倒问你,你有什么理由?"

这一句意外的问话倒使觉新发愣了。他惊惶地望着克定,红着脸答不出一句话。觉民着急地在旁边推他的膀子,他才仓皇地说:"五爸这句话从哪儿说起?"

"我想你一个人也不敢反对,"克定带着轻蔑的表情说。"你要晓得现在四爸是家长了。他出的主意别人也反对不了。我们都缺少钱,现在人又少,住不了这个大公馆,还是早点卖掉,大家都方便。这件事情以后就交给四爸去办。买房子的人已经找到了。四爸是家长,他可以作主。你看对不对?"

觉新气得脸色由红变白,勉强答应了一个"对"字。觉民忍不住冷冷地插嘴说:"家都要卖掉了,还有什么家长?"

"老二,你说什么?"克定忽然变了脸色厉声问道。

"五爸,你听错了,二弟并没有说什么,"觉新连忙掩饰道。

"我说,如果做家长的就只会卖房子,现在也轮不到来麻烦四爸了,"觉民听见觉新的话,心里更气,故意提高声音,再说一遍。

"你是不是看不起四爸?"克定挣红脸威胁地说。

"我什么人都看得起。我刚才听见五爸说起做家长卖房子,我才说了两句话,"觉民不慌不忙地答道。

"那么你是不是反对卖公馆?你说,你有什么理由?"

"五爸问得奇怪!卖不卖公馆,跟我又有什么相干?公馆又不是我出钱修的。不过我知道爷爷不让卖公馆,他的遗嘱上写得很明白,"觉民带点嘲弄的口气说。

"老二,好,你敢挖苦我们?等会儿你四爸来我再跟你算帐!"克定没有办法,只得骂起来。

觉新看见这个情形,又惊、又急、又气、又怕。他一面劝阻觉民不要再说,一面又谦卑地向克定解释。但是他的话没有一点效力。琴和淑华两人在旁边不作声,也不去劝阻觉民,她们相信觉民一定打好了主意。

觉民不听从觉新的劝告,觉新的软弱只有引起他的反感。他想:"你这样怕事,我就偏要给你惹点事情出来!"他故意讽刺地在克定的话后面加上一句:"最好把张碧秀也请来。"

"二弟!"觉新半哀求半命令地插嘴说。

"老二,你当心,你有话敢不敢当面向四爸讲!"克定还装腔作势地警告道。

"嗳,那儿不是四爸?要不要把四爸请过来?"觉民瞥见克安大摇大摆地从外面进来,故意含笑地问克定。

"好,你就在这儿等着!"克定气冲冲地说,便神气活现地走去找克安。

"二弟,你快走!你走了,我向他们陪个礼就没有事了,"觉新连忙催促道,他心里彷徨无主,只知道着急。

"我为什么要走?他们又不会吃人!"觉民气愤地说。

"你会把事情闹大的。我说你这个脾气要改才好,"觉新焦急地抱怨道。

觉民变了脸色,生气地说:"我这个脾气是爹妈生就的。你要我改,我改不了。我又没有做过给爹妈丢脸的事情。请你不要管我!"

觉新听见这样的话,便埋下头来不作声了。他心里非常难过。

"二表哥,"琴温柔地唤着觉民,她用眼光对他暗示,他不应该这样严厉地对觉新说话。觉民压下了怒气,朝她点一下头,勉强地笑了笑。

但是克定陪着克安来了。克定扬扬得意地说:"老二,四爸来了,你说嘛!"

"我说什么?"觉民故意问道。

"你刚才不是在挖苦四爸?"

"我什么人都没有挖苦。"

这时觉英、觉群几弟兄都跑过来看热闹,就围在他们的旁边。

"你笑四爸没有资格做家长,"克定又说。

"我根本就不懂做家长是怎么一回事,也没有听见哪个人宣布四爸做家长,"觉民仍旧冷淡地答道。

"哼!"克安板起脸哼了一声。

"你骂我们不该卖公馆,"克定继续说。

"公馆是爷爷修的。爷爷反对卖公馆,跟我毫不相干。"

"你不要赖。你还说起张碧秀!"克定挣红脸大声说。

"张碧秀是唱小旦的,哪个人口里不说到他?"觉民甚至骄傲地答道。

这时觉新插嘴说了:"二弟,我请你不要再说好不好?"他好像受到了很大的委屈似的。

觉民不理睬觉新。克安却趁着这个机会说话了。

"你还要说张碧秀!我×你妈!"克安那张黄黑色的瘦脸突然变得更黑了,他蛮横地骂起来,不由分说伸起一只手就往觉民的脸颊上打去。

旁边有的人替觉民担心,有的人害怕克安发脾气,有的人暗暗地高兴。觉新恐怖地想着:"完结了。"

在觉民的脸上也突然飞来几片可怖的黑云。但是他的眼睛却像星子一般地发亮。他镇静地伸出手把克安的枯瘦的手紧紧地捏住。他高傲地、愤怒地说:"四爸,你说话要有点分寸。我妈还在屋里头,你敢对她做什么?"

克安的虚弱的身体没有一点力气。鸦片烟带给他的兴奋也已经消失了大半。他听见觉民的严峻的责备,又气又急,结结巴巴地答不出来。

觉民带点轻蔑地放下克安的手,讽刺地说:"现在不比得从前了,四爸以后可以少出手打人。还是先把事情弄清楚,再来动手,也可以少吃点亏。"

"你倒教训起我来了!难道我做叔父的就打不得侄子!"克安又骂道,他的脸色越来越黑,声音越来越大。然而他只是在骂,却不再举起手打人。

"我没有听见说过,做叔父的就可以×妈×娘地骂侄子,"觉民板起脸反驳道。

"你还敢跟我顶嘴?你这个目无尊长的东西!你妈的×!"克安忍不住又顿脚骂起来。

"四爸,请你不要生气。二弟年纪轻不懂事,你不要跟他一般见识。你还是请回屋去罢。等我来教训他,"觉新十分惶恐地拦住克安,谦卑地道歉说。他只怕事情会闹大。他到现在还相信息事宁人的办法是无上的。

克安听见觉新的谦卑的话,他的气焰又升高了。他更神气、更严厉地说:"那不行!非喊他在堂屋里头给我磕头陪礼不可!他这个狗东西!我×他妈!"

"四爸,这是你亲口说出来的。请问到底是哪个人目无尊长——"觉民还没有说完,就被觉新拦阻了,他半哀求半责备地说:

"二弟,你还要说!"

觉新的态度比克安的话更激怒了觉民。他不能够再压制他的愤怒了。他不能够控制自己了。他推开觉新,对着觉新骂起来:"大哥,你还有脸在这儿跟我说话?你做个人连一点人气也没有!你这个受气包,你还好意思来管我!"

觉新蒙住脸埋下头往后退了两三步。这一次他的心受伤了。难洗涤的羞愧和悔恨压在他的头上、身上、心上。他过去的信仰完全消失了。他不能够反驳觉民。他现在才明白觉民说的全是真话。他活得简直不像一个人。他本来应该回到他自己的房里去。但是甚至在这个时候他仍然关心觉民。他愿意知道这场争吵的结果。他便靠在一个花盆架子旁边。琴认为觉民的话说得太重了,她知道它们会大大地伤害觉新。她好意地走到觉新的面前,低声说了几句安慰的话。

"四爸,我一个妈在屋里头,一个妈在坟地上。我爹是你的大哥,他没有得罪过你。你敢信口说这种'目无尊长'的肮脏话!你刚才说到陪礼,你今天非跪在爹的神主面前陪礼不可。我还要你到我妈面前亲自给我妈陪礼,"觉民赶走觉新以后,看见克安、克定仍然面带怒容站在他旁边,他知道这两个叔父的气焰已经低了,他自然不肯放过机会,便竖起眉毛,用他的有力的手去拉克安的一只膀子,像训斥小孩一般不留情地责骂道。

这样的话和举动都是任何人想不到的。没有人能够知道觉民的心有多少深,那些石子似的话使得众人对觉民起了一点畏惧的念头。克安又气又窘,脸色时红时黑,他身上鸦片烟的力量又消失了一部分。他站在觉民面前,不知道要怎样做才好。他不再说陪礼的话了。他有点狼狈地辩道:"我并没有骂你妈。"

"你没有骂?你接连说了三次,现在就要赖了。大家都听见的,你去不去?"觉民冷笑道。他知道他已经把克安的翅膀剪掉了。他决定趁这个机会使克安在许多人面前大大地丢脸,让他这个以家长自居的人以后不敢作威作福。

"我说了,你又敢把我怎么样?你妈的×!我×你妈!"克安一急,脾气又发作了,他控制不住自己,又骂起来。

"四爸,你敢再骂!你今天非给我妈陪礼不可!当着大家都在这儿,我就看你怎样抵赖?"觉民严厉地逼着问道。

"我偏不去!你放开我!"克安挣扎地大声说。

"不去不行!四爸自己提出来陪礼的话。等到四爸给我爹我妈陪了礼,我也给四爸陪礼,"觉民不放松地逼他道。

"你放不放手?"克安似乎要打呵欠了,他连忙振起精神,厉声问道。但是下面却接了一句泄气的话:"我还有事。"

"四爸还有事?五爸不是请你来算帐的吗?"觉民故意讥笑地问道。

"我不高兴跟你算帐。等一会儿跟你大哥去算!"克定在旁边插嘴答道。

"不行,这又跟我大哥不相干。你不要以为大哥人软弱就专门欺负他。他有一天也会起来反抗的。"觉民说了这几句,就不客气地对他们警告道:"四爸、五爸,你们不要以为做小辈的就害怕长辈。其实在我们家里头,谁也管不了谁,谁也不配管谁!"他看见克安脸色时红时黑,露出可怜的窘相,再配上那一脸烟容,真像旧戏中的一个小丑。克安目光往下垂,不敢正视他的发火的眼睛。他轻视地看了克安两三眼,冷笑两声,挖苦地说:"既然四爸害怕去,不去也罢。说过就算了。"他放下了克安的手。但是他看见克安把身子动动,胸脯一挺,他连忙先发制人地厉声教训起来:"你们是长辈,也应当有长辈的样子,也应当给我们做小辈的立下榜样。你们在家里头勾引老妈子、按丫头那些丑事哪个不晓得？包妓女、闹小旦、吃鸦片烟这些事情你们哪一件做不出来？四妹为什么要跳井？你做父亲的在做什么？你也不想法打救她，就跑到小公馆去了。你们口口声声讲礼教，骂别人目无尊长。你们自己就是礼教的罪人。你们气死爷爷，逼死三爸。三爸害病的时候，你们还逼他卖公馆，说他想一个人霸占。这些事都是你们干的。你们只晓得卖爷爷留下的公馆，但是你们记得爷爷遗嘱上是怎么说的？你们讲礼教，可是爷爷的三年孝一年都没有戴满，就勾引老妈子公然收房生起儿子来！你们说，你们在哪一点可以给我们后辈做个榜样？好，我晓得，这所公馆横竖是保不住的。让你们去卖罢。公馆卖了，家也散了，大家各奔前程。你们做你们自己的家长去。至多还有一点公账上的田产，让你们哪个吞去！我给你们说，靠了祖宗吃饭，不是光荣的事情。总有一天会吃光的。我就不像你们，我要靠自己挣钱生活。我不晓得什么叫做家长！我只晓得我自己。只有我自己才可以管我。"

觉民带着一种无比的勇气，带着正义感和愤慨，傲慢地说下去，他不让他们打断他的话。他的声音里有一种慑服人的力量。他说的是事实，是众人知道的事实，他的控诉里并没有一点虚伪。没有人可以反驳他，打击他。他站在那里说话，从头到脚全身没有一点点软弱。他跟他攻击的那些人完全不是一类。他们不了解他，因此也无法制服他。他们静静地听着他的话，想在话里找到一个把柄，一个缝隙。但是觉民说完了，轻视地看他们一眼，板起脸吩咐淑华一句："三妹，我们走罢，"便扬长地走了。那些不满意他的人也只敢在背后用憎恨的眼光送他，叽哩咕噜地骂他。

觉民带着淑华走进过道里去了。他们是到觉新的房里去的。克安和克定两人又气又羞,痴呆地立在那里,我望着你你望着我,心里没有一点主意。克安有点怪克定,他觉得这场羞辱全是克定给他招来的。这时王氏同陈姨太一起走过来了。陈姨太刚从她表弟家回来,打扮得整整齐齐,穿一件新做的浅黄色湖绉夹衫,身上比平日更香,一张粉脸上现出愉快的笑容。王氏对克安说:"四老爷,你今天怎么啦?你还不去找大少爷讲个明白?"克安抬头一看,觉新还立在花盆架旁边,正在跟琴讲话。他觉得有了主意,便鼓起勇气朝着觉新走去。他还想做出一番挽救面子的举动。

"明轩,你听见老二的话没有?他年纪轻不懂事,我不跟他说。他是你的亲兄弟,你应当替他负责,"克安走到觉新面前气势汹汹地说。

"老二简直是在侮辱尊长,非用'家法'处置不可,"克定附和地说。

"请四爸、五爸看在爹的面上……"觉新痛苦地央求道,但是他只说了半句,就被克安打岔了。克安严厉地吩咐道:

"还说什么你爹的面子?要不是看你爹的面子,我今天非重办老二不可!你去把老二喊出来当着众人给我陪礼,你担保以后不再发生这种事情,而且以后老二要听我的话!"

"不行,这太轻了。大少爷、大太太都应该陪礼,还应该开家族会议,把老二打一顿,"王氏在旁边添了几句。

克定看见觉新埋着头不做声,便又威胁地逼他道:"明轩,你究竟肯不肯照办?不然你就不要怪我们翻面无情!"

"开起家族会议来,恐怕连你也有不是处。明轩,你要拿定主意,免得后悔!"王氏搭腔道。

"明轩,你究竟怎样?你放明白些!总之,我不会白白地放松你!"克安不客气地厉声说。

觉新实在忍不下去了,他们把他逼到了尽头。他现在除了掉转身子以外没有别的路。还有一条,就是死,但是目前他不甘心死。他带着满腹的怨气把头抬得高一点,简单地回答了一句:"我办不到!"

"你办不到?不管怎样你非办到不可。"克安像吐痰似地把话吐到觉新的脸上去。

"开起家族会议来,四爸用肮脏话骂我妈,又怎么说呢?是不是也要受'家法'?……"觉新沉下脸问道。

克安、克定和王氏都不作声了。这一着是他们完全没有料到的。他们自以为太知道觉新的性格了,可以把他捏在掌心里玩弄。但是现在连最软弱的人也居然说出了不软弱的话。

"大少爷,你不要多心,四老爷并不想骂大太太,他是无心说出来的,"陈姨太还在旁边替克安解释道。

"什么有心无心,我实在受够了!"觉新迸出哭声,打岔地说。"我赔了你们的存款,赔了你们的股票,我给你们的丫头买棺材,我出钱在井里头捞你们女儿的尸首。你们害得我家破人亡,你们害死我的妻子,赶走我的兄弟,难道你们还不够?我不怕你们。我迟早也是死,我横竖只有这条命,我就拿来跟你们拚掉也好!你们开家族会议,我不怕!你们就是要打官司上法庭,我也不怕!"他说到这里也不再理他们,便掉转身子一个人往阶上跑。琴担心他会有什么奇怪的举动,也跟着跑去照料他。他看见琴过来,便放慢脚步,一路抽泣着走进过道去。

觉新同琴进了他自己的房间。他看见觉民和淑华,第一句便说:"二弟,三妹,我以后决不再做受气包了。"他坐在活动椅上,也不揩去脸上的眼泪和鼻涕,就俯在写字台上伤心地哭起来。

"大表哥,"琴俯下头关心地唤道。

觉新没有答应。觉民却在旁边对琴说:"不要紧,让他哭一会儿也好。"他歇了歇又加上一句:"你先前不是还说过,没有一个永久的秋天吗?秋天或者就要过去了。"

琴惊喜地望着觉民,领悟似地点了点头。

外面起了一阵急促的脚步声,翠环带走带跑地进来了。琴看见翠环脸上兴奋的表情,马上温和地吩咐了一句:"翠环,你去给大少爷打盆脸水来。"

翠环匆匆地答应了一声:"是。"接着她露出笑容提高声音说:"琴小姐,我们太太生了一位小姐,姑太太、大太太都还在太太屋里。琴小姐,你要不要去?"

"翠环,什么时候生的?三太太好吗?"觉新忽然抬起头,关心地问道。

"生了一会儿了。太太很好。也亏得姑太太同大太太在旁边照料,"翠环含笑答道。

觉新感到安慰地嘘了一口气。

五十

　　立分清合同文约人高克安、克定同侄觉新、觉英,情因各房弟兄叔侄幼承荫庇,履厚席丰,树大枝分,自宜各立门户。所有祖遗田产,于民国六年由
先遨斋公亲笔书簿指派,平均分受。未立分管文约,同居共爨,历年无异。壬戌冬月[1]始各开锅火。惟
先遨斋公所遗养膳白衣庵水田六十五亩、夏宗堰水田七十二亩、安家堰水田六十三亩、三处庄田共计二百亩,又正通顺街住宅一院,留作公产未分。本年各房公议,将上项田产一并出售,先后共得价银捌万贰千元。均经各房协议,作为五股,长房分得二股,每房各得一股,平均分受清楚。并将上年未分之家具、器用、衣服悉数搭配均分。自此之后,所有公共财产一概分清,并无提留隐匿等情;各房按股平摊,亦无偏私厚薄诸弊。至二台子、海滨弯及简州、彭县、郫县五处坟地田产连同红庙子、总府街两处铺房,原系早年提作蒸尝,专供祭扫,永远不分之业,遵照
先遨斋公遗命,归三四两房轮管,奉祀香火,合族均

[1] 壬戌冬月:即1922年(民国十一年)12月。

无异言。从此一清百清，毫无蒂欠。各房兄弟叔侄永敦睦谊，各立门户。各人努力向上，丕振家声，保守先业，勿坠前人荣誉。至于贫富贵贱，各安天命，不得借口蒸尝公产，妄思分剖。此系家众协商，取得各房同意，并无勒诱欺诈情事。书立分清合同四张，四房各执存据。

　　外批：蒸尝业本应归三四两房轮管，现因三房觉英侄未达成年，所有香火祭扫暂由四房经理，俟觉英成年后再行轮管。

中华民国十二年癸亥阴历冬月十一日　同立

　　老太爷房里靠窗一张紫檀木大方桌上，摊开这同样的四张抄在棉纸上的"分清合同"。克安和克定先后在日期下面的空白地方，写了自己的名字，放下笔笑容满面地在一排靠壁的椅子上坐了下来。克安拿起放在茶几上的水烟袋点燃纸捻子，安闲地抽着水烟。觉新走到大方桌前拿起那枝胡开文羊毫笔，在砚台里蘸饱了墨汁，正要在棉纸上写下自己的名字，忽然鼻子一酸，眼睛一花，眼泪掉在纸上了。他拿着笔好久放不下去。众人都用惊奇的眼光望着他。觉英等得不耐烦，走到大方桌跟前去了。

　　"大哥，你快点签罢，"觉民走到觉新的身旁，在他的耳边低声说。

　　觉新掉过脸，好像不懂似地看了看觉民。他低声说了一句："三爸的灵柩昨天刚刚抬出去。"

　　"你还想这些事情做什么？抬出去也就完了，"觉民又说。"即使三爸不死，他也没有办法。"

　　觉新忽然叹了一口气，点了点头，就在四张棉纸上匆匆地写好了自己的名字。他放下笔,离开方桌,用留恋的眼光朝四处看了看。他听见周氏在喊"明轩",便走到周氏跟前,在周氏旁边那把靠床的藤椅上坐下,埋下头听周氏讲话。

觉英很快地就把名字签好了。他回头看了克安一眼,带笑地问道:"四爸,哪一张归我?"

"你随便拿一张,交给你妈捡起来,"克安答道。

觉英就拿起一张合同,揣在怀里。他看见克安同克定都朝大方桌走来,他就站在那里看他们。克安同克定走到大方桌前,克安也拿起一张棉纸,得意地望着觉新说:"我总算对得起大家。公馆卖掉,哪一房都有好处。我为了托人找买主,请过好多回客,贴了多少钱。我现在也不要大家还我的钱。爹书房里还有几样小摆设,爹平日很喜欢,我想拿去做个纪念。明轩,你没有话说罢?"他又把合同放回在大方桌上。

觉新敷衍般地笑了笑,淡淡地答道:"我没有话说。四爸要,你就拿去罢。"

"奇怪,怎么这些东西没有搭配进去?还有别的东西没有?"觉英眨了眨眼睛,自语似地说。

"四少爷,你真仔细,"陈姨太扭着身子从隔壁房里走出来,含笑地说;"没有别的罗。还有,就是这两间屋里的家具,四老爷、五老爷答应给我了。我服侍老太爷十多年,看见这些家具就好像见到老太爷一样。"

"陈姨太,我也听见四老爷说起过,所以这些家具也没有搭配在里头,"王氏马上站起来搭腔道。她又把脸掉向克安会意地笑了笑,说:"四老爷,你就忘记了?你上个月同五弟一起,把老太爷书房里头挂的单条、对子借起走了。今天也没有搭配在里头。我看也不必再提了,就算酬劳你们两弟兄罢。大少爷,你说怎么样?"她又对觉新笑了笑,目光炯炯地望着他,等着回答。

"我没有什么。四婶说怎样办就怎样办罢,"觉新不假思索地答道,他连忙把脸掉开。

"还有别的东西没有?我们也分一点罢。"觉英看见他们不理睬他,只顾你一件、我一样地各人要来要去,明知自己年纪小对付不了他们,但是知道自己白白吃亏,心里很不高兴。他希望觉新出来说一两句硬话,着急地望着觉新,偏偏觉新总是一口答应。他忍不住做了一个怪相,自言自语地讲了上面两句话。

"老四,你还嫌分少了吗?"克安忽然变了脸色,瞪了觉英一眼,接着又说一句:"跟你讲话你不大懂,你有意见,请你妈出来说。"

"合同上明明有我的名字。四爸既然不准我说话,那么我写的名字不算数,就扯掉重来罢,"觉英面不改色地说,就伸手去拿桌上的三张棉纸。

克定连忙扑到大方桌上把那三张合同压住,一面大声喝道:"老四,你不准胡闹!"

克安马上转过身拦住觉英,一面着急地说:"五弟,请你把合同捡起来。"克定趁这个机会把三张合同折起,揣两份在怀里,又走去把另一份递给觉新。觉新立刻把它交给周氏。

"不管你们老辈子怎样分,总之,不公平,我就不承认!"觉英挣红了脸,昂起头说。他退后两步抄起手望着克安。

"你不承认,你打官司告我好了,"克安气黑了脸专断地说。

"打官司就打官司,老子还怕哪个?"觉英毫不相让地回骂道。

"四弟,你不要再说了,"觉新提高声音对觉英说。他正要走到觉英跟前去,但是他的膀子被觉民拉住了。觉民在他的耳边说:"你不要管闲事。"他又在藤椅上坐下来。觉民坐在床前一个矮凳上。

"混账!你这个没有教养的东西!你看我敢不敢捶你!"克安破口骂起来,他正要伸出手去打觉英,王氏连忙跑过去,拉住他的手,温和地连声劝道:"四老爷,使不得,使不得!"她听见觉英还在旁边大声说:"四爸,你打嘛。我请你老辈子捶。我的肉皮子也在作痒了。你老辈子鸦片烟今天吃够没有?我包你不还手!"她回过头,唤了一声:"陈姨太!"同时向陈姨太努了一下嘴。

陈姨太马上走到觉英面前,笑吟吟地说:"四少爷,你何苦生气。你没有听清楚你四爸的话。怎么会没有你的呢?你到我屋里头去坐一会儿。我慢慢讲给你听。你不相信,我找你四婶当面跟你讲明白。"她做出讨好的、亲热的样子半劝半拉地把觉英拖到隔壁房间里去了。觉英看见自己有了面子,也晓得这时候到陈姨太房里去总会得到一些好处,便叽哩咕噜地跟着她走了。

"真是混账东西!这样小就这样坏!如果是我的儿子,我一定要捶死他!"克安气恼地瞪着觉英的背影,等到觉英走进了隔壁的房间,他才咬牙切齿地骂起来。

王氏对他亲切地笑了笑,说:"四老爷,你少说两句好不好?人家的儿子你多管他做什么?有话你跟三嫂讲好了,也犯不着为这种东西生气。现在大家押也画了,合同也收起来了。还有没有别的事情?有话早点说清楚,大家也好散了。"

克安咳了一声嗽,又看了克定一眼,然后挺起身子说:"现在一清百清,我也没有话说了。买主下个月初就要搬进来,我们月底要腾空房子。我十天以内就搬出去。……"

"今天十一,我十五就搬,"克定扬扬得意地插嘴说。他还问觉新:"明轩,你们哪天搬?"

觉新料不到克定会有这句问话,他没有准备,一时回答不出,只好站起来,结结巴巴地老实说:"我们还没有找房子。等我跟妈商量好,才说得出日期。"

"无论如何,月底要搬空。不然,人家来赶,就怪不得我了!"克安板起面孔说。

"四弟、五弟,你们放心好了,我们决不会赖在这儿的,"周氏实在忍不下去,站起来冷冷地说。她说完也不等他们答话,就移动她一双小脚,摇摇晃晃地走出了老太爷的房间。她推开门帘、往堂屋里走的时候,门外一堆人连忙忍住惊讶的笑声跑开了。只有杨奶奶含笑地站在门口,手里还牵着淑芳,淑芳衔着手指头往房里面看,望着克安喊了一声"爹"。

觉民看见觉新还站在藤椅前面,便站起来低声对他说:"妈都走了,你还站在这儿做什么?"

觉新好像从梦里惊醒过来似地,点了点头,就同觉民一起走出去了。

他们一起走进了周氏的房间。周氏正在跟翠环讲话,看见觉新进来,便说:"明轩,你也不必难过了,分清了也好,以后省得多看他们的脸色。"

"妈说得是。不过搬家找房子,妈看怎么办?"觉新沉吟地说。

"我一个女人家,也没有多少主意。你们两弟兄看该怎样办就怎样办罢,"周氏淡淡地笑了笑。"不过最好要跟三婶离得近,也便于照料。明轩,三婶刚才喊翠环来请你去问问画押的情形。你去一趟,好好地安慰她。她身体不大好,劝她再养两天才出来。她不必着急,横竖我们等她一起搬就是了。"

"大少爷,我们太太听说四少爷跟四老爷吵架,她不放心,要请大少爷去问个明白,大少爷现在就去吗?"翠环接着恳切地说。

"好,我马上去,"觉新答道。"翠环,你到陈姨太屋里去看看四少爷是不是还在那儿。你把他请回去,我想当着三太太的面劝劝他。"

翠环连忙答应一声,就跟着觉新走出了周氏的房间。

周氏望着他们的背影在门帘外面消失了,叹了一口气,对觉民说:"八年前我嫁过来的时候,只说在公馆里头住到老。万想不到会像今天这样。……唉,搬出去也好,我们可以过点清静日子。"

"而且妈也不必害怕别人说闲话了,"觉民带笑地加了一句。

尾　声

　　写到这里作者觉得可以放下笔了。对于那些爱好"大团圆"收场的读者,这样的结束自然使他们失望,也许还有人会抗议地说:"高家的故事还没有完呢!"但是,亲爱的读者,你们应该想到,生命本身就是不会完的。那些有着丰富的(充实的)生命力的人会活得长久,而且能够做出许多、许多的事情来。

　　不过,关于高家的情形,我还可以告诉你们一点。我现在把觉新写给他的三弟觉慧和堂妹淑英的信摘录两封在下面:

　　第一封信(一九二四年三月中旬发):

　　……又有一个多月未给你们写信了。我每日都想写信,然而我一天忙到晚,总没有工夫拿笔。现在总算有了点清闲时间,我应当同你谈谈我们的"家屋事"。

　　卖公馆的事情上次已经告诉你们了。那封信是在搬家的前一天写的。搬家以后我们的确忙了好一阵子。所以搬家以后只给三弟写过一封短信。

　　我们高家从此完结了。祖父一手创立的家业也完结了。我们这个大家庭就如此奇怪地解散了。大家搬出时,似乎都是高高兴兴,没有丝毫留恋之情。我们大三两房早没有准备,搬出最晚。那几天我早晚独对寂寞的园林,回想从前种种事情,真是感慨万分。现在我们搬到姑母家附近一个新修的独院内居住。三婶住处就在我们这条街上。我们常和姑母、三婶往来,倒觉得比从前更亲热。

我们搬出老宅以后,生活倒比从前愉快,起居饮食,都有改革。每天早睡早起。十点钟开早饭,四点钟开午饭,另外吃早点消夜,都是在外面去买。菜饭虽不怎样丰富,大家都还吃得热闹。一家人过得和和睦睦,简直听不见一点吵闹。

我们用的人也不少:一个烧饭的火房,叫做老杨,这是新雇的;苏福还跟着我们;老媪有三个,就是张嫂、何嫂、黄妈(黄妈本要告老回家,我们相处日久,感情很好,所以极力劝她留下);看门的便是老宅的看门人徐炳。此外还养了一条很好的洋狗,叫做羊子。绮霞因为是寄饭的丫头,她父亲上个月来把她领回乡下去了,说是她母亲在家患病垂危。我们也不知是真是假。她倒是个好心肠的人,她同三妹感情最好。绮霞走时她自己同三妹、翠环都哭过一场。她答应以后来看我们。轿夫都开消了。我们难得出门,也不会因此感到不便。

三妹自进学校后,非常用功,考试成绩也很好。寒假内在家温习功课也极勤勉。现在开了课,她每日都是高高兴兴地挟着书包来去。……

第二封信(一九二四年七月初发):

……最近三个多月给你们写信较多,但都是短信。今天全家人都出门去了。我一个人在家清清静静。趁这个好机会给你们写封长信,报告我们的近况。

二弟与琴妹之事,他们随时都有信告诉你,我也不必多说了。他们已于前月正式订婚,仪式非常简单,这种订婚在我们高家算是一件破天荒的事。这次还是参照二弟的同学黄君同一位程女士(琴妹同学)的婚礼安排的。此次全赖姑母出来帮忙主持,虽有外人种种闲话,我们也未受到影响。他们的婚礼不久就要举行。至迟不过八月。二弟打算结婚后,即与琴妹一同离开省城。他或者去嘉定某中学教书,或者到北京某报馆做事,两事都在接洽中,目前尚未能决定。他主张靠自己能力养活本人,这倒是有志气的话。我也不好劝阻他。他们的报纸现在也很发达。新社址我也去过一次。外面虽常有对报纸不利的谣言,但是除了那次勒令停刊两周外,当局也没有别的举动。他的朋友方继舜曾因学潮被捕一次,关了一个多月又放出来。这些事你一定早知道了。

省城里剪发的女子渐渐多起来,在街中也可以遇见。自二妹上次来信说起她剪去发辫以后,琴妹三妹都很兴奋,她们商量多日,终于得到家庭许可,已于昨日将发辫剪去了。在你和二妹看来,这一定是个好消息。

妈身体很好,精神也愉快,就是这几日因为大舅的事情很气闷。大舅变得越来越古怪了。上月枚表弟妹产一女后,大舅便借口周家无男丁,大舅母又多年未有生育,闹着要把丫头翠凤收房。外婆同大舅母都不答应。大舅差不多天天在家发脾气,隔一天就同大舅母大吵一次。吵得没有办法时,外婆就差人来请妈去劝解。妈讲话也无多大用处。最后还是外婆同大舅母让步。昨天他把翠凤收房了,还大请其客,真是怪事! 外婆身体已大不如前。芸表妹处境较好,二舅母倒很爱护她,二舅母尚明白事理,她看见蕙表妹和枚表弟妹的前例,也有点寒心。所以芸表妹今年十九岁,尚未许人家。二舅母有一次同我谈起三妹,她好像还有把芸表妹送进学校读书之意。芸表妹心肠甚好,最近很肯给枚表弟妹帮忙。她现在倒同枚表弟妹很合得来。枚表弟妹脾气改了不少,对人也很谦和,就是脸上常带愁容,据说她一天大半闷在屋里看书,倒是芸表妹常常去陪她谈谈。现在她做了母亲,精神有了寄托,也许会好一点。

五婶上月曾返家一次,看见五叔把礼拜一接在他新搬的家里与喜姑娘同住,她住了不到十天,知道五叔快将田地卖光,又受不过气,同五叔大吵一次,仍回到叙府去了。袁成还是在侍候她。她昨日还来过一信,说已经平安地到了沈二舅那里。她这次回来还出城到四妹坟前去看过一次。谈话中也常提到四妹,真是"早知今日,何必当初"!

五叔的烟也吃成了大瘾,同四叔比起来不相上下。四叔有两个家,一个家养四婶,一个家养张碧秀,每月花钱如水,真是坐吃山空。我倒有点替他们担心。四叔不许五弟等进学校,只请了一位老先生在家教他们读四书五经。情形与在老宅时极相似。我们同四爸不大来往。不过他现在在管蒸尝账,祖先神主牌位供在他家里,摆供祭祖的时候,

601

各房的人都要到他家里去磕头。他还是那个老脾气,四婶也没有变。供菜是公账出的钱,然而他们从来不留人吃顿饭。

陈姨太已经收回石马巷的公馆同她母亲、表弟们住在一起。六弟现在跟着她,一天就是看戏、上馆子,从来不读书。陈姨太把他当成宝贝一样。我们一年见不到陈姨太几次。在四爸家摆供的时候也难得碰到她。不过听说她同四婶往来较密,出去看戏也常常请四婶。她人长胖了,还是像祖父在日那样穿得花花绿绿,走过来就是一股香气。

三婶同我们住得很近,又因为三叔逝世前亲自嘱咐过我代为照料后人后事,所以我几乎每天都到那边去。三婶常有信给二妹,她一家的近况你们一定也知道。三婶因为二妹一时不能返家,对二妹非常挂念。二妹应多多去信安慰三婶。四弟这学期进了一个私立学校,不过不肯用功,比从前好得有限。三婶虽然不时管教,他总不大肯听话。论年纪他虽有十七岁,倒还不及七弟懂事。七弟进了初小。他倒还好,也肯听话,就是身体弱一点。新生的八妹才七个多月,长得非常像三爸。三婶很喜欢她。

现在说到我自己了。我自己还是个不长进的子弟。年纪不小了,既没有学问,又没有本事,也不曾学到一种挣钱吃饭的手艺,因此只得依靠先人遗产过活。我们搬出老家以后,我倒有得安静日子过了。近来商业场在动工重建中,只是我早已辞去职务。我除了有时到亲戚家中走走外,每日就在家看书,也很清闲。新宅有一间楼房宽敞清洁,开窗正望着院子里的松树和桃花,景致甚佳,我将它做书房。明窗净几,正好读书。我知道自己没有出息,我不能像你同二弟那样抱着救人救世的宏愿,我目前只求能做点无害于人的事,享点清福,不作孽而已。我也知道过去的错误,但是沉溺既深,一时也难自拔。所以对你几次的劝告,我都不敢回答。不过我仍然望你对我不时加以督责。请你念及手足之情,不要因我没有出息,就把我抛弃。其实我的上进之心并未死去。

我每日除读书外,还教翠环读书写字,这是我给她订的日课。说起翠环,我一定要向你们说明,我上个月已遵照三叔遗命将她收房了。我很喜欢她。她对我也很好。我不会待错她的。二妹也可以放心。其实在我们这一房也无所谓"小"。她是个好女子,我待她也就同待过去的嫂嫂一样。我决不另外续弦。从前大家都劝我续弦,现在我选一个我喜欢的人,又有什么不可。现在虽然别房的人叫翠环做"翠姑娘",把她跟喜儿一样看待,但是三婶收她做了干女,妈当她是媳妇,二弟、琴妹、三妹都喊她做"嫂嫂"。她是我唯一的安慰,她也是我一个得力的帮手。她同妈、同三妹、同琴妹都合得来。二弟对她也不错。连姑母也称赞过她。我相信将来三弟回家时,也会喜欢她,把她当做嫂嫂看待的……

这封信还是写给你们两个人的。想不到一写就是这么多。现在趁着苏福要到炳生荣去叫米之便,要他拿去邮局寄挂号信,我只得停笔了。翠环同三妹都在给二妹写信,大概下次就可寄出……

以上是觉新自己的话。

有些读者会误解地发问：觉新究竟算不算是有着充实的生命力的人呢？

我可以确定地回答：他自然不是。至于他以后会有什么样的结果，我也不能向读者作任何的预言。一个人会到什么地方，当然要看他自己走的是什么样的路。一个人一直往北，他不会走到南方。

不过关于觉新的将来，我请读者记住他自己的那句话："我的上进之心并未死去。"我们暂且相信这是他的真诚的自白。

我不再向读者饶舌了。